La Scala

Robert Ludlum

Le illusioni
dello Scorpione

Traduzione di
Maria Magrini

Rizzoli

ISBN 88-17-67513-X

Titolo originale dell'opera:
THE SCORPIO ILLUSION

Prima edizione: maggio 1993

Le illusioni dello Scorpione

A Jeffrey, Shannon e James,
sempre una gioia!

Prologo

La pioggia notturna scendeva in lame d'argento, cupe masse di nubi vorticanti riempivano il cielo. Ondate rabbiose e micidiali raffiche di vento ostacolavano l'avanzata dei due gommoni che tentavano di avvicinarsi alla costa.

L'equipaggio era inzuppato d'acqua, sulle facce annerite colava la pioggia e il sudore dell'ansia, gli occhi strizzati si sforzavano invano di avvistare la spiaggia. Il commando era formato da otto palestinesi della Valle della Beqa'a e da una sola donna, che non apparteneva alla loro terra, ma era impegnata nella loro causa, perché quella causa era parte integrante della sua persona, inseparabile dall'impegno che si era assunta diversi anni prima. *Muerte para toda autoridad!* Era la moglie del capo del commando.

«Pochi minuti!» gridò l'uomo alto in ginocchio accanto alla donna. Come gli altri, portava le armi a tracolla sugli abiti scuri; uno zaino nero impermeabile sulle spalle conteneva gli esplosivi. «Ricorda, quando noi saltiamo giù, tu getta l'àncora fra le barche, è importante.»

«Capisco, caro, ma mi sentirei meglio se potessi venire con te.»

«Abbandonando i mezzi che ci servono per andarcene di qui e continuare la lotta?» ribatté l'uomo. «I tralicci della corrente elettrica sono a meno di tre chilometri dalla costa; alimentano la rete di Tel Aviv, e quando li avremo fatti saltare, sarà il caos. Ruberemo una macchina e saremo di ritorno entro un'ora, ma la nostra attrezzatura dev'essere qui!»

«D'accordo.»

«Puoi immaginare che cosa accadrà! Tel Aviv piomberà nel buio più profondo e anche Ashqelon, naturalmente. Tu, amor

7

mio, tu sei quella che ha trovato il punto vulnerabile, il bersaglio perfetto!»

«L'ho soltanto suggerito.» Gli carezzò una guancia. «Bada solo di tornare da me, amor mio, perché tu *sei* il mio amore.»

«Non ne dubito, mia Amaya... Noi siamo una cosa sola... *Ora!*» Il capo del commando diede il segnale agli uomini. Tutti si lasciarono scivolare nella risacca vorticosa, tenendo alte le armi e irrigidendo i corpi contro l'assalto dei frangenti mentre puntavano i piedi sulla sabbia morbida e si spingevano verso la spiaggia. Giunti a riva, il capo fece lampeggiare una volta la torcia elettrica, per indicare che l'intera unità si trovava in territorio nemico, pronta ad avanzare e compiere la missione. La donna calò la pesante àncora oltre il bordo del gommone che aveva legato all'altra imbarcazione con una cima e tenne pronta la ricetrasmittente, che avrebbe usato solo in caso di emergenza, perché gli israeliani erano troppo esperti per non aver messo sotto controllo le frequenze costiere.

All'improvviso, brutalmente, tutti i sogni di gloria crollarono fra le selvagge raffiche di mitra che esplosero su entrambi i lati del commando. Fu un massacro. I soldati irruppero da ogni parte sulla striscia di sabbia, sparando all'impazzata sugli uomini della Brigata Ashqelon, spaccando le teste, senza pietà per i nemici invasori. *Niente prigionieri! Solo morte!*

La donna sul gommone si mosse rapidamente, malgrado l'angoscia, spinta all'azione dall'istinto di sopravvivenza. Piantò la lunga lama del suo coltello nel fondo dei due gommoni, afferrò il sacco impermeabile che conteneva armi e documenti falsi e si lasciò scivolare oltre il bordo, nella furia del mare agitato. Lottando contro la violenza dei marosi, si spinse circa cinquanta metri a sud lungo la costa, poi tagliò diagonalmente facendosi portare dalle onde fino a riva. Prona nell'acqua bassa, quasi accecata dalla pioggia, strisciò fino al campo del massacro. Qui captò le voci dei soldati israeliani che parlavano e gridavano in ebraico: ogni muscolo, ogni fibra del suo corpo si irrigidì in una gelida furia.

«Avremmo dovuto prendere dei prigionieri.»

«Perché? Perché domani uccidano i nostri figli, come ieri hanno ucciso i miei due bambini nell'autobus della scuola?»

«Ci criticheranno, sono tutti morti.»

«Anche mia madre e mio padre sono morti. I bastardi li hanno fucilati nella vigna, hanno ammazzato quei due vecchi in mezzo ai filari.»

«*Che arrostiscano all'inferno! Gli Hezbollah hanno torturato a morte mio fratello.*»

«*Raccogliamo le loro armi e spariamo... procuriamoci dei graffi alle braccia e alle gambe!*»

«*Jacob ha ragione, hanno sparato anche loro; avremmo potuto essere tutti uccisi!*»

«*Uno di noi corra al comando a chiedere rinforzi!*»

«*Dove sono le loro imbarcazioni?*»

«*Sparite, non si vedono più.*»

«*Fa' presto, Jacob! Non dobbiamo fornire argomenti alla dannata stampa liberale!*»

«*Aspetta! Ce n'è uno ancora vivo.*»

«*Fallo fuori! Raccogli le armi e comincia a sparare.*»

Il crepitìo dei fucili mitragliatori riempì la notte. Poi i soldati gettarono le armi del commando accanto ai cadaveri e tornarono di corsa fra le dune di sabbia coperte di ispidi cespugli. Per qualche istante si accesero nel buio qua e là le fiammelle degli accendini; il selvaggio massacro era terminato.

La donna strisciava cautamente sul ventre nell'acqua bassa, l'eco delle raffiche di mitra nelle orecchie, l'animo oppresso dall'angoscia. Avevano ucciso l'unico uomo al mondo che potesse amare, l'unico che potesse starle alla pari, perché nessun altro aveva la sua forza e la sua risolutezza. Era morto e non ci sarebbe stato nessun altro come lui, divino ribelle dagli occhi di fuoco, la cui voce sapeva muovere alle lacrime o al riso le folle. Gli era stata sempre accanto, guidandolo, adorandolo. Il mondo della violenza non avrebbe mai più visto una coppia come loro.

Nel fragore della pioggia e dei marosi sentì un gemito sommesso. Un corpo stava rotolando giù lungo il pendìo sabbioso verso l'acqua, a pochi metri da lei. Strisciò e riuscì ad afferrarlo: la faccia era nascosta nella sabbia. Voltò la testa, la pioggia dilavò i lineamenti coperti di sangue. Era suo marito, la gola e il viso ridotti a una massa di carne sanguinolenta. Lo strinse a sé: l'uomo aprì gli occhi una volta, poi li chiuse per sempre.

La donna levò lo sguardo verso le dune, nel buio, dove sotto la pioggia balenavano le braci delle sigarette. Con il denaro e i documenti falsi, poteva aprirsi una via attraverso l'odiato Israele e seminare la morte sul proprio cammino. Sarebbe tornata nella Valle della Beqa'a, si sarebbe rivolta all'Alto Consiglio. Sapeva esattamente quello che avrebbe fatto.

Muerte para toda autoridad!

Il sole infuocato di mezzogiorno batteva sulle polverose strade di terra del campo profughi, isola di uomini sradicati, molti dei quali subivano passivamente il peso di eventi che non potevano né comprendere né controllare. Passi lenti e barcollanti, volti tesi, occhi chini a terra segnati da una vacua stanchezza in cui si intravedeva la pena di ricordi lontani e ormai offuscati, di immagini che non sarebbero mai più divenute reali. Altri, tuttavia, avevano nello sguardo una sfida che respingeva ogni sottomissione, che rifiutava di accettare lo status quo. Erano i fedayin, i soldati di Allah, i vendicatori di Dio. Camminavano a passi rapidi e decisi, le armi sempre pronte in spalla, lo sguardo sempre all'erta, carico d'odio.

Erano passati quattro giorni dal massacro di Ashqelon. La donna, in uniforme verde e kaki, con le maniche rimboccate, uscì dalla sua modesta baracca di tre stanze: un tugurio che sarebbe stato del tutto improprio chiamare "casa". La porta era coperta da una tenda nera, in segno di lutto. I passanti guardavano e alzavano gli occhi al cielo, mormorando una preghiera per i defunti. Ogni tanto si alzava un gemito, che chiedeva ad Allah di vendicare quelle morti orrende. Perché quella era la casa del capo della Brigata Ashqelon, e la donna era stata sua moglie, una donna e una moglie di grande coraggio e temperamento. Era una dei fieri fedayin di quella valle impervia in cui convivevano ribellione e sottomissione: lei e il marito erano stati simboli di speranza per una causa non ancora perduta.

Mentre passava per la strada polverosa lungo il mercato all'aperto la folla si apriva davanti a lei, molti toccavano devotamente le sue vesti mormorando preghiere.

Senza salutare nessuno la donna proseguì verso una baracca di legno, all'estremità della strada. Dentro l'aspettavano i capi dell'Alto Consiglio della Valle della Beqa'a. Entrò e si trovò davanti nove uomini seduti a un lungo tavolo. I saluti furono brevi, ognuno espresse in tono grave le sue condoglianze. Il presidente, un anziano arabo seduto al posto d'onore, prese la parola.

«Il tuo messaggio ha raggiunto ciascuno di noi, e dire che è stata una grossa sorpresa è troppo poco.»

«Troppo poco, veramente» aggiunse un uomo di mezza età. «Spero tu sappia bene che cosa significhi.»

«Significa che raggiungerò più presto mio marito, no?»

«Non sapevo che condividessi la nostra fede» fece un altro.

«Che io la condivida o no, non ha importanza. Vi chiedo solo il vostro appoggio finanziario. Credo di averlo meritato, in tutti questi anni.»

«Senza dubbio» acconsentì un'altra voce. «Tu e tuo marito, possa egli riposare con Allah nei suoi giardini, siete stati preziosi per il nostro popolo. Tuttavia, io vedo delle difficoltà...»

«Io e quei pochi che porterò con me agiremo da soli, unicamente per vendicare Ashqelon. Costituiremo una unità separata, che non risponderà a nessuno se non a noi stessi. Questo risolve le tue "difficoltà"?»

«Se riesci a farlo!» replicò un altro capo.

«Ho già dimostrato di poterlo fare. Devo ricordarvi i fatti?»

«Non è necessario» rispose il presidente. «In diverse occasioni sei riuscita a confondere a tal punto i nostri nemici che diversi governi fratelli sono stati incolpati di imprese di cui non sapevano nulla.»

«Se occorre, continuerò con questo sistema. Noi... voi... abbiamo nemici e traditori ovunque, anche fra i vostri "governi fratelli". Ovunque il potere corrompe se stesso.»

«Tu non hai fiducia in nessuno, vero?» domandò l'arabo di mezza età.

«Non è così. Ho sposato uno di voi, unendomi a lui per la vita. Ed è la sua vita che vi ho dato.»

«Ti faccio le mie scuse.»

«Sono scuse dovute. Allora, aspetto la vostra risposta.»

«Avrai tutto ciò che ti occorre» affermò il presidente dell'Alto Consiglio. «Prendi contatto con il Bahrein, come hai già fatto.»

«Grazie.»

«Alla fine, quando avrai raggiunto gli Stati Uniti, dovrai operare con un'altra rete. Ti sorveglieranno, ti metteranno alla prova, e quando saranno convinti che operi clandestinamente, che agisci per conto tuo e non rappresenti una minaccia, si metteranno in contatto con te e tu diventerai una dei loro.»

«E loro, chi sono?»

«Negli ambienti più sotterranei della lotta clandestina sono conosciuti come Scorpioni, gli Scorpio, per essere precisi.»

1

Al tramonto, con l'albero divelto dal fulmine e le vele lacerate dal vento, lo sloop scivolò dolcemente nella tranquilla caletta di un'isola privata delle Piccole Antille. Negli ultimi tre giorni, prima che calasse la bonaccia, quella zona dei Caraibi aveva subìto non solo un uragano della forza del famigerato Hugo, ma anche, sedici ore dopo, una tempesta tropicale con tuoni da far tremare la terra e folgori che avevano incendiato le palme dell'isola inducendo gli abitanti a supplicare in ginocchio i loro dèi.

La grande casa era tuttavia sopravvissuta a entrambe le catastrofi. Era fatta di pietra e acciaio e sorgeva a ridosso della parete nord dell'impervia collina: impenetrabile, indistruttibile, una fortezza. Che lo sloop semidistrutto fosse riuscito a trovare riparo fra le ripide pareti rocciose della caletta era un miracolo, anzi, un sortilegio per l'alta domestica nera che era a servizio nell'abitazione. Scese correndo i gradini di pietra fin sulla spiaggia sparando quattro colpi in aria con la pistola.

«*Ganja!*» urlò. «Non vogliamo sporchi *ganja* qui! Andatevene!»

La figura solitaria inginocchiata sul ponte dell'imbarcazione era una donna sui trentacinque anni che indossava calzoncini corti e una camicia logora. Poggiato il potente fucile sul parapetto, fissò lo sguardo nel mirino e premette il grilletto. Lo scoppio lacerò il silenzio della caletta, echeggiando fra le rocce. Nello stesso istante la donna in uniforme bianca crollò a faccia in giù nelle onde che lambivano dolcemente la spiaggia.

«Sparano! Oh, Dio, sono colpi di fucile!» Un giovane a torso nudo, bello e vigoroso, alto più di un metro e ottanta, balzò fuori dalla cabina. Poteva avere diciassette anni. «Che cosa succede? Che cosa hai fatto?»

«Niente di più di quello che si doveva fare» rispose freddamente la donna. «Va' a prua e salta giù quando vedi la spiaggia; c'è ancora abbastanza luce. Poi tira la barca a riva.»

Il giovane non si mosse: fissava la figura immobile sulla sabbia, strofinando nervosamente le mani sui jeans. «Mio Dio!» esclamò, con un forte accento straniero. «Sei un mostro!»

«Sono sempre io, ragazzo mio. Non sono forse la stessa persona che a letto ti da tanta tenerezza?»

«Dio mi è testimone, Valeria» mormorò il giovane, sempre fissando il cadavere sulla riva. «Io non mi sarei mai aspettato una cosa simile!»

«Preferiresti tornare in Italia, a Portici e alla tua famiglia, e trovare una morte certa?»

«No... no, naturalmente.»

«Allora benvenuto nel nostro mondo, tesoro» sorrise la donna. «E credimi, avrai da me tutto quel che vorrai. Salta, mio adorabile Nicola... *Ora!*»

Il giovane balzò nell'acqua.

Deuxième Bureau, Parigi

«È lei» affermò l'uomo seduto alla scrivania nell'ufficio immerso nell'oscurità. Sulla parete destra era proiettata una carta dettagliata di una regione dei Caraibi, e precisamente delle Piccole Antille. Un guizzante puntino blu segnava l'isola di Saba. «Possiamo presumere che sia passata per lo Stretto di Anegada, fra Dog Island e Virgin Gorda, perché è l'unico modo in cui poteva sopravvivere alla tempesta. Se poi è sopravvissuta.»

«Forse non ce l'ha fatta» osservò l'assistente fissando la mappa. «Questo ci renderebbe la vita più facile.»

«Senza dubbio.» Il capo del Deuxième si accese una sigaretta. «Ma poiché si è rivelata un osso duro scampando alle peggiori guerriglie di Beirut e della Valle della Beqa'a, voglio prove irrefutabili prima di abbandonare la caccia.»

«Io conosco quella zona» intervenne un altro uomo di mezza età. «Ero di guarnigione alla Martinica al momento della crisi russo-cubana e vi dico che lì i venti possono essere micidiali. Da quel che so sugli uragani che si scatenano in quei mari, penso che non abbia potuto cavarsela con quella barchetta.»

«Secondo me, ce l'ha fatta» lo contraddisse seccamente il capo del Deuxième. «Io non posso permettermi delle ipotesi. Conosco queste acque solo dalle carte geografiche, ma vedo una quantità di piccole insenature e porticcioli in cui avrebbe potuto rifugiarsi. Li ho studiati bene.»

«Non è così, Henri. In quelle isole i venti soffiano una volta in senso orario, subito dopo in senso antiorario. Se queste insenature esistessero, sarebbero abitate. Io *conosco* quelle isole: studiarle su una carta geografica è solo un esercizio teorico, non è come ispezionarle, metro per metro, alla ricerca di sottomarini sovietici. Ti dico che non è sopravvissuta.»

«Spero che tu abbia ragione, Ardisonne. Il mondo non può permettersi che Amaya Bajaratt viva.»

Central Intelligence Agency, Langley, Virginia

Nelle stanze sotterranee del centro comunicazioni della CIA, un locale sempre chiuso a chiave era riservato a un'unità di dodici analisti, nove uomini e tre donne, che lavoravano a gruppi di quattro alternandosi nell'arco delle ventiquattr'ore. Erano specialisti in radiotelecomunicazioni internazionali, e avevano severissime istruzioni di non parlare delle loro attività con nessuno, neppure con le mogli e i mariti.

Un uomo sui quarant'anni in maniche di camicia spinse indietro la sua poltroncina girevole e diede un'occhiata ai colleghi del turno di mezzanotte, una donna e due uomini. Erano quasi le quattro del mattino. «Forse ho trovato qualcosa» annunciò, a nessuno in particolare.

«Che cosa?» chiese la donna. «Niente da segnalare, per quanto mi riguarda.»

«Forza, Ron, sputa fuori» fece il collega che gli era più vicino. «Questa radio Bagdad con le sue cazzate mi concilia il sonno.»

«Prova il Bahrein, non Bagdad» replicò Ron raccogliendo un tabulato emesso dall'elaboratore.

«Che cosa succede a quei ricconi?» Il terzo analista alzò gli occhi dalla consolle elettronica.

«Ricconi, appunto. La nostra fonte di Manama ha passato un'informazione secondo la quale mezzo milione di dollari è stato trasferito su un conto numerato a Zurigo, destinato a...»

«Mezzo milione?» interruppe il secondo analista. «Per quelli lì sono solo merda!»

«Non vi ho detto il destinatario né l'iter del trasferimento. Dalla Banca di Abu Dabi al Crédit Suisse di Zurigo...»

«È il giro della Valle della Beqa'a» riconobbe immediatamente la donna. «Destinatario?»

«I Caraibi, località sconosciuta.»

«Trovala!»

«Al momento è impossibile.»

«Perché?» chiese il terzo analista. «Forse perché non può essere confermata?»

«È confermata senza dubbio, e nel peggior modo possibile. La fonte è stata uccisa un'ora dopo aver preso contatto con il nostro agente all'ambasciata, un funzionario che è stato subito trasferito.»

«La Beqa'a» fece la donna con voce sommessa. «I Caraibi. *Bajaratt.*»

«Mando subito un fax a O'Ryan. Abbiamo bisogno del suo cervello.»

«Se è mezzo milione oggi,» osservò il terzo uomo «potranno essere cinque domani, una volta che la strada risulti sicura.»

«Conoscevo la nostra fonte nel Bahrein» riprese tristemente la donna. «Un buon diavolo, con moglie e bambini... dannazione, *Bajaratt!*»

MI6, Londra

«Il nostro agente operativo a Dominica si è recato in aereo al Nord e conferma l'informazione che ci è stata passata dai francesi.» Il capo dei servizi d'informazione britannici si avvicinò a un tavolo quadrato, al centro della sala riunioni, su cui stava un grosso volume contenente carte geografiche particolareggiate. Sulla copertina nera del volume figurava a lettere dorate il titolo: *I Caraibi – Isole Sopravvento e Sottovento. Le Antille. Isole Vergini, possedimenti della Gran Bretagna e degli Stati Uniti.* «Trovami un posto chiamato Stretto di Anegada, per favore, vecchio mio» chiese al suo collaboratore.

«Subito.» L'altro si mosse rapidamente avvertendo la frustrazione del superiore: frustrazione che non era dovuta alla situazione politica, ma alla sua mano destra irrigidita, che non obbediva ai comandi del cervello. Sfogliò le pesanti tavole telate e arrivò alla carta richiesta. «Ecco qui... buon Dio! Nessuno può aver percorso tante miglia con un uragano di quel genere e su un guscio di noce come quello!»

«Forse non ce l'ha fatta.»

«Da Basse-Terre all'Anegada, in tre giorni e con l'uragano? Credo di no. Avrebbe dovuto navigare in acque aperte per oltre la metà del tempo, e non ci sarebbe arrivata così rapidamente.»

«Ecco perché ti ho fatto venire qui. Tu conosci bene la zona, non è vero? Eri di stanza là.»

«Se mai c'è un esperto di quell'area, penso di essere io. Sono stato per nove anni l'agente del MI6, con base su Tortola, e conosco perfettamente tutte quelle dannate isole... Sono ancora in contatto con dei vecchi amici: pensavano tutti che fossi un fuoruscito ben fornito di mezzi, con il pallino di pilotare il mio piccolo aereo da un'isola all'altra.»

«Sì, ho letto il tuo fascicolo. Hai fatto un lavoro eccellente.»

«La guerra fredda era dalla mia parte, e io avevo quattordici anni di meno... eppure non si può dire che fossi un ragazzo. Adesso non mi metterei ai comandi di un bimotore in quella zona, nemmeno per un miliardo di dollari.»

«Sì, capisco» fece il capo dei servizi segreti, chinandosi sulla mappa. «Così, la tua opinione di esperto è che per la donna sia stato impossibile cavarsela.»

«"Impossibile" è una parola troppo drastica. Diciamo che è altamente improbabile, al limite delle possibilità.»

«Questo è quanto pensa anche il tuo collega del Deuxième.»

«Ardisonne?»

«Lo conosci?»

«Nome-in-Codice Richelieu. Sì, naturalmente. Un bravo ragazzo, anche se un po' ostinato. Operava in Martinica.»

«È irremovibile. È convintissimo che la donna sia annegata.»

«In questo caso la sua opinione è probabilmente giustificata... Mi consente di porle un paio di domande?»

«Naturalmente, Cooke.»

«Questa Bajaratt è una leggenda fra i guerriglieri della Valle della Beqa'a, ma io ho studiato quelle liste per diversi anni e non ricordo di aver mai visto il nome in questione. Come mai?»

«Perché non è il suo» rispose il capo del MI6. «È un nome che lei stessa si è data anni fa per nascondere la sua identità. È convinta che nessuno sappia da dove venga, o chi sia veramente. Temendo di avere fra noi qualche infiltrato, e presumendo che la donna abbia in mente qualche grossa impresa, abbiamo tenuto tale informazione nei nostri dossier top-secret.»

«Oh, sì, capisco. Se si conosce un nome falso e le sue origini, che rivelano quello vero, si può ricostruire il retroterra ambientale, una personalità, persino un prevedibile schema d'azione.»

«Come ho detto, sei molto in gamba.»

«Sciocchezze, è elementare e lei lo sa. Chi è esattamente questa donna?»

«Uno dei più temibili terroristi.»

«Araba?»

«No.»

«Israeliana?»

«No, e non vorrei andare troppo in là con le ipotesi.»

«Sciocchezze. Il Mossad ha un largo spettro di attività... Ma, la prego, risponda a un'altra domanda. Come lei ricorderà, ho passato la maggior parte dei miei anni di servizio dall'altra parte del mondo, nei Caraibi, in Estremo Oriente e così via. Perché mai questa donna è diventata una priorità di massimo livello?»

«È in vendita.»

«È... che cosa?»

«Compare ovunque ci siano disordini, ribellioni, tumulti, e vende le sue capacità al miglior offerente... con eccellenti risultati, potrei aggiungere.»

«Mi scusi, ma questo è senza senso. Una donna che da sola marcia nei focolai di rivolta e vende... che cosa? *Consigli?* Che cosa fa, risponde alle inserzioni sui giornali?»

«Non ne ha bisogno, Geoff» replicò il capo del MI6, tornando al tavolo delle riunioni e sedendo un po' goffamente, perché doveva aggiustarsi la sedia con la mano sinistra. «È una maestra in fatto di destabilizzazione. Conosce le forze e le debolezze di tutte le parti in gioco, conosce i capi e sa come raggiungerli. Non serve una causa, né morale né politica. La sua professione è la morte. È semplice.»

«Non credo affatto che sia così "semplice"!»

«Lo è il risultato finale, naturalmente, non l'inizio, non le lontane origini della vicenda... Siedi, Geoffrey, e lascia che ti racconti una breve storia, così come l'abbiamo messa insieme.»

Il capo aprì una grossa busta e ne trasse tre fotografie, ingrandimenti un po' sfuocati di istantanee scattate a caso. Il volto era tuttavia a fuoco, in piena luce. «Questa è Amaya Bajaratt.»

«Ma sono tre persone completamente diverse!» esclamò Geoffrey Cooke.

«E quale è lei?» ribatté il capo dei servizi segreti. «O lei è tutte e tre?»

«Capisco...» fece l'agente, esitante. «I capelli sono sempre diversi: biondi, neri e, mi sembra, castano chiaro; corti, lunghi, di media lunghezza. Ma i lineamenti sono diversi... non molto, magari, ma certamente diversi!»

«Ritocchi plastici? Cerone? O controllo dei muscoli facciali? Tutto è possibile.»

«Una spettrografia potrebbe chiarire la cosa, penso. Almeno per quel che riguarda la plastica o il cerone.»

«Non in questo caso. I nostri esperti dicono che esistono composti chimici in grado di eludere l'analisi fotoelettrica, e che persino una rifrazione di luce viva può fare lo stesso. Il che significa, naturalmente, che non sanno e non vogliono rischiare giudizi.»

«Va bene,» replicò Cooke «la donna è presumibilmente una di queste tre persone, o forse tutte e tre. Ma come diavolo può esserne sicuro?»

«Questione di fiducia, suppongo.»

«Fiducia?»

«Noi e i francesi abbiamo pagato un sacco di soldi per queste foto, ciascuna delle quali ci viene da informatori segreti che usiamo da anni. Nessuno rischierebbe di perdere una buona fonte di denaro fornendoci un falso. Tutti e tre sono convinti di aver colto di sorpresa proprio il volto di Amaya Bajaratt.»

«Ma dove stava andando? Da Basse-Terre all'Anegada, se è proprio Anegada, ci sono oltre duecento chilometri, senza contare la furia dell'uragano. E poi, perché lo stretto di Anegada?»

«Perché lo sloop è stato avvistato al largo della costa di Marigot... e non poteva raggiungere la spiaggia a causa delle rocce, e il porticciolo era spazzato dalla tempesta.»

«Avvistato da chi?»

«Pescatori. L'avvistamento è stato confermato anche dal nostro agente a Dominica.»

«La prego, mi riassuma tutto con ordine. Sono terribilmente confuso.»

«Con piacere, Geoffrey, sperando che tu possa darci qualche lume. Dunque, il nostro agente si reca in aereo a Basse-Terre, seguendo la traccia fornitaci da Parigi, e gli confermano che una donna dell'età circa della Bajaratt di questa foto ha noleggiato un'imbarcazione, insieme con un tizio alto e robusto. Un ragazzo molto giovane. Questo corrispondeva all'informazione giunta da Parigi, secondo la quale una donna di età e connotati pressappoco simili, probabilmente con passaporto falso, era partita da Marsiglia in compagnia di un ragazzo, diretta all'isola di Guadalupa, che in realtà è composta di due isole, come sai, Grande-Terre e Basse-Terre.»

«Come ha fatto la dogana di Marsiglia a stabilire un legame fra il ragazzo e la donna?»

«Il ragazzo non parlava francese e lei ha dichiarato che era un suo lontano parente della Lettonia, affidatole dopo la morte dei genitori.»

«Assai improbabile.»

«Ma perfettamente accettabile per i nostri amici al di là della Manica. Quelli fanno passare chiunque venga dai Paesi a nord del Reno.»

«Ma perché quella viaggerebbe con un adolescente?»

«Dimmelo un po' tu, io non ne ho la più vaga idea.»

«E ancora, dove diavolo andava?»

«Qui siamo ancora più al buio. Certamente la donna è esperta di navigazione e conosce i venti. Doveva saperne abbastanza da mettersi al riparo prima dello scoppio dell'uragano. Lo sloop era fornito di radio e la guardia costiera aveva dato l'allarme in quattro lingue in tutta la zona.»

«A meno che non dovesse arrivare a un appuntamento.»

«Naturale, questa è l'unica risposta plausibile, ma a rischio della vita?»

«Anche questo è improbabile» acconsentì Cooke. «A meno che non esistessero circostanze che non conosciamo... Prosegua, prego: lei ha in serbo altro.»

«Qualcosa, non molto, temo. Basandoci sul fatto che un terrorista raramente nasce terrorista, ma lo diventa in seguito agli eventi, e sul fatto che l'avevano sentita parlare una lingua assolutamente incomprensibile, anche per un poliglotta...»

«Per la maggior parte degli europei questa lingua è il basco» interruppe Cooke.

«Precisamente. Abbiamo mandato una squadra clandestina nelle province di Vizcaya e Alva per vedere se si riusciva a trovare qualcosa. Hanno scoperto la traccia di un fatto particolarmente orribile, avvenuto diversi anni fa in un piccolo villaggio di ribelli dei Pirenei occidentali. Quel tipo di storie che confluiscono nelle leggende della montagna e si narrano per generazioni.»

«Qualche cosa come My Lai, o Babi Yar? Un massacro in massa?»

«Peggio, se possibile. Dopo un attacco di truppe governative contro gli insorti, l'intera popolazione del villaggio fu barbaramente giustiziata: tutti gli "adulti", dai dodici anni in su. I bambini furono costretti ad assistere e poi lasciati là a morire sulle montagne.»

«E questa Bajaratt era una di quei bambini?»

«Lasciami spiegare. I baschi che vivono su quei monti sono molto isolati. Hanno l'antica usanza di seppellire i loro registri pubblici fra i cipressi che sorgono più a nord nel loro territorio. Ora, della nostra squadra faceva parte un antropologo, specializzato nello studio delle etnie dei Pirenei, che sapeva parlare e leggere la loro lingua... riuscì a trovare questi registri. Le ultime pagine erano state redatte da una ragazzina che descriveva tutto l'orrore della scena: suo padre e sua madre decapitati davanti ai suoi occhi con le baionette che i carnefici avevano affilato contro le rocce mentre le vittime stavano a guardare.»

«Spaventoso. E la ragazzina è ora questa donna, *Bajaratt?*»

«Ha firmato con il nome *Amaya el Baj... Yovamanaree,* che è il termine più vicino allo spagnolo *jovena mujer,* "giovane donna". Seguiva un'unica frase in perfetto spagnolo: *Muerte para toda autoridad...*»

«Morte a ogni autorità» completò Cooke. «È tutto?»

«No, ci sono altre due cose. Ha aggiunto una frase finale, e, nota bene, l'ha scritta una bambina di dieci anni. "*Shirharrá Baj*".»

«Che cosa diavolo significa?»

«Pressappoco, una giovane donna presto matura per il concepimento, ma che non metterà mai al mondo figli.»

«Macabro, certo, ma comprensibile, penso.»

«La leggenda della montagna parla di una bambina che guidava gli altri bambini del villaggio fuori delle valli, evitando decine di pattuglie nemiche... che ha persino ucciso dei soldati con le loro stesse baionette, attirandoli in trappole, tutto da sola!»

«Una ragazzina di dieci anni... incredibile!» Geoffrey Cooke corrugò la fronte. «Lei ha detto che c'erano altre due cose. Qual è la seconda?»

«L'ultima prova che per noi ha confermato la sua identità. Fra i registri sepolti c'erano storie di famiglia... alcuni clan dei baschi, più isolati degli altri, vivono nel terrore di nozze consanguinee, e questa è la ragione per cui tanti giovani e tante ragazze vengono mandati lontano. Comunque, c'era una famiglia Aquirre, il cui primo figlio era una femmina battezzata Amaya, nome molto comune in quei posti... Il cognome "Aquirre" era stato cancellato, raschiato via come in un gesto di rabbia, e sostituito con "Bajaratt".»

«Dio del cielo, perché? Lo avete scoperto?»

«Sì, una brutta storia. I nostri ragazzi si sono rivolti ai colleghi dei servizi segreti di Madrid, li hanno persino minacciati di rifiutar loro il nostro appoggio in ciò che più gli occorreva se non aprivano certi dossier segreti riguardanti le incursioni militari nei Paesi Baschi. Tu hai usato la parola "macabro", e non sai quanto sia adatta. Abbiamo trovato il nome Bajaratt: corrispondeva a un sergente franco-spagnolo che aveva partecipato all'orrendo attacco contro quel villaggio. In poche parole, era il soldato che aveva mozzato la testa della madre di Amaya Aquirre... La ragazza assunse quel nome per tutto l'orrore che le ricordava, non certo in onore del soldato, ma per un deliberato proposito: non avrebbe dimenticato quel momento, per tutta la sua vita. Sarebbe diventata un killer, infame come l'uomo che sotto i suoi occhi aveva conficcato la baionetta nella gola di sua madre.»

«Un'idea estremamente contorta,» mormorò Cooke con voce appena udibile «ma è comprensibile. Una bambina assume le vesti di un mostro e in tal modo pensa di poter vendicarsi. Qualcosa di non molto dissimile avviene nella sindrome di Stoccolma, quando i prigionieri di guerra, angariati e torturati, si identificano con i loro aguzzini. Ma ciò è tanto più orrendo quando avviene in una bambina... Così Amaya Aquirre è diventata Amaya Bajaratt. Tuttavia, pur ripudiando il suo vero cognome, non ha mai pronunciato quello di Bajaratt.»

«Abbiamo interrogato uno psichiatra specializzato in turbe dell'infanzia» aggiunse il capo del MI6. «Ci ha detto che una ragazzina di quell'età, che avesse vissuto momenti così angosciosi e traumatizzanti, potrebbe avere la tendenza a rivelare solo una parte di se stessa, non tutta.»

«Non sono sicuro di seguirla, signore.»

«L'ha chiamata "sindrome del testosterone". Un piccolo maschio in analoghe circostanze potrebbe facilmente scrivere "morte a ogni autorità", e poi firmare con il suo nome per intero, in segno di vendetta per chiunque leggesse; ma una femmina si comporterebbe in modo diverso, sottraendo parte del nome perché pensa a una reale vendetta futura. Deve vincere i nemici in astuzia, non in forza muscolare... Tuttavia non può evitare di esporre almeno una parte di se stessa.»

«Penso di capire» annuì Cooke. «Ma, buon Dio... registri sepolti nella terra fra i cipressi... esecuzioni in massa e decapitazioni con la baionetta, e una bambina che vive tutto questo! Cristo, probabilmente abbiamo davanti una psicopatica! Una che vorrà vedere solo teste mozzate rotolare a terra, come quelle dei suoi genitori!»

«*Muerte para toda autoridad*» ripeté il capo del MI6. «Le teste delle autorità, ovunque!»

«Sì, posso capire...»

«Per molti anni la Bajaratt ha vissuto nella Valle della Beqa'a con il capo di una fazione palestinese particolarmente estremista e si è identificata con la sua causa. Pare che lei e l'amante si siano anche sposati la primavera scorsa. Ma lui è stato ucciso nove settimane fa in uno scontro sulla spiaggia di Ashqelon, a sud di Tel Aviv.»

«Oh, sì, ricordo di aver letto di quel commando. Sono stati tutti sterminati, non c'è stato nessun prigioniero.»

«Ricordi il comunicato diffuso in tutto il mondo dal nuovo capo della fazione?»

«Qualcosa a proposito delle armi, mi pare.»

«Esatto. Diceva che le armi israeliane che avevano ucciso i "guerrieri della libertà" erano state fabbricate in America, in Inghilterra e in Francia... e che il popolo a cui era stata rubata la terra natìa non avrebbe mai dimenticato o perdonato i maledetti che le avevano fornite.»

«Le solite idiozie che sentiamo tutti i giorni.»

«Così Amaya Bajaratt, aggiungendo come pseudonimo di guerra "L'Implacabile", recapitò un messaggio all'Alto Consiglio della Valle della Beqa'a; e i tuoi amici, o ex amici, del Mossad per fortuna riuscirono a intercettarlo. La donna e i suoi compagni hanno consacrato le loro vite a "far cadere le teste delle quattro grandi bestie". Lei stessa sarà "la folgore che darà il segnale".»

«Quale segnale?»

«Per quanto il Mossad ha potuto appurare, sarà il segnale per i suoi complici segreti a Londra, Parigi e Gerusalemme perché passino all'azione. Gli israeliani ritengono che sia implicito in quella parte del messaggio che dice: "Non appena la più infame di queste bestie precipiterà in mare, le altre dovranno rapidamente seguire".»

«La più infame...? In mare...? Buon Dio, l'America?»

«Sicuro, Cooke: Amaya Bajaratt si accinge ad assassinare il presidente degli Stati Uniti. Quello sarà il suo segnale.»

«Ma è assurdo!»

«Il curriculum della donna fa pensare che non lo sia affatto. Professionalmente, Amaya non ha mai fallito un colpo. È un genio strategico e questo è il vertice della sua attività omicida, la sua vendetta contro ogni autorità "brutale", cui si aggiunge ora una profonda motivazione personale: la morte del marito. Dobbiamo fermarla, Geoffrey. Ecco perché il Foreign Office, con il pieno consenso della mia organizzazione, ha deciso che tu riprenda subito la tua vecchia postazione nei Caraibi. Per dirla con le tue stesse parole, se c'è un esperto di quella zona, sei certamente tu.»

«Ma, signore, lei parla con un uomo di sessantaquattro anni, che sta per andare in pensione!»

«Tu hai ancora contatti in tutte le isole. Francamente, riteniamo che tu possa ottenere risultati più rapidamente di chiunque altro. Dobbiamo trovare quella donna e toglierla di mezzo.»

«Ma ha pensato che, se anche partissi subito, oggi, nel tempo che impiegherei per arrivare là, la donna potrebbe filarsela chissà dove?»

«Quanto a "filarsela"» il capo del MI6 ebbe un breve sorriso «tanto noi che i francesi riteniamo che non andrà da nessuna parte per un certo numero di giorni, diciamo una settimana o forse due.»

«Glielo dice la sfera di cristallo?»

«No, il comune buonsenso. L'enormità della sua impresa richiederà una progettazione lunga e accurata, per calcolare le risorse umane, finanziarie e tecniche, mezzi aerei compresi. Può essere una psicopatica, ma non è certo una sprovveduta: non penserà di organizzare la spedizione sul territorio degli Stati Uniti.»

«Capisco, sceglierà un luogo che non sia sotto il controllo diretto delle autorità federali, ma abbastanza vicino da consentirle agevoli contatti con i complici sul continente.»

«Questo è esattamente ciò che pensiamo noi» fece il capo del MI6.

«Come mai avrà comunicato il messaggio al Consiglio della Valle della Beqa'a?»

«Vuole il suo *Götterdämmerung*, forse. Pretende la gloria della sua impresa. Cosa psicologicamente coerente.»

«Be', lei mi affida un compito veramente irresistibile!»

«Così speravo.»

Cooke si alzò, fissando il suo superiore. «E ora che ho accettato l'incarico, vorrei darle un suggerimento.»

«Sentiamo, amico mio.»

«Non sono stato del tutto franco con lei. Ho detto che ero ancora in contatto con dei vecchi amici: più o meno è vero, ma non è tutta la verità. Ho sempre passato gran parte delle mie vacanze sulle isole: lei lo sa bene. E naturalmente,» continuò «gli ex colleghi e i nuovi conoscenti che operano nello stesso ramo si riuniscono e si scambiano i ricordi.»

«Oh, è naturale.»

«Bene, due anni fa ho incontrato un americano che conosce le isole meglio di me, per quanto spesso io ci torni. Ha due yacht con cui porta i turisti in crociera per quei mari, da Charlotte Amalie ad Antigua. Conosce ogni porto, ogni insenatura e ogni passaggio fra gli arcipelaghi... è il suo mestiere.»

«Sono ottime credenziali, Geoffrey, ma non del genere che...»

«Prego, mi lasci finire» interruppe Cooke. «Tanto per anticipare le sue obiezioni, si tratta di un ex ufficiale dei servizi d'informazione della Marina degli Stati Uniti. È relativamente giovane, poco più di quarant'anni, direi, e non ho idea delle ragioni per cui ha lasciato il servizio, ma ho sentito dire che non è stato in circostanze troppo piacevoli. Tuttavia, potrebbe essere un buon elemento, in questa impresa.»

Il capo del MI6 si protese, la mano destra offesa appoggiata sulla sinistra. «Il suo nome è Tyrell Nathaniel Hawthorne Terzo. È figlio di un professore di letteratura americana dell'università dell'Oregon e le circostanze del suo congedo dalla Marina sono effettivamente piuttosto spiacevoli. Certo, sarebbe un ottimo elemento, ma nessuno negli ambienti dei servizi segreti a Washington è riuscito a reclutarlo. Hanno tentato in tutti i modi, sperando di fargli cambiare idea... ma non hanno ottenuto niente. Il tipo ha pochissima stima per gli uomini di Washington, è convinto che non conoscano la differenza fra la verità e la menzogna... e ha risposto che vadano tutti al diavolo!»

«Buon Dio!» esclamò Geoffrey Cooke. «Lei sapeva delle mie vacanze, era informato di tutto. Sapeva persino che io l'ho incontrato.»

«Una piacevole crociera di tre giorni in mezzo alle Isole Sottovento, insieme con il tuo amico Ardisonne, Nome-in-Codice Richelieu.»

«Lei è proprio un bastardo!»

«Andiamo, Cooke, come puoi dire questo? Fra parentesi, l'ex capitano di fregata Hawthorne sta per approdare a Virgin Gorda, dove ho il sospetto che avrà qualche fastidio con il motore ausiliario. Il tuo aeroplano, tenente, parte per Anguilla alle cinque, hai tutto il tempo per fare i bagagli. Da Anguilla tu e il tuo amico Ardisonne prenderete un piccolo aereo privato per Virgin Gorda.» Il capo del MI6, Sezione Speciale, fece un sorriso smagliante. «Sarà una simpatica riunione!»

Dipartimento di Stato, Washington, D.C.

Intorno al tavolo della sala riunioni sedevano il segretario di Stato, quello della Difesa, i capi della CIA e dell'FBI, i capi dei servizi informazioni dell'Esercito e della Marina e il presidente dei capi di stato maggiore congiunti. Ognuno aveva alla sua sinistra un assistente, funzionario di alto rango e di assoluta fiducia. Il segretario di Stato presiedeva la riunione.

«Signori,» incominciò «tutti voi disponete delle stesse informazioni che ho io, così possiamo fare a meno di lungaggini introduttive. Qualcuno di voi penserà che la nostra reazione sia eccessiva, e devo ammettere che fino a questa mattina anch'io sarei stato d'accordo. Una terrorista isolata, ossessionata dall'idea di uccidere il presidente e dare così il segnale per l'eliminazione dei capi di governo della Gran Bretagna, della Francia e di Israele, pareva addirittura un'ipotesi inverosimile. Ma questa mattina alle sei ho ricevuto una telefonata dal direttore della CIA, che mi ha richiamato di nuovo alle undici, e ho cominciato a cambiare opinione. Vuole spiegare, prego, Mr. Gillette?»

«Farò del mio meglio, signore» rispose il corpulento capo della CIA. «Ieri il nostro informatore nel Bahrein, che registra le operazioni finanziarie della Valle della Beqa'a, è stato ucciso un'ora dopo aver comunicato al nostro agente che mezzo milione di dollari era stato trasferito al Crédit Suisse di Zurigo. Non è una somma esorbitante, ma quando il nostro agente a Zurigo ha cercato di mettersi in contatto con la sua fonte alla banca, una fonte pagata profumatamente con i nostri fondi neri, non è riuscito a raggiungerla. Più tardi, quando ha insistito, in modo anonimo, naturalmente, presentandosi come un vecchio amico, si è sentito dire che il tizio si era recato a Londra in aereo per affari. In seguito il nostro agente, tornato a casa, ha trovato un messaggio sulla segreteria telefonica. Era il suo informatore, il quale chiedeva in tono piuttosto disperato che il nostro agente lo raggiungesse in un bar a Dudendorf, una città situata una trentina di chilometri a nord di Zurigo. Il nostro agente ha preso la macchina e si è recato subito sul posto, ma l'uomo non è comparso.»

«E che cosa ne conclude?» chiese il capo del servizio G-2 dell'Esercito.

«È stato eliminato per cancellare ogni traccia del denaro» rispose un tarchiato funzionario con radi capelli rossicci seduto alla sinistra del capo della CIA. «Ma è solo un'ipotesi» aggiunse.

«Basata su che cosa?» chiese il segretario di Stato.

«Sulla logica» rispose seccamente l'assistente del capo della CIA. «Prima il nostro uomo nel Bahrein viene ucciso per aver passato l'informazione iniziale, poi Zurigo inventa la storia di Londra per poter trascinare il nostro agente a Dudendorf, lontano dal suo ambiente abituale... I palestinesi della Beqa'a lo hanno trovato e hanno voluto cancellare la pista.»

«Per il trasferimento di una somma di sole sei cifre?» osservò il capo dei servizi d'informazione della Marina. «Si sono presi un mucchio di fastidi per una somma piuttosto modesta, non è vero?»

«Non è il denaro che importa» replicò l'assistente. «Quello che vogliono coprire è il destinatario, e il luogo dove si trova. Una volta che l'operazione risulti sicura, potranno trasferire somme cento volte maggiori.»

«*Bajaratt*» intervenne il segretario di Stato. «Così si è rimessa in viaggio... Bene, questo è il modo in cui intendiamo operare, e la chiave del successo è la massima segretezza. A eccezione dei radiotelegrafisti della CIA, *noi soli*, che sediamo a questo tavolo, ci scambieremo le informazioni raccolte dai nostri dipartimenti. Mettiamo sotto codice i fax e usiamo solo linee sicure se dobbiamo parlarci per telefono. Niente deve uscire da questo gruppo che non sia autorizzato da me o dalla CIA. Anche la più piccola fuga di notizie sull'esistenza di questa operazione può ritorcersi contro di noi e creare una confusione di cui non abbiamo bisogno.»

Il telefono rosso che stava di fronte al segretario di Stato ronzò. «Sì...? È per lei» disse l'alto funzionario al capo della CIA. Gillette si alzò e prese il ricevitore.

«Capisco» fece dopo aver ascoltato per qualche minuto. Depose il ricevitore e fissò il suo assistente dai capelli rossicci. «Ecco la conferma che lei voleva. Il nostro agente a Zurigo è stato trovato nella Spitzplatz, con due colpi di pistola in testa.»

«Stanno cercando di coprirla in tutti i modi, quella figlia di buona donna» commentò l'analista della CIA che rispondeva al nome di O'Ryan.

2

L'uomo alto in calzoncini bianchi, con il volto abbronzato dal sole dei Tropici e coperto di ispida barba, saltò sul molo e gridò rivolto a due uomini a bordo dell'imbarcazione che stava accostando: «Che diavolo volete dire, che c'è una perdita nel motore ausiliario? L'ho usato io stesso in bonaccia, e andava perfettamente».

«Vedi, amico» replicò uno dei due con voce stanca mentre Tyrell Hawthorne afferrava la cima che gli veniva gettata. «Non me ne importa un fico che il motore sia nuovo, non c'è rimasto dentro un goccio d'olio. Se vuoi usare la barca, fatti tuoi. Io, sicuro come l'oro, farò rapporto, non voglio essere responsabile della tua stupidità.»

«Va bene, va bene» fece Hawthorne conciliante, afferrando la mano che l'uomo gli tendeva. «Che cos'hai riscontrato?»

«Guarnizioni marce e due cilindri danneggiati, Tye.» Il meccanico si voltò ad assicurare la seconda cima a un pilone, in modo che anche il suo compagno potesse salire sul molo. «Quante volte ti ho detto, ragazzo mio, che tu sei troppo bravo con le vele e il vento? Devi usare di più i motori, altrimenti si asciugano sotto questo dannato sole! Non te l'ho ripetuto mille volte?»

«Sì, Marty, è vero, non posso negarlo.»

«E con i prezzi che fai pagare ai clienti, non devi preoccuparti del costo della benzina!»

«Ma non c'entra il denaro!» protestò lo skipper. «Sono i clienti che preferiscono andare a vela, lo sai, a meno che non ci sia un lungo periodo di bonaccia. Quanto ti ci vuole per sistemarlo... un paio d'ore?»

«Sei matto, amico. Prova domani a mezzogiorno: cerco di fare arrivare in mattinata i pezzi di ricambio.»

«Dannazione! Ho a bordo dei buoni clienti che si aspettano di sbarcare a Tortola stanotte.»

«Fagli mandar giù un paio di punch al rum e fissagli delle camere al club. Non si accorgeranno neanche del contrattempo.»

«Non ho scelta» borbottò Hawthorne allontanandosi.

«Mi dispiace, vecchio mio» mormorò fra sé il meccanico guardando l'amico allontanarsi sul molo. «Detesto farti questo, ma devo obbedire agli ordini.»

Era già notte fonda e sui Caraibi regnavano le tenebre quando il capitano Tyrell Hawthorne, solo e unico proprietario della Olympic Charters, Ltd., accompagnò i suoi clienti, prima una coppia poi l'altra, alle loro stanze nell'albergo del club nautico. Si trattava di uno spiacevole imprevisto, ma mettere a letto i quattro turisti non fu un problema: aveva ben provveduto il barista. Così Tye Hawthorne tornò al bar ormai deserto sulla spiaggia e ringraziò concretamente il vecchio amico, facendogli scivolare in mano cinquanta dollari.

«Ma no, Tye, non è il caso!»

«Perché allora li stringi così forte tra le dita?»

«È l'istinto, caro mio. Se vuoi, te li posso rendere.»

Entrambi scoppiarono a ridere. Era un vecchio scherzo tra loro.

«Come vanno gli affari, capitano?» chiese il barista, versando a Hawthorne un bicchiere del suo solito vino bianco.

«Non male, Roger. Tutt'e due le nostre barche stanno lavorando, e se quell'idiota di mio fratello riesce a trovare la rotta per tornare a Red Hook, a Saint T., ci guadagneremo quest'anno.»

«Ehi, mi piace tuo fratello. È un tipo simpatico.»

«Simpatico davvero, Roger. Sapevi che è un dottore?»

«Cosa? Tutte le volte che viene qui e io ho i dolori in tutte le ossa, potrei chiedergli una cura?»

«No, non quel genere di dottore. Ha una laurea in letteratura, proprio come nostro padre.»

«Non cura i dolori e le ossa rotte? E allora, a che serve?» Il barista abbassò la voce di colpo sussurrando: «Ehi, amico! Due tizi stanno venendo qui lungo il sentiero. Cercano qualcuno. Ho la sensazione... non mi piacciono quei due! Ma non ti preoccupare: ho la pistola». Allungò una mano sotto il bancone.

«Ehi, Roger, di che diavolo parli?» fece una voce dietro di loro.

Hawthorne si voltò. «Geoff!» esclamò. «Sei proprio tu, Cooke?... E Jacques, anche tu qui? Che diavolo ci fate voi due da queste parti?... Metti via l'artiglieria, Roger, sono vecchi amici.»

«La metterò via quando sarò sicuro che anche loro sono senza cannoni.»

«Ehi, amici, questo è un altro vecchio compare... qui sulle isole abbiamo avuto dei problemi ultimamente. Tenete le mani in vista e ditegli che non avete armi, okay?»

«E come potremmo avere armi?» ribatté Cooke. «Siamo venuti con un aereo delle linee internazionali dove i controlli sono severi.»

«*Mais oui!*» aggiunse Ardisonne, Nome-in-Codice Richelieu.

«Sono a posto, Roger» disse Hawthorne al barista, saltando giù dallo sgabello e stringendo la mano ai due nuovi arrivati. «Vi ricordate la nostra crociera in barca a vela nelle... oh, a proposito, perché siete qui? Credevo che foste entrambi in pensione.»

«Dobbiamo parlare, Tyrell» lo interruppe Cooke.

«Subito» aggiunse Ardisonne. «Non c'è tempo da perdere.»

«Ehi, aspetta un momento. All'improvviso il mio motore che è sempre stato perfetto non funziona; e altrettanto all'improvviso ecco sbucare dalle tenebre della notte quel filibustiere di Cooke insieme con quel vecchio briccone di Richelieu. Che diavolo succede, signori miei?»

«Ti ho detto che dobbiamo parlare, Tyrell» insisté Geoffrey Cooke, MI6.

«Non sono proprio sicuro che dobbiamo» ribatté l'ex capitano di corvetta Hawthorne, servizi d'informazione della Marina. «Perché se quel che volete dirmi ha qualcosa a che fare con quella merda che Washington voleva farmi mandar giù, meglio che ve ne scordiate.»

«Tu hai tutto il diritto di avercela con Washington,» replicò Ardisonne con il suo spiccato accento francese «ma che ragione avresti di non ascoltare due vecchi amici? Giustamente hai detto che dovremmo essere in pensione, ma ecco che *all'improvviso*, per usare le tue parole, non lo siamo più. E perché? Non è questa una buona ragione per ascoltarci?»

«Sentitemi bene, ragazzi... quel che voi rappresentate mi è costato la donna con cui volevo passare il resto della mia vita. I vostri maledetti giochetti l'hanno uccisa ad Amsterdam, quindi è comprensibile che non voglia parlare con voi... Versa un drink a questi "agenti segreti", Roger, e mettilo sul mio conto. Io torno alla mia barca.»

«Ti ripeto, Tyrell, che né io né Ardisonne abbiamo avuto a che fare con la faccenda di Amsterdam, e tu lo sai.»

«I dannati servizi sì, e voi lo sapete.»

«Ma noi eravamo ben lontani, *mon ami*» obiettò Nome-in-Codice Richelieu. «Altrimenti, come avremmo potuto andare in crociera insieme?»

«Ascolta, Tye.» La mano di Geoffrey Cooke strinse con forza la spalla di Hawthorne. «Siamo sempre stati buoni amici, e ora dobbiamo davvero parlare.»

«Merda!» imprecò Tyrell afferrandogli il braccio. «Hai usato un ago! Era un *ago*! Mi hai punto! Prendi la pistola, Roger...!» Prima che il barista potesse afferrare l'arma, Nome-in-Codice Richelieu alzò il braccio e lo puntò verso di lui. Fece schioccare il dito indice e una freccetta di narcotico schizzò fuori dalla sua manica e finì nel collo dell'uomo dietro il bancone del bar.

Era l'alba. Lentamente gli occhi mettevano a fuoco le immagini, ma non erano quelle che Hawthorne ricordava. Le facce chine su di lui non appartenevano né a Geoffrey Cooke né a Jacques Ardisonne: erano invece i lineamenti familiari di Marty e del suo socio Mickey, i due meccanici inglesi del porto di Virgin Gorda.

«Come va, vecchio mio?» chiese Marty.

«Vuoi un sorso di gin, amico?» aggiunse Mickey. «Certe volte schiarisce le idee.»

«Ma che diavolo è successo?» Tyrell sbatté le palpebre per mettere a fuoco la vista alla luce solare che entrava dalle finestre aperte. «Dov'è Roger?»

«Nel letto qui accanto» rispose Marty. «Quando abbiamo scoperto che non eri morto, abbiamo per così dire requisito questo villino... abbiamo detto alla reception che avevamo trovato un nido di serpenti che stavano per entrare...»

«Non ci sono serpenti su Gorda.»

«Ma loro non lo sanno» osservò Mickey. «Sono dei novellini, bellimbusti di Londra.»

«E dove sono Cooke e Ardisonne... quei tizi che ci hanno drogato?»

«Sono là, ragazzo mio.» Marty additò due sedie a sdraio dall'altra parte della stanza, su cui erano strettamente legati Geoffrey Cooke e Jacques Ardisonne, con un bavaglio sulla bocca. «Come ho detto a Mick, dovevo fare quello che ho fatto perché lo ha deciso la nostra fottuta corona. Ma nessuno mi ha spiegato che cosa dovevo fare *dopo*. Così io non ti ho mai perso di vista, e se questi *bastardi* ti avessero fatto del male adesso galleggerebbero intorno a Shark Island in pasto ai pescecani.»

«E allora non c'era nessun guasto al motore?»

«Proprio nessuno, vecchio mio. Il capoccia del Palazzo del Governo mi ha chiamato personalmente e mi ha detto che era per il tuo bene. Un bene fottuto, eh?»

«Già, un bene fottuto» assentì Hawthorne sollevandosi su un gomito e guardando i suoi due ex amici legati come salami.

«Ehi, vecchio!» chiamò con voce rauca il barista dal letto vicino.

«Dagli un'occhiata, Marty» ordinò Tyrell.

«Sta benone, Tye» annunciò Mickey inginocchiandosi accanto al letto di Roger. «Ho costretto quel francese a dirmi che cosa vi avevano fatto − altrimenti sarebbe stato peggio per lui − e lui ha risposto che quella roba finiva di fare effetto dopo cinque o sei ore.»

«Le sei ore sono passate, Mick, e ne stanno cominciando altre sei.»

La donna aiutò il giovane a portare lo scafo alla spiaggia legando la cima di poppa a una sporgenza del frangiflutti, che sorgeva poco oltre la stretta spiaggia ed era celato da una profusione di erbe e rampicanti. «Ora non si muoverà più, Nicola.» Studiò un attimo quel che restava dell'imbarcazione. «Non che importi molto: ormai potrebbe servire soltanto come legna da ardere.»

«Tu sei veramente pazza!» Il ragazzo cominciò a scaricare sulla spiaggia le poche provviste e il fucile. «È un miracolo se non siamo finiti in fondo al mare!»

«Prendi il fucile e lascia il resto» ordinò Amaya. «Non ne avremo bisogno.»

«Ma come lo sai? Dove siamo?...»

«Bene, mio adorabile ragazzo, penso che tu abbia diritto a una risposta.»

«Diritto? Tre giorni tra la vita e la morte, tre giorni di terrore! Credo bene di averne il diritto!»

«Oh, andiamo! Quello che non sai è che non ci siamo mai allontanati più di due o trecento metri dalla costa, e sempre sottovento! Per questo dovevamo virare così spesso... Naturalmente non c'era niente da fare contro quel fulmine.»

«Una follia!»

«Non proprio. Ho navigato a vela su queste acque per quasi due anni, le conosco bene.»

«Ma perché l'hai fatto? Per poco non ci abbiamo lasciato la pelle. E perché hai sparato a quella donna?»

Amaya fece un gesto verso il cadavere. «Prendi la sua pistola: la marea porterà via il corpo durante la notte.»

«Ma tu continui a non rispondermi!»

«Mettiamo in chiaro una cosa, Nicola. Tu hai diritto di sapere solo quello che io ho voglia di dirti. Raccogli quell'arma.»

«Oh, mio Dio!» mormorò il giovane chinandosi sul corpo della donna. Le onde lambivano già il volto del cadavere. «Non c'è nessun altro qui?»

Amaya girò lo sguardo sull'isola mentre un'ondata di ricordi le invadeva la mente. «Solo un giardiniere ritardato che controlla un branco di mastini. Il padrone dell'isola è un vecchio amico, malato e bisognoso di cure. Ora è a Miami, in Florida, per un trattamento radioterapico. Viene qui il primo di ogni mese per cinque giorni. Questo è quanto tu devi sapere. Vieni, saliamo.»

«E chi è quest'uomo?» chiese il ragazzo.

«Il mio unico vero padre» rispose Amaya Aquirre-Bajaratt con voce bassa e sognante mentre attraversavano la spiaggia. Il suo improvviso silenzio disse chiaramente al giovane che non doveva interrompere i suoi pensieri. E quali pensieri! I due anni più felici della sua vita, tramontati per sempre. Il Padrone, l'elegante boss del vizio, era l'uomo che lei ammirava di più. A ventiquattro anni l'alto e biondo "golden boy" di Cuba con gli occhi azzurri come il ghiaccio, scelto dai grandi capimafia di Palermo, New York e Miami, aveva ottenuto il controllo dei casinò dell'Avana. Non aveva paura di nessuno e terrorizzava chiunque pensasse di opporsi alle sue decisioni. Pochi avevano osato mettersi contro di lui, e quelli che l'avevano fatto erano scomparsi. Amaya aveva sentito raccontare quelle storie nella Beqa'a, nel Bahrein, al Cairo.

I pezzi da novanta della mafia l'avevano scelto perché lo giudicavano il loro uomo più capace dopo Al Capone, che aveva "regnato" su Chicago quando aveva appena ventisette anni. Ma tutto era crollato a causa di Fidel Castro che aveva rovinato ogni cosa, compresa quella Cuba che aveva giurato di salvare.

Nulla tuttavia aveva fermato l'uomo. Dapprima si era trasferito a Buenos Aires, dove aveva messo in piedi un'organizzazione di grande efficienza, lavorando con il governo militare. Poi era passato a Rio de Janeiro, superando con la sua attività sempre più fiorente i più audaci progetti dei suoi superiori. Arroccato in una tenuta segreta di oltre diecimila acri, aveva reclutato un esercito di ex soldati, esperti nell'arte di uccidere, rifiutati dalle forze armate di molti Paesi. E vendeva morte per astronomiche somme di denaro. L'assassinio era il suo prodotto e trovava innumerevoli compratori in un mondo sconvolto dalle lotte politiche. *La nostra legione straniera*, la chiamavano i capimafia tra fragorose risate, brindando a Palermo, New York, Miami e Dallas, dove ricevevano la loro percentuale su ogni costoso assassinio. Il silenzioso, invisibile esercito del Padrone era veramente la loro legione straniera.

Finché l'età e la malattia l'avevano costretto a ritirarsi nella sua isola inaccessibile. E qui, di colpo, una donna era entrata nella sua vita. Dall'altra parte del mondo, Amaya Bajaratt era stata gravemente ferita nel porto cipriota di Vasilikos, mentre dava la caccia a un commando inviato dal Mossad a uccidere un eroe palestinese, il terrorista che in seguito era diventato suo marito. Alla testa della piccola unità mandata al contrattacco, Amaya aveva assalito il commando israeliano al largo della costa, annientandolo dopo un breve e micidiale combattimento. Era stata colpita da quattro proiettili all'addome ed era stata raccolta in fin di vita.

A Cipro un medico clandestino aveva dichiarato che poteva solo rabberciarla provvisoriamente, tamponando in parte le emorragie interne, ma non si poteva far altro senza un intervento di alta chirurgia. E c'era un'altra considerazione: nessun ospedale e nessuna sala operatoria dotata delle necessarie tecnologie, né nel Mediterraneo né in tutta Europa, avrebbe accolto un terrorista con ferite da arma da fuoco senza avvertire le autorità... e l'Unione Sovietica non era ormai più un rifugio.

Tuttavia, da ripetute e urgenti telefonate ai compagni della Valle della Beqa'a, era emersa una possibile soluzione. C'era un uomo nei Caraibi, che aveva in pugno potenti organizzazioni, dalla droga allo spionaggio industriale ai segreti militari al contrabbando di armi. Aveva lavorato spesso per i palestinesi della Valle della Beqa'a, riscuotendo oltre due miliardi di dollari per le sue operazioni nel Medio Oriente. Quell'uomo non poteva respingere la richiesta dell'Alto Consiglio... non avrebbe mai osato.

Per diverse ore l'uomo dei Caraibi aveva cercato di rifiutare, ma l'eroico combattente a cui la donna aveva salvato la vita non tollerava rifiuti. Aveva giurato di lanciare tutti i pugnali della Valle della Beqa'a a trafiggere la gola dell'ingrato "sensale di morte" e di tutti i suoi complici sparsi in ogni angolo del mondo, se non collaborava.

La donna, morente, era stata portata in aereo ad Ankara e di qui su un jet militare da carico alla Martinica, dove era stata trasferita su un bimotore. Undici ore dopo aver lasciato Cipro era arrivata sul molo dell'isola segreta, non segnata sulle carte, dove sorgeva la fortezza del Padrone. L'attendeva una squadra di chirurghi venuti da Miami, che aveva già tenuto consulto con il medico di Cipro. La donna era stata salvata e il Padrone, benché riluttante, non aveva badato a spese pur di non perdere i clienti della Valle della Beqa'a, né tantomeno la propria vita.

Mentre, insieme con Nicola, si avvicinava allo scalone di pietra che portava alla grande casa, Amaya uscì in un'aspra risata.

«Che c'è?» esclamò il ragazzo. «Non vedo nulla di allegro qui.»

«Non è niente, mio caro. Mi venivano in mente i miei primi giorni sull'isola. Tu non li troveresti interessanti... Vieni ora, i gradini sono ripidi, ma correre su e giù è un esercizio eccellente per riguadagnare le forze.»

«Io non ne ho bisogno.»

«Una volta ne ho avuto bisogno io.» Le tornavano alla mente i ricordi di quelle prime settimane con il Padrone. All'inizio si tenevano a distanza come due gatti sospettosi: lei sdegnata per il lusso che quell'uomo si permetteva, lui irritato per l'interferenza nel suo tranquillo e opulento tenore di vita. Poi, casualmente, Amaya aveva invaso la sua cucina, una volta che l'uomo era in collera con la cuoca – la stessa donna che ora giaceva morta sulla spiaggia. Era stata Amaya a preparargli il pranzo: lo scorbutico proprietario dell'isola l'aveva gradito. Poi vennero gli scacchi. L'uomo si vantava di essere un maestro: la ragazza lo batté due volte, poi palesemente gli lasciò vincere la terza. Lui scoppiò a ridere, rendendosene conto, e apprezzò la sua generosità.

«Sei una donna adorabile,» le aveva detto «ma non farlo mai più.»

«Allora ti batterò ogni volta e tu sarai furioso.»

«No, bambina mia, imparerò da te. È la storia della mia vita. Io imparo da tutti... Una volta volevo diventare un attore del cinema, credevo che l'altezza e il bel fisico e i capelli biondi avrebbero conquistato gli schermi. Poi sai che cos'è successo? Rossellini vide un provino che avevo fatto per Cinecittà a Roma: e sai che cosa disse? Disse che c'era qualcosa di orrendo nei miei occhi, un gelo che non riusciva a spiegare. E aveva ragione. Così me ne andai altrove.»

Da quella notte passarono ore e ore insieme, da pari a pari. Infine, una sera, mentre erano seduti sulla veranda a contemplare il tramonto, l'uomo aveva detto: «Tu sei la figlia che non ho mai avuto».

«E tu sei il mio solo vero e unico padre» aveva replicato Amaya.

Nicola, che camminava qualche passo avanti, tese la mano verso la massiccia porta di legno, spessa almeno sette centimetri. «Credo che sia aperta, Valeria.»

«Infatti, Hectra deve essere scesa in fretta dimenticando di chiuderla.»

«Chi?»

«Non importa. Dammi il fucile, nel caso ci sia in giro un cane. Ora, apri la porta con un calcio.»

Di colpo, appena entrarono, partì da ogni angolo una raffica di colpi, che riecheggiarono rombando fra le pareti di pietra. Amaya e il ragazzo si gettarono a terra, mentre la donna sparava a sua volta fino a esaurire le munizioni. Poi, mentre le spirali di fumo salivano verso l'alto soffitto, ci fu un improvviso silenzio. I due intrusi alzarono la testa, sorpresi di essere entrambi vivi. Poi fra i veli di densa nebbia comparve la figura di un vecchio su una sedia a rotelle, che si spingeva avanti dal fondo del salone. Sulla balconata semicircolare, alla sommità del ricurvo scalone, due uomini imbracciavano il fucile. Sorridevano: avevano sparato a salve.

«Oh, mio Dio, Annie!» esclamò la fragile voce dalla sedia a

rotelle, in un inglese dal forte accento straniero. «Non avrei mai pensato che tu potessi fare una cosa simile!»

«Tu dovevi essere a Miami, sei sempre a Miami, per le cure!»

«Andiamo, ragazza, che cosa possono fare ormai per me?... Ma uccidere la tua vecchia amica Hectra, che ti ha curato e ti ha ridato la salute cinque anni fa... è stato un gesto assurdo! A proposito, adesso sei in debito con me: mi devi una donna che sia altrettanto fedele. Sarai tu?»

Amaya si alzò lentamente. «Avevo bisogno di questo posto per pochi giorni e nessuno, *nessuno*, doveva sapere dov'ero o che cosa facevo o chi dovevo incontrare, nemmeno Hectra. Tu hai la radio, i satelliti, me li hai mostrati tu stesso.»

«Dici che nessuno sa che cosa fai, o più precisamente che cosa intendi fare? Credi forse che questo vecchio davanti a te abbia perduto il cervello perché ha ormai un piede nella tomba? Ti assicuro che non è così. E non ho perduto neppure i miei agenti, dalla Beqa'a al Deuxième francese al brillante MI6 e ai loro colleghi americani. So perfettamente quali sono le tue intenzioni... *Muerte para toda autoridad*, non è così?»

«È lo scopo più importante della mia vita e certamente segnerà la mia fine, ma devo farlo, Padrone.»

«Sì, capisco... sono dolente per il tuo lutto, Annie, per l'uomo caduto ad Ashqelon. Mi dicono che era un uomo eccezionale, un vero capo, deciso e senza paura.»

«Vedevo in lui molto di te, Padrone, di te come dovevi essere alla sua età.»

«Lui era assai più idealista, immagino.»

«Avrebbe potuto essere tutto quello che voleva, ma il mondo non gliel'ha permesso. Come non lo permette a me. Le cose che non possiamo controllare ci controllano.»

«È vero, figlia mia. Io avrei voluto essere un attore del cinema, te l'ho mai detto?»

«E saresti stato un grande attore, mio unico vero padre» ribatté Amaya. «Ma mi consentirai di adempiere alla missione suprema della mia vita?»

«Solo con il mio aiuto, mia unica vera figlia. Anch'io voglio vedere morte tutte le autorità che hanno in mano le leve del potere, perché sono quelle che ci hanno fatto così come ora siamo... Vieni ad abbracciarmi, come facevi una volta. Sei a casa.»

Amaya Bajaratt si inginocchiò e aprì le braccia al vecchio invalido. Questi fece un cenno verso il giovane, che ancora accucciato sul pavimento guardava la scena con occhi sbarrati e pieni di terrore.

«Chi diavolo è?» chiese.

«Si chiama Nicola Montavi ed è il vero perno di tutto il mio piano» sussurrò Amaya. «Mi conosce come Valeria Cabrini.»

«Le delusioni richiedono un fiume di rum e un pasto abbondante. Vedrò di provvedere.»

«Mi consentirai di andare avanti, vero, Padrone?»

«Ma certo, figlia mia, però solo con il mio aiuto. L'uccisione di uomini così potenti! Il mondo sarà travolto dalla paura e dal panico. Sarà l'ultima nostra affermazione, prima che arrivi l'ora della nostra morte.»

3

Il sole dei Caraibi arroventava la terra, le rocce e la sabbia sull'isola di Virgin Gorda. Erano le undici del mattino e i croceristi di Tyrell Hawthorne si erano rifugiati sotto la tettoia di paglia del bar all'aperto, cercando di alleviare la nausea dovuta alla sbornia.

Tyrell tornò al villino dove Mickey faceva la guardia a Cooke e Ardisonne, mentre il suo collega Marty vigilava sul molo. Hawthorne sbatté la porta e si rivolse al meccanico. «Mick, fammi un favore, va' a prendere due bottiglie di vino bianco.» Poi proseguì: «Bene, ragazzi, veniamo a noi. È una gran bella cosa quando voi europei arrivate imbacuccati nei vostri impermeabili a pedinare i malfattori nei vicoli dei porti, ma perché non volete rendervene conto? L'alta tecnologia vi ha soppiantato, come ha soppiantato me. L'ho imparato ad Amsterdam. Quelli erano programmati dai numeri. Dire e fare quel che le macchine ordinano, questo è tutto!»

«Non è sempre vero, *mon ami*» ribatté Ardisonne. «Per dirla in parole povere, noi non siamo addestrati a usare la tecnologia. Siamo della vecchia scuola e devi credermi quando dico che la vecchia scuola sta tornando in voga molto in fretta. I computer con i loro modem, i satelliti e le loro foto, i confini attraversati da segnali radio e televisivi... tutto questo è *magnifique*, ma esclude il fattore umano. Noi lo sappiamo bene. Quando si incontra una persona faccia a faccia, gli occhi e l'istinto ci dicono se è o non è un nemico. Le macchine non hanno questa capacità.»

«Questa noiosa lezione serve per dirmi che i nostri vecchi sistemi di indagine sarebbero in grado di funzionare meglio dei fax e dei computer? Se è così, devono mandarvi al più presto in pensione.»

«Un momento» interruppe Cooke. «Credo che Jacques voglia dire piuttosto che la nostra esperienza, unita alla tecnologia, può essere più efficace che non l'una senza l'altra.»

«Ben detto, *mon ami*. Questa femmina psicopatica, questo killer in gonnella, non è priva di cervello né di risorse.»

«Secondo Washington, è anche piena di un odio che le annebbia il cervello.»

«Ma senza dubbio non è una giustificazione per quel che ha fatto o che, Dio ci aiuti, ha in mente di fare!» esclamò enfaticamente l'uomo del MI6.

«Certo no» ammise Hawthorne. «Ma mi domando come potrebbe essere ora, questa donna, se ci fosse stato qualcuno ad aiutarla in passato... Cristo, sua madre e suo padre sono stati decapitati sotto i suoi occhi! Credo che se questo fosse accaduto a mio fratello o a me, adesso saremmo dei killer come lei.»

«Tu hai perduto una moglie che adoravi, Tyrell,» replicò Cooke «e non sei diventato un killer.»

«No, ma mentirei se negassi che ho pensato di uccidere un certo numero di persone... e non solo l'ho pensato, ma in qualche caso l'ho persino progettato.»

«Ma non hai messo in pratica i progetti.»

«Solo perché qualcuno mi ha aiutato... credimi, solo perché c'era qualcuno a fermarmi.» Tyrell guardò fuori della finestra l'incessante movimento del mare. C'era stato qualcuno e, mio Dio, come gli mancava! In certi momenti, nei fumi dell'alcol, le aveva parlato dei suoi progetti di morte, era arrivato ad aprire certi cassetti segreti sulla sua barca per mostrarle i suoi piani, le mappe delle strade e dei fabbricati, le sue strategie per porre fine alla vita di quelli che avevano causato la morte di sua moglie. Dominique lo teneva fra le braccia mentre lui proferiva le sue deliranti minacce e gli mormorava all'orecchio che dare la morte non riportava in vita i defunti, creava solo dolore per quelli che non avevano alcun legame con Ingrid Johansen Hawthorne. Poi, al mattino, lei era ancora lì accanto, gli leniva con il suo sorriso gentile i sensi di colpa, gli ricordava come fossero folli e pericolose le sue fantasie: gli diceva che lo voleva vivo. Dio mio, come l'amava! Solo quando era scomparsa, lui aveva smesso di bere. Forse, pensava ora, se l'avesse fatto prima, sarebbe rimasta.

«Mi dispiace se ti abbiamo turbato» intervenne Ardisonne, sconcertato dall'improvviso silenzio di Hawthorne.

«Non è questo...»

«E allora, qual è la tua risposta, comandante? Ti abbiamo detto tutto, ci siamo anche scusati per la nostra azione di ieri notte, che al momento ci pareva appropriata. Cristo, quando un barista ti guarda in cagnesco e si abbassa a cercare qualcosa sotto il banco in un locale deserto di notte... be', Jacques e io conosciamo bene queste isole!»

«Ma avete esagerato! Dicevate di dover parlarmi con urgenza, e poi mi avete messo fuori uso per ben sei ore! Una bella urgenza, vecchio mio!»

«A dire il vero, quel trattamento non era destinato né a te, né al tuo amico barista» spiegò Ardisonne. «Francamente, era destinato a qualcun altro.»

«E chi?»

«Oh, andiamo, Tyrell, non sei così ingenuo! La Valle della Beqa'a ha i suoi tentacoli ovunque, e solo un ingenuo potrebbe pensare che nei nostri servizi non ci sono elementi corrotti, in un settore o nell'altro. Ventimila sterline possono far girare la testa di un burocrate.»

«Temevate di poter essere intercettati?»

«Dovevamo tener conto anche di questa possibilità, vecchio mio, perciò non abbiamo niente di scritto sulla Bajaratt, né foto, né appunti, né dossier. Se qualcuno, per qualsiasi ragione, avesse voluto attaccarci, a Parigi o a Londra o ad Antigua, dovevamo essere in grado di fermarlo. Noi siamo soltanto anziani turisti in vacanza: il contenuto dei nostri bagagli e i nostri effetti personali lo dicono chiaramente.»

«Così siete tornati agli impermeabili e ai pedinamenti nei vicoli.»

«Perché abbandonare l'azione clandestina? Non ti ha salvato la vita più di una volta durante la guerra fredda?»

«Un paio di volte, non di più, e mi ha portato quasi alla paranoia.»

«Ora siamo in un mondo diverso, comandante, non abbiamo più il lusso di conoscere i nostri nemici. Quelli dell'ultima generazione non sono agenti, né agenti doppi, né talpe. Quei tempi sono passati. Non siamo più di fronte a uomini che pensano pressappoco come pensiamo noi. L'odio è il nostro principale antagonista: non il potere o l'influenza geopolitica, ma l'odio nudo e crudo, la cieca vendetta, degli oppressi, dei reietti.»

«Un quadro drammatico, Geoff, ma voi lo gonfiate troppo. Washington è al corrente delle intenzioni della donna, e finché non sarà tolta di mezzo baderanno a che il presidente non venga a trovarsi in situazioni vulnerabili. Credo che sarà lo stesso a Londra, Parigi e Gerusalemme.»

«E chi è veramente invulnerabile, Tyrell?»

«Nessuno, certo, ma quella donna dovrebbe essere una strega per sfuggire ai controlli di polizia e alle più capillari attrezzature di sicurezza del mondo. Da quel che mi hanno detto, a Washington ogni mossa dell'Ufficio Ovale è controllata. Niente comparse in pubblico, niente uscite tra la folla, tutto si svolge in completo isolamento. Così, ti ripeto per l'ennesima volta, perché diavolo siete venuti a cercarmi?»

«Ma è una strega» replicò Ardisonne. «Ha gabbato il Deuxième, il MI6, il Mossad, l'Interpol e ogni servizio speciale di spionaggio e controspionaggio che si conosca. Ma almeno sappiamo che si trova in una zona specifica, un settore che possiamo rastrellare con l'aiuto della tecnologia e gli uomini più validi. Sarà una ricerca condotta da cacciatori esperti che conoscono perfettamente il territorio della preda.»

Hawthorne scrutò i due uomini in silenzio per qualche minuto. «Supponiamo che a certe condizioni io acconsenta ad aiutarvi,» disse infine «da dove cominciamo?»

«Dalle tecnologie che tu tieni in così alta considerazione» rispose Cooke. «Tutti i servizi segreti NATO e tutte le stazioni di polizia nell'area dei Caraibi hanno ricevuto descrizioni di Amaya Bajaratt e del giovane che l'accompagna.»

«Oh, che brillante trovata!» rise sarcastico Tyrell. «Avete trasmesso un allarme-radio a tutte le isole e vi aspettate risposta? Mi stupite, signori miei, pensavo che conosceste bene le viuzze nebbiose e i vicoli dei porti!»

«Che còsa vuoi dire?» chiese Ardisonne, per nulla divertito.

«Voglio dire che avete solo un trenta per cento di probabilità di ricevere un cenno da chiunque l'avvisti, si tratti o no di una fonte ufficiale. Se qualcuno la vede, non si precipiterà da voi, ma correrà a presentarsi alla donna e poche migliaia di dollari gli chiuderanno la bocca. Siete stati lontani troppo a lungo, amici miei, questo non è il paese di Oz. Tranne qualche posto come questo, la miseria regna sulle isole.»

«E tu che cosa faresti?» chiese Cooke.

«Quel che avreste dovuto fare voi» replicò Hawthorne. «Mi dite che la donna dovrebbe avere accesso alle banche della zona. Concentrate i vostri sforzi sulle isole che dispongono di questi servizi bancari: saranno venti o venticinque. Tra tutt'e due ne avete visitate già la maggior parte durante i vostri giri. Tenete pronto molto denaro in contanti: i maneggi sottobanco sono più efficaci di quelli alla luce del sole. Sono sorpreso di dovervelo ricordare.»

«Il tuo ragionamento non fa una grinza, vecchio mio, ma temo che non abbiamo abbastanza tempo. Parigi calcola che la Bajaratt resterà nella zona per una quindicina di giorni, Londra pensa un periodo molto più breve, diciamo da cinque a otto giorni al massimo.»

«Allora avete perduto la corsa: quella resterà fuori dalla vostra rete.»

«Non necessariamente» obiettò Nome-in-Codice Richelieu.

«Le direttive sono venute da Londra,» spiegò Cooke «e noi non abbiamo trascurato la possibilità, come tu stesso dicevi, che vi sia corruzione. Insieme con la descrizione della donna abbiamo diramato una postilla importante: i governi di Francia, Inghilterra e Stati Uniti offrono un milione di dollari ciascuno in cambio di informazioni che portino alla cattura dei due fuggiaschi. E viceversa, se dovesse risultare che qualcuno ha sottratto informazioni, è prevista una punizione.»

Hawthorne fece un fischio. «Dunque è questa l'alternativa: tre milioni di dollari per parlare, o un proiettile nella testa per tacere.»

«Precisamente» assentì il veterano del MI6.

«Il *tempo*, Tyrell!» aggiunse Ardisonne. «Dobbiamo muoverci in fretta.»

«Quando è stato diramato l'avviso? E la descrizione?»

Cooke diede un'occhiata all'orologio. «Circa sei ore fa, alle cinque del mattino, ora di Greenwich.»

«E qual è la base delle operazioni?»

«Per ora Tower Street, a Londra.»

«Il MI6» osservò Hawthorne.

«Tu hai parlato di "certe condizioni", Tyrell» riprese Cooke. «Possiamo presumere che nell'interesse della stabilità mondiale tu ti unirai a noi?»

«Non potete presumere un fico secco. Io non ho nessuna stima per le teste vuote che governano questo pianeta. Se mi volete, dovete pagare, sia che quelli saltino in aria o no; e pagare in anticipo.»

«Giochi duro, vecchio mio.»

«Non gioco affatto. Mio fratello e io, tanto per cominciare, abbiamo bisogno di altre due barche, anche usate, ma buone. Imbarcazioni di prima classe. Settecentocinquantamila cadauna, per un totale di un milione e cinquecento. Versati alla mia banca di Saint T. domattina. Domattina presto.»

«Non è una richiesta un po' eccessiva?»

«*Perché?* Quando siete disposti a pagare tre milioni di dollari a qualche informatore che inciampi per caso in questa Bajaratt con il suo ragazzo? Andiamo, Geoffrey. O pagate, o io parto per Tortola domattina alle dieci.»

«Sei un figlio di puttana gonfio di boria, Hawthorne.»

«Allora voi andate a farvi fottere e io parto per Tortola.»

«Sai bene che non possiamo. Tuttavia, mi domando se tu vali tanto denaro.»

«Non lo saprete finché non pagate.»

Central Intelligence Agency, Langley, Virginia

Raymond Gillette, capo della CIA, fissava con rispetto misto a disgusto l'ufficiale di Marina in alta uniforme che sedeva di fronte alla sua scrivania. «Il MI6, con l'aiuto del Deuxième, è riuscito a far quello che voi non avete saputo fare, capitano» osservò tranquillamente. «Hanno ingaggiato Hawthorne.»

«Noi ci abbiamo provato» ribatté il capitano Henry Stevens, capo dei servizi d'informazione della Marina. Con la sua secca risposta non aveva l'aria di scusarsi mentre allungava il suo snello e vigoroso corpo di cinquantenne nella poltrona, quasi per affermare un senso di superiorità fisica sull'obeso capo della CIA. «Hawthorne si era fatto abbindolare e non lo ha mai voluto ammettere. Non ci ha voluto credere quando gli abbiamo presentato prove irrefutabili.»

«Che la svedese, sua moglie, era un'agente o perlomeno un'informatrice pagata dai sovietici?»

«Precisamente.»

«Chi aveva raccolto le prove?»

«Noi. Ed erano meticolosamente documentate.»

«Documentate da chi?»

«Da fonti sul campo: tutti hanno confermato.»

«Ad Amsterdam» aggiunse Gillette. Non era una domanda ma un'affermazione.

«Sì.»

«Io ho letto il vostro dossier.»

«Allora avrai visto che i dati erano inconfutabili. La donna era sotto costante sorveglianza... Cristo, si sposa con un alto ufficiale dei servizi segreti della Marina due mesi dopo averlo conosciuto, e poi viene vista e *fotografata*, mentre entra all'ambasciata sovietica dalla porta sul retro, di notte, e in undici occasioni diverse! Che altro ti occorre?»

«Un controllo incrociato, direi. Con noi, magari.»

«Lo fanno i computer per le operazioni segrete.»

«Non sempre, e se non lo sai dovrebbero degradarti a marinaio semplice, al rango più infimo della Marina, qualunque esso sia.»

«Questo non dovevi dirmelo, civile.»

«Meglio che te lo dica io, che riconosco gli altri tuoi meriti: altrimenti potresti trovarti davanti a un tribunale, tanto civile che militare. Purché, naturalmente, tu riuscissi a sopravvivere ventiquattr'ore dopo che Hawthorne avesse appreso la verità.»

«Di che diavolo stai parlando?»

«Anch'io ho letto il *nostro* dossier sulla moglie di Hawthorne.»

«E allora?»

«Voi avete messo in giro la voce, e avete fatto giurare ai vostri agenti di Amsterdam sotto il Codice Dodici, comma 1, che obbliga all'assoluto anonimato, che la moglie di Hawthorne, interprete autorizzata dei servizi segreti, lavorava per Mosca. A ogni agente avevate passato il testo esatto della testimonianza: "Ingrid Hawthorne tradisce la NATO; ha costanti contatti con i sovietici". Era come un disco rotto, che ripeteva sempre la stessa frase.»

«Ma era vero!»

«Era falso, capitano. Ingrid Hawthorne lavorava per noi.»

«Ma tu sei fuori di testa... Io non ti credo!»

«Leggi il *nostro* dossier... Come ho potuto capire, voi avete fatto circolare un'altra bugia, che per caso risultò una verità, una fatale verità. Avete fatto sapere al KGB, attraverso un vostro infiltrato, che Ingrid Hawthorne era un'agente doppio, che il suo matrimonio era reale, non una finta cerimonia come credevano i sovietici. Così loro l'hanno eliminata e hanno gettato il suo corpo nel Canale Herengracht. Noi abbiamo perduto un'agente di prim'ordine e Hawthorne ha perduto una moglie.»

«Oh, mio Dio!» Stevens chinò il capo con aria affranta. «Perché diavolo nessuno ce l'ha detto?» Poi fissò il direttore della CIA. «Aspetta un attimo! Se quel che dici è vero, perché lei non lo ha mai detto ad Hawthorne?»

«Qui possiamo solo fare congetture. Lavoravano nello stesso ramo: lei sapeva di lui, lui non sapeva di lei. Se lo avesse saputo, l'avrebbe costretta a smettere, ben conoscendo i rischi.»

«Ma come ha potuto tacere con il marito!»

«Il sangue freddo scandinavo, forse. Lei non voleva smettere. Suo padre era morto in un gulag della Siberia, come attivista antisovietico; era stato catturato a Riga quando lei era ancora bambina. Ingrid cambiò nome, si costruì un proprio dossier, imparò a parlare perfettamente il russo, non meno che il francese e l'inglese, e venne a lavorare per noi all'Aia.»

«Noi non avevamo niente di tutto ciò nei nostri archivi!»

«Avreste potuto saperlo se aveste preso il telefono prima di prendere decisioni. Ingrid era registrata fuori organico.»

«Merda! Chi potrà più credere in qualcuno o in qualcosa?»

«Forse è per questo che io sono qui, ragazzo mio» replicò Gillette con un misto di disprezzo e comprensione nei piccoli occhi sepolti nel grasso. «Io sono stato in Vietnam, dove le cose erano così imbrogliate che ne sono venuto fuori con una brillante reputazione, assolutamente non meritata, mentre forse avrei meritato la corte marziale. Così io so da dove vieni tu, capitano, il che non giustifica né te né me. Ma sono convinto che dovevi conoscere la verità.»

«Se la pensavi così, perché hai accettato di fare questo lavoro?»

«Tu hai detto che sono un civile, e hai ragione: un civile molto ricco. Ho fatto un mucchio di soldi, in parte grazie a quella reputazione non meritata; così, quando mi hanno offerto questo lavoro, ho deciso che era il momento di far qualcosa in cambio. Vorrei cercare di migliorare un po' le cose in questo settore così necessario... di compensare gli errori passati, forse.»

«Tenendo conto di questi errori, che cosa ti ha fatto pensare di averne la capacità?»

«Forse proprio questi errori. Noi siamo ossessionati dalla segretezza, troppo spesso evitiamo di comunicare cose essenziali... o di cercarle. Per esempio, non credo che ripeterai l'errore di Ingrid Hawthorne!»

«Non è stato un mio errore. L'hai appena detto: non era registrata nell'organico.»

«Non lo sono neppure altri ottanta o cento, per questo. Che cosa ne pensi?»

«Penso che è un caos!»

«Anche diverse decine di vostri agenti non risultano ufficialmente in organico.»

«Questo avveniva prima che io occupassi questa carica» replicò seccamente il capitano della Marina. «Un sistema non funziona se è disorganizzato. Ci sono sistemi di salvataggio-dati in quei computer.»

«Non andare a dirlo a quei furbastri che sono riusciti a entrare nel sistema computerizzato del Pentagono!»

«Una probabilità su un milione!»

«Pressappoco la stessa di uno spermatozoo che feconda un uovo, ma dopo nove mesi nasce una vita. E tu hai spezzato una di queste vite, capitano.»

«Bastardo!»

«Calma!» esclamò il capo della CIA alzando le mani. «Questa informazione deve rimanere fra queste quattro mura. Intesi?»

«Abbiamo finito?»

«Non ancora. Io non posso darti ordini, ma suggerirei che tu ti faccia vivo con Hawthorne e gli dia tutto l'aiuto necessario. Hai mezzi a disposizione in tutti i Caraibi, mentre noi siamo confinati qui sulla terraferma.»

«Hawthorne rifiuta di parlare con me» replicò il capitano con voce lenta e sommessa. «Ho tentato diverse volte, ma appena si rendeva conto che ero io, sbatteva giù il telefono.»

«Eppure ha parlato con qualcuno dei vostri, il MI6 lo ha confermato. Ha detto a Cooke, l'uomo del MI6 a Virgin Gorda, che era al corrente della faccenda della Bajaratt, che l'Ufficio Ovale aveva adottato le misure di massima sicurezza e il presidente era sotto strettissima protezione. Se non glielo avete detto voi, chi glielo ha detto?»

«Ho fatto un tentativo» confessò Stevens a malincuore. «Poiché non cavavo un ragno dal buco con quel bastardo, ho fatto girare la voce fra alcuni vecchi colleghi che lo conoscevano: dovevano abbordare Tye e chiarirgli la situazione.»

«Tye?»

«Sì, ci conoscevamo: non eravamo proprio intimi, ma ogni tanto ci trovavamo per farci un bicchierino. Mia moglie lavorava all'ambasciata di Amsterdam, ed erano amici.»

«Ha avuto qualche sospetto su di te per l'assassinio della moglie?»

«Che diamine, io gli ho mostrato le foto, ma gli ho giurato che noi non c'entravamo per nulla, il che in pratica era vero.»

«E invece c'entravate.»

«Lui non poteva saperlo: del resto i sovietici avevano lasciato il loro segno, come ammonimento agli altri.»

«Ma noi tutti finiamo per sviluppare un certo istinto, no?»

«Insomma, che cosa vuoi da me, capo? La finiamo con i preliminari?»

«Visto che lo hanno reclutato gli inglesi, convoca subito una riunione e studiate insieme che cosa potete fare.» Il capo della CIA scrisse qualcosa su un blocchetto. «Coordina l'azione con il MI6 e il Deuxième... ecco i due uomini da contattare: solo loro e solo su linee telefoniche protette.» Porse il foglietto al capitano.

«Due agenti al vertice» commentò l'ufficiale di Marina leggendo i nomi. «Qual è il nome in codice dell'operazione?»

«"Piccola sanguinaria", per le comunicazioni su scrambler.»

Stevens si alzò e si infilò il foglietto in tasca. «Ho l'impressione che stiamo esagerando. Abbiamo avuto decine di allarmi come questo: commando del Medio Oriente, psicopatici che volevano sparare al presidente, balordi che scrivevano lettere dementi: e il 99,9 per cento delle volte tutto si è risolto in fumo. A un certo punto una donna qualsiasi che va in giro da sola con un ragazzo compare sui nostri schermi e l'allarme risuona da Gerusalemme a Washington, e ancora più forte a Parigi e a Londra. Non ti sembra un po' strampalato?»

«Hai letto attentamente i rapporti che ho ricevuto da Londra e che ti ho passato?»

«Molto attentamente, non leggo mai niente senza approfondire. Quella è una psicopatica per tutte le ragioni che i freudiani ci hanno abbondantemente illustrato, e senza dubbio dominata da ossessioni. Tutto questo non fa certo di lei una super-donna.»

«Infatti non lo è. Un personaggio fuori del comune è un bersaglio facile: spicca in mezzo agli altri. La Bajaratt invece potrebbe essere la ragazza della porta accanto in una qualsiasi cittadina del Midwest. Non marcia alla testa dei commandos, capitano: li organizza, in questo sta il suo genio. Crea gli eventi, poi muove le pedine verso gli obiettivi prestabiliti. Se fosse americana, e avesse una mentalità diversa, probabilmente ora sarebbe seduta qui sulla mia poltrona.»

«Posso chiedere...» L'alto ufficiale mosse inquieto le gambe e trasse un profondo respiro, con una vampata di rossore sul viso. «Hai detto che resterà fra queste quattro pareti?»

«Ma certo.»

«Cristo, ma perché l'ho fatto? Ho ucciso la moglie di Tye...!»

«Cose passate, capitano Stevens. Purtroppo dovrai portartele dentro per il resto della tua vita. È la nostra condanna.»

Marc Anthony Hawthorne era venuto in aereo a Virgin Gorda per subentrare al fratello nella crociera. Marc aveva un'aria da eterno ragazzo. Un po' più alto e più magro di Tyrell, lo ricordava nel volto che però non aveva la durezza di tratti e gli occhi freddi del più vecchio e più navigato Tye. Aveva sette anni meno di lui e, anche se nutriva per lui un affetto evidente, ne contestava spesso le decisioni.

«Andiamo, Tye!» protestava, ritto accanto al lui sul molo deserto al tramonto. «Piantala con tutte queste idiozie! Non puoi tornare indietro, non te lo permetterò.»

«Vorrei proprio che tu potessi fermarmi, Marc, ma non puoi.»

«E che diavolo! *Una volta in Marina, per sempre in Marina?* È questo che vuoi dirmi?»

«Assolutamente no. Il fatto è che io posso fare quello che loro non possono. Cooke e Ardisonne conoscono queste isole per averle girate in aereo: io ho navigato a vela. Conosco ogni baia e ogni braccio di mare, ogni scoglio segnato o non segnato sulle carte; e non ci sono molte "autorità" a cui non abbia infilato in tasca una bustarella.»

«Ma perché, in nome di Dio?»

«Non sono proprio sicuro, Marc, ma forse Cooke ha detto qualcosa che mi ha convinto. Ha parlato di un nuovo genere di nemici, i reietti del mondo: fanatici deliranti che vogliono distruggere tutto quello che, secondo loro, li ha costretti a restare nel fango.»

«Questo è probabilmente vero, in termini socio-economici. Ma perché devi impegnarti proprio tu?»

«Te lo ripeto... io posso fare quello che loro non possono.»

«Questo non è un *perché*, è una pseudo-giustificazione egoistica.»

«Bene, mio intellettuale fratello, cercherò di spiegarti. Ingrid è stata uccisa, per una ragione o per l'altra, non lo scoprirò mai.

Francamente non so da che parte stava, ma so per certo che voleva la pace... Poi, in seguito, quando mi hanno detto che era una talpa sovietica... be', ancora non ci posso credere – ma, se lo era, doveva pur esserci un motivo. Lei voleva davvero la pace. Era mia moglie e l'amavo e non poteva mentirmi quando era fra le mie braccia.»

Ci fu silenzio. Infine Marc riprese con voce sommessa: «Non pretendo di capire il mondo in cui sei vissuto. Sa Dio che non riuscirei mai a orizzontarmi. Ma, perché ci torni?».

«Perché c'è qualcuno, un potere malefico, più orrendo di quanto si possa immaginare, che deve essere fermato. E se posso aiutare a fermarlo perché conosco un paio di sporchi trucchi del mestiere, bene, forse un giorno avrò meno rimorso per Ingrid. Sono stati quei trucchi a ucciderla.»

«Tu sai trovare le parole per persuadere, Tye.»

«Sono lieto che tu lo riconosca.» Hawthorne strinse la spalla del fratello minore. «Perché per una settimana o due dovrai gestire da solo l'impresa di famiglia e anche guardarti attorno per due nuove barche, buone barche di prima classe, vela grande e di taglio. Se ne trovi una a buon prezzo, e io sono lontano, versa pure la caparra.»

«Con che cosa? Un assegno a vuoto?»

«Il denaro sarà nella nostra banca a Saint T. domattina: un piccolo favore dei miei temporanei datori di lavoro.»

«Sono lieto che tu unisca all'idealismo un po' di senso pratico.»

«Mi devono molto più di quanto potranno mai pagare.»

All'improvviso il rombo di un'auto, seguito dallo stridore dei freni, ruppe il silenzio del crepuscolo. Dopo qualche secondo si sentirono le voci attutite di Cooke e Ardisonne che parlavano con Marty e Mickey nell'officina del club nautico. Subito dopo il francese e l'inglese arrivarono di corsa lungo la banchina del porto.

«È successo qualcosa» fece Tyrell tranquillamente rivolto al fratello.

«È successo *qualcosa*!» gridò Geoffrey Cooke sopraggiungendo trafelato. «Veniamo proprio ora dal Palazzo del Governo... Salve, Marc, temo proprio che dobbiamo parlare in privato con tuo fratello.» L'uomo del MI6 spinse Hawthorne verso l'estremità del molo, seguito da Nome-in-Codice Richelieu.

«Calma, calma!» fece Hawthorne. «Tira il fiato e rilassati.»

«Non c'è tempo!» sbottò Ardisonne. «Abbiamo ricevuto quattro rapporti, ognuno dei quali afferma che sono stati avvistati la donna e il ragazzo.»

«Sulla stessa isola?»

«No, su tre isole diverse, dannazione!» rispose Cooke. «E su ognuna c'è una banca internazionale.»

«Questo significa che due rapporti provengono dalla stessa isola.»

«St. Croix, Christiansted. Un aereo ci sta aspettando. Io vado a St. Croix.»

«Perché?» obiettò Hawthorne seccato. «Non voglio offenderti, Geoff, ma sono più giovane e ovviamente in miglior forma di te. Lascia a me St. Croix.»

«Ma tu non hai visto le foto!»

«Da quel che mi hai detto, sono di tre volti diversi, e quindi del tutto inutilizzabili.»

«Be', sarà una lontana probabilità, ma una delle foto potrebbe essere quella giusta. Non possiamo scartarle del tutto.»

«Allora fatemele vedere.»

«Devono arrivare con un corriere; Virgin Gorda è fuori dalle nostra rete di collegamenti. Il Deuxième le manda in aereo dalla Martinica per valigia diplomatica, domattina per prima cosa.»

«E non possiamo perdere tempo» insisté Ardisonne.

«Ti darò i nomi dei nostri contatti, Tyrell» concluse Cooke. «Tu controlli St. Barthélemy, Jacques andrà ad Anguilla.»

Hawthorne si svegliò nel letto dell'albergo di St. Barts, ancora indispettito con Geoffrey Cooke che lo aveva mandato a combattere una causa persa. Il contatto locale, che aveva raggiunto attraverso il capo dei servizi di sicurezza dell'isola, era un noto informatore della polizia per il contrabbando di droga, un trafficone che si sarebbe fatto ammazzare pur di avere i tre milioni di premio. Avendo visto una vecchia signora tedesca sbarcare dall'aliscafo a St. Martin, scortata dal nipote adolescente, pensava, con quelle esigue prove in mano, di poter riscuotere il premio. Risultò poi che la vecchia signora in questione era una nonna molto truccata e molto tedesca che disapprovava il tenore di vita troppo plebeo della figlia e si era offerta di condurre il nipote a fare il giro delle isole.

«Maledizione!» esplose Hawthorne, allungando la mano verso il telefono per ordinare la colazione.

Tyrell passeggiava per le strade di St. Barts, in attesa di farsi condurre all'aeroporto dove avrebbe preso l'aereo per tornare a Virgin Gorda. Non c'era nient'altro da fare: detestava restare da solo in una stanza d'albergo.

E poi accadde. A venti metri da lui, diretta verso la Banca di Scozia, attraversava la strada la donna che gli aveva impedito di abbandonarsi alla follia, forse persino alla morte. Era, se possibile, ancora più bella. Lunghi capelli neri, volto abbronzato, portamento elegante: una parigina a suo agio in tutti i Paesi del mondo.

«*Dominique!*» gridò, correndo verso la donna che non vedeva da tanto tempo. Lei si voltò, con il viso illuminato da un sorriso pieno di gioia. Si abbracciarono stringendosi con l'antico calore. «Mi avevano detto che eri tornata a Parigi!»

«Infatti, mio caro. Dovevo raccogliere i pezzi della mia vita.»

«E mai una parola, né una lettera, né una telefonata! Mi hai fatto diventare *pazzo*!»

«Sapevo che non avrei mai potuto sostituire Ingrid!»

«E non sapevi quanto avrei voluto che tu ci provassi?»

«Veniamo da mondi diversi, tesoro. La tua vita è qui, la mia è in Europa. Io ho responsabilità che tu non hai, Tye.»

«Lo so fin troppo! "Salvare i bambini!" "Aiuti al Sudan!", e due o tre altri slogan che non ricordo più.»

«Sono stata lontana da te troppo a lungo, più di quanto avrei voluto. Le operazioni sono complesse dal punto di vista organizzativo e molti governi si oppongono negando ogni appoggio. Ma ora che il Quai d'Orsay ci sostiene decisamente, le cose sono più facili.»

«E in che modo?»

«Be', quando si possono esibire documenti ufficiali della Repubblica francese a certi indisponenti funzionari o ufficiali dell'Esercito, si vedono subito diminuire, se non svanire, le minacce di confisca o estorsione, e i nostri convogli con gli aiuti arrivano a chi di dovere. Una volta, l'anno scorso, in Etiopia...»

Mentre la donna parlava dei trionfi delle sue svariate opere assistenziali, la sua naturale esuberanza trasmetteva una specie di fremito elettrico all'atmosfera. I suoi grandi occhi straordinariamente animati e il suo viso espressivo rivelavano una volontà ferma e una fede inesauribile nel futuro: gli elementi che le davano forza.

«... e così, vedi, abbiamo fatto passare ventotto camion! Non puoi immaginare che cosa significava vedere la gente di quei villaggi, soprattutto i bambini con i visi smunti dalla fame, e i vecchi che avevano quasi abbandonato ogni speranza! Non credo di aver mai pianto di gioia in quel modo... E ora i riforni- menti passano regolarmente e li facciamo arrivare ovunque, fin- ché riusciamo a mantenere la pressione!»

«Mantenere che cosa?»

«Lo sai bene, tesoro mio; attacchiamo gli oppressori con minacce cortesi e con i documenti adeguati. Con la Repubblica francese c'è poco da scherzare!» Dominique ebbe un sorriso in- nocente e le brillarono gli occhi.

L'amava tanto! Lei non poteva abbandonarlo un'altra volta!

«Andiamo a bere qualcosa» propose Hawthorne.

«Oh, sì, grazie! Ho tanta voglia di parlare con te, Tye. Mi sei mancato. Ho appuntamento con l'avvocato di mio zio alla banca, ma può aspettare.»

«Lo chiamano l'incantesimo dell'isola: nessuno arriva mai in tempo agli appuntamenti.»

«Gli darò un colpo di telefono da dove saremo.»

4

Si sedettero al tavolino di un bar all'aperto, stringendosi le mani mentre il cameriere serviva a Dominique un tè freddo e a Hawthorne una caraffa di vino bianco ghiacciato.

«Perché sei scomparsa?» chiese Tyrell.

«Te l'ho detto: avevo altri impegni.»

«Noi due, la vita insieme, anche questo poteva diventare un impegno.»

«E ciò mi spaventava. Stavi diventando troppo importante.»

«Perché? Avevo perduto una moglie. Poi ci incontrammo e tu eri lì per me.»

«La tua confusione e il tuo senso di colpa ti sopraffacevano, Tye. Non potevi perdonarti per quel che era successo.»

«È stato per questo, no?»

«Che cosa?»

«Tu volevi essere qualcosa di più che un'infermiera per me, e io ero così sprofondato nella mia pena che non lo capivo. Dio, come lo rimpiango!»

«Tye, tu eri intimamente ferito. Comunque abbiamo passato un periodo felice l'uno accanto all'altra. Quasi due anni, tesoro mio.»

«Non sono stati abbastanza.»

«No, non abbastanza.»

«Ricordi il nostro primo incontro?» chiese Hawthorne con passione.

«Come potrei dimenticare?» Dominique sorrise e gli strinse la mano. «Avevo noleggiato una barca a vela e volevo entrare nella baia di St. Thomas quando ebbi qualche difficoltà a virare per attraccare nella darsena che mi avevano indicato.»

«Qualche difficoltà? Correvi a vele spiegate come se volessi vincere una regata. Mi hai messo una paura d'inferno.»

«Non so se avevi paura, ma certo eri molto in collera.»

«Dominique, il mio sloop era ormeggiato in diretta linea di collisione con la tua prua!»

«Oh, sì, eri sul ponte e ti sbracciavi e imprecavi... ma poi io sono riuscita a schivarti per un pelo, no?»

«Ancora adesso non so proprio come hai fatto.»

«Perché non potevi vedere, amore mio, e nella tua collera eri caduto in acqua.» Risero entrambi, piegandosi l'uno verso l'altra al di sopra del tavolino. «Ho provato tanta vergogna,» continuò Dominique «ma poi mi sono scusata con te quando sei arrivato a riva.»

«Certo, ti sei scusata, al Whisky Shack di Fishbait. E quando sei venuta verso di me tutti i croceristi mi hanno guardato con invidia... ed è cominciato uno dei periodi più felici della mia vita. Quel che ricordo di più sono i giri in barca a vela che abbiamo fatto noi due soli in mezzo a tante minuscole isolette, dormendo sulla spiaggia...»

«E facendo l'amore!»

«Non si potrebbe ricominciare? Il passato è ormai lontano. Ho imparato perfino a ridere e a raccontare storielle divertenti, e mio fratello ti piacerebbe... Non possiamo ricominciare, Dominique?»

«Sono sposata, Tye.»

Fu come se Hawthorne fosse stato speronato dalla prua di un transatlantico su un mare coperto di nebbia. Per alcuni istanti non poté parlare: faceva fatica a respirare regolarmente. Cominciò ad abbandonare la mano di Dominique, che invece lo fermò bruscamente premendo sulle loro mani allacciate la mano libera.

«Ti prego, non fare così, tesoro mio.»

«È un uomo fortunato» mormorò Tyrell. «È anche un brav'uomo?»

«È simpatico e devoto e molto, molto ricco.»

«Ha due qualità più di me, ma anch'io sarei stato "devoto".»

«Il denaro è importante, non lo nego. Io non ho gusti molto costosi, ma le mie cause richiedono molto denaro. Sai, quando facevo la modella, potevo permettermi un bell'appartamentino e abiti di lusso... ma a nessuno va di assumere una "squinternata dama di carità".»

«Tu sei in un altro mondo, signora... E ormai sei una donna felicemente sposata, no?»

«Non ho detto questo» replicò Dominique con voce bassa e ferma, fissando le loro mani allacciate.

«Forse c'è qualcosa che mi sfugge...»

«È stato un matrimonio di convenienza, come direbbe La Rochefoucauld.»

«Come?» Hawthorne alzò gli occhi a studiare il viso pacato della donna.

«Mio marito è un omosessuale.»

«Ringrazio Dio per i favori che mi concede!»

«Troverebbe divertente questa tua uscita. Conduciamo una vita strana, Tye. Lui è una persona molto influente e molto generosa. Non solo mi aiuta a raccogliere fondi, ma mi procura l'appoggio dei governi, che molto spesso ci è necessario.»

«Per ottenere i documenti ufficiali?» chiese Tyrell.

«Ha accesso ai più alti vertici del Quai d'Orsay» rispose Dominique con il suo affascinante sorriso. «Dice che è sempre poco quel che può fare per me, poiché io sono per lui un elemento prezioso.»

«È ovvio. Nessuno potrebbe ignorarlo, con te al suo fianco.»

«Oh, lui va anche più in là. Dice che io attiro la migliore categoria di clienti, perché solo i più ricchi potrebbero permettersi la mia compagnia, se io fossi disponibile... È un vecchio scherzo tra noi, naturalmente.» Quasi in un gesto di rammarico, la donna sciolse le mani dalla sua stretta.

«Naturalmente.» Hawthorne versò il resto del vino e si adagiò sulla sedia. «Tu sei qui per far visita a tuo zio, a Saba?»

«Buon Dio, me ne ero completamente dimenticata! Devo telefonare alla banca e parlare con il suo avvocato... Vedi cosa mi succede quando siamo insieme!»

«Davvero?»

«Davvero, Tyrell» lo interruppe dolcemente Dominique, fissando i grandi occhi neri nei suoi. «Davvero puoi crederlo, tesoro mio... Dov'è il telefono?»

«È nell'atrio.»

«Torno fra pochi minuti. Lo zietto sta pensando di trasferirsi di nuovo, i suoi vicini sono diventati troppo premurosi.»

«Saba è una località estremamente isolata, a quanto ricordo» obiettò Tyrell sorridendo. «Niente telefono, niente posta e, se è possibile, niente visitatori.»

«Io ho insistito perché installasse un ripetitore via satellite.» Dominique scostò la sedia e si alzò. «Gli piace seguire le partite di calcio internazionale: pensa che sia magia nera ma è sempre incollato allo schermo... Bisogna che mi sbrighi.»

«Ti aspetto qui.» Hawthorne rimase a osservare la figura che si allontanava: la donna che aveva creduto scomparsa dalla sua vita. La notizia del matrimonio gli aveva mozzato il respiro; ma poi l'apprendere che quel matrimonio non era un matrimonio gli aveva ridato speranza... non poteva perderla di nuovo. Non voleva perderla più.

Si domandò se Dominique avesse pensato di telefonare allo zio per dirgli che avrebbe fatto tardi. Di solito c'erano aerei ogni ora, fino a sera, fra un'isola e l'altra, una rete di collegamento che si estendeva su tutto l'arcipelago. Il loro non poteva essere un incontro così breve: era impensabile. La conosceva abbastanza bene per sapere che anche lei lo capiva. Sorrise fra sé al pensiero di quell'eccentrico zio che non aveva mai incontrato, un avvocato parigino che aveva vissuto più di trent'anni nel mondo turbolento e infido dei principi del foro, correndo dai consigli di amministrazione alle aule dei tribunali, fra clienti in preda all'ansia che troppo spesso anteponevano il denaro ai princìpi morali.

E tutto questo doveva capitare a quell'uomo gentile e tranquillo, che voleva solo fuggire le follie del mondo e dipingere fiori e tramonti, proclamandosi "un Gauguin dell'ultima ora". Quando si era ritirato dalla professione, raccontava Dominique, aveva lasciato una fredda e arcigna moglie con sostanze sufficienti per continuare la sua vita stravagante, non preoccupandosi di mantenere i legami con due insopportabili figlie, entrambe contagiate dalla morbosa avidità della madre. Aveva preso con sé solo la sua governante francese ed era volato ai Caraibi, «in cerca della mia Tahiti».

Saba era saltata fuori casualmente da una conversazione con uno straniero, al bar dell'aeroporto della Martinica. L'uomo era un emigrante che aveva deciso di tornare in patria per passare i suoi ultimi anni a Parigi; aveva messo in vendita una casa modesta, ma ben costruita, sull'isola di Saba. Lo zio di Dominique si era incuriosito, l'altro gli aveva mostrato delle foto. Senza neppure vederla dal vero, l'ex avvocato aveva comprato subito la casa, stilando egli stesso il contratto d'acquisto su un tavolino del bar. Poi aveva telefonato al suo studio a Parigi, dando istruzione all'ex vicepresidente, ora presidente, di pagare il proprietario, all'arrivo di questi a Parigi: il prezzo doveva essere detratto dalla sua generosa pensione. C'era solo una condizione, dettata al proprietario nel bar dell'aeroporto: doveva chiamare la società dei telefoni di Saba e far togliere immediatamente ogni apparecchio dalla casa. Il tizio, perplesso, credendo a stento alla sua buona fortuna, lo aveva subito fatto.

I Caraibi erano pieni di storie del genere, perché le isole erano un rifugio per i disamorati, i delusi, i naufraghi della vita. Ci voleva molta sensibilità e molta umana simpatia per capirli e Dominique, con la sua generosa anima di benefattrice, comprendeva lo zio fuggiasco e aveva cura di lui.

«Ma lo crederesti?» Dominique si avvicinò a Tyrell interrompendo le sue fantasticherie. «L'avvocato mi ha lasciato un messaggio dicendo che era molto impegnato e se non potevamo vederci domani! Ha detto che mi avrebbe telefonato sull'isola, se ci fosse stato un telefono.»

«La logica è dalla sua parte.»

«Poi ho fatto un'altra telefonata, comandante... comandante è il tuo grado, no?» chiese Dominique sedendosi.

«Molto tempo fa.» Tyrell scosse la testa. «Ora mi sono promosso da me: sono capitano, perché la barca è mia. A chi hai telefonato?»

«Ai vicini di mio zio, quella coppia deliziosa che lo assilla con molte premure, tanto che lui vuole addirittura cambiare casa. Gli portano le verdure fresche del loro orto, scavalcano la governante, lo interrompono mentre dipinge o guarda le partite di calcio.»

«Sembrano persone simpatiche.»

«Infatti! Cosa che non si può dire dello zio, visto il suo carattere bisbetico. Comunque, ho offerto loro l'occasione di fare irruzione nella sua casa per riferirgli che c'erano dei problemi riguardanti la proprietà della tenuta, e che per questo sarei tornata più tardi a Saba.»

«Meraviglia delle meraviglie» esclamò Hawthorne sorridendo euforico. «Speravo tanto che lo facessi, ma avevo dimenticato che lo zio non ha il telefono.»

«Che altro potevo fare, mio caro? Mi sei mancato tanto!»

«Ho appena lasciato l'albergo qui in fondo alla strada» arrischiò lui esitante. «Sono sicuro che potrei riavere la stanza.»

«Oh, fallo, mio caro, ti prego! Come si chiama l'albergo?»

«Più che albergo, è una modesta locanda. Si chiama pretenziosamente Le Flamboyant.»

«Vacci subito, amore mio, ti raggiungo fra dieci o quindici minuti.»

«Perché?»

«Voglio portare un dono per tutt'e due... Questo è un giorno da festeggiare!»

Si tenevano stretti l'uno all'altra nella piccola stanza d'albergo e Dominique tremava nelle sue braccia. Il "dono" consisteva in tre bottiglie di champagne ghiacciato portate da un cameriere cui era stata consegnata una generosa mancia.

«In fondo non è che vino bianco» commentò Tyrell sciogliendosi dall'abbraccio e andando a stappare la prima bottiglia. «Ti rendi conto che non ho più assaggiato un goccio di whisky dal quinto giorno che sei scomparsa? Certo, nei quattro giorni precedenti avevo bevuto l'intera provvista di alcol dell'isola e avevo perso due crociere.»

«Allora la mia partenza ha avuto almeno un risultato positivo... il whisky per te era solo una stampella psicologica, non una necessità.»

Hawthorne riempì i bicchieri. «A noi due, amor mio!»

«Allora sei qui per uno dei tuoi giri?» chiese Dominique.

«No.» Tyrell rifletté in fretta, gettando un rapido sguardo fuori della finestra. «Sto ispezionando l'isola per incarico di un gruppo di alberghi della Florida. Contano sul fatto che presto qui si apriranno case da gioco e mi hanno chiesto di introdurli. E questo avviene su tutte le isole, viste le loro economie traballanti.»

«Sì, l'ho sentito dire. È una cosa triste, in un certo senso.»

«Triste, ma probabilmente inevitabile. Le case da gioco offrono nuovi posti di lavoro... Ma non voglio parlare delle isole, voglio parlare di noi.»

«Che possiamo dire di noi, Tye? La tua vita è qui, la mia è in Europa o in Africa, o nei campi profughi dei Paesi devastati dalla guerra, che hanno bisogno del nostro aiuto. Versami dell'altro champagne...»

«E non pensi a te, a una vita *per te*?» Hawthorne riempì i bicchieri.

«Verrà presto, mio caro. Un giorno tornerò e se tu non sarai già impegnato...»

«E quando verrà il tuo "presto"?»

«Non dovremo aspettare molto: le mie forze stanno esaurendosi... Ma non parliamo dell'inevitabile, Tye. Dobbiamo parlare di adesso.»

«Cioè?»

«Ho parlato con mio marito stamattina. Torno a Parigi questa sera. Deve trattare certe questioni con i principi di Monaco e mi vuole al suo fianco.»

«Questa sera?»

«Non posso rifiutare, Tye. Ha fatto tanto per me e chiede solo la mia presenza. Manderà un jet a prendermi. Sarò a Parigi in mattinata, farò in fretta i bagagli e qualche compera e ci incontreremo a Nizza nel tardo pomeriggio.»

«E scomparirai di nuovo!» mormorò Hawthorne, con la voce già impastata dallo champagne. «E non tornerai!»

«Hai torto, mio caro... amore mio. Tornerò fra due o tre settimane, credimi. Ma adesso, per queste poche ore, resta con me, fa' l'amore con me.»

Il fumo delle sigarette saliva al soffitto nella luce calda del pomeriggio, al di sopra dei loro corpi esausti per l'intensità dell'amplesso. «Come sta il mio amore?» sussurrò Dominique stringendosi al corpo nudo di lui e accarezzandogli il viso.

«Se c'è un paradiso oltre a questo, non voglio conoscerlo» rispose Hawthorne sorridendo.

«Che terribile idea! Devo versarti un altro bicchiere. E anche per me.»

«È l'ultima bottiglia, e stiamo esagerando, mia signora.»

«Non importa, è la nostra ultima ora... prima del mio ritorno.» Dominique si sporse dal letto e versò lo champagne rimasto. «Ecco, tesoro.» Accostò il bicchiere alle labbra di Tyrell. «Voglio ricordare ogni minuto che passiamo insieme, comandante... Oh, dimenticavo, non ti piace questo titolo!»

«Ti ho già parlato di Amsterdam» mormorò Hawthorne, con la mente confusa. «Odio quel titolo... Oh, Dio, sono sbronzo e non ricordo... nemmeno... mi sono sbronzato prima...»

«Niente del genere, tesoro mio, abbiamo solo festeggiato. Non avevamo deciso di farlo?»

«Sì... oh, sì, certo.»

«Facciamo ancora l'amore, mio adorato.»

«Cosa...?»

La testa di Tyrell cadde di lato. Crollò, sopraffatto dalla dose eccessiva di alcol a cui non era più abituato.

Dominique si alzò cautamente dal letto e si rivestì in silenzio. All'improvviso le cadde l'occhio sulla giacca di Hawthorne, ai piedi del letto: la *guayabera* era la classica "divisa" del posto, che si portava sulla pelle nuda nel calore del sole tropicale. Non era l'indumento in sé che aveva attirato la sua attenzione, ma una busta ripiegata, bordata di strisce rosse e blu. S'inginocchiò, la estrasse dalla tasca e tirò fuori il contenuto, un breve appunto scritto a mano. Si avvicinò alla finestra per leggerlo meglio:

Soggetti: Donna matura viaggia con un giovane che ha più o meno la metà dei suoi anni.

Particolari: Descrizione incompleta ma potrebbe essere Amaya Bajaratt con giovane compagno, avvistati a Marsiglia. Nomi registrati sull'aliscafo di St. Martin: Frau Marlene Richter e Hans Bauer, suo nipote. Non risulta che la Bajaratt abbia usato nomi tedeschi in precedenza, né che parli tedesco, ma è sempre possibile.

Contatto: Ispettore Lawrence Major, capo dei servizi di sicurezza dell'isola di St. Barts.

Intermediario: Non si fa il nome, per sua richiesta.

Metodo operativo: avvicinare i soggetti alle spalle, con le armi puntate. Gridare il nome Bajaratt ed essere pronti a far fuoco.

Dominique strinse gli occhi ai raggi del sole pomeridiano e rimise il foglietto nella busta, infilandola poi di nuovo nella tasca della *guayabera*. Si rialzò e fissò la figura nuda sul letto. Il suo amante aveva mentito. Il capitano Tyrell Hawthorne, della Olympic Charters, Isole Vergini, era di nuovo il comandante Hawthorne, dei servizi segreti della Marina, ora reclutato per dare la caccia a una terrorista della Valle della Beqa'a. Avevano seguito le sue tracce da Marsiglia fino ai Caraibi. Che cosa tragica, e tragicamente ironica, pensava Dominique mentre andava a prendere la sua borsetta. Si avvicinò al tavolino e accese la radio alzando il volume finché l'aspra e violenta musica riempì la stanza. Hawthorne non si mosse.

Una cosa così terribile, e non necessaria... una pena straziante che non osava confessare a se stessa, eppure negarla accresceva il dolore. Con la fantasia si era creata una vita fatta su misura per lei, una vita che avrebbe voluto vivere a prezzo di qualsiasi sacrificio. Un marito non impegnativo che appoggiava le sue attività benefiche lasciandola libera di trovare altrove tutta la felicità possibile senza interferire... Se tutto fosse così semplice! Ma non lo era. E lei amava l'uomo nudo sdraiato sul letto. Amava la sua mente, il suo corpo, persino le sue pene, perché le comprendeva. Ma questo era il mondo reale, non una fantasia.

Aprì la borsetta e, lentamente, con somma cura, ne estrasse una piccola automatica, l'appoggiò al cuscino che piegò contro la tempia sinistra di Hawthorne. Il suo indice si curvò intorno al grilletto, mentre la musica reggae raggiungeva un crescendo assordante... *ma non poté farlo*! Si odiò, ma si fermò. Ma quello era l'uomo che amava, come aveva amato il terrorista di Ashqelon!

Amaya Bajaratt rimise l'arma nella borsetta e corse fuori della stanza.

Hawthorne si svegliò con i nervi a pezzi e la vista annebbiata, accorgendosi bruscamente che Dominique non era più accanto a lui nel letto. Dov'era? Balzò in piedi sforzandosi di non perdere l'equilibrio, cercando con gli occhi il telefono. Lo vide sull'altro comodino, vi si gettò sopra, fece il numero del centralino. «La donna che era con me!» gridò. «Quando è partita?»

«Oltre un'ora fa» rispose l'impiegato. «Una bella signora!»

Tyrell sbatté giù il telefono ed entrò nella piccola stanza da bagno. Riempì il lavandino di acqua fredda. Vi immerse la testa, pensando all'isola di Saba. Certamente non sarebbe tornata a Parigi senza rivedere lo zio... ma, prima, lui doveva mettersi in contatto con Geoffrey Cooke a Virgin Gorda, magari solo per dirgli che l'avvistamento era stato un abbaglio.

«Anche Christiansted è stato un fiasco, vecchio mio, e così Anguilla» riferì Cooke da Virgin Gorda. «Siamo andati tutti a caccia di nuvole. Torni questo pomeriggio?»

«No, sto seguendo un'altra pista.»

«Hai trovato qualcosa?»

«Trovato e perduto, Geoff. Ma è una cosa importante per me, non per voi. Richiamo fra poco.»

«Richiama, ti prego. Abbiamo avuto altre due segnalazioni, che controlleremo Jacques e io.»

«Lasciate detto a Marty dove posso rintracciarvi.»
«Il meccanico?»
«Esatto. Ci risentiamo.»

I galleggianti si posarono con un sonoro fruscìo sulle acque tranquille e l'idrovolante entrò lentamente nella piccola baia dell'isola. Sul breve molo la aspettava una delle guardie armate di fucile. Amaya Bajaratt uscì, prese la mano che l'uomo le porgeva e salì sul pontile.

«Il Padrone ha avuto una buona giornata, signora» disse l'uomo, gridando per farsi sentire al di sopra del fragore delle eliche. «Per lui, rivederla è meglio di tutti i trattamenti di Miami. Canticchiava arie d'opera mentre gli facevo il bagno.»

«Puoi sistemare l'aereo?» chiese in fretta Amaya. «Io devo andare subito da lui.»

Amaya salì di corsa i gradini di pietra, poi si fermò un attimo a riprendere fiato. Era meglio non manifestare segni di ansietà. Il Padrone disprezzava chi mostrava di perdere il controllo, ma il fatto che la sua presenza fosse nota ai servizi segreti di stanza sulle isole era stato uno shock. Poteva accettare che il Padrone fosse al corrente, perché i palestinesi della Valle della Beqa'a avevano più di un debito con lui. Ma che le dessero la caccia fino al punto da reclutare Hawthorne era inammissibile. Percorse il vialetto di pietra e diede uno strattone alla maniglia di bronzo della porta. La spalancò e si fermò sulla soglia osservando la fragile figura nella sedia a rotelle che agitava la mano verso di lei con gioia infantile.

«Ciao, Annie!» esclamò il vecchio con un debole sorriso. «Hai avuto una buona giornata, figlia cara?»

«Non sono andata in banca» rispose Amaya, entrando.

«Cosa spiacevole. Perché?... Per quanto ti voglia bene, bambina mia, non posso trasferire fondi dai miei conti direttamente a te. È troppo pericoloso, e d'altra parte i miei soci nel Mediterraneo sono in grado di fornirti tutto quello che ti occorre.»

«Non mi preoccupo del denaro» replicò Amaya. «Posso tornare domani a prenderlo. Ma quel che mi turba è che gli americani, gli inglesi e i francesi sanno che mi trovo sulle isole.»

«Ma naturale che lo sanno, Annie! Io sapevo che stavi arrivando: chi credi che mi avesse informato?»

«Credevo che fossero stati gli agenti della Valle della Beqa'a.»

«Non ti ho forse parlato del Deuxième, del MI6 e degli americani?»

«Perdonami, Padrone, ma il brillante attore che è in te spesso tende a esagerare.»

«Molto bene!» L'invalido uscì in una rauca risata. «Ma non è del tutto vero. Ho degli americani sul mio libro paga: mi hanno informato che era stato diramato un allarme sul tuo conto, e proprio da queste parti. Ma in quale zona dei Caraibi? Quale isola? Impossibile saperlo. Nessuno sa che aspetto hai, sei maestra nel trasformarti. Dove sta dunque il pericolo?»

«Ricordi un uomo di nome Hawthorne?»

«Oh, sì, certo. Uno screditato ufficiale dei servizi segreti americani, della Marina, credo. Una volta era sposato con una donna che faceva il doppio gioco per i russi. Tu hai scoperto chi era, hai inscenato un incontro casuale, te lo sei goduto per un po' di mesi mentre eri convalescente. Pensavi di poter imparare qualche cosa dalla sua esperienza.»

«Quello che ho imparato da lui non valeva molto. Ma adesso è di nuovo in servizio ed è a caccia di Amaya Bajaratt. L'ho incontrato oggi per caso. Abbiamo passato il pomeriggio insieme.»

«Che caso straordinario, figlia mia! E che fortuna per te! Eri una donna felice in quei giorni, se ben ricordo.»

«Uno si prende qualche piccolo piacere dove lo trova, padre mio. Quell'uomo era un inconsapevole strumento nelle mie mani. Nient'altro. Le mie ferite stavano semplicemente guarendo, questo è tutto... ma adesso lui è qui, capisci? Andrà a Saba e mi cercherà là.»

«Oh, sì, ricordo. Doveva esserci un immaginario zio francese sull'isola, vero?»

«Deve essere ucciso, Padrone!»

«Perché non l'hai ucciso tu questo pomeriggio?»

«Non c'è stata l'occasione opportuna. Ero stata vista con lui, mi avrebbero preso.»

«Cosa ancor più straordinaria!» esclamò il vecchio. «La Bajaratt in piena forma si è sempre creata da sé le sue occasioni.»

«Basta, padre mio. Fallo uccidere.»

«Bene, figlia mia. Il cuore non è sempre così deciso... Saba, hai detto? È a meno di un'ora da qui, con il motoscafo.» Il Padrone alzò la testa. «Scozzi!» gridò chiamando una delle guardie.

La rapidità era essenziale, perché la memoria era corta sulle isole. Saba non era una delle tappe usuali delle sue crociere, ma Hawthorne la conosceva per avervi fatto qualche giro in barca a vela. Sui moli delle isole vicine a Saint T. e Tortola tutti accoglievano cordialmente i capitani delle barche da crociera e Tyrell contava su questo costume locale.

Prese a noleggio un idrovolante a Barts e ammarò nel piccolo porto dell'isola. Aveva bisogno della massima collaborazione possibile e sembrò che tutti fossero pronti a offrirgliela, ma ogni ricerca risultò vana.

Nessuno sulla costa sapeva nulla di un vecchio signore con una governante francese. Nessuno aveva visto una donna che corrispondeva alla descrizione di Dominique. Ma come potevano non conoscerla, un'alta, bellissima donna bianca che veniva tanto spesso a visitare lo zio? Strano, gli uomini dei porti generalmente sapevano tutto quello che accadeva sulle minuscole isole dell'arcipelago. Arrivavano navi con provviste di viveri, che dovevano essere consegnate, e le consegne erano ben pagate: era una necessità del mestiere conoscere le strade che portavano a ogni casa, in un posto come Saba.

Tyrell si avviò sotto il sole cocente verso il piccolo ufficio postale, solo per sentirsi rispondere da un arrogante impiegato: «Tutte sciocchezze, signore! Non c'è nessuna cassetta postale intestata alla persona che cerca, né una donna che parli francese!».

Questa notizia era ancora più strana di quella che aveva sentito al porto. Dominique anni prima gli aveva spiegato che lo zio riceveva una pensione "molto decorosa", che gli veniva versata ogni mese. D'altra parte, gli aveva anche detto che c'era una pista d'atterraggio: forse Parigi mandava la pensione in aereo dalla Martinica, più sicuro che non per posta.

Tyrell chiese all'impiegato dove poteva noleggiare una motocicletta, il mezzo di trasporto preferito a Saba. Cosa semplicissima: l'impiegato stesso ne aveva diverse in cortile da noleggiare dietro congruo compenso.

Hawthorne trascorse quasi tre ore percorrendo a scossoni le malconce strade delle colline, passando da una casa a un cottage a un capannone, invariabilmente accolto da arcigni residenti armati di fucile e protetti da cani ringhiosi. Tutto invano.

Tornò all'ufficio postale a riportare la motocicletta, gli restituirono la patente e metà del deposito, che accettò senza protestare, e si avviò verso il molo.

L'idrovolante non c'era più.

Affrettò il passo, finì quasi per correre. Doveva tornare a Gorda... dove diavolo era finito l'apparecchio! L'aveva assicurato al pontile; il pilota e gli uomini del porto gli avevano garantito che sarebbe rimasto lì fino al suo ritorno.

Poi vide i cartelli, frettolosamente dipinti e inchiodati ai pali. PERICOLO. LAVORI DI RIPARAZIONE DEI PILONI. PROIBITO L'ATTRACCO.

Maledizione, erano quasi le sei del pomeriggio, le acque si andavano oscurando, la visibilità subacquea era ridotta come durante la notte, a causa delle lunghe ombre proiettate dal sole dei Caraibi. Era impossibile che qualcuno stesse lavorando sott'acqua in quelle condizioni: il pontile poteva crollare seppellendo un operaio. Tyrell corse all'unico magazzino, all'estremità del molo. Dentro non c'era nessuno. Pazzesco! Sì, gli uomini stanno lavorando sott'acqua senza appoggi a terra, senza ossigeno e attrezzature di pronto soccorso. Corse giù alla spiaggia che portava ai gradini del pontile e si accorse che una nube oscurava gli ultimi raggi del sole. Come potevano lavorare così al buio? Salì i gradini e avanzò cautamente sul pontile. Ora le nuvole coprivano il sole del tutto, nubi nere, gravide di pioggia.

Il suo primo istinto fu di far salire gli operai. Ma a ogni passo il suo proposito vacillava: non c'erano cavi, né bolle nell'acqua scura. Non c'era nessuno né sul pontile né sotto. Il molo era deserto.

All'improvviso i riflettori del porto si accesero, abbagliandolo. Subito dopo uno sparo e Tyrell avvertì una fitta rovente alla spalla sinistra. Si afferrò la spalla ferita e si tuffò, mentre esplodeva una raffica di mitra. Per una ragione che non poté mai spiegarsi, si lasciò prendere dal panico. Nuotò sott'acqua finché poté resistere in apnea, dirigendosi verso lo yacht più vicino. Salì due volte in superficie solo per riempire i polmoni e continuò a nuotare finché sentì sotto le mani il legno di uno scafo. Riaffiorò di nuovo, respirò e nuotò sotto l'imbarcazione sbucando dall'altra parte. Si afferrò al parapetto e guardò verso il pontile, ora per metà velato dalle ombre del crepuscolo, per metà esposto alla luce abbagliante dei riflettori. I due uomini erano inginocchiati sull'orlo del molo e frugavano con gli occhi le acque scure.

«C'è sangue!» gridò uno.

«Non basta!» ruggì l'altro balzando su un motoscafo e accendendo il motore. Gridò al compagno di mollare la cima e saltare a bordo, mentre teneva pronto il fucile. Incrociarono su e giù per il piccolo porto, brandendo le armi.

Hawthorne si issò sullo yacht e trovò quel che cercava fra un intreccio di cordame: un semplice coltello per squamare il pesce. Tornò a calarsi nell'acqua; aveva già perso le scarpe, si tolse i pantaloni e poi, contorcendosi, si liberò della *guayabera,* pensando che Geoffrey Cooke avrebbe dovuto ripagarlo per il denaro, i documenti e gli abiti. Continuò a nuotare nelle acque sempre più nere, ma a un tratto una sciabolata di luce spazzò la superficie del mare: l'uomo del motoscafo stava frugando nell'oscurità con un potente riflettore. Tyrell s'immerse di nuovo e cominciò a seguire la scia del motoscafo finché sentì il motore sopra la testa.

Calcolando attentamente le sue mosse, tornò a emergere dietro la veloce imbarcazione e afferrò il motore, tenendo le mani in ombra e la testa piegata di lato, impedendo al timone di girare. L'uomo a bordo, furioso e sconcertato perché il motore si era inceppato, si affacciò a poppa, chinandosi fino a pochi centimetri dall'acqua. Sbarrò gli occhi alla vista della mano di Tyrell che emergeva dal fondo del mare come fosse un mostruoso tentacolo. Prima che potesse urlare, Tyrell gli affondò la lama del coltello nel collo e con la sinistra lo afferrò e lo scaraventò in acqua. Quindi si arrampicò a bordo del motoscafo e saltò al posto del killer, mentre l'altro uomo continuava a far ruotare il riflettore davanti alla prua. Hawthorne afferrò l'AK-47 e lo apostrofò a voce alta: «Ti consiglio di mettere giù il fucile, altrimenti andrai a raggiungere il tuo amico. E sarai anche tu un tenero bocconcino per gli squali».

«Che cosa? *Impossibile!*»

«Questo è proprio ciò di cui dobbiamo parlare» ribatté Tyrell mettendosi ai comandi e puntando verso il largo.

5

Scendeva ormai la sera e il mare era calmo, la luna appena visibile attraverso le nubi, mentre il piccolo scafo beccheggiava al ritmo delle onde. Il killer sedeva nervosamente a prua, sbattendo le palpebre e alzando le mani per ripararsi dalla luce abbagliante della torcia.

«Giù le mani» ordinò Hawthorne.

«La luce mi acceca. Toglila.»

«Potrebbe essere una fortuna per te diventare cieco, se mi costringerai a usare la forza.»

«Che dici?»

«Tutti dobbiamo morire prima o poi, ma è il modo, non il fatto in sé, che conta.»

«Non capisco...»

«Tu mi dirai quel che voglio sapere, o sarai dato in pasto agli squali. E se sarai cieco, tanto meglio per te. Quei bestioni sono luminescenti, lo sai, si vedono chiaramente anche al buio. Guarda là, quella pinna dorsale. Quello deve essere lungo sei metri.»

Il killer girò la testa da una parte all'altra, cercando ancora di ripararsi con le mani dalla luce abbagliante. «Non riesco a vedere!»

«È proprio dietro di te, girati e lo vedrai.»

«In nome di Dio, non farlo!»

«Perché avete cercato di uccidermi?»

«Ordini.»

«Di chi?» Il killer non rispose. «Sarai tu a morire, non io» aggiunse Tyrell, armando il cane dell'AK-47. «Ti farò saltar via la spalla sinistra: il sangue schizzerà più presto in questo modo. Naturalmente quei grossi bestioni amano sgranocchiare... gustosi antipasti prima del pasto principale.» Premette il grilletto e colpendo l'acqua alla destra dello scagnozzo si alzò uno schizzo.

«Fermo... fermo, per la Santa Madre di Dio!»

Hawthorne sparò di nuovo e diversi proiettili sfiorarono la spalla sinistra dell'uomo.

«Basta! Ti prego!»

«Il mio amico laggiù è affamato. Perché dovrei deluderlo?»

«Hai sentito parlare di una valle...» Il killer era in preda al panico e cercava affannosamente le parole. «Una valle lontana al di là del mare!»

«Ho sentito parlare della Valle della Beqa'a, al di là del Mediterraneo. E allora?»

«È di là che vengono gli ordini.»

«E chi vi ha trasmesso questi ordini?»

«Li hanno trasmessi da Miami, non posso aggiungere altro! Io non conosco i capi.»

«E perché uccidere me?»

«Non so.»

«*Bajaratt!*» ruggì Hawthorne, fissando gli occhi sbarrati dell'uomo. «È Bajaratt, vero?»

«Sì, sì, ho sentito quel nome, ma non so altro. Senti... io sono soltanto una pedina. Che vuoi ancora da me?»

«Come avete fatto a trovarmi? Avete seguito una donna di nome Dominique Montaigne?»

«Non conosco quel nome.»

«Bugiardo!» Tyrell fece fuoco di nuovo, senza però colpire la spalla dell'avversario.

«Lo giuro!» gridò quello atterrito. «Anche altri ti stanno cercando!»

«Perché sanno che sono in cerca di questa Bajaratt!»

«Tutte le tracce portano a te.»

«Così pare.» Tye virò verso terra.

«Allora, non mi ucciderai?» L'uomo chiuse gli occhi e sospirò di sollievo quando Hawthorne allontanò il raggio del riflettore. «Non mi getterai in pasto agli squali?»

«Sai nuotare?» chiese Tye, ignorando la domanda dell'altro.

«Sono di Messina. Da ragazzino mi tuffavo a raccogliere le monete che i turisti gettavano dalle navi.»

«Ottima cosa. Perché io ti lascerò a mezzo chilometro dalla costa, e tu te la sbrigherai da solo.»

«Con i pescecani?»

«In queste acque non si vedono pescecani da vent'anni. L'odore dei coralli li respinge.»

Il killer mentiva e Hawthorne lo sapeva. Chiunque avesse organizzato l'attentato contro di lui, aveva comprato il silenzio degli abitanti dell'isola. I palestinesi della Valle della Beqa'a non erano in grado di farlo. Dunque c'era qualcun altro nella zona, che conosceva le isole e sapeva quali bottoni schiacciare. E chiunque fosse, proteggeva la Bajaratt.

Hawthorne, vestito con una tuta rubata, osservava dall'angolo del magazzino l'uomo esausto che usciva dall'acqua e saliva barcollando sulla spiaggia. Aveva gettato in mare la giacca e le scarpe, ma la tasca destra dei pantaloni rigonfia indicava chiaramente che aveva riposto lì tutti i suoi averi. Tyrell ci contava.

Passarono due minuti: l'uomo alzò la testa e guardò rapidamente a destra e a sinistra, cercando di orientarsi. Infine fissò gli occhi sul magazzino: era il posto dove lui e il suo collega avevano iniziato l'operazione. Là doveva esserci l'interruttore dei riflettori, là probabilmente gli avrebbero consegnato il denaro. E c'era un telefono... A questo punto, pensò Hawthorne ricordando una dozzina di trappole analoghe ad Amsterdam, a Bruxelles e a Monaco, doveva seguire il suo istinto. Ed è proprio quello che fece.

L'uomo corse ansimando su per gli scalini che portavano al magazzino. Aprì con un calcio la porta e si precipitò dentro. Qualche attimo dopo i riflettori si spegnevano e si accese una lampada. Hawthorne strisciò fino alla porta aperta e ascoltò mentre l'altro al telefono litigava con l'operatore di un centralino.

«Sì, ma sì! È un numero di Miami!» Formò nuovamente il numero e Hawthorne se lo impresse indelebilmente nella memoria. «Emergenza!» urlava in italiano, avendo finalmente ottenuto la linea. «Voglio parlare al Padrone via satellite! Presto!» Passò qualche istante e l'uomo urlò ancora: «Padrone, è incredibile! Scozzi è morto! Quello è un diavolo dell'inferno!».

Tyrell non capiva tutto quel frenetico italiano, ma ne afferrava abbastanza. Aveva un numero di Miami e il nome di qualcuno chiamato Padrone, collegato al continente via satellite. Qualcuno che risiedeva sulle isole, che aiutava e spalleggiava la terrorista Bajaratt.

«Inteso! New York! Va bene!»

Le ultime parole non erano difficili da capire, pensò Hawthorne mentre quello deponeva il ricevitore e si dirigeva verso la porta. Gli ordinavano di recarsi a New York, dove poteva sparire finché non avessero avuto di nuovo bisogno di lui. Tyrell afferrò una vecchia àncora rugginosa gettata in un angolo, e come il killer oltrepassò la soglia gliela scagliò contro le gambe, fratturandogli entrambe le ginocchia.

L'uomo urlò e crollò a terra, perdendo i sensi.

«Addio!» fece Hawthorne: si piegò sul corpo esanime e gli frugò nella tasca destra dei pantaloni, tirando fuori il contenuto. Novecento franchi francesi esatti tenuti da un fermaglio, monete... niente documenti, niente portafogli... nient'altro!

Tyrell prese il denaro, si alzò e corse via. In qualche modo, in qualche posto, doveva trovare un aereo e un pilota.

La fragile figura spinse la sedia a rotelle fuori dallo studio, nel grande atrio dal pavimento di marmo dove Amaya Bajaratt lo aspettava.

«Annie, devi partire immediatamente» ordinò con voce decisa. «*Adesso!* L'aereo sarà qui fra un'ora e Miami manda due persone per assistermi.»

«Padrone, tu sei pazzo! Ho avvertito i contatti, i tuoi contatti! Stanno venendo qui in aereo per parlare con me. Tu hai confermato i depositi della Beqa'a a St. Barts! Nessun documento porterà fin qui!»

«Nessun documento, ma esiste una pista peggiore, figlia mia. Scozzi è morto, ucciso dal tuo Hawthorne. Maggio è in preda al panico a Saba e grida che il tuo amante è un uomo dell'inferno.»

«È soltanto un uomo» replicò freddamente Amaya. «Perché non lo hanno ucciso?»

«Vorrei saperlo anch'io. Ma tu te ne devi andare. Adesso.»

«Padrone, come puoi pensare che Hawthorne possa mai collegarti con me? O, cosa ancor più impossibile, pensare che Dominique Montaigne abbia un qualsiasi legame con Amaya Bajaratt? Mio Dio, abbiamo fatto l'amore questo pomeriggio e lui crede che io stia tornando a Parigi! Mi ama, quel pazzo!»

«È forse più abile di quanto noi si pensi.»

«Assolutamente no! È un animale ferito, bisognoso di conforto, e quindi del tutto cieco.»

«E tu, invece? Quattro anni fa ricordo che riempivi queste sale di gioia. Eri talmente affascinata da quell'uomo!»

«Non essere ridicolo! Poche ore fa ero sul punto di ucciderlo, quando mi sono resa conto che l'impiegato alla reception mi aveva visto salire nella sua stanza... Tu hai approvato la mia decisione, hai persino lodato la mia prudenza, che posso dire?»

«Tu non dirai niente. Sono io che parlo. Ti faremo portare in aereo a St. Barts; tu ritirerai il denaro in mattinata e poi sarai accompagnata a Miami, o in qualsiasi posto tu voglia andare.»

«E i miei contatti? Pensano di trovarmi qui.»

«Me ne occupo io. Ti darò un numero di telefono: finché non riceverai ordini superiori, loro si atterranno alle tue istruzioni...»

«Padrone, dammi il numero di telefono! So esattamente che cosa fare.»

«Confido che prima mi informerai.»

«Abbiamo entrambi amici a Parigi, giusto?»

«Naturalmente!»

«Perfetto.»

Hawthorne aveva disperatamente bisogno di trovare un aereo e un pilota, ma non erano le cose più urgenti. Ce n'era un'altra: una perfetta canaglia di nome Henry Stevens, capitano, servizi segreti della Marina degli Stati Uniti. Lo spettro di Amsterdam si alzò all'improvviso. St. Barts e la scomparsa di Dominique erano troppo simili agli orribili eventi che avevano portato alla morte di sua moglie. E se Stevens vi era anche lontanamente implicato, Tye doveva saperlo! Dopo aver dato cento franchi francesi e aver dettato il suo nome e il suo nuovo grado a un solitario e indifferente radiotelegrafista nella torre di controllo, che non era propriamente una torre né aveva molto controllo su alcunché, se non sulle luci della pista d'atterraggio, poté infine impadronirsi del telefono dell'aeroporto di Saba. Fu posto subito in comunicazione con Washington.

«Ministero della Marina» rispose una voce all'altro capo, duemila chilometri a nord.

«Mi passi la Divisione Uno, Servizi d'Informazione, prego. Codice di sicurezza quattro-zero.»

«Un'emergenza, signore?»

«Esatto, marinaio.»

«I-Uno» fece una seconda voce qualche momento dopo. «Ho sentito che questo è un quattro-zero?»

«Infatti.»

«Di che genere?»

«Questo può essere riferito solo al capitano Stevens. Rintracciatelo. Subito.»

«Sta lavorando al piano di sopra. Chi devo dire?»

«"Amsterdam" basterà. Verrà più che in fretta.»

«Vedremo.» La voce di Stevens fu in linea dopo qualche secondo.

«Hawthorne?»

«Pensavo bene che avresti capito l'antifona, figlio di puttana.»

«Che cosa significa?»

«Sai benissimo che cosa significa! I tuoi scagnozzi mi hanno trovato, e poiché il tuo piccolo ego non poteva sopportare l'idea che il MI6 mi avesse reclutato, hai preso lei per scoprire quel che potevi, perché sapevi bene che a te io non avrei detto un cazzo! Ti trascinerò davanti alla corte marziale, Henry!»

«Ehi, un momento! Non ho idea di quel che stai dicendo, e neppure di chi sia "lei"! Ho passato due maledette ore con la CIA ieri per chiarire questo imbroglio, perché tu non volevi neppure parlare con me, e ora te ne vieni fuori a dire che noi ti abbiamo "trovato", e che abbiamo rapito una donna di cui non avevamo neanche sentito parlare. Andiamo, falla finita.»

«Sei un fottuto bugiardo. Hai mentito ad Amsterdam.»

«Avevo le prove, e tu le hai viste.»

«Tu le avevi fabbricate!»

«Io non ho fabbricato niente, Hawthorne! Sono state fabbricate per me.»

«Si ripete la storia di Ingrid.»

«Palle! E ribadisco che non abbiamo nessuno sulle isole che sappia qualcosa di te o di una donna.»

«Stronzate! Due dei vostri buffoni mi hanno telefonato qui e hanno cercato di ammannirmi non so che storia di panico a Washington. Sapevano dov'ero: il resto era facile, persino per loro.»

«Allora sanno qualcosa che io non so. E poiché io devo incontrarmi questa mattina con tutti i miei buffoni, come dici tu, forse me lo diranno.»

«Devono avermi seguito a St. Barts, hanno visto lei insieme a me e l'hanno presa quando usciva.»

«Tye, per amor di Dio, sbagli tutto! Ammetto che abbiamo tentato con tutti i mezzi di tirarti dentro, ma Cristo, perché no? Tu vivi nella zona, hai le carte in regola: saremmo pazzi se non tentassimo. Ma in realtà non lo abbiamo fatto. Lo hanno fatto gli inglesi e i francesi, non noi! Non abbiamo nessuno laggiù che possa scovarti. E poi, considerando che abbiamo bisogno del tuo aiuto, l'ultima cosa che faremmo sarebbe quella di sequestrare una tua amica per interrogarla. Sarebbe davvero troppo stupido...»

«Eppure lei oggi doveva tornare a Parigi, e di lì a Nizza. E non voleva partire.»

«Perbacco! Allora, forse voleva tagliar corto al momento degli addii.»

«Non posso crederlo, non voglio crederlo.»

«Forse sei tu che non ci vedi chiaro... È possibile?»

«Be', vedi...» replicò Hawthorne un po' riluttante, sentendo svanire la sua aggressività «lei lo aveva fatto anche prima, era scomparsa all'improvviso.»

«Scommetto la mia pensione che lo ha fatto anche questa volta. Telefonale questa sera stessa a Parigi: vedrai che la troverai là.»

«Non posso... Non conosco il nome di suo marito.»

«No comment, comandante.»

«Tu non capisci...»

«Non ci provo nemmeno.»

«Ci siamo incontrati quattro... cinque anni fa.»

«Ah, adesso capisco... È stato quando ci hai piantati.»

«Sì, me ne sono andato. Perché avevo fiutato qualche cosa, sentivo che c'era del marcio nella faccenda di Amsterdam, e questo sospetto resterà in me per tutto il resto della mia vita.»

«Qui non posso aiutarti» replicò il capo dei servizi segreti della Marina dopo un lungo istante di silenzio.

«Non ci contavo.»

Ci fu di nuovo un lungo silenzio. «Hai fatto qualche progresso con il MI6 e il Deuxième?» chiese infine Stevens.

«Sì.»

«Io ho parlato con Londra e Parigi, su suggerimento di Gillette della CIA. Vuoi la conferma?»

«Non ho bisogno di nessuna conferma. Ti fregheresti con le tue mani se ti azzardassi a mentire in una situazione che non puoi controllare, capitano. E non credo che tu ci tenga.»

«Sai, Hawthorne,» replicò Stevens freddamente «non posso più tollerare le tue cazzate...»

«Tu dovrai tollerare tutto quel che mi pare e piace, Henry. Parliamoci chiaro, tu sei solo una rotella dell'ingranaggio e io sono un operatore indipendente, non dimenticarlo. Io do gli ordini a te, tu non dai ordini a me, perché se ci provi io me ne vado. Capito?»

Seguì un altro e più prolungato silenzio prima che il capo dei servizi segreti tornasse a parlare. «Vuoi farmi un rapporto su quanto hai combinato finora?»

«Certamente, e voglio che tu ti muova subito. Ho un numero di telefono di Miami che è collegato via satellite con un telefono delle isole. Mi occorre l'ubicazione di questo telefono, non appena riesci a procurartelo.»

«Bajaratt?»

«Probabile. Ecco il numero.» Hawthorne lo dettò, chiese conferma, diede a Stevens il numero dell'aeroporto di Saba e stava per troncare la comunicazione quando l'altro insisté: «Tyrell, lasciando da parte le nostre questioni personali, puoi darmi qualche informazione, qualche ragguaglio sulla faccenda?».

«No.»

«Per Dio, perché no? Io ora sono il tuo collegamento ufficiale, autorizzato, fra l'altro, da tutti i governi, e tu sai che cosa significa. Dovrò fare richieste gravose e delicate, e la gente vuole spiegazioni.»

«Questo significa che i rapporti più segreti verranno fatti circolare, vero?»

«Su una base di massima sicurezza. È il sistema, lo sai bene.»

«Allora la mia risposta è decisamente "no". La Valle della Beqa'a potrebbe essere una stazione sciistica, per quel che importa a voi, ma non è così per me. Io ho visto i suoi dannati tentacoli allargarsi dal Libano al Bahrein, da Ginevra a Marsiglia, da Stoccarda a Lockerbie. Se hai qualche notizia, telefonami qui a Saba. Più tardi potrai trovarmi al club nautico di Virgin Gorda.»

Durante l'ora successiva tre aerei privati atterrarono sulla pista di Saba, ma nessuno prese in considerazione la richiesta del malmesso e scarmigliato Hawthorne e le sue promesse di denaro per portarlo a Gorda. Secondo il controllore di volo, un quarto e ultimo aereo doveva arrivare pressappoco entro trenta minuti. Dopo di che, la pista sarebbe stata chiusa per tutta la notte.

«L'aereo prende contatto prima di atterrare?»

«Sicuro. È già buio al suo arrivo. Se c'è vento, io comunico la direzione e la velocità.»

«Bene, quando il pilota si mette in contatto, voglio parlargli.»

«D'accordo. Qualunque cosa per il governo.»

Dopo quarantun angosciosi minuti la radio della torre si fece sentire. «Saba, siamo in arrivo da Orangestad, F-O-quattro-sei-cinque, come annunciato. Condizioni normali?»

«Altri dieci minuti, e avreste trovato la pista chiusa. Sono i nostri regolamenti. Siete in ritardo, F-O-cinque.»

«Andiamo, ragazzo, siamo buoni clienti.»

«Non con quell'aereo. Io non vi conosco...»

«Siamo una linea nuova. Vedo le vostre luci. Ripetete, le condizioni meteo sono normali? C'è stato un sacco di cattivo tempo recentemente.»

«Sì, ma c'è qualcuno che vuole parlarvi.»

«E chi diavolo sarebbe?»

«È il comandante T. Hawthorne della Marina degli Stati Uniti» intervenne Tyrell afferrando il microfono. «C'è un'emergenza qui a Saba e devo usare il vostro aereo per andare a Virgin Gorda. Il piano di volo è stato approvato e sarete compensati per il vostro tempo e il vostro disturbo. Come state a carburante?»

«Signor sì, marinaio!» fu l'animata risposta, mentre Hawthorne fissava dalla grande finestra la pista d'atterraggio. Poi, con suo grande stupore, le luci dell'aeroplano che stava scendendo si alzarono di botto e virarono a destra, allontanandosi da Saba alla massima velocità.

«Che diavolo sta facendo?» urlò Tyrell. «Che cosa fai, pilota?» ripeté nel microfono. «Ti ho detto che è un'emergenza!»

Non ci fu risposta.

«Non vuole atterrare» osservò il radiotelegrafista.

«Perché no?»

«Forse perché gli hai parlato. Dice che viene da Orangestad, ma può non essere vero. Forse viene da Vieques, il che significa che probabilmente arriva da Cuba.»

«Figlio di buona donna!» Hawthorne diede una pacca furiosa sulla spalliera di una sedia. «Ma che diavolo di posto gestite qui voialtri?»

«Non gridare con me. Io faccio il mio rapporto ogni giorno, ma nessuno là al governo mi dà retta. Aerei illegali arrivano qui ogni momento, ma nessuno mi ascolta.»

«Scusa» fece Hawthorne guardando la faccia preoccupata del nero. «Devo fare un'altra telefonata.»

«Fa' pure, comandante. Io ho preso nota del tuo nome, così i miei superiori manderanno il conto alla Marina e non a me.»

«Tye! Dove diavolo sei?» gridò Marty dall'altra parte del telefono. «Dovevi già essere qui.»

«Non sono potuto venire, non sono riuscito a trovare un aereo che mi porti via da Saba! Sono tre dannate ore che lo aspetto.»

«Queste piccole isole vanno a nanna presto.»

«Resterò qui fino a domattina, ma se non trovo un altro mezzo dovrò chiederti di mandar qualcuno a prendermi.»

«Non c'è problema... Ma c'è un messaggio per te, Tye.»

«Da un tizio di nome Stevens?»

«Se è a Parigi. L'impiegato alla reception mi ha chiamato tre o quattro ore fa chiedendo se la tua barca è ancora qui, e naturalmente dopo aver parlato con il tuo amico Cooke ho detto di lasciare a me il messaggio. L'ho proprio qui, viene da una certa Dominique, con un numero di telefono di Parigi.»

«Dammelo subito!» Hawthorne afferrò una matita. Il meccanico dettò lentamente il numero. «Un'ultima cosa» soggiunse Tye. «Aspetta un minuto.» Si volse al controllore. «È chiaro che non troverò un aereo stanotte, perciò dove posso alloggiare? È importante.»

«Se è così importante, puoi restare qui: c'è un letto al piano di sopra, ma non troverai niente da mangiare, solo caffè a volontà. Ti porterò qualcosa da mangiare domattina. Prendo servizio alle sei.»

«E ti darò una buona mancia.»

«Questo mi piace!»

«Che numero ha questo telefono?» Il controllore glielo disse e Hawthorne lo ripeté a Marty. «Se chiama un certo Stevens, be', se qualcuno mi chiama, dagli questo numero, d'accordo? E grazie.»

«Tye,» fece il meccanico con voce esitante «non sei per caso in qualche pasticcio, vero?»

«Spero di no» rispose Hawthorne. Troncò la comunicazione e compose immediatamente il numero di Parigi.

«*Allo, la maison de Couvier*» rispose una voce femminile.

«*S'il vous plaît, madame*» chiese Tyrell in un francese zoppicante. «Madame Dominique, prego.»

«Mi spiace, monsieur, madame Dominique era appena arrivata quando suo marito l'ha chiamata da Montecarlo, insistendo perché lo raggiungesse subito... Poiché io sono l'amica e la confidente di madame, posso chiedere se lei è l'uomo delle isole?»

«Sono proprio io.»

«Madame mi ha detto di riferirle che tutto va bene e che tornerà da lei appena potrà. Ringrazio Dio, monsieur, lei è proprio ciò che occorre a madame, ciò che *merita*. Io sono Pauline e lei non deve parlare con nessun altro in questa casa, solo con me. Vogliamo stabilire una parola d'ordine fra noi, nel caso in cui madame non sia raggiungibile?»

«Ne ho proprio una sottomano. Io dirò: "Qui parla Saba". E le dica anche che non capisco perché sia scomparsa così all'improvviso!»

«Sono sicura che c'è una ragione, monsieur, e certo madame le spiegherà.»

«La considero un'amica, Pauline.»

«Certo, monsieur.»

Sulla sua isola privata il Padrone fece un fischio di soddisfazione mentre spingeva la sedia a rotelle verso il telefono e componeva il numero dell'albergo di St. Barts. «Avevi ragione, Annie! L'ha bevuta! Senza batter ciglio! Ora lui ha una confidente a Parigi, di nome Pauline.»

«Naturale» replicò Amaya al telefono. «Ma c'è un altro problema che mi preoccupa molto.»

«E quale, Annie?»

«Il loro quartier generale per ora è al club nautico di Virgin Gorda: che cosa hanno saputo dal MI6? O magari dai servizi segreti americani?»

«Che cosa vuoi che faccia?»

«Manda uno dei nostri da Miami o da Portorico e cerca di scoprire chi c'è là e che cos'hanno in mano.»

«Sarà fatto, figlia mia.»

Erano le quattro del mattino quando lo squillo del telefono lacerò il silenzio della torre di controllo deserta. Hawthorne balzò dalla brandina sbattendo le palpebre cercando di orientarsi e si precipitò al telefono sulla scrivania dell'ufficio.

«Sì? Chi è?» fece in fretta, scuotendo la testa per sgomberarla dal sonno.

«Sono Stevens, bastardo» rispose l'ufficiale dei servizi segreti da Washington. «Sono qui da sei dannate ore e uno di questi giorni sarà meglio che tu spieghi a mia moglie, la quale per ragioni assolutamente incomprensibili ti ha in simpatia, che io stavo lavorando per te e non ero in giro a folleggiare con qualche inesistente fanciulla.»

«E cosa hai trovato?»

«Il numero di Miami che mi hai dato non è sull'elenco, naturalmente...»

«Spero che non sia stato un problema per te!» interruppe Tyrell sarcastico.

«Certo che no. La bolletta è intestata a un ristorante molto popolare della Collins Avenue, il Wellington's, ma il proprietario non ne sa nulla. Ci ha indicato lo studio del suo commercialista, perché noi si possa verificare.»

«La linea si può rintracciare.»

«Oh, è stata rintracciata! Faceva capo a una macchina attivata a voce su uno yacht nel porto di Miami. Il proprietario è un brasiliano, attualmente in patria, irraggiungibile.»

«L'uomo non parlava a una macchina!» insisté Hawthorne. «C'era qualcuno all'altro capo!»

«Non ne dubito. Quante volte tu e io abbiamo indicato un recapito, magari a un telefono pubblico, durante una missione? Qualcuno sullo yacht aveva avuto istruzioni di trovarsi sul posto quando il tuo uomo chiamava.»

«Così voialtri non avete da darmi nessuna novità?»

«Non ho detto questo» corresse Stevens. «Abbiamo chiamato i nostri esperti con le loro attrezzature da stregoni vudu. Mi dicono che hanno smontato la macchina pezzo per pezzo, come orologiai svizzeri, inserendo diverse centinaia di programmi, e sono arrivati a quella che chiamano una ricerca laser satellitaria.»

«Che cosa significa?»

«Significa che hanno tracciato coordinate cartografiche basate su probabili trasmissioni via satellite. Hanno ristretto le aree riceventi a un centinaio, poco più poco meno, di miglia quadrate fra lo stretto di Anegada e Nevis.»

«Ma non serve a niente!»

«Non è esatto. Prima cosa, quello yacht è ora sotto costante sorveglianza. Chiunque si avvicinerà sarà preso e passato al setaccio.»

«E seconda cosa?»

«Meno efficace, temo» rispose Stevens. «Abbiamo un piccolo AWAC nella base militare aeronautica di Patrick, in Florida. Può ricevere trasmissioni via satellite, ma le trasmissioni devono essere attivate per localizzare i riflettori parabolici riceventi. Così adesso lo mandiamo lì.»

«E allora quelli chiuderanno i contatti da entrambe le parti, troncheranno tutte le trasmissioni!»

«È ciò che speriamo. *Qualcuno* dovrà pur andare su quello yacht a controllare la macchina! Noi l'abbiamo messa in corto circuito, così dovranno mandare una persona a controllare il guasto e a ritirare i messaggi. È un piano infallibile, Tye. Non sanno che abbiamo scoperto la macchina e appena qualcuno si avvicinerà alla barca noi lo agguanteremo.»

«C'è qualcosa che non quadra» borbottò Hawthorne. «Qualcosa di sbagliato, e non so cos'è.»

La falce della luna calante sfiorava l'orizzonte a Miami mentre l'alba cominciava a biancheggiare a est. Una videocamera telescopica era allestita sullo yacht attraccato al molo e ogni immagine veniva proiettata su uno schermo in un magazzino del porto, a duecento metri di distanza. Tre agenti dell'FBI tenevano gli occhi aperti a turno, intorno a un tavolo dove un telefono rosso con un unico bottone nero poteva collegarli immediatamente tanto con la CIA quanto con i servizi d'informazione della Marina a Washington.

«Merda!» borbottò l'agente di guardia alzandosi perché qualcuno bussava alla porta. «Sta arrivando la pizza e io non voglio certo pagare il conto!» I suoi due colleghi socchiusero gli occhi sbadigliando mentre la porta si apriva.

La raffica di mitra fu spietata e letale. In meno di quattro secondi i tre agenti furono abbattuti e crollarono a terra inzuppati nel loro sangue. Sullo schermo televisivo si vide esplodere lo yacht nel porto e lunghe lingue di fiamme levarsi nel cielo di Miami.

6

«Gesù Cristo!» ruggì Stevens al telefono parlando con Hawthorne a Saba. «Quelli sono dappertutto! Sanno tutto quello che facciamo!»

«Il che significa che tra noi c'è una talpa.»

«Non posso crederlo.»

«Devi crederlo, è la realtà. Io sarò di ritorno a Gorda fra un'ora o poco più...»

«All'inferno Gorda, veniamo a prenderti a Saba. I nostri geografi dicono che è vicina all'area in cui deve trovarsi l'obiettivo.»

«Il vostro aereo non può atterrare su questa pista, Henry.»

«Perbacco se può! Ho verificato con i nostri tecnici, la pista è lunga almeno mille metri; con la controspinta al massimo, può farcela. Voglio che tu controlli queste coordinate, è tutto quello che abbiamo in mano. Se salta fuori qualcosa, passa all'azione, fa' ciò che ritieni necessario. L'aereo è sotto il tuo comando.»

«Un centinaio di miglia quadrate fra l'Anegada e Nevis? Ma tu sei fuori di testa!»

«Hai un'idea migliore? Noi abbiamo a che fare con una femmina psicopatica che vuol far saltare in aria i nostri governi. Francamente, con quel che ho appreso su di lei, io ho paura, Tye, una dannata paura!»

«Non ho un'idea migliore» ammise Hawthorne. «Rinuncio a Gorda e aspetto qui. Spero che a Patrick abbiano un buon pilota.»

L'AWAC II, un grosso e tozzo apparecchio con la grande antenna parabolica che sporgeva sopra la fusoliera, comparve in cielo a occidente. Scese, ma invece di atterrare arrivò all'estremità della pista, virò e ripeté la manovra una seconda volta. Tyrell, osservandolo, pensò che il pilota probabilmente stava comunicando alla base di Patrick che dovevano essere matti. Al terzo tentativo la manovra riuscì.

«Ehi!» esclamò il controllore della torre, sbarrando gli occhi e trattenendo il fiato mentre l'aereo andava a fermarsi a un centinaio di metri dal termine della pista, e poi virava e rullava tornando indietro. «Quel pilota è in gamba! Mai visto niente di simile qui a Saba. Manovrare un aggeggio simile che sembra una vacca gravida!»

«Io parto, Calvin» lo salutò Hawthorne, avviandosi alla porta. «Avrai notizie da me o dai miei colleghi. E avrai il denaro.»

«Come ho detto ieri notte, questo mi piace.»

Tyrell corse sulla pista mentre il portello dell'AWAC II si apriva e ne scendeva un ufficiale, seguito da un sergente maggiore. «Un'eccellente manovra, tenente» fece Hawthorne avvicinandosi e scorgendo la filettatura d'argento sul colletto dell'ufficiale.

«Cerchiamo di fare del nostro meglio» ribatté l'altro. Era senza berretto con capelli castano chiaro. «Lei è il meccanico, qui?» chiese, adocchiando la tuta unta e bisunta di Tyrell.

«No, sono il pacco che dovete ritirare.»

«Che scherzi sono questi?»

«Chiedigli i documenti» suggerì il sergente maggiore, con la mano destra significativamente infilata sotto il giubbotto di volo.

«Io sono Hawthorne.»

«Ci dia una prova, buon uomo» continuò tranquillo il sergente. «Non ha l'aspetto di un comandante.»

«Non sono comandante; be', lo ero una volta, ora non più. Cristo! Washington non vi ha spiegato niente? Tutti i documenti che avevo sono in fondo al mare.»

«Davvero?» fece l'altro estraendo lentamente dal giubbotto una Colt 45. «Il mio collega qui, il tenente, manovra questo gioiello elettronico, ma io sono a bordo per badare ad altre questioni. La sicurezza, per esempio.»

«Mettila via, Charlie» intervenne una voce femminile e una snella figura in uniforme emerse dal portello e scese a terra. Si avvicinò a Hawthorne e tese la mano. «Io sono il maggiore Catherine Neilsen, comandante. Spiacente per gli atterraggi falliti, ma tenevo presente i dubbi che lei stesso ha espresso al capitano

Stevens. È stato un atterraggio di fortuna... Tutto bene, Charlie, Washington ha trasmesso per fax la sua foto. È senza dubbio lui.»

«Lei è il pilota?»

«Questo la preoccupa, comandante?»

«Non sono comandante.»

«La Marina sostiene di sì. Sergente, ti conviene tenere la pistola in vista.»

«Con piacere, maggiore.»

«Insomma, volete piantarla con queste cazzate?»

«Bene, ecco il fatto: noi accettiamo la premessa che i servizi collaborino fra loro, ma troviamo difficile accettare che un ex ufficiale di Marina, senza alcuna conoscenza delle nostre operazioni, sia al comando del nostro aereo.»

«Vede, signora... signorina... *maggiore*, io non ho chiesto niente, mi hanno coinvolto in questo pasticcio, come hanno coinvolto lei.»

«Noi non sappiamo cosa sia il "pasticcio", Mr. Hawthorne. Sappiamo solo che dobbiamo perlustrare una certa zona cercando trasmissioni via satellite, intercettare qualsiasi cosa troviamo e comunicare i dati a lei. Quindi lei, e *solo* lei, dovrà dirci cosa dobbiamo fare.»

«Questa... questa è una follia.»

«È pura follia, comandante.»

«Esattamente.»

«Sono lieta di vedere che ci intendiamo bene.» Il maggiore si levò il berretto da ufficiale, si tolse diverse forcine e scosse la testa per sciogliere i biondi capelli. «Ora, io non vorrei violare nessun segreto, ma gradirei avere una visione generale di quel che lei si aspetta da noi, comandante.»

«Vede, maggiore, io sono solo un onesto noleggiatore di barche, che porta i clienti in crociera fra le isole. Ho rinunciato al mio incarico nel servizio quattro o cinque anni fa, e all'improvviso mi sono visto reclutare da tre governi di tre differenti Paesi, che erroneamente credono che io possa aiutarli in quella che chiamano una crisi. Ora, se lei la pensa diversamente, porti via di qui questo trabiccolo e mi lasci in pace.»

«Non posso.»

«Perché?»

«Ordini.»

«Lei è una signora molto decisa, maggiore.»

«Lei non ha peli sulla lingua, signor ex ufficiale della Marina.»

«Be', che facciamo, stiamo qui a giocare?»

«Suggerisco di riprendere le operazioni. Salga a bordo.»

«È un ordine?»

«Lei sa che non posso dare ordini» ribatté il pilota, scostandosi i capelli dal viso. «E poi è lei il comandante dell'aereo.»

«Bene. Risalite a bordo e decolliamo.»

Il rombo attutito dei motori riempiva i cieli mentre l'AWAC II perlustrava la zona designata. Il tenente addetto alla complessa attrezzatura elettronica continuava a premere misteriosi bottoni e ad azionare arcani quadranti captando bip vagabondi di suono più o meno elevato. A ogni crepitìo digitava qualcosa sulla tastiera di un computer, che emetteva un tabulato.

«Per l'amor di Dio, che cosa sta succedendo?» chiese Hawthorne, seduto di fronte al giovane ufficiale.

«Per favore, silenzio, signore, devo concentrarmi... se la Marina lo permette.»

Hawthorne si alzò e passò nella cabina di pilotaggio dove il maggiore Catherine Neilsen era ai comandi. «Posso sedermi?» domandò additando il sedile vuoto accanto a lei.

«Non deve chiedere, comandante. È lei che comanda su questo uccellaccio, tranne quando si tratta della sicurezza della manovra e dei regolamenti di volo.»

«Vogliamo finirla con queste cazzate, maggiore?» Hawthorne si sedette notando con sollievo che l'assordante rombo dei motori lì era molto attutito. «Le ho già detto che non sono più in Marina e ho bisogno del suo aiuto, non della sua ostilità.»

«Bene, che cosa posso fare per lei... un attimo!» La donna si aggiustò la cuffia alle orecchie. «Che cosa dici, Jackson?... Rientrare per l'ultima traiettoria da PP?... Sarà fatto, genio!» Fece virare l'aereo in semicerchio. «Mi scusi, comandante, dov'eravamo rimasti? Ah, sì... che cosa posso fare per lei?»

«Cominci con qualche spiegazione: cos'è l'ultima traiettoria e perché deve rientrare e cosa diavolo fa il "genio" qui dietro di noi?»

Il maggiore rise: un riso simpatico, senza sarcasmo e senza alterigia.

«Tanto per cominciare, Jackson è un genio, signore...»

«La pianti con il "signore", per favore. Provi a chiamarmi Tye, abbreviazione di Tyrell. È il mio nome.»

«Bene, torniamo alle sue domande, ora» riprese Catherine Neilsen. «Il tizio qui dietro è Jackson Poole, dei Poole della Louisiana, capisce?» E fece un sorriso. «È un genio con quegli strumenti, oltre che un eccellente pilota: è il mio secondo e mi sostituisce ai comandi, ma se oso toccare i suoi strumenti mi ammazza.»

«Sembra un tipo interessante.»

«E lo è davvero. È entrato nell'Esercito perché è in questo settore che affluiscono i fondi per la scienza informatica, ma scarseggiano gli operatori qualificati. A proposito, mi ha detto di rientrare in traiettoria da PP. In parole povere, significa tornare indietro e ripercorrere la rotta sull'area assegnata dal punto di partenza.»

«E *questo* significa...?»

«Sta cercando di rintracciare una frequenza-radio, non di quelle normali, ma qualcosa di aberrante, insolito, e relativamente irreperibile.»

«E può farlo con quei bottoni e quei quadranti?»

«Oh, certo che può!»

«Detesto questi geni multiformi.»

«Le ho detto che è anche un ottimo istruttore di karate?»

«Se attacca briga con lei, maggiore,» sorrise Tyrell «da avverto che non potrò difenderla. Un nanerottolo storpio potrebbe scaraventarmi giù dal ring.»

«Non sembra, a leggere il suo dossier.»

«Il mio dossier? Ma non c'è proprio niente di sacro a questo mondo?»

«No, quando si deve assumere il controllo, anche limitato, di un ufficiale di pari grado passando da un settore all'altro delle forze armate. Le buone usanze militari, come pure i regolamenti, richiedono che l'ufficiale trasferito sia convinto della validità del trasferimento. Io ne sono convinta.»

«Non lo ha certo dimostrato, a Saba.»

«Ero furiosa, furiosa come lo sarebbe stato lei se un estraneo avesse invaso il suo campo di operazioni.»

«*Ferma!*» gridò la voce dalla carlinga, così forte che si sentì sopra il rombo dei motori. «È *pazzesco!*» Jackson Poole in piedi agitava le braccia al di sopra del suo banco di formica.

«Calma, tesoro mio,» ordinò il maggiore Catherine Neilsen «siediti e dimmi cos'hai trovato... Comandante, prego, metta la cuffia, così potrà sentire ogni cosa.»

«"Tesoro mio"?» interruppe Tyrell involontariamente, e la sua voce suonò rauca nell'intercom.

«È gergo dell'Aeronautica, comandante, non c'è sotto nient'altro» replicò il maggiore.

«Proprio nient'altro, signor ufficiale di Marina» aggiunse il sergente maggiore Charlie. «Lei ha i galloni, signore, ma qui è ancora un ospite.»

«Lo sa, sergente, che sta diventando un gran rompiscatole?»

«Lasci perdere, Hawthorne» lo pregò il biondo pilota. «Che cos'hai trovato, tenente?»

«Una cosa che *non esiste*, Cathy! Non è segnata su nessuna carta della zona, e ho controllato tutti i programmi particolareggiati sullo schermo.»

«Sii più chiaro, per favore.»

«Il segnale rimbalza da un satellite giapponese e non arriva in nessun punto preciso, almeno sulle nostre carte. Ma quel porto deve essere là! La trasmissione è chiara!»

«Tenente,» interruppe Tyrell «i suoi apparecchi sono in grado di rivelarci la fonte della trasmissione?»

«Non in modo specifico: i grandi apparecchi della base probabilmente potrebbero, ma i miei strumenti sono limitati. Tutto quel che posso fare è darvi una proiezione laser computerizzata.»

«E cosa diavolo sarebbe?»

«Vede, è come un golf al coperto, dove si manda una palla da un tee in uno schermo elettronico e si ha l'immagine istantanea di dove va a finire lungo il percorso normale.»

«Io non sono un giocatore di golf, ma la prendo in parola. Quanto tempo ci vorrà?»

«Ci sto lavorando... Posso quasi garantire una cosa.»

«Che cosa?»

«La trasmissione diretta alla nostra "cosa che non esiste". Viene da qualche punto del Mediterraneo, attraverso il satellite giapponese Noguma.»

«L'Italia? L'Italia del Sud?»

«Forse. O l'Africa settentrionale. Quella deve essere grosso modo la zona.»

«Ecco ciò che cerchiamo!» esclamò Hawthorne.

«Ne è sicuro?» chiese Catherine Neilsen.

«Ho una spalla ferita come prova, con tre strisce di cerotto. Tenente, può darmi le precise, e dico *precise* coordinate di navigazione di questa "cosa che non esiste"?»

«Diavolo, sì, le ho segnate. Corrispondono a piccole masse di terre emerse circa cinque miglia a nord di Anguilla.»

«Sono quasi sicuro di conoscerle! Poole, lei è un genio!»

«Non io, signore. Sono gli strumenti.»

«Ma possiamo avere qualcosa di meglio delle coordinate» intervenne Catherine Neilsen, iniziando la discesa. «Troveremo questa "cosa che non esiste" e la vedremo tanto chiaramente che potrete riconoscere ogni centimetro di terreno.»

«No... Per favore, questo no assolutamente.»

«Ma come? Siamo qui, siamo sopra, possiamo farlo.»

«E tutti laggiù si accorgeranno di noi.»

«Lei ha maledettamente ragione.»

«E sarebbe maledettamente sbagliato. Qual è il posto più vicino dove può atterrare questa vacca?»

«Questo *aereo*, a cui sono molto affezionata – ammetto che sembra una grossa vacca –, non è autorizzato ad atterrare su territorio straniero: sono i regolamenti militari.»

«Io non ho chiesto se è autorizzato, maggiore. Ho chiesto solo dove può atterrare. Allora, dove?»

«Le mie carte dicono St. Martin. È francese.»

«Lo so, io organizzo crociere, ricorda?... C'è qualcosa, in questo spiegamento di esotici apparecchi davanti a me, che possa funzionare come un telefono normale?»

«Ma certo. Si chiama appunto telefono ed è proprio lì sotto il suo bracciolo.»

«Lei scherza!» Hawthorne lo trovò, lo estrasse e chiese: «Come si usa?».

«Come un normalissimo telefono, ma tenendo presente che la conversazione viene registrata alla base militare di Patrick e subito ritrasmessa al Pentagono.»

«Fantastico.» Tyrell formò furiosamente il numero e dopo un attimo continuò. «Qui parla I-Uno, e fa' in fretta, marinaio! Il codice è quattro-zero, voglio il capitano Henry Stevens e fammi il favore di saltare qualsiasi stronzo intermedio che voglia la storia della mia vita. Il nome Tye – si scrive T-Y-E – basterà per passare.»

«*Hawthorne*, dove diavolo sei? Che cos'hai saputo?» Neanche tre secondi dopo Stevens era in linea.

«La nostra conversazione è registrata e ritrasmessa ad Arlington...»

«Non da quell'aereo, ho ordinato l'oscuramento del vostro

apparecchio. Puoi immaginare di essere in un confessionale con il più discreto dei confessori. Che notizie mi porti?»

«Questo grasso e brutto aereo che avete tirato fuori da Patrick è una meraviglia. Abbiamo trovato la stazione ricevente e voglio che un tenente di nome Poole sia nominato immediatamente colonnello e generale.»

«Tye, sei sbronzo?»

«Cristo, vorrei esserlo! E mentre tu ti trastulli con i tuoi giochetti al Pentagono, voglio che un pilota di cognome Neilsen, nome di battesimo Catherine, diventi capo dell'Aeronautica militare. Che te ne pare, Henry?»

«Ti sei rimesso a bere, Tye!» grugnì Stevens rabbioso.

«Ma neanche per sogno!» La voce tranquilla di Tyrell rivelava che era perfettamente sobrio. «Voglio solo farti sapere quanto valgono questi ragazzi.»

«Va bene, ho capito. Li segnalerò a chi di dovere. Adesso dimmi della stazione ricevente che avete individuato.»

«Non figura da nessuna parte, né su portolani, né su carte nautiche, ma io conosco quei gruppetti di isole cosiddette disabitate... devono essere cinque o sei... e grazie agli strumenti dell'aereo ho anche le coordinate esatte.»

«Ottimo, la Bajaratt dovrebbe essere là. Manderemo una squadriglia.»

«Non ancora. Vado io, prima, per assicurarmi che ci *sia* davvero. E se c'è, per scoprire quali sono i suoi canali, cioè l'anello di congiunzione con la rete di terroristi che opera da noi.»

«Tye, devo dirti che eri molto efficiente in questo genere di missioni qualche anno fa, ma è passato del tempo... mi capisci, comandante? Non vorrei... avere la tua vita sulla coscienza...»

«Presumo che tu alluda alla mia defunta moglie, *capitano*!»

«Rifiuto di tornare sull'argomento. Noi non abbiamo niente a che fare con la sua morte.»

«Eppure io continuo a domandarmelo!»

«Questo è un problema tuo, Tye, non nostro. Io voglio solo assicurarmi che tu non faccia il passo più lungo della gamba.»

«Henry, non hai nessun altro, quindi piantala con queste stronzate! Voglio che questo aereo atterri a St. Martin, territorio francese. Così tu prendi contatto con il Deuxième al Quai d'Orsay e sistemi la faccenda con la base di Patrick, in Florida. Noi atterriamo e quelli mi forniscono tutto quello che mi occorre. Passo e chiudo, Henry, e *spicciati*!»

Hawthorne riattaccò, chiuse un attimo gli occhi, poi si rivolse al biondo pilota. «Punti pure su St. Martin, maggiore. Saremo autorizzati, glielo assicuro.»

«Ho ascoltato alla derivazione» replicò Catherine con tono tranquillo. «Lei si rende conto che è responsabilità del pilota controllare tutte le conversazioni su un aereo di questo tipo. Sono sicura che lei mi capisce.»

«Sono sicuro di dover capire.»

«Lei ha parlato di sua moglie... la morte di sua moglie.»

«Temo di sì. Stevens e io siamo in contatto da molti anni e talvolta accenno a cose che non dovrei tirar fuori.»

«Spiacente. Per sua moglie.»

«Grazie» fece Tyrell. Cadde il silenzio. *Erano state quelle due semplici parole, "tesoro mio", che gli avevano dato sui nervi, e si era comportato come uno sciocco. Quel tono di affetto apparteneva a lui e a nessun altro, non doveva essere usato da un'arrogante femmina pilota, ufficiale dell'Aeronautica militare, e con un subordinato, per giunta! Solo due persone nella sua vita avevano pronunciato quelle parole rivolte a lui. Ingrid e Dominique, le uniche donne che aveva amato. Una era la moglie adorata. L'altra una diafana, adorabile creatura, non meno elusiva che reale, che aveva riportato alla vita, se non il suo corpo, certo la sua anima. Quelle parole appartenevano a loro, e dovevano essere rivolte soltanto a lui. Si era comportato come un idiota: le parole non potevano essere proprietà privata di un uomo, lo sapeva bene. Ma nessuno doveva abusarne, abbassarle a un appellativo volgare. Oh, Cristo! Doveva piantarla! C'era del lavoro da fare. L'obiettivo!*

«St. Martin sotto di noi... Tye» echeggiò d'improvviso la voce del maggiore Neilsen.

«Come?... Oh, scusi, che cos'ha detto?»

«Eri in trance, o hai dormito a occhi aperti per qualche minuto. Ho avuto l'autorizzazione di atterrare a St. Martin, sia da Patrick sia dalle autorità francesi. Atterreremo all'estremità della pista e loro ci manderanno incontro una pattuglia a cui Charlie dichiarerà la nostra identità... Avevo chiesto di lavorare con un professionista, ma non mi aspettavo un'efficienza simile.»

«Tu mi hai chiamato Tye e mi hai dato del tu!»

«Secondo i tuoi ordini, comandante. Ma non credere che ci sia sotto qualcos'altro.»

«Lo prometto.»

«Secondo Patrick e i francesi, noi siamo assegnati a te, finché non ci molli. La missione durerà l'intera giornata, e forse anche domani... Che diavolo sta succedendo, Tye? Tu parli di terroristi e legami con i terroristi, e scopriamo isole inesplorate e non segnate sulle carte, che la dannata Marina si prepara a far saltare in aria! Direi che la faccenda è un po' fuori dell'ordinario, anche per il nostro lavoro.»

«È tutto fuori dell'ordinario, maggiore... Cathy... e non credere che ci sia sotto qualcosa.»

«Sii serio, noi abbiamo diritto di sapere. Tu attiri raffiche di mitra ovunque andiamo, ma io sono il pilota e sono responsabile di questo costosissimo aereo e del personale di volo.»

«Hai ragione, tu sei il pilota. Ma perché non mi dici dov'è il tuo primo ufficiale di volo, il tuo copilota, come li chiamiamo noi civili?»

«Come ti ho detto, Poole è qualificato per questa funzione» rispose lei a bassa voce.

«Andiamo, maggiore Neilsen, perché mi colpisce il fatto che manca qualcuno su questo uccellaccio?»

«Va bene» rispose Catherine imbarazzata. «Il capitano Stevens ha insistito perché decollassimo da Patrick all'ora zero questa mattina, ma non siamo riusciti a raggiungere Sal, che di solito si siede dove sei seduto tu. Tutti conosciamo i problemi della vita matrimoniale, così abbiamo chiuso un occhio... anche perché il tenente Poole è un pilota non meno abile di me, e questo significa qualcosa.»

«Certamente. E questa Sal, è anche lei un ufficiale altamente qualificato?»

«Sal è il diminutivo di Salvatore. È un bravissimo ragazzo, ma ha una moglie difficile, che purtroppo ha il vizio del bere. Poiché l'equipaggio era al completo, abbiamo deciso di obbedire subito alla richiesta della Marina... be', richiesta? Diavolo, era un *ordine*!»

«Ma questo non è contro il regolamento?»

«Andiamo, non venire a dirmi che non hai mai coperto un amico! Pensavamo che questo fosse un volo di ricognizione di tre o quattro ore soltanto, poi saremmo tornati alla base e nessuno avrebbe avuto niente da eccepire... e forse Mancini poteva risolvere qualche problema. È forse un delitto, per un *amico*?»

«No, certo» rispose Hawthorne, mentre la sua mente tornava di colpo a una serie di lacune simili, che avevano mandato all'aria decine di missioni segrete, nell'altra sua vita. «La base di Patrick può ascoltare le comunicazioni da questo aereo?»

«Certamente, ma hai sentito cos'ha detto Stevens. Niente viene registrato e trasmesso al Pentagono. Oscuramento.»

«Sì, certo, capisco, ma la base aeronautica in Florida può ascoltare.»

«Due o tre ufficiali molto selezionati, sì.»

«Chiama la base e chiedi di parlare con il tuo amico Mancini.»

«Perché? Per farlo cogliere in castagna?»

«Fallo subito, maggiore, e ti prego di ricordare che comando io su questo aereo, tranne per le manovre di volo.»

«Bastardo!»

«Fallo subito. Adesso!»

Con estrema riluttanza Catherine Neilsen si sintonizzò sulla frequenza della base Patrick. «Il mio ufficiale in seconda vorrebbe parlare con il capitano Mancini. È presente?»

«Spiacente, maggiore» rispose una voce femminile. «Sal è andato a casa circa dieci minuti fa, ma poiché questa conversazione non viene registrata, devo dirti, Cathy, che apprezza vivamente quel che avete fatto per lui.»

«Qui parla il comandante Hawthorne, servizi segreti della Marina» intervenne Tyrell portandosi il microfono alle labbra. «Il capitano Mancini ha ascoltato le nostre conversazioni precedenti?»

«Ma certo, è ufficiale di fiducia... Chi diavolo è questo spione della Marina, Cathy?»

«Rispondi alle sue domande, Alice» rispose la donna fissando Tyrell.

«Quando è arrivato il capitano Mancini al vostro centro-comunicazioni?»

«Oh, non saprei, circa tre o quattro ore fa, pressappoco due ore dopo che l'AWAC II era decollato.»

«E non è strano? Mancini avrebbe dovuto trovarsi a bordo, ma non c'era.»

«Ehi, comandante, siamo uomini, non robot. Non siamo riusciti a raggiungerlo in tempo e noi tutti sapevamo che l'aereo aveva un copilota.»

«Tuttavia voglio sapere perché si trovava nel vostro centro-comunicazioni in questa circostanza. Mi sembra che avrebbe fatto meglio a restare irraggiungibile.»

«Come faccio a saperlo... signore? Il capitano Mancini è una persona molto seria e responsabile. Forse si sentiva in colpa, o cose del genere. Ha preso nota di tutto quello che avete detto.»

«Faccia subito diramare un ordine di arresto!» ordinò Hawthorne.

«Cosa?»

«Mi ha sentito. Arresto immediato e isolamento totale finché non ricevete altri ordini dal capitano Stevens, dei servizi segreti della Marina. Lui vi darà istruzioni.»

«Ma non posso crederci!»

«Deve, Alice, altrimenti non solo perderà il posto, ma finirà in prigione.» Hawthorne depose il microfono.

«Ma cosa diavolo hai fatto?» esclamò Catherine Neilsen.

«Tu sai esattamente cosa ho fatto. Un ufficiale in costante collegamento con i servizi di sicurezza, raggiungibile a qualunque numero dia alla base, munito anche di cellulare, fornito dal governo, sulla sua auto, non riceve alcun messaggio e poi compare all'improvviso e senza nessun motivo al centro-comunicazioni della base?... Come faceva a sapere che doveva trovarsi lì? Presumibilmente non aveva ricevuto chiamate telefoniche, e anche se le aveva ricevute, quello era l'ultimo posto in cui avrebbe voluto essere visto.»

«Mi rifiuto di credere a quello che pensi.»

«Allora dammi una risposta logica.»

«Non posso.»

«Te ne darò io una, e citerò testualmente le parole di un uomo a cui tu hai parlato e che è a capo di questa operazione... "Quelli sono dappertutto, sanno tutto quello che facciamo." Questo ti dice niente?»

«Sal non lo farebbe mai!»

«È uscito dal centro dieci minuti fa per tornare a casa. Chiama la base e chiedi che ti mettano in comunicazione con la sua auto.»

Catherine lo fece, mettendo la radio in collegamento con l'altoparlante. Sentirono suonare a lungo il telefono sull'auto del capitano Mancini. Ma nessuno rispose. «Oh, mio Dio!»

«Quanto dista da Patrick la casa di Mancini?»

«Circa quaranta minuti» mormorò Catherine. «È costretto a vivere lontano dalla base... come ti ho detto ha problemi seri con la moglie.»

«Ci sei mai stata a casa sua?»

«No.»

«Hai mai conosciuto sua moglie?»

«No. Tutti noi sappiamo quando non dobbiamo impicciarci.»

«Allora come fai a sapere che è sposato?»

«È sulla sua scheda! E poi siamo tutti amici e lui parla.»

«È una beffa, signora mia. Quante volte sorvoli i Caraibi?»

«Due o tre volte la settimana. Routine.»

«Chi coordina le rotte?»

«Il mio ufficiale di volo, naturalmente... Sal.»

«I miei ordini a Patrick sono confermati. Portaci a St. Martin, maggiore.»

Il capitano Salvatore, deposta l'uniforme e indossati abiti civili, *guayabera* bianca, calzoni scuri e sandali di cuoio, entrò nel ristorante Wellington's, sulla Collins Avenue di Miami Beach. Si avvicinò al banco affollato e rumoroso e scambiò uno sguardo con il barista, che rispose con due impercettibili cenni del capo, così lievi che nessuno dei clienti se ne accorse.

Il capitano proseguì verso un corridoio, in fondo al quale c'era un telefono pubblico. Inserì una moneta e fece un numero di Washington, dando al centralinista il nome di Wellington.

«Scorpio Nove» fece Mancini al telefono, quando fu in linea. «Avete un messaggio?»

«Sei bruciato, esci subito di lì» replicò la voce all'altro capo della linea.

«Stai scherzando!»

«I tuoi compagni sono più spiacenti di te, credimi. Prendi a noleggio un'auto con il nome della tua terza patente e va' subito all'aeroporto di West Palm dove c'è un posto prenotato per te sotto quel nome sull'aereo delle Sunburst Jetlines diretto alle Bahamas. È il volo delle 16.00 per Freeport. Là ti aspettano e provvederanno a trasportarti dove hanno deciso.»

«E chi diavolo farà la guardia per l'isola del vecchio?»

«Non tu. Io stesso ho ricevuto l'ordine da Patrick sulla nostra linea sicura, Scorpio Nove. C'è un mandato di arresto per te. Ti hanno trovato.»

«Chi... *chi*?»

«Un uomo che si chiama Hawthorne. Faceva parte di questi servizi cinque anni fa.»

«Ma è morto!»

«Non sei il solo che si illude.»

7

Nicola Montavi era appoggiato alla parete accanto alla finestra che dava sul bar all'aperto, nel cortile dell'albergo sull'isola di St. Barts. Voci attutite salivano fino a lui, miste a risa sommesse e al tintinnìo dei bicchieri. Era il tardo pomeriggio, i locali notturni e i turisti si preparavano alle ore della sera e della notte, che avrebbero offerto piaceri e guadagni. La scena gli ricordava i caffè sul lungomare di Napoli, non così grandi, forse, ma certo più grandi di quelli di Portici... Portici? Chissà se avrebbe mai rivisto la sua casa?

Certo non avrebbe potuto tornarci per le vie normali, lo sapeva bene. Era stato condannato dai portuali, come traditore e assassino. E sarebbe stato già ucciso se non avesse incontrato la strana, ricca signora che lo aveva strappato alla vendetta della gente del porto. Vendetta per un crimine che non aveva commesso!

«Non posso salvarti» gli aveva detto il fratello maggiore in una delle loro furtive conversazioni telefoniche. «Se ti incontro, devo ucciderti con le mie mani, altrimenti verrò ammazzato io, e con me nostra madre e le nostre sorelle. La nostra casa è continuamente sorvegliata. Aspettano che torni. Se nostro padre – sia benedetta l'anima sua! – non fosse stato così forte e così benvoluto, forse ora saremmo tutti morti.»

«Ma io non ho ammazzato il boss del porto!»

«E chi l'ha fatto fuori allora, mio povero fratello? Tu sei stato l'ultimo a vederlo; hai minacciato di strappargli il cuore.»

«Era solo un modo di dire! Mi aveva derubato!»

«Lui derubava *tutti*, rubava ogni cosa, soprattutto dalle stive delle navi da carico, e la sua morte ci costa milioni di lire perché lui aveva bisogno della nostra cooperazione, e del nostro silenzio.»

«E ora che devo fare?»

«La signora ha parlato con mamma. Le ha detto che saresti stato più sicuro fuori del Paese e che avrebbe avuto cura di te come di un figlio.»

«Be', proprio un figlio non direi...»

«Va' con lei. Fra due o tre anni magari le cose saranno cambiate, chissà!»

Nulla sarebbe cambiato, pensò Nicola scostandosi un po' dalla finestra. Con la coda dell'occhio poteva sempre vedere la bella donna seduta davanti allo specchio, dall'altra parte della grande stanza. La osservò, sempre più stupito. Le sue mani si muovevano stranamente tra i capelli, scompigliandoli: si metteva un corsetto imbottito intorno alla vita, infilava sopra di quello una larga sottoveste e quindi si alzava osservandosi allo specchio. Era così assorta in quello che faceva che si era dimenticata di lui. Girò su se stessa, sempre guardandosi allo specchio. E di colpo Nicola, sbalordito, si rese conto di avere davanti *un'altra donna*. I lunghi capelli neri, malamente annodati sulla nuca, avevano perso ogni attrattiva: il volto era pallido, o grigio... insomma era brutto, con borse nere sotto gli occhi, la carne rugosa e flaccida, la maschera di una vecchia... e il corpo era tozzo e senza seni o curve, senza alcun cenno alla figura sensuale.

Istintivamente Nicola si voltò di nuovo verso la finestra, realizzando in qualche modo, e non sapeva bene come, che non avrebbe dovuto vedere ciò che aveva visto. Ne ebbe conferma un attimo dopo. La signora Cabrini si mosse rumorosamente dietro di lui e annunciò: «Caro, vado a fare una doccia... se arriva l'acqua calda in questo posto dimenticato da Dio».

«Certo, Valeria.» Nicola teneva gli occhi fissi sul cortile sottostante.

«E quando ho finito, dobbiamo fare un lungo discorso, perché stai per affrontare l'avventura della tua vita.»

«Certo, signora.»

«Ecco una delle cose che dobbiamo stabilire, tesoro: da ora in poi parlerai sempre italiano.»

«Mio padre si rivolterebbe nella tomba! Ha insegnato a tutti i suoi figli a parlare inglese: diceva che era l'unico modo per fare carriera. Ci prendeva a schiaffi, a tavola, se parlavamo italiano.»

«Tuo padre era un relitto di guerra, Nicola, dell'epoca in cui vendeva vino e donne ai soldati americani. Questi sono tempi ben diversi. Bene, torno fra cinque minuti.»

«Quando hai finito, possiamo andare al ristorante? Sono proprio affamato.»

«Tu sei sempre affamato, Nicola, ma temo proprio che non sarà possibile. Dobbiamo parlare a lungo. Però ho preso accordi perché ci portino il pranzo in camera. Ti piace pranzare in camera, vero?»

«Certo» rispose Nicola e si voltò, mentre Amaya Bajaratt faceva lo stesso: non voleva che la vedesse così.

«Bene» disse avviandosi verso il bagno. «Solamente italiano. Grazie.»

Lo trattava come uno stupido!, pensò Nicola furioso. Questa ricca puttana che affermava di trovare delizioso fare l'amore con lui – cosa del resto reciproca, doveva ammetterlo – non l'aveva trattato così bene, così generosamente, senza avere uno scopo. Certo un bel ragazzo del porto poteva guadagnare discretamente andando a letto con una turista, dopo averle portato i bagagli per una piccola mancia, somma miserevole in confronto a quella con cui veniva ricompensato più tardi. Benissimo, ma la signora Cabrini era andata molto più in là; aveva fatto fin troppo, ripetendogli che era perfettamente legittimo il suo desiderio di farsi una buona istruzione e lasciare i moli di Portici. Era arrivata a depositare dei soldi per lui al Banco di Napoli, perché Nicola potesse farsi una vita migliore... dopo averla accompagnata a fare un viaggetto. E che scelta aveva avuto lui? Restare a farsi ammazzare dai killer del porto? Quella donna continuava a dirgli che era perfetto... per cosa?

A Roma erano andati alla polizia, una strana polizia, sempre di notte, in stanze buie, dove gli avevano preso le impronte digitali per documenti che lui aveva firmato, ma erano rimasti in mano della signora. Poi erano andati in due ambasciate, sempre e soltanto di notte, e soltanto con un paio di funzionari presenti, e c'erano stati ancora altri documenti, altre carte e fotografie. Per che cosa?... «Vivrai la grande avventura della tua vita» gli aveva detto e lui non aveva avuto altra scelta che accettare. Almeno per ora. Nicola gettò un'altra occhiata al caffè affollato nel cortile, sentendosi come si era sentito in quell'ultima settimana trascorsa in Italia: un prigioniero. Non aveva mai potuto allontanarsi di un passo, sia che si trovassero in una stanza d'albergo o a bordo di uno yacht che apparteneva a un conoscente della signora Cabrini, o perfino in un camper che la donna aveva noleggiato per poter spostarsi rapidamente da un posto all'altro nella zona di Napoli. Era necessario, gli aveva spiegato, perché entro qualche giorno sarebbe arrivata in porto una nave da carico e lei doveva presentarsi, all'alba, per ritirare un pacco che le avevano spedito. Infatti un martedì sera, nella rubrica di notizie portuali di un giornale locale, avevano trovato l'annuncio che la nave da carico in questione doveva attraccare poco dopo mezzanotte. Molto prima dell'alba la donna era uscita dal loro albergo e, tornata dopo qualche ora senza alcun pacco, gli aveva annunciato: «Partiamo in aereo questo pomeriggio per Marsiglia. Il nostro viaggio comincia».

«Per dove, Valeria?»

«Fidati di me, Nicola. Pensa al denaro che ho depositato per il tuo avvenire e abbi fiducia in me.»

«Non hai ricevuto nessun pacco.»

«Oh, sì, invece.» Aveva aperto la borsetta e ne aveva estratto una grossa busta bianca. «Questo è il nostro itinerario. Tutto prenotato, mio caro.»

«E dovevano mandartelo via mare?»

«Oh, sì, Nicola, certe cose devono essere consegnate a mano. E ora, non fare più domande. Dobbiamo preparare i bagagli. Il minimo indispensabile, solo quello che possiamo portare a mano.»

Il ragazzo di Portici si allontanò dalla finestra pensando che quella conversazione era avvenuta solo una settimana prima. E che settimana era stata! Erano quasi annegati durante un uragano per arrivare su una strana, incredibile isola dove comandava il vecchio più bislacco che avesse mai incontrato. Quella stessa mattina, poiché l'idrovolante era in ritardo per il cattivo tempo, il vecchio era andato in collera e aveva continuato a gridare che se ne dovevano andare subito. E qui, su quest'altra isola più civile, la donna se ne era andata in giro per negozi comprando una quantità di cose, compreso un vestito a buon mercato per lui, che gli stava molto male.

«Poi lo butteremo via» gli aveva detto.

Nicola si avvicinò oziosamente al tavolino da toeletta della signora, meravigliato da quell'assortimento di creme e vasetti e ciprie che gli ricordavano le sue tre sorelle.

«Che fai, Nicola?» La Bajaratt uscì dal bagno avvolta in un asciugamano e la sua improvvisa comparsa fece trasalire il ragazzo.

«Niente, pensavo alle mie sorelle... tutti questi aggeggi!»

«La vanità delle donne, mio caro.»

«Ma tu non ne hai bisogno...»

«Sei un amore» lo interruppe lei. «C'è una bottiglia di vino, in uno di quei sacchetti sul tavolo. Prendila e versane due bicchieri: il tuo più scarso, perché hai una lunga notte di studio davanti a te.»

«Oh!»

«Versa il vino, caro.» Quando ebbero i bicchieri in mano la Bajaratt diede al giovane la busta bianca che aveva ricevuto a Napoli, gli disse di sedersi sul divano accanto a lei e di aprirla. «Tu sai leggere, vero?»

«Lo sai bene! Ho quasi terminato la scuola media.»

«Allora comincia a leggere. Nel frattempo ti spiegherò.»

«Oh Dio!» esclamò il ragazzo fissando a occhi sbarrati la prima pagina. «Che cos'è questo?»

«La tua avventura, tesoro mio. Io ti trasformerò in un giovane barone.»

«Pazzesco! Non saprei mai comportarmi come un barone!»

«Ti limiterai a essere te stesso, timido e cortese. E ti conquisterai le simpatie degli americani.»

«Ma queste persone...»

«I tuoi antenati, mio caro, una nobile famiglia delle colline di Ravello. Un paio di anni fa si trovarono in difficoltà. Riuscivano a stento a pagare i conti. Le loro terre e la loro grandiosa residenza succhiavano tutte le loro risorse, terreni poco fertili, spese eccessive, figli scialacquatori, tutte le normali disgrazie dei ricchi. Ma di colpo, miracolosamente, eccoli ricchi di nuovo. Non è sorprendente?»

«Sono contento per loro, ma che cosa c'entro io?»

«Continua a leggere, Nicola» lo spronò la donna. «Ora sono miliardari, tutti li rispettano, sono noti e ammirati in tutta Italia. Con buoni investimenti il loro capitale è cresciuto enormemente, le vigne hanno prodotto vini pregiati, i possedimenti immobiliari all'estero sono diventati oro, mi segui, Nicola?»

«Sto leggendo più rapidamente che posso e ascolto più attentamente che...»

«Guardami, caro» interruppe lei. «Avevano un figlio, che morì ucciso dalla droga diciotto mesi fa nell'infame Spitzplatz di Zurigo. Il suo corpo fu cremato per ordine della famiglia, senza cerimonie, senza annunci: per loro era una vergogna.»

«Che cosa intendi?»

«Siete coetanei, il tuo aspetto è simile al suo, prima che si drogasse... e tu ora sei *lui*, Nicola, è semplice.»

«È assurdo!» mormorò il ragazzo, spaventato, con voce appena percettibile.

«Tu non sai per quanti giorni ho girato cercandoti per tutti i porti. Un giovane che avesse l'aspetto modesto ma imponente della nobiltà, quali tutti se la immaginano, specialmente gli americani. Tutto quello che devi imparare sta scritto in queste pagine: la tua vita, i tuoi genitori, i tuoi studi e le tue preferenze. Perfino i nomi di alcuni amici di famiglia e di ex dipendenti e domestici, naturalmente tutti irraggiungibili oggi... Oh, non essere così spaventato! Devi solo familiarizzare con queste novità. Non dovrai mai scendere in particolari, io sono tua zia e la tua interprete e sarò sempre al tuo fianco. Ricorda però: tu parli solo italiano.»

«Per favore» balbettò Nicola. «Sono così confuso...»

«E allora, te lo ripeto, pensa al denaro che ho depositato in banca sul tuo conto e fa' quello che ti dico. Ti presenterò a molti americani importanti. Molto ricchi, molto potenti. Ti accoglieranno con molta simpatia.»

«Perché dovrei essere questa persona che in realtà non sono?»

«Perché la tua famiglia di Ravello conta di investire in grandi imprese americane. Tu prometterai di versare contributi per molte buone cause – musei, orchestre sinfoniche, opere di carità – anche a certi uomini politici disposti a favorire la tua famiglia.»

«Dovrò fare tutto questo?»

«Sì, ma sempre e solo tramite me. Pensa che un giorno potresti essere invitato alla Casa Bianca per essere presentato al presidente degli Stati Uniti.»

«Il presidente?» esclamò l'adolescente spalancando gli occhi e sorridendo di gioia. «Tutto è così fantastico! Sto sognando, vero?»

«Un sogno ben studiato, mio esaltato ragazzo. Domani ti comprerò un intero guardaroba, adatto a uno dei giovani più ricchi del mondo. Domani cominceremo il viaggio in questo tuo sogno, che è il mio sogno.»

«E qual è questo sogno? Che cosa significa?»

«Perché non dirtelo? Tanto, non capiresti... Quando certe persone danno la caccia a certe altre persone cercano qualcosa di segreto, di nascosto e oscuro. Non qualcosa che sta sotto i loro occhi.»

«Hai ragione, non capisco.»

«E va benissimo così» concluse Amaya Bajaratt.

Ma Nicola capiva fin troppo bene mentre tornava avidamente alle pagine che aveva davanti. Al porto la chiamavano *estorsione*. La sua ora sarebbe venuta, pensava il ragazzo di Portici, ma fino a quel momento avrebbe fatto il gioco di quella donna con entusiasmo, tenendo sempre a mente che lei uccideva con molta facilità.

Erano le 18.45 quando lo straniero entrò nell'atrio del club nautico di Virgin Gorda. Era un uomo basso e tarchiato, con calvizie incipiente, pantaloni bianchi piuttosto sgualciti e una giacca sportiva blu con lo stemma nero e oro dell'Associazione Nautica di San Diego sul taschino.

Firmò il registro con il nome di Ralph W. Grimshaw, avvocato e yachtman, Coronado, California.

«Noi naturalmente abbiamo una convenzione con San Diego,» disse l'impiegato alla reception, controllando nervosamente le sue schede «ma io sono nuovo del lavoro, qui, e mi ci vorrà un po' di tempo per calcolare l'ammontare dello sconto che le spetta.»

«Non ha importanza, giovanotto» sorrise Grimshaw. «Lo sconto è cosa secondaria, e se il vostro club, come del resto il nostro, ha qualche difficoltà a questi chiari di luna, perché non ce ne dimentichiamo? Sarò lieto di pagare il prezzo intero, anzi, in realtà insisto per farlo.»

«È molto gentile da parte sua, signore.»

«Lei è inglese, giovanotto?»

«Sì, signore, sono stato mandato qui dal Gruppo Savoy... per fare il tirocinio, capisce?»

«Certo, e non potrebbe fare migliore addestramento in nessun altro posto. Io possiedo un paio di alberghi nella California del Sud... e so bene che si mandano gli elementi migliori nei posti più ingrati perché si facciano le ossa.»

«Dice davvero, signore? Io pensavo il contrario.»

«Lei non sa come funziona la gestione degli alberghi. Questo è per noi il modo di scoprire quali sono gli elementi migliori: metterli nelle peggiori situazioni e vedere come se la cavano.»

«Non ci avevo mai pensato...»

«Non dica ai suoi padroni che le ho rivelato il segreto, perché io conosco il Gruppo Savoy, e loro conoscono me. Ma resti sempre sul chi vive e veda di identificare subito i pezzi grossi quando arrivano in città, questo è un altro segreto, il più importante.»

«Sì, signore. Grazie. Per quanto tempo conta di fermarsi, Mr. Grimshaw?»

«Molto poco, un giorno, magari due. Devo esaminare una barca che contiamo di acquistare per il nostro club, poi parto per Londra.»

«Certo. Il ragazzo le porterà in camera le valigie» fece l'impiegato cercando con gli occhi un fattorino nell'atrio affollato.

«Oh, non importa, ho solo una ventiquattr'ore; il resto del mio bagaglio è rimasto a Portorico e proseguirà poi per Londra. Mi dia la chiave, troverò la stanza. In realtà, ho un po' fretta... Devo incontrare il nostro esperto giù al porto e sono già in ritardo. Un tale di nome Hawthorne. Lo conosce?»

«Il capitano Tyrell Hawthorne?» chiese il giovane inglese, leggermente sorpreso.

«Sì, lui.»

«Temo che non sia qui, signore.»

«Che cosa?»

«La sua barca è partita nelle prime ore del pomeriggio, temo.»

«Ma non può *farmi* questo!»

«Può sembrare strano, signore» continuò l'impiegato piegandosi in avanti, impressionato dal "pezzo grosso" che conosceva il Gruppo Savoy. «Abbiamo ricevuto diverse chiamate per il capitano Hawthorne e le abbiamo trasmesse al nostro capocantiere, Martin Caine. È lui che riceve i messaggi.»

«Certo è strano. Noi avevamo pagato quell'uomo! Però ricordo che si era fatto anche il nome di Caine.»

«Non solo, signore» aggiunse l'impiegato, orgoglioso di avere intrecciato rapporti tanto cordiali con il ricco avvocato-yachtman che aveva quelle invidiabili relazioni a Londra. «Il collega del capitano Hawthorne, Mr. Cooke, Geoffrey Cooke, ha lasciato una grossa busta nella nostra cassaforte per il capitano.»

«Cooke?... Ah, sì, naturalmente, è il nostro intermediario. Quella busta è destinata a me, mio giovane amico. Deve essere il preventivo dei costi di sostituzione.»

«Che cosa, Mr. Grimshaw?»

«Non si compra uno yacht per due milioni di dollari se le spese per la sostituzione dei pezzi usurati e avariati assommano a un altro mezzo milione e più.»

«Due *milioni*...»

«È solo una barca di media grandezza, giovanotto. Se mi dà la busta, io dormo questa notte, poi prendo il primo aereo per Portorico e proseguo per Londra... A proposito, mi dia il suo nome. Uno dei nostri soci inglesi è membro del consiglio d'amministrazione del Gruppo Savoy. Bascomb. Certo lei lo conosce.»

«Temo di no, signore.»

«Bene, allora io gli farò conoscere chi è lei. Mi dia la busta, prego.»

«Vede, Mr. Grimshaw, abbiamo istruzioni di consegnarla personalmente al capitano Hawthorne.»

«Sì, certo, ma lui non è qui e io sono presente e ho identificato tanto il capitano che Mr. Cooke come nostri, be', in fondo nostri dipendenti, no?»

«Sì, signore, non c'è dubbio.»

«Bene, lei andrà lontano con i miei amici di Londra. Mi dia il suo biglietto da visita, giovanotto.»

«Be', la verità è che non ho un biglietto da visita, non li ho ancora fatti stampare.»

«Allora scriva il suo nome su uno di questi foglietti, lo porterò al vecchio Bascomb.» L'impiegato lo fece subito. Lo straniero di nome Grimshaw prese il foglietto e sorrise. «Un giorno, figlio mio, quando io pranzerò al Savoy e lei sarà il direttore, mi manderà in omaggio una dozzina di ostriche fresche!»

«Con grande piacere, signore!»

«La busta, prego.»

«Subito, Mr. Grimshaw.»

L'uomo che si faceva chiamare Grimshaw era seduto nella sua stanza, con il telefono nella mano guantata. «Ho qui tutto quello che hanno loro,» riferiva a Miami «tutto l'incartamento, comprese tre foto della Bajaratt, che probabilmente nessuno ha ancora visto perché erano in una busta chiusa trasmessa dai servizi britannici. Le brucerò, e poi bisogna che mi affretti a partire da qui. Io non ho idea di quando Hawthorne o l'agente inglese di nome Cooke torneranno all'albergo, ma non devo farmi trovare qui... Sì, capisco, il coprifuoco delle sette e trenta per gli aerei: che cosa suggerite?... Un idrovolante e puntare a sud su Sebastian's Point?... No, lo troverò. Sarò là alle nove. Se tardo, non vi preoccupate... C'è qualcosa di cui devo occuparmi prima, una questione di comunicazioni. Il centro di smistamento messaggi di Hawthorne deve sparire.»

Nella sala d'attesa dell'aeroporto di St. Martin, Tyrell, insieme con il maggiore Catherine Neilsen e il tenente Jackson Poole, aspettavano il sergente Charles O'Brian, responsabile della sicurezza dell'AWAC II.

D'improvviso il sergente si precipitò alla porta, tenendo gli occhi fissi sulla pista d'atterraggio, e annunciò: «Io resto a bordo, maggiore! Nessuno in questo buco parla inglese e a me non piace la gente che non mi capisce».

«Charlie, sono nostri alleati» obiettò Catherine. «Patrick ha garantito per loro e noi dobbiamo restare qui fino a sera, e probabilmente tutta la notte. Lascia stare l'aereo, nessuno lo toccherà.»

«Non posso farlo, Cathy... maggiore!»

«Dannazione, Charlie, piantala!»

«Non posso neanche far questo. Non mi piace questo posto.»

Venne il crepuscolo e poi le tenebre della notte e Hawthorne studiava i tabulati computerizzati emessi dalla stampante del tenente Poole, che sedeva accanto a lui nella stanza d'albergo. «Dev'essere una di queste quattro isole qui» osservò.

«Se avessimo potuto abbassarci abbastanza, come proponeva Cathy, avremmo potuto verificare qual è.»

«Ma se l'avessimo fatto, quelli si sarebbero accorti della nostra presenza, vero?»

«E allora?... Il maggiore Neilsen aveva ragione: lei è proprio cocciuto.»

«Il maggiore Neilsen non mi ha in simpatia, vero?»

«Oh, diavolo, non è che ce l'abbia con lei personalmente. Ma Cathy è quello che noi chiamiamo un vero capo: un capo al femminile.»

«E lei va molto d'accordo con questo capo al femminile!»

«Diavolo, è il mio superiore! Ma sarei un bugiardo se non ammettessi che... Voglio dire, non posso non vederla come una donna. Però, come ho detto, è il mio superiore. Ed è un vero soldato, fino al midollo. Non facciamo confusione.»

«Il maggiore Neilsen ha molta stima di lei, tenente.»

«Ah, sì, mi considera come un fratellino un po' scemo che sa giusto manovrare un videoregistratore.»

«E lei, tenente, è molto attaccato al suo superiore, vero?»

«Lasci che le dica una cosa... io farei follie per quella donna, ma non sono della sua classe. Io sono solo un tecnico d'infimo grado, e lo so. Magari un giorno...»

Un furioso bussare alla porta li interruppe. «Perdio, aprite!» urlava Catherine Neilsen.

Hawthorne corse alla porta, e il maggiore si precipitò dentro. «Hanno fatto saltare il nostro aereo! Charlie è morto!»

Il Padrone riappese il telefono: il suo vecchio viso rugoso era tirato e deciso. Ancora una volta un codardo aveva lavorato per lui, in cambio del lusso che lui gli offriva. Un codardo del Deuxième francese, che aveva paura di affrontare la vita senza una certa "eredità" che una forza ignota nei Caraibi poteva annullare da un giorno all'altro. Quell'uomo era un debole, schiavo dei suoi gusti costosi e dei suoi appetiti eleganti ed elegantemente carnali. Era sempre utile manovrare un codardo influente e farlo salire in alto sulla scala sociale, per servirsene al momento opportuno. Ora quelli che davano la caccia ad Amaya Bajaratt dovevano essere del tutto disorientati, cercando in tutti i posti sbagliati, scrutando nell'ombra mentre avrebbero dovuto guardare verso la luce. Per almeno tre ore nessun sofisticato aereo americano avrebbe sorvolato la zona: dopodiché tutte le stazioni ricetrasmittenti sarebbero state chiuse e tutti i fasci di onde radio sarebbero stati deviati nel nulla.

Il vecchio riprese il telefono e formò una serie di numeri. All'altro capo della linea lo squillo fu interrotto da una piatta voce metallica: «Al segnale, digitare il codice d'accesso». Premette altri cinque tasti: lo squillo riprese finché un'altra voce rispose: «Salve, Caraibi, correte un rischio con questa telefonata, spero che lo sappiate».

«Non come quello di otto minuti fa, Scorpio Due. L'aereo intruso non esiste più.»

«Che cosa?»

«È stato eliminato sul campo dov'era temporaneamente parcheggiato; non ci sarà nulla nell'aria, almeno per tre ore.»

«A noi la notizia non è ancora arrivata.»

«Resta vicino al telefono, amico: arriverà.»

«Potrà passare più tempo di quanto pensi» riprese la voce da Washington. «L'apparecchio più simile a quell'aereo si trova ad Andrews.»

«Questa è una buona notizia. Ora, Scorpio Due, io ho una richiesta: una improvvisa necessità su cui non vorrei discutere in dettaglio.»

«Non ti ho mai chiesto di discutere niente, Padrone. Grazie alla mia "eredità", i miei figli ricevono un'educazione di alta classe. Certo non potrei mantenerli in quegli istituti con lo stipendio del governo.»

«E tua moglie, amico?»

«Ogni giorno è Natale per quella puttana, e ogni domenica a messa lei prega per l'anima di un inesistente zio allevatore di cavalli in Irlanda.»

«Molto bene. Quindi la tua vita è sistemata.»

«Una sistemazione che il governo avrebbe dovuto offrirmi da molto tempo. Da ventun anni io sono il cervello, in questo ufficio, ma "loro" non mi tengono in considerazione e così le comunicazioni alla stampa sono tenute da idioti che sfruttano le mie scoperte senza mai fare il mio nome.»

«Calma, amico. Come si suol dire, ride bene chi ride ultimo, no?»

«Certo, e di questo ti sono grato.»

«Allora adesso devi farmi un piacere. Non sarà una cosa difficile.»

«Dimmi tutto.»

«Con l'autorità che ti viene dalla tua posizione ufficiale, tu puoi ordinare al personale dell'ufficio immigrazione e dei servizi doganali di far entrare nel Paese un aereo privato senza controllare le persone a bordo, vero?»

«Certo. Sicurezza nazionale. Ho bisogno del nome della compagnia proprietaria dell'aereo, la sua identificazione, l'aeroporto internazionale di arrivo e il numero dei passeggeri.»

«Il nome della compagnia è Sunburst Jetlines, Florida. La sigla, NC ventuno BFN; l'aeroporto di arrivo Fort Lauderdale. A bordo c'è il pilota, il copilota e un solo passeggero.»

«Qualcuno che dovrei conoscere?»

«Perché no? Non abbiamo intenzione di tener segreto il suo nome o introdurlo illegalmente nel Paese. Al contrario: fra qualche giorno la sua presenza sarà nota in tutti gli ambienti che contano, e sarà molto ricercato. Tuttavia ha bisogno di quei pochi giorni per muoversi liberamente e andare a trovare vecchi amici.»

«E chi diavolo è, il papa?»

«Tu probabilmente non ne hai mai sentito parlare, e ti assicuro che è meglio per te. Comunque il suo nome su una lista di viaggiatori internazionali farebbe colpo e lui si troverebbe assediato da una folla di giornalisti. Naturalmente tutti i documenti del caso saranno forniti a Fort Lauderdale ai vostri funzionari, che anch'essi senza dubbio non ne hanno mai sentito parlare. Tuttavia noi preferiamo che rimanga a bordo finché non arriva al campo d'atterraggio privato a West Palm Beach, dove lo aspetterà la sua limousine.»

«Poiché non è un segreto, puoi dirmi il suo nome?»

«Dante Paolo, barone di Ravello. Ravello è il suo nome, e anche il nome della località che fu assegnata in feudo alla sua famiglia diversi secoli fa.» Il Padrone abbassò la voce. «In confidenza, è stato addestrato ad assumersi straordinarie responsabilità, e tutti lo sanno. È figlio di una delle più ricche famiglie dell'aristocrazia italiana. I baroni di Ravello, appunto.»

«Il vertice della scala sociale, no?»

«Esattamente. I loro immensi vigneti producono il miglior Greco di Tufo e i loro investimenti industriali rivaleggiano con quelli di Giovanni Agnelli. Dante Paolo studierà la possibilità di grandi investimenti nel vostro Paese e riferirà a suo padre. Tutto perfettamente legale, devo aggiungere, e se possiamo fare un favore a una grande famiglia italiana, forse un giorno ne saremo ricambiati. Non è così che vanno le cose nel nostro mondo?»

«Non c'è neppure bisogno che tu ti rivolga a me per così poco. Il Dipartimento del Commercio si farà in quattro per favorire il tuo viaggiatore miliardario.»

«Certo, certo, ma eviteremo a una così aristocratica famiglia il fastidio di chiedere favori. E i Ravello sapranno chi si è adoperato per loro, no? Così, tu fai questo favore a me, capisci?»

«Consideralo già fatto. Tutte le autorizzazioni pronte al suo arrivo, nessun ostacolo burocratico. Qual è l'orario d'arrivo e il tipo di aereo?»

«Domani alle sette del mattino e l'aereo è un Lear 25.»

«Bene, me lo sono segnato... Aspetta, il mio telefono rosso sta suonando. Un attimo, Caraibi.» Un minuto e quarantasei secondi dopo il contatto era di nuovo in linea. «Avevi ragione, abbiamo appena ricevuto la comunicazione. L'AWAC II di Patrick è saltato in aria a St. Martin con un uomo a bordo. Siamo in pieno allarme. Vuoi discutere la situazione?»

«Non ce n'è bisogno, Scorpio Due. Non esiste alcuna situazione, la crisi è finita. Quanto a questa telefonata, tutto chiuso. Nessuna comunicazione. Io sono scomparso.»

Duemilasettecento chilometri a nord-ovest dell'isola-fortezza, un uomo tarchiato con radi capelli rossi e una faccia grassoccia e lentigginosa sedeva nel suo ufficio nella sede della CIA, a Langley, Virginia. Scosse la cenere del sigaro che gli era caduta sulla cravatta azzurra e ricollocò il telefono ultrasicuro nel cassetto d'acciaio ricavato nella base della scrivania. Un occhio profano, anche se attento, non avrebbe visto nessun cassetto: solo lo zoccolo della scrivania vicino al tappeto. L'uomo si riaccese il sigaro: la vita gli andava bene, era davvero una buona vita. E all'inferno il resto.

8

Il corpo fu coperto da un lenzuolo dell'ospedale e portato via su un'ambulanza. Hawthorne aveva identificato quel che restava della vittima, insistendo perché il maggiore Neilsen e Poole si tenessero in disparte. Non molto lontano fumava ancora la carcassa dell'aereo con i montanti anneriti e contorti che sporgevano dalla fusoliera squarciata.

Jackson Poole piangeva senza ritegno e vomitava ovunque trovasse un angolo nascosto. Tyrell restava al suo fianco: non c'era altro da fare che mettergli un braccio intorno alle spalle e sostenerlo. Le parole di un estraneo, nel momento della morte di un amico, non avevano senso, sarebbero state solo un'intrusione non gradita. Tye diede un'occhiata al maggiore Catherine Neilsen: era lì in piedi, rigida, con i lineamenti tesi nello sforzo di trattenere le lacrime. Tye tolse lentamente il braccio dalle spalle di Poole e le si avvicinò.

«Sai, è permesso piangere» le disse gentilmente, ritto di fronte a lei, ma senza toccarla. «Non c'è nessun regolamento che lo proibisca. Tu hai perduto una persona cara.»

«Lo so» rispose Cathy. Suo malgrado le salirono le lacrime agli occhi e cominciò a tremare. «Mi sento così impotente, così disperata...»

«Perché?»

«Non so... Sono stata addestrata a non esserlo.»

«No, sei stata addestrata a non *apparire* impotente e disperata di fronte ai subalterni nei momenti di indecisione. Ma qui è diverso.»

«Io... non sono mai stata in combattimento.»

«E adesso ci sei, maggiore. Forse non ti capiterà più, ma adesso l'hai visto.»

«Oh, mio Dio, non avevo mai visto uccidere nessuno... e tantomeno una persona cara!»

«Non è richiesto nell'addestramento dei piloti.»

«Dovrei essere più forte, *sentirmi* più forte!»

«Sarebbe una menzogna e una fesseria, due cose che fanno un cattivo ufficiale. Questo non è un film cretino, Cathy, è la realtà. Nessuno si fida di un ufficiale che non ha emozioni di fronte a un lutto che lo colpisce così da vicino.»

«Se Charlie è stato ucciso, è colpa mia!»

«No, non è colpa tua, io ero presente. Lui ha insistito per restare a bordo dell'aereo.»

«Avrei dovuto ordinargli di venir via.»

«L'hai fatto, maggiore: io ho sentito. Ma lui ha rifiutato di obbedire al tuo ordine.»

«Tu cerchi di confortarmi, vero?»

«Cerco di farti ragionare, maggiore. Se volessi solo alleviare il tuo dolore, ti prenderei fra le braccia e ti lascerei piangere tutte le tue lacrime. Ma non lo farò. Punto primo, tu mi disprezzeresti per questo, in seguito; secondo, stai per affrontare il console generale americano e diversi funzionari del suo staff. Sono stati trattenuti ai cancelli, ma ora stanno strillando per far valere i loro privilegi diplomatici e in cinque minuti li faranno entrare.»

«Sei *tu* che lo hai fatto?»

«Ora piangi, mia cara, sfoga il tuo dolore per Charlie e poi torna al tuo amato regolamento. Così è la vita... anch'io ho passato momenti terribili come questi e nessuno mi ha degradato.»

«Oh, mio Dio, *Charlie*!» esclamò Cathy e la sua testa cadde sul petto di Hawthorne. Lui la cinse con le braccia, gentilmente, in gesto di difesa.

Passò qualche minuto: la donna cessò di piangere e Tye le fece alzare la testa. «Questo è tutto il tempo che ti è concesso. Ora asciugati gli occhi, ma non pensare di dover mascherare i tuoi sentimenti... Puoi usare la manica della mia tuta.»

«Che cosa... cosa dici?»

«Il console e i suoi stanno avvicinandosi. Io vado a vedere Poole... pare che si sia rimesso. Torno subito.» Fece per allontanarsi, ma Cathy gli pose una mano sulla spalla. «Che cosa c'è?» chiese, voltandosi.

«Non so» rispose il maggiore mentre l'auto ufficiale del consolato americano, con tanto di bandierine, attraversava il campo dirigendosi verso di loro. «Grazie, Tye... Adesso devo affrontare le istituzioni. Parlerò con loro, ora la cosa è in mano a Washington.»

«Fatti forza, maggiore... andrà tutto bene.» Tyrell si avvicinò a Jackson Poole che si era appoggiato a un veicolo antincendio, tenendosi un fazzoletto alle labbra, sprofondato in un'indicibile tristezza. «Che cosa fai, tenente?»

Poole d'improvviso si raddrizzò e afferrò Hawthorne per la pettorina della tuta. «Che cosa significa tutto ciò, maledizione! Lei ha ucciso Charlie, bastardo!»

«No, Poole, io non ho ucciso Charlie» ribatté Tye, senza cercare di liberarsi dalla stretta. «Altri lo hanno fatto, non io.»

«Sì, lo so» mormorò Poole, calmandosi di colpo e lasciando andare la tuta di Hawthorne. «Ma prima che lei arrivasse eravamo Cathy, Sal, Charlie e io e insieme facevamo un buon lavoro. Ora Charlie non c'è più e Sal è scomparso e la Grossa Dama è un mucchio di rottami.»

«La Grossa Dama?»

«Il nostro AWAC... lo chiamavamo così... Perché diavolo si è intromesso nelle nostre vite?»

«Non è stato per mia scelta, Jackson. In realtà siete voi che avete fatto irruzione nella mia, io non sapevo neppure che voi esisteste.»

«Sì, ma le cose sono così complicate che non mi ci oriento più... e io so orientarmi meglio di qualsiasi altro.»

«Sì, con i computer e i raggi laser e i codici di accesso che noialtri non possiamo capire» ribatté Hawthorne seccato. «Ma lasci che le dica una cosa, tenente. Esiste un altro mondo, e lei non ne capisce un'acca. Si chiama "fattore umano" e non ha niente a che fare con i suoi strumenti e le sue stregonerie elettroniche. È quello che gli uomini come me hanno dovuto affrontare per anni in una lotta quotidiana: non bip e tabulati, ma uomini e donne che possono essere nostri amici o possono tentare di ammazzarci. Cerchi un po' di risolvere queste equazioni con i suoi gingilli elettronici!»

«Forse dovremmo ragionare tutt'e due» replicò Poole mentre l'auto del console riattraversava il campo e si allontanava. «Cathy ha finito con i ragazzi del governo, e mi sembra tanto infelice!»

Il maggiore Neilsen si avvicinò, accigliata, guardandoli con un misto di sgomento e tristezza. «Vanno a telefonare per chiedere istruzioni. In che razza di guai ci hai cacciati, Tyrell?»

«Vorrei poter risponderti, maggiore. Quel che so è che si tratta di un caos assai peggiore di quanto avevo creduto accettando l'incarico. Ciò che è accaduto questa notte lo ha dimostrato. Charlie lo ha dimostrato.»

«Oh, mio Dio, *Charlie*!»

«Ora basta, Cathy» fece d'improvviso Jackson Poole con fermezza. «Abbiamo del lavoro da svolgere, e per Dio, io voglio farlo. Per Charlie.»

Non fu una decisione facile ma il comando della base aeronautica militare di Tampa, Florida, fu costretto a prenderla sotto le pressioni del Dipartimento della Marina, della CIA e infine dei servizi di sicurezza della Casa Bianca. Il sabotaggio dell'AWAC II doveva esser passato sotto silenzio e si doveva emettere un comunicato ufficiale secondo il quale un tubo lesionato del carburante aveva provocato l'esplosione di un aereo della base di Patrick, costretto ad atterrare in territorio francese per riparazioni d'emergenza. Fortunatamente non c'erano state vittime. I parenti del sergente maggiore Charles O'Brian, scapolo, furono condotti a Washington e messi al corrente, in udienza privata, dal capo della CIA, il quale diede ai suoi agenti investigativi l'ordine di «scavare in silenzio ma a fondo».

L'operazione «Piccola Sanguinaria», come fu definita negli ambienti più segreti, divenne l'impegno prioritario di tutti i servizi di sicurezza. Ogni aereo internazionale in arrivo fu perquisito a fondo, i viaggiatori trattenuti, talvolta per ore, i loro documenti analizzati al computer, controllati e ricontrollati per accertarne l'autenticità. Il numero delle persone fermate per accertamenti salì a centinaia, persino a migliaia. Il *New York Times* commentò che l'operazione era dettata da «un panico eccessivo, senza fondamento», mentre l'*International Herald Tribune* parlò di «paranoia americana: non si è scoperta una sola arma, una sola sostanza illegale». Nessuna risposta, nessuna spiegazione venne da Londra o Parigi o Washington. Il nome di Bajaratt non doveva essere menzionato, i retroscena non dovevano essere rivelati... L'ordine era di cercare una donna che viaggiava con un adolescente, di nazionalità sconosciuta.

E mentre le ricerche erano in corso, il Lear 25 atterrava a Fort Lauderdale: il pilota era un ufficiale che aveva percorso quella rotta centinaia di volte, il copilota era una donna corpulenta con i capelli neri raccolti sotto il berretto a visiera; dietro di loro sedeva un giovane alto e biondo. Fra i doganieri, reclutati per l'occasione, c'era un simpatico e cortese ufficiale che li salutò in italiano e rapidamente vistò i loro documenti d'immigrazione. Amaya Bajaratt e Nicola Montavi erano atterrati sul suolo americano.

«Giuro su Dio che non so proprio come fate,» affermò Jackson Poole entrando nella stanza dell'albergo di St. Martin, dove Hawthorne e Catherine Neilsen studiavano i tabulati del tenente «ma noto che riuscite a raccapezzarvi.»

«Questo significa che abbiamo l'autorizzazione?» chiese lei.

«Diavolo, maggiore, questo pirata yankee ci ha adottato, con o senza il nostro consenso.»

«Io comando anche una nave negriera» intervenne Tyrell, tornando a studiare le mappe tracciate dal computer.

«Per favore, spiegati, tenente.»

«Siamo in suo potere, Cathy.»

«Non proprio» obiettò il maggiore Neilsen.

«Bene, in fondo ce la siamo voluta. Gli ordini sono di non servirsi di alcun pilota del posto perché qualcuno, proprio *qui*, ha fatto saltare in aria la Grossa Dama e c'è il black-out dei voli. Poiché sei specializzata in navigazione, Cathy, sei stata una scelta obbligata. E poiché io sono molto più giovane di lui, e probabilmente più forte, a Patrick si sono arresi e hanno detto: "Tutto quel che vuole".»

«C'è qualche altra cosa che vorresti aggiungere?» chiese sarcastico Hawthorne passando familiarmente al tu. «Per esempio, che mi porti a passeggio e badi che io prenda le mie pillole?»

«Su, andiamo» interruppe Catherine. «Tu hai detto chiaramente che avevi bisogno di noi, ma non potevi chiedercelo, e tantomeno obbligarci ad aiutarti. Noi abbiamo detto che *volevamo* farlo. Per Charlie.»

«Io non so che cosa c'è in ballo, e pongo limiti alla mia autorità.»

«Basta con le cazzate, Tye» replicò Cathy. «Ora, dove andiamo?»

«Io conosco queste isole. Sono come piccoli atolli vulcanici, dove non val la pena di entrare perché non c'è niente... solo scogli e spiagge.»

«Ce n'è una che non è solo uno scoglio» obiettò Poole. «Puoi fidarti dei miei strumenti.»

«Mi fido infatti,» replicò Hawthorne «ed è per questo che dobbiamo andarci vicino. I francesi ci daranno un idrovolante, e questa notte, cinque miglia a sud dell'isola più meridionale, daremo inizio a un'operazione congiunta con un minisommergibile a due posti che un aliscafo britannico ci porterà da Gorda.»

«Un minisommergibile a due posti? E io?» protesto Cathy.

«Tu resterai sull'idrovolante presso l'aliscafo.»

«No, accidenti. Dirai agli inglesi di mandare un pilota, Charlie era per me come un fratello maggiore. Io vengo dove andate voi. Del resto, avete bisogno di me.»

«Posso chiedere perché?»

«Certo. Mentre voi due boy-scout andate in giro a esplorare l'isola, che cosa intendete fare del mezzo? Lo affonderete?»

«No, lo tireremo a riva e lo camufferemo: io me ne intendo di queste operazioni.»

«A me pare una decisione infelice, e inoltre si dovrebbero mettere in pratica tecniche di sopravvivenza: anch'io me ne intendo di queste operazioni. Se troverete l'isola, purché esista...»

«Esiste, esiste» interruppe Poole. «I miei strumenti non mentono.»

«Diciamo allora che la troverete» concesse Cathy. «Presumo che un tale luogo deve essere estremamente ben protetto, da uomini e da dispositivi elettronici, anzi, forse soprattutto mediante questi ultimi. Non dovrebbe esser difficile munire tutta la linea costiera, così poco estesa, di detector elettronici. Non sei d'accordo, Jackson?»

«Diavolo, sì, Cathy.»

«Presumo inoltre che sarebbe una mossa assai più abile emergere al largo e farvi uscire. Poi voi raggiungereste a nuoto il punto, che potremo determinare sul posto.»

«Non mi piace! Tu esageri le risorse tecniche di una piccola isola primitiva, e quasi disabitata!»

«Non sono d'accordo, Tye» obiettò il tenente. «Io potrei mettere insieme un sistema di sorveglianza computerizzato, come quello cui ha accennato Cathy, con un semplice P.C., un generatore da trecento dollari e un paio di dozzine di dischi sensori. E non sto esagerando.»

«Sul serio?»

«Non sono sicuro di riuscire a spiegartelo,» continuò Poole «ma dieci o dodici anni fa, quando ero ancora un ragazzo, mio padre comprò un videoregistratore con telecomando. E non riuscì mai a farlo funzionare. Insomma, andava veramente in collera, urlava e imprecava e finì per sbattere nell'immondizia quel diabolico oggetto. Eppure mio padre è un uomo in gamba, un avvocato di grido, ma quei numeri, quei simboli e tutti quei bottoni che doveva premere erano diventati i suoi nemici personali.»

«E questo che cosa c'entra?» chiese Hawthorne.

«C'entra, c'entra. Finì per odiare tutto quello che aveva a che fare con la tecnologia: mio padre è un uomo progressista e generoso, ma non è mai riuscito a familiarizzare con i progressi della tecnologia. Insomma, lo spaventavano.»

«Tenente, che cosa diavolo stai cercando di dirmi?»

«Che tutto questo in realtà è semplicissimo, una volta che uno si abitua. Mia sorella e io siamo cresciuti tra i P.C., e i videogiochi; nostro padre non si è mai opposto, anche se non ha mai giocato con noi.»

«Tenente, vuoi venire al punto?»

«Mia sorella è ora programmatrice a Silicon Valley e guadagna già più soldi di quanti ne avrò mai io, ma io manovro strumenti che lei darebbe un occhio per avere.»

«E allora?»

«Allora Cathy ha ragione e io ho ragione. Le sue ipotesi e il mio parere di esperto coincidono: lei ha espresso un'idea sui sistemi di sicurezza dell'isola e il mio piano di usare un semplice P.C., un generatore da trecento dollari e un paio di dozzine di dischi la conferma. Non è una grossa difficoltà, dal punto di vista tecnico, ma potrebbe esserlo per noi.»

«Quel che vuoi dire realmente, dopo tutta questa sbrodolata, è che dovremmo portarla con noi, non è così?»

«Ascolta, Tye, questa donna è molto importante per me e anche a me non piace quel che sta facendo, ma io la conosco. Quando ha ragione, ha dannatamente ragione, specialmente se si tratta di tattiche e procedure: ha letto tutti i libri.»

«È in grado di pilotare un minisottomarino?»

«Io posso guidare qualsiasi cosa si muova in cielo, in terra o in acqua» intervenne il maggiore Cathy. «Datemi i comandi e una serie di diagrammi e vi porterò dal punto di partenza al punto di arrivo.»

«Apprezzo la tua modestia. Ma ancora non mi fido.»

«So anche che i sommozzatori imparano a guidare i minisub in venti minuti.»

«A me c'è voluta mezz'ora» osservò Hawthorne.

«Tu sei un po' tardo, come pensavo. Vedi, Tye, io non sono un'idiota. Se qualcuno mi proponesse di venire con te in pattuglia di ricognizione, dovrei rifiutare. Non per vigliaccheria, ma perché non sono né fisicamente adatta né mentalmente addestrata per un'operazione del genere, e ti sarei solo d'impiccio. Ma in una macchina che so manovrare, posso essere un grosso appoggio. Sarò in contatto radio permanente con voi e mi troverò in qualunque posto mi indicherete al momento voluto. Vi offrirò una via di scampo se vi troverete nei guai.»

Suonò il telefono e Poole, che era il più vicino, sollevò il ricevitore. «Sì?» chiese cautamente, e dopo un attimo si girò verso Hawthorne tenendo una mano sul microfono. «Un tale Cooke vuol parlare con te.»

«Era ora!» Tyrell prese il ricevitore. «Dove diavolo ti eri cacciato?» domandò.

«Potrei fare la stessa domanda a te» ribatté la voce da Virgin Gorda. «Siamo appena tornati qui, non abbiamo trovato nessun messaggio da parte tua e abbiamo scoperto di essere stati rapinati.»

«Che diavolo stai dicendo?»

«Ho dovuto telefonare a Stevens per sapere dov'eri.»

«Non hai chiesto a Marty?»

«Marty non è qui e neppure il suo amico Mickey. Sono semplicemente spariti, vecchio mio.»

«Maledizione!» ruggì Hawthorne. «E la rapina?»

«La busta che avevo lasciato per te nella cassaforte dell'albergo, sparita anche quella. *Tutto* il materiale!»

«Cristo!»

«E quel materiale, nelle mani sbagliate...»

«Non me ne importa un cazzo di mani sbagliate e mani giuste! Voglio sapere dove sono Marty e Mickey. Non è nelle loro abitudini scomparire così all'improvviso. Avrebbero lasciato un messaggio... Non si sa proprio nulla?»

«Pare di no. Dicono che un tizio, che chiamano il "Vecchio Ridgeley", è andato all'officina dove i due stavano lavorando ai suoi motori: ha trovato i motori smontati e nessuno nel locale.»

«La cosa puzza» ringhiò Hawthorne. «Sono amici miei, in che guaio li ho cacciati?»

«È meglio che tu sappia anche il peggio» continuò Cooke. «L'impiegato alla reception, che ha dato via la nostra busta, dice di averla regolarmente consegnata a un "signore" che gode di grande reputazione a Londra, un certo Grimshaw, il quale ha detto di conoscere tutti noi e ha affermato che la busta era di sua legittima proprietà e che ci aveva pagato per ottenere quelle informazioni.»

«Quali informazioni?»

«Riguardavano uno yacht che il suo club di San Diego contava di comprare, preventivi e così via. Devo ammettere che era una storia convincente. Sfortunatamente l'impiegato l'ha bevuta.»

«Quel bastardo, devi licenziarlo.»

«Se n'è già andato, vecchio mio, ha piantato in tronco l'impiego. Ha detto che gli avevano assicurato un buon posto al Savoy, a Londra, che era stufo marcio di quest'isola puzzolente. Ha preso l'ultimo aereo per Portorico affermando arrogantemente che sperava di prendere lo stesso volo per Londra del famoso Mr. Grimshaw.»

«Fa' controllare le liste dei passeggeri su tutti i voli per...» Tyrell si fermò, sospirando.

«Diavolo, lo hai già fatto di certo.»

«Naturalmente.»

«E non c'era nessun Grimshaw.»

«Nessun Grimshaw.»

«E sicuramente non è rimasto in albergo.»

«La sua stanza è immacolata, il telefono accuratamente ripulito, come pure le maniglie delle porte.»

«Niente impronte digitali. Un professionista... Dannazione!»

«Ormai è fatta, inutile piangerci sopra, Tye.»

«Ma io mi preoccupo per Marty e Mickey.»

«Abbiamo avvertito i servizi della Marina britannica e le ricerche sono già in corso sull'isola... Aspetta un minuto, Tyrell, sta entrando Jacques che vuol dirmi qualcosa. Resta in linea.»

«D'accordo» fece Hawthorne e coprendo il microfono con la mano si rivolse a Catherine Neilsen e Jackson Poole. «Un grosso guaio a Gorda. Un mio amico e il suo socio, pure amico mio, sono scomparsi. E anche tutta la documentazione su quella... maledetta!»

Il maggiore Catherine Neilsen e il tenente A.J. Poole si guardarono. Il tenente si strinse nelle spalle segnalando che non capiva. Il maggiore assentì inarcando le sopracciglia e subito dopo, scuotendo la testa, segnalò a sua volta di *non far domande*.

«Geoff, dove sei?» gridava Hawthorne nel microfono; il prolungato silenzio all'altro capo della linea non era solo irritante, ma anche sinistro. Infine la voce tornò.

«Mi spiace terribilmente, Tyrell» cominciò Cooke con voce sommessa. «Vorrei non essere costretto a dirtelo. Una lancia di pattuglia ha ripescato il corpo di Michael Simms, circa novecento metri al largo della costa. Gli hanno sparato in testa.»

«*Mickey!*... Cristo, come è arrivato fin là?»

«Da un primo controllo e dalle macchie di vernice rinvenute sugli abiti, le autorità ritengono che sia stato ucciso, deposto su un piccolo fuoribordo e spedito al largo con il motore acceso. Dicono che una sbandata l'ha fatto finire in acqua.»

«Questo significa che non troveremo mai Marty, o lo troveremo morto in un fuoribordo senza benzina!»

«Temo che la Marina britannica sia d'accordo con questa ipotesi. Inutile aggiungere che da Londra e da Washington gli ordini sono di tacere su tutta la faccenda.»

«Dannazione! Sono io che ho cacciato quei due nei guai! Erano eroi di guerra, e sono stati uccisi per una cazzata!»

«Scusa, Tye, ma non è una cazzata. Se colleghi quest'ultimo fatto con la strage di Miami, l'attentato contro di te a Saba e l'esplosione dell'aereo a St. Martin, allora capirai che siamo di fronte a un problema di enorme gravità. Questa donna, questa terrorista, e la gente che sta dietro di lei, hanno risorse che superano ogni immaginazione.»

«Lo so» mormorò Hawthorne. «E so anche che cosa provano i miei due nuovi compagni per la morte di Charlie.»

«Chi?»

«Niente, non importa, Geoff. Stevens ti ha informato dei nostri progetti?»

«Sì. E francamente, Tyrell, credi proprio di essere in grado di affrontare un'impresa simile? Voglio dire, sei fuori del giro ormai da diversi anni...»

«Ma che cosa diavolo siete, tu e Stevens, un circolo di vecchie zitelle?» interruppe Hawthorne rabbiosamente. «Lascia che ti spieghi una cosa, Cooke. Io ho quarant'anni...»

«Quarantadue» sussurrò Catherine Neilsen dall'altra parte della stanza. «Il tuo dossier...»

«Sta' zitta!... No, non tu, Geoff. La risposta alla tua domanda è sì. Partiamo fra un'ora e abbiamo un sacco di cose da fare. Ti richiamo in seguito. Indicami qualcuno che possa farci da tramite.»

«Il direttore?»

«No, non lui, ha troppo da fare a dirigere la baracca... Usa Roger, il barista, va benissimo.»

«Ah, sì, il grosso tizio di colore con la pistola. Ottima scelta.»

«Ci teniamo in contatto.» Tyrell riappese e si rivolse a Catherine. «La mia età è stata un semplice lapsus. Ma sono stato preciso quando ho detto che saremo su un sottomarino a due posti. Non tre, né quattro, soltanto due. Io spero che tu e quel "tesoro" del tuo tenente siate molto amici, perché, se insisti nel venire a bordo, starete molto stretti!»

«C'è una piccola rettifica da fare, comandante Hawthorne» corresse il maggiore Neilsen. «A poppa, c'è un sedile posteriore che funge da ripostiglio per l'attrezzatura, eguale come grandezza ai sedili anteriori, se non più ampio. Contiene un gommone di salvataggio gonfiabile, provviste per cinque giorni, oltre ad armi e razzi di segnalazione. Suggerisco di fare a meno delle provviste, di tenere solo gli strumenti necessari, e così si otterrà senza difficoltà lo spazio per me.»

«Come fai a sapere tante cose sui minisub?»

«Cathy usciva con un bellimbusto della Marina che era esperto nel campo» intervenne il tenente.

Hawthorne si diresse al tavolo coperto di carte. «Possiamo portare l'aliscafo fino a un chilometro e mezzo a sud della prima isola, a luci spente, naturalmente, procedendo solo con il sonar. Ora, ecco qui.» Puntò il righello sulla carta dell'atollo spedita via fax da Washington, dov'erano segnalati scogli e rocce vulcaniche quasi invisibili. «Qui c'è una breccia nella scogliera esterna.»

«Il nostro sonar non potrà individuarla?» chiese Poole.

«Se siamo in immersione, probabilmente sì» rispose Tye. «Ma se emergiamo rischiamo di trovarci incagliati nella barriera corallina.»

«Allora rimarremo in immersione» propose Cathy.

«In questo caso raggiungeremo la scogliera interna sulla quale non abbiamo alcuna indicazione, e navigheremo alla cieca» replicò Hawthorne. «E questa è solo la prima isola. Merda!»

«Posso dare un suggerimento?» chiese Catherine.

«Prego.»

«Durante l'addestramento per il combattimento aereo, quando incontriamo una fitta coltre di nubi ci abbassiamo il più possibile, restando appena sopra la nuvolaglia inferiore dove gli strumenti d'avvistamento hanno il massimo della portata. Perché non invertire la situazione? Potremmo salire il più possibile verso la superficie, senza emergere del tutto, utilizzando il periscopio grandangolare, e alla minima velocità, così se incontriamo la scogliera ci limiteremo a toccarla e a rimbalzare indietro.»

«La proposta è assai semplice» convenne Poole. «Occhio sull'obiettivo e buona fortuna.»

9

Lo scalcinato motel di West Palm Beach era solo una sosta temporanea per il "barone di Ravello", che fu registrato come operaio edile in compagnia della zia di mezza età, una governante di Lake Worth.

Tuttavia alle nove e mezza del mattino tanto la "zia" che il "nipote" scorrazzavano lungo la Worth Avenue di Palm Beach, scegliendo e pagando in contanti gli abiti più costosi ed eleganti dei negozi più esclusivi. E cominciarono a circolare le voci: è un barone italiano, di Ravello, dicono! Ma nessuno deve saperlo. È un barone, erediterà il titolo, e la zia è una contessa, una contessa vera! Stanno comprando tutta la strada! Le cose più fini! Tutto il loro bagaglio è andato perduto sull'aereo dell'Alitalia, chi lo crederebbe?

Naturalmente tutti lo credevano sulla Worth Avenue, dove i registratori di cassa segnavano cifre altissime e i proprietari telefonavano ai giornalisti di Palm Beach e di Miami, dispostissimi a rompere il silenzio purché la stampa non mancasse di menzionare i loro negozi.

Alle nove di sera, con la stanza piena di scatoloni e di valigie Louis Vuitton, Amaya Bajaratt si tolse le vesti imbottite, trasse un profondo sospiro e si lasciò cadere sul letto a due piazze. «Sono esausta!» esclamò.

«Io no!» Nicola era esultante. «Non sono mai stato trattato così! È magnifico!»

«Calmati, caro. Domani ci trasferiamo in un grande albergo. È tutto combinato. Adesso lasciami in pace... devo pensare, e poi dormire.»

«Mentre tu pensi, io mi faccio un bicchier di vino.»

«Non esagerare, però. Domani ci aspetta una giornata faticosa.»

«Naturalmente» assentì il ragazzo. «Allora studierò ancora
un po'. Il barone di Ravello deve essere ben preparato, no?»

«Certamente.»

Dieci minuti dopo Amaya dormiva e dall'altra parte della
stanza, alla luce di una lampada a stelo accanto al divano, Nicola alzò il bicchiere brindando alla sua nuova identità. «A te,
Valeria» formulò muovendo appena le labbra. «E a me, futuro
barone!»

Erano le undici e un quarto, il cielo notturno era limpido e
la luna splendeva sui Caraibi. L'idrovolante si era incontrato
con l'aliscafo proveniente da Virgin Gorda alle dieci e cinque.
Nel frattempo i tre americani avevano indossato le mute nere
fornite dagli inglesi, e si erano equipaggiati con piccole pistole
dotate di silenziatore. Inoltre, cosa essenziale per la loro missione, il maggiore Catherine Neilsen aveva cominciato a studiare i
sistemi di manovra del minuscolo sommergibile: sarebbe stata
lei ai comandi quando i suoi due compagni avessero lasciato il
minisub per ispezionare le isole. Il compito di istruirla era stato
assegnato a un giovane ufficiale britannico.

«Fra pochi minuti partiamo» disse Hawthorne alla Neilsen,
al termine dell'addestramento. «C'è qualcosa che vuoi dire al
pilota di Gorda che subentrerà al comando dell'idrovolante? A
proposito dell'apparecchio?»

«Il pilota è confinato sottocoperta, non deve vederci. Gli lascerò una nota.»

«Okay. Scrivila.»

«Oh, è così breve che il capitano può riferirgliela a voce. Si
tratta del timone sinistro: tira di lato, quindi deve compensare.»

«Ci siamo!» esclamò Jackson Poole avvicinandosi sul ponte
di poppa. «Il capitano dice che il minisub sta emergendo e dobbiamo sistemarci ai nostri posti per vedere se occorrono rettifi-
che nella distribuzione del peso.»

«Così presto?» chiese Cathy.

«Non è troppo presto, maggiore. Il capitano dice che, data
la velocità a cui viaggia questo affare, raggiungeremo il punto di
immersione in venti minuti, o anche meno.»

«Signore!» L'istruttore del maggiore Neilsen corse verso di

loro e si fermò davanti a Hawthorne in un rigido saluto militare, molto britannico.

«Sì, lo sappiamo, sergente...» disse Hawthorne «Il minisub sta emergendo. Siamo pronti.»

«Non è questo, signore» replicò l'ufficiale.

«E allora?»

«Io ho la responsabilità di tutta l'attrezzatura sottomarina, signore.»

«Sì, ho capito...»

«Posso chiederle da quanto tempo lei non manovra un mezzo di questo genere, signore?»

«Oh, diavolo, da cinque o sei anni.»

«Di fabbricazione inglese?»

«Prevalentemente americana, ma sono stato anche nei vostri. C'è poca differenza.»

«Lei non è idoneo, signore.»

«Prego?»

«Non posso permetterle di mettersi ai comandi del minisommergibile.»

«Che cosa?»

«Il maggiore ha dimostrato capacità eccellenti nella manovra del mezzo, veramente notevoli.»

«Be', io avevo già fatto pratica a Pensacola, sergente» osservò modestamente Catherine.

«Lei vuole forse dirmi che la signora prenderà subito i comandi?»

«Esatto, signore.»

«Ma la pianti con il "signore", perbacco! Io conosco queste isole, il maggiore Neilsen non le conosce.»

«Lei, signore, non è al corrente delle ultime novità tecnologiche. C'è uno schermo televisivo che mostra al pilota tutto ciò che si vede al periscopio. E se ignora questo, forse non è a conoscenza di altri dispositivi più avanzati. No, mi dispiace, non posso permetterle di mettersi ai comandi.»

«Ma è pazzesco!...»

«No, signore. Il minisub costa al governo britannico circa quattrocentomila sterline, e non posso permettere che lo piloti qualcuno senza la dovuta pratica. Ora, se lei gentilmente passa a prua, il pilota aspetta di salire e passare sull'idrovolante.»

«Informatelo che il timone sinistro tira di lato» intervenne Catherine. «Tutto il resto è normale.»

«Bene, maggiore. La chiamerò appena avremo accostato all'idrovolante e il pilota sarà salito.» Il sergente si raddrizzò e fece un cenno di saluto, evitando lo sguardo di Hawthorne mentre si allontanava.

«Sono stato silurato!» borbottò rabbiosamente Tyrell mentre si dirigeva a prua.

«Tyrell, è meglio così» osservò Catherine. «Se io non fossi in grado di manovrare il sommergibile, avrei rifiutato.»

«Perché diavolo è meglio così?»

«Perché tu puoi concentrarti su ciò che cerchiamo senza preoccuparti dei comandi.»

Tyrell la guardò. I grandi occhi grigi, luminosi alla luce lunare, chiedevano comprensione. «Probabilmente hai ragione, maggiore, non lo nego. Avrei solo desiderato che tu avessi agito in un altro modo.»

«Non potevo, perché non sapevo ancora se ero in grado di farlo.»

Hawthorne sorrise e la sua collera sbollì. «Hai sempre la risposta pronta.»

«Signore!» annunciò il sergente uscendo dall'ombra a tribordo. «Il sottomarino è pronto per la manovra d'immersione.»

«Veniamo.»

La prima isola era nient'altro che un mucchio di scorie vulcaniche. Avevano superato la scogliera interna e, quando erano emersi, non avevano visto altro che scogli frastagliati e scarsa vegetazione.

«Andiamocene e puntiamo verso la numero due» ordinò Hawthorne. «È a meno di un miglio da qui, a est-sud-est, se ben ricordo.»

«Ricordi benissimo» rispose Catherine dal quadro comandi. «Ho qui la carta e ho programmato il ritorno al largo. Chiudere il portello e prepararsi per l'immersione.»

La seconda isola era, se possibile, ancor più inospitale. Una desolata formazione rocciosa, priva di vegetazione e di spiagge sabbiose. Una mostruosità vulcanica inaccessibile alla vita. Il minisub puntò verso la terza isola, sei chilometri a nord della seconda. Lì vi era qualche sporadica forma di vegetazione, ma era stata devastata dai recenti uragani. Le poche palme erano piegate e contorte, qualcuna era stata divelta dalla furia degli elementi. Stavano per lasciarla e far rotta a est verso l'isola successiva quando Hawthorne, che osservava lo schermo di fronte al pilota, ruppe all'improvviso il silenzio.

«Ferma, Cathy. Fa' retromarcia e poi girati di novanta gradi.»

«Perché?»

«C'è qualcosa che non quadra. Il radar rimanda segnali. Immersione!»

«Perché?»

«Fa' come ti dico.»

«Sì, ma vorrei saperne la ragione.»

«Anch'io lo vorrei» aggiunse Poole dal sedile posteriore.

«Zitti.» Hawthorne faceva andare lo sguardo dallo schermo alla griglia radar di fronte a lui. «Tenere il periscopio fuori dell'acqua.»

«Fatto» affermò Catherine.

«Ecco là!» annunciò Tyrell. «I tuoi strumenti avevano ragione. Ci siamo.»

«Che cosa c'è?» chiese Cathy.

«Un muro. Un fottuto muro costruito dall'uomo, che riflette le onde radio. Probabilmente cemento armato: è nascosto, ma rinvia gli impulsi radar.»

«E ora che cosa facciamo?»

«Circumnavighiamo l'isola, poi torniamo qui se non troviamo altre sorprese.»

Fecero lentamente il periplo della piccola isola, fendendo appena la superficie del mare, mentre il fascio radar scrutava ogni metro della linea costiera. Per l'avvistamento visivo, Poole si sporgeva dal portello aperto con un binocolo a raggi infrarossi.

«Ehi, ragazzi» esclamò, chinando la testa per farsi sentire. «Quelli hanno una serie di detector lungo tutta la costa, ogni sette od otto metri, immagino.»

«Descrivi quello che vedi» chiese Hawthorne.

«Sembrano piccoli riflettori di vetro, alcuni sulle palme, altri su pali infissi nel terreno. Quelli sugli alberi sono collegati a fili neri o verdi, nascosti in mezzo alle foglie, quelli sui pali devono essere di plastica, e non vedo fili.»

«I fili ci sono,» spiegò Hawthorne «un metro e mezzo o due più sotto. Non puoi vederli, a meno di non metterti proprio di fronte a venticinque centimetri di distanza alla luce del giorno, e forse neanche in questo caso.»

«Come mai?»

«Sono condotti trasparenti, provvisti di contatti colorati per collegare le serie. Hanno relè di rincalzo, quindi non si può spezzarne uno per spegnere tutta la serie. I fili sono collegati a batterie che evitano i cortocircuiti e mantengono il flusso della corrente elettrica.»

«Guarda guarda, che tecnico esperto! E quelli che cosa diavolo sono?»

«Fasci di onde radar, e quello stregone del tuo computer fa parte del meccanismo. I fasci radar possono misurare la densità, la massa, di un oggetto in avvicinamento, e servono a evitare che piccoli animali o uccelli facciano scattare l'allarme.»

«Mi impressioni, Tye.»

«Questi aggeggi esistevano già quando tu ti trastullavi con i videogiochi.»

«Come fare per superarli?»

«Strisciando sul ventre. Non è difficile, tenente. Anche se ai vecchi tempi, cinque o sei anni fa ad Amsterdam, i ragazzi del KGB e noialtri, sbronzi, ci dicevamo quanto eravamo stupidi.»

«Sai, comandante, tu mi sorprendi.»

«Come ha scritto qualcuno una volta, la vita è tutta una sorpresa... Ferma, maggiore!» Catherine alzò la testa dai comandi. «Qui siamo arrivati alla baia dove abbiamo notato i fasci radar riflessi dal muro.»

«Devo dirigermi lì?»

«Diavolo, no. Continua verso ovest, allontanandoti di tre o quattrocento metri, non di più.»

«E poi?»

«Poi il tenente e io abbandoneremo la nave... Scendi di lì, Poole, controlla le armi e chiuditi la lampo della muta.»

«Sono pronto, comandante.»

Allo squillo del telefono Amaya Bajaratt si destò di soprassalto, infilando istintivamente la mano sotto il cuscino in cerca dell'automatica. Poi si alzò a sedere sul letto, trattenendo il fiato e cercando di controllarsi. Era al colmo dello stupore. Nessuno poteva sapere dov'era! Dov'erano tutt'e due! Dall'aeroporto, solo quindici minuti prima, aveva preso tre diversi taxi per arrivare fin lì, travestendosi due volte, l'una da anziana ex pilota dell'aeronautica israeliana, l'altra da vecchia trasandata. I motel come quelli non chiedevano documenti. Il telefono squillò di nuovo. Amaya prese in mano il ricevitore, gettando un'occhiata a Nicola addormentato accanto a lei.

«Sì?» rispose a voce bassa guardando la radiosveglia sul comodino: era l'una e trentacinque del mattino.

«Spiacente di svegliarti» fece la gradevole voce maschile all'altro capo della linea. «Ma abbiamo ordine di assisterti e ho qualche informazione per te.»

«Chi sei?»

«I nomi non hanno importanza. Basta dire che il nostro gruppo tiene in grande considerazione un vecchio signore malato che vive ai Caraibi.»

«Come mi hai trovato?»

«Perché sapevo chi e che cosa cercare e non ci sono molti posti dove avresti potuto andare... Ci siamo incontrati a Fort Lauderdale, ma questo non ha importanza. Potrebbe invece averne l'informazione che ho per te.»

«Sentiamola.»

«Hai fatto un ottimo lavoro questo pomeriggio: i pezzi grossi di Palm Beach sono in fermento. Domani ti aspetta un'animata conferenza stampa.»

«*Che cosa?*»

«Mi hai sentito. C'è qui un gruppetto di brillanti giornalisti. Non era difficile immaginare dove trovarti, così sono arrivati in forze. Abbiamo pensato che dovevi saperlo. Puoi rifiutare, naturalmente, ma comunque è bene che tu non sia presa alla sprovvista.»

«Grazie. Esiste un numero di telefono a cui posso chiamarti?»

«Sei pazza?» La comunicazione fu interrotta.

Amaya Bajaratt depose il ricevitore, si alzò dal letto e passeggiò su e giù. Ai bagagli avrebbe pensato la mattina dopo: ora c'era qualcosa di più importante.

«Nicola!» chiamò. «Svegliati!»

«Che cosa?... Che succede, Valeria? È ancora buio!»

«Ora non più.» Amaya accese la lampada a stelo accanto al divano. Il ragazzo si alzò a sedere sul letto, strofinandosi gli occhi e sbadigliando. «Quanto hai bevuto?» chiese la donna.

«Due bicchieri di vino» borbottò Nicola irritato. «È un delitto?»

«No, ma hai studiato quella documentazione, come avevi promesso?»

«Certo. L'ho studiata l'altra notte per ore, poi stamattina

sull'aereo, sui taxi e prima di andare per negozi. Questa notte ho letto almeno per un'ora, mentre tu dormivi.»

«E ricordi tutto?»

«Ricordo quello che posso, che cosa vuoi da me?»

«Dove sei andato a scuola?» gli chiese bruscamente.

«Per dieci anni sono stato seguito da un precettore privato nella nostra tenuta di Ravello» replicò il giovane.

«E poi?»

«L'École de la Noblesse a Losanna» sparò con sicurezza Nicola. «In preparazione per... per...»

«Presto! Preparazione per che cosa?»

«Per l'università di Ginevra, ecco!... E poi mio padre, già malato, mi ha richiamato a Ravello perché mi occupassi degli affari di famiglia... Sì, mi ha richiamato per gli affari di famiglia!»

«Non devi esitare! Penseranno che menti.»

«Ma chi?»

«Dopo che tuo padre ti ha richiamato...?»

«Mi sono avvalso di insegnanti privati...» Il ragazzo fece una pausa, strizzando gli occhi, poi le parole che aveva imparato a memoria gli uscirono a precipizio dalla bocca. «... Studiando cinque ore al giorno per due anni, per compensare la mancanza di una cultura universitaria...!»

Amaya Bajaratt annuì.

«Ottimo lavoro, caro!»

«Farò anche meglio, ma questo è tutto falso, no, Valeria? Supponiamo che qualcuno che parla italiano mi faccia domande a cui non so rispondere?»

«Ne abbiamo già parlato. Tu cambierai semplicemente argomento, anzi, lo cambierò io per te.»

«Perché mi hai svegliato così presto, e mi fai fare tutto questo esercizio a quest'ora?»

«Era necessario. Ho ricevuto una telefonata. Quando domani arriveremo all'hotel, ci saranno dei giornalisti che vorranno intervistarti.»

«No, Valeria, non vorranno intervistare me. A chi potrebbe interessare un ragazzo di Portici? Vorranno intervistare il barone di Ravello, no?»

«Ascolta, Nicola.» Amaya, sentendo nella voce del ragazzo un tono ansioso, gli sedette accanto. «Io non te l'ho ancora detto, ma tu potrai essere veramente un barone. I Ravello hanno visto le tue foto, conoscono le tue sincere aspirazioni a divenire un uomo colto, un vero gentiluomo italiano. Sono pronti ad accoglierti come il figlio che non hanno più.»

«Sono cose da pazzi. Quale famiglia aristocratica vorrebbe macchiare il suo nobile sangue con quello di un plebeo del porto?»

«Questa famiglia è disposta a farlo, perché non hanno nessun altro. Si fidano di me, e anche tu devi fidarti. Cambierai vita.»

«Ma fino a quel momento, se mai verrà, sei tu che vuoi che mi presenti come barone, non è così?»

«Sì, naturalmente.»

«Questo è molto importante per te, per ragioni che io non devo sapere.»

«Considerando tutto quello che ho fatto per te, penso di meritarlo.»

«Oh, sì, lo meriti, Valeria. E io merito di essere ricompensato per aver tanto studiato, per te, e non per me.» Nicola le pose le mani sulle spalle e la spinse lentamente sul letto. La donna non fece resistenza.

10

Erano passate da poco le due del mattino quando Hawthorne e Poole, nelle loro mute nere, si arrampicarono per gli scogli scoscesi dell'isola non segnata sulle carte.

«Striscia sul ventre» ammonì Tyrell al microfono della sua radio. «Continua a restare attaccato al terreno, come se tu ne facessi parte, hai capito?»

«Diavolo, sì, non ti preoccupare.»

«Dopo aver oltrepassato i primi raggi radar, resta ancora giù per un po', d'accordo? I raggi sono puntati a varie altezze per circa dieci metri... e sai perché? Perché gli esseri umani si alzano in piedi dopo essere giunti a riva, mentre serpenti e topi non lo fanno.»

«Ci sono serpenti qui?»

«No, sto solo cercando di spiegarti come funziona il sistema» rispose Tye seccamente. «Tu bada a star giù finché io mi alzo.»

Sessantotto secondi dopo, avevano raggiunto un tratto pianeggiante coperto dall'erba rada e bruciata dal sole. «Adesso!» ordinò Hawthorne balzando in piedi. «Qui siamo fuori.» Corsero attraverso la sterpaglia e si fermarono di colpo sentendo uggiolii in lontananza. «Cani!» bisbigliò Tyrell nel radiomicrofono. «Hanno fiutato il nostro odore.»

«Oh, mio Dio!»

«È il vento... viene da nord-ovest.»

«Che cosa significa?»

«Significa che dobbiamo correre come lepri verso sud-est. Seguimi!»

Tagliarono in diagonale alla loro sinistra verso la costa ed entrarono in un fitto di alberi. Si fermarono senza fiato al riparo del fogliame e Tyrell borbottò: «Questo non ha senso!».

«Perché? I cani non latrano più.»

«Siamo sottovento, non possono fiutarci, ma non è questo che intendevo.» Si guardò intorno. «Questi sono alberi del viandante, la loro chioma cresce a ventaglio.»

«E allora?»

«Sono i primi a spezzarsi sotto un vento forte... Vedi, ce n'è anche qualcuno a terra, ma molti hanno resistito.»

«E allora?»

«Pensa a quanto abbiamo visto dal minisub, di fronte alla baia: quasi tutte le piante sradicate e abbattute.»

«Non ti capisco, Tye. Alcuni alberi sopravvivono, altri no. Che importa?»

«Questi qui sono su un'altura, la baia è più in basso.»

«Scherzi della natura» ribatté Poole.

«Forse, e forse no. Andiamo.» Si aprirono un varco in mezzo alle fitte foglie a ventaglio finché arrivarono a un piccolo promontorio che si affacciava sulla baia. Tyrell trasse dalla borsa impermeabile che portava alla cintura il binocolo per la visione notturna. «Vieni qui, Jackson. Guarda diritto davanti a noi sulla sommità della collina, e dimmi che cosa vedi.» Porse al giovane il binocolo e Poole cominciò a scrutare con estrema attenzione il terreno intorno alla baia.

«Che strano, Tye» fece Poole. «Si vedono delle confuse linee di luce attraverso gli alberi, ma non si riesce a capire quale sia la fonte.»

«Sono robuste veneziane verdi, mimetizzate. Non hanno ancora scoperto assicelle che chiudano perfettamente, senza lasciare interstizi. Il tuo computer aveva visto giusto, tenente. Qui ci dev'essere qualche grande edificio, e dentro qualcuno che forse è molto importante in questa pazzesca vicenda, magari la stessa donna che stiamo cercando.»

«Insomma, comandante, non è ancora giunto il momento di spiegare al maggiore e a me di che cosa si tratta? Afferriamo qualche brandello qua e là, ma il quadro generale ci sfugge. Sentiamo parlare di "quella maledetta", e di "terroristi" e di "scomparsa di documenti segreti", e di "caos internazionale". E abbiamo l'ordine di non far domande. Bene, Cathy non fa obiezione perché osserva i regolamenti, e poi anche lei, come me, si è impegnata a causa di Charlie. Ma a questo punto io faccio a modo mio. Non me ne importa un cazzo degli ordini, se devo rimetterci la pelle voglio anche sapere perché.»

«Dio mio, tenente, non sapevo che avessi un'oratoria così fluente.»

«Io sarò magari un chiacchierone, comandante, avrò anche la lingua lunga, ma, ripeto, che cos'è questa maledetta faccenda?»

«E sei anche insubordinato. Bene, Poole, sarò franco. Si tratta dell'assassinio del presidente degli Stati Uniti.»

«*Che cosa....?*»

«E il terrorista è una donna che potrebbe anche riuscirci.»

«Ma tu straparli! Questa è una pazzia!»

«Anche Dallas lo era... Secondo voci che ci sono arrivate dalla Valle della Beqa'a, se questo assassinio verrà messo in atto ci saranno altri tre attentati, al ministro inglese, al presidente della Repubblica francese e al capo del governo israeliano. L'assassinio del presidente sarà il segnale che darà il via a tutti gli altri.»

«Ma non è possibile!»

«Tu hai visto che cosa è successo a St. Martin, che cosa è successo a Charlie e al vostro aeroplano, malgrado le misure di sicurezza. Quello che non sai è che una squadra di agenti dell'FBI è stata massacrata a Miami – erano addetti a questa operazione – e io sono stato quasi ammazzato a Saba perché qualcuno aveva saputo che ero stato reclutato. A Parigi e a Washington ci sono di sicuro fughe di notizie. Per dirla con le parole di un mio amico che, per quanto mi dispiaccia ammetterlo, è un formidabile agente segreto del MI6, questa donna e i suoi complici dispongono di risorse che superano ogni immaginazione. Questo risponde alla tua domanda, tenente?»

«Oh, mio Dio!» La voce stridula di Catherine risuonò attraverso la radio di Poole.

«Già» fece il tenente, dando un'occhiata alla borsa che conteneva la radio. «L'avevo accesa, spero che non ti dispiaccia. Ti risparmia il fastidio di ripetere tutto da capo.»

«Potrei farti degradare e cacciar via dall'esercito per questo!» esplose Hawthorne. «Non ti è venuto in mente che chiunque abiti su quest'isola potrebbe avere un rilevatore di frequenze?»

«Rettifico» disse il maggiore Neilsen attraverso la radio. «Questa è una frequenza esclusiva, riservata alle forze armate entro un raggio di duemila metri. Siamo al sicuro... Grazie, Jackson, ora possiamo procedere. E grazie a te, Mr. Hawthorne. Talvolta anche la truppa deve avere un'idea dei motivi per cui rischia la pelle...»

«Siete insopportabili... Dove ti trovi, Cathy?»

«Circa cento metri a occidente della baia. Immaginavo che sareste tornati qui.»

«Entra nella baia, ma resta in immersione a dieci o quindici metri dalla riva. Non conosciamo la portata dei fasci radar.»

«Ricevuto. Passo e chiudo.»

Le due figure nere si mossero lungo il pendìo scendendo a zig zag verso la riva. «Adesso gettati a terra!» mormorò Hawthorne alla radio quando arrivarono alla spiaggia. «Strisciamo verso quel ciuffo di arbusti. Se non sbaglio, quello è il muro.»

Arrivarono allo strano argine coperto di fitti tralci frondosi e Poole allungò la mano a tastare attraverso le foglie. «Perbacco, è davvero un muro di calcestruzzo!»

«Rinforzato con acciaio» aggiunse Tyrell. «Questo è stato fatto per resistere alla bombe, non solo ai cicloni e agli uragani. Tieniti basso! Ho idea che troveremo qualche altra sorpresa.»

E così fu. La prima fu una serie di gradini di pietra, coperti da un finto tappeto d'erba, che salivano fin quasi alla sommità della collina. «Questi non li avremmo mai scoperti, dall'aereo!» osservò il tenente.

«Il nostro ospite, qui, non ci accoglie con un tappeto rosso, ma con un tappeto verde!»

«Dev'essere un tipo tutto speciale.»

«Già. Tieniti a sinistra e fa' come un serpente.» I due uomini salirono strisciando sul ventre, un gradino dopo l'altro, lenti e silenziosi, finché arrivarono a un punto dove la scalinata si interrompeva. Poco oltre si vedeva un tratto di terreno coperto di palme. Hawthorne sollevò il tappeto d'erba finta: sotto c'era un sentiero lastricato in pietra. «Mio Dio, è semplicissimo» mormorò. «Nessuno potrebbe scoprire una cosa del genere da un aereo o da una nave.»

Il giovane era impressionato. «Questo tappeto d'erba è un gioco da ragazzi, ma per quelle palme laggiù, è ben diverso.»

«Cioè?»

«Sono finte.»

«Che cosa dici?»

«Tu non sei un ragazzo di campagna, comandante, altrimenti sapresti che le palme trasudano nelle prime ore del mattino. Guarda, vedi che non c'è una goccia d'acqua su quelle grandi foglie. Sono finte, di stoffa, e i tronchi sono probabilmente di plastica.»

«E questo significa che sono una copertura mimetica.»

«Probabilmente computerizzata: si collega l'impianto radar al meccanismo con un codice d'accesso.»

«*Eh?*»

«Andiamo, Tye, è semplice. Pensa alle porte dei garage che si aprono quando la luce dei fari colpisce la cellula fotoelettrica. Questo è esattamente l'inverso. I sensori captano qualcosa di estraneo e il meccanismo entra in funzione nascondendo tutto ciò che non deve essere visto.»

«Così semplice?»

«Esattamente. Un aereo o una nave si avvicinano troppo, diciamo a mille o milleduecento metri d'altezza, o a un paio di miglia in mare, i dischi sensori mandano l'informazione a un computer e il meccanismo viene attivato, come le porte di un garage che si chiudono a distanza.

«E adesso che cosa facciamo? Camminiamo attraverso quelle belle foglie di stoffa e ci annunciamo?»

«No, non camminiamo, ci giriamo intorno strisciando in assoluto silenzio, e facciamo del nostro meglio per non annunciarci.»

«Che cosa cerchiamo?»

«Tutto quello che può essere interessante. Muoviamoci.»

Strisciarono sull'erba e girarono intorno alle palme finte, scrutandone il meccanismo e toccando la "corteccia" del primo "tronco". Poole annuì: sì, era plastica. Un tronco che sembrava vero, ma molto più leggero, in modo da pesare meno sul meccanismo. Hawthorne indicò una breccia nella cortina verde e fece cenno al tenente di seguirlo.

Uno dopo l'altro strisciarono attraverso il tunnel di finte foglie fino a un punto poco sotto il raggio di luce proveniente da una veneziana. Erano arrivati alla casa. Si alzarono senza far rumore e guardarono dentro: quello che videro era sorprendente.

L'interno aveva l'aspetto di una villa principesca: grandi arcate, pavimenti di marmo, arazzi alle pareti, come se ne vedono nei musei. A un tratto comparve una figura: un vecchio signore su una sedia a rotelle. Era seguito da un gigante biondo con spalle massicce e muscoli poderosi che tendevano il tessuto della *guayabera*. I due attraversarono il locale e scomparvero in un angolo. Hawthorne toccò lo spalla di Poole, additandogli il fianco della casa e facendogli cenno di seguirlo. Avanzarono in silenzio, scostando le grandi foglie di palma, finché Tyrell arrivò al punto dove riteneva che il vecchio sulla sedia a rotelle si fosse diretto. Si trovavano davanti a una grande veneziana: Hawthorne afferrò il braccio di Poole, lo tirò vicino a sé, poi con cautela aprì uno spiraglio fra due assicelle.

Quello che videro era incredibile, una fantasia creata da un maniaco del gioco d'azzardo. Era un sontuoso casinò in miniatura, con slot-machine, un biliardo a sei buche, un tavolo di black-jack e una roulette: tutti a livello della sedia a rotelle; sui tavoli si vedevano mucchietti di banconote. Il vecchio signore giocava con il banco e contro il banco: non poteva perdere.

Accanto a costui la bionda guardia del corpo sbadigliava mentre il vecchio infilava una moneta dopo l'altra in una slot-machine. Poi comparve un secondo uomo spingendo un carrello con piatti di cibo e una caraffa di vino rosso e collocando il tutto accanto all'invalido. Il vecchio si accigliò e gridò qualcosa al domestico, che subito si inchinò e tolse un piatto, evidentemente per andare a sostituirlo.

«Andiamo!» mormorò Tyrell. «Non ci sarà un momento migliore. Cerchiamo di entrare mentre l'altro gorilla è lontano.»

«E da dove entriamo?»

«Come faccio a saperlo? Muoviamoci.»

«Aspetta un attimo!» sussurrò Poole. «Io so come è fatto il vetro di questa finestra. È una lastra doppia con il vuoto in mezzo: quando il vuoto si riempie d'aria si può rompere il vetro con una gomitata.»

«E come possiamo farlo?»

«Le nostre pistole hanno il silenziatore, vero?»

«Sì.»

«E quando una slot-machine emette le monete, suonano i campanelli, vero?»

«Io non sono un esperto di slot-machine, ma credo di sì.»

«Aspettiamo finché vediamo che il vecchio vince, poi facciamo due buchi nel vetro e sfondiamo la finestra.»

«Tenente, forse sei proprio un genio, dopotutto.»

«Ho cercato di dirtelo, ma tu non mi stavi a sentire.»

I due aprirono le fondine ed estrassero le pistole.

«Ha fatto centro, Tye!» esclamò Poole quando il vecchio cominciò ad agitare le braccia davanti alla macchina lampeggiante.

Entrambi spararono un colpo e alzarono le veneziane mentre l'aria come una nebbia riempiva l'intercapedine. Si gettarono sul vetro frantumandolo: la slot-machine stava ancora lampeggiando e sputava monete con un allegro fragore di campanelli. Balzarono a terra e si accucciarono in mezzo ai frammenti di vetro: la guardia del corpo, sorpresa, si girò di colpo e portò la mano alla cintura.

«Non provarci!» intimò Hawthorne mentre l'assordante scampanellare cessava. «Se uno dei due alza la voce sarà il suo ultimo grido. Credetemi, non mi siete simpatici.»

«Impossibile!» strillò il vecchio sbalordito alla comparsa dei due intrusi vestiti di nero.

«È possibilissimo, invece» replicò Poole alzandosi e puntando l'arma contro l'invalido.

«Coprimi» ordinò Hawthorne. Si avvicinò alla guardia del corpo, lo perquisì, gli tolse la pistola dalla cintura. «Sorveglia l'entrata» continuò rivolto a Poole, ma concentrandosi sulla guardia che ribolliva di rabbia. «Se pensi quello che penso,» ringhiò «è meglio che cambi idea. Ho detto che il matusalemme, qui, lo voglio vivo. Di te invece non me ne importa un cazzo. Mettiti fra quelle due slot-machine, presto! E che non ti venga in mente di saltarmi addosso. I mascalzoni non sono il mio tipo. Muoviti!»

Il gorilla andò a infilarsi fra due macchine, con la fronte imperlata di sudore.

«Non uscirai vivo di qui!» borbottò.

«Credi proprio?» Hawthorne si passò la pistola nella mano sinistra e trasse dalla borsa la radio. La accese e chiese con voce tranquilla: «Mi senti, maggiore?».

«Ogni sillaba, comandante.» La voce femminile che uscì dal microfono stupì la guardia e per un attimo lasciò sbalordito il vecchio che fu scosso da un tremito, ma subito riprese il controllo. L'invalido fissò Hawthorne con un sogghigno: il sogghigno più ostile, più diabolico che Tyrell avesse mai visto.

«Com'è la situazione lì da voi?» chiese Catherine.

«Perquisizione domiciliare» rispose Hawthorne. «Siamo in una casa che sembra la villa di un imperatore romano. Abbiamo sotto tiro due residenti e ne aspettiamo un terzo. Non so se ci sia qualcun altro.»

«Devo comunicare per radio agli inglesi ciò che avete scoperto?» A quelle parole il vecchio ebbe uno scatto e si protese in avanti sulla sedia a rotelle afferrando un oggetto nel bracciale imbottito. Fu bloccato da un calcio di Poole: la mano ricadde, afferrandosi a un raggio della ruota.

«Non abbiamo direttive in proposito, vero?»

«Eh, no.»

«Allora aspetta finché Jackson non ha esaminato le attrezzature di qui. Non voglio trasmettere notizie troppo dettagliate... Però, se per qualche motivo perdiamo il contatto, allora chiamali immediatamente.»

«Tieni accesa la radio.»

«Certo. La voce sarà un po' attutita, perché la terrò nella borsa, ma sentirai lo stesso.» In quel momento si sentì un rumore di passi, che veniva da fuori. «Chiudo, maggiore» mormorò Tyrell. Rimise la radio nella borsa, fece scattare la sicura della pistola e la puntò a un metro dalla testa del gigante biondo.

«Fermalo!» strillò il vecchio, spingendo in fretta la sedia a rotelle verso il corridoio. In quell'attimo il gorilla biondo si scagliò con tutto il suo enorme peso sulla slot-machine che stava alla sua sinistra, spingendola contro Tyrell con tale forza da farlo crollare sul pavimento. Tyrell si trovò a terra con la macchina e l'uomo sopra di lui, il braccio prigioniero, l'arma inutilizzabile. Le dita del gigante si strinsero intorno alla sua gola, soffocandolo. Ma un proiettile silenzioso attraversò l'aria e spazzò via metà della testa della guardia, che si accasciò sul pavimento. Tye liberò il braccio dalla slot-machine che lampeggiava furiosamente; a pochi metri da lui Andrew Jackson Poole stava caricando il terzo uomo con una serie di colpi micidiali, vibrati con i piedi e con il taglio delle mani, finché l'uomo barcollò stordito. Il tenente lo afferrò e lo scagliò come peso morto contro l'invalido, arrestandolo bruscamente nel bel mezzo della fuga.

«Hawthorne?... Jackson?» chiamò la voce di Catherine dalla radio. «Che cosa è successo? Ho sentito un gran fracasso!»

«Resta in linea!» rispose Tyrell senza fiato, chinandosi a staccare la presa della slot-machine dalla parete: il pazzo lampeggiare cessò. Il vecchio invalido si dibatteva sotto il peso del corpo esanime della guardia, finché Poole lo sollevò e lo scagliò sul pavimento dove batté la testa con un sinistro tonfo sul marmo. «Abbiamo ripreso il controllo» annunciò Hawthorne alla radio. «E insisto perché al tenente Andrew Jackson Poole sia conferito immediatamente il grado di generale. *Cristo*, mi ha salvato la vita!»

«Gli piace fare piccoli favori. E ora che cosa fate?»

«Controlliamo il resto della casa e poi l'attrezzatura per le comunicazioni. Tieniti in contatto.»

Tye e Jackson imbavagliarono e legarono strettamente la guardia del corpo e il vecchio con corde trovate in un ripostiglio, quindi passarono a ispezionare la casa e il terreno circostante. A una quarantina di metri dall'edificio principale trovarono una casupola coperta di verde e circondata da grandi palme: da una finestrella filtrava una luce fioca. Sbirciarono nell'interno e videro un uomo su una sedia a sdraio che fissava uno schermo televisivo agitando i pugni davanti a una trasmissione di cartoni animati.

«Si diverte!» mormorò Poole.

«Già, ma da un momento all'altro potrebbe ricevere l'ordine di far qualcosa che a noi non piace.»

«Che cosa vuoi fare?»

«La porta è dall'altra parte. La sfondiamo, lo leghiamo e poi tu provvedi con uno dei tuoi giochetti a renderlo innocuo per un paio d'ore.»

«Un semplice colpo alla spina dorsale.»

«Giusto... sstt! Il tizio ha sentito un segnale: sta prendendo una scatola rossa dal tavolo. Andiamo!»

Le due figure in tuta nera fecero di corsa il giro della casupola mimetizzata, irruppero dalla porta e si trovarono davanti un uomo sbalordito che non seppe far altro che sorridere. Premette un interruttore sulla scatola rossa facendo cessare il segnale.

«Quello è il mio segnale per liberare i cani» fece con voce esitante. Tese la mano verso una leva alla parete. «Devo farlo immediatamente.»

«No!» urlò Hawthorne. «Il segnale era sbagliato!»

«Oh, no, non è mai sbagliato!» replicò il giardiniere con voce sognante. «Mai, mai sbagliato.» Tirò la leva. Dopo un attimo si sentì il latrare rabbioso dei cani da guardia che correvano verso la casa padronale. «Ecco, adesso vanno» fece il tizio con l'aria un po' svanita, e il sorriso vacuo. «Bravi ragazzi.»

«Come hai ricevuto il segnale?» chiese Tyrell. «*Come?*»

«Il comando è sulla sedia del Padrone. Noi facciamo esercitazioni, tante volte, ma vedete, il Padrone ogni tanto, quando beve troppo, tocca il bottone e manda il segnale per niente. L'ho sentito pochi minuti fa, ma è finito subito, così ho creduto che avesse fatto un errore e la guardia lo avesse corretto. Ma adesso è la seconda volta, non è uno sbaglio, il Padrone ordina e io devo andare insieme con i miei amici. È molto importante.»

«A questo qui, gli manca una rotella» fece Poole.

«Forse più di una, tenente, ma noi dobbiamo tornare là... *Le luci!*»

«Che cosa?»

«Oltre a seguire gli odori, i cani seguono le luci... le esplosioni di luce. Tira fuori un paio di razzi di segnalazione. Uno strofinalo ben bene sotto l'ascella, e speriamo che funzioni!»

Poole eseguì l'ordine.

«Ora accendi l'altro razzo e gettalo fuori dalla porta, a sinistra, più lontano che puoi. Poi lancia anche il primo, senza accenderlo.»

«Fatto!»

«Eccoli!» Dopo qualche secondo i cani sfrecciarono davanti alla casupola inseguendo la luce improvvisa. Si levò un rabbioso abbaiare mentre gli animali si accalcavano intorno al razzo sfrigolante, captando l'odore umano in quello non acceso e urtandosi l'un l'altro al colmo della frustrazione.

«Stiamo facendo un gioco» spiegò Hawthorne allo smemorato guardiano dei cani. «Al Padrone piacciono i giochi, vero?»

«Oh, sì, sì, gli piacciono! Certe volte gioca tutta la notte nel suo salotto.»

«Bene, questo è appunto un altro gioco, noi tutti ci stiamo divertendo. Tu puoi tornare alla tua televisione.»

«Oh, grazie, grazie mille.» L'uomo sedette e cominciò a ridere ai cartoni animati sullo schermo.

«Grazie, Tye. Non mi piace strapazzare i poveri diavoli...»

Con un cenno impaziente del capo Tyrell indicò al tenente di seguirlo e corse fuori, verso la casa. Irruppe nel salone, chiuse le porte e apostrofò il vecchio nella sedia a rotelle, accanto alla guardia ancora priva di sensi. «Bene, bastardo!» ringhiò. «Voglio sapere tutto quello che sai.»

«Io non so nulla» borbottò con voce rauca l'invalido e sul suo viso rugoso tornò il sorriso maligno. «Puoi uccidermi, non saprai niente.»

«Forse ti sbagli, Padrone, vero? È così che ti ha chiamato quel povero scimunito nella casupola. Che cosa gli hai fatto, una lobotomia?»

«È Dio che ha fatto di lui il servitore perfetto, non io.»

«Ho idea che nella tua testa tu e Dio siate parenti stretti.»

«Questa è una bestemmia, comandante.»

«Comandante?»

«Non è così che ti hanno chiamato il tuo collega e la donna alla radio?»

Hawthorne lo fissò con ira. «Tenente, ispeziona la stanza e

tutta quell'attrezzatura elettronica che conosci tanto bene. Dovrebbe essere di là...»

«So benissimo dov'è» interruppe Poole. «Non vedo l'ora di metterci le mani. È il massimo della perfezione!» Il tenente corse nello studio del Padrone.

«Forse dovrei dirti» continuò Hawthorne rivolgendosi al vecchio «che il mio collega è l'arma segreta del nostro governo. Non c'è computer che abbia misteri per lui. È lui che ti ha scovato e ha trovato questo posto... da un fascio di onde provenienti dal Mediterraneo e rimbalzate da un satellite giapponese.»

«Non troverà niente, *niente*!»

«E allora, perché avverto un'ombra di dubbio nella tua voce?... Oh, forse lo so. Tu non sei sicuro e sei spaventato a morte.»

«Questo è un discorso senza senso.»

«Non proprio» fece Tyrell estraendo la pistola dalla fondina. «Voglio che tu sappia esattamente qual è la tua posizione. Allora! Come si fa a rimandare i cani a cuccia?»

«Non ne ho proprio idea...» Hawthorne premette il grilletto e il proiettile sfiorò il lobo dell'orecchio destro dell'uomo: un rivolo di sangue gli scese lungo il collo. «Puoi uccidermi, non saprai *niente*!» strillò il vecchio.

«Ma se non ti uccido, non saprò niente lo stesso, ti pare?» Tyrell fece fuoco di nuovo e questa volta il sangue schizzò dalla guancia destra del vecchio. «Ti do un'ultima possibilità. Io ho fatto pratica in Europa... I cani possono essere liberati a un comando e possono essere costretti a rientrare al canile con un secondo comando. Fallo subito, o il prossimo colpo ti farà fuori l'occhio sinistro.»

Senza parlare l'invalido armeggiò goffamente con il braccio destro legato agitando le dita tremanti sul fianco della sedia a rotelle, dove c'era un pannello con cinque pulsanti. Premette il quinto. Di colpo si udì un coro di selvaggi latrati che andarono allontanandosi, finché ci fu silenzio. «Sono tornati ai canili» borbottò il vecchio in tono sprezzante. «La porta si chiude automaticamente.»

«A che cosa servono gli altri pulsanti?»

«A te non interessano. I primi tre sono per la mia cameriera personale e i miei assistenti; la cameriera non è più con noi e voi avete ucciso il mio assistente. Gli altri due sono per i cani.»

«Tu menti. Uno di questi segnali è arrivato a quel povero demente nella casupola. È lui che ha liberato i cani.»

«Lui riceve il segnale ovunque si trovi, e se ci sono ospiti o nuovo personale sull'isola deve stare con i cani, per controllarli. Spesso gli uomini deboli d'intelletto sanno parlare agli animali molto meglio di noi.»

«Noi non siamo ospiti qui... qual è il personale nuovo?»

«I miei due assistenti, compreso quello che avete ucciso. Sono qui da meno di una settimana, e i cani non sono ancora abituati alla loro presenza.»

Hawthorne si piegò a slegare le braccia del vecchio, poi andò a un basso tavolino di marmo dov'era posata una scatola contenente fazzoletti di carta. La portò al Padrone. «Tamponati quei tagli.»

«Ti disturba la vista del sangue?»

«Neanche un po'. Quando penso alle faccende in cui sei implicato... quando penso a Miami, a Saba, a St. Martin e a quella psicopatica... la vista del tuo cadavere sarebbe un gran piacere per me.»

«Io sono implicato? Io mi occupo solo di prolungare la vita di questo povero corpo» ribatté il vecchio, tamponandosi l'orecchio e la guancia. «Io sono solo un invalido che vive i suoi ultimi anni nel comodo isolamento che in fondo mi merito. Non ho fatto nulla che sia anche lontanamente illegale. Scambio solo qualche parola con pochi amici che mi telefonano via satellite o arrivano in aereo a farmi visita.»

«Cominciamo con il tuo nome.»

«Io non ho nome, sono solo il Padrone.»

«Sì, l'ho sentito dal guardiano dei cani, e prima ancora a Saba, dove due individui hanno tentato di uccidermi. Quello che è sopravvissuto, aveva molte cose da dirmi quando si è trovato davanti alla prospettiva di nuotare in mezzo ai pescecani. Credo proprio che quando faremo circolare le tue impronte digitali, e le manderemo anche all'Interpol, sapremo tutto di te, e dubito molto che ne verrà fuori un caro vecchio nonnino che ama giocare con le slot-machine.»

«Davvero?» Il Padrone rivolse a Hawthorne il suo bieco, arrogante sogghigno e gli mostrò le mani, a palme in su. Tyrell fu insieme stupito e nauseato. Le estremità di ogni dito erano completamente bianche: la carne era stata asportata e sostituita con una sostanza liscia e piatta, forse resti di pelle animale. «Le mie mani sono state ustionate da un carro armato tedesco in fiamme, nella seconda guerra mondiale. Sono sempre stato grato ai medici militari americani che hanno avuto pietà di un giovane partigiano che combatteva con le loro truppe.»

«Oh, che eroe!» fece Tye sarcastico. «Suppongo che ti abbiano dato anche una medaglia...»

«Purtroppo nessuno di noi poteva permettersolo. Si sapeva che i fascisti facevano rappresaglie. Tutti i nostri documenti furono distrutti per proteggere noi e le nostre famiglie. Avreste dovuto fare la stessa cosa anche voi nel Vietnam.»

Né Hawthorne né il vecchio si erano accorti della snella figura nera di Poole che era comparsa sulla soglia dello studio. Si era avvicinato in silenzio e si era fermato ad ascoltare. «Hai quasi ragione» intervenne il tenente. «C'era poco e niente, ma qualcosa ho trovato. Il tuo sistema computerizzato è straordinario, devo ammetterlo, ma ogni sistema vale quanto la persona che lo usa.»

«Che cosa diavolo dici?» chiese Tyrell.

«È molto versatile e può far di tutto, è stato usato da qualcuno che sa come cancellare le memorie al primo e secondo richiamo. Sui dischi non c'è niente tranne tre tabulati verso la fine dell'ultimo. A usarlo deve essere stata una persona diversa, perché il comando cancella-memoria non è stato toccato.»

«Non puoi parlare normalmente, invece che computerese?»

«Ho richiamato tre numeri di telefono, con prefissi e tutto, poi ho controllato le destinazioni della telefonate. Una era in Svizzera, e scommetto che era una banca; la seconda era Parigi e la terza Palm Beach, Florida.»

11

La limousine bianca si fermò all'entrata del Grand Hotel The Breakers a Palm Beach e fu immediatamente circondata dal portiere gallonato, dal suo assistente e da tre fattorini in uniforme rossa. La prima a emergere dalla macchina fu un'alta, slanciata ed elegante signora, una gran dama di mezz'età, il cui abbigliamento rivelava l'impronta raffinata di via Condotti. Il cappello a tesa larga ombreggiava un bel volto abbronzato, dai lineamenti aristocratici. Amaya Bajaratt non era più una selvaggia e scarmigliata terrorista, né una guerrigliera palestinese, né un'ex pilota dell'aeronautica israeliana. Ora era la contessa Cabrini, considerata una delle donne più ricche d'Europa, sorella di un industriale di Ravello, ancor più facoltoso. Alzò con grazia la testa e sorrise all'alto e bellissimo giovane che scendeva dopo di lei dalla limousine, in una giacca sportiva blu fregiata di stemma, calzoni di flanella grigia dal taglio impeccabile e scarpe di marca italiana.

Il direttore del lussuoso albergo si precipitò fuori con due assistenti, di cui uno italiano, destinato a fare da interprete. Si scambiarono saluti e convenevoli in entrambe le lingue, poi la donna annunciò: «Il giovane barone ha molte cose da fare in questo Paese e preferirebbe che voi gli parlaste in inglese, in modo da poter meglio imparare la lingua. Dapprima non capirà molto di quel che gli direte, ma vuole insistere, e io sono al suo fianco per tradurgli le vostre parole».

«Madame,» cominciò rispettosamente il direttore, mentre il numeroso bagaglio degli illustri ospiti veniva portato via «se la cosa non le dà noia, ci sono i giornalisti di diversi quotidiani, accompagnati dai loro fotografi, in uno dei nostri saloni. Naturalmente vorrebbero intervistare il giovane barone. Non so come siano stati avvertiti della vostra presenza, ma posso assicurarle che non è stato il nostro personale. Il nostro albergo gode fama di assoluta discrezione.»

«Oh, qualcuno avrà pur parlato!» esclamò la contessa con un sorriso rassegnato. «Non si preoccupi, direttore, questo accade ogni volta che il giovane barone si reca all'estero.»

«Lei può evitare la conferenza stampa, naturalmente. Per questo li ho fatti riunire in un salone.»

«No, concederemo ai giornalisti alcuni minuti. Dopotutto, è bene che qui il ragazzo si faccia degli amici e non si attiri l'ostilità della stampa.»

«Andrò ad avvertirli e chiarirò anche che non potrà essere una cosa lunga. I viaggi in jet sono faticosi.»

«No, direttore, non serve. Il giovane barone è arrivato ieri, e ha già fatto acquisti nei dintorni. Inutile dare notizie fasulle che sarebbe troppo facile confutare.»

«Ma la prenotazione era per oggi, signora.»

«Andiamo, signor direttore, abbiamo avuto tutt'e due la sua età, no?»

«Io non ho mai avuto l'aspetto che ha lui, glielo assicuro.»

«Ben pochi giovani lo hanno, ma né il suo aspetto né il suo titolo possono eliminare i suoi appetiti perfettamente normali, lei mi capisce, vero?»

«Non è difficile capire, signora. Un'amica intima, per la serata!»

«Persino io non ne conosco il nome.»

«Capisco. Il mio assistente la accompagnerà alle vostre stanze e io mi prenderò cura di tutto il resto.»

«Lei è molto gentile, direttore.»

«Grazie, contessa.»

Il direttore fece un cenno di saluto e si avviò verso lo scalone rivestito di soffice passatoia. Amaya Bajaratt si avvicinò a Nicola, che stava parlando con il vice-direttore e l'interprete. «Che cosa state complottando, Dante Paolo?» chiese la contessa.

«Oh, niente!» rispose Nicola sorridendo all'interprete. «Il mio nuovo amico e io parlavamo di questo splendido albergo e del bel tempo» continuò sempre in italiano. «Gli ho detto che i miei studi e gli affari di mio padre hanno assorbito tutto il mio tempo, che pertanto non mi è stato possibile imparare a giocare a golf. Dice che mi troverà un istruttore.»

«Hai già troppi impegni per dedicarti a queste cose.» Amaya prese Nicola per un braccio e lo condusse verso lo scalone.

«Non trattare la gente con tanta familiarità» gli sussurrò. «Non è conveniente, per una persona del tuo rango. Sii sempre affabile, ma ricorda che è un subalterno.»

«Subalterno?» fece il presunto barone. «Tu talvolta parli in modo poco chiaro, Valeria. Vuoi che io sia un'altra persona, mi hai fatto imparare la parte a memoria, e al tempo stesso vuoi che io sia me stesso.»

«Proprio così» sussurrò Amaya, tagliente. «L'unica cosa che *non* voglio è che tu ti metta a pensare per conto tuo. Sono io che penso per te, capito?»

«Certo, Valeria. Scusami.»

«Così va meglio. Passeremo una splendida notte insieme, tesoro. Ti amo tanto.» Il ragazzo accennò a metterle affettuosamente un braccio intorno alle spalle, ma lei si ritrasse. «Fermo! Il vice-direttore sta venendo verso di noi per accompagnarci dove ci aspettano i giornalisti e i fotografi.»

«I... che cosa?»

«Te l'ho detto ieri sera. Dovrai incontrare la stampa.»

«Oh, sì, ricordo, e capisco pochissimo l'inglese. Mi tradurrai tu le domande, vero?»

La conferenza stampa durò esattamente ventitré minuti. La radicata ostilità dei giornalisti e dei fotografi verso la ricca nobiltà europea si dissipò rapidamente davanti all'alta, timida, affabile persona del barone. Le domande arrivarono con ritmica regolarità: rispondeva la contessa Cabrini, la zia del barone, fungendo da interprete.

Un giornalista anziano domandò: «Quali sono i suoi programmi, barone? Mi sono messo in contatto con la sua famiglia a Ravello, con suo padre per la precisione, e mi ha spiegato che lei dovrebbe riportare in Italia un certo numero di proposte, riguardo a eventuali investimenti negli Stati Uniti. È esatto?».

La traduzione fu complessa e accurata. «Mio padre mi ha dato istruzioni precise, signore, e ci parleremo ogni giorno per telefono. Io sono i suoi occhi e le sue orecchie e lui si fida ciecamente di me.»

«Viaggerà molto?»

«Ritengo che molti imprenditori verranno personalmente da lui» interloquì la contessa senza tradurre. «Le aziende valgono quanto i capi che le dirigono. Il barone ha un'ottima preparazione in scienze economiche. Ha dovuto approfondire gli studi in questo campo giacché le sue responsabilità sono enormi.»

«Oltre a calcolare i possibili guadagni,» intervenne una giovane giornalista, il volto accigliato «si è anche pensato alle condizioni socio-economiche delle zone prescelte per gli investimenti? O punterete solo al profitto?»

«Mi pare che questa sia – come dire? – una domanda capziosa» obiettò la contessa.

«Una domanda impegnativa» corresse una voce maschile in fondo alla sala.

«Comunque sarò lieta di rispondere» continuò la contessa. «Forse la signora potrebbe fare una telefonata a un qualunque giornalista italiano. Si renderà conto personalmente dell'alta stima in cui è tenuta la famiglia. E in tempi di prosperità, ma anche di recessione economica, è stata sempre generosa nei campi della medicina, dell'assistenza sociale e dell'occupazione. I baroni di Ravello considerano la loro ricchezza un dono che richiede un alto senso di responsabilità. Hanno un'elevata coscienza sociale, che non cambierà certo se e quando si impegneranno in questo Paese.»

«Ma non può rispondere il ragazzo?» insisté ancora la giornalista in tono petulante.

«Il ragazzo, come lei lo chiama, è troppo modesto per esaltare in pubblico le virtù della sua famiglia.»

«Mi scusi» intervenne un giornalista del *Miami Herald* in perfetto italiano. «Anch'io ho parlato con suo padre, per telefono, naturalmente. E chiedo scusa per la mia collega» aggiunse rivolgendo un sorrisetto di sbieco alla donna.

«Se possiamo tornare a parlare inglese,» intervenne un corpulento giornalista dalla prima fila «io certo non condivido l'atteggiamento della collega, ma ammetto che ha sollevato un argomento importante. Come sapete, anche da noi ci sono sacche di disoccupazione, vaste zone con gravi problemi. La coscienza sociale della famiglia Ravello ne è consapevole?»

«Il barone di Ravello è un esperto e intelligente uomo d'affari che crede nei valori della lealtà e dell'altruismo.»

«Riceverete un sacco di telefonate» ribatté il corpulento giornalista. «Ciò che avete detto è di estremo interesse.»

«Temo che questo sia tutto, signore e signori. È stata una mattinata faticosa, abbiamo ancora molto da fare.» Sorridendo graziosamente ai giornalisti e salutandoli con affabili cenni del capo, Amaya Bajaratt guidò il suo protetto fuori del salone, soddisfatta dei commenti lusinghieri che sentiva intorno a sé. Ci sarebbero state davvero molte telefonate, come appunto lei stessa aveva progettato.

Il tam-tam mondano della buona società di Palm Beach funzionava con straordinaria efficienza. Alle quattro del pomeriggio avevano ricevuto inviti per colloqui d'affari da sedici imprese; altre undici personalità del luogo avevano chiesto di organizzare pranzi o cocktail in onore di Dante Paolo, barone di Ravello.

Con eguale efficienza Amaya Bajaratt scelse cinque degli inviti più prestigiosi in case dove era più probabile che si radunasse l'élite della politica e dell'industria. Poi chiamò al telefono le persone di cui non aveva accettato l'invito e presentò le sue scuse, affermando che sperava con tutto il cuore di incontrarli in altra occasione.

Muerte para toda autoridad!

Era solo l'inizio, ma la strada sarebbe stata breve. Era tempo di contattare Londra, Parigi e Gerusalemme. *Morte ai mercanti di morte di Ashqelon!*

«Ashqelon» rispose la tranquilla voce maschile da Londra.

«Qui Bajaratt. Fate progressi?»

«Entro una settimana tutta Downing Street sarà nelle nostre mani. Uomini in uniforme di polizia, o vestiti da spazzini. Vendetta per Ashqelon!»

«Per me ci vorrà più di una settimana, lo capisci.»

«Non importa» replicò Londra. «Saremo ancora più organizzati e più pronti. Non possiamo fallire.»

«Ashqelon per sempre!»

«Ashqelon» rispose la voce femminile da Parigi.

«Bajaratt. Come vanno le cose?»

«Talvolta mi sembra che sia tutto troppo semplice. L'uomo va e viene accompagnato da guardie così negligenti che noi, nella Beqa'a, le avremmo già condannate a morte. I francesi sono così arroganti, così indifferenti di fronte al pericolo... è grottesco. Abbiamo controllato i tetti, non sono neppure sorvegliati.»

«Siate cauti. Guardatevi dai disinvolti bellimbusti francesi... possono rivoltarsi e colpire come cobra!»

«*Merde*, come dicono loro. Se anche sanno di noi, non ci prendono sul serio. Non capiscono che siamo pronti a *morire*? Vendetta per Ashqelon.»

«Ashqelon per sempre.»

«Ashqelon» mormorò la voce gutturale da Gerusalemme. «Tu sai chi sono.»

«Certo. Io ho guidato le preghiere per te e tuo marito nell'aranceto. Saremo vendicati, la nostra causa trionferà.»

«Vorrei sapere dei vostri progressi.»

«Oh, tu sei così fredda, Bajaratt.»

«Mio marito non la pensava così. Allora, i vostri progressi?»

«Merda, noi siamo più ebrei degli odiati ebrei. Possiamo far fuori quel bastardo quando esce dalla Knesset. Qualcuno di noi potrà persino uscirne vivo per tornare a combattere. Aspettiamo solo il tuo segnale.»

«Ci vorrà ancora un po' di tempo.»

«Tutto il tempo che vuoi. Di notte indossiamo le uniformi militari e saltiamo addosso alle donne ebree, pregando Allah che nasca un arabo nel loro ventre.»

«Attenti! Non mettete a rischio la vostra missione!»

«Mai. Vendetta per Ashqelon!»

«Ashqelon per sempre.»

Amaya Bajaratt uscì dalla cabina del telefono pubblico nell'atrio dell'albergo, prese l'ascensore e si avviò lungo l'elegante corridoio verso la suite. Il salotto, in penombra, era vuoto. Dalla porta aperta della camera da letto vide Nicola nudo e supino sul grande letto; guardandolo non poté fare a meno di pensare a suo marito, a colui che era stato suo marito per così breve tempo. Entrambi avevano corpi snelli e muscolosi: uno più giovane dell'altro, naturalmente, ma la somiglianza c'era. Si sentiva attratta da uomini di quel tipo, com'era stata attirata da Hawthorne, solo due giorni prima. D'improvviso si rese conto che il suo respiro accelerava: sentì un'urgenza quasi dolorosa all'inguine. *Questo* la compensava di tante cose che non avrebbe mai potuto avere. Anni prima un medico di Madrid le aveva fatto una piccola e semplice operazione che le avrebbe per sempre impedito di concepire... e *questo* era tutto ciò che le restava.

Si avvicinò al letto e si spogliò.

«Nicola,» chiamò piano «svegliati, Nicola.»

«Che cosa...?» borbottò il giovane, aprendo a stento gli occhi.

«Sono qui per te... amor mio!» È tutto quel che mi resta!, pensò.

«Qual è il numero di Parigi?» chiese Hawthorne, sempre chino sul Padrone ma rivolgendosi a Poole.

«Ho controllato» rispose il tenente. «Là sono circa le dieci del mattino, così non pensavo di spaventare qualcuno... È pazzesco, Tye, è un'agenzia di viaggi sugli Champs Élysées.»

«Che cosa è successo quando hai chiamato?»

«Sicuramente era un numero privato. La donna che ha risposto ha detto qualcosa in francese, e quando io ho replicato in inglese che speravo di aver fatto il numero esatto, mi ha chiesto se volevo parlare con un'agenzia di viaggi, ha detto un nome francese, e io ho risposto: "Sicuro, ed è urgente...". Al che lei mi ha chiesto qual era il mio colore e io naturalmente ho detto "bianco", e lei: "E poi?". Io non ho saputo che cosa rispondere, così ha riattaccato.»

«Non avevi la parola d'ordine, Jackson... non potevi averla.»

«Così pare.»

«Dirò a Stevens di occuparsene, se il Padrone, qui, non si decide a collaborare.»

«Io non so niente di cose del genere!» strillò l'invalido.

«Probabilmente non lo sai davvero» replicò Tyrell. «Quelle ultime chiamate, che non sono state cancellate, non sono state fatte da te, ma da qualcuno che non sapeva come cancellarle. E il numero di Palm Beach, tenente?»

«Altrettanto pazzesco, comandante. Risponde un ristorante molto esclusivo sulla Worth Avenue. Mi hanno detto che dovevo prenotare con due settimane di anticipo, a meno che non fossi sulla loro lista preferenziale.»

«Non è affatto pazzesco, tenente. Tutto coincide. La lista preferenziale presuppone un nome che tu non potevi conoscere e un codice di accesso che non potevi inventare. Passerò la faccenda a Stevens, insieme con quella di Parigi.» Tyrell guardò il vecchio: la ferita sulla guancia non sanguinava più, tamponata da un fazzoletto di carta. «Adesso ti farai un viaggetto» gli disse.

«Io non posso lasciare questa casa.»

«Oh, tu la lascerai, bastardo!»

«Allora piantami subito una pallottola in testa, sarà lo stesso!»

«Mi piacerebbe, ma per adesso ci rinuncio. Voglio presentarti a certi miei ex colleghi, colleghi di un'altra vita, si potrebbe dire...»

«Ma io ho qui tutto quello che occorre per tenermi in vita! Volete trovarvi fra i piedi un uomo morto?»

«No di certo. Così tu mi dirai ciò che ti è indispensabile per un breve viaggio in aereo; fra poche ore sarai in un ospedale del continente, e scommetto che ti procureranno una stanza privata!»

«Sono malato, non posso muovermi.»

«Veramente?» sogghignò Hawthorne. In quel momento la radio riposta nella borsa gracchiò. La voce di Catherine arrivò fredda e incolore, la voce di chi impone un rigoroso controllo alla propria ansietà. «Abbiamo un problema.»

«Che cosa è successo?» gridò Poole.

«C'è qualche guaio?» chiese a sua volta Hawthorne.

«Il pilota dell'idrovolante ha chiamato per radio la lancia della guardia costiera britannica. Il timone sinistro si è staccato, è stato portato via dalla corrente. È precipitato circa centoventi chilometri a nord dal punto in cui è ancorato l'aliscafo. Stanno andando a recuperarlo, se il poveretto sopravvive.»

«Cathy, rispondimi più francamente che puoi. Da quel che sai su quell'idrovolante, potrebbe trattarsi di sabotaggio?»

«Che cosa credi che mi abbia torturato il cervello in questi ultimi minuti? Non ci avevo neanche pensato, e avrei dovuto! Mio Dio, hanno fatto saltare il nostro AWAC e... Charlie!»

«Calma, maggiore... Com'è possibile che si sia trattato di sabotaggio?»

«I cavi, maledizione!» Rapidamente Cathy spiegò che ogni parte mobile dell'apparecchio veniva azionata da una coppia di cavi di acciaio. Che entrambi i cavi potessero saltare nello stesso momento era inconcepibile.

«Sono stati accorciati in modo che si spezzassero nello stesso momento» aggiunse Catherine, ora più controllata. «E io che non avevo mai pensato a questa possibilità!»

«Vuoi piantarla di fustigarti, maggiore? Neanch'io ci avevo pensato. Qualcuno a St. Martin è sfuggito al Deuxième, e noi siamo stati proprio degli allocchi.»

«I meccanici!» gridò Cathy alla radio. «Bisogna fermare tutti i meccanici dell'isola! È stato uno di loro!»

«Credimi, Cathy, chiunque sia stato, ora è sparito. Così stanno le cose.»

«Non posso tollerare l'idea! Il pilota dell'idrovolante potrebbe essere morto!»

«Così stanno le cose» ripeté Hawthorne. «Forse ora capirai perché certi personaggi a Washington, Londra, Parigi e Gerusalemme hanno paura di allontanarsi dalle loro scrivanie e dai loro telefoni. Noi non ci troviamo davanti a un singolo terrorista psicopatico, ma a un invasato che manovra una rete di fanatici, disposti a morire pur di uccidere!»

«Cristo, e che cosa facciamo ora?»

«Ormeggia il minisub e vieni alla casa. Tireremo su le veneziane, così potrai vederla facilmente.»

«Dovrei restare in contatto con l'aliscafo...»

«Non ha importanza che tu resti in contatto o no. Voglio che tu venga qui...»

«Dov'è Poole?»

«Sta spingendo il nostro paziente sulla sua sedia a rotelle fuori di qui, nell'atrio. Ormeggia il minisub, maggiore: è un ordine!»

Di colpo, senza che alcun segno premonitore anticipasse l'imminente catastrofe, scoppiò l'inferno. Ci fu una serie di esplosioni, le pareti crollarono, le colonne si spezzarono, frantumandosi sui pavimenti di marmo. Nella stanza dell'attrezzatura elettronica, gli strumenti cominciarono a saltare, i fili spezzati si urtavano fra le scintille dei corti circuiti, brevi lampi di luce abbagliante laceravano l'aria. Tyrell si gettò a terra e rotolando su se stesso si spinse verso l'atrio, cercando di evitare la pioggia di macerie, quando scorse Poole che era rimasto con una gamba imprigionata sotto uno scaffale. Balzò in piedi e corse verso di lui; lo tirò fuori da sotto i rottami e lo stava trascinando verso la porta d'uscita quando questa crollò e pesanti lastre di marmo precipitarono sul pavimento. Riuscì a tirarsi indietro in tempo finché trovò una breccia nelle macerie e vi si precipitò, sempre trascinando il tenente. Quando si voltò un attimo, vide il Padrone che rideva istericamente sulla sedia a rotelle, mentre l'edificio gli crollava intorno. Con un ultimo sforzo Tyrell passò un braccio intorno al torace di Poole e tenendolo stretto si precipitò fuori attraverso le pesanti porte di vetro. Insieme urtarono contro il tronco di un finto albero, che arrestò la loro corsa.

«Fermati! La mia gamba! Non posso muovermi!»

«Certo che puoi. Queste piante stanno certamente per saltare!» Tyrell, sempre trascinando Poole, avanzò a zig zag in mezzo al fogliame delle piante vere e finte, finché raggiunsero il terreno coperto d'erba secca.

«Lasciami andare, per Dio! La gamba mi fa troppo male!»

«Ti dirò io quando ti farà troppo male!» gridò Tyrell cercando di farsi udire nonostante il fragore delle conflagrazioni. Trenta secondi dopo l'intera struttura mimetica esplose con la forza di venti tonnellate di dinamite.

«Non posso crederci!» borbottò Poole, quasi in stato comatoso, mentre lui e Hawthorne giacevano uno accanto all'altro nel buio. «Ha fatto saltare tutto!»

«Non aveva scelta, tenente» ribatté torvo Hawthorne.

Ma Poole non lo ascoltava più. «Mio Dio, Cathy!» gridò. «Dov'è Cathy?»

Dall'altra parte del campo comparve una figura vestita di nero che correva cercando di aggirare le fiamme e gridando in modo incoerente. Hawthorne si alzò e corse verso di lei urlando con quanta voce aveva in corpo: «Cathy, siamo qui! Tutto bene!».

Nel bagliore degli incendi il maggiore Catherine Neilsen attraversò il campo e cadde nelle braccia di Tyrell Hawthorne. «Grazie a Dio, stai bene! Dov'è Jackson?»

«Qui, Cathy» gridò Poole dall'ombra. «Quel bastardo e io siamo pari, adesso. Mi ha tirato lui fuori di là.»

«Oh, mio Dio!» gridò la donna, e contro tutti i regolamenti militari corse dal tenente, si gettò a terra e lo abbracciò.

12

Il quartetto d'archi suonava una musica sommessa sulla terrazza prospiciente la piscina, che le luci subacquee rendevano di un azzurro brillante: un'appropriata *mise-en-scène* per una serata sulla Costa d'Oro di Palm Beach. Tre bar e sei tavoli da buffet erano disposti intorno al grande prato illuminato da torce: camerieri in giacca gialla servivano cibi e bevande ai selezionati ospiti, che sfoggiavano eleganti abiti da sera. Il centro dell'attenzione era un giovane alto e bellissimo, un po' frastornato, con una fascia di seta scarlatta intorno alla vita, su cui spiccava lo stemma di famiglia. Non era ben sicuro di quel che gli stava accadendo, ma certamente non aveva mai suscitato tanto interesse sui moli di Portici.

Seguendo il programma del ricevimento, accompagnato dalla "contessa", che fungeva da interprete, il giovane veniva presentato agli illustri ospiti dalla padrona di casa, una dama con denti grandi e bianchissimi e i capelli candidi dai riflessi azzurrini. Amaya Bajaratt badava a non scostarsi più di un passo dal "nipote".

«Quello che ora ti presenterà,» gli mormorò mentre la loro ospite puntava verso un tizio basso e corpulento «è un senatore molto influente. Quando gli sei davanti borbotta quel che vuoi in italiano e quando lui parla voltati verso di me.»

«Va bene.»

La padrona di casa, entusiasta, fece le presentazioni. «Senatore Nesbitt, il barone di Ravello...»

«Molto piacere, giovanotto» disse l'uomo stringendogli la mano. Poi continuò: «Ho letto ieri sui giornali il resoconto della vostra conferenza stampa. Francamente, è stato il mio segretario che me l'ha fatto notare, poiché io non sono un attento lettore della cronaca mondana. E sono stato colpito dalle sue affermazioni sulla lealtà e l'altruismo».

«È la pura verità, senatore Nesbitt.» Replicò la Bajaratt. «Entrambi questi valori hanno contribuito alla prosperità della famiglia.»

«Io non sono di questo Stato, signora... Mi perdoni, contessa...»

«Non ha importanza, mi creda.»

«Forse lei mi considererà un avvocatuccio di provincia che è salito più in alto di quanto sperasse.»

«La "provincia", se ho ben inteso le sue parole, è la vera spina dorsale di ogni nazione.»

«Un'ottima definizione, ottima davvero... Io sono senatore dello Stato del Michigan, dove, onestamente, ci sono molti problemi, ma secondo me ha anche buone possibilità di investimenti, specialmente ai prezzi attuali. Il futuro si presenta pieno di promesse per una forza lavoro capace e impegnata, e noi ne abbiamo in abbondanza.»

«La prego, senatore, venga a trovarci domani. Spiegherò a Dante Paolo come io sia stata favorevolmente colpita dalle sue credenziali e dalla sua esperienza.»

«A dir la verità, io sono qui in vacanza» affermò il signore dai capelli grigi guardando per la terza volta in pochi minuti il suo Rolex d'oro tempestato di diamanti, inequivocabile simbolo del suo successo. «Aspetto una chiamata da quegli infaticabili sgobboni di Ginevra, se lei mi capisce.»

«Capisco benissimo, signore» replicò Amaya. «Il barone e io siamo rimasti molto colpiti dai suoi suggerimenti... si tratta di investimenti assai promettenti.»

«Creda, contessa, la famiglia Ravello potrebbe realizzare profitti assai concreti. Le mie imprese in California si sono assicurate il sette per cento delle commesse del Pentagono, e il lavoro non può che aumentare. Noi offriamo alta tecnologia: tutto il resto al confronto è artigianato mediocre. Altri falliranno, non noi; noi abbiamo dodici ex generali e otto ammiragli sul nostro libro paga.»

«La prego, venga a trovarci domani.»

«Lei comprende, signora, che io non sono autorizzato a esporre tutti i particolari a lei e al giovane qui presente, ma il futuro è nella ricerca spaziale e noi siamo pronti. Ci siamo accaparrati l'attenzione di tutti i membri progressisti del Congresso, quelli che pensano all'avvenire, non pochi dei quali hanno largamente investito nelle nostre imprese di Ricerche e Sviluppo nel Texas, nell'Oklahoma e nel Missouri, e i profitti saranno stratosferici! Io posso metterla in contatto, senza troppa pubblicità, con un numeroso gruppo di deputati e senatori.»

«La prego, venga a trovarci domani.»

«La politica di partito è un gioco nazionale» disse sogghignando un giovanotto dai capelli rossi, di poco più di trent'anni, dopo aver stretto la mano al barone e aver fatto un inchino un po' più profondo del necessario alla contessa. «Lo scoprirà se andrà un po' in giro senza la nostra ospite, Madame Defarge.»

«Si sta facendo tardi e credo che Madame Defarge abbia rinunciato a starci alle costole» replicò la Bajaratt ridendo. «Ci ha abbandonati da un bel po', dopo essersi assicurata che Dante facesse conoscenza con i personaggi più importanti.»

«Oh, allora si è dimenticata di me» ribatté il giovanotto dai capelli rossi. «Veramente, io sono stato invitato all'ultimo momento.»

«Posso chiederle di che cosa si occupa?»

«Sono uno dei più brillanti strateghi di campagne elettorali che esistano in questo Paese, ma sfortunatamente la mia reputazione non si è ancora diffusa a livello nazionale.»

«E quindi lei non è veramente importante» concluse la contessa. «Ma come mai ha ricevuto l'invito?»

«Perché questa mia specializzazione *unica* ha indotto il *New York Times* a pubblicare regolarmente una mia rubrica di opinioni. La retribuzione è assai mediocre, ma nel mio mestiere, se si riesce a far comparire abbastanza spesso il proprio nome sulla stampa, la strada è aperta. Semplice, no?»

«Bene, questa è stata una conversazione interessante, ma il barone e io siamo davvero sfiniti. Dobbiamo darle la buonanotte.»

«La prego, aspetti un attimo, contessa. Lei può anche non credermi, ma io sto dalla vostra parte, se siete veramente quelli che dichiarate.»

«Chi potrebbe metterlo in dubbio?»

«Quel tizio là in fondo» fece il giovanotto dai capelli rossi accennando a un uomo di media altezza, dalla carnagione bruna, che li stava fissando in mezzo alla folla. Era il reporter del *Miami Herald* che parlava correntemente l'italiano. «Lui pensa che siate entrambi degli impostori.»

«Che cosa?»

«Parli con lui, signora, non con me.»

Con il corpo indolenzito per lo sforzo sostenuto sulla collina ormai ridotta in cenere, Hawthorne era seduto con Poole sulla spiaggia illuminata dalla luna: entrambi si erano tolti le mute rimanendo seminudi, in slip. Aspettavano che Catherine Neilsen uscisse dal minisub, ormeggiato nell'acqua bassa.

«Come va la gamba?» chiese Tyrell.

«Niente di rotto, solo una quantità di brutte ammaccature, ma maledettamente dolorose» rispose il tenente. «E la tua spalla? Ti sanguina ancora nonostante la fasciatura che ti ha fatto Cathy.»

«Si sta fermando. Cathy si è dimenticata il cotone emostatico.»

«Non starai criticando il mio ufficiale superiore!» protestò Poole sorridendo.

«Non oserei mai, "tesoro mio".»

Vi fu un lungo silenzio. «Ehi, voi due, ascoltate!» gridò Catherine uscendo dal minisub nella sua muta nera e avanzando verso di loro nell'acqua che le arrivava alla vita. «Abbiamo ordini dall'aliscafo inglese, confermati da Washington e Parigi. A proposito, il pilota si è salvato: si è rotto una gamba, è mezzo annegato, ma è vivo... Un apparecchio arriverà qui da Patrick all'alba, fra tre o quattro ore, e ci prenderà a bordo.»

«Per andare dove?» chiese Tyrell.

«Non lo so. Mi hanno detto solo che ci porteranno fuori di qui.»

«E quei cucciolotti?» chiese Poole. In lontananza si sentiva ancora il confuso abbaiare dei cani. «Non me ne vado se non li so in salvo.»

«Sull'aereo ci sarà un addestratore che se ne prenderà cura; provvederanno anche al loro guardiano. La squadra investigativa si fermerà qui per un paio di giorni.»

«Dove intende portarci l'aereo?»

«Non so. Probabilmente alla base.»

«Neanche per sogno. Io vado a Gorda, a costo di buttarmi giù con il paracadute. Non sarebbe la prima volta.»

«Ma perché?»

«Due dei miei amici sono stati uccisi là e io voglio sapere perché e da chi. Questa è la pista che conto di seguire: è l'unica che abbia senso. Quella serpe velenosa opera su queste isole.»

«Quando saremo a bordo dell'aereo potrai metterti in contatto con chi vuoi. Come hai già dimostrato, sei in grado di raggiungere i pezzi grossi.»

«Hai ragione.» Hawthorne abbassò la voce. «Scusatemi. Non ho diritto di prendermela con voi.»

«No, non devi scusarti» disse Cathy. «Tu hai perduto due amici: e così anche noi. Credevo che fossimo dalla stessa parte. Lo sostenevi anche tu, qualche ora fa.»

«Quel che Cathy intende dire, credo, è che se tu salti giù a Virgin Gorda noi veniamo con te» intervenne Poole. «Ricordiamo perfettamente i nostri ordini. Siamo stati assegnati a te.»

«Supponiamo che vi ordini di tornare alla base, a Patrick.»

«Bene,» fece la bionda pilota gettando un'occhiata al tenente «allora potrebbe esserci un ammutinamento. Non puoi mandarci a spasso così: abbiamo dimostrato di saper renderci utili.»

«E ti vogliamo aiutare» aggiunse Poole. Si tirò a sedere trasalendo di dolore appoggiandosi con la schiena al muro nascosto dalle foglie.

«Non mi sarai di grande aiuto nelle tue condizioni, tenente.»

«Le mie condizioni cambieranno in un sol giorno, con un paio di bagni caldi e magari un po' di cortisone. Ho una certa esperienza in questo campo, mi rendo conto di quando sto veramente male. E non sto male.»

«Siete matti tutti e due!» esclamò Tyrell. «Bene» continuò, sopraffatto da una fatica che vinceva ogni sua resistenza. «Supposto che non vi mandi a spasso, siete disposti a riconoscere che sono io il capo? E farete quel che vi dico?»

«Naturalmente» rispose Cathy.

«Non è che finora mi abbiate obbedito molto...»

«Quel che Cathy vuol dire, comandante...»

«E smettila di spiegargli quel che voglio dire!» lo rimbeccò lei sedendo a gambe incrociate sulla sabbia e gettando a Poole uno sguardo comicamente minaccioso.

«Allora, benvenuti a bordo. Per che cosa, poi, lo sa Dio.»

All'improvviso Cathy chiese a Tyrell: «Tu non vai molto d'accordo con il capitano Stevens, vero?».

«Non ha importanza. Io non devo rispondere a lui.»

«Ma è il tuo superiore...»

«Il mio superiore un cavolo. Io sono stato reclutato dal MI6 di Londra.»

«*Reclutato?*» esclamò Poole stupito.

«Esatto. Hanno accettato il mio prezzo, tenente.» Hawthorne inarcò il collo: era esausto.

«Ma tutto quello che hai detto di questa incredibile terrorista, e del suo esercito di fanatici pronti a commettere assassinii in massa... Ti sei impegnato per denaro?»

«Sicuro, proprio così.»

«Tu sei un tipo strano, Hawthorne. Io non sono sicura di capirti completamente.»

«La tua comprensione, maggiore, non è essenziale in questa operazione.»

«Naturalmente no...»

«Cathy, gli stai rompendo le scatole» osservò Poole.

«Di che cosa diavolo parlate, voi due?» borbottò Hawthorne con gli occhi quasi chiusi: era talmente stanco che stava per addormentarsi.

«Anch'io ho ascoltato la telefonata a Patrick. Tua moglie è stata uccisa per ragioni che tu ritieni sbagliate, se ho ben capito, e per questo non volevi tornare alla tua vecchia attività, neppure se ti avessero offerto mezza Washington come compenso.»

«Hai molto spirito di osservazione» mormorò Hawthorne, con il mento che gli si piegava sul petto. «Anche se non sai di che cosa parli.»

«Poi è successo qualcos'altro» continuò Poole. «Quando noi siamo venuti a prenderti a Saba, fingevi indifferenza, ma quando i miei strumenti hanno cominciato a tirar fuori i dati, sembravi sui carboni ardenti. Hai cominciato a vedere qualcosa che non avevi visto prima, e sei entrato in fibrillazione. Hai perfino raggiunto Sal Mancini come un serpente a sonagli che si getta su un topo.»

«A che cosa miri, Jackson?»

«C'è qualcosa che lui sa e non vuole dirci» sussurrò Jackson rivolto a Cathy.

«... Mascalzoni!» borbottò Tyrell con la testa già ciondolante e gli occhi chiusi.

«Da quanto tempo non dormi?» chiese Catherine strisciando sulla sabbia per avvicinarsi a Hawthorne.

«Sto bene...»

«Bene un corno!» replicò lei passandogli un braccio attorno alle spalle. «Tu sei mezzo partito, comandante.»

«*Dominique?*» mormorò Hawthorne all'improvviso, appoggiandosi all'indietro.

«Chi?»

«Zitta, Cathy» fece Poole. «Dominique è tua moglie?»

«No» bisbigliò Tye con voce rauca, ormai quasi assopito. «Ingrid...»

«Ingrid è quella che è stata uccisa?»

«*Tutte menzogne!* Hanno detto che era passata ai... sovietici.»

«Ed era vero?» chiese Cathy.

«Non so» rispose Hawthorne con voce appena udibile. «Lei voleva che tutto cessasse.»

«Tutto che cosa?» insisté il tenente.

«Non so... tutto!»

«Dormi adesso, Tye» gli sussurrò Cathy.

«No!» obiettò Poole. «Dimmi, chi è Dominique?» Ma Hawthorne era scivolato in un sonno profondo. «Quest'uomo ha dei problemi.»

«Chiudi la bocca e accendi un fuoco» ordinò Cathy.

Diciotto minuti dopo, mentre le allegre fiamme di un falò gettavano lunghe ombre sulla spiaggia, lo zoppicante Poole si sedette sulla sabbia e osservò il maggiore Catherine che, a sua volta, stava contemplando Tyrell addormentato. «Deve avere dei grossi problemi» mormorò. «Ma è un bravo ragazzo.»

«Dimmi una cosa, Cathy. Io vi ho studiato e, come ha detto il comandante, ho molto spirito di osservazione. Tu e lui fareste proprio una bella coppia.»

«Non essere ridicolo.»

«Guardalo un po'. È ben diverso dai tizi di Pensacola. È un uomo, non un bellimbusto che si ammira e rimira in tutti gli specchi.»

«Già... non è male» ribatté la bionda pilota dell'Air Force sostenendo la testa di Tyrell. «Diciamo che non è privo di buone qualifiche.»

«Andiamo, Cathy, sono io il genio, non ricordi?»

«Lui non è ancora pronto, Jackson. E neanch'io.»

«Fammi un favore.»

«Che cosa?»

«Fa' quello che ti suggerisce il cuore.»

Catherine Neilsen guardò il tenente, poi il viso calmo di

Tyrell Nathaniel Hawthorne sulle sue ginocchia. Si chinò e lo baciò sulle labbra.

«*Dominique?*»

«No, comandante. Qualcun altro.»

«Buonasera» salutò Amaya Bajaratt avvicinandosi, scortata dal riluttante barone, al giornalista del *Miami Herald* che parlava italiano. «Il giovanotto dai capelli rossi, quello là in fondo, mi ha suggerito di venire a parlare con lei. Il suo resoconto della conferenza stampa di ieri è stato molto lusinghiero. Noi la ringraziamo.»

«Mi spiace che l'abbiano relegato nelle rubriche mondane, ma suo nipote è uno splendido ragazzo» fece giovialmente il giornalista. «Siete entrambi straordinari. A proposito, il mio nome è Del Rossi.»

«Eppure c'è qualcosa che non le quadra?»

«Può ben dirlo, anche se per il momento non intendo rivelare nulla alla stampa.»

«E che cosa è, esattamente?»

«Qual è il vostro gioco, signora?»

«Non capisco...»

«Ma lui capisce benissimo. Capisce ogni parola che diciamo in inglese.»

«E che cosa gliel fa pensare?»

«Vede, io sono bilingue... Si capisce dagli occhi, no? Un lampo di comprensione, un guizzo di risentimento o di allegria, che non ha niente a che fare con il tono di voce o l'espressione.»

«Non può esservi una comprensione parziale, dovuta alle conversazioni precedentemente tradotte?»

«Tutto è possibile, contessa, ma il ragazzo *veramente* parla e capisce l'inglese, non ho ragione, giovanotto?»

«Che cosa?» si lasciò scappare Nicola in inglese. E si riprese ripetendo subito in italiano: «Che cosa?».

«Il caso è chiuso, mia cara signora.» Del Rossi sorrise sotto lo sguardo freddo e minaccioso di Amaya. «Ma badi, io non le do torto, contessa. Anzi, ne convengo che è tutto splendidamente orchestrato.»

«E cosa intende con questo?» chiese la donna, gelida.

«Si chiama lasciarsi una porta aperta alla ritirata. I vecchi sovietici, i cinesi e anche la Casa Bianca sono espertissimi in questo gioco. Il ragazzo può dire quel che vuole e poi smentire, con il pretesto che non aveva capito.»

«Ma perché?» insisté la Bajaratt.

«Questo non l'ho ancora scoperto, perciò non posso scriverlo.»

«Ma lei non è uno dei giornalisti che hanno parlato con il barone stesso a Ravello?»

«Giusto, ma francamente non è stato una delle mie fonti migliori. Continuava a ripetere che qualsiasi cosa dicesse il ragazzo era la verità. Ma quale verità, contessa?»

«Gli investimenti della famiglia, naturalmente.»

«Forse, ma come mai ho avuto la sensazione che parlare con il barone fosse pressappoco come parlare a una segreteria telefonica?»

«Lei ha troppa immaginazione, Del Rossi. È tardi, dobbiamo andare. Buonanotte.»

«Anch'io devo andare» fece il giornalista. «Mi aspetta un lungo viaggio fino a Miami.»

«Prima dobbiamo salutare i nostri ospiti.» Amaya prese Nicola sottobraccio e lo condusse via.

«Io mi terrò a una ventina di passi dietro di voi» aggiunse Del Rossi, ovviamente godendosi la scena.

Amaya si voltò e all'improvviso rivolse al giornalista un caldo sorriso. «Perché, signor Del Rossi? Sarebbe assai poco democratico da parte sua. Potrebbe sembrare che lei ci disapprovi.»

«Oh, no, contessa, io non approvo né disapprovo. Nel nostro mestiere noi non formuliamo giudizi, esponiamo i fatti così come sono.»

«E allora lo faccia, ma adesso cammini al mio fianco, così sarò fra due aitanti italiani quando saluterò la nostra amabile ospite.»

«Lei non è quello che sembra, signora.» Del Rossi avanzò e le offrì galantemente il braccio.

«E lei è troppo enigmatico per me» ribatté Amaya mentre attraversavano tutti e tre insieme il prato. Poi, senza preavviso, la contessa Cabrini cadde in avanti, contorcendosi, pretendendo di essere inciampata in un sasso o in un tubo dell'irrigazione. Lanciò un grido e immediatamente Nicola e Del Rossi si fermarono inginocchiandosi accanto a lei, tendendole le mani. «Il mio piede! Liberatelo, vi prego, toglietemi la scarpa!»

«Ecco fatto» fece il giornalista sollevando gentilmente la caviglia della donna.

«Oh, grazie!» esclamò lei afferrando la gamba di Del Rossi per sostenersi, mentre gli altri ospiti accorrevano.

«Ehi!» borbottò il giornalista vedendo comparire una goccia di sangue sui propri calzoni, mentre insieme con Nicola sollevava la contessa e la rimetteva in piedi.

«Grazie, grazie a tutti. Sto bene! Sono mortificata per la mia goffaggine!» continuava a ripetere la contessa. Un coro di simpatia le rispose mentre, accompagnata dai due cavalieri, si dirigeva verso il patio, dove gli ospiti si stavano accomiatando dai padroni di casa.

«Buon Dio!» esclamò Amaya vedendo il sottile rivolo di sangue sulla gamba destra dei calzoni di Del Rossi. «Quando mi sono afferrata a lei, questo dannato braccialetto le ha strappato i pantaloni. Peggio ancora, lo ha graffiato! Sono proprio spiacente!»

«Ma non è nulla, contessa, solo un graffio.»

«Sarò lieta di rimborsarle i calzoni... Mi piaceva il modello del braccialetto, ma queste punte d'oro sono terribili! Non lo porterò mai più.»

«Oh, non si preoccupi, li ho comprati in saldo... Ricordi però, signora, al di là di ogni complimento, che io non ho ancora finito di scavare.»

«Scavare che cosa? Nel sudiciume?»

«Io non tocco il sudiciume, contessa, lo lascio agli altri. Ma dove c'è puzza... è un'altra cosa.»

«E allora continui pure a scavare» ribatté Amaya dando un'occhiata al suo braccialetto d'oro, con una delle punte rossa di sangue e il minuscolo orifizio nero... aperto. «Non troverà niente.»

The Miami Herald

Un nostro giornalista muore in un incidente

WEST PALM BEACH, martedì 12 agosto – Angelo Del Rossi, premio Pulitzer, eminente collaboratore del nostro giornale, è rimasto vittima di un grave incidente stradale ieri notte sulla Route 95: la sua vettura sbandando violentemente è andata a schiantarsi contro il muro di cemento di una cabina dell'alta tensione. Si presume che Del Rossi si sia addormentato al volante. Molti colleghi hanno espresso il loro dolore per l'improvvisa perdita. «Era un

giornalista di gran classe, un vero cacciatore di notizie» ci
ha detto uno di loro. «Capace di restare per giorni interi
senza dormire per seguire le tracce di un fatto di cronaca.» Ieri sera Del Rossi stava tornando da un ricevimento
dato in onore del barone Dante Paolo di Ravello, recentemente arrivato nel nostro Paese. Il giovane barone ha
espresso stupore e sgomento comunicando, attraverso l'interprete, di aver stretto amicizia con Del Rossi, che parlava correntemente l'italiano e aveva promesso di insegnar-
gli a giocare a golf.

Del Rossi lascia la moglie Ruth e due figlie.

Negli stessi giorni, su un quotidiano campano, comparve la seguente notizia:

Il barone in crociera sul Mediterraneo

RAVELLO, 13 agosto − Carlo Vittorio di Ravello s'im-
barcherà per una lunga crociera nel Mediterraneo a bordo del suo yacht, il *Nicola*. «Le isole del nostro bel mare mi
ridaranno la salute, in modo che io possa tornare alle mie
responsabilità» ha dichiarato l'aristocratico durante un ricevimento di addio nel porto di Napoli.

13

I primi raggi arancione del sole brillavano sulle acque verde azzurro mentre gli uccelli svolazzavano cinguettando e gracchiando fra le palme e il fogliame dei rampicanti tropicali. Tyrell aprì gli occhi, trasalì, incerto e poi stupito di trovarsi con la testa sulla spalla di Cathy, il cui volto ancora addormentato era a pochi centimetri dal suo. Si alzò lentamente, sbattendo le palpebre alla luce abbagliante poi si girò di colpo sentendo gli scoppiettii del fuoco acceso: Poole zoppicando raccoglieva rami secchi che gettava tra le fiamme.

«Perché hai acceso il fuoco?» domandò, e quando il tenente si portò un dito alle labbra, ripeté in un sussurro: «Il fuoco, perché?».

«Se il pilota dell'aereo ha le coordinate sbagliate vedrà il fuoco. Una precauzione, ecco tutto.»

«Ma tu cammini...»

«Te l'ho detto che erano solo un paio di ammaccature. Ho tenuto le gambe per mezz'ora nell'acqua... ora vanno meglio.»

«Quando dovrebbe arrivare l'aereo?»

«Alle sei, più o meno, tempo permettendo» rispose Catherine Neilsen, ancora con gli occhi chiusi. «E voi due potete smetterla di bisbigliare.» Si alzò a sedere, rimboccò la manica della muta e diede un'occhiata all'orologio. «Mio Dio, manca un quarto d'ora!»

«Che fretta hai?» replicò Poole. «Hai un appuntamento dal parrucchiere?»

«Qualcosa del genere, Jackson. Ora mi nasconderò dietro il fogliame e mi rimetterò in ordine... A proposito, voi due potreste rimettervi le mute? Due uomini in slip e una donna sulla classica isola deserta... non è proprio l'immagine che vorrei fosse data a Patrick.»

«A Patrick?» obiettò seccamente Hawthorne. «E chi ha parlato di tornare alla base dell'Air Force?»

«Ne abbiamo già discusso, Tye, e se non te lo ricordi non posso biasimarti. Tre ore fa eri l'uomo più esausto che abbia mai visto. Avresti bisogno di un'altra settimana di sonno.»

«Hai ragione per il sonno, ma ricordo benissimo. Me ne infischio degli ordini, chiamerò Stevens a Washington e poi scenderò a Gorda.»

«Sbagliato» protestò Poole. «Tu non scendi a Gorda, *noi* scendiamo. Tu avrai le tue cose da sistemare, ma anche noi ne abbiamo una, che è maledettamente importante per Cathy e per me. Si chiama Charlie... non ricordi?»

«Certo» replicò Tyrell studiando il volto grave del tenente. «Noi scenderemo a Gorda.»

«Ecco l'aereo» gridò Cathy balzando in piedi. «Devo sbrigarmi!»

«Oh, non temere!» sorrise il tenente. «Aspetteranno finché ti sarai fatta la permanente.»

«E voi rimettetevi le mute!» ordinò Cathy e si precipitò su per la scarpata tuffandosi nella boscaglia.

«Ashqelon» mormorò la voce da Londra.

«Per sempre» rispose Amaya. «Forse per diversi giorni non mi sarà possibile stabilire il contatto secondo i tempi fissati. Prendiamo l'aereo per New York e le giornate avranno un ritmo frenetico.»

«Non importa. Noi qui procediamo splendidamente. Uno dei nostri uomini è appena stato assunto dalla squadra di sicurezza dell'Impresa Autotrasporti di Downing Street.»

«Ottimo.»

«E tu, Bajaratt?»

«Lo stesso. Ci avviciniamo alla meta. Vendetta sarà fatta, amico mio.»

«Perfetto.»

«Trasmetti a Parigi e a Gerusalemme queste notizie, ma avvertili di attenersi scrupolosamente al piano, in caso capiti un'emergenza.»

«Ho parlato con Gerusalemme questa mattina: il nostro uomo è al settimo cielo.»

«Perché?»

«Si è imbattuto in un gruppo di alti ufficiali in un ristorante di Tel Aviv. Era una notte di baldoria e sono rimasti tutti incantati nel sentirlo cantare. È stato invitato a diversi ricevimenti.»

«Digli di essere prudente. I suoi documenti sono falsi come la sua uniforme.»

«Ha una copertura perfetta. Inoltre ha riconosciuto due degli ufficiali: porci del macellaio Sharon.»

«Interessante» replicò Amaya dopo un attimo di silenzio. «Sharon potrebbe essere un extra assai gradito.»

«Anche Gerusalemme la pensa così.»

«Ma non a spese dell'obiettivo primario, intendiamoci bene.»

«D'accordo.»

«Qualche novità da Parigi?»

«Be', sai che la compagna va a letto con un influente membro della Camera dei Deputati, amico intimo del presidente. È una ragazza in gamba, molto abile.»

«Sarebbe meglio che andasse a letto con il presidente.»

«Potrebbe anche capitare.»

«Ashqelon» fece Amaya, concludendo la comunicazione.

«Per sempre» rispose la voce da Londra.

L'isola britannica di Virgin Gorda era ancora addormentata quando l'idrovolante dell'Air Force si posò sull'acqua, tre chilometri a sud dello yacht club. Hawthorne aveva comunicato alla torre di non aver bisogno di assistenza perché l'apparecchio aveva in dotazione diversi gommoni gonfiabili e lui voleva sbarcare sull'isola senza destare scalpore. Quando ebbe deposto il radiotelefono sul suo supporto, gli arrivò la voce di Catherine dal sedile accanto, abbastanza alta da farsi sentire al di sopra del rombo del motore.

«Un momento, grande capo, non hai dimenticato qualcosa?»

«Come? Vi ho portato a Gorda, che volete di più?»

«Degli abiti, che ne dici? I nostri sono rimasti su un aliscafo britannico a un paio di centinaia di miglia da qui, e mi pare che susciteremmo una certa curiosità girando in paese con queste divise nere da Uomo Ragno. E se poi credi che io sia disposta ad andare a passeggio in reggiseno e slip con due gorilla con la barba lunga e le mutande bianche, è meglio che cambi idea, comandante.»

«Ben detto, eh, Tye?» sogghignò Poole. «Capisco che a te

piacciano le tute da meccanico unte e bisunte, ma noi veniamo da un'altra classe sociale.»

Così Hawthorne si mise di nuovo in contatto con la torre facendosi passare il centralino dello yacht club. «Mr. Geoffrey Cooke, per favore.»

Il telefono squillò a lungo senza ottenere risposta, infine l'impiegato tornò in linea. «Mi spiace, signore, non risponde.»

«Provi con Mr. Ardisonne, Jacques Ardisonne.»

«Bene, signore.» Di nuovo un lungo e vano squillare e di nuovo l'impiegato tornò all'apparecchio. «Temo che non risponda neanche lui, signore.»

«Senta, sono Tyrell Hawthorne e ho un problema...»

«Il capitano Hawthorne? Mi era sembrato di riconoscerla, ma c'è molto rumore lì da voi.»

«E lei chi è?»

«Beckwith, signore, l'impiegato di notte. Le sono sembrato abbastanza inglese, signore?»

«Come uscito da Buckingham Palace» rispose Tyrell, lieto di ricordare l'uomo. «Ascolti, Beck, io devo parlare con Roger e ho lasciato il suo numero di casa sulla barca. Potrebbe darmelo?»

«Non c'è bisogno, capitano. È in servizio per sostituire il barista di giorno, che è finito in prigione per una rissa. Ora glielo passo.»

«Dove diavolo sei stato tutta la notte, Tye?» chiese Roger il barista. «Tu vai gironzolando da un posto all'altro e non dici niente a nessuno!»

«Dove sono Cooke e Ardisonne?» tagliò corto Hawthorne.

«Abbiamo cercato di chiamarti a St. Martin... ma eri scomparso.»

«Dove sono?»

«Sono partiti, ragazzo. Hanno ricevuto una chiamata da Portorico, intorno alle dieci e mezza. Una chiamata pazzesca, e poi sono successe altre cose pazzesche. La polizia li ha portati in auto a Sebastian's Point, e la lancia della guardia costiera li ha accompagnati a un idrovolante e a un pilota che li dovrà ricondurre a Portorico, così mi hanno detto di dirti.»

«Questo è tutto?»

«No. Ho lasciato il meglio per ultimo... hanno detto di riferirti che avevano trovato un tale di nome Grimshaw...»

«*Vittoria!*» gridò Hawthorne, così forte che la sua voce arrivò alla carlinga del velivolo.

«Che è successo?» chiese Cathy.

«Che c'è, Tye?» gridò Poole.

«Ne abbiamo preso uno!... C'è altro, Roger?»

«No, veramente, tranne che quei due damerini mi hanno piantato un conto da far accaponare la pelle.»

«Sarai pagato cinquanta volte di più, amico!»

«La metà già basterebbe. Il resto posso rubarlo.»

«Un'ultima cosa, Roger. Sto arrivando con due amici e abbiamo bisogno di vestiti...»

Roger andò a incontrarli sull'isolata spiaggia orientale, lontano un centinaio di metri dai moli dello yacht club, e tirò in secca il pesante gommone. «È ancora troppo presto per i turisti e anche i barracuda non possono vedervi, quindi seguitemi. Ho trovato una villa vuota dove potete cambiarvi: gli abiti sono già là... Aspettate un minuto: che cosa ne devo fare del gommone? È un affare che vale duemila dollari.»

«Sgonfialo e vendilo» rispose Hawthorne. «Ma bada a cancellare la sigla di riconoscimento. Se non sai come farlo, te lo insegno io. Adesso andiamo alla villa.»

Gli abiti si adattavano perfettamente ai due uomini e al maggiore Catherine Neilsen.

«Ehi, Cathy, sei splendida!» Poole fece un fischio quando la bionda pilota uscì da una stanza da letto avvolta in una nube di colori tropicali che sottolineavano le curve in modo seducente.

Cathy fece una fanciullesca giravolta aggiustandosi l'allegra veste hawaiana di cotone. «Ehi, tenente, non ti ho mai sentito dire niente di simile...»

«Il fatto è che non ti ho mai vista con una gonna, e certo non con una come questa. Che ne dici, Tye?»

«Sei molto bella, Catherine» fece Hawthorne semplicemente.

«Grazie, Tyrell. Non sono abituata ai complimenti. Sto arrossendo, lo credereste?»

«Mi piacerebbe» mormorò Tyrell e all'improvviso rivide con gli occhi della mente il viso di Cathy addormentata accanto a lui – o era Dominique? Comunque entrambe le immagini lo commuovevano, anche se al ricordo di Dominique si accompagnava sempre un doloroso senso di perdita. Perché lo aveva abbandonato ancora una volta? «Dovremmo aver presto notizie da Cooke e Ardisonne a Portorico» disse, rompendo il silenzio e voltandosi verso la finestra. «Voglio mettere le mani su questo Grimshaw. Voglio lavorarmelo e farmi dire come hanno trovato Marty e Mickey.»

«E Charlie,» aggiunse Poole «non dimenticare Charlie.»

«Ma chi diavolo sono queste persone, che possono fare tutto quello che vogliono?» esclamò Hawthorne menando un gran pugno sul primo mobile che si trovò vicino.

«Tu hai detto che venivano dal Medio Oriente» suggerì Cathy.

«È vero, ma è troppo generico. Tu non conosci la Valle della Beqa'a, io sì. Ci sono una dozzina di fazioni che combattono l'una contro l'altra e ciascuna afferma di essere la spada di Allah. Questa però è diversa: possono essere dei fanatici, ma vanno molto più in là di Allah o Gesù o Maometto. Le loro fonti sono molto diversificate, l'organizzazione troppo estesa – mio Dio, fughe di notizie a Washington e Parigi, connessioni con la mafia, un'isola-fortezza, un satellite giapponese, conti in Svizzera... e sa Dio cos'altro! E non si appellano solo ai devoti di qualche Dio o profeta. No, possono essere magari fondamentalisti, ma sono anche mercenari, capitalisti del terrorismo impegnati in un'impresa internazionale.»

«Devono avere una lista formidabile di clienti!» osservò Poole. «Dove diavolo li trovano?»

«È una lista a doppio binario, Jackson. Vendono e comprano.»

«Ma che cosa, Tye?»

«In mancanza di un termine migliore, diciamo "destabilizzazione". I mezzi per arrivarci, i mezzi per realizzarla.»

«Credo che la prossima domanda sia "perché?"» fece Cathy, accigliata. «Io posso capire il fanatismo, ma perché certe persone neppur lontanamente interessate alla loro causa, la mafia, per esempio, dovrebbero collaborare, o peggio finanziarli?»

«Perché queste persone *sono* interessate, e questo non ha niente a che fare con le convinzioni religiose o filosofiche. È una questione di potere. E di denaro. Dove c'è destabilizzazione si crea un vuoto di potere e si possono guadagnare milioni, miliardi! Dove si fomenta il panico è più facile infiltrarsi nei governi, piazzare pedine utili a sviluppi futuri, si possono ridurre interi Paesi sotto il controllo di "interessi" fittizi, che non si rivelano per quello che sono finché non hanno condotto a termine lo sfruttamento, e in quel momento scompaiono, o si garantiscono altrove l'asilo politico.»

«Davvero le cose si possono svolgere così?»

«Mia cara, io l'ho visto! Dalla Grecia all'Uganda, da Haiti all'Argentina, al Cile o a Panama e alla maggior parte dei Paesi dell'Est europeo: governati da burocrati che non erano in realtà più comunisti dei Mellon o dei Rockefeller.»

«Bene, mi vergogno di me stesso perché non ci avevo mai pensato!» esclamò Poole.

«E adesso, che facciamo, Tye?» chiese Cathy.

«Aspettiamo di sentire Cooke e Ardisonne. Se le cose stanno come penso, andremo in aereo a Portorico sotto scorta militare.»

Si sentì bussare alla porta della villa e la voce del barista chiamò: «Sono io! Devo parlarti, Tye!».

«Avanti, Roger, la porta è aperta.»

Roger entrò con un giornale in mano, che porse a Hawthorne. «È la prima edizione del *San Juan Star*, l'aereo lo ha portato un'ora fa e in porto c'è un gran subbuglio. Guarda il trafiletto a pagina tre.»

Due morti rinvenuti sugli scogli di Morro Castle

SAN JUAN, sabato – I corpi di due uomini di mezza età sono stati rinvenuti nelle prime ore del mattino, incagliati fra gli scogli della costa. In base ai loro passaporti sono stati identificati come Geoffrey Alan Cooke, cittadino britannico, e Jacques René Ardisonne, francese. È stato accertato che la morte è stata dovuta ad annegamento, avvenuto prima che i due corpi venissero scagliati dal mare contro gli scogli. Le autorità condurranno ulteriori indagini in Inghilterra e in Francia.

Tyrell Hawthorne gettò il giornale a terra, corse alla finestra e menò un gran pugno nel vetro fracassandolo e ritirando la mano sanguinante.

Il lussuoso appartamento al piano attico di Manhattan, alto sulla Fifth Avenue, si affacciava sulle luci di Central Park ed era fastosamente illuminato da candelieri di cristallo. Fra gli ospiti vi erano le più alte personalità della città: uomini politici, grandi industriali, banchieri ed eminenti opinionisti dei principali giornali, oltre a diversi divi, immediatamente riconoscibili, del cinema e della televisione; e anche qualche scrittore già noto. Il padrone di casa era l'ultimo sopravvissuto del boom economico degli anni Ottanta, un brillante imprenditore le cui dubbie manovre finanziarie erano riuscite a passare inosservate, mentre gran parte dei suoi colleghi erano finiti in prigione. Tuttavia già gli si profilava all'orizzonte il pericolo di un crollo, se non gli fosse riuscito di fronteggiare l'immensa mole dei suoi debiti. L'oggetto dell'attenzione generale era un bel giovane alto, le cui raccomandazioni presso il padre immensamente ricco, il barone di Ravello, avrebbero potuto diminuire in modo considerevole le difficoltà del padrone di casa.

La serata si svolgeva in modo pacato ed elegante, non diversamente dal recente ricevimento di Palm Beach: il barone e sua zia ricevevano gli ospiti con grazia regale, come se fossero il figlio e la sorella dello zar nell'antica città di San Pietroburgo. Con un certo fastidio la contessa osservava una giovane stellina della televisione, di origine italiana, impegnare "Dante Paolo" in lunghe chiacchierate. Non era certo la gelosia che inquietava Amaya Bajaratt, era l'odore del pericolo. Una giovane donna intelligente e sofisticata, che conosceva la lingua, poteva facilmente cogliere qualche pecca nell'aristocratica educazione di Nicola.

«Cara zia,» esclamò Nicola in italiano «ti voglio presentare la mia nuova amica, Angel Capell – il suo vero nome è Angelina Capelli – che parla benissimo la nostra lingua!»

«Ho notato» replicò Amaya, sempre in italiano, senza molto entusiasmo. «Lei ha studiato a Roma, cara signorina, o forse in Svizzera?»

«Mio Dio, no, contessa! Dopo la scuola media gli unici insegnanti che ho avuto sono stati i barbagianni della scuola di recitazione, finché non mi hanno scritturata per una serie di telefilm.»

«Sai zia, i genitori di Angelina hanno un negozio a Brooklyn... mi piacerebbe tanto andare a trovarli!»

«Nicola, ora non c'è tempo e poi scusami... devo dirti due parole in privato» continuò la Bajaratt. «A proposito di una persona che dobbiamo incontrare prima di andarcene. Affari, naturalmente.»

«Oh, certo, capisco! Vedo un critico del *Times* che ha scritto una recensione assai lusinghiera per una piccola parte che avevo recitato al Village; ed è quello che mi ha procurato il contratto per i telefilm. Gli ho mandato una lettera, ma non l'ho mai ringraziato personalmente. Ci vediamo fra pochi minuti.» La stellina, con in mano una coppa da champagne piena di birra allo zenzero, si diresse verso un uomo obeso dalla barba grigia, con gli occhi di un leopardo e le labbra di un orango.

«Cos'è successo, Valeria? Ho fatto qualcosa di sbagliato?»

«Niente affatto, mio caro, è giusto che tu ti distragga un po' con una ragazza della tua età. Ma ricorda: non parlare mai inglese! E non lasciar mai capire, con uno sguardo o un'espressione del viso, che capisci l'inglese.»

«Valeria, parliamo sempre italiano fra noi... Non sei in collera, vero, se la trovo attraente?»

«Saresti uno sciocco se non l'ammirassi, Nicola. La morale borghese non ha alcun valore per noi. Be', adesso torna pure dalla tua deliziosa ragazza, vi raggiungerò fra poco.» Amaya si voltò e si diresse con passo elegante e silenzioso verso il padrone di casa, che era immerso in un'animata discussione con due banchieri. All'improvviso una mano le toccò il gomito, gentilmente ma fermamente. Si voltò di scatto e si trovò davanti il volto attraente di un uomo anziano dai capelli bianchi, che pareva uscito da una foto pubblicitaria della Rolls-Royce. «Ci conosciamo?»

«Ci conosciamo ora, contessa» rispose l'uomo prendendole una mano e sfiorandola con le labbra. «Sono arrivato in ritardo, ma vedo che qui tutto va bene.»

«È una serata incantevole, infatti.»

«Oh, è il fascino discreto che trasuda dai pori di tutti i presenti, come si suol dire. Potere e ricchezza si combinano per trasformare i bruchi in farfalle, farfalle reali, direi.»

«Lei è forse uno scrittore... un romanziere? Ne ho incontrati diversi qui.»

«Gran Dio, no! A fatica sbrigherei la corrispondenza senza una segretaria. Le battute maliziose fanno semplicemente parte dei miei ferri del mestiere.»

«E che mestiere sarebbe, signore?»

«Un certo retaggio aristocratico, si potrebbe dire, trasmesso soprattutto tramite il corpo diplomatico di molti Paesi, generalmente su ordine del Dipartimento di Stato.»

«Parole piuttosto misteriose.»

«Infatti» assentì lo sconosciuto sorridendo. «Tuttavia, poiché io non sono un narcotrafficante né nutro ambizioni politiche, e ho una tenuta splendida che amo esibire agli amici, il Dipartimento di Stato trova che la mia residenza sia un ottimo terreno neutrale per gli alti funzionari in visita. Naturalmente non manca la buona compagnia. Femminile e maschile.»

«Perché mi racconta tutto questo?» chiese Amaya studiando il presunto aristocratico.

«Perché tutto quello che possiedo, tutto quello che ho appreso, l'ho trovato anni fa all'Avana, mia cara signora» replicò l'uomo, fissando gli occhi in quelli di Amaya. «Le dice qualcosa, contessa?»

«Perché dovrebbe?» ribatté la donna con il viso assolutamente impassibile e tuttavia con il fiato sospeso.

«Allora sarò breve, perché abbiamo solo pochi minuti prima che qualche seccatore ci interrompa. Lei ha diversi numeri, ma non sa i prefissi telefonici di questa zona. E deve averli. Ho lasciato al suo albergo una busta sigillata a suo nome; se per caso notasse che qualcuno ha cercato di aprirla, mi chiami immediatamente al Plaza e si provvederà a cambiare tutto. Il nome è Van Nostrand, suite 9B.»

«E se la busta è intatta?»

«Allora, da domani in poi, usi i tre numeri che vi troverà per contattarmi. Ci sarò senz'altro. Ora lei ha l'amico di cui ha bisogno.»

«Un "amico di cui ho bisogno"? Lei parla per enigmi.»

«Basta, Amaya Bajaratt» bisbigliò l'uomo, sempre sorridendo. «Il Padrone è morto.»

Amaya rimase senza fiato. «Che sta dicendo?»

«Che è passato a miglior vita... Per l'amor di Dio, faccia un viso allegro!»

«Allora ha perso la sua battaglia contro la malattia.»

«Non è stata la malattia. Ha fatto saltare in aria se stesso insieme con tutta la sua fortezza. Non aveva scelta.»

«Ma perché?»

«Era stato scoperto: era sempre esistita questa possibilità. Una delle sue ultime istruzioni è stata quella di contattarla per prestarle tutta l'assistenza possibile, in caso gli fosse successo qualcosa. Entro certi limiti, io sono ora il suo obbediente servitore... contessa.»

«Ma come è potuto accadere? Mi dica...»

«Non ora. Più tardi.»

«Il mio vero padre è...»

«Non è più. Ora lei si rivolgerà a me e attraverso di me potrà attingere alle mie risorse, che sono considerevoli.» Van Nostrand alzò la testa ed esplose in una risata, come se rispondesse a una battuta della contessa.

«Ma lei chi è?»

«Gliel'ho detto, un amico di cui lei ha bisogno.»

«Lei è il contatto del Padrone qui in America?»

«Sì, fungevo soprattutto da suo contatto. L'Avana, le ho nominato l'Avana.»

«Che cosa le ha detto il Padrone... di me?»

«Lui l'adorava e l'ammirava, lei è stata il suo grande conforto, e perciò mi ha chiesto di aiutarla.»

«In che modo?»

«Mettendo a sua disposizione i miei mezzi perché li utilizzi come meglio crede. E obbedendo ai suoi ordini, finché non risultino in contrasto con i miei... con i nostri.»

«Nostri?»

«Io sono il capo degli Scorpio.»

«Gli Scorpio!» Amaya teneva la voce bassa perché si confondesse con il brusìo degli altri ospiti. Controllava attentamente le proprie emozioni. «Il capo dell'Alto Consiglio mi ha parlato di lei: mi ha detto che sarei stata osservata e messa alla prova e che, se fossi stata accettata, qualcuno si sarebbe messo in contatto con me e io sarei divenuta una dei vostri.»

«Io non andrei tanto in là, contessa, ma non le sarà negata un'assistenza speciale.»

«Io non avrei mai pensato di collegare gli Scorpio con il Padrone» mormorò Amaya.

«La discrezione si addice all'artista, no?... Il Padrone ci ha creati, con la mia modesta assistenza, naturalmente. Quanto a metterla alla prova, quello che lei ha fatto a Palm Beach elimina la necessità di ulteriori esami. È stato semplicemente atroce... e atrocemente meraviglioso!»

«Chi sono gli Scorpio? Me lo può dire?»

«A grandi linee sì. Siamo venticinque al massimo.» Di nuovo Van Nostrand uscì in una cordiale risata, in risposta a un'osservazione inesistente. «Tutti rivestiamo cariche al massimo livello o siamo inseriti in professioni diverse... quelle in grado di garantire iniziative di grande profitto. Il Padrone diceva che un solo giorno passato senza guadagnare almeno un milione di dollari era un giorno perduto.»

«Io non conoscevo questo aspetto di... mio padre. È sicuro che tutti gli Scorpio siano fidati?»

«La paura li costringe a esserlo. È tutto ciò che posso dirle. La morte sarebbe preferibile al castigo che colpirebbe un trasgressore.»

«Lei sa perché sono qui, Mr. Van Nostrand?»

«Non ho avuto bisogno che il nostro comune amico me lo spiegasse. Ho rapporti molto stretti con varie personalità del governo.»

«E qual è la sua opinione?» chiese Amaya fissando il suo interlocutore.

«È pura follia!» mormorò lui. «Ma capisco come il Padrone la trovasse eccitante.»

«E lei?»

«Nella morte come nella vita, io sono legato soltanto a lui. Non ero e non sono nulla senza il Padrone. Gliel'ho già detto, vero?»

«Sì, me l'ha detto. All'Avana il Padrone è stato davvero come lo descrivono?»

«Sì. Era il fiero Marte dei Caraibi... Se Fidel si fosse servito di lui, della sua intelligenza, del suo genio, invece di mandarlo in esilio, oggi Cuba sarebbe un paradiso.»

«E come hanno fatto a scoprire l'isola?»

«È stato un tale di nome Hawthorne, ex ufficiale dei servizi segreti della Marina.»

Il sangue defluì completamente dal viso di Amaya. «È un uomo morto» affermò con voce gelida.

Dopo aver dato istruzioni al portiere dell'albergo perché confermasse il noleggio della limousine per il giorno dopo, Amaya Bajaratt chiamò il Plaza e chiese della suite 9B.

«Sì?» rispose una voce maschile.

«Mr. Van Nostrand? Sono io.»

«Non chiama dalla sua stanza, vero?»

«Naturalmente no. Sono a un telefono pubblico nella hall dell'albergo.»

«Mi dia il numero, la chiamerò da fuori.»

Sette minuti dopo il telefono squillava. «Era proprio necessario?» chiese Amaya.

«Dovrei offendermi per questa domanda» replicò Van Nostrand, ridacchiando. «Ma la risposta è sì, era necessario. Io sono un noto confidente del Dipartimento di Stato e ci sono diversi personaggi molto interessati alle mie conversazioni telefoniche. I centralinisti degli alberghi si possono corrompere con pochi spiccioli.»

«Spionaggio?»

«Già... Un'attività che non riguarda quasi più i Paesi stranieri, ma è molto intensa a Washington. Ma veniamo a noi. La busta che ha ricevuto era intatta?»

«Era intatta, l'ho esaminata sotto la lente.»

«Bene. È inutile dirle che, per quanto possibile, le telefonate devono essere fatte da telefoni pubblici.»

«D'accordo. Mr. Van Nostrand, visto che, come dice, ha contatti così stretti con personalità del governo, può dirmi dove si trova ora quell'ex ufficiale dei servizi segreti della Marina, quel tizio di nome Hawthorne?»

«Preferirei che lei lo lasciasse a me. Se ben comprendo le sue intenzioni, dandogli la caccia lei ostacolerebbe la sua stessa missione e quella dei suoi compagni.»

«Hawthorne è troppo astuto per lei, vecchio mio.»

«Parla come se lo conoscesse.»

«Conosco la sua reputazione. Era il migliore ad Amsterdam... lui e sua moglie.»

«Interessante. Specialmente perché questa informazione non figura negli archivi.»

«Anch'io ho le mie fonti, Mr. Van Nostrand.»

«Persino il Padrone non lo sapeva, e io non ho avuto occasione di dirglielo. Estremamente interessante... Quanto a definirmi vecchio, mia cara Bajaratt, posso ricordarle che ho a disposizione risorse mille volte superiori alle sue in queste arti oscure.»

«Lei forse non ha capito...»

«Oh, ho capito benissimo» la interruppe lui bruscamente. «Per lei poteva essere il suo "vero padre", ma per me lui era tutta la mia vita!»

«Scusi?»

«Mi ha sentito» replicò freddamente Van Nostrand. «Per trent'anni abbiamo condiviso ogni cosa − *ogni cosa!* L'Avana, Rio, Buenos Aires, due vite che erano una vita sola. Lui era il maestro, naturalmente. Fino a dieci anni fa, quando si ammalò e mi assegnò incarichi che mi allontanarono da lui.»

«Io non sapevo...»

«E allora lasci che le rivolga una domanda, mia giovane signora. Nei due anni che lei ha trascorso su quell'isola, ha mai visto un'altra donna oltre a Hectra, la domestica nera?»

«Oh, mio Dio!»

«Turbata?»

«Non dal punto di vista sessuale, solo che non avevo mai preso in considerazione questo aspetto...»

«Come nessuno, d'altronde. "Marte e Nettuno", così lui stesso soleva chiamarci. L'uno dominava i Caraibi, l'altro lo guidava e lo istruiva restando nell'ombra... Ora, lei mi capisce, Bajaratt. Uccidere Hawthorne tocca a me e a nessun altro!»

La limousine scorrazzò per tutta Manhattan, a est e ovest, a nord e sud, dal palazzo dell'ONU agli studi televisivi sulle rive dell'Hudson, da Battery Park al Museo di Storia Naturale. Ogni nuovo scorcio della città entusiasmava "Dante Paolo", con grande gioia di Angel Capell, la giovane e già famosa stella la cui presenza apriva tutte le porte. L'amicizia tra i due giovani andava sempre più consolidandosi. E, chissà come, ovunque spuntavano fotografi. Non era una sorpresa per la ragazza, che era abituata alle attenzioni della stampa e continuava a ripetere a Nicola: «Anche i paparazzi hanno una pancia da riempire». Tuttavia, né la giovane diva né il suo cavaliere notarono che nessuno scattava foto ad Amaya Bajaratt. Era una condizione fissata in precedenza, quando la "contessa" aveva gentilmente comunicato ai fotoreporter il percorso della limousine e i loro programmi.

Pranzarono al ristorante Le Quattro Stagioni della Cinquantaduesima Strada e uscendo la contessa rallentò il passo per restare un po' indietro, perché nell'atrio c'erano tre fotografi. La giovane coppia sorrise agli obiettivi.

Perfetto.

The New York Times

BROOKLYN, 28 agosto – Dante Paolo, barone di Ravello, che rappresenta il ricchissimo barone suo padre, ha stretto amicizia con una delle giovani stelle televisive più amate in America, Angel Capell, protagonista della serie *I cavalieri della vendetta*. La nostra foto mostra Miss Capell, nata Angelina Capelli, che parla correntemente la lingua del giovane barone, assieme alla sua famiglia e al futuro barone a Brooklyn. Gira voce che diverse grandi aziende stiano già cercando personale ad alto livello che parli italiano.

The New York Times
IL PRINCIPE E LA DIVA
È un colpo di fulmine?
Altre foto nell'interno.

«È una vergogna!» gridò Nicola. Con il giornale in mano passeggiava su e giù per la stanza. «Sono così imbarazzato! Che cosa le dirò?»

«Niente per il momento, caro. È in volo per la California. Ti ha dato un numero di telefono, la chiamerai.»

«Penserà che sono un mostro!»

«Non credo proprio. Ha troppa esperienza in faccende del genere per prendere questi articoli troppo sul serio.»

«Ma da dove saltano fuori tutte quelle foto? Come hanno saputo dove ci trovavamo?»

«Te l'ha spiegato, caro. Mentre forse ha peccato di eccessiva modestia celandoti quanto sia famosa in questo Paese. Naturalmente io avrei dovuto saperlo.»

Amaya Bajaratt uscì dall'ascensore nella hall dell'albergo e si diresse ai telefoni pubblici. Fece un numero che sapeva a memoria e Van Nostrand rispose.

«Bene, il giovanotto e la sua nuova amica sono su tutti i giornali» osservò l'uomo. «Mio Dio, che pubblicità! Neanche fossero Grace e Ranieri! Il pubblico americano è in fermento!»

«Quindi ho raggiunto il mio scopo... Cosa dice la stampa di Washington?»

«Dal *Post* al *Times* a tutte le riviste, i due sono in prima pagina. E devo anche dirle – poiché in diverse rubriche mondane era citata la mia presenza a New York – che ho ricevuto diverse telefonate da gente importante della capitale che mi domandava se conoscevo il giovane barone, o più precisamente se conoscevo suo padre.»

«E lei cos'ha risposto?»

«No comment, naturalmente. In questa città non si commentano mai le amicizie, a meno che ci sia una ragione per farlo. Finora non ne vale la pena. Diamo tempo al tempo.»

«Dunque è ora che ci trasferiamo a Washington, senza troppa pubblicità.»

«Come crede.»

«Lei può ospitarci?»

«Che intende dire? Posso mandare un aereo a prendervi.»

«Intendevo nella sua grande tenuta.»

«Lo escludo» replicò seccamente Van Nostrand.

«E perché?»

«Ho i miei impegni. Aspetto la visita dell'ex comandante Tyrell Hawthorne. Dodici ore dopo, lei e il ragazzo potrete disporre di tutta la tenuta, perché io me ne sarò andato.»

14

Tyrell Hawthorne, in sahariana e pantaloni che aveva acquistato all'aeroporto, guardava la mano fasciata, che il maggiore Catherine Neilsen gli aveva medicato il giorno prima sull'isola di Virgin Gorda. Erano seduti al bar, al chiaro di luna, nel cortile dell'hotel San Juan a Isla Verde, Portorico, e aspettavano che il tenente Poole tornasse da un colloquio alla sezione locale dei servizi segreti della Marina degli Stati Uniti, colloquio a cui Tyrell si era rifiutato di andare. «Se non sono presente, non sono coinvolto nelle loro sciocchezze» aveva spiegato. «Lasciamo parlare Jackson. Posso sempre smentirlo e dire che non ne sapevo niente.» Arrivò sul loro tavolo un terzo bicchiere di Chablis. Catherine continuò a sorseggiare tè ghiacciato.

«Ma dove diavolo è Poole?» sbottò Hawthorne. «Quel dannato incontro non poteva durare più di dieci minuti, se si fosse limitato a dire quel che volevo io.»

«Tu hai bisogno di loro, Tye. Non puoi agire da solo e lo sai.»

«Ho avuto il nome del pilota che doveva accompagnare Cooke e Ardisonne da un meccanico dell'aviazione civile, e per il momento è tutto ciò che mi occorre. Alfred Simon, bastardo!»

«Ma, Tye, tu stesso hai detto che era un mercenario, l'hai definito un "esterno", anche se io non so bene che cosa significhi.»

«È semplice. Qualcuno che è stato assoldato per fare un lavoro, ma è fuori del giro e non conosce chi lo ha assoldato.»

«E allora a che serve il suo nome?»

«Perché, se non ho perduto del tutto certe abilità che avevo una volta, c'è una probabilità che possa penetrare in quel giro.»

«Da solo?»

«Non sono un idiota, Cathy, e non aspiro a far la parte dell'eroe morto, perciò, se ne avrò bisogno, ricorrerò a tutto l'aiuto che mi sarà necessario. Ma fino a quel momento posso muovermi più rapidamente da solo, dentro e fuori dalle regole.»

«Che significa?»

«Nessuno mi deve mettere i bastoni tra le ruote. Nessuno mi deve impedire di fare quello che voglio per ragioni che non mi può rivelare.»

«Pare che tu escluda me e Jackson.»

«Oh, no, maggiore, tu ci sei dentro, e il tuo mago del computer lo stesso, a meno che sia lui a piantarmi. Io ho bisogno di un campo base in mano a gente di cui possa fidarmi.»

«Grazie per il complimento e, già che ci siamo, grazie per i vestiti. Ci sono dei bei negozi qui... A proposito: ho tenuto tutte le ricevute...»

«Brucia le subito, potrebbero costituire una traccia! Non sai proprio nulla, maggiore Neilsen! Saresti un pessimo agente operativo. Comunque, come direbbe Poole, hai un aspetto splendido.»

«Grazie! Oh, guarda, il tenente Poole è appena arrivato e sta venendo qui.»

Il tenente Andrew Jackson Poole si sedette accanto a loro, accigliato. «Al prossimo colloquio con quei bastardi, ci vai tu!» ringhiò. «Scusami, Cathy, ma quegli stronzi non sanno parlare come mangiano!»

«Si chiama "tattica d'oscuramento", tenente,» sorrise Hawthorne «in quanto "gli stronzi" non hanno realmente detto quello che hai sentito... tu hai tratto conclusioni tue, conclusioni che loro potranno anche smentire. Perciò se qualcosa va storto è colpa tua, non loro... Gli hai riferito il mio messaggio?»

«Certo, e non è un problema per loro, puoi benissimo dare la caccia al pilota del mistero. Ma c'è qualcosa di nuovo.»

«Che cosa?»

«Un grosso papavero, che deve essere molto in alto a Washington, ha delle informazioni per te e sono certo che riguardano l'operazione in corso. Il grosso papavero ha scavalcato il tuo vecchio amico Stevens ed è arrivato a te direttamente attraverso il segretario alla Difesa, che ti ha fatto rintracciare. Stevens è stato messo da parte.»

Poole estrasse dalla sua nuova giacca sportiva blu una busta con un vistoso sigillo rosso al centro. «Questa è per te. Il collega dei servizi segreti, là alla base, mi ha attirato nel suo ufficio e a quattr'occhi mi ha confidato che aveva ordine di tenere la bocca chiusa. Pareva spaventato a morte. Ha detto che dovevi andare tu di persona. Quando gli ho risposto che non c'eri ha replicato che non poteva consegnare niente a me. Al che gli ho urlato: "Bene, allora Hawthorne non riceverà nulla". Così quello ha deciso che mi avrebbe rimandato sotto scorta qui e la scorta avrebbe controllato che ti consegnassi personalmente la lettera. Con una macchina fotografica, immagino.»

«Stupidi giochetti da asilo infantile» borbottò Hawthorne.

«La scorta è là che sbircia dietro quella pianta a sinistra» intervenne Cathy. Tye e Jackson si voltarono. La testa dietro la pianta si chinò di colpo, una camicia bianca da militare si precipitò verso la porta.

Tyrell strappò il sigillo e aprì la busta. Ne trasse un unico foglio, lo lesse, chiuse gli occhi. «Che diavolo significa?» mormorò. Depose il foglio sul tavolino, gli occhi fissi nel vuoto.

«Posso?» chiese Cathy. Prese il foglio e attese qualche secondo, per essere certa che Hawthorne non facesse obiezioni.

È stata compiuta un'azione terribile a cui bisogna porre rimedio. Mi riferisco ad Amsterdam, naturalmente. Quello che lei non sa è che c'era un legame fra sua moglie e la Valle della Beqa'a. Sua moglie è stata sacrificata nel quadro di un'operazione sciagurata, operazione che potrebbe essere attualmente in corso. Quel che ho da dirle deve restare fra noi, perché forse lei sa più di quanto pensa e malgrado il rischio solo lei può decidere se agire in base a queste informazioni.

Riceverà questo messaggio mentre io sarò assente, ma tornerò domani nel pomeriggio alle tre. La prego di telefonarmi al numero sottoindicato e si prenderanno disposizioni per condurla alla mia casa di campagna.

Cordialmente
NVN

Nell'angolo a sinistra in basso era annotato un numero di telefono. Non c'era alcuna altra identificazione sul foglio scritto a mano, tranne un post scriptum.

Detesto sembrare melodrammatico, ma la prego di distruggere questo foglio dopo aver preso nota del numero del mio telefono privato.

«Ma come fa a saperlo?» mormorò sconcertato Hawthorne, più a se stesso che agli altri. «Chi è quest'uomo?»

«Se il collega alla base ne è a conoscenza, non lo dice. Evidentemente glielo hanno proibito.»

«Come fai a esserne sicuro?» chiese Cathy.

«Gli ho detto che il mio capo era interessato esclusivamente a comunicati ufficiali dei servizi della Marina di Washington. È stato allora che ha tirato in ballo il segretario alla Difesa e l'assoluto divieto di parlare.»

«Sei in gamba, Jackson» si complimentò Tyrell.

«Ho l'olfatto esercitato. Sento subito odore di bruciato quando i politici scavalcano le gerarchie militari.»

«Nel nostro caso, ci potrebbe essere una ragione valida, tenente. Mia moglie è stata assassinata ad Amsterdam.»

«Lo so, ma perché questo tizio ha tenuto la bocca chiusa per cinque anni, se aveva qualcosa da dirti? E perché si fa avanti proprio adesso?»

«Lo ha chiarito bene: ritiene che ci sia una connessione con la situazione attuale. Ha detto esplicitamente che mia moglie è stata *sacrificata*.»

«Ne sono addolorato, ma abbiamo visto cosa possono fare questi criminali, quello che hanno già fatto e i contatti che hanno a Washington, a Parigi, a Londra... e tu stesso hai detto che questa è solo la punta dell'iceberg, no?»

«Sì.»

«Così questo nostro mondo potrebbe trovarsi improvvisamente sull'orlo di una immane catastrofe, stando a quel che dici.»

«Credo di averlo prospettato abbastanza chiaramente.»

«E allora, perché questo pezzo grosso non si rivolge direttamente al presidente degli Stati Uniti e a tutti i servizi di sicurezza nazionali a cui ha accesso diretto?»

«Non so proprio.»

«Pensaci. Il tizio ti offre persino la scelta se agire o no in base all'informazione che *presume* tu conosca. Considerando tutto ciò che c'è in ballo, che razza di ragionamento è questo? Un ex comandante di Marina, che possiamo definire in disgrazia, contro la vita del presidente, l'uomo più potente del mondo? Pensaci, Tye!»

«Non posso» mormorò Hawthorne, e le sue mani cominciarono a tremare. «Proprio non posso... Era mia moglie!»

«Andiamo, comandante, non ti metterai a frignare.»

«Jackson, chiudi la bocca!»

«Ma neanche per sogno, Cathy. Questa faccenda puzza.»

«Io devo *sapere*...» fece ancora Tyrell con voce rotta. Poi il momento di intensa emozione scomparve com'era venuto e Hawthorne ritrovò la sua fermezza. «Lo scopriremo domani. Fino a quel momento devo seguire la pista del pilota. Si trova a Old San Juan.»

«Capisco che deve essere molto difficile per te.» Catherine posò una mano su quella di Tyrell. «Sei un uomo forte.»

«Ti sbagli» ribatté Hawthorne con uno sguardo stanco. «Finché non parlo con l'uomo che mi ha mandato questo "messaggio" sono il peggior codardo che tu abbia mai incontrato.»

«Allora mettiamoci alla ricerca di questo pilota misterioso» lo esortò Poole.

«Jackson, ti prego...»

«So quello che faccio, Cathy. Non serve a niente star qui a friggere mentre voi due aspettate la manna dal cielo. Andiamo, comandante, partiamo per San Juan.»

«No, tu resti qui con Cathy. Andrò solo.»

«Negativo, signore.» Poole si alzò e salutò militarmente.

«Che vuoi dire?» Ora Tyrell era quasi in collera. «Ti ripeto che vado da solo, mi hai sentito?»

«Affermativo, signore» replicò Jackson con la voce monotona del militare in servizio. «Tuttavia mi avvalgo di una prerogativa dell'ufficiale inferiore quando, a suo giudizio, il suo superiore ha bisogno di assistenza e tale assistenza non compromette i suoi doveri d'ufficio. È chiaramente detto nel Manuale del Regolamento dell'Aeronautica Militare, articolo 7, comma...»

«Oh, chiudi il becco!»

«Non stare a litigare con lui, Tye!» lo ammonì dolcemente Catherine, stringendo la mano di Hawthorne. «Ti citerà ogni articolo del regolamento dalla prima all'ultima pagina, per il gusto di contraddirti. Lo ha fatto con me non so quante volte.»

«Specialmente con quella canaglia di Pensacola» borbottò Poole a denti stretti.

«È stato allora che mi ha letto il regolamento sul costante stato di allerta dei piloti dell'AWAC» aggiunse Catherine. «Ha passato una bustarella all'ufficiale addetto ai trasporti e si è fatto assegnare come nostro autista.»

«Avresti dovuto trascinarlo davanti alla corte marziale.»

«Non ho potuto. Mi ha sentita gridare nell'ufficio piloti e ha sfondato la porta a calci. Quel bastardo non ha più potuto volare per un mese, né cercare di saltare addosso a qualche altra ragazza.»

«Odio a prima vista» borbottò Tyrell alzandosi. «Okay, tenente, muoviamoci. In rotta per San Juan.»

«Posso suggerire, signore, di fermarci prima alla toilette degli uomini?»

«A me non occorre, ti aspetto fuori.»

«Posso suggerirti di entrare con me?»

«Perché?»

«Poiché abbiamo dovuto lasciare le nostre belle pistole a Gorda, mi sono preso la libertà di comperarne un paio... immaginando che tu avevi in mente quel pilota, e conoscendo bene Old San Juan. Ecco qui: due Walther P.K. otto colpi, tre caricatori ognuna, canne di due pollici e mezzo, quasi invisibili nella tasca di una giacca.»

«Il genio si intende anche di armi?» chiese Hawthorne guardando Catherine.

«Non credo che ne abbia mai usata una, ma è perito diplomato in armamenti leggeri.»

«Insomma,» fece Jackson «non credo che sia prudente consegnarti una pistola e tre caricatori qui all'aperto, francamente sono troppo alto e bello per passare inosservato.»

«Sei la quintessenza della modestia, tenente.»

«Oh, quanto a modestia anche tu non te la passi male.»

«Tu resterai nella nostra suite, Cathy» ordinò Tyrell.

«Bene, fatevi sentire ogni mezz'ora.»

«Se sarà possibile, maggiore.»

«*Ashqelon!*» chiamò la voce al telefono pubblico nell'hotel Hay-Adams di Washington.

«Pronto, Gerusalemme» rispose Amaya Bajaratt. «Che è successo?»

«Il Mossad ha arrestato il nostro uomo.»

«Come?»

«C'era una festa al kibbutz Irshun, fuori Tel Aviv. È stato sorpreso mentre tentava di violentare una ragazza.»

«Che idiota!»

«Ora è nella prigione del kibbutz e aspettano ordini dai loro superiori di Tel Aviv.»

«Potete arrivare fino a lui?»

«C'è un ebreo che possiamo corrompere.»

«Fatelo. Uccidetelo. Non possiamo permettere che venga interrogato sotto l'effetto di qualche droga.»

«Sarà fatto. Ashqelon, per sempre.»

«Per sempre» rispose Amaya, riappendendo.

Nils Van Nostrand entrò nello studio della sua principesca tenuta di Fairfax, in Virginia. La vasta stanza era vuota, mobili e suppellettili erano tutti imballati e pronti per essere spediti a un magazzino del porto di Lisbona. Da lì dovevano essere inoltrati segretamente a una ricca residenza sul lago di Ginevra. Tutto il resto − terreno, scuderie, cavalli, bestiame − era stato venduto con la massima discrezione a uno sceicco dell'Arabia Saudita, che ne avrebbe preso possesso dopo trenta giorni. Era il tempo di cui Van Nostrand aveva bisogno. Andò alla scrivania e compose un numero al telefono rosso di sicurezza.

«Scorpio Tre» rispose la voce.

«Qui Scorpio Uno. Sarò breve. Il mio tempo è venuto. Mi ritiro.»

«Mio Dio, questo è un vero fulmine a ciel sereno!»

«Cose che capitano. So quando è il momento di togliere il disturbo. Questa notte, prima di sparire, inserirò il tuo codice in questo telefono e avviserò i nostri Provider. Un giorno si metteranno in contatto con te, perché tu ora sei responsabile verso di loro. A proposito, se una donna chiama identificandosi come "Bajaratt" dovrai darle tutto l'aiuto che le occorre. È un ordine del Padrone.»

«Capito. Ti sentiremo ancora?»

«Ne dubito. Ho un ultimo compito da portare a termine, poi il mio ritiro sarà definitivo. Scorpio Due è un ottimo elemento, ha vasta esperienza, ma non ha la tua influenza e la tua posizione. Non sarebbe all'altezza.»

«Vuoi dire, credo, che non ha il mio studio di avvocato a Washington.»

«Comunque, domani mattina tu sarai Scorpio Uno.»

«È un onore cui presterò fede fino alla tomba.»

«Non troppo presto, mi auguro.»

Amaya Bajaratt scese dal taxi e fece cenno a Nicola di affrettarsi. «Andiamo, Dante.» Prese il ragazzo per un braccio e lo guidò nell'elegante caffè, il locale più alla moda di Georgetown. La folla dei clienti riuniti intorno ai tavoli per il pranzo era composta da matrone in abiti di seta, donne più giovani vestite all'ultima moda, insieme con la solita parata di brillanti funzionari di carriera e una mezza dozzina di membri del Congresso e senatori, che continuavano a gettare occhiate impazienti all'orologio. «Ricordati, caro,» sussurrò la donna all'orecchio del giovane «è il senatore che hai già incontrato a Palm Beach, l'avvocato dello Stato del Michigan. Il suo nome è Nesbitt.»

Dopo che si furono scambiati i più cordiali ed espansivi convenevoli ed ebbero ordinato caffè freddo per tutti e tre, il senatore del Michigan osservò: «Non ero mai stato in questo locale, ma uno dei miei assistenti lo conosceva. Pare che sia un ritrovo molto in».

«È stato un mio capriccio. La nostra ospite l'altra sera a Palm Beach lo ha nominato, così ho suggerito di trovarci qui.»

«Ah, ecco.» Il senatore girò tutt'intorno uno sguardo divertito. «Ha ricevuto il materiale che le ho mandato all'albergo ieri sera?»

«Certamente, e l'ho esaminato con molta attenzione insieme con Dante Paolo. È vero, caro? Le carte di ieri sera, ricordi?»

«Sicuro, zia.»

«Lui e suo padre il barone sono assai interessati, ma sono sorte certe questioni.»

«È naturale. Quel rapporto era un quadro a grandi linee delle possibilità industriali, non un'analisi dettagliata. Se qualche cosa vi interessa in modo particolare, il mio gruppo di lavoro elaborerà altri dati.»

«Questo naturalmente sarà necessario prima di passare alla fase successiva dei negoziati, ma forse possiamo parlare, come ha detto lei, del quadro a grandi linee.»

«Sono a sua disposizione. In quali settori?»

«Incentivi, signore... Si potrebbe trattare di centinaia di migliaia di dollari. Il rischio calcolato è una cosa, il barone non si è mai tirato indietro, ma potrebbero risultare necessari taluni controlli per accertare la correttezza del gioco, no?»

«Mi dica, in quali settori specifici, contessa. "Controlli" è una parola un po' dura per noi.»

«"Sacche di disoccupazione" penso che sia un termine ancora più duro. Ma forse "controlli" suona troppo forte: vogliamo dire allora "documenti di reciproca intesa"?»

«Per esempio?»

«Per esempio, al primo segno di ripresa, sarebbe assai spiacevole che qualche organizzazione sindacale avanzasse pretese eccessive...»

«Sarebbe un inconveniente facilmente eliminabile» la interruppe Nesbitt. «I nostri emissari, tanto qui quanto a Lansing, hanno svolto un buon lavoro di propaganda in questo settore e io stesso ho fatto diverse telefonate. I sindacati ora hanno una visione molto più equilibrata e realistica della situazione economica: molti dei loro membri sono rimasti disoccupati per due o tre anni: non vorranno ammazzare la gallina dalle uova d'oro!»

«Quello che dice ci è molto gradito, ma nel suo Paese come nel nostro, c'è sempre il problema dei rapporti dell'industria con il governo.»

«Le tasse?» fece il senatore aggrottando leggermente la fronte. «Oh, ma sono fissate secondo criteri di grande equità, contessa...»

«No, no, lei mi fraintende. Come dite voi americani, la morte e le tasse sono mali inevitabili. No, parlo delle interferenze straordinarie e perfino eccessive del governo nel mondo degli affari. Abbiamo sentito storie terrificanti di ritardi, che sono costati milioni, in qualche procedura burocratica "locale, statale o nazionale"...»

Il senatore sorrise. «Le autorità del mio Stato garantiscono che non ci saranno interferenze indebite di alcun genere. Non possiamo permetterci di agire altrimenti e sono pronto a mettere questa assicurazione per iscritto.»

«Eccellente... Ci sarebbe un'ultima cosa, senatore, ed è una richiesta del tutto personale, che lei potrà rifiutare senza che me ne abbia a male.»

«Dica, contessa.»

«Come tutte le grandi personalità, mio fratello il barone ha un certo giustificato orgoglio non solo per le proprie attività, ma anche per la propria famiglia, specialmente per il figlio, che ha sacrificato un'adolescenza normale, anche se particolarmente privilegiata, per essergli di aiuto.»

«Un ottimo giovane. Anch'io ho letto i giornali e gli articoli sulla sua amicizia con quella graziosa stella della televisione, Angel Capell...»

«Ah, Angelina» intervenne Nicola con un sospiro, accentuando ogni sillaba del nome. «Una bellissima ragazza.»

«Basta, caro» fece la contessa in italiano. «Per tornare alla richiesta che volevo rivolgerle...»

«Certo, certo. L'orgoglio del barone, la sua famiglia, specialmente questo suo simpatico figliolo. Che cosa posso fare?»

«Sarebbe possibile combinare un breve incontro privato fra il futuro barone e il presidente, solo pochi minuti... il tempo di scattare una foto di loro due insieme da mandare in Italia? Il barone ne sarebbe felice e io naturalmente indicherei a mio fratello la persona che ha reso possibile l'incontro.»

«Penso proprio che si possa combinare, anche se, francamente, ci sono state considerevoli restrizioni per quel che riguarda le udienze concesse a stranieri...»

«Oh, capisco, senatore, leggo i giornali. Ecco perché ho parlato di un incontro breve e privato, solo Dante Paolo e io, e solo per il barone di Ravello, niente giornalisti né pubblicità... Naturalmente, se questo è chiedere troppo, ritiro la mia richiesta e mi scuso per averla avanzata.»

«Ma no, un momento, contessa» protestò subito Nesbitt. «Ci vorrà forse qualche giorno, ma credo di poterla accontentare. Un senatore del mio Stato è del partito del presidente e io ho appoggiato un progetto di legge da lui proposto perché mi sembrava giusto, anche se poteva costarmi dei voti...»

«Non capisco.»

«Lui è molto amico del presidente e ha apprezzato l'appoggio che gli ho dato – sa anche fin troppo bene quanto gioverebbero al nostro Stato gli investimenti del barone – e sa anche cosa potrei fare contro di lui, se si opponesse... Sì, contessa, si può combinare.»

«Senatore, lei parla proprio come un italiano!...»

«Machiavelli aveva i suoi meriti, mia cara contessa.»

Hawthorne e Poole percorrevano a cauti passi la stradina acciottolata del quartiere più miserabile di Old San Juan, dove i pochi locali erano destinati a soddisfare gli appetiti più carnali di marinai, soldati e tossicomani. I lampioni illuminavano solo parzialmente la strada e fra le costruzioni decrepite c'era assai più ombra che luce. I due uomini si avvicinarono alla casa del pilota che aveva portato i due agenti assassinati, Cooke e Ardisonne, da Gorda a Portorico. Si fermarono bruscamente, sorpresi dal frastuono di musica e voci avvinazzate che proveniva dall'interno del vecchio edificio a tre piani.

«Che diavolo succede, là dentro?» borbottò Poole.

«Deve esserci una festa, tenente, e poiché non siamo stati invitati dovremo sfondare la porta.»

«Ti dispiacerebbe se lo facessi davvero?»

«Fare cosa?»

«Sfondare la porta. La mia gamba buona è espertissima in questo genere di operazioni.»

«Prima bussiamo e vediamo che cosa succede.» Tyrell bussò e lo scoprì fin troppo presto. La porta si aprì di uno spiraglio e un paio d'occhi pesantemente truccati sbirciarono fuori. «Ci hanno detto di venire qui» fece Hawthorne in tono brioso.

«Come vi chiamate?»

«Smith e Jones, così ci hanno detto di dire.»

«Andate a farvi fottere, *gringos!*» La porta gli fu sbattuta in faccia.

«Fammi vedere la tua gamba in azione, Poole.»

«E la tua artiglieria è pronta, Tye?»

«Pronti, tenente?»

«Pronti, comandante!» Poole sfondò la porta con il piede sinistro e fra i rottami i due si precipitarono dentro con le armi spianate. «Che nessuno si muova o sparo!» urlò il tenente.

La minaccia andò a vuoto. Qualcuno nel panico era caduto sul registratore strappando i fili e nell'improvviso silenzio che seguì una dozzina di uomini, tirando su i calzoni, si precipitarono giù dalle scale e fuori dalla porta. Nello stanzone fumoso e malamente illuminato del pianterreno si agitava, senza ombra di modestia, un gruppo di giovani e non più giovani signore con il seno nudo e uno straccetto di bikini sui lombi. In un angolo un uomo biondiccio di mezza età pareva non essersi accorto del caos e continuava a dimenare le anche sul corpo di una bruna che urlava e cercava freneticamente di farlo smettere.

«Che... che...?» gridava l'uomo. «Sta' buona!»

«Forse è meglio che metti via l'arnese e ascolti, Simon» gli intimò Hawthorne avvicinandosi al divano.

«Ehi... merda!» ruggì l'uomo voltandosi di colpo, sorpreso ma non impaurito dalla vista delle armi.

«E voi ragazze!» urlò Poole, rivolgendosi non solo alle donne presenti nella stanza, ma anche a quelle che scendevano le scale di corsa. «Meglio che ve ne andiate tutte fuori di qui. Abbiamo una questione personale da discutere... Anche tu, bellezza, se riesci a liberarti da questo bastardo.»

«*Gracias, señor! Muchas gracias!*»

«E dite alle vostre amiche di trovarsi un altro lavoro!» gridò il giovane ufficiale dell'Air Force, mentre le prostitute correvano in strada. «Potrebbero finire morte ammazzate.»

Nella stanza ormai deserta era rimasto solo il pilota mezzo sbronzo, che cercava di nascondere il corpo nudo sotto una coperta rossa. «Chi diavolo siete voi?» chiese. «Che cosa volete da me?»

«Tanto per cominciare, voglio sapere da dove vieni» fece Tyrell. «Tu non sei normale, Simon.»

«Non sono affari tuoi, baby.»

«Questa pistola dice che sono affari miei, *baby*.»

«È una minaccia? Premi il grilletto allora. Mi farai un favore.»

«Come volevasi dimostrare. Non sei normale... Sei un soldato, vero?»

«Lo sono stato... cent'anni fa.»

«Anch'io. Chi ti ha segato?»

«Cosa te ne frega?»

«Sono a caccia di certa gente poco perbene. Parla o sei morto, *baby*!»

«Okay, okay, non m'importa un cazzo! Ero pilota dei paracadutisti, a Vientiane, nella Royal Lao Air...»

«CIA» dichiarò Hawthorne.

«Bravo. Quando il Senato aprì un'inchiesta, si dovette fare piazza pulita. Vendettero a me tutti e sei gli aerei per centomila dollari, soldi che mi misero in mano loro stessi. Avevano trovato quello giusto, un minorenne che si era arruolato firmando con il nome della madre perché del padre non si sapeva nemmeno che faccia avesse... Cristo, avevo solo diciotto anni! Ho perduto, per guasti meccanici e vandalismo, tutti gli aerei tranne uno, ma restavano tutti registrati a mio nome, in circostanze per niente chiare.»

«Ti restavano ancora un aereo e attrezzature per almeno due milioni. Cosa ne hai fatto? Ti sei venduto tutto per metter su questa piccola impresa e arrotondare le entrate?»

«Diavolo, avevo rubato abbastanza da comprarmi il locale anni fa» rispose sogghignando Alfred Simon.

«E allora, dov'è andato a finire il jet?»

«Me lo sono portato qui, distribuendo le mance giuste alle persone giuste. È qui, ma non lo adopero, lo tengo ingrassato e in ordine, e ben nascosto. Volerà di nuovo solo quando avrò messo da parte abbastanza. Allora lo farò precipitare sul Pentagono e farò saltare in aria quei figli di puttana che mi hanno tenuto la corda al collo per trentaquattro anni. Quei bastardi continuano a sostenere che ho rubato aerei per dieci milioni di dollari al governo degli Stati Uniti... roba da finire per quarant'anni in un penitenziario!...»

«Quella corda al collo era abbastanza stretta da costringerti ad andare a prendere quei due uomini a Sebastian's Point, a Gorda.»

«Diavolo, sì, ma non sono stato io a buttarli giù dall'aereo. Io non c'entro!»

«E allora, chi è stato?» ruggì Poole, scostando la pistola di Hawthorne e puntando la sua alla fronte del pilota. «Tu eri con quei bastardi che hanno ucciso Charlie, e sei morto se non parli!»

«Ehi, un momento!» gridò il pilota, rannicchiandosi sotto la coperta rossa. «Il tizio mi mostrò una tessera e mi disse che per discolparmi di tutto bastava che facessi il suo nome.»

«Che nome?»

«*Hawthorne*. Si chiamava Tyrone Hawthorne o qualcosa del genere.»

15

I prati della tenuta scintillavano di rugiada mattutina e Nils Van Nostrand, seduto alla sua scrivania, li contemplava dalla finestra dello studio, assorto nei suoi pensieri. Il tempo stringeva e aveva bisogno di tutta quella giornata per sistemare ogni cosa, perché la sua scomparsa doveva essere definitiva, la sua nuova identità sicura, tutti i legami con il passato dovevano essere troncati... La sua "morte" doveva essere incontestabile. D'altra parte la vita che ancora gli restava da vivere doveva essere di suo gradimento: poteva accettare l'anonimato, ma non poteva accettare la povertà.

Anni addietro, troppi per poterli contare, lui e il suo compagno – Marte e Nettuno – avevano acquistato per la vecchiaia una tenuta a Ginevra, affacciata sul lago. La proprietà era registrata a nome di un colonnello argentino, uno scapolo bisessuale che era stato lietissimo di fare un favore al giovane potente Padrone e al suo confidente. Da quel momento un'oscura agenzia immobiliare di Losanna aveva ricevuto un versamento annuale, sufficiente ad assicurarne la sopravvivenza. Naturalmente c'erano alcune clausole che, se violate, avrebbero comportato la rescissione del contratto. Primo: non tentare mai di scoprire chi erano i proprietari della tenuta; secondo: non affittarla mai per meno di due anni o più di cinque; terzo: tutti i pagamenti dovevano essere effettuati su un conto numerato a Berna, tolte le spese e una commissione del venti per cento. Gli inquilini attuali avevano già ricevuto la disdetta con sessanta giorni di preavviso. Van Nostrand si riprometteva di impiegare al meglio quei due mesi, a cominciare dalla morte dell'uccisore del Padrone, un ex capitano di Marina, Tyrell Hawthorne. Quella stessa notte.

La giornata, tuttavia, doveva essere il preludio del lungo viaggio. Diverse persone che aveva aiutato per tanti anni a

Washington ora dovevano soddisfare le sue cortesi, seppur strane, richieste. Era d'importanza vitale che nessuno di quelli a cui si sarebbe rivolto sapesse degli altri. Ciononostante, poiché la capitale era fonte di voci infondate, calunnie, intrighi e insinuazioni fuorvianti, era necessario che ci fosse una trama comune nelle sue richieste, in modo che, se un filo dopo l'altro, come in una ragnatela strappata, si fosse rotta sotto il peso della verità, restasse pur sempre un nucleo comune a cui tutto potesse riferirsi.

La trama comune? Oscura, confusa, e tuttavia commovente, specialmente trattandosi di un uomo così generoso, un patriota che sembrava possedere tutto: immense influenze, ricchezza, rispetto e una non comune modestia. Un figlio, forse: un figlio toccava il cuore di tutti. E che tipo di figlio? Una ragazza, naturalmente: tipo quell'attricetta, Angel Come-si-chiama, dietro la quale sbavava tutta l'America. Circostanze? Ovvie: sangue del suo sangue, che da anni aveva perduto di vista per colpa di un tragico evento. Van Nostrand era pronto: le parole gli sarebbero venute da sole, come sempre. Marte soleva dire al suo Nettuno: «I tuoi pensieri sono così serpentini. Sei sempre un passo davanti agli altri. Mi piace e mi viene comodo».

Chiamò il segretario di Stato sulla linea riservata. «Sì?»

«Bruce, sono Nils. Mi dispiace disturbarti, ma non so a chi altri potrei rivolgermi.»

«Sempre a tua disposizione, amico mio. Hai certamente meritato un piccolo favore, con i tuoi enormi contributi. Dimmi tutto.»

«Hai un paio di minuti per me?»

«Ma certo. Che cosa posso fare per te?»

«È una faccenda molto personale, Bruce, e perciò assolutamente confidenziale.»

«Questa è una linea sicura, lo sai» gli ricordò il segretario di Stato.

«Sì, lo so. Per questo mi sono permesso di usarla.»

«E allora dimmi, vecchio mio.»

«Non ho mai parlato di questa storia in pubblico e raramente in privato, ma diversi anni fa, quando mi trovavo in Europa, il mio matrimonio stava andando a pezzi. Era emersa una grave incompatibilità di carattere. Fatto sta che mia moglie trovò braccia più affettuose delle mie e io mi innamorai, ricambiato, di una donna sposata. Le circostanze non le consentivano di ottenere il divorzio, perché suo marito era un uomo politico appartenente a un partito cattolico e non glielo avrebbe mai concesso, ma dal nostro amore nacque una bambina. Suo marito la riconobbe per amor di pace, ma proibì alla moglie di rivedermi. Né io avrei mai dovuto vedere mia figlia.»

«Che cosa terribile! Ma la donna non avrebbe potuto ribellarsi, trovare una soluzione?»

«Il marito le disse che, se osava farlo, avrebbe ucciso lei e la bambina, prima di lasciarsi rovinare politicamente.»

«Che figlio di puttana!»

«L'hai detto.»

«Vuoi che organizzi un trasporto di emergenza, servizio di Stato, per...» il segretario tacque un attimo «... far portare qui la madre e la figlia sotto immunità diplomatica? Basta che tu lo dica, Nils.»

«Temo che sia troppo tardi, Bruce. Mia figlia ha ventiquattro anni... e sta morendo.»

«Oh, mio Dio...!»

«Quello che ti chiedo, quello di cui ti prego, è farmi portare in aereo dal servizio diplomatico a Bruxelles, senza dover sottostare ai vari controlli doganali... Quell'uomo ha occhi e orecchie dappertutto e io sono una vera ossessione per lui. Devo arrivare in Europa senza che nessuno lo sappia. Devo vedere mia figlia prima che chiuda gli occhi per sempre e dopo la sua morte voglio vivere con la donna che amo questi pochi anni che mi restano, per recuperare almeno in parte il tempo che abbiamo perduto.»

«Oh, Cristo, Nils, che guai stai passando! E che guai hai passato!»

«Puoi fare questo per me, Bruce?»

«Naturalmente. Un aeroporto lontano da Washington. Scorta militare qui e a Bruxelles. Sarai il primo a salire a bordo, l'ultimo a scendere; ti terremo separato, e nascosto, dagli altri viaggiatori. Quando vuoi partire?»

«Questa sera, se puoi combinare. Naturalmente insisto per pagare.»

«Dopo tutto quello che hai fatto per noi? Non pensarci neppure! Ti richiamo fra un'ora.»

Come vengono facili le parole! pensava Van Nostrand riappendendo il telefono. *La quintessenza del male, diceva sempre Marte, stava nel vestire Satana con le vesti bianche della bontà e della misericordia.* Naturalmente, gliel'aveva insegnato Nettuno.

La telefonata successiva fu per il capo della CIA, che aveva spesso usato uno dei villini degli ospiti, nella proprietà di Van Nostrand, come "casa sicura" per ospitare disertori o agenti operativi bisognosi di assistenza medica.

«... Gesù, Nils, che cosa terribile! Dammi il nome di quel bastardo. Ho dei contatti segreti in tutta Europa... riusciremo a sbarazzarci di lui. Quel mostro non merita di vivere un giorno di più! Mio Dio, tua figlia!»

«No, mio buon amico, non credo nella violenza.»

«Neppure io, ma contro di te e la madre di tua figlia è stato commesso il crimine più violento della terra. Hanno vissuto per anni sotto la minaccia di essere uccise! Una bimba e sua madre!»

«C'è un altro modo e ti chiedo solo di ascoltarmi.»

«Dimmi!»

«Posso portarle in salvo, ma ci vorrà molto denaro. Io per fortuna ce l'ho, ma se mi avvalgo dei canali normali, qualunque trasferimento in Europa sarebbe registrato e lui saprebbe che mi trovo là.»

«Veramente intendi andarci?»

«Quanti anni mi restano da trascorrere con la donna che amo?»

«Non credo di capire.»

«Se lui lo scoprirà, la ucciderà. Ha giurato di farlo.»

«Bastardo! Dimmi chi è.»

«Le mie convinzioni religiose non me lo consentono.»

«E allora, dannazione! Cosa ti occorre?»

«Il segreto assoluto. Il denaro è tutto a mia disposizione, e naturalmente intendo pagare ogni dollaro di tasse dovute al mio Paese, ma ho bisogno che tutto il resto sia trasferito in segreto e in forma legale a una banca svizzera, una qualsiasi di tua scelta. Ho venduto la mia proprietà per venti milioni di dollari. I documenti sono tutti firmati, ma la vendita non sarà esecutiva e resa pubblica se non un mese dopo la mia partenza.»

«Così poco? Avresti dovuto ricavarne almeno il doppio.»

«Il problema è che non ho il tempo per le trattative. Mia figlia sta morendo e la donna che amo vive nel terrore. Puoi aiutarmi?»

«Mandami una procura per i nostri archivi segreti e telefonami quando arrivi in Europa. Sarà tutto pronto.»

«Non dimenticare le tasse...»

«Dopo tutto quello che hai fatto per noi? Ne parleremo in

seguito. Stammi bene e cerca di goderti quel po' di felicità che puoi. Dio sa se la meriti.»

Come vengono facili le parole! Van Nostrand sfogliò ancora una volta la sua rubrica telefonica segreta. Trovò il nome e il numero privato del successivo interlocutore, il capo delle forze speciali dell'Esercito degli Stati Uniti. Era un individuo potente e capace, di così straordinaria efficienza che persino la CIA, sua rivale e spesso avversaria, nutriva per lui un certo riluttante rispetto. I suoi agenti si erano infiltrati non solo nel KGB, nel MI6, nel Deuxième, ma nel sacrosanto e impenetrabile Mossad. Lo aveva fatto grazie a elementi altamente selezionati, poliglotti, muniti di documenti falsificati con abilità che riuscivano a ingannare persino i controlli elettronici... e grazie anche all'aiuto di Van Nostrand, che aveva viaggiato in tutto il mondo ed era una miniera di informazioni segrete... I due erano molto amici e il generale si era goduto numerosi piacevoli weekend nella tenuta di Van Nostrand, in compagnia di una giovane donna molto dotata e molto accondiscendente, mentre la moglie lo credeva a Bangkok o Kuala Lumpur.

«Non ho mai sentito niente di così infame, Nils! Chi si crede di essere, quel fottuto bastardo? Vado subito in Europa e lo sistemo io stesso! Cristo, tua figlia che sta morendo e la madre che è vissuta per vent'anni sotto la minaccia di essere uccisa! È un uomo morto!»

«Ucciderlo significherebbe farne un martire agli occhi dei suoi devoti seguaci, tutti veri fanatici. Sospetterebbero sua moglie, perché si dice che lo odia. E sarebbe immediatamente vittima di quell'"incidente" che lui ha in progetto da tanto tempo.»

«Non ti è venuto in mente che se il bastardo pensa, come certamente farà, che lei sia fuggita con te, vi darà la caccia per tutta la vita?»

«Ne dubito, amico mio. Mia figlia morirà e con lei la minaccia che pende sulla sua integrità. Una moglie può lasciare in silenzio e senza scalpore un potente uomo politico e non fa notizia. Invece un uomo politico che vive per vent'anni con una figlia che crede sua e non lo è, questo sì che fa notizia. Se è stato fatto fesso una volta, quante altre volte sarà successo? Non può permettersi di essere sputtanato in pubblico.»

«Okay, così toglierlo di mezzo è escluso. Che altro posso fare?»

«Ho bisogno di un passaporto, di un genere un po' particolare, e per questo pomeriggio: un passaporto falso non americano.»

«Tutto qui? Perché?»

«In parte per quanto tu stesso hai suggerito. Potrebbe rintracciarci servendosi delle strutture internazionali di controllo, anche se non credo che lo farà. Ma soprattutto conto di acquistare una proprietà. Poiché sono piuttosto conosciuto, non voglio che il mio nome appaia su qualche giornale, sarebbe come invitarlo a farmi fuori.»

«Capisco. Cos'hai in mente?»

«Poiché ho passato diversi anni in Argentina a organizzare i miei affari internazionali e parlo correntemente lo spagnolo, pensavo di stabilirmi lì.»

«Nessun problema. Abbiamo i duplicati delle loro matrici. E abbiamo anche i migliori grafici del mondo. Hai pensato a un nome, una data di nascita?»

«Sicuro. Uno dei tanti *desaparecidos*. Colonnello Alejandro Schrieber-Cortez.»

«Compitalo, Nils.»

Van Nostrand dettò il nome, aggiungendo una data di nascita. «Che altro ti occorre?»

«Connotati, colore di occhi e capelli e una foto tessera non più vecchia di cinque anni.»

«Ti farò consegnare tutto a mano entro mezzogiorno. Tu mi conosci, generale, potrei rivolgermi a Bruce, al Dipartimento di Stato, ma questo francamente non rientra nel suo campo di competenze...»

«Quello stronzo non riuscirebbe a montare una faccenda del genere, come non riuscirebbe a montare la migliore squillo della città. E quell'altro *civile* della CIA, chissà che pasticcio combinerebbe!... Vuoi venire qui da me e farti fare un'altra faccia dai miei ragazzi? Colore dei capelli, lenti a contatto...»

«Perdonami, amico mio, ma tu e io abbiamo parlato molte volte di queste procedure. Mi hai dato persino il nome di qualche vostro specialista, ricordi?»

«*Se ricordo?*» Il generale si mise a ridere. «Nella tua tenuta? No, io non ricordo niente!»

«Bene, uno dei vostri specialisti verrà qui da me fra un'ora. Un tale di nome Crowe.»

«Cornacchia? È un mago... Digli di portare la roba direttamente a me e mi occuperò di tutto io. È il minimo che possa fare, vecchio mio.»

L'ultima telefonata fu per il segretario alla Difesa, uomo estremamente efficiente e raffinato che si era visto affidare l'incarico sbagliato, cosa di cui si era reso conto subito, dopo i primi cinque mesi di servizio. Era un brillante operatore nel settore privato ed era arrivato alla carica di presidente di una delle più grandi imprese finanziarie d'America; ma non era in grado di fronteggiare i generali e gli ammiragli del Pentagono.

«Mi fanno morire!» aveva detto un giorno al suo amico Van Nostrand. «Il più delle volte, quando sollevo il problema della riduzione delle spese, mi sommergono di obiezioni e previsioni catastrofiche.»

«Devi essere molto più risoluto con loro. Ti sarà successo anche in passato di dover ripianare qualche progetto per ridurre le spese.»

«Naturale» aveva ammesso il segretario, che quella sera era ospite di Van Nostrand e centellinava un brandy con lui. «Ma in quelle occasioni era implicito il fatto che l'uno o l'altro dei miei subordinati avrebbe potuto perdere il posto, se gli ordini non fossero stati eseguiti... e invece, chi può silurare quei bastardi del Pentagono? E poi non sono il tipo che punta i piedi.»

«Allora fallo fare ai funzionari.»

«Questo è il bello! I segretari come me vanno e vengono, ma il personale burocratico, i G-7 o 8, o come diavolo si chiamano, sono inamovibili. Da dove traggono certi loro privilegi, i voli su aerei militari per le località balneari dei Caraibi riservate al personale dell'Esercito? Inutile che tu risponda, l'ho scoperto da me.»

«Un bel labirinto.»

«Una situazione insostenibile, almeno per uno come me. Aspetto altri tre o quattro mesi e poi invento qualche ragione personale per presentare le dimissioni.»

«Problemi di salute? Tu, uno dei più famosi mediani nella storia del football a Yale? E chi ti crederebbe? Ti vedono tutti i giorni a fare jogging in Tv!»

«Sì, un atleta di sessantasei anni!» aveva replicato sorridendo il segretario. «Mia moglie detesta Washington e sarebbe felice che mi occupassi un po' più di lei e della sua salute.»

Fortunatamente per Van Nostrand, la morte del Padrone era avvenuta solo pochi giorni prima che il segreterio alla Difesa progettasse di annunciare le sue dimissioni. Perciò naturalmente era stato coinvolto nell'operazione "Piccola Sanguinaria" e quando Van Nostrand gli aveva telefonato affermando che ci poteva essere una relazione fra il complotto per assassinare il presidente e un certo oscuro ex ufficiale dei servizi di informazione della Marina di nome Hawthorne, il segretario era caduto nella trappola. Era necessario evitare i canali normali, e in particolare scavalcare il capitano Henry Stevens, che certo avrebbe interferito. Bisognava rintracciare Hawthorne, mandargli una lettera che provocasse una reazione... Il mondo della terrorista Bajaratt era una rete sotterranea internazionale e un uomo come Van Nostrand doveva pure conoscerlo. E se attraverso le sue decine di intermediari e informatori avesse scoperto qualcosa, per amor di Dio, gli desse tutto l'aiuto che poteva!

«Salve, Howard.»

«Mio Dio, Nils, volevo proprio telefonarti, anche se tu mi avevi pregato di non farlo. Non credo che avrei resistito più a lungo!»

«Perdonami, amico mio, ma c'è stato un susseguirsi di problemi. Anzitutto la crisi geopolitica e poi un altro problema personale, così doloroso che non vorrei neppure parlarne. Hawthorne ha ricevuto il mio messaggio?»

«Hanno sviluppato la pellicola ieri notte e hanno mandato i negativi via aerea. Tyrell N. Hawthorne ha ricevuto la tua busta alle 21.12 nel bar del cortile dell'hotel San Juan. Abbiamo controllato le foto: è proprio lui.»

«Bene, allora l'ex comandante risponderà e verrà a trovarmi. Spero che il nostro incontro dia qualche frutto utile per te.»

«Non vuoi dirmi di che cosa si tratta?»

«Non posso, Howard, perché i particolari potrebbero nuocere alla reputazione di un uomo onesto. Posso solo dirti che in base alle mie informazioni non escludo la possibilità che questo Hawthorne sia membro di una società segreta internazionale... l'Alpha.»

«L'Alpha? Cos'è?»

«Assassinio. I membri di questa congrega uccidono per conto del miglior offerente. Per la maggior parte sono veterani della clandestinità che finora hanno eluso ogni trappola. Tuttavia non c'è nessuna prova concreta riguardo a questo Hawthorne.»

«Gesù! Vuoi dire che potrebbe lavorare con questa terrorista Bajaratt, invece di darle la caccia?»

«È una teoria basata su deduzioni logiche, potrebbe essere terribilmente sbagliata o tragicamente giusta. Lo sapremo questa sera. Se tutto va secondo i nostri programmi, Hawthorne sarà qui da me fra le sei e le sette. Subito dopo, sapremo la verità.»

«E come?»

«Lo metterò a confronto con le informazioni che ho in mano e dovrà rispondere.»

«Non posso permetterlo! Farò circondare la tua tenuta!»

«Assolutamente no. Perché se lui è l'uomo che crediamo, manderà qualcuno dei suoi per un sopralluogo, e se troverà i tuoi uomini non si farà vedere.»

«Potrebbe ucciderti!»

«Molto improbabile. Le mie guardie sono sparse ovunque e sanno il fatto loro.»

«Ma non basta!»

«È più che sufficiente, amico mio. Tuttavia, se vuoi metterti in pace con te stesso, manda una macchina sul viale d'entrata dopo le sette. Se Hawthorne sarà riaccompagnato a casa con la mia limousine, saprai che i miei sospetti erano infondati e non dovrai mai parlare di quanto è successo. Ma se risulteranno confermati, i miei uomini sapranno controllare la situazione e ti informeranno immediatamente, perché io non avrò il tempo di farlo di persona. Ho proprio le ore contate, i miei impegni incalzano: questo sarà l'ultimo atto di patriottismo di un vecchio cittadino che ama il suo Paese sopra ogni altra cosa... Sono in procinto di lasciare l'America, Howard!»

«Non ti capisco...»

«Poco fa ti ho detto che mi trovavo di fronte a due emergenze, due eventi catastrofici che si accavallano. E anche se sono profondamente religioso, mi domando dov'è il mio Dio!»

«Che è successo, Nils?»

«Tutto è cominciato diversi anni fa, quando ero in Europa. Il mio matrimonio era in crisi...» Van Nostrand ripeté la litania di dolore e amore, di nascite illegittime e spaventose conseguenze. «E così devo andarmene, Howard, forse per non tornare mai più.»

«Nils, sono veramente addolorato! Mio Dio, che cosa terribile!»

«Cercherò di rifarmi una vita con la donna che amo. Sono un uomo fortunato, sotto molti aspetti, e non devo chiedere niente a nessuno. È già tutto organizzato.»

«Sarà una grave perdita per tutti noi!»

«Questo è un alto apprezzamento, amico mio, il maggior premio che abbia avuto in tanti anni di modesta attività. Addio, mio caro Howard.»

Van Nostrand depose il telefono, allontanando immediatamente dai suoi pensieri la fastidiosa immagine del noioso segretario alla Difesa. Seccante che Howard Davenport fosse l'unica persona a cui avesse fatto il nome di Hawthorne. Bene, ci avrebbe pensato in seguito, perché il suo obiettivo immediato era la morte di Tyrell Hawthorne. Doveva essere rapida e brutale, ma mirante a provocare la massima sofferenza. Le prime pallottole avrebbero colpito gli organi più sensibili, poi una raffica in piena faccia e infine la lama di un lungo coltello nell'occhio sinistro.

Lui, Van Nostrand, avrebbe assistito alla scena assaporando la vendetta per la morte del suo amante, il Padrone.

«Il suo nome era Hawthorne?» chiese Tyrell stupefatto al pilota mezzo sbronzo, proprietario del bordello in Old San Juan. «Che diavolo stai dicendo?»

«Quello che mi ha detto il tizio» ribatté Alfred Simon. Gli stava lentamente passando la sbornia davanti alle due pistole puntate. «E l'ho anche letto sul documento d'identità. Il nome era proprio Hawthorne.»

«Chi è il tuo contatto?»

«Che contatto...?»

«Chi ti ha assoldato?»

«E come faccio a saperlo?»

«Devi pur ricevere messaggi, istruzioni.»

«Ah, una delle mie ragazze. Qualcuno viene qui a controllare la merce, lascia una nota con i soldi e allunga una mancia alla ragazza. Io ricevo la nota qualche ora dopo.»

«È veramente un "esterno", comandante» osservò Poole.

«Comandante...?» Il pilota si agitò. «Sei un pezzo grosso dell'Esercito?»

«Grosso abbastanza per te, canaglia... Allora, quale ragazza ti ha passato le istruzioni per Gorda?»

«Quella che stavo scopando poco fa... è un demonio... solo diciassette anni...»

«Figlio di puttana!» ruggì Poole. Lo colpì in faccia senza preavviso. Il pilota si rovesciò sui cuscini con la bocca sanguinante. «Ho già sistemato un bastardo come te. Quello che aveva messo le mani su mia sorella.»

«Piantala, tenente. Siamo qui per avere informazioni, non per riformare i criminali.»

«Gente come questa mi fa salire il sangue alla testa.»

«Capisco, ma adesso dobbiamo occuparci d'altro... Hai chiesto se ero un pezzo grosso dell'Esercito, Simon, e la risposta è sì. Se ti interessa, faccio parte anche della CIA.»

«Allora potresti scrollarmela di dosso?»

«E tu puoi darmi qualcosa per invogliarmi a tentare?»

«Okay, okay... tutte le mie missioni sono fra le sette e le otto e sempre dalla stessa pista. È sempre lo stesso controllore di volo che mi dà via libera per il decollo.»

«Come si chiama?»

«Non si può sapere, ma è un tipo sveglio, con una voce acuta e una gran tosse. È sempre lui assegnato al mio apparecchio. Per molto tempo ho pensato che fosse solo una coincidenza, poi ho capito che c'era sotto qualcosa.»

«Voglio parlare alla ragazza che ti ha passato le istruzioni per Gorda.»

«Sarà facile, ora che le avete fatte scappare tutte! E non torneranno finché la porta sfondata non sarà riparata e tutto sarà di nuovo normale.»

«Allora, dove abita?»

«Come sarebbe, dove abita? Qui naturalmente, con tutte le altre, con le domestiche che ripuliscono le stanze, fanno il bucato e preparano ottimi pranzi. Anch'io ero un ufficiale e so come mantenere la truppa in forma.»

«Vuoi dire che finché non sarà aggiustata la porta...»

«Nessuna si farà vedere. Tu che faresti?»

«Ehi, Jackson...»

«Ci sono» replicò subito il tenente. «Hai degli attrezzi qui, ruffiano?»

«Giù in cantina.»

«Vado a vedere.» Poole scomparve nello scantinato.

«Quanto tempo restano in servizio questi controllori di volo del turno dalle sette alle otto?»

«Vengono alle sei e se ne vanno alla una. Il che significa che hai un'ora e venti minuti per andare a trovarlo, diciamo un po' meno di un'ora, perché ci vogliono almeno una ventina di minuti per arrivare all'aeroporto, se hai una macchina veloce.»

«Non abbiamo una macchina.»

«Puoi prendere a noleggio la mia. Mille dollari l'ora.»

«Tira fuori le chiavi,» intimò Hawthorne «o ti ritroverai un foro tra gli occhi.»

«Prego, serviti pure.» Il pilota prese un mazzo di chiavi dal tavolino. «È nel cortile, una Caddy decappottabile bianca.»

«Tenente!» gridò Hawthorne, strappando l'unico telefono della stanza. «Ce ne andiamo! Torna su!»

«Diavolo, avevo trovato qui sotto un paio di vecchi battenti che potevo...»

«Lascia stare. Dobbiamo andare subito all'aeroporto.»

«Eccomi, comandante.» Poole corse su per la scala dello scantinato. «Che cosa ne facciamo di lui?» chiese accennando a Simon.

«Oh, resto qui, che diamine!» replicò il pilota. «Dove diavolo dovrei andare?»

Il controllore di volo non era nella torre, anche se fu identificato facilmente in base alla descrizione avuta da Simon. Si chiamava Cornwall e i colleghi già da quarantacinque minuti ne stavano coprendo l'assenza.

L'uomo fu rinvenuto da un cuoco nel ripostiglio dietro la cucina, con un foro sanguinante al centro della fronte. Fu chiamata la polizia aeroportuale e cominciarono gli interrogatori di tutti i presenti, che durarono quasi tre ore. Le risposte di Tyrell furono quelle di un professionista: un misto di ignoranza, innocenza e rimpianto per la scomparsa di un presunto amico.

Finalmente rilasciati, Hawthorne e Poole tornarono di corsa al bordello di Old San Juan.

«Adesso riparo la porta» disse il tenente scendendo nello scantinato mentre Tyrell esausto si lasciava cadere in una poltrona. Il proprietario del locale russava sul divano. In pochi minuti Tyrell si assopì.

Dalla finestra entrò un raggio di sole improvviso che svegliò Tyrell e il pilota. Si alzarono strofinandosi gli occhi. Dall'altra parte della stanza, su una sedia a sdraio, Poole russava ancora. La porta era stata sostituita da un nuovo battente, con tanto di spioncino.

«Chi diavolo è quello?» brontolò Simon ottenebrato dai postumi di una sbornia colossale.

«Il mio *chargé d'affaires* militare» rispose Hawthorne che, ancora intorpidito dal sonno, faticava a trovare l'equilibrio sulle gambe. «Non fare scherzi, altrimenti ti riduco in poltiglia a calci.»

«Sto troppo male per tentare qualcosa.»

«Ne deduco che oggi non intendi volare.»

«Sta' tranquillo, non oserei nemmeno avvicinarmi a un aereo!»

«Lieto di sentirtelo dire. Dimostri almeno un po' di buonsenso.»

«Evitami i sermoni, marinaio. Mi basta che tu mi dia una mano.»

«Perché dovrei? Il tuo uomo era morto.»

«Che cosa?»

«Mi hai sentito, il controllore di volo aveva un foro di pallottola nella testa.»

«Gesù!»

«Forse hai avvertito qualcuno che lo stavamo cercando.»

«E come? Avete strappato il cavo del telefono!»

«Ce ne sarà qualcun altro in giro...»

«L'unico altro apparecchio è nella mia stanza al terzo piano, e se credi che ieri sera avrei potuto salire fin là, allora hai sbagliato mestiere. E poi, chi me lo avrebbe fatto fare? Io ho bisogno del tuo aiuto.»

«Riconosco che c'è una certa logica in quello che dici. È più probabile che qualcuno ci abbia seguito fin qui e, sapendo che ti avevamo trovato, abbia immaginato che volessimo cercare anche il tuo socio.»

Simon scrutò allarmato il viso di Hawthorne. «Mi stai dicendo che ora potrebbe toccare a me?»

«È un'idea che mi è venuta.»

«E allora fa' qualcosa, per l'amor del cielo!»

«Tu che cosa suggeriresti?... A proposito, questo pomeriggio alle tre ho un altro impegno. Non potrò trattenermi.»

«E mi lasci in questo fottuto imbroglio?»

«Mettiamola così» ribatté Tyrell consultando l'ora. «Adesso sono le sei e un quarto, perciò ci restano nove ore per escogitare qualcosa.»

«Ti basterebbero nove minuti per procurarmi protezione!»

«Usare il denaro dei contribuenti per salvare una canaglia di pilota che gestisce un bordello? Come la prenderebbe il Congresso?»

«Ma io rischio la vita!»

«Ieri sera mi hai detto di premere pure il grilletto» gli ricordò Tyrell.

«Ero ubriaco!»

«Coraggio, non sprechiamo altro tempo. Comincia a raccontare come ti hanno reclutato.»

«Diavolo, è stato tanti anni fa, non ricordo.»

«Fa' uno sforzo.»

«Venne da me un uomo con i capelli grigi, una di quelle persone di gran classe, che sembrava uscito dalla pubblicità di una rivista d'alta moda. Mi disse che avrebbe potuto cancellare con un colpo di spugna tutto il mio passato se avessi fatto quel che voleva lui.»

«E tu?»

«Ci sono stato, perdiana. Ho cominciato trasportando sigari cubani, poi sono passato a contenitori impermeabili da scaricare in mare, a sessanta chilometri dalla costa di Key West, in Florida.»

«Droga» commentò Hawthorne.

«Sicuramente non erano sigari.»

«E poi?»

«Lascia che ti dica una cosa, comandante. Ho due figli a Milwaukee. Non li ho mai visti, ma so che sono miei. Non ho simpatia per la droga e quando ho sommato due più due e ho visto che il risultato era quattro, ho detto che non mi andava più. Allora è tornato quel tizio che camminava come un frocio e mi ha detto che dovevo scegliere fra ubbidire o l'ergastolo. Non avrei più potuto mandare soldi ai miei ragazzi a Milwaukee.» Simon si alzò. «Ho bisogno di bere.»

«Il tuo bar è laggiù, serviti pure. Intanto continua a raccontare.»

«Ecco,» continuò il padrone del bordello mentre si avvicinava al bar barcollando «due o tre volte l'anno viene qui un bastardo in giacca e cravatta a farsi fare il miglior pompino della casa.»

«Pompino?»

«Sesso orale, come vuoi che lo chiami?»

«E allora?»

«Ottiene quello che cerca, ma non tocca mai la ragazza, capisci che cosa voglio dire?»

«Non molto. Esula dalle mie competenze.»

«È uno che non si toglie mai i vestiti.»

«Cioè?»

«Be', non è naturale. Così mi sono incuriosito e gli ho fatto dare un rocket da una delle ragazze.»

«Un rocket?»

«Una polverina nel bicchiere, giusto per spedirlo nel mondo dei sogni.»

«Capito.»

«Così abbiamo dato un'occhiata ai documenti nel portafogli. C'erano carta d'identità, biglietti da visita, tessere di club, tutto l'armamentario. È un avvocato importante, di uno dei più noti studi legali di Washington.»

«E che cosa ne hai dedotto?»

«Non so, ma qualcosa che non quadrava c'era. Uno come quello può trovare soddisfazione in locali molto esclusivi. Allora perché frequentare un posto come questo?»

«Proprio perché è come questo. Qui l'anonimato è garantito.»

«Può essere, ma le ragazze dicono che fa sempre domande, vuol sapere chi sono i clienti, se c'è qualcuno che ha l'aspetto di un nordafricano o che so io. Mi sembra che non gli interessi solo il sesso, ti pare?»

«Pensi che sia un intermediario, qualcuno che porta un'informazione ma non sa esattamente da parte di chi e per conto di chi?»

«Chissà.»

«Sapresti identificarlo, in caso che i suoi documenti d'identità siano falsi?»

«Sicuro. I tipi di classe spiccano, qui da noi.»

«Bene, così abbiamo due tipi di classe, quello che ti ha reclutato e l'avvocato di Washington che non si spoglia nei bordelli. E come si chiamano?»

«Quello che mi ha reclutato ha detto di chiamarsi Nettuno, ma sono anni che non lo vedo. L'avvocato si chiama David Ingersol, ma come ho detto potrebbe essere un nome falso.»

«Controlleremo... Prima di Gorda, qual è stato il tuo ultimo incarico?»

«Oltre a questo, arrotondo accompagnando i turisti, ma è un'attività assolutamente legale...»

«Parlavo del lavoro che svolgevi per lo sconosciuto che ti ha reclutato» lo interruppe Hawthorne.

«Viaggi in idrovolante, di solito una volta la settimana, talvolta due, fino a un buco di isolotto che non è nemmeno segnato sulle carte.»

«Con una caletta, un piccolo molo e una casa costruita a ridosso la collina.»

«Sì. Ma tu come lo sai?»

«Non c'è più.»

«L'isola?»

«La casa. Che cosa trasportavi, o chi?»

«Perlopiù generi alimentari, frutta, verdura, carne fresca. Chiunque vivesse là, non amava i surgelati. Qualche volta portavo visitatori che si fermavano solo per la giornata. Solo una persona si tratteneva per la notte.»

«Chi?»

«Il nome, non lo so. Ma era una donna, un gran pezzo di femmina.»

«Una donna?»

«E che donna! Una mediterranea, a giudicare dall'aspetto, ma alta, gambe lunghe, forse sulla trentina.»

«*Bajaratt!*» mormorò fra sé Hawthorne.

«Come?»

«Niente. Quando l'hai vista l'ultima volta e dove?»

«Un paio di giorni fa. L'ho sbarcata sull'isola dopo averla presa a bordo a St. Barts.»

Tyrell lo ascoltava a denti stretti. Un nodo gli stringeva la gola. *Pazzesco... Dominique?*

16

«Tu menti!» Hawthorne si precipitò sul pilota e lo afferrò per la camicia sudicia, facendogli cadere il bicchiere che si frantumò sul pavimento. «Chi diavolo sei? Prima usi il mio nome per il killer sul tuo aereo, ora mi stai dicendo che un'amica, una mia intima amica, è la puttana psicotica a cui mezzo mondo dà la caccia! Sei un bugiardo! Chi te lo fa fare?»

«Cosa succede?» Svegliato di soprassalto, Poole si alzò dalla sedia a sdraio.

«Toglimi le mani di dosso, bastardo!» protestò il pilota. «Tu hai le scarpe e io no, e ci sono vetri rotti per tutto il pavimento!»

«E fra dieci secondi ci strofinerò contro la tua faccia! Chi ti ha detto di raccontare tutte queste fandonie?»

«Ma cosa diavolo stai dicendo?»

«Che cosa sai di Amsterdam?»

«Cristo, non ci sono mai stato!... Lasciami andare!»

«La donna di St. Barts! Capelli biondi o neri?»

«Neri. Te l'ho detto, italiana o spagnola.»

«Alta?»

«Con i tacchi era alta quasi come me e io sono uno e settantotto.»

«Pelle?»

«Abbronzata, come quando si prende il sole.»

«Cosa indossava?»

«Ma, non so...»

«Pensaci.»

«Un vestito bianco, o giacca e calzoni bianchi, una cosa del genere.»

«Figlio di puttana, tu menti!» gridò ancora Tyrell spingendo l'uomo contro il banco del bar.

«Perché dovrei mentire?»

«Non mente, Tye» intervenne Poole. «Non ha la forza né lo stomaco per farlo, non vedi in che condizioni è?»

«Oh, mio Dio!» Hawthorne lasciò ricadere le braccia e si voltò dall'altra parte, un po' mormorando, un po' gemendo. «Oh Dio, oh Dio, oh Dio!» Si avvicinò lentamente alla finestra che dava su un vicolo tetro, con gli occhi smarriti e un gemito strozzato che gli saliva dalle viscere. «... Saba, Parigi... Barts... tutte menzogne. Amsterdam, Amsterdam!»

«Amsterdam?» chiese ingenuamente il pilota, staccandosi dal bar a passi cauti per evitare i frammenti di vetro.

«Chiudi la bocca» gli intimò Poole guardando la figura tremante di Tyrell appoggiata alla finestra. «Quell'uomo sta soffrendo, imbecille.»

«E io cosa c'entro? Che cosa ho fatto?»

«Gli hai detto qualcosa che non voleva sentire, penso.»

«Gli ho detto solo la verità.»

Hawthorne si voltò di scatto, lo sguardo da pazzo. «Un telefono!» urlò. «Dov'è l'altro telefono?»

«Al terzo piano, ma la porta è chiusa. Le chiavi sono qui da qualche parte...»

Ma Tyrell stava già salendo gli scalini a tre per volta e il rumore dei suoi passi rimbombava per tutto il vecchio bordello. «Il tuo comandante è pazzo» borbottò il pilota. «S'incazza perché ho usato il suo nome, ma quel tizio sull'aereo l'ha pronunciato chiaramente. "Io mi chiamo Hawthorne." Deve averlo ripetuto tre o quattro volte.»

«Mentiva. È lui Hawthorne.»

«Oh, santa madre...»

«Non c'è più niente di santo in questo dannato imbroglio» replicò Poole con voce pacata.

Hawthorne si scagliò ripetutamente con la spalla contro la porta dell'appartamento privato del pilota al terzo piano: la serratura saltò al quinto tentativo. Si precipitò dentro, sorpreso per un attimo dall'ordine e dalla pulizia delle stanze comunicanti. Si era aspettato un disordine d'inferno; invece si era ritrovato in un appartamento che avrebbe potuto comparire in un articolo di *Town and Country*: impronta molto maschile, costoso cuoio e legno scuro, pannelli di quercia chiara, belle riproduzioni di impressionisti alle pareti.

Corse nella stanza da letto. Dovunque sul tavolino, sulla scrivania, sui comodini, c'erano foto incorniciate di due bambini, ritratti a diverse età. Il telefono era sul comodino accanto al letto. Tyrell lo afferrò, estrasse dalla tasca un foglietto con un numero di Parigi. Per un attimo si fermò, alla vista di un'altra foto. Due giovinetti, un ragazzo e una ragazza, entrambi belli e quasi identici. *Buon Dio, sono gemelli!* pensò. Indossavano una divisa da college, gonna scozzese e blusa bianca per la ragazza, giacca sportiva e cravatta a righe per il giovane. Sotto figurava la scritta:

Università del Wisconsin
Ufficio immatricolazione

Poi, in fondo alla foto, Tyrell lesse:

Sono sempre inseparabili, Al, e malgrado qualche litigio si vogliono bene. Ne saresti orgoglioso, come loro sono orgogliosi del loro padre che è caduto servendo il suo Paese. E ti ringraziamo del tuo aiuto.

Un uomo veramente complicato, quel pilota!

Compose il numero di Parigi, leggendolo attentamente dal foglietto.

«*La maison de Couvier*» rispose una voce femminile, lontana cinquemila chilometri.

«Pauline?»

«Ah, monsieur, è lei, *n'est-ce pas*? Saba?»

«Questa è una delle cose che devo chiedere. Perché non era là?»

«Oh, io l'ho chiesto, monsieur, e madame ha detto che non aveva mai fatto il nome di Saba. Deve essersi sbagliato. Suo zio si è trasferito su un'altra isola più di un anno fa perché i suoi vicini erano diventati troppo curiosi. E lei non ha avuto tempo di spiegarglielo, monsieur, perché doveva prendere immediatamente l'aereo per Parigi... le avrebbe poi telefonato al ritorno.»

«Un po' comoda, come scusa, Pauline.»

«Monsieur, non sarà geloso! No, non può essere, non c'è ragione. Lei è sempre nel cuore di madame, e io sola lo so.»

«Voglio parlarle. Adesso!»

«Ma non è qui, lo sa.»

«In che albergo sta?»

«Nessun albergo. Madame e monsieur si trovano su uno yacht monegasco, nel Mediterraneo.»

«Gli yacht hanno il telefono. Mi dia il numero.»

«Non lo so, mi creda. Madame mi telefonerà fra un'ora circa perché dobbiamo organizzare un pranzo per la settimana prossima. Abbiamo ospiti da Zurigo.»

«Devo parlarle!»

«Le parlerà, monsieur. Mi lasci un numero e la farò richiamare. Oppure mi richiami lei, e avrò un numero da darle. Non c'è problema.»

«Lo farò.»

Uno yacht nel Mediterraneo, che non lascia il numero di telefono a Parigi in caso di emergenza? Chi era la donna che era salita a bordo dell'aereo di Simon a St. Barts? Fin dove si sarebbero spinti quelli che sapevano di Amsterdam, per farlo impazzire? Una donna vestita come Dominique in quel mosaico pazzesco... o forse era lui che mentiva a se stesso? Aveva forse mentito a se stesso ad Amsterdam?

Riappese il telefono con la mano tremante, incerto se chiamare Henry Stevens a Washington. Il fatto che NVN, chiunque fosse, avesse scavalcato il capo dei servizi di informazione della Marina per raggiungerlo era significativo, ma avrebbe dovuto attendere le tre del pomeriggio per saperne di più. Poteva aspettare finché Stevens gli avesse telefonato all'albergo di Isla Verde, il capitano certamente l'avrebbe fatto... Cielo, Cathy! Si era dimenticato di Cathy; peggio ancora, se n'era dimenticato anche Poole. La chiamò immediatamente.

«Dove siete stati, voi due!» gridò Cathy. «Ero preoccupata da morire, stavo quasi per telefonare al consolato, alla base navale... persino al tuo amico a Washington.»

«Non l'hai fatto, vero?»

«Non ce n'è stato bisogno. Ha telefonato qui tre volte dalle quattro di questa mattina.»

«E gli hai parlato? Gli hai detto qualcosa del messaggio che ho ricevuto ieri sera?»

«Ma no, Tye,» protestò Cathy «naturalmente non ne ho fatto parola.»

«E lui che cosa voleva?»

«Voleva sapere dov'eri e quando saresti tornato e io mi sono guardata bene dal dirglielo. Allora ha perso la pazienza e mi ha chiesto se, insomma, non sapevo proprio niente! Gli ho risposto che avevo sentito parlare di "fondi di contingenza"... e non mi è parso che lo trovasse divertente.»

«Non c'è più niente di divertente ormai.»

«Che cos'è successo?» chiese Cathy tranquillamente.

«Abbiamo trovato il pilota, che ci ha condotto a un altro individuo.»

«È un progresso.»

«Non proprio. L'uomo è stato ucciso prima che lo raggiungessimo.»

«Oh, mio Dio! E voi state bene? Quando tornate?»

«Appena possiamo.» Hawthorne riappese e attese qualche momento, cercando di raccogliere le idee. Una donna alta con un abito bianco, un bel viso abbronzato... a bordo di un aereo che da St. Barts atterrava sull'isola-fortezza del Padrone... Le coincidenze non esistevano nel mondo in cui era vissuto, in cui loro l'avevano spinto di nuovo, gli incontri non erano casuali ma predisposti, una persona scambiata con un'altra in tempi calcolati al secondo... Oh, Cristo, stava ammattendo. Doveva riprendersi. *Concentrati, Tye!*

Chiamò Washington. Un attimo dopo Stevens era in linea.

«Quella donna, quel maggiore dell'Air Force, ha detto che non sapeva quando eri partito, né dov'eri né quando saresti tornato. Che diavolo sta succedendo?»

«Avrai da me un rapporto completo, Henry, a suo tempo. Ora ti do quattro nomi e ho bisogno che tu mi riferisca tutto quello che riesci a scoprire.»

«Per quando?»

«Hai un'ora.»

«Ma sei matto!...»

«Potrebbero essere collegati alla Bajaratt...»

«Hai vinto. Fuori i nomi.»

«Primo: qualcuno che si fa chiamare Nettuno. Descrizione sommaria: alto, distinto, capelli grigi, sui sessant'anni, ricco, americano.»

«Questa descrizione corrisponde a metà della popolazione maschile di Georgetown. L'altro?»

«Un avvocato di Washington di nome Ingersol...»

«Ingersol e White?» lo interruppe Stevens.

«Probabilmente. Lo conosci?»

«Solo di fama, come tutti. David Ingersol, figlio di uno stimatissimo ex giudice della Corte Suprema, gran giocatore di golf, amico di tutti i pezzi grossi, assai influente lui stesso. Non vorrai insinuare che Ingersol è implicato in...»

«Io non insinuo niente, Henry.»

«Eccome, se stai insinuando! E, Tye, lascia che te lo dica, sei del tutto fuori strada. Ingersol ha fatto parecchi favori alla CIA durante i suoi viaggi d'affari in Europa.»

«E questo mi mette fuori strada?»

«È tenuto in grande considerazione a Langley. Io non amo molto quelli della CIA, pestano troppo i piedi a tutti, ma i loro controlli sono severissimi, te lo garantisco. Non posso credere che si servano di una persona come Ingersol senza averlo esaminato al microscopio.»

«Malgrado tutto, come mi dice la mia fonte, è stato visto in casa di qualcuno che è implicato nel complotto... forse solo perifericamente, forse inconsapevolmente. Ma Ingersol era là.»

«Bene, prendo nota. Chi altro?»

«Un controllore di volo di San Juan, un tale Cornwall. È morto.»

«Morto?»

«Gli hanno sparato alla testa poco prima che arrivassimo da lui all'una di questa notte.»

«E come lo avevi rintracciato?»

«Questo è il quarto nome e con lui devi scavare molto in fondo.»

«È tanto implicato?»

«È la fonte di cui ti parlavo ed è solo un anello della catena, ma qualcuno nella tua città lo tiene al guinzaglio. Chiunque sia, potrebbe essere una pista.»

«Vorresti dirmi che questa Bajaratt ha complici nell'alta burocrazia di governo?»

«Puoi scommetterci.»

«Dammi il nome.»

«Simon, Alfred Simon. Era pilota dei paracadutisti a Vientiane, della Royal Lao.»

«La CIA» lo interruppe Stevens. «Quei bei giorni, anzi orribili giorni del passato. Sacchi di denaro gettati dagli aerei per comprare le tribù del Laos e della Cambogia. I Montagnard erano pagati molto e i piloti li derubavano... Come potrebbe qualcuno a Washington tenere al guinzaglio uno di quelli?»

«Hanno scaricato sulle sue spalle i loro aerei, hanno costretto un pilota giovanissimo a firmare documenti di acquisto più che discutibili quando era probabilmente ubriaco. In questo modo è marchiato a fuoco come mercenario e ladro, senza alcun rapporto con i virtuosi ragazzi dell'aviazione degli Stati Uniti.»

«Poi gli tirano via il tappeto da sotto i piedi e lo denunciano per aver lucrato illegalmente, mentre i nostri bravi ragazzi muoiono in guerra.»

«Una manovra sporca!»

«Sicuro, ma classica. E non occorreva neanche che fosse ubriaco, bastava che fosse avido di denaro. Immagina di avere in mano mercanzia per milioni, specialmente data l'età, e non si rende conto che ha invece il cappio al collo per tutta la vita. So chi devo cercare per scoprire chi c'è dietro a questo Alfred Simon, pilota, A.I.D., Vientiane.»

«Puoi fare in modo che nessuno venga a sapere che stai indagando?»

«Certamente» affermò il capo dei servizi segreti di informazione della Marina.

«Chiamami all'albergo. Se non mi trovi, lascia detto tutto quello che hai scoperto al maggiore Catherine Neilsen. Ora è certificata classe quattro-zero, a meno che voi altri idioti le abbiate cambiato la classificazione.»

«Da come parla, meriterebbe una classe sottozero.»

«Capitano, non rompere. Senza di lei, saremmo morti.»

«Scusami, cercavo solo di alleggerire l'atmosfera.»

«Mettiti all'opera, Henry, e telefonami.» Hawthorne sbatté giù il telefono rendendosi conto che aveva la fronte madida di sudore. E ora? Doveva agire, tenersi in movimento... non poteva fermarsi a pensare a cose che... non osava neanche formulare nella mente. Eppure doveva! Poteva mentire ad altri, ma non a se stesso, ormai. Saba, uno zio scontroso, una confidente a Parigi, opere di carità... dichiarazioni d'amore. Tutte menzogne.

Dominique! Dominique Montaigne era Bajaratt!

Le avrebbe dato la caccia a costo di rimetterci la pelle. Ora nulla poteva fermarlo.

Alla Centrale di polizia di San Juan, squadra omicidi, la moglie del controllore di volo assassinato, tale Rose Cornwall, aveva recitato una scena superba davanti agli occhi degli agenti di Portorico. Si era mostrata stoica e coraggiosa malgrado il tragico lutto che le lacerava il cuore... No, non poteva essere di nessun aiuto. Il suo adorato marito non aveva un nemico al mondo perché era l'uomo più buono e più gentile che il buon Dio avesse mai mandato sulla Terra. Debiti? Nessuno, vivevano bene, ma sempre nei limiti del loro bilancio. Cattive abitudini, magari il gioco? Assai raramente, solo alle slot-machine, quelle da venticinque cent, e mai più di venti dollari per volta. Droghe? *Mai!* Il sant'uomo poteva a stento prendere un'aspirina e fumava una sola sigaretta dopo i pasti. Perché erano venuti da Chicago a Portorico cinque anni fa? Perché lì la vita era molto più confortevole... il clima, le spiagge, la foresta pluviale – il povero caro amava vagare per ore nella foresta – e senza la tremenda tensione dell'aeroporto O'Hare di Chicago.

«Ora posso tornare a casa? Vorrei restare un po' sola. Chiamerò il nostro parroco. È un uomo meraviglioso e sbrigherà lui tutte le pratiche.»

Rose Cornwall fu riaccompagnata al suo appartamento in un elegante condominio di Isla Verde, ma non telefonò al parroco. Chiamò invece un numero di Mayagüez.

«Ascolta, figlio di puttana, vi ho coperti, ma ora voglio la mia parte» disse la vedova Cornwall.

Il telefono squillò nella suite dell'albergo di San Juan mentre Catherine Neilsen, seduta alla scrivania, leggeva sul giornale la notizia dell'assassinio all'aeroporto.

«Sì?»

«Qui Stevens, maggiore.»

«Questa è la quinta volta che chiama, capitano, se non sbaglio.»

«Non sbaglia, e presumo che lui sia lì. Gli ho parlato un'ora e mezza fa.»

«Sì, me l'ha detto. Ora è sotto la doccia, tutti e due sono sotto la doccia! Dovrebbero restarci per un pezzo. Questa stanza puzza come un vomitevole deodorante di pessima qualità.»

«Un... cosa?»

«Puzzano di bordello, capitano. Erano appunto lì.»

«Lo chiami subito! È lui che ha ordinato priorità assoluta.»

«Spero di non farlo arrabbiare. Resti in linea, prego.» Cathy entrò nella stanza di Hawthorne, esitò un attimo davanti alla porta del bagno, poi l'aprì e trovò Tyrell completamente nudo, intento ad asciugarsi.

«Spiacente di disturbare, comandante. Washington al telefono.»

«Non hai mai sentito dire che si bussa?»

«Oh, l'avevo dimenticato.»

Avvolto nell'asciugamano, Hawthorne corse al telefono. «Cos'hai trovato, Henry?»

«Su Nettuno quasi nulla.»

«Che significa "quasi"?»

«I computer dell'emisfero sud ci hanno dato una sola voce. Pare che, diversi anni fa, ci fosse un "Nettuno" in Argentina, legato al golpe dei generali, ma era solo il soprannome di uno straniero molto vicino ai vertici del potere. Nessun'altra informazione, tranne collegamenti con un certo "Marte", altrettanto misterioso.»

«Ingersol?»

«Candido come un agnellino, Tye, ma con Portorico l'hai indovinata: si reca là cinque o sei volte l'anno per lavoro. Ha dei clienti, tutti controllati, tutto perfettamente legittimo.»

«Ah, è così... E a proposito del controllore di volo Cornwall?»

«Un po' più interessante. Era caposezione all'aeroporto O'Hare di Chicago, un bravo ragazzo che guadagnava benino. Tuttavia, scavando più a fondo, è venuto fuori che sua moglie possedeva una quota di un vecchio ristorante di Chicago, uno dei più popolari di quella zona della città. Hanno venduto la quota a un prezzo molto inferiore al valore reale quando si sono trasferiti a Portorico. Eppure fruttava bene.»

«Il che solleva una domanda» osservò Tyrell. «Dove hanno preso il denaro per comprare quella quota?»

«C'è una seconda domanda, che potrebbe essere una risposta alla prima» replicò Stevens. «Come fa un controllore di volo di San Juan, dove lo stipendio non è neppure paragonabile a quello di O'Hare, a comprarsi un appartamento da seicentomila dollari sulla spiaggia, a Isla Verde? La sua quota del ristorante non bastava neppure a pagarne un terzo.»

«Isla Verde...?»

«È sul lungomare, il quartiere più prestigioso della città.»

«Lo so, è qui che si trova il nostro albergo. Nient'altro sul nostro Cornwall?»

«Congetture, niente di concreto.»

«Spiegati meglio.»

«I controllori di volo sono sottoposti a una serie di test, per verificarne l'idoneità. Cornwall ha superato l'esame fra i migliori – è freddo come il ghiaccio, rapido, metodico – ma pare che preferisca il turno di notte, anzi ha insistito per ottenerlo, ed è insolito.»

«Anche qui ha fatto lo stesso, ed è così che il mio informatore l'ha conosciuto. Che cosa pensavano a Chicago?»

«Che il suo matrimonio fosse in via d'estinzione.»

«Evidentemente non era così, se sono venuti qui tutti e due insieme e si sono comprati un appartamento da seicentomila dollari.»

«Ho detto che era solo una congettura, non un fatto.»

«Salvo che fosse un donnaiolo incallito.»

«Dai test non risulta. Si sa solo che Cornwall non amava stare a casa di notte.»

«Bene» soggiunse Hawthorne. «E che mi dici del nostro pilota tenutario, Alfred Simon?»

«O ti racconta un mucchio di balle o è il peggior scalognato che conosca.»

«Come?»

«Il povero diavolo è pulito come un lenzuolo candeggiato, e ci sono anche un paio di medaglie che lo aspettano appena si fa vivo. Non esiste alcuna registrazione di un suo acquisto di aerei. Era un giovane sottotenente dell'Air Force che si offriva volontario per missioni rischiose a Vientiane, e se mai ha rubato qualcosa nessuno l'ha denunciato. Se si presentasse al Pentagono domani, terrebbero una cerimonia in suo onore, gli offrirebbero mazzi di fiori insieme con le medaglie e gli consegnerebbero anche una somma di duecentomila dollari in conto stipendi e assegni maturati che non ha mai riscosso.»

«Cristo! Ti assicuro che lui non ne sa niente.»

«Come fai a dirlo?»

«Perché so benissimo dove manderebbe il denaro.»

«Non ti capisco, ma ti credo.»

«Il fatto è che da anni è convinto di aver commesso un crimine che oggi potrebbe distruggerlo.»

«Non ci arrivo ancora...»

«È stato costretto con il ricatto a lavorare per le persone sbagliate. Gli uomini della Bajaratt.»

«E che cosa farai?» chiese Stevens.

«Non io, tu. Io spedisco subito il tenente Alfred Simon alla base navale e tu lo mandi a prendere con un aereo che lo porterà a Washington. Lo metterai sotto copertura e sotto protezione assoluta, fino al momento in cui potrà venire allo scoperto e diventare un eroe con una manciata di dollari in premio.»

«Perché adesso?»

«Perché se rimandiamo potrebbe essere troppo tardi, e abbiamo bisogno di lui.»

«Per identificare Nettuno?»

«E magari altri che adesso non conosciamo.»

«Bene, mandare Simon, militare di prima classe, a Washington» ripeté Stevens. «Che altro?»

«La moglie del controllore di volo Cornwall. Come si chiama?»

«Rose.»

«Ho il sospetto che i suoi petali siano appassiti.» Hawthorne posò il ricevitore e si rivolse a Cathy. «Voglio che tu e Jackson torniate a Old San Juan e portiate Simon alla base navale. Ora.»

«D'accordo.»

Tyrell sfilò la guida del telefono da uno scaffale vicino al comodino e cominciò a sfogliare le pagine della C. «Prendi la mia pistola, è sulla scrivania... Ecco qui, Cornwall, l'unico a Isla Verde.»

Cathy prese la Walther P.K. automatica dalla scrivania. «È così piccola che può stare in borsetta.»

«Hai una borsetta?» chiese Hawthorne mentre scribacchiava l'indirizzo di Cornwall sul blocchetto dell'albergo.

«Be', dovrei portare uno zaino sulle spalle, ma sono già ventiquattr'ore che possiedo questa adorabile borsetta ricamata di perline, che si intona con il vestito. Piace tanto a Jackson.»

«Quel bastardo... Insomma, volete darvi una mossa?»

«È appena uscito dalla doccia, credo.»

«Allora fallo vestire in fretta e sbrigatevi. Non voglio un altro cadavere tra i piedi. Quello di Simon, per esempio.»

«Agli ordini, comandante.»

Tyrell usò la Cadillac bianca di Simon per recarsi alla casa dove abitavano i Cornwall. Come aveva detto Stevens, era nel quartiere elegante di Isla Verde. Naturalmente c'era un portiere in uniforme seduto a una scrivania in una guardiola di vetro.

L'uomo premette un bottone e chiese: «Spagnolo o inglese, *señor*?».

«Inglese» rispose Tyrell. «Devo vedere Mrs. Rose Cornwall, è urgente.»

«Lei è della polizia, *señor*?»

«Polizia?» Hawthorne sentì un brivido, ma ebbe la presenza di spirito di rispondere con disinvolta sicurezza: «Naturalmente, consolato degli Stati Uniti, per conto della polizia locale».

«Entri, *señor*.»

La pesante porta si aprì con un ronzìo e Tyrell chiese subito: «Mi dia il numero dell'appartamento dei Cornwall, per cortesia».

«Nove-zero-uno, *señor*. Sono tutti di sopra.»

Tutti di sopra? Che diavolo...? Un lento ascensore lo portò al nono piano in un tempo che gli parve interminabile. Si precipitò nel corridoio e si arrestò bruscamente vedendo un gruppo di persone accalcate davanti a una porta aperta alla sua destra. Si avvicinò con passo più tranquillo, notando che la maggior parte dei presenti erano agenti in divisa. A un tratto un uomo basso e tarchiato in abito grigio e cravatta blu uscì dall'appartamento aprendosi la via in mezzo alla calca e sfogliando le pagine del suo taccuino. Diede un'occhiata a Tyrell, poi di colpo lo scrutò più attentamente, con un'ombra di sospetto negli occhi neri. Era l'agente investigativo della polizia di Portorico che si era trovato all'aeroporto appena otto ore prima.

«Ah, *señor*, vedo che nessuno di noi due ha dormito molto stanotte, fra una tragedia e l'altra. Il marito è stato ucciso ieri sera e la moglie stamattina. E lei, *señor*, un estraneo per entrambi, inspiegabilmente spunta fuori in tutti e due i posti.»

«Mi risparmi le ironie e mi dica cos'è successo.»

«Pare che lei nutra uno straordinario interesse per questa coppia. Forse per dissimulare il suo coinvolgimento.»

«Oh, ma certo, li faccio fuori tutti e due e poi resto a godermi la scena. Ma come sono furbo! Avanti, mi dica che cosa è successo.»

«Prego, si accomodi, *señor*.» Il detective guidò Hawthorne attraverso la calca fino al soggiorno dell'appartamento. Era un caos: mobili rovesciati, vetri e porcellane infrante. Ma niente sangue né cadaveri. «Questa è la scena a cui alludeva, vero, *señor*?»

«Dov'è il cadavere?»

«Lei non lo sa?»

«E come potrei?»

«Forse lei solo può rispondere. Si trovava vicino al riposti-glio della cucina ieri notte quando abbiamo trovato il corpo del controllore di volo, suo marito.»

«C'ero perché qualcuno mi ci aveva mandato.»

«E adesso è qui. Come lo spiega?»

«Non sono autorizzato a rivelarglielo... non possiamo per-mettere che se ne parli su tutti i giornali.»

«Voi non potete permetterlo? E chi siete voi, se posso do-mandarlo?»

«Mi dica cos'è successo, poi forse le risponderò.»

«Così l'*americano* dà ordini qui!»

«Non è un ordine, è una richiesta. È necessario che io sappia.»

«Bene, l'accontenterò, *señor*.» Il detective condusse Tyrell in mezzo agli agenti della scientifica, chini o inginocchiati a rileva-re impronte, fino alla terrazza. Le portefinestre erano aperte, il tendone squarciato, forse dalla lama di un coltello. «L'hanno buttata giù da qui. La scena non le è familiare, *señor*?»

«Che cosa diavolo intende?»

«Mettetegli le manette!» ordinò il detective all'agente che stava alle spalle di Hawthorne.

«Come?»

«Lei è il mio indiziato numero uno, *señor*, e io devo pensare alla mia reputazione.»

Tre ore e ventidue minuti più tardi, dopo un'animata di-scussione con l'altezzoso e ostinato detective, Tyrell ebbe il per-messo di fare una telefonata privata. La telefonata fu fatta a Washington e trentotto secondi dopo che ebbe riappeso il tele-fono, un impiegato della Centrale lo dimise dal carcere presen-tandogli le scuse dei suoi superiori. Non avendo idea di dove avessero portato la Cadillac di Alfred Simon, prese un taxi per tornare all'albergo.

«Dove sei stato in queste ultime cinque ore?» chiese Ca-therine.

«Avevo noleggiato una macchina e stavo per venire a cer-carti» soggiunse Poole.

«Ero in prigione» rispose tranquillamente Hawthorne, sdraiandosi sul divano. «Avete spedito Simon?»

«Con qualche difficoltà» rispose Cathy. «Tanto per comin-ciare, Mr. Simon, più brillo che no, pensava che sarei stata un ottimo elemento da aggiungere alla sua scuderia. Non so se prenderlo per un complimento.»

«Dal suo punto di vista forse lo è.»

«Così abbiamo portato Simon in macchina alla base e gli abbiamo versato in gola un bricco di caffè» continuò Cathy. «Francamente, non credo che abbia giovato a molto... mi ha fatto due proposte di matrimonio mentre lo caricavamo sull'aereo.»

«Ne ha ben diritto. È un eroe di guerra.»

«Adesso dove andiamo?»

«Che ora è?»

«Mancano dodici minuti alle tre» rispose Cathy, osservando Tyrell con curiosità.

«Allora lo sapremo fra dodici minuti» annunciò Hawthorne alzandosi a sedere sul divano e rendendosi conto all'improvviso che stava sudando... benché la stanza fosse fredda.

L'ansietà di Tyrell cresceva a ogni minuto che passava, gli tornavano alla mente immagini di Dominique-Bajaratt e si infuriava sempre di più. Sapeva che sarebbe successo... ma *non* stava facendo niente. Alla Centrale di polizia, almeno, non era stato un attimo fermo, quasi riconoscente del tempo sprecato in cella, dove le discussioni e le urla lo avevano tenuto occupato.

«Sono le tre, Tye» osservò Cathy. «Vuoi che ti lasciamo solo?»

Hawthorne fissò i due ufficiali dell'Air Force. «No,» rispose «voglio che restiate qui.» Compose il numero.

«Sì?» La voce da Fairfax, Virginia, era fredda e scostante, come se l'uomo all'altro capo fosse riluttante a parlare.

«Sono Hawthorne.»

«Attenda.» Seguirono una serie di brevi "bip" prima che NVN tornasse. «Ora possiamo parlare liberamente, comandante» continuò la voce in tono più cordiale.

«Sta registrando?»

«Al contrario. Ho inserito lo scrambler. Per maggior sicurezza di entrambi, s'intende.»

«Allora può dirmi quello che mi voleva comunicare. Su Amsterdam.»

«Non del tutto. Ho bisogno dei suoi occhi per completare la storia.»

«In che senso?»

«Fotografie. Di Amsterdam. Mostrano sua moglie, Ingrid Johansen Hawthorne, in compagnia di tre uomini in quattro luoghi diversi: lo zoo Zuiderkerk, il Museo Rembrandt, a bordo di un battello e in un caffè di Bruxelles. Ogni foto illustra un colloquio confidenziale molto intimo. Sono convinto che uno di quegli uomini, se non tutti e tre, siano responsabili della morte di sua moglie, o per averla attirata in un tranello o per averla fisicamente uccisa.»

«E chi sono?»

«Questo non posso dirglielo, neppure con lo scrambler, comandante. Ho detto uno, se non tutti e tre, ma in realtà ne ho identificato uno solo. Sono sicuro che lei può riconoscere gli altri due, ma io non posso.»

«Come mai è così sicuro?»

«Perché ho appreso che erano fra i vostri agenti di copertura ad Amsterdam.»

«C'erano più di trenta persone, forse una quarantina... Lei ha scritto che c'era un legame con la Beqa'a.»

«Nel senso che la Beqa'a estende i suoi tentacoli fino ad Amsterdam, oltre che a Washington.»

«A Washington?»

«Senza dubbio.»

«Lei sta alludendo a un presunto complotto in atto da anni, se ho intuito dove vuole andare a parare.»

«Certamente. Lei ricorda che cinque anni fa, pressappoco tre settimane prima che sua moglie fosse uccisa, il presidente degli Stati Uniti doveva intervenire a una conferenza NATO all'Aia?»

«Certo, ma il progetto fu annullato e la conferenza si tenne a Toronto un mese dopo.»

«E ricorda perché?»

«Sicuro, avevamo appreso che una squadra di sicari era stata mandata ad assassinare il presidente... e altre persone.»

«Precisamente. Il primo ministro inglese e il presidente francese, fra gli altri.»

«Ma dove sta il legame?»

«Glielo spiegherò quando lei arriverà qui, dopo che avrà identificato i due uomini che io non conosco e lei certamente sì. Il mio aereo sarà all'aeroporto di San Juan alle 6.30... A proposito, il mio nome è Van Nostrand, Nils Van Nostrand. E se avesse qualche dubbio a proposito della mia persona, la prego, si metta pure in contatto con il segretario di Stato, con il capo della CIA, con il segretario alla Difesa. Per l'amor di Dio non faccia parola di quanto le ho detto, ma sono sicuro che garantiranno per me.»

«Sono tutti alti funzionari...»

«Sono anche vecchi amici e soci da molti anni» lo interruppe Van Nostrand. «Se dirà semplicemente che, in rapporto alla sua missione attuale, io le ho chiesto di venire a parlare con me, senza dubbio la incoraggeranno a farlo.»

«Il che elimina la necessità di fare quelle telefonate» osservò Hawthorne. «Io sono in compagnia di due colleghi, Mr. Van Nostrand.»

«Sì, lo so. Il maggiore Neilsen e il tenente Poole, assegnati a lei dalla base dell'Air Force di Patrick. Sono lieto che l'accompagnino, ma temo di non poter consentire che assistano al nostro colloquio. C'è un buon motel poco distante. Prenoterò per loro delle camere, a mie spese, naturalmente, e quando sarete atterrati, li farò accompagnare in macchina.»

«Cristo!» esplose Hawthorne all'improvviso. «Se lei aveva quell'informazione, perché ha aspettato tanto tempo a mettersi in contatto con me?»

«In realtà non è molto tempo, comandante. E per ovvie ragioni, il momento più opportuno è ora.»

«Dannazione, chi è l'uomo delle foto che ha identificato? Io sono un professionista, Mr. Van Nostrand, e ho in mente il nome di molti agenti doppi e tripli, più di quanti lei ne possa contare...»

«Ci tiene proprio?»

«Insisto.»

«Bene. L'uomo che lei sospetta da cinque anni, il capitano Henry Stevens, attualmente capo dei servizi di informazione della Marina.» Fece una pausa e aggiunse: «Il capitano non aveva scelta. Solo la morte di sua moglie lo avrebbe salvato. Stevens e sua moglie erano amanti da diversi anni. Il capitano non poteva permettere che Ingrid Hawthorne vivesse».

17

L'uomo si muoveva cautamente fra le ombre lungo il sentiero del Rock Creek Park a Washington, dove i rari lampioni non riuscivano a penetrare il folto fogliame estivo. Udì il mormorìo del torrente in fondo al precipizio e capì di essere vicino al luogo dell'appuntamento: c'era una panchina sul sentiero, equidistante da due lampioni. L'oscurità lo avrebbe protetto da occhi indiscreti quando si fosse incontrato con il suo interlocutore. Era indispensabile che nessuno li vedesse. Erano due Scorpio.

David Ingersol scorse il collega già seduto sulla panchina e la brace del sigaro che teneva in mano. Si avvicinò guardandosi intorno circospetto per assicurarsi che fossero soli. Lo erano. Si sedette.

«Salve, David» lo salutò Scorpio Due, un uomo corpulento, calvo, con una corona di capelli rossicci, il viso paffuto, il naso camuso.

«Buonasera, Pat. Aria di pioggia, vero?»

«Eppure sostengono che non pioverà, ma sappiamo che non ci azzeccano mai. Per ogni evenienza io ho portato l'ombrello.»

«Io l'ho dimenticato, ho troppi pensieri.»

«Capisco. L'ultima volta che ci siamo visti è stato più di tre anni fa.»

«Oggi la situazione è molto più delicata.»

«Davvero?»

«È una pazzia.»

«Io non do giudizi. Se sono ricco, è proprio perché eseguo gli ordini e non li discuto.»

«Mettendo a repentaglio anche te stesso?»

«Andiamo, Davey, non siamo più chierichetti da quando abbiamo venduto l'anima ai Provider, qualche anno fa.»

«Sono considerazioni filosofiche che non mi interessano. A me sta a cuore proteggere il patrimonio che abbiamo accumulato. Quel vecchio dalla mente contorta è defunto e con lui si è esaurita la follia senile che ha portato a questa pazzia... Insomma, O'Ryan, rifletti, che vantaggio possiamo aspettarci da un assassinio? Da una catena di assassinii?»

«Nessuno, salvo il merito di non aver frapposto ostacoli. E potrebbe essere un merito ben ripagato, diciamo che potrebbe fare la differenza fra restare vivi ed essere uccisi.»

«Buon Dio, e da chi?»

«Da quei fanatici che sono ossessionati dall'operazione in corso. La donna non agisce da sola, ha i suoi seguaci, proprio come Abu Nidal. Forse il suo esercito è meno numeroso, ma non meno risoluto e altrettanto ricco di risorse. No, David, dobbiamo fare quello che ci dice Scorpio Uno, in modo che se qualcosa dovesse andar storto, possa riferire che noi non abbiamo alcuna responsabilità.»

«Riferire a chi?»

«Andiamo, avvocato, non farmi pensar male della tua abilità di giurista sostenendo di non aver riconosciuto qual è il posto degli Scorpio nel quadro generale. E se forse gli studi di legge non ti hanno portato a indagare questi settori dell'attività umana, io sono stato funzionario degli uffici segreti per ventisei anni e riconosco una piramide quando mi vedo davanti un solido con quattro facce triangolari. Per quanto in alto siamo nella gerarchia, c'è un livello a noi superiore.»

«O'Ryan, conosco la gerarchia di cui parli e sono anche al corrente di qualcosa che tu non sai.»

«Mi è difficile crederlo, perché a eccezione di Scorpio Uno ero il contatto principale fra il Padrone e la nostra piccola ma importante cellula. Francamente, come Numero Due, sono stato l'ultima persona che ha conferito con lui, prima che scomparisse. Non ho dubbi sul significato delle sue parole.»

«Credo abbia fatto un'altra telefonata, dopo aver avvertito te.»

«Cioè?»

«A tutti gli effetti, a partire da domani mattina diventerò Scorpio Uno. Temo che *qualcuno* abbia ritenuto opportuno scavalcarti. Chiama il numero sicuro che ti ha dato e ne avrai la prova.»

L'analista della CIA scrutò nel buio il volto magro e severo di David Ingersol. «Non cercherò di nascondere la mia delusione» borbottò dopo un attimo di pausa. «Sono stato un collaboratore molto più valido di te e la mia posizione mi rende meno appariscente. D'altra parte tu puoi contare sul tuo studio legale e un buon numero di informatori, ma se l'esperienza professionale serve a qualcosa, Davey, ti avverto, sii prudente, molto, molto prudente, perché tu sei troppo in vista.»

«O'Ryan, non capisci che è proprio questa la mia copertura? Io sono la personificazione della rispettabilità.»

«Allora non tornare mai più a Portorico.»

«Che cosa?» Ingersol era improvvisamente confuso. «Che cosa stai dicendo...»

«Lo sai benissimo. L'orco irlandese che mangia troppo e perde facilmente le staffe è stato scavalcato dal distinto avvocato, forte delle sue relazioni influenti. Certo, tu hai un curriculum impeccabile, un giudice della Corte Suprema per padre, appartieni per diritto di famiglia a tutti i club più esclusivi... e questo ti qualifica per la carica di Scorpio Uno, secondo te? Credi che mi ritirerò in buon ordine? Io ero il braccio destro del Padrone e non posso credere che abbia promosso te al mio posto. Solo io dispongo in qualsiasi momento dell'accesso diretto ai servizi segreti internazionali.»

«Ma perché Portorico?» chiese Ingersol spaventato.

«Ottengo informazioni garantite da certe prostitute che lavorano in un bordello di Calle dell'Ocho a Old San Juan.»

«Ma io ci sono andato per ordine di Scorpio Uno! A controllare il pilota!»

«Pane al pane, Scorpio Tre. Una sera sei stato abbastanza imprudente da alzare troppo il gomito e perdere i sensi...»

«Ma è stata solo questione di pochi minuti e non è successo niente di grave! Avevo ancora tutti i miei soldi e i miei documenti. È stata la stanchezza a giocarmi un brutto tiro.»

«Comunque sia, ho qualche simpatica fotografia fattami pervenire dalle mie graziose amiche di Calle dell'Ocho.»

Ingersol scosse ripetutamente la testa. Respirava a fondo cercando di assorbire il colpo.

«Che cosa vuoi, Patrick?»

«Il controllo. Sono molto meglio attrezzato di te. Tutto quello che sai lo hai imparato da me. Io sono inserito nella cerchia ristretta dell'operazione Piccola Sanguinaria e tu no.»

«Ma non posso più farci niente, la promozione è stata già annunciata.»

«Oh, ma tieniti pure la carica, non mi serve. Se volessi prendere il tuo posto, dovrei farti sparire, con tutto il caos che ne conseguirebbe. No, tu sei e resterai Scorpio Uno finché verrà il tuo tempo, solo che sarò io a tenere le redini. Sarà meglio per tutti. E non temere, ti terrò sempre aggiornato.»

«Molto generoso da parte tua» commentò con amaro sarcasmo l'avvocato.

«Non è un atto di generosità, ma di necessità. Però se non sono generoso, so essere "trattabile". Per esempio sono d'accordo con te e ritengo anch'io che questa follia debba essere fermata. Il rischio che salti il coperchio è più che concreto e non possiamo permettercelo.»

«Però, per ripetere le tue parole, non dobbiamo frapporre ostacoli. Se l'operazione fallisse, i primi a essere sospettati sarebbero proprio gli Scorpio e la prima gola a essere tagliata sarebbe la mia.»

«Quindi è necessario che nessuno sospetti di noi. La responsabilità sarà tutta dei nostri servizi segreti, che, come è ben noto, sono straordinariamente efficienti.»

«Potrebbero scoprirti.»

«Cosa della quale tu sicuramente ti rallegreresti, ma non contarci. Scatenerò un'offensiva nella direzione sbagliata e poi presenterò le mie scuse. Dov'è ora la donna? Lo sai?»

«Non lo sa nessuno. Si è dileguata con il suo ragazzo. Potrebbero essere dovunque.»

«Dall'ufficio immigrazione di Fort Lauderdale ho saputo che hanno proseguito il viaggio fino a West Palm Beach. Secondo Scorpio Ventidue, sono scomparsi dopo essere stati segnalati per l'ultima volta in un modesto motel.»

«Potrebbero essere dovunque» ripeté pensoso Ingersol. «Non sappiamo che aspetto hanno, non abbiamo descrizioni, nessuna foto.»

«Il MI6 e il Deuxième ci hanno mandato alcune fotografie, ma non sono di nessuna utilità. Le donne ritratte potrebbero anche essere la stessa persona, ma considerata la sua abilità nel cambiare aspetto, non ci servono.»

«Intanto si sono volatilizzati e non sappiamo neppure se viaggiano insieme o separati, né quale funzione abbia il suo accompagnatore.»

«È una combinazione di guardia del corpo e cavalier servente.»

«Non capisco.»

«Da quanto ricordano gli agenti della dogana a Marsiglia, è un ragazzone prestante, forse analfabeta, ma capace di spezzare un uomo in due.»

«Va bene come guardia del corpo, ma che cosa c'entra il cavalier servente?»

«Sulla base delle informazioni ricevute dal Mossad, da Parigi e da Londra, gli esperti hanno tracciato un profilo psichiatrico della donna. Fra tanto fumo, ci sono anche alcune osservazioni di buonsenso. Come quasi tutti i fanatici, questa Bajaratt è incline agli eccessi. Il profilo suggerisce che potrebbe essere sessualmente molto attiva fino ai limiti della ninfomania. Poiché la sua attività le impedisce di essere troppo disinvolta nella scelta dei compagni di letto, ha bisogno di avere sempre a portata di mano uno stallone ubbidiente e non troppo sveglio. Il cavalier servente.»

«Ma potrebbe trattarsi di chiunque, potrebbero essere già vicini. Che fare? Potrebbero presentarsi come normali turisti in visita alla Casa Bianca o mescolarsi ai dimostranti di una manifestazione, con una borsa piena di granate.»

«Tutte le visite alla Casa Bianca sono state sospese, con il pretesto di lavori di restauro, e i trasferimenti per le vie di Washington del presidente in automobile sono stati annullati. Non che serva a molto, perché i gesti plateali non sono nello stile della Bajaratt. La sua tattica consiste nel superare d'astuzia l'avversario, evitando di esporsi. È una dote che le viene dall'infanzia.»

«Dall'infanzia?»

«Ecco una delle informazioni di cui tu non sei al corrente, motivo per il quale il vero Scorpio Uno sarò io.»

«Allora dimmi tu come dobbiamo comportarci» lo sfidò Ingersol.

«Aspetteremo. Prima di agire, dovrà rivolgersi a te, nella tua qualità di Scorpio Uno, non fosse altro che per facilitarsi la ritirata... se sopravvive.»

«E se avesse preso le misure necessarie indipendentemente da noi?»

«Nessuno impegnato in una missione clandestina si prepara una sola via di fuga. Ecco un'altra cosa che non sai, Scorpio Tre. Ho avuto agenti operativi che avevano preso accordi a mia insaputa con altri servizi nel caso che io non fossi riuscito a trarli in salvo. È pratica comune. La lealtà è una parola priva di significato di fronte alla sopravvivenza.»

«Allora pensi che si rivolgerà a me?»

«Se ha un po' di cervello lo farà e mi pare che di cervello ne abbia abbastanza... Ti telefonerà.»

Amaya Bajaratt attraversava la hall dell'albergo, con tutta la dignità di una contessa, quando si fermò di colpo, paralizzata dalla sorpresa. L'uomo con i capelli biondi al banco della reception, i capelli chiaramente ossigenati, era un agente del Mossad in borghese, che lei aveva conosciuto ad Haifa con i capelli neri. E ci era stata a letto insieme! Ripresasi, si avviò in fretta verso gli ascensori, giungendo subito alla decisione più ovvia: lei e Nicola dovevano andarsene immediatamente... ma dove? E con quale spiegazione? Aspettava in quell'albergo le telefonate di uomini importanti del Senato e del Congresso, fra i quali Nesbitt, il senatore del Michigan, che doveva portarla al cospetto del presidente degli Stati Uniti... Pazienza, doveva sparire da quell'albergo! Entrò in ascensore e premette il pulsante del piano della sua suite.

«Ma non è bellissima, Valeria?» esclamò Nicola. Era seduto in soggiorno a guardare in televisione la replica di un western con Angel Capell. «Ho parlato con lei un'ora fa. E adesso eccola qui!»

«Basta, Nicola. Ricordati che è attratta dal barone di Ravello, non da un ragazzo morto di fame dei moli di Portici. Ora sbrigati. Dobbiamo andare via.»

«Perché?»

«Perché così ho deciso, stupido!» tagliò corto Amaya dirigendosi verso il telefono. «Va' a fare le valigie. Subito.» Compose il numero che era indelebilmente impresso nella sua straordinaria memoria.

«Sì?» rispose la voce da Fairfax, Virginia.

«Sono io, ho bisogno di un rifugio, non in questo albergo, non a Washington.»

«Impossibile. Non qui. Non stasera.»

«Te lo ordino a nome del Padrone e di tutti i suoi contatti, da Baqa'a a Palermo a Roma! Ti daranno la caccia e ti uccideranno se rifiuti.»

Silenzio. Finalmente la voce si fece sentire.

«Manderò un'auto a prenderti, ma non potremo incontrarci, non stanotte.»

«Non importa. Ho bisogno di un recapito. Aspetto delle telefonate.»

«Alloggerai in un villino degli ospiti, il più lontano dalla residenza, e ogni telefono ha una linea riservata. Quando sarai arrivata potrai dare il numero all'albergo. Le chiamate passano
per lo Stato dell'Utah e sono ritrasmesse qui via satellite, così
non hai niente di cui preoccuparti.»

«Grazie.»

«Per servirti. Ma devo avvertirti: domani dovrai cavartela
da sola.»

«Perché?»

«Io sarò partito e tu non ne saprai niente. Tu sei semplicemente un'amica che viene dall'Europa e aspetta mie notizie, di
giorno in giorno. Tuttavia potrai servirti di questo telefono per
contattare il mio successore.»

«Capisco. Ci sentiremo ancora?»

«No. Mai più.»

Il jet Gulfstream superò la linea costiera degli Stati Uniti a
est della Baia di Chesapeake, sopra Capo Charles, nel Maryland. «Altri quindici minuti» annunciò il pilota.

«Qualcuno di più» corresse il copilota studiando la mappa
computerizzata sul cruscotto. «È in arrivo un fronte ciclonico e
dobbiamo aggirarlo verso nord.»

«Potete davvero atterrare con questo guscio su una proprietà privata?» chiese Poole. «Avete bisogno di un nastro di almeno un chilometro.»

«Nastro... guscio?» Il copilota lanciò un'occhiata a Poole,
che indossava abiti borghesi. «Lei è pilota, signore?»

«Sì, e ho accumulato un po' di ore di volo, non tante come
voi ragazzi, ma abbastanza per sapere che non potete portar giù
questo aggeggio in un orto di cavoli.»

«Non è un orto, signore, è una pista asfaltata di circa mille-
cinquecento metri, con la sua torre, che non è esattamente una
torre ma una specie di villetta di vetro nella tenuta. Abbiamo
compiuto un paio di giri per far pratica questa mattina e devo
dire che Mr. Van Nostrand ha un impianto di prima classe.»

«Così pare» commentò Hawthorne visibilmente nervoso dal
sedile di dietro.

«Come ti senti, Tye?» gli chiese Cathy.

«Sto bene, ma non vedo l'ora di arrivare.»

Venti minuti dopo il jet descriveva un ampio cerchio sulle campagne della Virginia già immerse nelle ombre della sera. Sotto di loro, stagliata in mezzo ai campi, si vedeva una pista di atterraggio bordata di luci color ambra. Il pilota atterrò e rullò verso una limousine accanto alla quale c'era un golf cart.

Scesi dall'aereo i tre passeggeri furono accolti da due uomini, uno in divisa nera, con berretto nero a visiera, l'altro senza cappello, in giacca sportiva e calzoni cachi.

«Comandante Hawthorne?» esordì l'uomo in giacca sportiva rivolgendosi a Tyrell. «Dobbiamo percorrere solo poche centinaia di metri. Posso condurla con il cart alla residenza?»

«Certo, grazie.»

«La signora e il signore» aggiunse l'altro in divisa nera «possono venire con me. Le loro stanze sono pronte allo Shenandoah Lodge, a spese di Mr. Van Nostrand, naturalmente. È solo a dieci minuti da qui. Volete accomodarvi sulla limousine, prego?»

«Certo» rispose Cathy.

«Bella macchina» osservò Poole.

«Vi raggiungerò più tardi» promise Hawthorne.

Il conducente del cart fissò Tyrell per un attimo. «Le sue stanze sono già pronte alla residenza, signore. Tutto è già preparato.»

«Gentile da parte di Mr. Van Nostrand, ma ho altri progetti per la serata.»

«Mr. Van Nostrand sarà molto deluso e sono sicuro che la persuaderà a restare, comandante» replicò l'altro aprendo la portiera della limousine a Cathy e a Poole. «La cuoca ha preparato un pranzo speciale. Lo so perché è mia moglie.»

«Mi scuserà con lei...»

«Mio Dio, ho dimenticato le buone maniere!» esclamò a un tratto Poole voltandosi verso l'aereo.

«Buone maniere?» chiese Catherine sporgendosi dal finestrino della limousine dove era già salita.

«Tu e il comandante avete salutato i due piloti e io no, eppure sono stati tanto cortesi con me mostrandomi come funzionano tutti quegli strumenti.»

«Ma cosa...»

«Torno subito!» Il tenente corse verso il jet: lo videro parlare brevemente con i piloti che erano ancora in cabina, con le luci accese. Poole strinse la mano a entrambi e tornò in fretta alla limousine mentre Hawthorne saliva a bordo del cart e osservava incuriosito il giovane tenente. Poole non aveva solo salutato i due piloti, era stato anche molto espansivo. «Ecco, ora mi sento meglio. Mio padre diceva sempre che si deve dimostrare cortesia e riconoscenza agli estranei che ti trattano bene. Andiamo, ragazzo, non ne posso più di farmi una doccia calda. Sono giorni che la sogno... Ci vediamo, comandante!» Il tenente salì a bordo della limousine. Tyrell corrugò la fronte pensieroso mentre il cart passava tra le luci della pista e attraversava un vasto prato diretto verso la residenza.

La grande Cadillac si lasciò alle spalle la pista e prese una strada serpeggiante che sboccò in un rettilineo. Da lontano i fari illuminarono un grande cancello di ferro, con una guardiola. Un'altra limousine li superò dopo qualche secondo, troppo rapidamente perché si potessero distinguere le persone che la occupavano. All'improvviso Poole balzò dal sedile posteriore a quello anteriore e con immensa sorpresa di Cathy aveva la Walther in pugno.

«Stop, autista, dobbiamo fermarci! Ho dimenticato qualcosa.»

«Che cosa, signore?»

«Il comandante Hawthorne, imbecille!» gridò il tenente e premette la canna dell'automatica contro la tempia dell'autista atterrito. «Sterza subito e torna indietro a luci spente!»

«Jackson!» esclamò Cathy. «Ma cosa fai?»

«Qui c'è puzza di bruciato, Cathy. L'ho già detto prima e lo ripeto ora... Tu sterza, bastardo, o il tuo cervello finirà spiaccicato sul vetro del finestrino!» La limousine eseguì una rapida inversione, slittando sull'erba mentre l'autista allungava un braccio a destra, alla ricerca di un bottone rosso d'allarme. Ma la sua mano non lo raggiunse mai: Poole gli calò con violenza la pistola sulla nuca. Si udì un sinistro scricchiolìo e l'uomo si accasciò. Il tenente lo spinse da parte e afferrò saldamente il volante raddrizzando la limousine nel buio, frenò e l'auto si arrestò sotto i larghi rami di un pino, a neanche due metri dal tronco. Poole alzò la testa e inarcò la schiena con un profondo sospiro.

«Penso che sia il momento di qualche spiegazione» protestò Cathy, sbalordita e senza fiato. «Vorresti insinuare che quell'uomo, che ha invitato espressamente Tye a controllare le sue credenziali con i segretari di Stato e Difesa e con il capo della CIA è non solo un bugiardo, ma un traditore?»

«Se mi sbaglio presenterò le mie scuse e lascerò l'Esercito.»

«Insomma, spiegati...»

«Sono tornato da quei due piloti...»

«Sì, hai detto che non li avevi salutati, mentre non era vero, e hai anche detto che non facevi una doccia calda da giorni, mentre hai passato quasi un'ora sotto la doccia solo cinque ore fa a San Juan.»

«Spero che Tye abbia afferrato il messaggio.»

«Che messaggio?»

«Che c'era del marcio. Quei due piloti non sono i piloti regolari di Van Nostrand. Il suo personale permanente è in vacanza. Ricordi che hanno detto di aver fatto un paio di voli sperimentali questa mattina?»

«Ebbene? È estate. La gente va in vacanza in estate.»

«Cosa facciamo noi quando vogliamo che qualche fase di un'operazione non risulti agli atti?»

«Sostituiamo il personale, naturalmente. Di solito lo prendiamo da altre basi.»

«Allora, metti un po' insieme i fatti, Cathy. Quei due piloti devono portare un aereo civile alle partenze internazionali del Douglas International a Charlot, nella Carolina del Nord, dove li attende una scorta in un'area di sicurezza. Devono avere a bordo un unico passeggero con autorizzazione diplomatica rilasciata dal Dipartimento di Stato. Credimi, quei due non hanno mai lavorato a questo livello. Sono piuttosto nervosi e la ragione è, secondo me, che non sono troppo puliti.»

«Che cosa mi stai dicendo, Jackson?»

«Il passeggero è Van Nostrand. E hanno l'ordine di partire fra un'ora.»

«Fra un'ora?»

«Non resta molto tempo per un pranzo di gala e un colloquio importante, no? Secondo me quei due sono mercenari della mala.»

«Sembravano così gentili!»

«Tu sei una ragazza di campagna, Cathy, e io sono di New Orleans... noi non ci lasciamo infinocchiare.»

«E ora, che cosa facciamo?»

«Non vorrei essere troppo allarmista, ma tu hai sempre la pistola di Tye?»

«No. Se l'è legata alla gamba.»

«Adesso controllo l'autista... Bene, ne ha due! Una grossa e una piccola. Ecco, prendi quella grossa e resta in macchina. Io mi nascondo l'altra sotto la giacca. Se qualcuno si avvicina, non fare domande, spara subito. E se questo figlio di puttana si muove, tramortiscilo.»

«Sciocchezze, tenente. Io vengo con te.»

«Non è una buona idea, maggiore.»

«È un ordine, tenente.»

«C'è un articolo nel regolamento dell'Air Force che dice chiaramente...»

«Lascialo perdere. Dove vai tu vengo anch'io. Che ne facciamo dell'autista?»

«Dammi una mano.» Jackson scaricò l'autista dalla limousine e cominciò a trascinarlo verso il tronco del grande pino. «Levagli i vestiti, prima le scarpe... così. Ora i calzoni. Io gli tolgo la giacca e la camicia. Lasciagli pure le mutande. Le tirerò via io per ultimo.»

Un minuto dopo il robusto corpo nudo dell'autista era legato e imbavagliato con strisce di stoffa strappate dai suoi vestiti, solo strisce e nessuna larga abbastanza da difendere la sua dignità. Il tenente gli somministrò un colpo finale sulla nuca. L'uomo ebbe un sussulto, poi restò immobile.

«Non l'hai ucciso, vero?» chiese Cathy con una smorfia.

«Se resto qui altri cinque secondi, ho paura che lo farò. Questa carogna si preparava ad ammazzarci entrambi, Cathy, e adesso te lo dimostro.»

«Jackson...»

«Torniamo alla macchina, c'è un telefono. Sono dannatamente sicuro di aver ragione.»

Poole accese il motore per attivare il cellulare, poi chiamò il centralino e chiese il numero dello Shenandoah Lodge. «Chiamata urgente dalla base dell'Aeronautica militare di Patrick» annunciò con monotona intonazione ufficiale. «Mi metta in comunicazione con il maggiore Catherine Neilsen o con il tenente Jackson Poole. Ripeto, è un'emergenza.»

«Sissignore, subito signore!» rispose il centralinista impressionato. «Controllo subito al computer il numero delle stanze.» La linea tacque e trenta secondi dopo il centralinista, con un certo sollievo, tornò al telefono. «Nessuno dei due nomi è registrato allo Shenandoah Lodge, signore.»

«Hai bisogno di altre prove, maggiore?» chiese Poole riattaccando. «Quel bastardo doveva ucciderci prima di arrivare all'albergo. Poi, forse fra dieci anni, i nostri cadaveri sarebbero stati rinvenuti in fondo a una palude della Virginia.»

«Dobbiamo raggiungere subito Hawthorne!»

«Infatti» replicò Poole.

Hawthorne fu accompagnato nella vasta biblioteca tappezzata di libri del suo ospite, Nils Van Nostrand. Rifiutò un drink offertogli dal conducente del cart, fermo di fronte a un fornitissimo bar rivestito di vetro.

«Bevo solo vino bianco, grazie. Il più a buon mercato possibile, e in piccola quantità.»

«C'è dell'eccellente Pouilly-Fumé, signore.»

«Il mio stomaco si rivolterebbe, è abituato a bouquet assai meno pregiati.»

«Come desidera, comandante, ma temo di doverle chiedere di consegnarmi l'arma legata alla sua gamba destra.»

«La mia gamba destra... cosa?»

«La prego, signore» ripeté l'altro, togliendosi un minuscolo auricolare dall'orecchio. «Lei è passato accanto a quattro apparecchi a raggi X, dall'entrata, attraverso l'atrio e fino a questa stanza. L'arma è stata rilevata da tutti e quattro. La deponga, prego.»

«È solo una vecchia abitudine» si giustificò Hawthorne, mentre si sedeva sulla poltrona più vicina e arrotolava la gamba destra dei calzoni. «Farei lo stesso se dovessi incontrare il papa.» Strappò la striscia di Velcro e gettò la pistola per terra. «Soddisfatto?»

«Grazie. Mr. Van Nostrand sarà qui fra qualche minuto.»

«Allora lei era l'avanguardia degli uomini della sicurezza?»

«Il mio datore di lavoro è un uomo prudente.»

«Deve avere un sacco di nemici.»

«Al contrario, però è molto ricco, e come capo delle sue guardie rispetto certe procedure quando vengono a trovarlo persone che non conosce. Sono sicuro che lei, come ex ufficiale dei servizi segreti, mi approva.»

«Ovviamente non ho obiezioni da fare. Lei dove prestava servizio, G-2 dell'Esercito?»

«No, servizi segreti, assegnato alla Casa Bianca. Al presidente è dispiaciuto che me ne andassi, ma ha capito le responsabilità economiche di un uomo sposato con quattro figli da far studiare.»

«Lei fa bene il suo lavoro.»

«Lo so. Starò qui fuori della porta quando Mr. Van Nostrand arriverà.»

«Mettiamo un po' le cose in chiaro, signor Servizi Segreti. Io sono stato chiamato qui dal suo padrone, non mi sono invitato da solo.»

«Che razza di ospite è uno che si lega una Walther P.K. alla gamba?»

«Gliel'ho detto, una vecchia abitudine.»

«Non qui, comandante.» L'uomo si chinò e raccolse la pistola.

La porta si aprì e l'imponente figura di Van Nostrand avanzò nella stanza, con un'espressione cordiale che era l'affabilità personificata. «Buonasera, Mr. Hawthorne» salutò tendendo la mano a Tyrell, che si alzò. «Perdoni se non le sono venuto subito incontro al suo arrivo, ma ero al telefono e proprio con la persona che le avevo suggerito di interrogare, il segretario di Stato... Credo di riconoscere la sua giacca... Safarics, Johannesburg. Un capo di marca.»

«Spiacente. Negozio di abbigliamento sportivo di Tony, all'aeroporto di San Juan.»

«Eccellente imitazione. Comunque mi scuso ancora per non esserle venuto incontro alla pista di atterraggio.»

«Quel tempo è stato impiegato bene» ribatté Hawthorne scrutando il suo ospite, quasi ipnotizzato dal suo aspetto. *Un signore alto... con i capelli grigi, di gran classe... la foto di una rivista di moda.* «Lei ha un ottimo servizio di sicurezza.»

«Oh, lei vuol dire Brian?» Van Nostrand uscì in una risata sommessa, piena di grazia, guardando il suo capo delle guardie. «Talvolta il mio buon amico prende i suoi compiti troppo sul serio. Spero che non sia stato sgarbato.»

«Nessuno sgarbo, signore» ribatté Brian, facendosi scivolare discretamente in tasca la pistola. «Ho offerto al comandante un drink, il suo Pouilly-Fumé, ma ha rifiutato.»

«Davvero? È un'annata eccellente. Ma forse Mr. Hawthorne preferisce il bourbon, con una fetta di limone, per essere precisi.»

«Ha studiato bene la lezione» fece Hawthorne. «Ma temo che sia... acqua passata» scherzò.

«Sì, così mi hanno detto. Vuoi gentilmente lasciarci soli, Brian? Il nostro uomo di Amsterdam e io abbiamo da discutere.»

«Naturalmente, signore.» L'ex agente dei servizi segreti si eclissò.

«Ora siamo soli, comandante.»

«Siamo soli, e lei ha fatto un'affermazione assai singolare a proposito di mia moglie e del capitano Henry Stevens. Voglio sapere che cos'ha in mano per dimostrarlo.»

«Ci arriveremo. Prego, si sieda, facciamo due chiacchiere.»

«Non mi interessano le chiacchiere. Perché ha detto quelle cose su mia moglie? Poi parleremo anche di altro, ma sarà un colloquio estremamente breve.»

«Sì, mi hanno detto che non vuole fermarsi a cena né accettare la mia ospitalità per questa notte.»

«Non sono venuto per pranzare, né per essere suo ospite. Sono venuto per sentire ciò che ha da dirmi sull'assassinio di mia moglie ad Amsterdam e sul capitano Henry Stevens. Può darsi che il capitano sappia qualcosa che io non so, ma lei ha alluso a rapporti di altra natura. Si spieghi!»

«Non ho niente da spiegare. Lei è qui. E per quanto lei possa essere ansioso di conoscere quelle circostanze, io sono altrettanto ansioso di sapere che cos'è successo su un'oscura isoletta del Mar dei Caraibi.» Silenzio. Erano ritti uno di fronte all'altro, a distanza di un paio di metri, e si fissavano intensamente negli occhi. Finalmente Hawthorne parlò.

«Lei è Nettuno, vero?»

«Sì, comandante. Ma questa rivelazione non uscirà mai da questa stanza.»

«Ne è proprio sicuro?»

«Sicurissimo. Lei sta per morire, Mr. Hawthorne. *Ora*, Brian!»

18

La raffica lacerò il silenzio dell'immensa tenuta quando Poole e Catherine Neilsen premettero freneticamente più volte il grilletto delle loro armi frantumando i vetri della biblioteca e facendo cadere una pioggia di schegge ovunque. Il giovane tenente si precipitò attraverso la finestra sfondata, rotolò sul pavimento e balzò in piedi tenendo l'arma puntata sui due corpi riversi al suolo.

«Stai bene?» gridò allo sbalordito Hawthorne, che si era tuffato in un angolo rifugiandosi dietro una poltrona.

«Da dove diavolo saltate fuori, voi due?» chiese Tyrell senza fiato, mentre si alzava vacillando sulle ginocchia. «Ero spacciato.»

«Mi ero immaginato qualcosa di simile e...»

«Quegli eccessivi saluti ai piloti?» lo interruppe Hawthorne, ansando, con la fronte madida di sudore. «E la doccia calda che non facevi da tanti giorni?»

«Ti racconterò tutto. Basti dire che il nostro autista è addormentato dietro a un albero e dormirà per un pezzo. Cathy e io abbiamo fatto un giro intorno alla casa, ti abbiamo visto qui dentro e quando il gorilla è entrato con la pistola in pugno abbiamo capito che dovevamo intervenire.»

«Grazie.»

«Dobbiamo uscire subito di qui.»

«C'è qualcuno che mi aiuta a passare per questa dannata finestra senza che mi affetti come un prosciutto?» protestò Cathy. «A proposito, ci sono degli uomini che stanno correndo qui dal cancello.»

«Ora li mandiamo via» affermò Hawthorne e assieme a Poole andò alla finestra per aiutare Cathy a entrare. Poi corse alla porta della biblioteca e la chiuse a chiave. Quando sentì bussare, fece del suo meglio per imitare la voce di Van Nostrand, con un accento un po' del sud, un po' della costa atlantica. «Va tutto bene, ragazzi. Brian mi stava mostrando il funzionamento di una nuova automatica. Tornate ai vostri posti.»

«Sissignore» fu l'unica risposta e gli uomini si ritirarono come automi, al suono del nome familiare pronunciato con indiscussa autorità.

«Siamo fuori pericolo» mormorò Tyrell.

«Sei matto?» ribatté Cathy con un aspro bisbiglio. «Ci sono due morti qui.»

«Non ho detto per sempre, intendo per adesso.»

«Quell'aereo conta di partire fra trentacinque minuti» intervenne Poole. «Io ritengo che dovremmo salire a bordo.»

«Trentacinque minuti?» chiese stupito Hawthorne.

«I piloti pensano che il loro passeggero debba essere Van Nostrand, diretto all'aeroporto internazionale di Charlotte nella Carolina del Nord. Viaggio con copertura diplomatica. Non c'era molto tempo per un pranzo di gala e una piacevole nottata, a meno che consideri una fossa nel bosco un comodo luogo di riposo.»

«Mio Dio, era tutto calcolato al minuto!»

«Forza, allora, innalziamoci nell'amabile e sicuro profondo azzurro!»

«Non ancora, Jackson» obiettò Tye. «Qui ci sono alcune risposte che cerchiamo. Van Nostrand era il Nettuno di cui ci ha parlato Alfred Simon, il che significa che era uno dei visitatori dell'isola del Padrone. Ossia un personaggio di spicco nel caso Bajaratt.»

«Ne sei sicuro?»

«Senza dubbio, tenente. Lui stesso ha ammesso di essere Nettuno, aggiungendo che la rivelazione non sarebbe sopravvissuta alla mia morte.»

«Mentre venivamo qui stava arrivando un'auto» intervenne Cathy. «Potrebbe esserci un nesso?»

«Controlleremo» ribatté Tyrell.

«Ci sono alcune villette intorno alla casa, probabilmente alloggi per gli ospiti, almeno quattro o cinque» aggiunse Poole mentre lui e Tyrell aiutavano Cathy a uscire dalla finestra. «Le ho viste dalla limousine.»

«Adesso non ci sono luci da nessuna parte» osservò Hawthorne, scrutando verso est nella vasta distesa buia di prati e boschi.

«Prima c'erano, le ho viste qualche minuto fa.»

«Ha ragione» aggiunse Cathy. «Laggiù, in quella direzione.» Indicò verso sudovest, ma anche là non c'erano che tenebre.

«Forse sarebbe opportuno che tornassi alla pista di atterraggio per dire ai due piloti che va tutto bene. Erano già nervosi, anche prima della sparatoria.»

«Buona idea» convenne Tyrell. «Di' loro che Van Nostrand ci stava mostrando la sua collezione di armi, ha un poligono privato in casa.»

«Non la berranno!» osservò Cathy.

«Berranno qualunque cosa somigli a una spiegazione. Non desiderano altro che andarsene di qui fra mezz'ora con un sostanzioso assegno in tasca, questa è l'unica cosa che gli interessa... Vederti arrivare li rassicurerà. Cathy, tu va' con Jackson.»

«E tu cosa farai?»

«Esplorerò i dintorni. Se tu e Poole avete visto delle luci poco fa, perché ora non ci sono? Si può presumere che non sia rimasto nessun altro in casa, tranne la cuoca, e Van Nostrand sicuramente non contava di ricevere altri ospiti, se si preparava a tagliare la corda fra mezz'ora.»

«Ecco la tua pistola.» Il tenente trasse l'automatica dalla cintura. «L'ho presa dalla tasca di quel bastardo e gli ho tolto anche la Magnum che aveva in mano. Puoi tenere anche questa, se vuoi.»

«Allora, voi due andate alla pista d'atterraggio. Cercate di convincere i due piloti che tutto procede secondo il piano e che se ci sarà un ritardo, sarà breve. Andate, sbrigatevi!»

«Io avrei un'idea, Tye» fece Poole.

«Sputa.»

«Sia Cathy sia io possiamo pilotare quell'uccellino...»

«Neanche per sogno» lo interruppe Hawthorne. «I due piloti devono sparire, non li voglio qui per essere interrogati dalla polizia quando saranno scoperti i cadaveri. La mia morte era stata decisa da una cerchia ristretta di persone. Gli unici che potrebbero identificarci sono i due autisti e, a quanto mi sembra, uno non sarà troppo disposto a collaborare e l'altro è morto. Questo ci dà spazio di manovra.»

«Buon ragionamento, comandante.»

«È per questo che mi pagavano, maggiore. Adesso andate.»

I due ufficiali dell'Air Force attraversarono rapidamente il prato diretti verso la pista d'atterraggio, mentre Tyrell studiava il terreno che si estendeva a sudovest. C'erano una gran quantità di pini disposti simmetricamente, come per proteggere l'intimità dei villini per gli ospiti, che si scorgevano appena nel vago chiarore lunare. Uno dei villini aveva le luci accese pochi minuti prima: quale? Non serviva tirare a indovinare, doveva avvicinarsi. E avvicinarsi significava muoversi con estrema cautela, tenendo d'occhio le nuvole in movimento che a tratti nascondevano la luna e decidendo quando strisciare e quando balzare avanti durante i momenti di relativo buio. Ancora una volta gli balenavano in mente ricordi della vita passata, incontri notturni in vecchie cattedrali o in solitari posti di campagna, quando un unico passo falso poteva significare una pallottola in testa.

Alzò gli occhi al cielo. Una grande nube nera veleggiava verso sud e avrebbe schermato la luce della luna entro qualche minuto. Tyrell attese il momento propizio e attraversò di corsa la strada, tuffandosi nell'erba. Strisciò verso la villetta più vicina alla sua destra, fermandosi di botto quando la nube fu passata. Rimase immobile nell'erba, tenendo ben stretta l'automatica.

Voci! Basse, portate dalla brezza della Virginia. *Due* voci. Simili, ma non identiche, una un po' più bassa e forse più aspra, ma entrambe erano contratte e parlavano in fretta. Però non in inglese. Che lingua era? Alzò la testa adagio. *Silenzio.* Poi le due voci sommesse si fecero sentire di nuovo, ma ora si rese conto che non venivano dalla villetta che aveva preso di mira, ma da un punto più lontano, da un villino a sinistra, a qualche centinaio di metri da lì.

Una luce! Appena un puntino, una lampadina tascabile a matita, forse, non un fiammifero, perché era ferma, non tremolava. Qualcuno si muoveva all'interno, girando rapidamente il sottile raggio su e giù – qualcuno che aveva fretta e cercava qualcosa. In quel momento due fari accesi comparvero all'improvviso su per la stretta strada sterrata che attraversava i campi fra la residenza padronale e i villini, nella zona sud della tenuta. Era un'altra limousine, probabilmente quella che Poole e Cathy avevano visto entrare dal cancello. La macchina senza dubbio tornava a riprendere i passeggeri che aveva portato lì una mezz'ora prima. Due persone che avevano sentito gli spari e non cercavano una spiegazione: si preparavano ad allontanarsi dalla tenuta di Van Nostrand il più rapidamente possibile.

La Cadillac sterzò bruscamente e si fermò con uno stridore di freni. Due figure corsero fuori dal villino, la più alta portava due valigie. Tye non poteva lasciarli fuggire: doveva assolutamente fermarli.

«Alt!» gridò sparando in aria. «Fermi dove siete!» Si alzò in piedi e partì di corsa. «Nessuno salga su quella macchina.»

Dal buio esplose la luce accecante di un riflettore puntato su di lui. Scorse appena due figure salire in fretta sulla limousine. L'attimo fu troppo breve perché potesse riconoscerle... Riflettori di notte e uomini in corsa facevano parte del suo passato: si arrestò, ruotò a destra su se stesso, poi si gettò a sinistra rotolando più volte nell'erba fuori della luce del riflettore e rannicchiandosi dietro un grosso cespuglio mentre una raffica di proiettili colpiva il terreno, dove era un attimo prima. L'auto partì con i pneumatici che mordevano la terra e sollevavano nubi di polvere. Tye chiuse gli occhi, furioso, battendo a terra il calcio della pistola.

«Hawthorne, dove sei?» Era la voce di Cathy che lo chiamava freneticamente correndo su per la strada.

«Cristo, Cath, era una vera scarica di fucileria!» aggiunse Poole, che la seguiva da vicino. «Tye, di' qualcosa! Oh, mio Dio, potrebbe essere ferito...»

«No, no...!»

«Non ne sono sicuro» rispose Hawthorne alzando la voce e lentamente, penosamente, si alzò in piedi. «Dove sei...?»

«Qui!» Una nube si spostò e lasciò trapelare un raggio di luna che rivelò la sua sagoma accanto al cespuglio.

«Eccolo!» gridò Catherine correndo verso di lui.

«Sei ferito?» chiese ansiosamente Poole.

«Non da un proiettile» rispose Hawthorne inarcando il collo con una smorfia.

«E da cosa, allora?» chiese Cathy. «Quelli erano mitra!»

«Un solo mitra,» corresse Jackson «e dato il registro basso doveva essere un MAC, non un Uzi.»

«È possibile che un MAC-10 sia azionato da un uomo che guida una grossa macchina su una stretta strada sterrata?» chiese Tyrell.

«Non sarebbe molto facile.»

«Io avrei potuto restarci secco, ma tu potresti sbagliare, tenente.»

«E che differenza farebbe?» protestò Cathy.

«Nessuna» ammise Hawthorne. «Stavo solo rilevando la possibilità di un errore del nostro genio... No, non sono ferito, solo ammaccato perché sono fuori esercizio. Com'è andata con i piloti di Van Nostrand?»

«Sono fuori di sé» rispose Cathy. «Spaventati a morte. Si capisce che hanno la coda di paglia. Vogliono andarsene subito di qui.»

«Li avevate lasciati prima della sparatoria... Uzi o MAC che fosse...?»

«Non più di tre minuti fa.»

«Allora non c'è modo di fermarli e forse è meglio così.»

«Oh, un modo c'è, comandante.»

Tyrell gli rivolse un'occhiata interrogativa.

«Senti forse decollare un aereo?» sogghignò Poole. «Ho ricordato un giochetto infantile che non manca mai di funzionare. Si chiama "Guarda chi c'è".»

«Poole...»

«Mentre conversavo con loro, mi sono voltato a guardare oltre la coda dell'aereo e ho chiesto: "Ma che cosa diavolo c'è laggiù?". Sulle spine com'erano, temendo un attacco da un momento all'altro, non hanno potuto fare a meno di girarsi e io ne ho approfittato per prelevare la chiave dallo sportello interno. Poi ho minimizzato, sostenendo che probabilmente avevo sentito il rumore di un capriolo fra i cespugli. E mentre loro ricominciavano a respirare, ho chiuso l'unico sportello che si blocca automaticamente... Non andranno da nessuna parte, Tye. E se e quando decolleranno, noi saremo con loro.»

«Ti avevo giudicato bene, tenente» osservò Hawthorne. «Non mancherò di menzionare la presenza di spirito nel tuo rapporto di servizio.»

«Grazie, signore.»

«D'altra parte c'è il rischio che tu sia stato un po' troppo precipitoso.»

«In che senso?» chiese Cathy sulla difensiva.

«Nel senso che le guardie al cancello hanno sicuramente sentito la sparatoria, ma poi non hanno sentito decollare l'aereo. C'è poi da valutare la reazione della cuoca, quando non troverà più né Van Nostrand, né suo marito. Allora capiranno che siamo ancora qui.»

«Se non sbaglio, suo marito era il nostro autista» ricordò Cathy.

«E sulla limousine c'è il telefono» aggiunse Tyrell.

«Dannazione!» esclamò Poole. «E se le guardie al cancello

cercano di mettersi in contatto con la limousine e poi chiamano la polizia? Gesù, potrebbero averla già chiamata!»

«L'istinto mi dice che non lo faranno» considerò Hawthorne. «Ma arrugginito come sono, non posso fidarmi di me stesso.»

«Tutto dipende dalle guardie al cancello» ribadì Poole.

«Infatti» convenne Hawthorne. «Dovremmo già sentire il rumore delle automobili e dei golf cart e vedere i fasci di luce delle torce. Come mai non c'è niente?»

«Forse è opportuno che vada fin là a vedere che cosa stanno facendo» si offrì Jackson.

«Per farti ammazzare?» sbottò Cathy.

«Andiamo, non penserai che abbia intenzione di farmi annunciare.»

«Cathy ha ragione» intervenne Hawthorne. «Sarò anche fuori esercizio, ma in questo genere di operazioni valgo ancora qualcosa. Andrò io e poi ci ritroveremo all'aereo.»

«Che cos'è successo al villino?» volle sapere Cathy. «Cos'hai visto?»

«Due persone, una più alta con un paio di valigie, l'altra più bassa e snella, con il cappello. Sono saltati in macchina mentre ero abbagliato dal riflettore.»

«Chi si metterebbe un cappello in questa stagione?»

«Un calvo, Jackson» rispose Hawthorne. «È come un segno di identificazione... Va' all'aereo con Cathy e tieni d'occhio i piloti. Se mi troverò nei guai, sparerò tre colpi di fila. Sarà il segnale perché partiate immediatamente.»

«E dovremmo lasciarti qui?» protestò Cathy sorpresa.

«Sì, maggiore. Ho già spiegato che non sono mai stato un eroe e non intendo diventarlo adesso, ma se la situazione dovesse precipitare, me la caverò meglio da solo, senza zavorra.»

«Grazie del complimento!»

«È per questo che sono stato addestrato.»

«Perché non mi lasci venire con te?» chiese Poole.

«Perché non possiamo lasciare Cathy da sola alle prese con i piloti.»

«Come non detto. Andiamo, Cathy.»

La Buick grigio chiaro del Dipartimento alla Difesa era parcheggiata con discrezione poco distante dalla strada, con cofano e parabrezza celati dai rami degli alberi. I quattro uomini a bordo erano annoiati e risentiti per quell'incarico fuori orario, ricevuto senza spiegazioni, e per il rigoroso divieto a entrare in azione. Dovevano osservare, evitando a tutti i costi di essere osservati.

«Eccolo che viene!» esclamò l'uomo seduto al volante, allungando subito la mano al pacchetto di sigarette, mentre dal cancello della tenuta di Van Nostrand emergeva una limousine che svoltava a destra.

«Allora ce ne possiamo andare!» concluse l'ufficiale dei servizi di sicurezza della Difesa, seduto dietro di lui. «Ma che gran puttanata di incarico» brontolò.

«Qualcuno ai piani di sopra voleva sapere chi si spupazzava chi» commentò un'altra voce.

«Una gran puttanata» ripeté l'uomo seduto accanto all'autista staccando il microfono della radio di bordo. «Faccio rapporto e poi tagliamo la corda. Dio abbia in gloria i rompipalle in doppiopetto.»

Amaya Bajaratt si appoggiò allo schienale, sopraffatta dalla sorpresa, incapace di riordinare le idee. L'uomo comparso all'improvviso nel raggio del riflettore era *Hawthorne*! Ma com'era possibile? Una coincidenza del genere era inammissibile! Ci doveva essere un nesso... Il Padrone? Oddio, ma certo! Marte e Nettuno! Le passioni della carne intrecciate con un'uguale passione per il potere e la supremazia! Quel pazzo di Van Nostrand non aveva voluto rassegnarsi, aveva convocato Hawthorne per ucciderlo e, dopo quella notte, lei non ne avrebbe mai più sentito parlare.

Proprio ora... quand'era così vicina alla meta. Pochi giorni ancora e Ashqelon sarebbe stata vendicata. Allora tutta la sua infelice vita avrebbe avuto un senso. *Muerte para toda autoridad!* Nulla ormai avrebbe potuto fermarla.

Parigi! Doveva sapere.

«Che cosa succede?» chiese in un sussurro Nicola, sconvolto dalle raffiche di mitra e dal pericolo a cui erano scampati a stento.

«Niente che riguardi noi due» gli rispose Amaya sollevando il telefono. Compose il prefisso per la Francia e il numero di Rue de Corniche, a Parigi. «Pauline? Voglio parlare con Pauline.»

«Sono io» rispose la voce femminile da Parigi. «E lei è...»

«La figlia del Padrone.»

«Tanto mi basta. Che cosa posso fare per lei?»

«Saba ha chiamato ancora?»

«*Certainement, madame.* Era molto turbato, ma credo di averlo convinto che non ha nulla di cui preoccuparsi.»

«In che modo?»

«Ha accettato il fatto che suo zio si è trasferito su un'altra isola e che lei sa dove raggiungerlo quando tornerà nei Caraibi.»

«Bene. È l'Olympic Charters, Carlotte Amalie, vero?»

«Non saprei, madame.»

«Allora dimentica che ne ho parlato. Gli lascerò un messaggio.»

«Come desidera, signora. *Adieu.*»

Amaya interruppe la comunicazione e compose il numero dell'Olympic Charters, Charlotte Amalie. Come si era aspettata, a quell'ora della notte era in funzione la segreteria telefonica.

«*Questa è l'Olympic Charters, Charlotte Amalie. L'ufficio è chiuso e riaprirà alle sei di domattina. Se si tratta di un'emergenza, premete il tasto Uno che vi metterà in comunicazione con la guardia costiera. Altrimenti potete lasciare un messaggio.*»

«Amore mio, sono Dominique! Ti chiamo da uno yacht che sta facendo una noiosa crociera lungo la costa tirrenica, davvero una gran barba! Ma la buona notizia è che sarò di ritorno fra tre settimane. Ho convinto mio marito che devo tornare dallo zio, che attualmente si trova a Dog Island. Mi dispiace di non averti informato, ma ti avevo accennato la sua intenzione di trasferirsi, vero? Mio Dio, Pauline mi ha tanto rimproverata per non essere stata più chiara con te. Perdonami. Presto saremo di nuovo insieme. Ti amo!»

Amaya posò il telefono, irritata dallo sguardo di Nicola. «Perché hai parlato così, Valeria?» volle sapere il giovane. «Dobbiamo tornare nei Caraibi? Posso sapere che cosa diavolo sta succedendo? Sparatorie, fughe a precipizio... non capisco più niente.»

«Non posso dirti quello che non so, Nicola. Hai sentito l'autista: è stata una rapina... ce ne sono già state altre in questi ultimi tempi, perché il proprietario di questa tenuta è un uomo molto ricco e in America questo è un periodo di recrudescenza della criminalità. È il motivo per cui ci sono tante guardie armate, sempre pronte a fronteggiare un attacco. Non ha niente a che vedere con noi, credimi.»

«Non mi è molto facile. Se ci sono tante guardie come dici, perché dobbiamo fuggire?»

«Perché hanno chiamato la polizia ed è meglio se non ci interrogano. Noi siamo stranieri, ci verremmo a trovare in una posizione molto imbarazzante, per non dire umiliante... Che cosa penserebbe Angelina?»

«Oh...» Il respiro del ragazzo tornò quasi normale. «E perché siamo venuti qui?»

«Perché mi era stato detto da un amico che qui avremmo avuto un buon alloggio. Il nostro ospite mi avrebbe messo a disposizione una segretaria, di cui ho bisogno perché devo scrivere decine di lettere.»

«Tu sei brava a parlare, ma ogni tanto ho l'impressione che ti trasformi in un'altra persona.» Il giovane fissava la donna che gli aveva salvato la vita al porto di Napoli.

«Pensa al denaro che ho versato in banca per te e lascia che di tutto il resto mi occupi io.»

«Per esempio di dove passeremo la notte!»

«Hai ragione.» Premette il pulsante che la metteva in comunicazione con l'autista. «Ci può indicare un albergo decente?»

«Certo, signora. Ho già avvertito e vi stanno aspettando. Sarete naturalmente ospiti di Mr. Van Nostrand. Andiamo allo Shenandoah Lodge. Vi troverete bene.»

«Grazie.»

Tyrell strisciò lungo il margine erboso, sotto l'ombra dei pini che fiancheggiavano la strada. La guardiola del portiere, con le due grosse sbarre che chiudevano la carreggiata, distava non più di trenta metri, ma gli ultimi nove o dieci erano allo scoperto. Era un prato ben tenuto, che si estendeva fra la strada e la palizzata alta tre metri, con punte acuminate in cima a ogni palo. La barriera era evidentemente elettrificata. Né era difficile indovinare che le sbarre erano corazzate. Solo un carro armato avrebbe potuto sfondarle, un'auto comune si sarebbe fracassata nell'urto. Ora erano abbassate.

Hawthorne studiò attentamente la guardiola. Era una struttura quadrata, di pietra, con cristalli rinforzati alle finestre sui due lati e una torretta decorativa che ricordava un castello medievale. Il defunto Van Nostrand, alias Nettuno, era un uomo prudente: l'entrata alla sua straordinaria tenuta era a prova di bomba, e guai all'intruso che avesse tentato di scalare la palizzata! Sarebbe finito arrosto.

Non si vedeva nessuno alle due finestre, così attraversò di corsa lo spazio aperto e raggiunse la parete di pietra della guardiola, accovacciandosi a terra. Lentamente, centimetro per centimetro, alzò la testa fino al livello del vetro. Quello che vide lo lasciò esterrefatto! Seduto su una sedia, con il corpo accasciato su una scrivania, a tre metri dalla porta d'entrata, c'era un uomo in uniforme, con la testa coperta di sangue: aveva ricevuto non uno, ma diversi colpi al cranio e l'ultimo era stato fatale.

Hawthorne fece il giro della guardiola e arrivò alla porta: era aperta. Sembrava un centro spaziale: tre file di monitor coprivano ogni zona della tenuta. L'audio trasmetteva gorgheggi di uccelli e stormire di fronde e il fruscìo delle alte erbe fin dagli angoli più lontani dell'enorme proprietà.

Perché la guardia era stata uccisa? E dov'erano gli altri? Un uomo come Nettuno, per non dire del suo paranoico capo del servizio di sicurezza, non avrebbe mai affidato la sorveglianza dell'entrata principale a un uomo solo. Esaminò l'apparecchiatura, rammaricandosi di non avere accanto Poole: diversi segnali sugli strumenti indicavano che audio e video erano in funzione. Si potevano certo trovare delle risposte se si premevano i pulsanti giusti, ma si poteva anche far saltare tutto se si azionavano quelli sbagliati.

La cosa più sconcertante era che il posto pareva deserto. Non c'era nessuno... perché? Che cosa li aveva fatti fuggire? Gli spari? Non aveva senso: gli uomini erano armati, ne era testimone il morto sulla sedia, che aveva ancora nella fondina una calibro .38, e Van Nostrand doveva essere stato adeguatamente generoso. Perché le sue fedelissime e strapagate truppe non erano accorse a difendere il loro datore di lavoro?

Il telefono della guardiola squillò; Hawthorne trasalì e si immobilizzò di colpo. *Imponi a te stesso un assoluto controllo, tenente. Freddo come il ghiaccio. Se si verifica un fatto inaspettato, bada di comportarti come se fosse perfettamente naturale.*

Parole di un antico istruttore dei servizi di sicurezza della Marina, parole che lui stesso aveva tante volte ripetuto ad altri... ad Amsterdam.

Tyrell afferrò il ricevitore e tossì ripetutamente prima di emettere un «Neeaaa» confuso, nel tono di scontroso saluto.

«Che sta succedendo là?» gridò una donna all'altro capo

del filo. «Non mi risponde nessuno, né Mr. Van né Brian né mio marito dall'auto... *nessuno*! E dove diavolo eri in questi ultimi cinque minuti? Ho continuato a chiamare ma non rispondevi!»

«Ero qui fuori a sorvegliare» rispose Hawthorne burbero.

«Ho sentito una sparatoria!»

«Forse qualcuno che andava a caccia di cervi» replicò Tyrell ricordando il giochetto di Poole con i due piloti.

«Con un mitra? Di notte?»

«Questione di gusti.»

«Pazzi, sono tutti pazzi qui!»

«Già, già...»

«Bene, se riesci a parlare con Mr. Van o con gli altri, di' loro che io resto qui in cucina con tutte le porte sprangate. Se vogliono il pranzo, che mi chiamino!» Con questa dichiarazione la cuoca del palazzo sbatté giù il ricevitore.

Sempre più strano... Tutti erano fuggiti, forse uccidendo l'unico uomo che non li voleva seguire e poteva compromettere gli altri. Era come se lo spettro di un disastro incombente fosse comparso a sussurrare: *Il momento è venuto. Stanotte. Si salvi chi può.* Ma l'unica vera risposta a tutti gli interrogativi, l'unico legame con la Bajaratt, restava ormai nelle cellule morte del cervello del defunto Van Nostrand.

Hawthorne sfilò la calibro .38 dalla fondina dell'uomo assassinato. Reggendola fra il pollice e l'indice, entrò nel piccolo bagno, la pulì accuratamente con asciugamani di carta e se la infilò nella cintura. Poi tornò agli strumenti della guardiola e ancora una volta li studiò con grande attenzione, concentrandosi sul pannello più vicino all'entrata, che presumibilmente azionava le sbarre. C'erano sei grossi pulsanti che formavano due triangoli identici: il pulsante a sinistra in basso era verde, quello a destra era marrone; sul vertice di ogni triangolo ce n'era un altro un po' più grande, rosso. Una piastrina gialla, sotto il pulsante verde, recava la dicitura APERTO; sotto quello marrone CHIUSO; sotto i bottoni rossi si leggeva ALLARME.

Tyrell scelse il triangolo a sinistra e premette il pulsante verde APERTO. La sbarra più vicina si alzò lentamente. Premette il pulsante marrone: la sbarra tornò a scendere. Evidentemente il triangolo a sinistra comandava le manovre per i veicoli che entravano nella tenuta, il triangolo a destra per quelli che ne uscivano. Per essere sicuro, Tyrell ripeté la procedura con il secondo triangolo: la sbarra più lontana si alzò e poi ricadde.

Tanto bastava, non c'era bisogno di attivare l'allarme.

Prese la sua decisione, presumendo che il rischio fosse minimo, o almeno temporaneo: avrebbe raggiunto Cathy e Poole alla pista di atterraggio e gli avrebbe annunciato il suo progetto. I due potevano ripartire con i piloti e seguire la pista Charlotte per scoprire chi veniva a scortare Van Nostrand al cancello delle partenze internazionali, oppure rimanere con lui e perquisire a fondo lo studio di Van Nostrand. Stava a loro scegliere. A Tyrell sarebbe stato utile avere altre due paia d'occhi nella perquisizione dello studio e dell'appartamento di Van Nostrand. Un uomo che aveva intenzione di lasciare la sua casa così precipitosamente poteva facilmente incorrere in qualche errore o dimenticanza.

Hawthorne trascinò il cadavere nel piccolo bagno e mentre stava per lavarsi le mani macchiate di sangue si fermò bruscamente udendo il rumore di un motore che si fermava alle sbarre con gran stridìo di freni.

Corse fuori dal bagno, raccolse da terra il berretto della vittima, e si affacciò al finestrino della guardiola. Provò un immediato senso di sollievo. La Chevrolet blu non era della polizia: era una macchina comune e stava uscendo dalla tenuta, non entrando. Diede un'occhiata al quadro dei pulsanti, scegliendo automaticamente il triangolo a destra, quello di uscita.

«Sì?» borbottò azionando il citofono.

«Come sì, imbecille!» tuonò una voce rabbiosa al citofono. «Fammi uscire! E se quel somaro di mio marito torna con la limousine digli che sono andata da mia sorella e può trovarmi là... Ehi, un momento! Tu, chi sei?»

«Sono nuovo, signora» rispose Tyrell premendo il pulsante verde del secondo triangolo. «Buonanotte, signora.»

«Matti, sono tutti matti qui! Aerei che arrivano, mitra che sparano...»

La Chevrolet ripartì e scomparve nel buio appena Hawthorne ebbe sollevato la sbarra. Guardandosi intorno, si domandò se ci fosse qualche altra cosa da fare... Sì, forse c'era: sulla scrivania vide un grosso registro macchiato di sangue. Lo aprì e sfogliò le prime pagine. Vi erano annotati nomi e date di arrivo degli ospiti di Van Nostrand negli ultimi diciotto giorni, a partire dal primo del mese. Nella fretta, o nell'ansia, Nettuno aveva commesso il suo primo errore. Tyrell chiuse il registro e se lo mise sotto il braccio... Poi, colpito da un improvviso pensiero, lo riaprì alla pagina dell'ultima notte. La limousine che era partita di gran carriera con i due passeggeri in fuga dal villino più lontano... solo un nome era registrato, ma bastò a provocare un tumulto nel cuore di Hawthorne. Perché in esso era contenuta una parte del nome che la visitatrice riteneva sconosciuto ai suoi inseguitori, ma voleva far sapere a futura memoria. Non voleva che le fosse negato quell'ultimo riconoscimento.

Madame Lebajerône, Parigi

Lebajerône.

Dominique.

Bajaratt!

19

Tyrell lasciò semiaperta la porta della guardiola e corse attraverso il grande prato in direzione della pista d'atterraggio. Poi rallentò, perplesso. Si aspettava di vedere un riflesso delle luci ambrate, via via che si avvicinava, ma c'erano solo tenebre. Riprese a correre più svelto di prima e si gettò attraverso una stretta breccia dell'alta siepe che costeggiava i lati del campo.

Aveva pensato che Cathy e Poole lo stessero aspettando bene in vista sulla pista d'atterraggio insieme con i due piloti. Ma non c'era nessuno. Qualcosa era andato storto. Posò il registro sotto un cespuglio, lo coprì di terra e si alzò a scrutare la pista.

Silenzio. Deserto. Solo il profilo giallastro del jet che appariva di tanto in tanto, quando dalle nubi filtrava un raggio di luce.

Qualcosa si muoveva!... Dove? Fu un'impressione fugace colta con la coda dell'occhio... a destra, al di là della pista. Fissò lo sguardo su quella zona, aiutato ora da balenii di luce lunare che parevano riflessi da una superficie a specchio. Era la torre di controllo, in realtà una costruzione a un solo piano, quasi tutta di vetro, con un'antenna parabolica che si alzava dal tetto ancorata con dei cavi. Qualcuno si era mosso dietro una delle grandi finestre, nell'attimo in cui la luna emergeva dalle nubi.

Il cielo tornò buio e Hawthorne strisciò di nuovo verso la siepe e cominciò a correre lungo il lato della pista. In meno di un minuto giunse a un centinaio di metri dalla torre, ansimando, con il sudore che gli scorreva dalla fronte inzuppandogli la camicia. Cosa era successo? Che i due piloti avessero sopraffatto Cathy e il giovane tenente dell'Air Force? Ma Poole si sarebbe difeso e invece non si erano uditi colpi di arma da fuoco.

Ancora un movimento! Una figura indistinta, o l'ombra di una figura, si era nuovamente avvicinata alla grande finestra, ritirandosi altrettanto rapidamente. Qualcuno l'aveva visto sbucare dalla siepe e ora lo sorvegliava. Un ricordo recente affiorò alla mente di Hawthorne, un ricordo di tre giorni prima, anzi tre notti prima, su un'isola senza nome a nord dello Stretto di Anegada... *Il fuoco!* Una delle immagini più tremende per uomini e animali, come confermava il panico dei cani ringhianti e impazziti sull'isola-fortezza del Padrone.

Coperto dalla siepe, Tyrell raccolse sterpi e legni secchi e frugò tra il fitto fogliame in cerca di ramoscelli fragili e facili da spezzare. In meno di quattro minuti ne aveva accumulato un bel mucchio. Si frugò nella tasca dei calzoni in cerca dell'immancabile scatola di fiammiferi, sempre presente dai giorni in cui fumava come un dannato. Ne accese uno e lo spinse sotto gli sterpi, poi si allontanò in fretta procedendo carponi lungo la siepe finché si trovò a meno di una trentina di metri dalla porta di metallo della torre.

Il fuoco si diffuse più rapidamente di quanto Hawthorne avesse previsto, sul campo bruciato dal sole della Virginia: le fiamme s'innalzarono estendendosi in tutte le direzioni. In un attimo il campo fu un inferno. Allora due figure – no, tre – comparvero dietro la grande finestra sul retro dell'edificio. Scuotevano la testa, agitavano le braccia, indecise, colte dal panico. La porta di metallo si aprì e le tre figure si affacciarono, una davanti e due dietro. Tyrell non poteva vederli in faccia, ma capì che tra loro non c'erano né Cathy né Poole. Estrasse la calibro .38 e rimase in attesa, ponendosi tre domande: dov'erano Catherine e Jackson? Chi erano quegli uomini sulla porta? Cosa c'entravano con la scomparsa dei due ufficiali dell'Air Force?

«Oh, mio Dio, i serbatoi di combustibile!» gridò il primo uomo.

«E dove sono?» chiese una seconda voce.

Hawthorne la riconobbe: era il copilota del jet.

«Laggiù!» La figura gesticolò animatamente indicando un punto della pista. «Potrebbero far saltare in aria tutto!»

«Ma sono interrati!» protestò il pilota.

«Certo, ma sono coperti da lastre di ferro! I serbatoi sono pieni solamente a metà. I gas galleggiano sul combustibile e possono esplodere quando il metallo è incandescente. Presto, andiamocene di qui!»

«Ma non possiamo lasciar dentro quei due!» gridò il copilota. «Sarebbe un omicidio.»

«Fate quello che volete, imbecilli, io me ne vado!» L'uomo

corse fuori in mezzo all'erba e la sua figura si profilò per un attimo sullo sfondo delle fiamme che già avevano investito la siepe alle sue spalle. I due piloti scomparvero nell'interno della torre e Hawthorne, tenendosi abbassato, corse all'angolo della struttura di vetro e si sporse a sorvegliare la porta. Ora il fuoco stava divorando rapidamente le siepi e le fiamme si levavano alte verso il cielo. All'improvviso Catherine e Poole furono spinti fuori della porta, imbavagliati, con le mani legate dietro la schiena. Cathy cadde a terra e Jackson si gettò su di lei, proteggendola con il proprio corpo, come se si aspettasse una raffica di mitra. Dietro di loro comparvero i piloti del jet, più disorientati che mai.

«Su, voialtri!» intimò il copilota. «Alzatevi e andiamo via di qui!»

«Buoni lì!» Tyrell balzò in piedi spianando la pistola a una spanna dalle teste dei piloti. «Aiutateli ad alzarsi, slegateli e toglietegli quei bavagli!»

«Ehi, amico, non è stata un'idea nostra!» protestò il copilota mentre s'affrettava a soccorrere Cathy e Poole. «Il radiotelegrafista ci teneva la pistola puntata allo stomaco!»

«Ci ha ordinato lui di legarli e imbavagliarli!» spiegò il pilota. «Era di turno sulla pista questa mattina mentre facevamo i voli di pratica e ha dato per scontato che fossimo dalla sua parte.»

«Sì, pensava che fossimo uomini del Padrone» riprese il copilota, guardando le siepi in fiamme. «Ha detto che eravamo garantiti dai servizi di sicurezza di Mr. Van, mentre questi altri due non li conosceva e non voleva correre rischi... Ma adesso scappiamo... avete sentito cos'ha detto dei serbatoi di benzina!»

«Dove sono?» chiese Hawthorne.

«A un centinaio di metri da qui» rispose Poole. «Da quella parte. Ho visto le pompe mentre ti aspettavamo.»

«Che importa dove sono?» gridò il copilota. «Quel bastardo ha detto che potrebbero far saltare in aria tutto.»

«Potrebbero,» ripeté il tenente «ma è poco probabile. Quelle pompe hanno degli isolanti di protezione e quelle lastre dovrebbero essere colpite dalla fiamma ossidrica per arrivare alla temperatura di incandescenza.»

«Ma la possibilità c'è?»

«Sicuro, Tye, una su cento. Diavolo, anche ai distributori di benzina c'è il cartello "Vietato fumare".»

Hawthorne si rivolse ai due piloti atterriti. «Le probabilità sono a vostro favore, ragazzi. Datemi portafogli e carte d'identità. E anche i passaporti.»

«Ma cos'è, ci volete rovinare?»

«No, se fate quel che vi dico. Su, tirate fuori i documenti, poi ve li renderò.»

«E tu chi sei, un agente federale?» Il pilota si frugò in tasca a malincuore e consegnò a Tyrell portafogli e passaporto. «Spero che tu capisca che noi siamo stati assunti regolarmente e non portiamo armi da fuoco né sostanze illegali. Puoi perquisirci e perquisire l'areo, se vuoi, non troverai niente.»

«Noto che avete una certa pratica... e anche tu, buffone!»

«Io sono un pilota con tanto di brevetto e lavoro come libero professionista per chi mi assume, signore» ribatté il copilota, porgendo a Tyrell le carte richieste.

Hawthorne consegnò portafogli e passaporti a Catherine. «Annota nomi e connotati, maggiore. Vai dentro e accendi la luce.»

«Subito, comandante» fece Cathy entrando nella casa di vetro.

«Maggiore?... Comandante?» gridò il pilota. «Che diavolo succede? Spari, incendi e ora anche l'Esercito? In che razza di pasticcio ci hanno cacciato quei delinquenti, Ben?»

«Io sono tenente» precisò Poole.

«Che io sia dannato se lo so, Sonny, ma se riusciamo a tirarci fuori di qui dobbiamo cancellare i nostri nomi dalla lista.»

«E che lista sarebbe?» chiese Hawthorne.

I due aviatori si scambiarono un'occhiata. «Andiamo, diglielo» fece il pilota.

«È un'agenzia di collocamento, Sky Transport International, servizi di volo.»

«E dove si trova?»

«A Nashville.»

«Sempre meglio. Tutti quei milionari di provincia.»

«Noi non abbiamo mai trasportato criminali o carichi illegali.»

«Sì, l'hai già detto, pilota. E a parte la vostra esperienza giuridica, dove siete stati addestrati? Nell'Esercito?»

«No di certo» replicò il copilota rabbiosamente. «Le migliori scuole civili, con il massimo dei voti e cinquemila ore di lavoro registrate.»

«Cos'avete voi due contro l'Esercito?» chiese Poole.

«La disciplina che limita l'iniziativa individuale. Noi siamo migliori.»

«Ehi, aspetta un minuto...»

«Lascia andare, tenente» lo placò Catherine uscendo dalla stanza della radio.

«Qualche sorpresa?» chiese Hawthorne facendole cenno di restituire ai due piloti portafogli e passaporti.

«Un paio» rispose Cathy. «Si chiamano Benjamin ed Ezekiel Jones. Sono fratelli e hanno viaggiato molto in questi ultimi venti mesi. Posti assai interessanti, come Cartagena, Caracas, Port-au-Prince ed Estero, in Florida.»

«Luoghi dannati» osservò Tyrell. «L'ultima propaggine delle Everglades.»

«Ma che bellezza!» sbottò Poole disgustato. «Tutto il campionario delle località di scarico di merce di contrabbando.»

«Insomma, perché non ce la battiamo?» chiese il copilota, con la fronte imperlata di sudore, gettando sguardi impauriti alle siepi in fiamme.

«Oh, voi ve ne andrete subito,» rispose Hawthorne «e vi spiegherò io come e dove.»

«E dove?» chiese il copilota.

«Il tenente mi informa che siete attesi a Charlotte, Carolina del Nord.»

«L'ora della partenza è passata e non abbiamo confermato un altro piano di volo» obiettò Benjamin Jones. «Non potremmo mai ottenere adesso l'autorizzazione per la vecchia rotta, c'è troppo traffico lassù!»

«Voi ragazzi fareste meglio a tornare a una di quelle vostre eccellenti scuole» intervenne Jackson. «Ora che decollate, vi avrò già fatto assegnare una nuova rotta o confermare la vecchia.»

«Lo puoi fare, Poole?»

«Certo» confermò Cathy. «E anch'io, volendo. Da qui possiamo contattare tutte le torri di controllo da Dulles ad Atlanta. Come diceva Ben, Van Nostrand non badava a spese.»

«Ma voi credete davvero che abbiamo intenzione di tuffarci dritti nelle braccia di una squadra di federali in attesa di un passeggero che non abbiamo?» gridò Ezekiel Jones. «Siete fuori di testa!»

«Sei tu che sei fuori di testa, se non ubbidisci» ribatté Tyrell con calma. Estrasse dalla tasca un blocco e una matita, offerti dall'albergo di San Juan. «Quando arrivate a Charlotte dovete chiamare questo numero – usate una carta di credito perché si trova nelle Isole Vergini. Vi risponderà una segreteria telefonica.»

«Sei matto!» protestò Benjamin Jones.

«Se vi rifiutate, non piloterete mai più un aereo anche lontanamente legittimo in questo Paese. Invece se eseguirete i miei ordini, sarete liberi... a una condizione che vi dirò fra poco.»

«Che condizione? Che cosa dovremmo fare?»

«Tanto per cominciare, non sarete accolti da una squadra di federali, ma dalla scorta diplomatica di Van Nostrand, al massimo una o due persone. Voglio sapere i loro nomi e voi dovete insistere perché vi firmino una dichiarazione.»

«Che dichiarazione?»

«Data, ora e firme corrispondenti alle loro carte d'identità e il nome dell'individuo che ha garantito per il vostro passeggero e ha autorizzato la scorta. A loro non piacerà, ma saranno costretti ad adattarsi.»

«E quando abbiamo ottenuto quelle informazioni?» chiese Ben Jones, che era il più sveglio dei due. «Van Nostrand non ci sarà... A proposito, dov'è?»

«È indisposto.»

«E allora, che cosa dobbiamo dire?»

«Che è stata una corsa a vuoto. Ordini di Van Nostrand. Poi andate subito a un telefono e chiamate questo numero.» Hawthorne infilò il foglietto nel taschino della camicia del copilota.

«Ehi, aspetta! E i nostri soldi?»

«Quanto dovevate prendere?»

«Diecimila, cinque a testa.»

«Per il lavoro di un solo giorno? Troppo. Duemila a testa basteranno.»

«Facciamo quattro a testa, otto in tutto, ultimo prezzo.»

«Vada per quattro se trasmettete l'informazione quando siete a Charlotte. Se non lo fate, zero totale.»

«Queste sono solo parole, comandante,» replicò Benjamin Jones «e anche belle, ma come verremo pagati?»

«La cosa più semplice del mondo. Datemi dodici ore da quando avrete telefonato da Charlotte. Poi dettate un'ora e un luogo alla segreteria telefonica di St. Thomas, e verrà un messaggero con il denaro.»

«Sempre belle parole.»

«Vi sembro così stupido da darvi un numero di telefono, che voi potreste rintracciare?»

«Supponiamo che nessuno risponda...» obiettò il fratello più giovane.

«Qualcuno risponderà. Perdio, stiamo perdendo tempo mentre voi non avete scelta. Spero che abbiate recuperato la chiave del portello.»

«Puoi giurarci.»

«Bene, filate.»

«E non ti venga in mente di fregarci» lo ammonì Ben. «Noi non sappiamo che cos'è successo qui, ma se credi che abbiamo bevuto quella stronzata della collezione di armi, ti sbagli di grosso. E il fatto che l'uomo che ci ha assunto non sia venuto all'aereo ci dà da pensare. Ho letto da qualche parte il nome di questo Van Nostrand: è un pezzo grosso, che fa notizia, non so se mi spiego. Potremo parlare con la stampa, e ci guadagneremmo anche.»

«Vuoi minacciare un ufficiale del servizio informazioni della Marina degli Stati Uniti?»

«E tu, comandante, vuoi forse corromperci con il denaro dei contribuenti degli Stati Uniti?»

«Svelti, fuori di qui. Chiamerò St. Thomas fra un paio d'ore.»

«Decollate e chiamatemi per radio quando siete a cento metri» ordinò Poole.

I due fratelli si guardarono. Ezekiel si strinse nelle spalle e guardò Hawthorne. «Chiama la tua segreteria telefonica, comandante. E poi chiamala ancora per la nostra paga. Niente assegni, solo contanti.»

«Ben,» replicò Tyrell con fermezza e con un'occhiata severa al minore dei fratelli Jones «telefonate i dati di Charlotte, altrimenti raggiungerò quel jet ovunque pensiate di poterlo vendere. E inoltre, la mia clausola: state lontani dalla droga.»

«Figlio di puttana!» borbottò il copilota mentre i due uomini si voltavano e correvano verso la siepe più bassa che cominciava a spegnersi e ormai dava più fumo che fiamme.

«L'incendio si sta estinguendo» osservò Cathy.

«Comunque, potrebbe ancora raggiungere le pompe» osservò Hawthorne.

«Ma no» lo corresse Poole dirigendosi verso la porta della stanza della radio. «Ci sono almeno trenta metri fra i cespugli e le pompe.»

«Raggiungici alla casa. Saremo in biblioteca» gli gridò Hawthorne. «E noi andiamo,» aggiunse rivolto a Cathy «voglio frugare quel posto da cima a fondo e dobbiamo trovare il modo di contattare l'altra limousine. A bordo c'è la Bajaratt!»

«Mio Dio! Sei sicuro?»

«Sì. Ho in mano il registro della portineria. Volevo andare a prenderlo più tardi, ma un paio di minuti non fanno differenza. L'ho nascosto dall'altra parte del campo. Quella limousine che hai visto è la vettura che è entrata per ultima e la chiave è nel nome, vieni, te lo dimostro.»

Corsero insieme, aggirando la siepe che ancora fumava, fino al punto in cui Tyrell aveva nascosto il grosso registro. Ansando, Hawthorne si inginocchiò per riprenderlo.

Il registro non c'era più.

Come un uomo affamato in cerca di radici commestibili, Tyrell si mise a scavare, scrutando tutt'intorno, cercando di dominare il panico.

«Sparito!» ringhiò fermandosi tutto sudato.

«Sparito?» fece eco Cathy, sgomenta. «Non potresti averlo lasciato cadere mentre correvi?»

«Ma l'avevo messo qui!» Balzò in piedi come un cobra rabbioso ed estrasse la .38 dalla cintura. «E io non lascio cadere le cose, maggiore!»

«Mi dispiace.»

«Spiace anche a me... Magari mi sarà capitato dozzine di volte, ma non ora. Tanto per cominciare, è troppo grosso e troppo importante... Cristo, qui intorno ci deve essere qualcun altro, qualcuno che non vediamo ma che ci sorveglia.»

«La cuoca? Qualche guardia che era al cancello?»

«Tu non capisci, Cathy. Se ne sono andati tutti, sono spariti. Anche la cuoca... L'ho fatta uscire io stesso. E mi ha detto che ai telefoni non rispondeva più nessuno.»

«Tutti partiti?»

«Eccetto un guardiano che è stata ucciso. Gli hanno sparato.»

«Ma se quel registro non è là...»

«Esatto. C'è qualcuno qui in giro. Qualcuno che sa che Van Nostrand è morto e vuole arraffare tutto quello che riesce.»

«Ma perché un registro? Non è un'opera d'arte.»

Tyrell alzò gli occhi e la fissò alla luce della luna. «Grazie, maggiore, mi hai detto una cosa a cui avrei dovuto pensare anch'io. Il nostro fantomatico sconosciuto deve saperne molto più di quanto immagino. Quel registro non ha alcun valore, tranne per qualcuno che sappia quanto è importante. Sono proprio fuori esercizio!»

«Allora, che cosa conti di fare?»

«Qualunque cosa si faccia dobbiamo stare attenti. Hai una pistola?»

«Jackson mi ha dato quella che ha tolto al radiotelegrafista.»

«Tienila bene in vista e seguimi. Fa' quello che faccio io, girati ogni pochi passi, ma dall'altra parte. Io mi giro a sinistra, tu a destra, così teniamo tutto sotto controllo. Te la senti?»

«Anche se non me la sentissi, non ho alternative. Andiamo.»

Muovendosi con somma cautela e girandosi di continuo attraversarono lo spazio aperto che li divideva dalla residenza padronale. Arrivarono alla finestra sfondata della biblioteca: la luce fioca all'interno faceva brillare le schegge di vetro che sporgevano sinistramente dal telaio. Tyrell colpì più volte con la canna della pistola il lato inferiore del telaio, per ridurre il rischio di tagliarsi nel varcarlo. «Io vado per primo e poi ti aiuto a salire» disse a Catherine, che alle sue spalle puntava nervosamente la sua automatica da una parte e dall'altra nel buio.

«Non mi sono mai piaciute le armi da fuoco,» mormorò la donna «ma ammetto che con questa in mano mi sento più tranquilla.»

Tyrell volteggiò oltre la finestra, appoggiandosi al telaio con la mano sinistra e stringendo la .38 nella destra. «Bene,» la esortò «infila la pistola dove puoi e aggrappati al mio braccio.»

«Mio Dio, come graffia!» borbottò Cathy infilandosi l'automatica sotto la cintura e afferrando il braccio sinistro che Hawthorne le porgeva.

«E adesso?»

«Punta i piedi contro il muro e fai i movimenti che ti vengono naturali mentre io ti tiro su. Non è alto, ce la farai... però non appoggiare i piedi sul davanzale, se puoi evitarlo. Non hai le scarpe.»

Cathy, che aveva abbandonato i tacchi alti per poter correre per i campi, seguì le istruzioni di Tyrell, con la gonna che le si alzava fino alle anche mentre scalava il metro e venti di muro fino al davanzale della finestra. «Se la mia biancheria intima ti turba è affar tuo» borbottò per dissimulare l'imbarazzo.

I corpi di Van Nostrand e del suo guardaspalle erano ancora là dov'erano caduti. Non c'era alcun segno che qualcuno fosse entrato nella biblioteca dopo la sparatoria. Per assicurarsene Hawthorne attraversò rapidamente la stanza fino alla porta: era ancora chiusa e sbarrata.

«Io ti copro dalla finestra» disse a Cathy. «Controlla la

mensola del telefono, dovrebbe esserci una rubrica. Vedi se c'è modo di chiamare la limousine.»

Restò in piedi, con le spalle appoggiate alla parete accanto alla finestra sfondata mentre Cathy si avvicinava alla mensola. «C'è un rettangolo di plastica, probabilmente la copertina di una rubrica» riferì Cathy. «È stato strappato. Ci sono resti di una carta spessa intorno agli orli, come se qualcuno avesse faticato a tirarla via.»

«Guarda nei cassetti, nel cestino dei rifiuti, in tutti i posti dove avrebbe potuto essere gettata.»

Il maggiore esaminò rapidamente tutti i cassetti. «Sono vuoti.» Posò un cestino sulla sedia. «Neanche qui c'è molto... Oh, aspetta!»

«Cosa c'è?»

«Una ricevuta di una compagnia di spedizioni, Sea Lane Containers. Conosco questa ditta. Gli alti funzionari la usano quando si trasferiscono oltremare per missioni di lunga durata.»

«Cosa dice?»

«N. Van Nostrand, deposito per trenta giorni, Lisbona, Portogallo. Poi, sotto, alla voce "contenuto": "Ventisette colli, effetti personali, sigilli asportabili per ispezione doganale". Firmato da G. Alvarado, segretaria di N.V.N.»

«Nient'altro?»

«Solo una riga, dopo "altre istruzioni". Dice: "Il mittente ritirerà i colli al deposito della S.L.C. a Lisbona". È tutto. Perché qualcuno getterebbe via una ricevuta per ventisette colli di effetti personali, quando molti degli oggetti compresi potrebbero essere di grande valore?»

«La prima cosa che mi viene in mente è che, se sei Van Nostrand, non hai bisogno di ricevuta per ritirare i tuoi bagagli. Nient'altro nel cestino?»

«Niente... tre carte di caramelle, un paio di foglietti appallottolati ma ancora bianchi, una lista di quotazioni di Borsa su un tabulato con la data di oggi.»

«Niente che ci illumini» mormorò Tyrell, senza smettere di scrutare l'oscurità fuori della finestra. «O forse no...» aggiunse. «Perché Van Nostrand avrebbe gettato via la ricevuta? O, per metterla in un'altra forma, perché si sarebbe intenzionalmente disturbato a gettarla via?»

«Stai prendendo lezioni da Poole? Non ti seguo.»

«Van Nostrand aveva una segretaria. Perché non le ha dato

la ricevuta? Evidentemente era la segretaria che si occupava di tutto. Perché l'ha tenuta lui?»

«Per ritirare i colli a Lisbona... Oh, lasciamo stare, l'hai già detto. Insomma, l'ha gettata via.»

«Perché?»

«Sono un pilota, comandante, non una psichiatra.»

«Senza indagare l'inconscio, credo che si possa azzardare un'ipotesi razionale.»

«Sono tutt'orecchi.»

«Van Nostrand, per ragioni che ignoro, voleva che questa ricevuta fosse ritrovata.»

«Dopo la sua morte?»

«Naturalmente no. Non prevedeva certo di morire. Era diretto a Charlotte, Carolina del Nord. Eppure voleva che la ricevuta fosse ritrovata.»

«Da chi?»

«Da qualcuno che avrebbe stabilito un legame con qualcosa che non è ancora avvenuto... forse. Chiamala un'intuizione contorta, ma è questione di istinto... Continua a cercare. In tutti gli angoli. Tira fuori i libri dagli scaffali, controlla gli armadi, il bar, ogni cosa.»

«Che cosa devo cercare?»

«Qualunque cosa ci...» Si fermò bruscamente. «Ferma! Spegni la luce!»

Cathy spense in fretta la lampada da tavolo e la luce centrale. La stanza piombò nell'oscurità. «Cosa c'è, Tye?»

«Qualcuno con una lampadina tascabile, un puntino di luce nell'erba. È lo sconosciuto che non è partito.»

«E che cosa fa?»

«Viene dritto verso questa finestra.»

«Anche adesso che ho spento le luci?»

«Non si è neppure fermato né ha avuto un attimo di esitazione quando hai spento. Continua a venire avanti come un robot.»

«Ho trovato una torcia anch'io» mormorò Cathy da dietro la scrivania. «Nell'ultimo cassetto.»

«Falla rotolare verso di me.»

Cathy fece come le aveva detto e Tyrell la cercò a tastoni sul pavimento con la mano sinistra mentre lo sconosciuto continuava ad avanzare come uno zombie verso la casa. In pochi istanti era arrivato alla finestra. All'improvviso un urlo isterico lacerò il silenzio.

«Fuori di lì! Non avete diritto di entrare in casa sua! Lo dirò a Mr. Van. Vi farà uccidere!»

Hawthorne accese la torcia, puntando la .38 alla testa della sagoma affacciata alla finestra. Con sua enorme sorpresa, era una donna anziana con il viso rugoso e i capelli bianchi perfettamente pettinati: portava un costoso abito di seta a fiori e teneva stretto sotto il braccio sinistro il registro della portineria e non aveva armi, solo la lampadina tascabile nella mano destra. Era patetica, con quell'espressione furiosa negli occhi.

«E perché Mr. Van Nostrand dovrebbe farci uccidere?» s'informò Tyrell pacato. «Siamo qui perché ci ha invitati lui. Ci ha portati qui il suo aereo. Come può vedere da questa finestra sfondata, aveva tutte le ragioni per chiedere il nostro aiuto.»

«Appartenete alla sua milizia?» chiese la donna in tono meno minaccioso, anche se sempre aspro e con un leggero accento straniero.

«La sua milizia?» domandò Tyrell sorpreso.

«Sua e di Marte, naturalmente.» La donna fece una pausa, come se respirasse a fatica.

«Naturalmente, Nettuno e Marte... non è così?»

«Certo. Ha detto che vi avrebbe chiamati, un giorno. Sapevamo che stava per venire.»

«Cosa stava per venire?»

«La rivolta, naturalmente.» La donna trasse di nuovo un respiro ansimante, con uno sguardo smarrito negli occhi. «Dobbiamo proteggere noi stessi e le nostre cose... e tutti quelli che sono con noi!»

«Dai ribelli, vero?» Hawthorne scrutò ancora il vecchio viso. Per quanto mentalmente provata, l'aspetto e il contegno, malgrado la collera e la paura, rivelavano un'origine aristocratica... Sud America? C'era quel leggero accento, spagnolo o portoghese. Rio de Janeiro? Marte e Nettuno... *Rio!*

«Dalla feccia dell'umanità! Nils ha lavorato tutta la vita per loro... ma quelli sono solo degli ingordi irriconoscenti! E non meritano niente! Sono pigri e viziosi, non fanno che sfornare figli, e non vogliono lavorare.»

«Chi è Nils?»

«Mr. Van Nostrand, per lei!» La donna cominciò a tossire con un rantolo aspro nella gola.

«Ma non per lei, signora, naturalmente.»

«Mio caro giovanotto, io sono stata per molti anni accanto

a quei due ragazzi, fin dal principio. All'inizio ero la loro padrona di casa... tutte quelle splendide feste, i banchetti, i loro *carnivales*! Che cosa meravigliosa!»

«Dovevano essere proprio in gamba» acconsentì Tyrell. «E naturalmente dobbiamo proteggerci e proteggere tutti quelli che sono con noi. Ecco perché lei ha preso il registro della portineria, vero? Io l'avevo nascosto fra i cespugli.»

«È stato lei? Ma allora lei è uno stupido! Non ci si deve lasciare dietro niente di importante, non si rende conto? Ho idea che dovrò riferire a Nils della sua negligenza.»

«Lasciarsi indietro...»

«Noi partiamo in mattinata» mormorò l'ex padrona di casa di Marte e Nettuno, tossendo ancora. «Non ve l'ha detto?»

«Sì, certo. Stiamo facendo i preparativi...»

«Ma è già tutto pronto! Brian è appena partito in aereo per sistemare le ultime cose. Il Portogallo! Non è magnifico? I nostri bagagli sono già stati spediti... Dov'è adesso Nils... Mr. Van Nostrand? Devo dirgli che ho finito.»

«È di sopra e sta controllando... i suoi effetti personali.»

«È ridicolo. Brian e io abbiamo ripulito tutto stamattina e non abbiamo dimenticato niente. Ho lasciato fuori i suoi abiti, un paio di pigiama e gli oggetti da toilette che si possono lasciare agli arabi.»

«Gli arabi? Be', lasciamo stare. Che cosa ha appena finito di fare per lui, Mrs... Alvarado? Questo è il suo nome, vero?»

«Certo, è il mio nome, Mrs. Gretchen Alvarado. Il primo marito di mia madre è stato un grande eroe di guerra, membro dello stato maggiore.»

«Che cosa ha appena finito di fare per Mr. Van?» ripeté pazientemente Tyrell.

«Di pregare, naturalmente. Nils mi ha chiesto di andare nella nostra cappella in collina e pregare nostro Signore Gesù perché ci conceda di partire e arrivare sani e salvi. Come certo lei sa, Mr. Van Nostrand è religioso e devoto come un prete... In verità, giovanotto, ho dovuto abbreviare le preghiere perché ci doveva essere un guasto all'apparecchio di aerazione. Mi lacrimavano gli occhi e facevo fatica a respirare. Non lo dica a Nils, ma ho ancora un terribile dolore al petto. Non gli dica niente, si preoccuperebbe per me.»

«E così lei è uscita dalla cappella...»

«Sono uscita in strada e ho visto lei che correva, anzi, pensavo che fosse Brian, le sono corsa dietro e l'ho vista infilare il registro sotto il cespuglio e ricoprirlo di terra.»

«E poi?»

«Mah, non sono sicura. Ero sconvolta, naturalmente. Ho cercato di gridarle qualcosa, ma all'improvviso facevo tanta fatica a respirare... non lo dica a Nils! E poi tutto è diventato buio. Quando ho ricominciato a vedere chiaro mi sono trovata sdraiata a terra e c'era fuoco dappertutto. Ah, a proposito, sono presentabile? Nils vuole che io abbia sempre un aspetto dignitoso.»

«Ha un bellissimo aspetto, Mrs. Alvarado, ma io devo farle un'altra domanda... Mr. Van Nostrand mi ha detto di rintracciare una delle limousine. È un'emergenza. Come si fa a chiamarla?»

«Oh, è semplicissimo... Poi, quando ho visto la luce qui, dovevo scoprire chi c'era...» L'anziana segretaria non poté proseguire. Fu presa da convulsioni così violente che il grosso registro le sfuggì da sotto il braccio mentre si portava le mani alla gola. Il viso le si gonfiò, gli occhi parevano voler uscire dalle orbite.

«Piano!» gridò Tyrell non potendo raggiungere la donna attraverso la finestra. «Si appoggi al muro... Ma deve dirmelo! Come si fa a chiamare la limousine?»

«Era... semplice...» La donna lottava con le parole, ansimando per respirare. «Ma ora no. Nils mi ha fatto... azzerare il sistema telefonico.»

«Quali sono i numeri?»

«Io... non so... sono... tanti anni.» All'improvviso la vecchia signora lanciò un grido strozzato. Si stringeva la gola e il suo viso gonfio stava diventando cianotico sotto il raggio della torcia di Hawthorne.

Tyrell saltò giù dalla finestra per soccorrerla. La torcia gli era sfuggita di mano. Catherine si affacciò alla finestra e lui le gridò: «Il bar, dentro! Accendi una lampada e porta dell'acqua!».

Aveva cominciato a massaggiare la gola della donna quando nella biblioteca si accesero le luci. Tye si immobilizzò, sconvolto. Il volto sotto le sue mani era orrendo, grottesco, la carne contorta era blu scuro, gli occhi rossi con le pupille dilatate, i capelli bianchi così perfettamente pettinati erano solo una parrucca, che era scivolata a metà della testa calva. Mrs. Gretchen Alvarado era morta.

«Ecco l'acqua!» Cathy si sporgeva dalla finestra con una brocca di cristallo. Poi vide la faccia della vecchia. «Oh, mio

Dio» mormorò girando la testa come se dovesse vomitare. «Che le è successo?»

«Lo sapresti subito se venissi qui a fiutare questo odore. Lo chiamano "crash gas". Se qualcuno lo inala per un minuto o due, la vittima muore entro un'ora, qualche volta anche prima.»

«E se non c'è un medico esperto a trattare il caso,» aggiunse Poole emergendo dall'ombra «il paziente soffoca nel proprio muco. Ho letto di questa sostanza ai tempi della Tempesta nel Deserto... Chi è la donna?»

«La fedele segretaria di Marte e Nettuno, loro ex padrona di casa» rispose Tyrell. «Ha giusto ricevuto la sua ben meritata pensione mentre pregava per loro nella cappella. Un cilindretto nel condotto di aerazione, penso.»

«Che brave persone!»

«Gente d'alto bordo, Jackson. Vieni a darmi una mano. Mettiamola in biblioteca accanto al suo amato padrone e tagliamo in fretta la corda.»

«Ce ne andiamo?» chiese Cathy stupita. «Pensavo che volessi perquisire a fondo le stanze.»

«Sarebbe una perdita di tempo, Cathy.» Hawthorne si chinò a prendere il registro macchiato di sangue e se lo infilò faticosamente nella cintura. «Forse questa donna non aveva tutte le rotelle al posto giusto, ma era un robot maledettamente efficiente per Van Nostrand. Se ha detto che la casa è stata ripulita, è sicuramente così. Prendi la ricevuta di spedizione, la voglio portare via.»

L'autista era ancora legato e svenuto ed era opportuno che rimanesse dov'era: così fu Poole che si mise al volante della limousine, per deferenza, aggiunse, verso un anziano ex ufficiale della Marina che era stato sottoposto a un estremo stress fisico. «Tutto quel correre e saltare su e giù dalle finestre...!»

«Ragazzo, potrei sempre farti condannare a morte dalla corte marziale!» lo minacciò Tyrell dal sedile posteriore, stendendo le gambe doloranti. «Maggiore, controlla il telefono» ordinò a Cathy che sedeva davanti. «Vedi se ci sono istruzioni o numeri per chiamare l'altra limousine. Guarda anche nel cassettino del cruscotto.»

«Non c'è nulla» rispose Cathy mentre Poole guidava la macchina oltre il cancello, dopo aver sollevato le sbarre seguendo le istruzioni di Tyrell. «Forse posso chiamare il centralino e chiedere di contattarla.»

«Dovresti avere il numero di telefono, o almeno la targa,» replicò Jackson «altrimenti non lo faranno.»

«Sei sicuro?»

«Più che sicuro, è il regolamento.»

«Merda!»

«E se ci mettessimo in comunicazione con il capitano Stevens?»

«Tenterò.» Hawthorne sollevò la derivazione del sedile posteriore e compose rapidamente un numero. Parlò con un sottufficiale della Marina dicendo che si trovava in una vettura nelle vicinanze. «Emergenza Quattro-Zero, marinaio!»

«Cosa diavolo fai da queste parti!» proruppe al telefono il capo dei servizi informazione della Marina. «Dovevi essere a Portorico, dannazione!»

«Non ho tempo di spiegarti, Henry. C'è una limousine di proprietà di un certo Nils Van Nostrand, targa della Virginia, però non so il numero.»

«*Quel* Van Nostrand?» lo interruppe Stevens sorpreso.

«Devo avere il numero di telefono della sua limousine.»

«Sai quante limousine ci sono nello Stato della Virginia, specialmente nella zona intorno a Washington?»

«Ma quante stanno trasportando la Bajaratt?»

«*Cosa?*»

«Trova quel numero, capitano!» ribadì Tyrell cercando di leggere le cifre sul telefono della vettura. «E richiamami a questo numero!» Lo dettò e riappese il telefono.

«Dove andiamo, comandante?» chiese Poole.

«Gira qui intorno per un po', non voglio fermarmi finché Stevens non mi richiama.»

«Se ti può recare sollievo,» continuò il tenente «il jet sta puntando direttamente su Charlotte. Atterrerà fra un'ora e mezza, più o meno. Non vedo l'ora di sapere chi tiene bordone a quel bastardo. Scommetto che è qualcuno che figura su questo registro.»

«Sei sicuro di star bene, Tye?» chiese Cathy osservando che Hawthorne si massaggiava le gambe indolenzite.

«Per mia sventura sono marinaio, non un fante di un reparto d'assalto.»

«Posso fermarmi e procurarmi del ghiaccio» propose Poole.

Il telefono squillò e Tye lo afferrò. «Sì?»

«Qui è il centralino, signore. Lei è il numero...»

«Piantala, centralino, riconoscerei quel latrato dovunque!» sbraitò la voce di Henry Stevens sopraffacendo quella del centralinista. «È il numero sbagliato.»

«Spiacente, signore, mi scusi...»

Hawthorne riappese. «Almeno si sta dando da fare» commentò.

Girarono per qualche tempo nelle campagne della Virginia, vedendo ben poco nel buio, passando accanto alle sontuose tenute dei milionari. La tensione cresceva al punto da diventare intollerabile. Esattamente diciotto minuti dopo, il telefono nella vettura squillò.

«In che labirinto ti sei cacciato...» cominciò il capitano Henry Stevens freddo come il ghiaccio.

«Cos'hai trovato?»

«Qualcosa che nessuno vorrebbe sentire. Abbiamo rintracciato il numero del cellulare della limousine di Van Nostrand – l'altra limousine – e abbiamo fatto verificare la linea. Risponde una registrazione: "Il guidatore ha lasciato il veicolo".»

«Allora? Continua a tentare.»

«Non c'è ragione. I nostri computer incrociati hanno trovato un rapporto della polizia di Stato con identica targa e registrazione...»

«La macchina è stata fermata? Fa' che sia trattenuta.»

«Non sono stati fermati» interruppe Stevens seccamente. «Hai idea di chi sia Van Nostrand?»

«So che ti ha scavalcato per arrivare fino a me, Henry.» E appena Stevens, sorpreso, cercò di interromperlo, riprese: «Tu sei fuori del complotto, capitano, e ringrazia la tua buona stella. Perché se fossi stato dentro, ti avrei tagliato la gola!».

«Di che cosa diavolo stai parlando?»

«Mi ha fatto andare a casa sua per ammazzarmi...»

«Non posso crederlo!»

«Devi credermi, non sono in vena di scherzare. Ora dobbiamo trovare l'altra limousine, trovare la Bajaratt. Insomma, dov'è?»

«In fondo a un precipizio, in una strada di campagna vicino a Fairfax» rispose Stevens, freddamente. «L'autista è morto.»

«E dove sono gli altri? Erano due, e una era la Bajaratt.»

«Dici...»

«*Lo so!* Dove sono?»

«Non c'era nessun altro, solo l'autista, con un proiettile nella testa... Ti domando ancora, Tye, sai chi è Van Nostrand? La polizia si sta dirigendo proprio ora a casa sua.»

«Lo troveranno nella biblioteca, morto stecchito. Arrivederci, Henry.» Hawthorne troncò la comunicazione e si adagiò contro lo schienale del sedile, le gambe e le braccia indolenzite dalla tensione, il cervello in tumulto. «La limousine è fuori gioco. Distrutta, l'autista è morto.»

«E la Bajaratt?» Catherine si voltò. «Dov'è?»

«Chi lo sa! Da qualche parte, in un raggio di cento miglia. Ma stanotte non la troveremo. Forse sapremo qualcosa dal registro, o forse dall'aeroporto di Charlotte... Adesso cerchiamo un posto dove riposare e mangiare un boccone.»

«Siamo passati poco fa davanti a un posto che mi pareva buono» esclamò Poole. «E veramente non saprei dove trovarne un altro. È l'unico motel che ho visto e siamo andati su e giù per tutta la zona. A dire la verità sembrava che ci fossero delle camere prenotate lì per Cathy e per me, per gentile interessamento del nostro Van Nostrand. Naturalmente non c'erano. Nessuno ci aspettava.»

«Parli dello Shenandoah Lodge, vero?» chiese Cathy.

«Esatto.»

«Svolta e andiamoci» gli ordinò Tyrell.

20

Nicola Montavi passeggiava su e giù tremando di paura e sfinimento, con la fronte madida di sudore, gli occhi smarriti e irrequieti, pieni di panico. Meno di un'ora prima aveva commesso non solo un terribile crimine, ma un peccato mortale agli occhi del Signore. Aveva assistito a un omicidio – non lo aveva compiuto di sua mano, grazie a Dio, ma non aveva fatto niente per evitarlo, in quell'attimo in cui aveva visto Valeria Cabrini estrarre la pistola dalla borsetta. Era ancora sconvolto dalla sparatoria che aveva accompagnato la loro fuga dalla grande tenuta. Valeria aveva ordinato all'autista di fermare la macchina. Nello stesso istante aveva alzato la mano armata e gli aveva sparato alla nuca, freddamente, come se... come se schiacciasse una mosca, ecco! Qualche momento dopo gli aveva ordinato di spingere la vettura fuori strada e farla precipitare in un burrone e lui non poteva disobbedire perché la donna aveva la pistola in pugno e lui sapeva, glielo leggeva negli occhi, che se avesse rifiutato avrebbe ucciso anche lui. *Santa Madre di Dio!*

Amaya Bajaratt era seduta sul divano nella minisuite allo Shenandoah Lodge, davanti a un Nicola sconvolto e isterico. «C'è qualche altra cosa che vuoi dirmi, caro? In questo caso ti prego di abbassare la voce.»

«Tu sei pazza, *pazza*! Hai sparato a quell'uomo senza nessuna ragione! Ci farai finire all'*inferno*!»

«Vedo che capisci di far parte anche tu della comitiva.»

«Gli hai sparato come a quella domestica nera sull'isola, ed era solo un autista!» proruppe esagitato il giovane. «Le menzogne, gli abiti, queste commedie che stiamo recitando con le persone altolocate... Svaghi per i ricchi che pagano in dollari, si faceva qualcosa di simile anche a Portici... ma ammazzare la gente... Mio Dio, un semplice autista!»

«Non era un "semplice autista". Quando ti ho detto di frugargli nelle tasche, cos'hai trovato?»

«Una pistola» rispose Nicola riluttante, a voce bassa.

«E i semplici autisti portano pistole?»

«In Italia molti lo fanno per proteggere i loro padroni.»

«Forse, ma non negli Stati Uniti. Qui ci sono leggi diverse.»

«Io non so nulla di queste leggi.»

«Ma io sì. E ti dico che quello era un criminale, un agente segreto assoldato per distruggere la nostra grande causa.»

«Tu hai una grande causa?»

«La più grande, Nicola, la più grande che ci sia oggi nel mondo. Tanto che la Chiesa stessa silenziosamente ci benedice per averle dedicato le nostre vite.»

«Il Vaticano? Ma tu non sei della mia chiesa! Tu non hai fede!»

«Sulla mia presunta mancanza di fede avrai modo di ricrederti. Ed è tutto ciò che mi è consentito dirti. Quindi le tue preoccupazioni cadono in second'ordine. Capisci ora?»

«No, non capisco.»

«Be', non ce n'è bisogno» tagliò corto Amaya in tono deciso. «Pensa a come sarai ricco a Napoli, pensa alla grande famiglia che ti accoglierà come un figlio a Ravello. E mentre pensi, va' nella stanza da letto e disfa le valigie.»

«Sei una donna molto difficile» mormorò Nicola.

«Può darsi. Ora sbrigati, devo fare delle telefonate.» Il ragazzo si ritirò nella camera da letto e Amaya prese il telefono dal tavolino. Chiamò il loro albergo di Washington e chiese dell'impiegato. Disse il suo nome, s'informò del bagaglio che aveva lasciato in camera e domandò se ci fossero messaggi per lei, servizio per cui aveva largamente ricompensato l'uomo.

«La ringrazio per la sua generosità, signora» rispose una voce untuosa dall'albergo di Washington. «Stia sicura che le sue istruzioni saranno eseguite con ogni premura.»

«Mi riferisca i messaggi, prego.» Ce n'erano cinque e il più importante era quello del senatore Nesbitt del Michigan; gli altri erano più o meno interessanti, ma l'ultimo era enigmatico: era da parte del giovane stratega di campagne elettorali dai capelli rossi che avevano conosciuto a Palm Beach, il collaboratore del *New York Times* che li aveva indirizzati al pericoloso giornalista del *Miami Herald*... così pericoloso che Amaya aveva dovuto eliminarlo al più presto, con un graffio del suo letale braccialetto. Chiamò dapprima il senatore.

«Ho per lei notizie promettenti, anche se non confermate, contessa. Il mio collega al Senato ha combinato un incontro con il presidente in linea di massima fra tre giorni. Naturalmente tutto dipende dalla nostra intesa...»

«Naturalmente» lo interruppe Amaya. «Il barone ne sarà felice, e non ci dimenticheremo di lei, senatore, mi creda.»

«È molto gentile da parte sua... l'incontro sarà fuori agenda, ossia non verrà registrato nell'elenco degli impegni del presidente. Ci sarà un solo fotografo, autorizzato dal capo dello staff della Casa Bianca, e lei firmerà una dichiarazione impegnandosi a fare un uso strettamente personale delle foto, che non saranno passate alla stampa né qui né all'estero. Sarebbe molto imbarazzante se lei violasse questa clausola.»

«Certo, un uso esclusivamente privato» acconsentì la Bajaratt. «Lei ha la parola di una grande famiglia italiana.»

«Una parola che vale un giuramento» si compiacque Nesbitt, lasciando trasparire una vena d'ilarità. «Tuttavia, se gli investimenti finanziari del barone risultassero politicamente favorevoli, specialmente nelle aree depresse, le assicuro che la foto del presidente con il figlio del barone verrà pubblicata in tutto il Paese. Per parare una simile eventualità, il mio collega del Michigan e io ci faremo ritrarre separatamente a fianco di suo nipote, senza il presidente.»

«Interessante» osservò Amaya sorridendo fra sé.

«A proposito, so che non sono affari miei, contessa, ma penso che sarebbe più facile per lei, e anche più efficiente, se disponesse almeno di una segretaria che sapesse dove rintracciarla quando è assente. La potrei aiutare a organizzarsi, magari nel mio stesso ufficio.»

«Sarebbe più comodo, ma, ahimè, non possiamo. Mio fratello è un uomo integerrimo sotto ogni aspetto, ma ci tiene enormemente alla riservatezza, con lo stesso impegno con cui professa la virtù, perché ci sono tanti individui corrotti nel mondo della finanza. Personale e segretarie sono a Ravello, e in nessun altro posto. Sono tutte persone che lavorano con il barone da molti anni. Noi telefoniamo ogni giorno, spesso due o tre volte, e in Italia prendono nota delle nostre informazioni.»

«È davvero un uomo prudente,» osservò il senatore «e a buona ragione. Il fiasco della B.C.C.I., il Watergate e all'Iran-gate ci hanno insegnato molte cose. Spero solo che le vostre linee telefoniche siano sicure.»

«Utilizziamo sempre lo scrambler, anche per le comunicazioni internazionali, senatore. È impossibile intercettarci.»

«Mio Dio, che raffinatezza! Il Dipartimento alla Difesa ci dice che anche i terroristi si sono impadroniti di questa tecnologia. È una cosa impressionante!»

«Noi non sappiamo niente di quella gente, senatore, ma per le persone oneste, che lavorano entro i limiti della legge, si tratta di una misura di sicurezza... Naturalmente telefonerò ogni ora all'albergo.»

«La prego, lo faccia, contessa. Nell'ambiente di Washington "tre giorni" potrebbero diventare dopodomani o ieri.»

«Capisco perfettamente.»

«Ha ricevuto il materiale aggiuntivo che le ha mandato il mio ufficio, contessa?»

«Proprio in questo momento Dante Paolo sta illustrando entusiasticamente le sue proposte a suo padre sull'altro telefono.»

«Bene, lascerò un messaggio per lei con i dati più precisi per la vostra visita alla Casa Bianca... E, naturalmente, lei sa come raggiungermi se ha notizie da Ravello.»

«Non "se", senatore, ma "quando". Arrivederci.» Amaya depose il telefono, con gli occhi fissi sul foglio su cui aveva scritto i numeri e i nomi trasmessi dall'albergo di Washington. Tre di essi potevano aspettare, ma la pura curiosità la spinse a comporre il numero del giovane dai capelli rossi di Palm Beach.

«Ufficio di Reilly» annunciò una voce allegra dalla segreteria telefonica. «Se la vostra chiamata riguarda il pagamento dei miei servizi, premete il tasto 1. Altrimenti sgomberate la linea e lasciate che qualcuno più degno la trovi libera. Potete comunque lasciare il vostro nome, e magari il vostro numero, ma non vi prometto niente.» Seguì un lungo segnale acustico e Amaya parlò.

«Ci siamo incontrati a Palm Beach, Mr. Reilly, e sto rispondendo alla sua telefonata...»

«Lieto di sentirla, contessa» la interruppe subito il consulente politico entrando in linea. «Lei è una persona difficile da rintracciare.»

«E lei, come mi ha rintracciato, Mr. Reilly?»

«Spiacente, questo le costerà» rispose il giovane ridendo. «D'altra parte, poiché lei non ha premuto il pulsante 1, glielo dirò gratis.»

«Gentile da parte sua.»

«È stato semplice. Ricordavo alcuni degli orsi di Washington che non la mollavano di un metro e ho chiamato le loro segretarie. Due su tre hanno saputo darmi il suo indirizzo.»

«E le hanno dato l'informazione con tanta disinvoltura?»

«Certo, dopo che ho spiegato loro che ero appena arrivato da Roma con un messaggio confidenziale per lei da parte del barone... e come il barone sarebbe stato riconoscente con chiunque mi avesse dato una mano. Mi è capitato persino di menzionare certi braccialetti di brillanti con inciso lo stemma di Ravello... lei sa come sono generosi questi ricchi italiani.»

«Lei è proprio una canaglia, Mr. Reilly.»

«Mi difendo, contessa. Questa città è piena di professionisti.»

«Perché voleva parlarmi?»

«Temo che anche questo le costerà, contessa.»

«Che servizio potrebbe rendermi, per cui debba pagare?»

«Informazioni.»

«Che genere di informazioni? Di che valore?»

«Queste sono due domande diverse, e per essere onesto, posso rispondere alla prima ma non posso stabilire un prezzo per la seconda. Solo lei è in grado di farlo.»

«Allora risponda alla prima.»

«Okay. Qualcuno sta frugando nelle fogne in cerca di una coppia di persone... forse si tratta di lei e del ragazzo. Forse no, sarebbe proprio una strana combinazione, ma sa, ho molta immaginazione.»

«Vedo.» Amaya Bajaratt si sentì gelare. *Così addosso, così vicini!* «Noi siamo chi siamo, Mr. Reilly» ribatté senza lasciar trapelare il suo turbamento. «E chi sarebbero gli altri?»

«Gliel'ho detto, topi di fogna. Delinquenti, forse emissari della mafia o spacciatori di droga, in cerca di mercati migliori, o magari di semplici truffatori arrivati dalla Sicilia.»

«E noi potremmo essere scambiati per gente di quel genere?»

«Diavolo, non all'aspetto esteriore: la donna è assai più giovane di lei e il ragazzo è descritto come un rozzo gorilla analfabeta.»

«È una cosa assurda.»

«Sicuro, è quello che penso anch'io, ma come le ho detto ho una fervida immaginazione. Allora, vogliamo incontrarci?»

«Certo, anche solo per mettere a tacere queste folli insinuazioni.»

«Dove?»

«In una cittadina che si chiama Fairfax. C'è una locanda o meglio un motel che si chiama Shenandoah Lodge.»

«Lo conosco bene, come lo conosce la maggior parte dei mariti vagabondi di Washington. Sono sorpreso che l'abbiano fatta entrare. Sarò da lei fra un'ora.»

«Mi troverà nel parcheggio» aggiunse Amaya. «Non voglio turbare il futuro barone di Ravello.»

«Ashqelon!»

«Per sempre. Che notizie?»

«Siamo in procinto di entrare nella Fase Uno. Preparatevi per il conto alla rovescia.»

«Allah sia lodato.»

«Lodate un senatore americano.»

«Stai scherzando?»

«Neanche per sogno. Si è adoperato per noi. La strategia ha avuto successo.»

«Particolari?»

«Non ne hai bisogno. Comunque, in caso che io non sopravviva, il suo nome è Nesbitt. Potreste aver bisogno di lui, se dovessi andarmene, e Dio sa — il vostro Allah sa — che l'individuo sarà vulnerabile.»

La limousine guidata da Poole si fermò all'entrata dello Shenandoah Lodge. Il nome di Van Nostrand procurò subito due stanze adiacenti, malgrado l'ora tarda e l'aspetto dimesso dei tre viaggiatori.

«Che facciamo ora, Tye?» chiese Cathy entrando nella stanza che Tyrell e Poole dovevano dividere.

«Ordiniamo da mangiare, ci riposiamo un po', poi cominciamo a telefonare... Oh, mio Dio!»

«Che cosa c'è?»

«*Stevens!*» esclamò Hawthorne precipitandosi al telefono. «La *polizia*! Potrebbero bloccare l'aereo a Charlotte! Se sbattono dentro i due piloti tutto il nostro progetto salta!»

«Puoi fermarli?» chiese Cathy mentre Hawthorne componeva freneticamente il numero.

«Dipende da quando arrivano all'aeroporto. Il capitano Stevens, subito! Emergenza Quattro-Zero!... Henry, sono io.

Qualunque cosa succeda alla tenuta di Van Nostrand, devi fare il possibile per mettere tutto a tacere.» Hawthorne tacque e ascoltò in silenzio per qualche minuto. «Devo rimangiarmi diverse cose che ho detto di te, capitano» disse infine, con un certo sollievo. «Ti telefono fra un paio d'ore per darti alcuni nomi. Passali al microscopio, sorveglianza ventiquattr'ore su ventiquattro, controllare le telefonate, frugare tra i rifiuti... tutti gli sporchi trucchi che sai... A proposito, Henry, ho riflettuto su un'altra questione... Ti potrà sembrare assurdo in questo momento, ma dimmi, tu conoscevi bene Ingrid? Fino a che punto?» Un sorriso triste passò sul viso di Tyrell, che per un attimo chiuse gli occhi. «È quello che pensavo. Bene, ti chiamo verso mezzanotte. Sarai in ufficio o a casa?... Già, non avrei neanche dovuto domandarlo.» Posò il ricevitore e alzò la testa. «Stevens è stato previdente. Aveva già messo un coperchio su quel che è successo alla tenuta.»

«Ma Van Nostrand è morto!» esclamò Poole. «E così il suo gorilla e secondo i miei conti ci sono altri due cadaveri che ho visto con i miei occhi e un morto nel bagno della portineria, di cui ci hai parlato tu. Com'è possibile che passino tutto sotto silenzio?»

«Fortunatamente, solo un'auto di pattuglia si è recata alla tenuta e Stevens si è messo in comunicazione con la Centrale pochi minuti prima che i due agenti di pattuglia telefonassero. Ha bloccato tutte le comunicazioni relative alla morte di Van Nostrand con una procedura che chiamano "codice di sicurezza alternativo computerizzato", trasmesso dai servizi di informazione della Marina.»

«Come se niente fosse?»

«Così va il mondo oggi. Non si dice più: "Tenete la bocca chiusa", lo fanno i computer. Non si può lavorare nei servizi segreti se non si è un manuale vivente di alta tecnologia. Non c'è da meravigliarsi che io ormai sia un individuo superato.»

«Finora te la sei cavata» osservò Cathy. «E meglio di chiunque altro.»

«Mi piacerebbe che fosse vero, se non altro per la memoria di Cooke e Ardisonne, altri due "superati"... Sia maledetta quella puttana e quelli che le tengono mano! Voglio quei bastardi!»

«Ci stai andando vicino, Tye, sempre più vicino.»

Sempre più vicino, pensò Hawthorne togliendosi la giacca di cotone macchiata di sudore e sudiciume. *Vicino?*... Oh, davvero era stato vicino, tanto vicino che l'aveva tenuta fra le braccia, aveva fatto l'amore con lei come se da quella notte dovesse sbocciare un'aurora radiosa! *Dio ti stramaledica, Dominique! Bugiarda, bugiarda, bugiarda! Tutto quello che mi dicevi erano menzogne! Ma ti troverò, puttana, ti accecherò come tu hai accecato me, ti farò sentire il dolore che sento io. Dio ti stramaledica, Dominique. Io parlavo di amore e provavo amore. Tu parlavi d'amore e nel tuo cuore c'era solo inganno.*

«Ma lei ora dov'è, Jackson?» chiese ad alta voce. «Questo è il vero problema.»

«Credo che stiamo trascurando un aspetto fondamentale» intervenne Catherine. «Tu dici che è qui, così vicina a Washington che le misure di sicurezza intorno al presidente saranno rafforzate al massimo. Come potrà superare quelle barriere?»

«Non dimenticare che il presidente non può interrompere il suo lavoro.»

«Hai detto che ogni sua comparsa in pubblico, ogni suo viaggio sono stati sospesi, è isolato e come in quarantena, prigioniero nella sua stessa casa.»

«Lo so. Quello che mi preoccupa è che anche lei lo sa, ma non per questo si fermerà.»

«Capisco a che cosa alludi. Le fughe di notizie, tutti quegli omicidi... Charlie, gli uomini di Miami, tu stesso a Saba, e quei morti nella tenuta di Van Nostrand. Ma chi è questa gente che l'appoggia? E perché, in nome di Dio?»

«Vorrei proprio poter rispondere... a entrambe le domande.» Hawthorne si sedette sul letto, poi si sdraiò con la testa sui cuscini e le mani dietro la testa. «Io devo tornare indietro, tornare ad Amsterdam e a tutti gli stupidi giochetti che si facevano, gli omicidi che non erano mai resi pubblici, persone che si volatilizzano... *A* si appoggia a *B* per una certa ragione; *B* a *C* per un'altra, apparentemente estranea alla prima; *C* a *D* per qualcosa di diverso, e infine *D* contatta *E* che va a bersaglio, perché lui, o lei, può farlo. E il risultato è lo stesso obiettivo che si prefiggeva *A* fin dal principio. La catena è talmente contorta che non è possibile ricostruirla.»

«Evidentemente tu l'hai fatto» osservò Catherine, con un tono di ammirazione nella voce. «Dal tuo curriculum di servizio risulta chiaramente che giudicavano il tuo rendimento eccellente.»

«Qualche volta, non sempre, e spesso per puro caso.»

Poole era seduto alla scrivania e si passava la mano tra i capelli. «Ho annotato ciò che hai detto di *A, B, C, D, E,* e poiché ero piuttosto bravo in matematica, compresa geometria e trigonometria e logaritmi e anche un po' di fisica nucleare... Insomma, vuoi dire che quegli individui ad Amsterdam erano programmati in sfere diversamente calibrate? Come in quadranti dissociati?»

«Se sapessi che cosa vuol dire...»

«Ma l'hai spiegato tu proprio ora.»

«E allora sentiamo, che cosa ho detto?»

«Che nessuna delle lettere sapeva esattamente quel che stava succedendo, tranne la prima e l'ultima.»

«È una semplificazione eccessiva, ma essenzialmente corretta. È una tecnica che utilizza i "ciechi", ossia contatti che possono anche intuire qualcosa ma non hanno nulla di preciso da rivelare e di solito non sospettano niente.»

«E allora, che cosa li spinge a farlo?»

«L'avidità, tenente, il denaro. O compenso immediato o informazioni che in seguito possono usare per ricatti e altri guadagni.»

«Secondo te, c'è una struttura di questo genere alle spalle della Bajaratt?» chiese Cathy.

«Non proprio, il nucleo centrale è troppo organizzato, troppo potente. Ma deve lo stesso ricorrere a una rete periferica che cancelli eventuali tracce, rimanendo comunque abbastanza all'oscuro del quadro generale, perché nessun elemento possa risalire ai veri cervelli.»

«Come un certo Alfred Simon a Portorico?» suggerì Poole.

«E un controllore di volo che era sempre là, ma di cui non conosceva il nome?» aggiunse Cathy.

«Entrambi c'erano dentro fino al collo» confermò Tyrell. «Ciascuno era controllato, ciascuno sacrificabile. E nessuno dei due sapeva niente di importante.»

«Ma Simon ti ha dato due nomi» obiettò Cathy.

«Uno è stato un fiasco, un rispettabile avvocato di Washington che avrebbe avuto bisogno di uno psichiatra... e il secondo è stato un puro caso. Non stavo scherzando prima, maggiore: il mio "eccellente" stato di servizio è pieno di casi fortuiti, come del resto quello di tanti miei ex colleghi. Una parola, una frase, un'osservazione casuale... ed ecco, un clic nel cervello, un pezzo che va a posto.»

«È stato il nome di Nettuno, vero?»

«Sì, quando Simon ha detto che l'uomo che l'aveva assoldato pareva uscito da una rivista di moda maschile, o qualcosa del genere. Perdio, aveva ragione! Van Nostrand era la personificazione dell'eleganza anche nell'attimo in cui assisteva a un'esecuzione che aveva ordinato lui stesso.»

«Io non definirei "casuale" la tua capacità di ricordare» osservò Cathy. «Direi che è frutto dell'addestramento.»

«Be', non ho detto di essere proprio un idiota, mettevo solo in evidenza l'importanza del caso. Una breve frase di un padrone di bordello, così sbronzo che dondolava come uno spinnaker in una brezza a singhiozzo... non sono le cose di cui uno si può vantare. Ripeto, puro caso.»

Hawthorne restò sdraiato sul letto e chiuse gli occhi. Era stanco morto, gli dolevano le gambe e le braccia, si sentiva pulsare le tempie. Si rendeva vagamente conto che Cathy e Poole progettavano di farsi portare un pasto in camera, ma i suoi pensieri erano ancora concentrati sulla casualità che domina l'esistenza. I casi della sua vita, tanti casi a partire da quello che l'aveva portato ad arruolarsi in Marina. Dopo il diploma di istituto superiore, aveva scartato una dopo l'altra diverse facoltà e finalmente aveva scelto astronomia. Non era stata una scelta irrazionale: aveva manovrato le vele fin da quando aveva l'età per salire su una barca e aveva imparato a navigare con le stelle al punto che era capace di mantenersi in rotta con un solo rapido sguardo. Era stato anche un buon atleta, ma lo scarso impegno gli aveva impedito di fare carriera nello sport: non aveva voglia di sottoporsi agli allenamenti, né di esporsi ai colpi degli avversari. Dopo aver terminato gli studi all'università dell'Oregon (frequenza gratuita per i figli dei professori) si era trovato del tutto disorientato: aveva una buona media nelle materie che lo interessavano, ma d'altra parte quelle materie non interessavano le grandi imprese, che volevano assumere elementi esperti in management, scienze economiche, ingegneria o informatica. Poi era venuto il caso numero uno.

Camminando per le strade di Eugene, due mesi dopo che sua madre aveva fatto incorniciare la sua praticamente inutile laurea, era passato davanti a un ufficio di reclutamento della Marina. O perché si era sentito attratto dai reboanti poster che riproducevano navi, o perché si sentiva irrequieto e aveva voglia di fare *qualcosa*, o per una combinazione dei due motivi – non lo aveva mai analizzato – era entrato e si era arruolato.

Sua madre era rimasta sbalordita. «Non sei neanche lontanamente il tipo del militare!» aveva osservato.

Il fratello minore, che era già un brillante studente universitario, aveva aggiunto: «Tye, ma non capisci che dovrai obbedire agli ordini?».

Suo padre, il professore, confuso e deluso, gli aveva offerto un drink ed era stato più aspro degli altri due. «E allora leva l'àncora, figlio mio, e come dicevano i procuratori di Salem quando condannavano una strega: "Dio abbia misericordia della tua anima".»

Fortunatamente alla Marina la misericordia non mancava. Dopo aver superato senza difficoltà i corsi di addestramento, Hawthorne usciva dalla base di addestramento di San Diego con il titolo di guardamarina addetto ai cacciatorpediniere. Il che doveva portarlo al secondo importante caso.

Dopo due anni fu colpito dalla "claustrofobia da nave". Si guardò intorno in cerca di maggiore spazio. Gli fu offerta qualche assegnazione a terra, ma erano lavori di scrivania, che non lo interessavano. Uno tuttavia gli apparve divertente, se fosse riuscito ad accaparrarselo: il posto di ufficiale di protocollo all'Aia.

Lo ottenne e insieme ricevette anche la nomina a sottotenente. Ma non aveva la più pallida idea del fatto che il protocollo fosse un campo di osservazione per potenziali agenti dei servizi di informazione della Marina. Feste, ricevimenti all'ambasciata, escursioni turistiche al seguito di alti funzionari civili e militari, tutta la girandola delle attività perlopiù ricreative a cui si dedicava, facevano parte di un corso di addestramento. Poi una mattina, dopo sei mesi, fu chiamato nell'ufficio del *chargé d'affaires*, che elogiò in modo esagerato il suo lavoro e gli annunciò che era diventato tenente.

«E a proposito, tenente,» aveva aggiunto il diplomatico «desidereremmo che lei ci facesse un piccolo favore.» Era il caso numero tre. Hawthorne disse di sì.

La controparte di Tyrell presso l'ambasciata francese era sospettata di aver passato ai sovietici informazioni dei servizi segreti franco-americani. In occasione di un imminente ricevimento, voleva il tenente Hawthorne prendere da parte l'indiziato offrendogli un drink, che non rifiutava mai, e spremerlo un po' per strappargli qualche ammissione? «Incidentalmente» aveva aggiunto il *chargé d'affaires* porgendogli una minuscola bottiglietta di plastica. «Due gocce di questo in un bicchiere scioglierebbero la lingua a un muto.»

Caso numero quattro. Hawthorne non ebbe mai l'occasione di usare le gocce. L'infelice Pierre era al limite della resistenza e, pieno di vino fino agli occhi, affidò spontaneamente alle orecchie dell'amico la sua terribile confessione, asserendo di essere oberato dai debiti e di avere un affare di cuore con una talpa sovietica, che avrebbe potuto denunciare la loro relazione e distruggerlo.

Caso numero cinque. Probabilmente spinto dai numerosi bourbon, Tyrell suggerì che se l'angosciato francese gli dava il nome dei suoi contatti del KGB, lui avrebbe potuto affermare che il collega, animato da fervido spirito patriottico, stava lavorando per la NATO, perché sospettava che ci fossero fughe di notizie dalla sua ambasciata. Hawthorne ebbe per una settimana le guance indolenzite dai baci di gratitudine del francese. L'uomo divenne un prezioso agente doppio, e il merito andò all'ufficiale di protocollo. Così si giunse al caso numero sei.

Il comandante in capo della NATO lo fece chiamare. Era un uomo che Hawthorne rispettava profondamente perché non era un ufficialetto pieno di boria, ma un vero capo, linguaggio franco e modi cordiali. «Voglio aiutarla a fare carriera, tenente, perché lei non solo possiede le qualifiche necessarie, ma, cosa più importante, non se ne vanta. Sono stanco degli asini vanitosi che ho intorno. Le cose si fanno con gli uomini discreti, che sanno osservare e tacere. Non le sembra?»

Se gli sembrava? Certamente, generale, tutto quello che dice lei, generale. Tyrell si sentiva tanto intimidito, tanto pieno di ammirazione per quell'uomo, tanto lusingato dalle sue parole, che accettò entusiasticamente i nuovi incarichi. In seguito dunque al caso numero sei, Tyrell prese l'aereo e tornò in Georgia per uno sfibrante soggiorno di addestramento di dodici settimane, come ufficiale assegnato ai servizi di informazione della Marina.

Quando tornò all'Aia per riassumere il servizio, i "casi" si verificarono uno dopo l'altro. Stava diventando un ottimo elemento nel suo vero lavoro, favorito dall'ipocrisia e dalla corruzione che andavano diffondendosi nella NATO. E Amsterdam era il fulcro delle reti sotterranee dove il denaro prendeva il posto del patriottismo. Organizzò una rete di agenti nei Paesi Bassi, con collegamenti in tutta Europa, per snidare gli spregevoli individui che vendevano morte per denaro. Furono le uccisioni sempre più numerose, gli inutili assassinii, a spingerlo infine a cercare un'altra strada.

All'improvviso si accorse che Cathy era ritta ai piedi del suo letto e lo osservava. Alzò la testa.

«Dov'è il nostro tenente?» chiese.

«Sta telefonando dall'apparecchio della mia stanza. Si è ricordato che questa sera aveva un appuntamento... quattro ore fa.»

«Mi piacerebbe sentire come si giustifica con la ragazza!»

«Le racconterà che era impegnato a collaudare un aereo sperimentale supersegreto e gli è venuto il torcicollo a causa di una picchiata da dodicimila metri.»

«È una bella sagoma, quel ragazzo!»

«Davvero! E tu, cosa stavi facendo? Sognavi a occhi aperti?»

«Ma no! Era solo uno di quei brevi momenti in cui uno si domanda: "Perché diavolo mi trovo qui?", e forse anche: "Perché diavolo sono quel che sono?".»

«Io conosco la risposta alla prima domanda. Sei qui a dare la caccia a questa Bajaratt perché eri uno dei migliori agenti segreti della Marina.»

«Non è così» obiettò Hawthorne, alzandosi a sedere appoggiato ai cuscini, mentre Catherine prendeva posto a un paio di metri dal letto.

«Stevens ha ammesso che lo eri, anche se un po' a malincuore.»

«Cercava solo di tranquillizzare le tue paure.»

«Non credo proprio, comandante. Io ti ho visto in azione, perché negarlo?»

«Perché, maggiore, forse sono stato abbastanza efficiente per alcuni anni, ma poi è successo qualcosa e, che i miei superiori se ne accorgessero o no, sono diventato il peggiore degli agenti operativi. Vedi, non mi importava più niente di chi vinceva o perdeva in quegli stupidi giochi. Quel che mi importava era un'altra cosa.»

«Vuoi parlarne?»

«Non credo che ti interessi. Del resto, è molto personale, non ne ho mai parlato a nessuno.»

«Facciamo uno scambio, Tye. Anch'io ho qualcosa di personale, di cui non ho mai parlato a nessuno, neppure a Jackson, e tanto meno ai miei genitori. Forse possiamo aiutarci a vicenda, perché probabilmente non ci vedremo mai più, dopo che questa faccenda sarà conclusa. Allora, vuoi sentire la mia storia?»

«Sì» rispose Tyrell osservando il suo viso ansioso, quasi supplichevole. «Di cosa si tratta, Cathy?»

«Poole e i miei credono che io sia nata per la vita militare, per essere un pilota di prima classe dell'Air Force, e tutto quello che ne consegue.»

«Se vuoi scusarmi,» la interruppe gentilmente Hawthorne «secondo me Jackson pensa che tu sia non solo nata, ma fatta apposta per questa vita.»

«Sbagliato su tutti i fronti» obiettò il maggiore Catherine Neilsen. «Fino al momento in cui sono entrata a West Point, tutto quello che desideravo era fare l'antropologa, essere una studiosa come Margaret Mead, viaggiare per il mondo studiando culture sconosciute, scoprendo cose nuove sui popoli primitivi che sotto molti aspetti vivono meglio di noi. Certe volte questo sogno mi torna in mente... Ti sembro un po' sciocca, vero?»

«Figurati. Ma perché non lo fai?... Io ho sempre desiderato avere uno yacht tutto mio e guadagnarmi la vita navigando. E per dieci anni mi ero lasciato trascinare lontano dalla mia vera strada. Ebbene?»

«Le circostanze sono molto diverse, Tye. Tu eri addestrato a fare quel che fai ora fin da quando eri bambino, io invece dovrei tornare a scuola per chissà quanto tempo.»

«Ma no, tutt'al più un paio d'anni. Il resto dell'apprendistato lo farai sul campo.»

«Come?»

«Tu puoi fare quello che il novanta per cento degli antropologi non sa fare. Sei un pilota, puoi trasportarli ovunque vogliano andare.»

«Tutte fantasie...» mormorò Cathy, pensierosa. Poi si raddrizzò sulla sedia e si schiarì la voce. «Io ti ho confessato il mio segreto, Tye. Qual è il tuo?»

«Sembriamo proprio due bambini. E va bene... Ogni tanto mi torna in mente e credo che sia un'autodifesa, un modo di razionalizzare... Una notte ero andato a incontrare un russo, un uomo del KGB, molto simile a me, un marinaio del Mar Nero. Sapevamo entrambi che le cose stavano sfuggendo al controllo, tutti quei cadaveri nei canali erano una follia. A che serviva? I pezzi grossi se ne fregavano di noi e lui e io volevamo cercare di porre fine a quell'assurdità. Quando lo trovai era ancora vivo, ma aveva la faccia tagliata a fettine con un rasoio. Capii subito quello che voleva da me e così... posi fine alle sue sofferenze. Fu in quel momento che seppi cosa realmente dovevo fare. Non si trattava solo di dare la caccia a canaglie corrotte che si facevano una fortuna con azioni infami, o alle talpe e ai burocrati illusi che erano stati educati a combatterci per ragioni ideologiche. Si dovevano sopprimere i fanatici, i *maniaci,* capaci di fare una cosa simile a uno dei loro, e in nome di qualche presunta lealtà che non aveva senso nel mutevole crogiuolo della storia.»

«È un'affermazione grave, comandante» mormorò Cathy. «È stato allora che hai incontrato Stevens, il capitano Stevens.»

«Henry l'Orribile?»

«Lo era davvero... lo è davvero?»

«Qualche volta. Diciamo che è aggressivamente impegnato. In realtà io conoscevo sua moglie meglio di lui. Non avevano figli e lei lavorava per l'ambasciata. Una persona simpatica e credo che frenasse gli eccessi del marito più di quanto lei stessa volesse ammettere.»

«Pochi minuti fa gli hai chiesto di tua moglie...»

Tyrell voltò rapidamente la testa e la fissò negli occhi.

«Scusami...» aggiunse subito Cathy distogliendo lo sguardo.

«Conoscevo già la risposta, ma era una domanda che andava posta» replicò Tyrell con voce calma. «Van Nostrand aveva fatto un'osservazione brutale... per provocarmi, cogliermi di sorpresa.»

«E Stevens ha smentito» completò Cathy. «Naturalmente tu gli hai creduto.»

«Senza il minimo dubbio.» Hawthorne fece un breve sorriso. «A parte l'aggressività, Henry Stevens è un elemento brillante, di ottime capacità analitiche, ma la ragione principale per cui è stato tolto dal "campo" e promosso alla direzione, è che non sa mentire. Per questo sono convinto che sulla morte di mia moglie, sul suo assassinio, sappia più di quanto mi dice... Tu hai sentito quello che gli ho chiesto, quindi mi puoi capire. La sua risposta è stata talmente franca ed esplicita, la sua reazione così rapida e immediata che ho capito che era la verità. Mi ha detto che aveva incontrato Ingrid solo una volta, al piccolo ricevimento di nozze che ci era stato offerto all'ambasciata, a cui lui aveva accompagnato sua moglie.»

«E ti basta la sua parola.»

«Non ho mai avuto dubbi. Né li avresti tu, se avessi conosciuto Ingrid.»

«Avrei proprio voluto conoscerla.»

«Le saresti piaciuta.» Tyrell mosse lentamente la testa osservando Catherine, senza ombra di ostilità negli occhi. «Hai pressappoco la stessa età che aveva lei allora, lo stesso senso di indipendenza e forse di autorità, ma in te si nota di più. Lei non ne aveva bisogno.»

«Grazie del complimento, comandante!»

«Andiamo, Cathy, sei un ufficiale e devi essere autoritaria. Lei era una traduttrice quadrilingue, non aveva bisogno di imporsi. Non avevo nessuna intenzione di offenderti.»

«Buon Dio, come se l'è bevuta!» esclamò Poole irrompendo nella stanza.

«Che cosa ha bevuto?» chiese Hawthorne.

«La storiella che mi ero offerto volontario per collaudare una batisfera antigravità e che sono rimasto ubriacato da una fuga d'ossigeno. Per tutti i diavoli!»

«Be', ora pensiamo a farci portare qualcosa da mangiare» fece Cathy.

Il pranzo fu servito in camera dopo quarantacinque minuti. Nell'attesa Hawthorne si dedicò a studiare il registro della portineria di Van Nostrand, mentre Poole leggeva i giornali che aveva comprato nell'atrio dell'albergo e Catherine faceva un bagno caldo sperando «di lavar via una dozzina e più di attacchi di ansia». Tenevano il televisore acceso, a volume basso, ma sufficiente a sentire se trasmettevano qualche edizione straordinaria che riguardasse Van Nostrand. Fortunatamente non ve ne furono. Terminato il pasto, Tyrell telefonò a Henry Stevens al suo ufficio.

«Potresti impedire eventuali intercettazioni con lo scrambler?»

«Pensi sempre che qui ci siano fughe di notizie?»

«Ne sono sicurissimo.»

«Bene, se hai qualche altra prova, fammelo sapere, perché noi due siamo stati in reverse scrambler per questi ultimi tre giorni. Il che significa che le fughe sarebbero dalla tua parte.»

«Assolutamente impossibile.»

«Fa' il bravo, risparmiami la tua saccenteria.»

«Io non so tutto, Henry, ma sempre più di te.»

«E sono stufo anche di questo.»

«Allora è semplicissimo. Licenziami.»

«Non ti abbiamo reclutato noi!»

«Se tu ci tagli i fondi di cui abbiamo bisogno, in pratica è lo stesso. Vuoi farlo?»

«Oh, adesso piantala... che cos'hai di nuovo? Qualcosa sulla Piccola Sanguinaria?»

«Niente di nuovo» replicò Tyrell. «È qui, a poche miglia dal colpo che sta preparando, e nessuno sa dove si trovi.»

«Non ci sarà nessun colpo. Il presidente è in una botte di ferro e il tempo lavora a nostro favore.»

«Mi piace questa tua fiducia, ma la situazione attuale non può protrarsi per l'eternità. Un presidente invisibile non è più un presidente.»

«Bell'atteggiamento il tuo. C'è altro? Non dovevi darmi certi nomi?»

«Li ho qui... mettili tutti sotto il più potente microscopio che hai.» Hawthorne dettò i nomi che aveva scelto dal registro dopo aver eliminato tutto il personale della tenuta – un idraulico, un veterinario per i cavalli e un quartetto di ballerini spagnoli che erano stati assunti per un barbecue all'aperto, in stile argentino.

«Ma sono esponenti del governo!» esclamò Stevens. «Sei pazzo!»

«Ognuno di quei personaggi si è trovato nella tenuta durante gli ultimi diciotto giorni. E poiché la Piccola Sanguinaria è incontestabilmente legata a Van Nostrand, è del tutto possibile che uno di loro, o più di uno, faccia parte del gruppo di quella puttana, magari senza saperlo.»

«Ma ti rendi conto di quello che mi stai chiedendo? Il segretario alla Difesa, il capo della CIA, nientemeno che il segretario di Stato! Ma cos'hai nel cervello?»

«Erano qui, Henry e c'era anche la Bajaratt.»

«Hai le prove? In nome di Dio, potrei essere silurato da un momento all'altro!»

«Ho la prova in mano, capitano. Le uniche persone di questa lista che ti potrebbero silurare sono quelle che lavorano con la Bajaratt, ripeto, consapevolmente o no. E adesso, dannazione, mettiti al lavoro!... Inoltre, entro i prossimi venti minuti ti darò forse una pista che potrebbe farti nominare ammiraglio, se non vieni ucciso prima.»

«Che pensiero gentile. Cosa diavolo è, e dove ci porterà questa traccia?»

«Alla persona che ha organizzato la partenza di Van Nostrand dal Paese.»

«Ma è morto!»

«All'aeroporto non lo sanno ancora. Ripeto, mettiti al lavoro, Henry.» Tyrell posò il ricevitore e guardò Cathy e Poole, che lo fissavano a bocca aperta.

«Perbacco, giochi duro, comandante» osservò Poole.

«Non c'è altro modo di giocare, Jackson.»

«E supponendo che ti sbagli?» intervenne Cathy. «Supponendo che nessuno di quella lista abbia a che fare con la Bajaratt?»

«Non voglio neanche prenderlo in considerazione. E se Stevens non riesce a trovare niente, darò questa lista alla stampa con tutta la storia e tante insinuazioni, menzogne e mezze verità... Presumo che ci sarà un'epidemia di infarti nella struttura governativa. E non ci saranno reti di salvataggio neppure per i più innocenti a Washington.»

«Il tuo cinismo arriva all'assoluta irresponsabilità» ribatté seccamente Catherine.

«Senza dubbio, maggiore, ma per scovare la Bajaratt dobbiamo seminare il panico nel gruppo che la appoggia. Sappiamo che sono là, che si sono infiltrati nei nostri ambienti più esclusivi qui, a Londra e a Parigi. Basta un solo errore, uno solo di loro che cerchi di pararsi il culo, e gli esperti si metteranno al lavoro con i loro magici strumenti.»

«A te sembra così semplice.»

«In fondo non è tanto complicato. Cominciamo dall'elenco del registro, da uomini che sono stati in stretto contatto con Van Nostrand, poi allarghiamo le indagini. Chi sono i loro amici, i loro soci, chi lavora nei loro uffici e ha accesso a materiale segreto? Chi di loro ha un tenore di vita al di sopra dei suoi mezzi? Hanno debolezze che potrebbero esporli a ricatti? L'indagine farà rapidi progressi sfruttando la paura e il panico.» Squillò il telefono e Hawthorne afferrò il ricevitore con prontezza. «Stevens?» Poi aggrottò la fronte e lo porse a Poole. «È per te.»

Il tenente se lo portò all'orecchio. «È atterrato, Mac?... Dieci minuti fa? Bene, grazie... E come diavolo faccio a saperlo! Se avevano un po' di cervello, sarebbero andati a Cuba!» Poole riattaccò e si rivolse a Tye. «Il jet di Van Nostrand è atterrato e pare che ci sia stata un mucchio di confusione. La scorta mandata da Washington ha avuto uno scontro con i fratelli Jones, che hanno piantato lì l'aereo affermando di essere stati licenziati dal proprietario e poi se ne sono andati.»

«Adesso chiamo St. Thomas» annunciò Tyrell. Compose il numero dei Caraibi. Rimase qualche minuto in ansiosa attesa, poi udì il messaggio... *Amore mio, sono Dominique! Ti chiamo da uno yacht che sta facendo una noiosa crociera lungo la costa tirrenica...* Hawthorne impallidì, e il suo viso si irrigidì. Era falso, come era falsa ogni cosa riguardo a Dominique, la falsità di un killer la cui vita era tutta una menzogna. E Pauline a Parigi faceva parte di quella menzogna, era un frammento che poteva portarli di un passo più vicini alla Bajaratt.

«Che cosa c'è?» chiese Cathy, vedendo l'ansietà sul suo viso.

«Niente» rispose Tyrell con voce sommessa. «Qualcuno che aveva sbagliato numero.» Seguiva un altro messaggio, che rinnovò in lui la tensione.

All'improvviso, nel buio della notte, si alzò un urlo lacerante che crebbe d'intensità fino a diventare isterico. Cathy e Poole corsero alla finestra. «Giù nel parcheggio!» gridò il tenente. «Guardate!»

Nella grande zona del parcheggio illuminata dai riflettori c'erano una donna bionda e un uomo di mezza età. La donna urlava terrorizzata, aggrappata al compagno, che cercava disperatamente di calmarla e scostarla da sé. Poole aprì la finestra.

«Taci, taci! Dobbiamo andarcene di qui. Sta' zitta, stupida! Ti sentiranno tutti!» ringhiava l'uomo.

«Ma è morto, Myron! Gesù, guarda la testa... ce n'è solo metà! Dio mio!»

«Taci!»

Alcuni camerieri in giacca bianca corsero fuori dalla porta sul retro. Uno aveva una torcia, e con quella illuminò la zona fermandosi infine sul corpo di un uomo che sporgeva dalla portiera aperta di una Porsche, metà sul sedile, metà sul selciato. La zona scura intorno alla testa dell'uomo luccicò sotto il raggio di luce: il cranio era maciullato e pieno di sangue.

«Tye, vieni qui!» chiamò Cathy.

«Sssstt!» Hawthorne era concentrato sulle parole che gli venivano per telefono da St. Thomas.

«Qualcuno è stato ucciso!» continuava Cathy. «Un uomo in un'auto sportiva. Chiamano la polizia!»

«Taci, maggiore, devo prender nota.» Tyrell stava scrivendo qualcosa sul menu dell'albergo.

Fuori della stanza, nel corridoio dello Shenandoah Lodge, Amaya Bajaratt passò di corsa davanti alla porta di Hawthorne, sfilandosi un paio di guanti di gomma.

21

«Il segretario di Stato!» mormorò Tyrell fra sé abbassando lentamente il ricevitore mentre il suono delle sirene riempiva il parcheggio sotto la loro finestra. «Non posso crederlo!» mormorò ancora a mezza voce, abbastanza forte da farsi sentire.

«Credere cosa?» chiese Cathy, voltandosi dalla finestra. «Qui sotto c'è un pasticcio.»

«C'è un bel pasticcio anche qui.»

«Un uomo è stato ucciso, Tye.»

«Capisco, ma non ha niente a che fare con noi. Noi d'altra parte siamo coinvolti in qualcosa di talmente grosso che getterebbe il Paese nel caos.»

«Vuoi spiegarti?»

«La scorta militare per Van Nostrand all'aeroporto di Charlotte è stata mandata per ordine diretto del segretario di Stato.»

«Oh, mio Dio!» mugolò Poole con voce soffocata, guardando Hawthorne e chiudendo la finestra. «E io che credevo che parlassi a vanvera quando dicevi...»

«Ci deve essere una spiegazione,» sostenne Cathy «perché tu hai ragione, non può esistere alcun rapporto fra lui e la Bajaratt.»

«Il segretario aveva stretti rapporti con Van Nostrand, stretti abbastanza da aiutarlo a uscire dal Paese in circostanze più che strane. E Van Nostrand, Nettuno, teneva la Bajaratt nascosta in uno dei suoi villini degli ospiti, a poche centinaia di metri dalla sua biblioteca. Per tornare all'alfabeto, se A è uguale a B e B è uguale a C, allora ci deve essere un rapporto specifico fra A e C.»

«Ma tu hai detto di aver visto due uomini che salivano su quella limousine, Tye. Uno con il cappello...»

«Che serve comunemente per coprire una testa calva» finì Hawthorne. «Sì, l'ho detto, tenente, e sbagliavo. Non erano due uomini, una era una donna. Un cappello non cela solo una testa calva, nasconde anche una chioma femminile.»

«Era davvero la Bajaratt!» esclamò Cathy. «Eravamo così vicini!»

«Così vicini» ammise Tyrell con voce sommessa. «Non abbiamo scelta... io non ho scelta... e non c'è tempo da perdere.» Stava per prendere il telefono quando si udì bussare alla porta.

«Vedi chi è, per favore, Poole.»

Sulla porta c'erano due agenti di polizia in uniforme. «Sono queste le stanze del maggiore Neilsen, del tenente Poole e di un loro parente, uno zio della Florida?» chiese uno dei due leggendo da un taccuino.

«Sì, signore» rispose il tenente.

«La vostra registrazione è incompleta, signore» aggiunse il secondo agente, sbirciando nella stanza. «Le leggi della Virginia richiedono altri dati.»

«Spiacente,» fece Poole «ho compilato io stesso i moduli e avevo una gran fretta.»

«Posso vedere i vostri documenti?» L'uomo con il taccuino spinse da parte il tenente ed entrò nella stanza. Il suo compagno lo seguì, bloccando la porta. «E diteci dove vi trovavate in queste ultime due ore.»

«Non abbiamo lasciato le nostre stanze da quando siamo arrivati, più di due ore fa» asserì Hawthorne, posando il ricevitore. «E poiché siamo adulti consenzienti, non avete il diritto di interferire nelle nostre azioni, per quanto sconvenienti possano sembrarvi.»

«Come?» protestò con voce rauca il maggiore Catherine Neilsen impallidendo.

«Forse lei non comprende, signore» soggiunse l'uomo con il taccuino. «È stato ucciso un uomo a colpi di arma da fuoco. Stiamo interrogando tutti coloro che si trovavano sul posto, in particolare quelli che hanno rilasciato registrazioni incomplete, come le vostre. Qui non figura il nome dello zio, né un indirizzo della Florida, tranne il nome di una città, né il numero di una carta di credito.»

«Le ho già detto che avevamo fretta, e inoltre paghiamo in contanti.»

«Con questi prezzi, dovreste portarvi dietro sacchi di banconote.»

«Non è affar vostro» obiettò seccamente Tyrell.

«Ascolti, signore, la vittima nel parcheggio portava una scatola di cioccolatini per la persona che doveva incontrare. C'era un biglietto che diceva: "Alla mia generosa amica".»

«Oh, questo è veramente terribile!» esclamò Hawthorne. «Noi gli spariamo, restiamo qui intorno in bella mostra e non ci prendiamo nemmeno i cioccolatini!»

«Succedono cose anche più strane.»

«Indubbiamente» confermò l'agente alla porta, estraendo una piccola ricetrasmittente e sbottonandosi la fondina che portava alla cintola. «Sergente, abbiamo beccato tre balordi, tutti possibili sospetti, camere 505 e 506. Mandi rinforzi il più in fretta possibile... Indovini che cosa ho scoperto? Faccia in fretta!»

Seguendo lo sguardo dell'agente, quattro teste si voltarono verso l'altro lato della stanza. Sul ripiano della scrivania erano in bella mostra la Walther P.K. di Poole e il revolver calibro .38 di Hawthorne.

Amaya Bajaratt guardò fuori della finestra scrutando ansiosamente tra la folla. Non le interessava il corpo mutilato né il solito trambusto che per lei era ordinaria amministrazione: la morbosa curiosità dei presenti che si accalcavano per dare un'occhiata al corpo insanguinato, la polizia che cercava di mantenere un'apparenza di ordine fino all'arrivo dei superiori. Cercava disperatamente di rintracciare Nicola, che aveva mandato fuori appena era tornata alla suite, con istruzioni esplicite: *«È successa una cosa terribile, dobbiamo andarcene subito di qui. Trova una macchina, anche se devi sequestrarla! Prendi le valigie e scendi per la scala antincendio»*. Per lei sarebbe stato più naturale ordinargli: «Fa' fuori il proprietario». Ma il ragazzo non avrebbe mai obbedito. Eccolo! Agitava la mano destra stringendo qualcosa e facendole cenno con la testa. Bene, ce l'aveva fatta!

Gettò un'occhiata frettolosa allo specchio aggiustandosi la parrucca di capelli bianchi. Il cerone grigiastro sul viso solcato da rughe, le borse sotto gli occhi, le labbra sottili tinte in pallido color giallognolo, le conferivano l'aspetto di un'anziana donna piuttosto eccentrica, che portava un cappello marrone da uomo.

Aprì la porta e si fermò sorpresa dal frastuono delle voci e dei passi dei poliziotti che convergevano correndo verso una stanza in fondo al corridoio, con le pistole in pugno. Si diresse all'ascensore, cercando di schivare gli uomini in divisa, tenendosi china come una vecchia schiacciata dal peso degli anni.

«Figli di puttana, tenete giù le mani!»

Amaya si irrigidì di colpo, con ogni muscolo, ogni tendine paralizzato. *Figli di puttana, tenete giù le mani!* Quella voce! Non poteva essere che lui. *Hawthorne!* Istintivamente girò su se stessa e si voltò, cercando di controllare la confusione.

In mezzo a un groviglio di braccia che tenevano fermo Tyrell contro la parete, i loro sguardi si incrociarono: gli occhi di Amaya si strinsero per lo shock, quelli di Hawthorne si riempirono di incredulo sgomento, molto vicino al panico.

Howard Davenport, riconosciuto re della Borsa e magnate dell'industria, e tuttavia frustrato e sconfitto capo dell'insaziabile Dipartimento alla Difesa, si versò un secondo Courvoisier al bar del suo studio e tornò lentamente alla scrivania. Provava un enorme sollievo da quando, due ore prima, l'auto dei servizi di sicurezza gli aveva comunicato via radio che la limousine di Van Nostrand aveva lasciato la tenuta con uno o più passeggeri sul sedile posteriore.

Se Hawthorne sarà riaccompagnato a casa con la mia limousine, saprai che i miei sospetti erano infondati e non dovrai mai parlare di quanto è successo.

Davenport non aveva certo intenzione di parlarne. C'erano fin troppi maneggi isterici e segreti intorno alla caccia alla Piccola Sanguinaria. Diffondere altre voci false non avrebbe fatto che accrescere il panico. Van Nostrand lo capiva perfettamente, motivo per cui aveva dato quelle istruzioni finali, se fosse risultato che l'ex comandante Hawthorne non era affatto un membro dell'infame Alpha... Dio, che razza di segretario alla Difesa era lui che ignorava l'esistenza dell'Alpha, che non ne aveva mai nemmeno sentito parlare!

No, ormai era venuto il momento, pensò. Avrebbe voluto che sua moglie fosse a casa, invece che nel Colorado dove si era recata a trovare la loro figlia che aveva appena partorito per la terza volta. Ma come separare madre e figlia, alla nascita di un nipote? Comunque, gli sarebbe piaciuto averla al suo fianco perché aveva finalmente battuto a macchina la lettera di dimissioni, sulla Remington che i genitori gli avevano regalato, chissà quanti anni prima! La "vecchia Rem" era ormai un'amica di antica data e non vedeva ragione di cambiarla.

Si sedette davanti alla macchina per scrivere e rilesse la breve lettera al presidente. Sì, sua moglie avrebbe dovuto davvero essergli vicina, perché detestava Washington e provava un'acuta nostalgia della loro grande fattoria del New Jersey, con l'allevamento dei cavalli e le battute di caccia. Soprattutto ora che i medici della clinica Mayo, dove entrambi si erano recati per i controlli annuali, l'avevano dichiarata in eccellente salute. Davenport sorseggiò il brandy sorridendo.

> Signor Presidente,
> È con profondo rincrescimento che devo presentarLe le mie dimissioni, con effetto immediato, dovute alla recente comparsa di un grave problema di salute nella mia famiglia.
> Mi consenta di dirLe che è stato un onore servire sotto la Sua alta guida, con la sicurezza che seguendo le Sue direttive il Dipartimento alla Difesa si mantiene all'altezza dei suoi compiti e dei suoi impegni. Infine sento il dovere di ringraziarLa per aver avuto il privilegio di far parte del "team".
> Mia moglie Elizabeth − possa il Signore aiutarla in questo difficile momento! − Le presenta i suoi più devoti omaggi, a cui unisco i miei.
>
> Cordialmente
> Howard. W. Davenport

Tornò a sorseggiare il brandy, sorridendo fra sé alle frasi che aveva scritto. Niente recriminazioni, niente accuse che potessero coinvolgere gli altri. Il suo successore, se fosse stato l'uomo giusto, avrebbe visto da sé le pecche del sistema e sarebbe intervenuto con polso di ferro. Lui, Howard Wadsworth Davenport, non era l'uomo adatto.

Posò il bicchiere sulla scrivania ma sbagliò misura e lo abbandonò involontariamente oltre il bordo. Il bicchiere s'infranse sul pavimento. Strano, pensò Davenport, l'aveva appoggiato sul blocchetto per gli appunti... o no? La vista gli si stava offuscando, respirava a fatica. Gli mancava l'aria! Si alzò in piedi con difficoltà, pensando che l'impianto di condizionamento funzionasse male, in quella notte così calda e umida e sempre più soffocante... Poi l'aria gli mancò del tutto, un dolore violento gli esplose nel petto e gli si diffuse per tutto il corpo. Le mani cominciarono a tremare, le gambe non ressero più. Stramazzò a faccia in giù sul pavimento, dal naso gli uscì un fiotto di sangue. Con un ultimo sforzo cercò di rialzarsi, contorcendosi convulsamente, e infine si accasciò, con gli occhi sbarrati che non vedevano più.

Tenebre.

Howard W. Davenport era morto.

La porta dello studio si aprì ed entrò nella stanza una figura vestita di nero, con guanti neri e una maschera antigas sul viso. Si chinò su una bombola di metallo alta circa cinquanta centimetri con un tubo di gomma che dalla valvola si estendeva fino alla base della porta. Riavvitò il pomello, stringendolo bene e controllandolo due volte. Poi si alzò, si diresse alla portafinestra che si affacciava sul patio e l'aprì. La calda e umida aria notturna riempì la stanza con i profumi del giardino. L'uomo andò alla scrivania e lesse la lettera di dimissioni di Davenport. La strappò dalla vecchia Remington, l'appallottolò e se la infilò in tasca. Poi inserì un foglio di carta da lettere di Davenport e batté a macchina la seguente missiva:

> Signor Presidente,
> È con il più profondo rincrescimento che Le presento le mie dimissioni, con effetto immediato, per ragioni di salute personale, che finora ho tenuto accuratamente nascoste a mia moglie. Sono nell'impossibilità di svolgere le mie funzioni, fatto che diversi miei colleghi potranno senza dubbio confermare.
> Sono stato in cura da un medico, in Svizzera, a cui ho fatto giurare di mantenere il segreto, il quale mi informa che ormai è solo questione di giorni...

La lettera finiva bruscamente e Scorpio Ventiquattro, eseguendo gli ordini datigli la mattina precedente da Scorpio Uno, raccolse la sua letale attrezzatura e uscì dalla portafinestra allontanandosi attraverso il patio.

La polizia di Fairfax, Virginia, aveva lasciato le stanze comunicanti dello Shenandoah Lodge e al loro posto c'era il capitano Henry Stevens in uniforme.

«In nome di Dio, Tye, va' avanti!»

«Sì, Henry, d'accordo» rispose un Hawthorne ancora pallido e scosso, seduto sull'orlo del letto, mentre Catherine e Poole lo sorvegliavano da poco lontano con visibile preoccupazione. «È tutta una pazzia! L'ho riconosciuta, ho riconosciuto quegli occhi, e lei ha riconosciuto me! Era una donna anziana, appena capace di reggersi in piedi! Eppure *so* che era lei!»

«Ti ripeto...» insisté Stevens «la donna che hai visto è una contessa italiana, di nome Cabarini o qualcosa di simile, molto vanitosa, secondo l'impiegato alla reception. Non ha voluto nemmeno firmare il registro al banco, perché − senti un po'! − non era "convenientemente abbigliata". Se l'è fatto portare in camera. Ho controllato le sue credenziali all'ufficio immigrazione. Garantita al cento per cento, dalla testa ai piedi, patrimonio compreso.»

«Ma è fuggita... perché fuggire?»

«L'hanno fatto altri ventidue clienti. Un uomo è stato ucciso nel parcheggio, Tye, e molti degli ospiti dell'albergo non sono esattamente candidi agnellini.»

«D'accordo, d'accordo... ma non riesco a levarmi quel viso dalla mente!» ripeté Hawthorne scuotendo lentamente la testa. «Certo, l'età... era *vecchia*, ma io ho riconosciuto subito quegli occhi!»

«I genetisti affermano che ci sono esattamente 132 variazioni di forma e colore degli occhi, né una di più né una di meno» commentò Poole. «È una cifra molto modesta se si pensa ai miliardi di persone al mondo. "Scusi, noi non ci conosciamo già?" è la domanda più comune che la gente fa in giro.»

«Grazie tante.» Hawthorne si rivolse a Henry Stevens. «Prima che scoppiasse questo pandemonio, stavo per telefonarti. Non so come, ma c'è una cosa che devi fare.»

«Cioè?»

«Anzitutto, e voglio la verità, c'è qualcuno, o meglio, potrebbe esserci qualcuno che sappia della morte di Van Nostrand?»

«No, l'informazione è tenuta segreta, la casa è sigillata e sorvegliata. Gli agenti di Fairfax sono professionisti e non hanno fatto storie, quando sono stati allontanati. Se dovesse trapelare qualcosa non sarebbero rintracciabili.»

«Bene, allora usa tutti i mezzi che hai sottomano e fammi avere un colloquio con il segretario di Stato. Questa notte, questa mattina, adesso! Non possiamo perdere nemmeno un minuto.»

«Ma tu sei matto! È quasi mezzanotte!»

«Sì, lo so, ma so anche che Van Nostrand stava lasciando segretamente il Paese perché il segretario di Stato gli aveva aperto la strada. Con tutti i crismi ufficiali.»

«Non ti credo!»

«E invece devi credermi. Quel bellimbusto di Bruce Palisser ha disposto personalmente le autorizzazioni e le misure del caso, compresa una scorta militare e la procedura di massima sicurezza per la partenza da Charlotte nella Carolina del Nord. Voglio sapere perché.»

«Gesù, anch'io.»

«Non sarà tanto difficile. Digli la verità, che probabilmente lui già conosce, ossia che io sono stato reclutato dal MI6, non da voi o da qualche altro servizio a Washington, perché qui è meglio non fidarsi di nessuno. Digli che affermo di avere informazioni sulla Piccola Sanguinaria che comunicherò solo a lui, visto che l'agente inglese che mi aveva reclutato è stato ucciso. Non rifiuterà, è amico dell'Inghilterra. Potresti anche esagerare un po' e aggiungere che, anche se noi due non andiamo molto d'accordo, una volta ero in gamba nel mio lavoro e probabilmente ho davvero qualcosa. Qui c'è il telefono, Henry. Avanti!»

Il capo dei servizi segreti della Marina fece la telefonata. Il tono con cui conferì con il segretario di Stato conteneva la giusta misura di allarme, urgenza e rispetto. Quando ebbe finito, Hawthorne lo prese in disparte e gli consegnò un foglietto. «Questo è un numero di telefono di Parigi» gli sussurrò all'orecchio. «Chiama il Deuxième e digli di metterlo sotto sorveglianza... totale.»

«Di chi è?»

«È un numero che ha chiamato la Bajaratt. Altro non ti serve sapere. Ed è tutto quello che posso dirti.»

Il taxi accostò in una via di Georgetown, il quartiere di lusso che ospita l'élite della capitale. L'imponente edificio di pietra scura a quattro piani sorgeva alla sommità di un ampio prato ondulato, a tre terrazze: i ripidi gradini erano bianchi come la ringhiera in ferro battuto che li fiancheggiava, evidentemente per orientare chi li percorresse di notte. Hawthorne pagò e scese dal taxi.

«Vuole che l'aspetti, signore?» domandò il tassista con un'occhiata all'abbigliamento un po' troppo poco formale di Hawthorne per una visita a quell'ora tarda.

«Non so quanto tempo mi fermerò,» rispose Hawthorne «ma forse lei ha ragione. Se è libero, perché non torna da queste parti fra, diciamo, tre quarti d'ora?» Estrasse dalla tasca un biglietto da dieci dollari e lo allungò all'autista attraverso il finestrino aperto. «Passi di qua. Se non mi vede può andar via.»

«Visto la fiacca di stanotte, penso che passerò.»

«Grazie.»

Hawthorne cominciò a salire i gradini, domandandosi perché una persona di oltre cinquant'anni sceglieva di vivere in un posto dove doveva arrampicarsi come una capra per arrivare alla porta di casa. Poi la sua silenziosa domanda ebbe risposta: in alto, sulla veranda, vide una grande e comoda sedia mobile e allora notò la striscia metallica della rotaia elettrificata sotto la balaustra di destra. E bravo Palisser, che usava la testa anche per le piccole cose! Tyrell non aveva una grande ammirazione per gli uomini di governo di Washington, non per ragioni politiche, ma in linea di principio. Tuttavia Bruce Palisser pareva elevarsi al di sopra della media. Hawthorne non sapeva molto di lui, ma da quanto aveva letto sui giornali e visto nelle conferenze stampa trasmesse per televisione, riteneva che avesse mente sveglia e parola facile e anche un certo senso dell'umorismo. Eppure in quel momento aveva motivo di diffidare di lui. Perché aveva fatto quello che aveva fatto per Nils Van Nostrand, amico e favoreggiatore della terrorista Bajaratt?

Quando suonò il campanello, la porta si aprì e comparve Palisser in maniche di camicia. A smentire una volta tanto la sua reputazione di uomo elegante, indossava un paio di jeans stinti, tagliati al ginocchio.

«Lei ha una bella faccia tosta, comandante» lo apostrofò. «Entri, e mentre andiamo in cucina cominci a dirmi perché non si è rivolto al capo della CIA o alla DIA o al G-2 o, insomma, al suo diretto superiore, il capitano Stevens dei servizi informazione della Marina.»

«Stevens non è il mio superiore, signore.»

«Oh, già» fece Palisser, si fermò in un piccolo atrio e squadrò Tyrell. «Mi ha detto infatti qualche cosa degli inglesi, il

MI6, credo. E allora, perché diavolo non si è rivolto a loro?»

«Non mi fido di Tower Street.»

«Lei non si fida...»

«Non mi fido neanche dei servizi informazione della Marina, né della CIA o della DIA o... diavolo, signor segretario, non c'è servizio che non abbia degli infiltrati.»

«Parla seriamente?»

«Non sono qui per scherzare, Palisser.»

«*Palisser*, ora?... Be', una punta di cameratismo non guasterà... andiamo, preparo un po' di caffè.» Entrarono in un'ampia cucina bianca con un grande tavolo al centro. Sul fornello bolliva un'antiquata caffettiera elettrica a filtro. «Tutti oggi hanno quei complicati aggeggi di plastica che fanno il caffè e dicono l'ora e segnano quante tazze hai fatto e hanno una serie di altri quadranti per chissà quali misteriose funzioni, ma nessuna riempie la stanza del buon vecchio aroma di vero caffè. Come le piace?»

«Nero, signore.»

«Questa è la prima cosa giusta che sento.» Il segretario riempì le tazzine e aggiunse: «Ora mi dica perché è venuto da me, giovanotto. Concordo con la sua cautela, ma avrebbe potuto rivolgersi a Londra, penso. Certo non avrà problemi con il capo dei servizi britannici».

«Ho problemi di intercettazione.»

«Capisco. Allora, che cosa ha scoperto a proposito della Piccola Sanguinaria, che deve riferire a me personalmente?»

«La donna è qui...»

«Lo so, lo sappiamo tutti. Il presidente non potrebbe essere più al sicuro.»

«Ma non è per questo che ho insistito per parlare direttamente con lei.»

«Lei è un bastardo presuntuoso, comandante, ed è anche molto impertinente. Avanti, dica.»

«Perché ha autorizzato e organizzato la partenza di Nils Van Nostrand in un modo che si può descrivere solo come clandestino?»

«Lei passa i limiti, Hawthorne!» Il segretario calò un pugno sul tavolo. «Come osa interferire con affari altamente riservati del Dipartimento di Stato?»

«Meno di sette ore fa Van Nostrand ha cercato di uccidermi. Credo che questo mi dia un certo diritto di "osare".»

«Ma cosa sta dicendo?»

«Ho solo cominciato. Lei sa dov'è adesso Van Nostrand?»

Palisser fissò Tyrell e la sua collera si trasformò in paura, una paura vicina al panico. Balzò in piedi versando il caffè e corse a un telefono a muro con numerosi pulsanti sotto il quadrante. Ne premette uno più volte. «Janet!» gridò. «Ho ricevuto qualche chiamata stanotte... perché diavolo non me l'ha detto? Va bene, va bene, non ho guardato!... Lui, cosa?... Cristo!» Riappese lentamente alzando su Hawthorne occhi atterriti. «Non è mai arrivato a Charlotte» mormorò. «Io ero fuori, al mio club, e i servizi di sicurezza del Pentagono mi hanno chiamato... che cosa è successo?»

«Glielo dirò se lei risponde alla mia domanda.»

«Lei non ha nessun diritto!»

«Allora me ne vado.» Tyrell si alzò.

«Si sieda!» Palisser tornò al tavolo. «E mi risponda!» gli intimò, sedendosi a sua volta.

«Risponda *lei* a me» ribatté Tyrell restando in piedi.

«Bene... si sieda, la prego.» Tye questa volta cedette all'espressione angosciata sul viso dell'uomo. «Mi sono avvalso dei privilegi della mia posizione per ragioni personali che non compromettevano in nessun modo il Dipartimento di Stato.»

«Questo lei non può saperlo, signor segretario.»

«Lo so benissimo! È lei a non sapere che cosa ha dovuto sopportare quell'uomo e quanto ha fatto per il nostro Paese!»

«Se questa è la sua giustificazione, sia più esplicito.»

«Ma chi diavolo è lei?»

«Se non altro, sono uno che può rispondere alla sua domanda... Voleva sapere che cos'è successo? Perché Van Nostrand non è mai arrivato a Charlotte?»

«Certo che voglio saperlo» replicò Palisser. «Bene, mi arrendo, comandante, le dirò tutto, ma l'informazione dovrà restare confidenziale. Non vorrei mai sacrificare un ottimo cittadino e la donna che ama per qualche infondata manovra dei servizi segreti. È chiaro?»

«È chiaro, vada avanti.»

«Qualche anno fa, quando Nils si trovava in Europa, il suo matrimonio era in crisi... per colpa di chi, non ha importanza. S'innamorò della moglie di un importante uomo politico ed ebbero un bambino, una figlia, che oggi ha più di vent'anni e sta morendo...»

Hawthorne si appoggiò allo schienale della sedia e ascoltò pazientemente, finché il segretario ebbe finito il suo racconto di amore, tradimento e vendetta. Poi sorrise. «Mio fratello Marc lo definirebbe puro romanticismo ottocentesco russo. Io lo definisco un mucchio di cazzate. Ha controllato la storia di quel matrimonio europeo?»

«Vuole scherzare? Van Nostrand è uno degli uomini più rispettati, e direi quasi riveriti, che io conosca. È stato consulente di servizi governativi, di dipartimenti, persino di presidenti!»

«Se c'è mai stato un matrimonio, è stato solo formale. Van Nostrand non era tipo da matrimonio. Le ha raccontato un sacco di balle, signore, e mi domando quante altre persone ha infinocchiato.»

«Si spieghi meglio!»

«La spiegazione arriverà a suo tempo, ma ora lei merita una risposta... Van Nostrand è morto, signor segretario. Freddato a colpi di pistola nel momento stesso in cui ordinava di uccidermi.»

«Non le credo!»

«È meglio che mi creda, perché è vero... e la Piccola Sanguinaria si trovava in quel momento in uno dei suoi villini per gli ospiti.»

«Che cos'è successo, Valeria? Perché quell'uomo è stato ucciso?» chiedeva Nicola fra l'angoscia e la collera, distogliendo un attimo gli occhi dalla strada per fissare Amaya Bajaratt. «Oh, mio Dio, l'hai ucciso tu?»

«Ma sei matto? Io stavo scrivendo delle lettere mentre tu guardavi la televisione in camera da letto e tenevi il volume così alto che non riuscivo neanche a pensare! Ho sentito i poliziotti dire che è stato un marito geloso, il morto aveva una relazione con sua moglie.»

«Tu hai troppe spiegazioni sempre pronte, *contessa* Cabrini. A quale dovrei credere?»

«Credi a quel che dico io o te ne torni a Portici a farti ammazzare insieme con tua madre, tuo fratello e le tue sorelle! Capito?»

Nicola tacque, arrossendo nell'oscurità. «E ora, cosa facciamo?» chiese infine.

«Prendi qualche strada che s'infila nel bosco, dove non sia possibile essere visti. Riposeremo qualche ora, dopodiché andrai a recuperare il resto del bagaglio all'albergo. E riprenderemo le nostre rispettive parti di Dante Paolo e la contessa sua zia... Guarda là, quel campo con l'erba alta, come i prati estivi ai piedi dei Pirenei. Entra là in mezzo.»

Nicola sterzò così bruscamente che Amaya fu gettata contro la portiera. Corrugò la fronte scrutando il giovane con uno sguardo preoccupato.

Il segretario di Stato Bruce Palisser balzò in piedi così violentemente che rovesciò la sedia. «Nils è morto?»

«Il capitano Stevens è ancora nel suo ufficio, ai servizi di informazione della Marina. Lo chiami al telefono, glielo confermerà.»

«Oh, mio Dio, lei non farebbe un'affermazione così sconvolgente, così incredibile... se non potesse dimostrarla!»

«Sarebbe una perdita di tempo, signor segretario, e secondo me non c'è tempo da perdere.»

«Io... non so più cosa dire.» Palisser parve improvvisamente invecchiato quando si chinò a raddrizzare la sedia. «È tutto così incredibile!»

«Per questo è reale» ribatté Hawthorne. «Perché *loro* sono così incredibili. Qui e a Londra, a Parigi, a Gerusalemme. Non puntano a un'arma nucleare o a qualcosa del genere, non ne hanno bisogno, è controproducente. Mirano a sfogare la loro rabbia con la destabilizzazione, con il caos. E, che noi lo ammettiamo o no, possono farlo.»

«Non possono, quella donna non può!»

«Il tempo gioca a loro favore, signore. Il presidente non può continuare a vivere sotto una campana di vetro. In qualche momento, in qualche luogo, dovrà pur scoprirsi, e quella donna lo raggiungerà e lo ucciderà. E a Londra, a Parigi, a Gerusalemme, i complici che sono in attesa sferreranno l'attacco contro gli obiettivi che si sono prefissati. Non sono stupidi, se lo metta bene in testa!»

«Neanch'io sono stupido, comandante. Ebbene? C'è altro?»

«Van Nostrand non può aver organizzato tutta questa messinscena ricorrendo soltanto a lei. Ci doveva essere qualcun altro.»

«Chi?»

«Mi ha riferito che Van Nostrand pensava di lasciare il Paese per non tornare mai più.»

«È vero. Così mi aveva detto.»

«E tutto era accaduto all'improvviso... questione di un paio di giorni, no?»

«Così aveva affermato, e non era questione di giorni, dannazione, ma di ore. Doveva tornare in Europa immediatamente, prima che quel bastardo del marito venisse a saperlo. Questa è la storia che mi ha raccontato. Doveva correre al capezzale della figlia prima che morisse e portar via la madre, per vivere i suoi ultimi anni con la donna che amava, a tutti i costi.»

«Questo è ciò che mi allarma... i costi. Cominciamo con quella sua tenuta in Virginia. Vale un mucchio di milioni.»

«Mi ha detto che l'aveva venduta...»

«In un paio di giorni, anzi di ore?»

«In verità non è stato molto chiaro, né io mi aspettavo che lo fosse.»

«E le altre proprietà che doveva avere in America, un altro mucchio di milioni. Un uomo come Van Nostrand non abbandona tutto senza dare disposizioni, e queste disposizioni richiedono tempo, molto più che un paio di giorni.»

«Lei non è aggiornato, comandante. Siamo nell'era dei computer, delle comunicazioni in tempo reale da una parte all'altra del mondo. Avvocati e istituti finanziari se ne servono ogni giorno, i capitali attraversano e riattraversano gli oceani a suon di milioni di dollari al minuto.»

«E non sono rintracciabili?»

«Sì, per la maggior parte. I governi detestano perdere le tasse che sono loro dovute.»

«Ma lei mi ha detto che Van Nostrand voleva scomparire, doveva scomparire. La possibilità di essere rintracciato buttava all'aria i suoi piani, no?»

«Dannazione, credo di sì. E allora...»

«E allora aveva bisogno di qualcuno per cancellare le tracce di qualsiasi transazione che potesse portare a lui e al suo domicilio, no? Nell'altra mia vita, signor segretario, ho appreso che gli individui più furbi evitavano di trattare con comuni criminali non per ragioni morali ma per timore di futuri ricatti. Si rivolgevano invece a personaggi altamente rispettabili, o convincendoli o corrompendoli.»

«Fottuto bastardo!» esclamò Palisser scostando rumorosamente la sedia e fulminando Tyrell con gli occhi. «Sta forse insinuando che sono stato corrotto...»

«Oh, diavolo, no, lei è stato convinto» lo interruppe Tyrell. «Lei non mi sta mentendo, si è bevuto tutta la storia, fino alla feccia... voglio dire che qualche altro personaggio, onesto e rispettabile come lei, gli ha reso possibile sparire. Sparire, capisce, eliminando ogni traccia.»

«E chi diavolo potrebbe averlo fatto?»

«Un altro esponente del governo, forse, convinto come lei di fare la cosa giusta... A proposito, lei gli ha procurato un passaporto falso?»

«Dio del cielo, no! E perché l'avrei fatto? Non me l'ha neanche chiesto.»

«Ai miei tempi, io l'ho fatto dozzine di volte. Nomi falsi, professioni false, foto false. Mi occorrevano perché dovevo dileguarmi.»

«Sì, il capitano Stevens mi ha detto che lei era un agente segreto di eccezionale valore.»

«Si sarà sicuramente sentito rivoltare lo stomaco a doverlo ammettere! Ma lei sa perché avevo bisogno di tutti quei documenti falsi?»

«Lo ha già spiegato, il comandante Hawthorne doveva sparire e un altro doveva esistere al suo posto.» Palisser annuì. «Van Nostrand aveva bisogno di un altro passaporto. Gli occorreva per volatilizzarsi.»

«Due punti a favore del segretario di Stato.»

«Non sia insolente.»

«Mi pagano bene e io faccio quello che posso per quelli che mi pagano bene.»

«Non cercherò di comprendere le sue giustificazioni, Mr. Hawthorne, ma su questo punto posso dire questo: solo il Dipartimento di Stato può rilasciare un passaporto autentico, e poiché lei esclude che Van Nostrand sia ricorso a sistemi illegali, dove avrebbe potuto procurarsene uno?»

«Tanto per rispondere alla sua domanda, da un'agenzia o un Dipartimento governativo parallelo ad alto livello, che abbia accesso alle vostre tecnologie tanto da potervi scavalcare.»

«Ma questa è corruzione!»

«O persuasione, signor segretario. *Lei* non è stato corrotto.» Tyrell tacque un momento. «Un'ultima domanda... forse non dovrei neppure fargliela. Lei ha idea di come sono arrivato da Portorico sull'aereo di Van Nostrand per atterrare nella sua tenuta ed essere condotto, come le ho detto poco fa, alla mia esecuzione?»

«Non ci ho neppure pensato. Presumo che sia stato attraverso il capitano Stevens. Stevens, a quanto pare, è il suo contatto, se non il suo superiore, qui negli Stati Uniti.»

«Henry Stevens è rimasto sconvolto quando gli ho detto che mi trovavo lì. Non riusciva a capire come fosse successo. Ogni mia mossa, quando lo volevo io, era controllata dalla cerchia ristretta degli agenti assegnati all'operazione Piccola Sanguinaria. Ma questa era stata organizzata da uno dei vostri pezzi grossi che ha scavalcato lei e tutti i servizi segreti per farmi arrivare una lettera di Van Nostrand. E io ho inghiottito l'esca insieme con l'amo e se non fosse per l'intervento di due ufficiali di straordinario valore, ora sarei cadavere a Fairfax e il vostro innocente e quasi santo Van Nostrand atterrerebbe tranquillamente a Bruxelles, lasciando la Bajaratt a operare dalla sua tenuta.»

«Ma chi lo ha fatto? Chi è arrivato a lei?»

«Howard Davenport, il segretario alla Difesa.»

«Non posso crederlo!» esclamò Palisser. «È uno degli uomini più onesti che abbia mai conosciuto. Ora ha esagerato con le sue accuse! Fuori di casa mia!»

Hawthorne estrasse di tasca la lettera di Van Nostrand, su cui era chiaramente visibile il sigillo blu ormai lacerato.

«Lei è il segretario di Stato, Mr. Palisser. Può mettersi immediatamente in comunicazione con chiunque nel mondo. Perché non telefona al capo dei servizi informazione della Marina, alla base di Portorico? Gli chieda un po' come ha fatto questa lettera ad arrivare a me, e a chi doveva riferire di averla consegnata.»

«Oh, mio Dio...!» mormorò Bruce Palisser, alzando gli occhi al cielo. «Noi che abbiamo la responsabilità di questo Paese siamo opportunisti o tiepidi riformatori, magari incoerenti, magari troppo spesso arraffoni, che non avrebbero diritto di governare. Ma non Davenport! Howard non potrebbe mai aver agito in quel modo per profitto personale. Certo non *sapeva*!»

«Neanche lei sapeva, signore.»

«Grazie, comandante.» Palisser si raddrizzò e rivolse a Tyrell uno sguardo penetrante. «Accetto quello che lei mi ha detto...»

«Voglio che sia registrato» lo interruppe Hawthorne.

«Perché?»

«Perché Van Nostrand è l'unico anello che ci collega alla Bajaratt, e presumendo che la donna non sappia della sua morte, è probabile che cerchi di mettersi in contatto con lui.»

«Questo non risponde alla mia domanda, comunque potrei anche chiamare di nuovo Stevens per verificare quanto lei mi ha detto. Ma, a che scopo?»

«Perché io voglio usare il suo nome, Palisser, nella speranza di avvicinarmi di un altro passo alla Piccola Sanguinaria, e non mi piacerebbe farmi trent'anni di galera per aver agito senza essere autorizzato.»

«Allora credo che dovremo discutere dei suoi progetti, comandante.»

In quel momento squillò il telefono, facendo trasalire i due uomini. Il segretario si alzò e andò a rispondere. «Qui Palisser, che succede?... Lui, *cosa?*» gridò impallidendo. «Ma non ha senso!» Si rivolse a Hawthorne. «Howard Davenport si è suicidato! Lo ha trovato una domestica...»

«Suicidio?» borbottò Tyrell. «Che cosa ci scommettiamo?»

22

Con il viso seminascosto da una veletta di pizzo nero Amaya Bajaratt sedeva alla scrivania nella stanza di un modesto motel di provincia scelto affrettatamente. Aveva telefonato al senatore del Michigan protestandosi sfinita dalla valanga di chiamate e di visitatori al precedente albergo, e dichiarando che la sua visita di un giorno alla villa di campagna di certi suoi conoscenti era stata, se possibile, ancora più stressante.

«Credo di averla avvertita che sarebbe stata sopraffatta dagli impegni» replicò Nesbitt. «Per questo le avevo suggerito di procurarsi un ufficio e una segretaria.»

«E io credo di averle spiegato perché era impossibile.»

«Sì, me l'ha detto, e non posso biasimare il barone. Questa città è un pozzo, e direi quasi un pozzo nero di intriganti che mettono il naso dove non dovrebbero.»

«Allora forse lei potrebbe aiutarci.»

«In tutto quello che è nelle mie facoltà, contessa, lo sa.»

«Potrebbe raccomandarci un albergo che non si trovi, diciamo, in mezzo al traffico, ma abbia i requisiti che desideriamo?»

«Me ne viene subito in mente uno» rispose il senatore del Michigan. «Il Carillon. Di solito è al completo, ma in questi mesi di alta stagione i comuni turisti non possono permetterselo. Prenoterò per lei, se crede.»

«Il barone le sarà grato per la cortesia e la collaborazione.»

«Onorato. Prenoto a suo nome o preferisce l'incognito?»

«Oh, non vorrei fare nulla di illegale!»

«Non è illegale, contessa, è suo diritto. Ai nostri alberghi interessa che il cliente paghi. Il mio ufficio garantirà la sua solvibilità. Che nome preferisce usare?»

«Mi sento così... come dire?... poco pulita, nel ricorrere a un sotterfugio.»

«Ma no, non è il caso. Che nome?»

«Credo che dovrebbe essere un nome italiano... Userò quello di mia sorella, senza il titolo di contessa. Balzini, senatore. Mrs. Balzini e suo nipote.»

«Sarà fatto. Dove posso telefonarle?»

«La chiamerò io.»

«Mi dia un quarto d'ora.»

«Oh, lei è un tesoro!»

«Non vorrei essere insistente, ma le sarei grato se lo riferisse al barone.»

«Non dubiti, senatore.»

Il nuovo albergo era perfetto, Amaya riconobbe persino quattro membri della famiglia reale dell'Arabia Saudita, in abiti di Savile Row. In altre circostanze li avrebbe sterminati seduta stante e sarebbe fuggita, ma ora la posta era troppo alta, il tornaconto troppo allettante. Salutò educatamente con un cenno della testa quando il quartetto di rampolli sauditi, eredi di un regno macchiato di sangue, le passò accanto nella hall.

«Nicola!» urlò alzandosi dalla scrivania quando notò il pulsante rosso del telefono che si era acceso. «Che cosa stai facendo?»

«Telefono ad Angel» rispose lui dalla camera da letto. «Mi ha dato il suo numero agli studi cinematografici.»

«Ti prego, riappendi, caro!» Amaya si precipitò alla porta della stanza e l'aprì. «Temo che tu mi debba ubbidire.»

Il giovane lo fece a malincuore.

«Mi aveva detto di lasciar squillare cinque volte e poi lasciare un messaggio.»

«E lo hai fatto?»

«No, c'erano stati solo tre squilli quando hai cominciato a gridare.»

«Bene. Mi dispiace di essere stata così brusca, ma non devi mai usare il telefono senza dirmelo prima e avere il mio consenso.»

«Usare il telefono... e chi altro potrei chiamare? Sei tanto gelosa?»

«Davvero, Nicola, potresti andare a letto con una principessa o una puttana o anche una mula, per me non c'è differenza. Ma devi evitare telefonate che potrebbero farti rintracciare.»

«Ma mi avevi detto tu di chiamarla quando eravamo all'altro albergo...»

«Là eravamo registrati con i nomi che stiamo usando, e qui no.»

«Non capisco...»

«Non occorre che tu capisca, non fa parte del nostro contratto.»

«Ma avevo promesso di chiamarla!»

«Avevi promesso...?» Amaya rifletté rapidamente, osservando l'aitante ragazzo. Nicola aveva avuto dei brevi scatti di collera, come un giovane animale in gabbia sempre più esasperato dalla sua condizione. Doveva allentare un po' le briglie. A quel punto, così vicina alla meta, sarebbe stata pura follia portarsi dietro un ragazzo pieno di rancore. Inoltre anche lei doveva fare una telefonata, e non dall'albergo. «Hai ragione, caro, sono troppo severa. Senti, io devo andare a comprare certe cose nella farmacia qui di fronte e tu avrai più intimità. Chiama pure la tua bella, ma non darle né il numero né il nome dell'albergo. Dille la verità, Nicola, non mentire alla tua gentile amica. Se devi lasciare un messaggio, dille che noi ce ne andiamo di qui fra un'ora e la richiamerai più tardi.»

«Ma siamo appena arrivati!»

«È successo qualcosa, dobbiamo cambiare i nostri piani.»

«Madre di Dio, che cosa ancora?... Lo so, lo so, non fa parte del nostro contratto. Se mai torniamo a Portici, ti faccio conoscere Ennio la Lama. Io credo, Valeria, che tu gli metteresti paura.»

«Gli ho messo paura, infatti, Nicola» replicò semplicemente Amaya Bajaratt. «È lui che mi ha aiutato a trovarti, ma nessuno a Napoli dovrà mai più temerlo.»

«Cosa?»

«È morto... Telefona alla tua bella attrice, Nicola. Torno subito.» Amaya prese la borsetta, si avviò alla porta aggiustandosi la veletta di pizzo e uscì.

Quando fu sola in ascensore, ripeté a mente il numero di telefono che Van Nostrand le aveva dato, il numero che ora l'avrebbe messa in comunicazione con il nuovo Scorpio Uno. L'ordine che si preparava a dare doveva essere eseguito senza discussioni e in ventiquattr'ore, preferibilmente anche prima. Se ci fosse stata la più piccola esitazione, si sarebbe abbattuta su tutti i dirigenti degli Scorpio la furia dei seguaci della Beqa'a, e in special modo della Brigata Ashqelon. *Morte* a quelli che osavano interferire con Ashqelon!

Le porte dell'ascensore si aprirono, Amaya attraversò l'elegante hall e uscì in strada. Appena fuori fece un cenno di saluto al portiere in livrea.

«Devo chiamarle un taxi, madame Balzini?»

«No, grazie... gentile da parte sua sapere il mio nome!»
Amaya scrutò l'uomo da sotto la veletta.

«È il nostro sistema, al Carillon, conoscere gli ospiti, signora.»

«Ottima cosa... È un così bel pomeriggio, prendo volentieri
una boccata d'aria.»

«È una giornata splendida per una passeggiata, signora.»

Amaya accennò ancora un saluto e si avviò lungo il marciapiede, fermandosi davanti alla vetrina come per ammirare gli
oggetti esposti, ma in realtà per osservare meglio quell'ossequioso portiere a cui gettava ogni tanto occhiate casuali mentre fingeva di aggiustarsi i capelli o la veletta. Non si fidava di impiegati premurosi che potevano riferire le mosse dei clienti: ne aveva corrotti troppi in passato. Le sue preoccupazioni svanirono
quando vide che il portiere contemplava oziosamente i passanti
senza mai volgere lo sguardo nella sua direzione. Non avrebbe
fatto così, pensò, se lei fosse stata vestita normalmente, senza le
imbottiture che Nicola tanto detestava. Proseguì lungo il marciapiede finché vide ciò che cercava: un telefono pubblico al-
l'angolo, dall'altra parte della strada. Si affrettò verso la cabina,
ripetendo mentalmente il numero che ora era di così vitale importanza per Ashqelon. Così vitale!

«*Scorpio Uno?*» chiese con voce sommessa.

«Suppongo che lei parli italiano» ribatté la voce piatta al-
l'altro capo della linea.

«E io suppongo che gli strani rumori che ho sentito dopo
aver fatto questo numero mi abbiano portato all'uomo con cui
devo parlare. In totale sicurezza, senza timore di essere intercettata.»

«Può starne certa. Chi parla?»

«Sono Bajaratt.»

«Stavo aspettando la sua telefonata. Dove si trova ora?
Dobbiamo incontrarci il più presto possibile.»

«Perché?»

«Il nostro comune amico, che si trova da qualche parte in
Europa, ha lasciato un pacchetto per lei. Ha precisato che è di
importanza cruciale per la sua... impresa.»

«Di che cosa si tratta?»

«Ho dato la mia parola di non aprirlo. Lui mi ha detto che
sarebbe stato un bene per me non conoscerne assolutamente il
contenuto. Ha aggiunto che lei avrebbe capito.»

«Naturalmente. Lei potrebbe essere interrogato sotto l'effetto di sostanze chimiche, di droghe... Così Van Nostrand è sopravvissuto.»

«Sopravvissuto...?»

«C'è stata una sparatoria.»

«Sparatoria? Non so proprio...»

«Non importa» tagliò corto Amaya. Allora le guardie di sicurezza di Van Nostrand lo avevano salvato dall'attacco di Hawthorne: l'ex agente segreto non era all'altezza dell'astutissimo Nettuno. Probabilmente Van Nostrand aveva fatto seguire Hawthorne e l'aveva fatto arrestare allo Shenandoah Lodge, lasciando senza dubbio nella tenuta un paio di cadaveri da scaricargli sulle spalle. *Arrestato!* Lo aveva visto con i suoi occhi! Che mossa brillante, squisitamente tortuosa. «Allora il nostro precedente Scorpio è sano e salvo in un altro Paese, e non ne sentiremo più parlare?» chiese.

«Sicuro, è stato confermato» rispose il nuovo Scorpio Uno. «Dove si trova ora? Mando una macchina a prenderla... insieme con il giovanotto, naturalmente.»

«Per quanto sia ansiosa di ricevere il pacco,» lo interruppe Amaya «c'è un'altra questione da risolvere. *Immediatamente.* Ho incontrato un giovanotto, un giornalista politico dai capelli rossi, di nome Reilly, certo avrà letto i suoi articoli sui giornali. È morto, ma l'informazione che voleva vendermi è rovinosa per la nostra missione e dobbiamo risalire alla fonte per eliminarla.»

«Dannazione, chi è?»

«Un avvocato di nome Ingersol, David Ingersol, ha fatto spargere la voce nel sottobosco della malavita perché si cerchino una donna e un giovane, stranieri, che probabilmente viaggiano insieme: chi li troverà riceverà un premio di centomila dollari. I peggiori delinquenti ammazzerebbero madre e sorelle per una somma del genere! La ricerca deve essere bloccata, quell'avvocato deve essere *ucciso*!... A me non importa in che modo, ma deve essere fatto in tempo da comparire sui giornali di domani. È un ordine.»

«Gesù Cristo» mormorò la voce al telefono.

«Sono le due e mezza del pomeriggio» riprese Amaya Bajaratt. «Ingersol deve morire entro le nove di stasera, o tutti i pugnali della Valle della Beqa'a si alzeranno a tagliare la gola degli Scorpio. Chiamerò per avere il mio pacco quando sentirò la notizia per radio o televisione. Intesi? Ciao, Scorpio Uno.»

L'avvocato David Ingersol, recentemente assurto alla carica di Scorpio Uno, benché solo di nome, riappese il telefono custodito in una nicchia di acciaio nascosta nella parete a pannelli dietro la scrivania del suo ufficio. Fissò al di là della finestra il cielo azzurro di Washington. Incredibile! Aveva appena ricevuto l'ordine della propria condanna a morte! Non poteva accadere a lui, proprio a lui! Era sempre stato lontano dalla violenza, non si era mai sporcato le mani, lui era il catalizzatore, un coordinatore, un generale che orchestrava gli eventi mediante la sua influenza e la sua posizione, non un piccolo delinquente, come quella Bajaratt aveva definito gli Scorpio di basso rango.

Gli Scorpio! Oh, mio Dio, cos'aveva mai fatto! Perché si era lasciato reclutare tanto facilmente...? La risposta era fin troppo semplice, fin troppo dolorosa: suo padre, Richard Ingersol, eminente avvocato, famoso giudice della Corte Suprema... e uomo corrotto.

Richard "Dickie" Ingersol era nato in un'agiatezza che stava rapidamente declinando. Gli anni Trenta non erano stati favorevoli ai magnati di Wall Street, per la gran parte beneficiari di immensi patrimoni ereditati, che non riuscivano a dimenticare la lussuosa vita degli anni Venti nelle loro grandiose tenute, con plotoni di servi che ora non erano più in grado di mantenere, come non erano in grado di mantenere le limousine o i viaggi in Europa. Era un mondo iniquo e insopportabile. Ma alla fine del decennio era scoppiata la guerra. Era una soluzione. Molti non avevano atteso neppure Pearl Harbor e si erano arruolati nei ranghi dell'Esercito britannico, forse per un impulso romantico, con uniformi tagliate dai migliori sarti e volti accuratamente sbarbati. Come ebbe a dire uno dei Roosevelt – dei Roosevelt di San Juan Hill e Oyster Bay, non quel mucchio di traditori della loro classe che erano i Roosevelt di Hyde Park – «Mio Dio, è anche meglio che guidare una Ford!».

Ma Richard "Dickie" Ingersol aveva scelto l'Esercito degli Stati Uniti: il suo obiettivo era l'Aviazione, le alette sulle mostrine. Ma quando si era saputo che Richard Abercrombie Ingersol aveva recentemente e brillantemente superato l'esame di procuratore nello Stato di New York, aveva dovuto dire addio all'immenso, profondo azzurro: era stato assegnato alla divisione legale dell'Esercito, perché v'era scarsità di avvocati onesti ed esperti.

Dickie Ingersol aveva passato gli anni di guerra impegnato in processi della corte marziale dal Nord Africa al Sud Pacifico, detestando ogni minuto del suo lavoro. Quando l'America vinse la guerra in entrambi gli emisferi, Dickie si trovava in Estremo Oriente, con le truppe d'occupazione del Giappone e i processi per crimini di guerra erano all'ordine del giorno. Molti cittadini del Paese nemico furono processati e impiccati per l'indefessa e aggressiva opera di accusatore di Ingersol. Poi, un sabato mattina, gli arrivò al quartier generale di Tokyo una telefonata da New York: il patrimonio di famiglia si era esaurito. Per il suo nome era la disfatta con ignominia.

Ma l'Esercito gli era debitore, pensò Dickie, l'America stessa gli era debitrice, era debitrice verso tutta la classe dirigente che l'aveva guidata fin dalla nascita. Così avviò trattative in seguito alle quali decine di "criminali di guerra" furono assolti o ebbero pene ridotte, in cambio di grosse somme di denaro incanalate in conti segreti in Svizzera a opera delle grandi famiglie di industriali di Tokyo, Osaka e Kyoto. Il versamento di quelle somme era accompagnato da documenti di "partecipazione agli utili" delle future grandi imprese che sarebbero sorte come l'araba fenice dalle ceneri del Giappone sconfitto.

Tornato negli Stati Uniti, e ancora una volta padrone di ingenti ricchezze, Ingersol aveva liquidato Dickie, era divenuto Richard e aveva aperto il suo studio legale con un capitale assai più ingente di ogni altro avvocato della città di New York. Arrivò rapidamente al vertice, acclamato dall'élite che riconosceva in lui uno dei suoi, applaudito quando la seconda Corte d'Appello lo nominò giudice e quando il Senato lo confermò alla Corte Suprema.

E un giorno, qualche anno dopo, erano ormai passati molti anni da allora, un altro sabato mattina arrivò a McLean, in Virginia, alla casa di David Ingersol, figlio del giudice della Corte Suprema, un uomo che si faceva chiamare solo "Nettuno". Ormai Ingersol figlio, con la sua influente famiglia alle spalle e la strada già tracciata, era l'apprezzato socio dello studio Ingersol e White, uno dei più stimati di Washington, anche se naturalmente era stabilito che il figlio non avrebbe mai discusso una causa davanti alla Corte Suprema del Paese. (La maggioranza dei clienti pensava che in realtà non fosse necessario: le loro petizioni avrebbero raggiunto comunque le orecchie giuste.) L'inaspettato visitatore era stato accolto cordialmente dalla moglie di David: l'eleganza gli faceva perdonare la comparsa non annunciata.

Nettuno chiese cortesemente al giovane e brillante avvocato di concedergli pochi minuti del suo tempo per una questione urgente. Era un caso d'emergenza che riguardava suo padre.

A quattr'occhi, nello studio di David, lo sconosciuto presentò un plico di documenti finanziari trafugati da una delle più antiche banche di Berna. Il plico conteneva non solo la storia dei depositi giapponesi che risalivano al 1946, ma anche gli attuali versamenti regolarmente fatti sul conto «zero, zero, cinque, sette, duemila» che risultava essere il conto del giudice Richard A. Ingersol della Corte Suprema degli Stati Uniti. I versamenti provenivano da alcune delle più prospere imprese del Sol Levante e da diversi trust internazionali controllati da interessi giapponesi. Infine, accluso al fascicolo, c'era una lista delle sentenze emesse dal giudice Ingersol a favore di quelle imprese e di quelle società, riguardanti le loro operazioni negli Stati Uniti.

La "soluzione" proposta da Nettuno era chiara e concisa. O David entrava nella loro altamente selettiva e ristretta organizzazione, oppure "quelli in alto" sarebbero stati costretti a rendere pubblica tutta la storia della ricchezza postbellica di Richard Ingersol, come pure delle sue sentenze alla Corte Suprema, il che avrebbe distrutto il padre insieme con il figlio. Non c'era alternativa. Il figlio aveva parlato con il padre, che si era dimesso dalla Corte Suprema, adducendo ragioni di stanchezza ed esaurimento nervoso. La spiegazione apparve così convincente che il giudice Ingersol fu acclamato per il suo coraggio e la sua franchezza. Ingersol padre si trasferì sulla Costa del Sol. E David Ingersol, il figlio, divenne Scorpio Tre.

Ora, come Scorpio Uno, si era sentito condannare a morte. Pazzesco! David premette il pulsante dell'interfono. «Jacqueline, non mi passi più nessuna chiamata e cancelli tutti i miei impegni per il resto della giornata. Telefoni ai clienti, dica che c'è stata un'emergenza e non sono disponibile.»

«Subito, signore. C'è qualcosa che posso fare per aiutarla?»

«Temo di no... Sì, invece, telefoni all'agenzia di noleggio e dica che mi mandino subito una macchina. Scendo fra quindici minuti.»

«La sua limousine è in garage, signore.»

«È una questione personale, Jackie. Userò il montacarichi.»

«Capisco, signore.»

L'avvocato tornò al telefono segreto custodito nel pannello della parete. Fece un numero. Dopo una serie di segnali compose altre cinque cifre e parlò. «Ritengo che riceverai il messaggio entro pochi minuti. Per usare il tuo linguaggio, questo è un problema quattro-zero. Incontriamoci al fiume, come abbiamo deciso. *E fa' in fretta!*»

Al di là del Potomac, nel suo ufficio alla sede della Central Intelligence Agency, Patrick O'Ryan – Scorpio Due... solo di nome – sentì vibrare il minuscolo congegno elettronico nella tasca della camicia. Contò i piccoli scatti e comprese: era un'emergenza che riguardava i Provider. Era un dannato contrattempo, perché di lì a tre quarti d'ora doveva partecipare a una riunione con il capo della CIA sull'argomento che aveva priorità assoluta: la Piccola Sanguinaria. Ma nulla da fare, i Provider avevano la precedenza. Compose il numero del capo.

«Sì, Pat, che c'è?»

«A proposito della riunione, signore... avrei bisogno di un altro paio d'ore per completare il mio rapporto.»

«È molto seccante, Patrick.»

«Anche per me, signore. Ma ho sottomano un arabo, un gregario dei terroristi, che potrebbe colmare certe lacune... Devo vederlo fra un'ora, a Baltimora.»

«Diavolo, devi andarci. Rimanderò la riunione per tutto il tempo che ti occorre. Telefonami da Baltimora.»

«Grazie, signore. Lo farò.»

Nei pressi del Riverwalk Bridge, sulla riva orientale del fiume, c'era una modesta trattoria di campagna, in mezzo ai campi e ai boschi della Virginia. Patrick O'Ryan svoltò nel parcheggio, lieto di constatare che c'erano solo altre due o tre macchine. David Ingersol gli era parso in preda al panico, era solo un povero diavolo, debole e inetto malgrado il riconosciuto talento di avvocato. Si avviò verso il ponte, accendendosi un sigaro.

«Ehi, signore!» Un giovane ubriaco stava uscendo dalla porta della trattoria. «Quei figli di puttana mi hanno cacciato fuori! Prestami cinque dollari, e ti sarò grato per tutta la vita!»

L'istinto si destò di colpo nell'analista della CIA. «Se te ne do dieci, magari venti, farai quello che ti dico?»

«Ehi, signore, qualsiasi cosa. Sono in astinenza!»

«Seguimi mentre attraverso il ponte, ma tieniti nascosto

quando entro nei boschi. Se fischio, corri subito a raggiungermi. Inteso?»

«Altroché!»

«Bene, ci conto, ragazzo.» O'Ryan attraversò il ponte che si alzava sopra le tumultuose acque del fiume e prese il secondo sentiero a destra. Aveva fatto solo una trentina di passi quando vide emergere all'improvviso da dietro un albero la figura di David Ingersol.

«Patrick, è pazzesco!» esclamò la voce angosciata dell'avvocato.

«Hai avuto notizie della Bajaratt?»

«Pazzesco, ti dico! Ha ordinato che io sia ucciso! Che David Ingersol sia ucciso! Io, Scorpio Uno!»

«Probabilmente ignora che lo sei diventato. Perché l'ha chiesto?»

«Avevo diramato la loro descrizione nel giro della mala per rintracciarli...»

«Oh, davvero, Davey? E senza consultarmi?»

«Perdio, O'Ryan, eravamo entrambi d'accordo che questa pazzia doveva finire.»

«Certo, ma non in questo modo. Hai agito da sciocco. Avresti dovuto usare una copertura, invece ti sei fatto pescare subito con le mani nel sacco. Tu non dureresti dieci minuti in campo operativo, ragazzo mio!»

«Ma era il nostro studio legale che li cercava, non io. Io avevo solo sparso la voce che la donna e il giovanotto erano eredi di un grosso patrimonio e che c'era un compenso del dieci per cento per chi li trovava.»

«Un'idea sballata, David. Dimentichi che i terroristi fiutano una traccia peggio dei cani dietro una lepre... No, ragazzo mio, non dureresti nemmeno cinque minuti in campo!»

«E ora che facciamo... che cosa devo fare? La donna ha detto che la notizia della mia morte deve comparire sui giornali di domani, altrimenti quelli della Beqa'a... Oh, Cristo, che pasticcio!»

«Calmati, Scorpio *Uno*» fece O'Ryan sarcastico, dando un'occhiata all'orologio. «Penso che, se i giornali pubblicheranno la notizia della tua "scomparsa", potremo reggere un paio di giorni.»

«Come?»

«È solo un diversivo, David. Tanto per cominciare, devi andartene immediatamente da Washington e non farti più vedere per due giorni. Ti accompagno in macchina all'aeroporto, ti procuri un paio di occhiali da sole...»

«Li ho qui con me.»

«Bene. Compri un biglietto per una destinazione qualunque, in contanti, non con una carta di credito. Hai abbastanza denaro con te?»

«Certo, ne porto sempre.»

«Bene, c'è solo un problema... Per un paio di giorni dobbiamo programmare il tuo numero di telefono di Scorpio Uno in modo che le chiamate arrivino a me. Se la Bajaratt chiama e non trova nessuno, o se lascia un messaggio e non ha risposta, tutta la Beqa'a potrebbe esplodere, soprattutto quella setta di fanatici. Il Padrone mi ha messo in guardia.»

«Allora dovrei tornare al mio ufficio...»

«No, non puoi farlo» lo interruppe l'analista della CIA. «Credimi, so come vanno queste cose. A chi hai parlato per ultimo?»

«Alla mia segretaria... no, all'impiegato dell'agenzia di noleggio che mi ha portato la macchina. Ho guidato fin qui io stesso. Non volevo usare la mia limousine.»

«Benissimo. Quando troveranno qui la macchina, cominceranno le ricerche. Cos'hai detto alla tua segretaria?»

«Che si trattava di un'emergenza, di un problema personale. Lei ha capito, lavora con me da molti anni.»

«E avevi qualche impegno per questa sera?»

«Oh, mio Dio!» esclamò Ingersol. «Me n'ero dimenticato. Midgie e io dovevamo andare a cena dagli Heflin, è l'anniversario del loro matrimonio.»

«Non ci andrai.» Patrick Timothy O'Ryan sorrise benevolmente all'avvocato in preda al panico. «Tutto si aggiusterà, Davey, sparirai per un paio di giorni... Torniamo al telefono di Scorpio Uno, che si trova nel tuo ufficio. Dove, esattamente.»

«Nel pannello della parete dietro la scrivania. Il pannello si apre con un interruttore che si trova nell'ultimo cassetto della scrivania a destra.»

«Bene, lo programmerò sul mio numero, dopo che ti avrò accompagnato all'aeroporto.»

«Lo fa automaticamente, se non rispondo dopo cinque ore.»

«Con questa Bajaratt, dobbiamo farlo immediatamente, ragazzo mio.»

«Ma Jacqueline, la mia segretaria, non ti lascerebbe mai entrare, chiamerebbe la polizia.»

«Mi farà entrare se glielo ordinerai tu stesso.»

«Be', certo.»

«Chiamala subito, David.» O'Ryan estrasse il cellulare dalla tasca della giacca. «All'aeroporto non avremo tempo. Ti accompagno là e poi filo subito al tuo ufficio.»

«Allora, è proprio questo che mi consigli? Di partire subito in aereo? E che cosa penserà mia moglie?»

«Le telefonerai domani, ovunque ti trovi. È meglio che passi una notte di angoscia, preoccupandosi per te, piuttosto che restare senza di te per tutta la vita. Ricorda quelli della Beqa'a.»

«Dammi il telefono.» Ingersol chiamò il suo ufficio e parlò alla segretaria. «Jackie, mando Mr... Johnson a prendere certi documenti che mi occorrono. È una questione estremamente riservata: quando il portiere lo annuncerà, lascerai aperta la porta del mio ufficio e andrai a prenderti un caffè. D'accordo, Jackie?»

«Certamente, signore.»

«Bene, allora, Patrick, muoviamoci!»

«Solo un minuto, devo andare qui dietro per un bisogno personale, prima di mettermi in macchina per più di un'ora. Tu intanto tieni d'occhio il ponte: non vogliamo certo che qualcuno ci veda insieme.» O'Ryan si inoltrò nel bosco, ma invece di urinare raccolse da terra una grossa pietra, delle dimensioni di una palla da baseball. Tornò silenziosamente indietro, si avvicinò all'avvocato che fissava ansioso il ponte attraverso i rami degli alberi e gli calò la pietra sul cranio con tutte le forze.

L'analista della CIA trascinò il corpo fuori del sentiero e fischiò per chiamare il giovanotto ubriaco che aveva reclutato.

La risposta fu immediata.

«Eccomi!» La recluta mezzo sbronza arrivò barcollando dal sentiero. «Sento già un buon odore di dollari!»

Fu l'ultimo odore della sua vita: fu colpito da una grossa pietra in piena faccia. Patrick O'Ryan diede un'altra occhiata all'orologio: c'era abbastanza tempo per trascinare entrambi i cadaveri nell'acqua che scorreva tumultuosa sotto il ponte. Dopodiché era solo questione di organizzarsi: prima di tutto, la visita all'ufficio di Ingersol; poi giustificarsi con un misto di rabbia e avvilimento presso il capo della CIA, affermando che il contatto arabo non si era fatto vedere a Baltimora. Infine qualche telefonata anonima, in particolare una da una fonte non identificata, che affermava di aver rinvenuto due cadaveri sotto il Riverwalk Bridge.

Amaya Bajaratt passeggiava nervosamente su e giù nel salotto della suite dell'hotel Carillon. Erano le 22.15 e Nicola nella stanza da letto guardava la televisione e si rimpinzava con le succolente pietanze del servizio in camera.

Anche Amaya teneva la televisione accesa, seguendo con lo sguardo sempre più rabbioso il notiziario delle dieci. Di colpo la sua collera si dissipò e un sogghigno le comparve sulle labbra quando l'annunciatrice interruppe i servizi sul campionato di baseball per leggere un foglio che le avevano appena passato.

«Una nota pervenutaci in questo momento segnala un grave fatto di cronaca. Il cadavere dell'eminente avvocato di Washington, David Ingersol, è stato rinvenuto circa un'ora fa sotto il Riverwalk Bridge, a Falls Fork, in Virginia. Accanto giaceva un altro cadavere, identificato come Steven Cannock. Secondo alcuni testimoni si tratta di un drogato, cacciato dalla vicina trattoria perché era ubriaco e non aveva denaro per pagare il conto. Entrambi i corpi erano coperti di sangue. Si presume che l'avvocato Ingersol abbia reagito violentemente quando Cannock, ubriaco, ha tentato di rapinarlo... David Ingersol, considerato uno dei più influenti avvocati della capitale, era figlio del giudice Richard Abercrombie Ingersol...»

Amaya Bajaratt spense l'apparecchio. Ashqelon aveva riportato un'altra vittoria. La più splendida doveva ancora venire, ma era già una certezza.

Erano le due del mattino quando Jackson Poole irruppe nella camera che divideva con Hawthorne.

«Tye, svegliati!» gridò.

«Che diavolo...? Mi ero appena addormentato, dannazione!» Hawthorne sbatté le palpebre e alzò la testa. «Per l'amor di Dio, che succede? Non c'è nulla che possiamo fare fino a domattina. Davenport è morto e Stevens sta per... *Davenport?* Abbiamo qualche novità?»

«Parliamo piuttosto di Ingersol, comandante.»

«Ingersol? L'avvocato?»

«Il suo cadavere, Tye. È stato ucciso in un posto chiamato

Falls Fork. Forse il nostro pilota Alfred Simon ci aveva indicato la strada giusta.»

«Come sai che è stato ucciso?»

«Be', stavo guardando alla tele una replica di *Via col vento*, sempre un grande film, e alla fine hanno dato il notiziario.»

«Dov'è il telefono?»

«Lì, sul tuo comodino.»

Hawthorne sollevò il ricevitore mentre Poole accendeva la luce. Chiamò i servizi di informazione della Marina e fu sorpreso di sentire Stevens che rispondeva personalmente all'apparecchio.

«Henry... Ingersol!»

«Sì, lo so» rispose Stevens con voce stanca. «Sono quattro ore che lo so. Aspettavo che mi chiamassi, ma fra il segretario Palisser, che ci ha assillato per la morte di Davenport, la Casa Bianca dove Ingersol era sulla lista degli invitati permanenti, e l'assassinio nel parcheggio del vostro albergo che mi ha scaricato sulle spalle i fottuti giornalisti del *New York Times*, non ho avuto un attimo di tregua per avvisarti.»

«Ingersol, dannazione! Metti sotto sequestro il suo studio.»

«Già fatto, ragazzo mio.»

«L'hai ordinato tu?»

«No, l'FBI. È procedura standard.»

«Cristo, e ora? Non capisci che cosa sta facendo, Henry? Quella dannata puttana ci fa correre in cerchio, provoca spaccature fra i servizi, in modo che nel caos generale si creino varchi di cui approfittare. La sua tecnica è la *destabilizzazione*. Non sappiamo più di chi sospettare e di chi fidarci, ci fa correre in tondo finché perdiamo la bussola e sarà in quel momento che sferrerà il suo attacco.»

«Tutte parole, Tyrell. Il presidente è al sicuro.»

«Lo dici tu! Noi non sappiamo su chi altri può contare quella donna.»

«Stiamo passando al microscopio tutti i nomi che ci hai fornito.»

«E se non fosse fra quelli? Sto cominciando a pensare che quella pazza abbia qui una base formata da gente ad alto livello... gente legata a lei o alle sue informazioni.»

«Ci aiuterai a trovarli?»

«Farò tutto il possibile, capitano, perché ora la partita è tra lei e me. Voglio la Piccola Sanguinaria, e la voglio *morta*!» Hawthorne sbatté con violenza il ricevitore sulla forcella.

Ma non era solo Amaya Bajaratt che voleva: era una menzogna vivente di nome Dominique che lo aveva tradito e torturato. Per tanto tempo. Con tante false offerte d'amore. Quante volte aveva riso di lui?

Ma Dominique dimenticava una cosa. Anche lui era un killer.

23

Seduto nella sua comoda poltrona, Patrick O'Ryan desiderava con tutta l'anima che l'estate finisse e i ragazzi tornassero a
scuola – un'ottima scuola, grazie ai Provider! Naturalmente voleva loro un gran bene, soprattutto perché tenevano occupata
sua moglie, così c'era meno tempo per litigare con lei. Non che
O'Ryan non l'amasse, ma ormai erano divenuti quasi
estranei, e per colpa sua, doveva ammetterlo. Gli altri mariti,
tornando a casa, chiacchieravano del lavoro o del principale, si
lamentavano dello stipendio, ma per lui questo non era possibile.
Soprattutto da quando i Provider e il loro denaro erano entrati
nella sua vita.

Patrick Timothy O'Ryan proveniva da una numerosa famiglia irlandese del Queens di New York. Inizialmente era stato
destinato a frequentare la scuola di polizia, come i suoi tre fratelli maggiori, seguendo le orme del padre e del padre del padre. Ma, date le sue eccezionali doti, e grazie all'interessamento
delle suore e di alcuni sacerdoti della scuola parrocchiale, aveva
potuto frequentare la Fordham University e aveva poi ottenuto
una borsa di studio per il dottorato presso la Syracuse University, alla facoltà di Scienze Politiche, una delle principali fonti di
reclutamento della CIA.

Era stato assunto dalla "Agenzia" tre settimane dopo il dottorato, e con il passare degli anni i dirigenti del servizio segreto
si erano accorti di avere nei ranghi inferiori un cervello di prima
classe. Ma non era il tipo che si potesse presentare negli ambienti dell'alta società: il suo modo di vestire era un po' miglio-
rato, ma il linguaggio restava rozzo e persino volgare, tuttavia
presentava analisi acute e concise che andavano a segno. Per
esempio, nel 1987 aveva predetto il crollo dell'Unione Sovietica
entro i prossimi tre anni. La clamorosa ipotesi era stata subito

messa a tacere e O'Ryan era stato chiamato nell'ufficio del vice-direttore dove gli era stato intimato di «gettare subito acqua sul-l'incendio che aveva provocato». Il giorno dopo aveva ricevuto una promozione e un aumento di stipendio, a dimostrazione dell'assioma che i bravi ragazzi vengono sempre premiati.

Per i primi anni i coniugi O'Ryan, che avevano cinque figli, erano vissuti molto modestamente con lo stipendio di un impie-gato di terz'ordine della CIA. Patrick O'Ryan non recriminava sullo stipendio, dato che l'impiego molto speciale gli garantiva comunque una serie di privilegi presso gli istituti di credito; non sopportava invece che le sue analisi accurate e lungimiranti fi-nissero in bocca a opinionisti accreditati, papaveri del Congres-so e persino boriosi burocrati del governo, senza che neanche un briciolo di merito fosse attribuito a lui.

Poi una domenica mattina, quindici anni prima, un uomo alto ed elegante che si faceva chiamare "Nettuno" si presentò alla sua casa di Vienna, Virginia. Portava con sé una valigetta piena dei più segreti rapporti che O'Ryan aveva elaborato come analista della CIA.

«Come diavolo ha potuto procurarsi questo materiale?» chiese O'Ryan, quando si trovò solo in cucina con lo strano visitatore.

«Questo è affar mio. A lei importa solo badare ai suoi inte-ressi. Fin dove crede di arrivare, nella gerarchia della CIA a Langley? Potrebbe tutt'al più salire al grado di G-12, con un aumento di stipendio ma senza ottenere mai una posizione di prestigio. E gli altri si copriranno di gloria e acquisteranno fama di esperti, mentre in realtà sfrutteranno solo il *suo* lavoro e la *sua* esperienza.»

«E allora?»

«Tanto per cominciare, lei ha un debito di trentatremila dollari con una banca di Washington e altre due banche in Vir-ginia...»

«Come diavolo lo sa?»

«Lo so» lo interruppe Nettuno. «Informazioni confidenziali. Ol-tre a ciò, ha contratto una grossa ipoteca e le rette delle scuole dei fi-gli sono aumentate... Non invidio la sua posizione, Mr. O'Ryan.»

«Neanch'io, dannazione! Che dovrei fare? Ritirarmi a scri-vere le mie memorie?»

«Sa bene che non lo può fare. Ha firmato un contratto che la impegna a non ritirarsi se non con il consenso della CIA...

Tuttavia c'è un'altra soluzione, che eliminerebbe le sue difficoltà finanziarie e le consentirebbe un tenore di vita considerevolmente più alto.»

«Ossia?»

«La nostra organizzazione è piccola, molto ben finanziata e ha a cuore solo gli interessi del Paese. Deve crederlo perché è vero, lo garantisco personalmente. Inoltre ho qui una busta contenente un assegno emesso a suo favore dall'Irish Bank di Dublino per un totale di duecentomila dollari, che provengono dalla grande tenuta di suo zio, Sean Cafferty O'Ryan, conte di Kilkenny. È deceduto due mesi fa, lasciando un testamento strano, ma omologato dal tribunale. Lei è l'unico parente da lui riconosciuto.»

«Non ricordo di aver mai avuto uno zio con quel nome.»

«Se fossi in lei, non me ne preoccuperei, Mr. O'Ryan. L'assegno è qui e lei è autorizzato a incassarlo. Suo zio aveva accumulato un patrimonio allevando cavalli. Altro non deve ricordare.»

«È tutto...»

«Qui c'è l'assegno.» Nettuno estrasse dalla valigetta una busta. «Ora, vogliamo parlare della nostra organizzazione e dei suoi intenti patriottici?»

«Perché no?» fece Patrick Timothy O'Ryan prendendo la busta.

Tutto questo era avvenuto quindici anni prima. E, Cristo! gli anni successivi erano stati brillanti! Ogni mese l'Irish Bank di Dublino gli aveva rimesso un certificato di deposito effettuato a suo nome presso il Crédit Suisse di Ginevra. Gli O'Ryan erano ricchi e la leggenda dello zio allevatore di cavalli era divenuta una realtà, a furia di essere ripetuta. I ragazzi frequentavano gli istituti privati più esclusivi e i maggiori andavano alle migliori università, mentre sua moglie si serviva nei negozi più raffinati. Si erano trasferiti in una casa più grande a Woodbridge e avevano acquistato una lussuosa villa di campagna a Chesapeake Beach.

E i Provider? O'Ryan passava loro tutte le informazioni che richiedevano, anche le più segrete, sempre naturalmente attraverso Scorpio Uno, il Padrone, alcune così scottanti che neppure l'Ufficio Ovale le possedeva, e ancor meno il Senato e il Congresso. Chiunque fossero, i Provider dovevano essere spinti soprattutto da motivi economici, sicuramente non erano comunisti e ancor più sicuramente avevano ogni ragione di proteggere e difendere il Paese che fruttava loro utili così generosi. Se le informazioni segrete garantivano loro grossi guadagni, avevano tutto l'interesse a mantenere in buono stato la gallina dalle uova d'oro.

E c'era un'ultima ragione che l'analista del Queens, New York, non poteva dimenticare.

Un pomeriggio a Langley, dodici anni prima – da tre anni era divenuto tacitamente Scorpio Due – stava uscendo da una riunione quando aveva visto un uomo alto ed elegante avviarsi verso la porta del direttore della CIA. Per tutti i diavoli, era Nettuno! Senza riflettere O'Ryan si era avvicinato.

«Ehi, si ricorda di me?»

«Mi scusi, ho un appuntamento con il direttore» aveva replicato l'uomo con voce sommessa e uno sguardo freddo come il ghiaccio. «E se lei mi avvicina un'altra volta in pubblico, la sua famiglia rimarrà senza un soldo e lei sarà un uomo morto.»

Era un ricordo che non si poteva cancellare.

Ma ora, proprio oggi, *stanotte*, pensava O'Ryan, contemplando le tranquille acque dell'oceano dalla veranda della sua villa di Chesapeake Beach, qualcosa si era fatalmente guastato con i Provider! Il defunto e non rimpianto David Ingersol aveva ragione: tutta quella faccenda della Bajaratt era una follia. Qualche gruppo, qualche rete doveva aver interferito, aveva il *potere* di interferire. O era solo un vecchio squilibrato su un'isola ormai saltata in aria nel Mar dei Caraibi, che aveva dato ordini a cui si doveva per forza obbedire? Comunque fosse, era necessario trovare una soluzione che mantenesse lo status quo senza danneggiare gli Scorpio. Ecco perché sei ore prima aveva capito di dover diventare Scorpio Uno, con tutti i diritti e i privilegi che ciò comportava. Se ne era reso conto sentendo le parole di Ingersol: «Quella donna ha ordinato che io sia ucciso!».

Ebbene, così era stato. Gli Scorpio andavano protetti. Ora doveva ricorrere a tutta la sua capacità di analisi, pensare non solo alla Bajaratt e al gruppo che la spalleggiava, ma anche al governo degli Stati Uniti. Niente doveva danneggiare gli Scorpio!

Dalla spiaggia giunsero voci e risate. I ragazzi e i loro amici avevano allestito un falò sulla riva... Oh, Cristo, quella era una bella vita! No, niente doveva danneggiare gli Scorpio! Nulla doveva cambiare.

Udì lo squillo sommesso del telefono segreto, a cui lui solo in casa doveva rispondere. Si alzò, attraversò il piccolo atrio ed entrò nello studio.

«Chi parla?» chiese alla persona che chiamava sulla linea riservata a Scorpio Uno.

«E tu chi sei?» ribatté la voce femminile. «Non certo quello di prima.»

«Sostituzione temporanea, niente di insolito.»

«Non mi piacciono i cambiamenti.»

O'Ryan pensò rapidamente. «Chiunque può ammalarsi, no? E se pensi che ti darò il suo nome e l'indirizzo dell'ospedale, ti sbagli. Hai avuto quel che chiedevi: Ingersol è morto.»

«Sì, lo ammetto e riconosco la vostra efficienza.»

«Siamo sempre disposti ad accontentarti. Il Padrone ci ha lasciato detto di appoggiarti in ogni modo, ed è quello che abbiamo fatto.»

«C'è un altro uomo che deve essere tolto di mezzo» replicò Amaya Bajaratt.

«Noi non siamo mercanti di morte» obiettò O'Ryan con voce fredda. «È troppo pericoloso.»

«Si deve fare! Lo pretendo!»

«Il Padrone è morto, quindi ci sono dei limiti alle tue pretese.»

«Mai! Manderò le squadre della Beqa'a a cercarti, attraverso i nostri emissari di Atene, Palermo e Parigi! Non scherzare con me!»

L'analista della CIA si fece cauto. Conosceva fin troppo bene la mentalità dei terroristi, sempre pronti alla violenza e alla morte. «Va bene, va bene, calmati. Cosa vuoi?»

«Sai qualcosa di un individuo di nome Hawthorne, ex ufficiale della Marina?»

«Sappiamo tutto di lui. È stato reclutato dal MI6 di Londra. Ultimamente abbiamo sentito che si trovava a Portorico.»

«È qui. Io l'ho visto.»

«Dove?»

«In un albergo, lo Shenandoah Lodge, in Virginia...»

«Lo conosco» la interruppe O'Ryan. «Ti ha seguito?»

«Uccidetelo! Mandate i vostri sicari.»

«D'accordo.» O'Ryan era disposto a promettere qualsiasi cosa a quella fanatica. «È un uomo morto.»

«Quanto al pacco...»

«Che pacco?»

«Scorpio Uno, che dici si trovi all'ospedale, mi ha riferito che il suo predecessore aveva lasciato un pacchetto per me. Manderò il ragazzo a prenderlo. Dove?»

O'Ryan scostò il ricevitore dall'orecchio, pensando freneticamente: *Che diavolo aveva combinato Ingersol? Che pacchetto?* Comunque, il "ragazzo" poteva essere tolto di mezzo, chiunque fosse, comunque si inserisse nelle trame della Bajaratt. «Digli di guidare verso sud sulla Route 4 fino alla 260, poi dirigersi verso una località che si chiama Chesapeake Beach, ci sono dei cartelli stradali. Troverà una trattoria sulla strada, con una cabina telefonica. Mi telefoni di lì e io gli verrò incontro dieci minuti dopo sull'argine della prima spiaggia pubblica.»

«Bene, prendo un appunto... confido che non avrai aperto il pacco!»

«Neanche per sogno, non sono affari miei.»

«Va bene.»

«Anche per me. E non preoccuparti per questo Hawthorne. È un uomo morto.»

Nicola Montavi era fermo sotto la pioggia e guardava allontanarsi i fanalini rossi del taxi che lo aveva portato in quel luogo inospitale. Sperava che il socio di Valeria Cabrini avrebbe trovato un mezzo per riaccompagnarlo all'albergo. Ora il buio era completo e il ragazzo di Portici vide con apprensione avvicinarsi una figura vestita di scuro. Non aveva nessun pacco, ma teneva le mani nelle tasche dell'impermeabile. E una persona che andava incontro a un'altra di notte, sotto la pioggia, non camminava così lentamente, non era naturale. A un certo punto la figura incespicò, parve scivolare e tirò fuori le mani di tasca per mantenere l'equilibrio. Nella destra aveva una pistola!

Nicola girò su se stesso e si gettò per la ripida scarpata tuffandosi nell'acqua mentre una raffica di spari lacerava la notte. Un proiettile gli graffiò la spalla sinistra, un altro gli esplose pochi centimetri sopra la testa. Nuotò sott'acqua quanto più a lungo poté. Emerse a una trentina di metri dalla spiaggia, girandosi per scrutare la scarpata: il killer stava ispezionando l'acqua con il raggio di una torcia. Nicola si avvicinò lentamente alla riva, si tolse la camicia inzuppata, la strizzò meglio che poté e l'alzò sopra la testa. Quando gli parve il momento opportuno, la scagliò con tutte le forze lontano da sé.

La raffica esplose come un tuono contro l'indumento che si

lacerò sotto l'impatto, prima di affondare. Subito dopo Nicola sentì quel che aveva sperato: il ripetuto clic di un caricatore vuoto. Si rizzò in piedi, si gettò in avanti ferendosi le mani contro le rocce taglienti, e afferrò le caviglie del killer colto di sorpresa con la pistola scarica. L'uomo, per quanto tarchiato, non resse all'assalto dello snello e muscoloso nuotatore di Portici. Il giovane ritrovò in un lampo l'equilibrio, colpì l'avversario ripetutamente allo stomaco, lo tramortì con due diretti al volto, lo afferrò per la gola e lo catapultò giù dalle rocce. Il corpo giacque immobile, gli occhi sbarrati, il cranio spaccato. Lentamente, sotto la pioggia, nel buio della notte, cominciò a scivolare nell'acqua.

Nicola si sentì paralizzare dal panico, madido di sudore malgrado il freddo della notte e gli abiti inzuppati. Che cosa aveva fatto? Ma che cos'altro poteva fare? Aveva ucciso un uomo solo perché quello aveva tentato di uccidere lui. Ma era uno straniero in un Paese dove l'omicidio era punito con la morte!

Che fare ora? Aveva i calzoni inzuppati, il petto nudo gli sanguinava, la ferita alla spalla, benché superficiale, gli doleva. Ma non erano spiegazioni che potesse dare alla polizia in America: gli avrebbero detto che non erano pertinenti. Lui aveva ucciso un americano, forse lo avrebbero accusato di appartenere alla detestata mafia siciliana. Madre di Dio, non era neanche mai stato in Sicilia!

Doveva calmarsi, doveva riflettere, doveva tornare da Valeria Cabrini... quella puttana! L'aveva mandato a morire per un pacchetto che non esisteva?... No, lui era troppo importante per la *contessa*. Qualcosa era andato storto. Un uomo di cui lei si fidava l'aveva invece tradita.

Si lasciò scivolare lungo la scarpata fino all'acqua bassa, perché lì pensava di sentirsi più sicuro. Corse lungo la striscia di sabbia fino al parcheggio, dove era rimasta una sola automobile, senza dubbio quella dell'assassino. Pensò per un attimo di strappare i fili dell'accensione, stabilire il contatto e mettere in moto, come aveva fatto tante volte in passato.

Ma non era possibile: quella era una costosa macchina da corsa e i ricchi proteggevano i loro investimenti. Nessuno toccava quel tipo di auto a Napoli o a Portici, perché erano munite di raffinati sistemi d'allarme, con sirene che si sentivano a centinaia di metri di distanza e scaricavano di colpo la batteria.

La trattoria di campagna, con una cabina telefonica all'esterno! Si avviò per la strada sotto la pioggia, tenendosi cautamente sul margine e rifugiandosi nel bosco ogni volta che vedeva avvicinarsi i fari di un veicolo.

Un'ora dopo raggiunse la trattoria, sormontata da una rossa insegna al neon con la scritta Rooster's Nest. Si rannicchiò nell'ombra, per non essere visto dalle macchine e dai camion che passavano, e quando gli sembrò che il momento fosse opportuno, corse alla cabina con un paio di monetine in mano.

«Informazioni, informazioni, prego! Il numero dell'hotel Carillon di Washington!» Mentre il centralino gli dettava il numero e Nicola lo annotava graffiando con l'orlo della moneta la vernice dell'apparecchio, un grosso autocarro si fermò davanti alla cabina. L'autista, un uomo grande e grosso con una gran barba arruffata, fissò sorpreso il torace nudo e sanguinante di Nicola.

«Chi diavolo sei?»

D'istinto Nicola spalancò la porta e gridò: «Mi hanno sparato! Ci sono dei criminali qui intorno. Mi aiuti!».

«Te lo sogni, pezzente!» Il grosso camion si allontanò in fretta e Nicola chiamò l'albergo.

«Tu... *cosa?*» fece aspramente Amaya Bajaratt.

«Non devi arrabbiarti con me» protestò Nicola furioso. «Quell'uomo era venuto per uccidermi, non per consegnarmi un pacco!»

«Non posso crederlo!»

«Tu non hai sentito gli spari, non hai la spalla ferita! E la mia sanguina ancora!»

«Traditore! Bastardo! Qualcosa non ha funzionato, Nicola. Quell'uomo doveva consegnarti un pacco e difenderti a costo della sua vita.»

«Non c'era nessun pacco. Non puoi mandarmi allo sbaraglio così! E non venire a dirmi che fa parte del contratto. Non voglio morire per te, nemmeno per tutto il denaro di Napoli!»

«Ma no! Tu sei il mio amore. Non te l'ho dimostrato?»

«Ti ho visto uccidere due persone, una domestica e un autista...»

«Ti spiegherò tutto. Preferivi che fossero loro a uccidere te e me?»

«Ci sono troppe cose che non capisco... e questa è l'ultima volta!»

«Non devi dire così. La posta è troppo alta... resta dove sei, vengo a prenderti. Dove ti trovi?»

«Davanti a una trattoria che si chiama Rooster's Nest, a Chesapeake Beach.»

«Sarò lì più presto che posso.»

Amaya Bajaratt sbatté il ricevitore, furiosa, sgomenta. Gli Scorpio dovevano morire, tutti! Ma chi poteva dare quell'ordine? Il Padrone era morto, Van Nostrand era irraggiungibile in qualche Paese europeo; e l'uomo che affermava di essere Scorpio Due era stato ucciso da Nicola su un'oscura spiaggia americana, mentre lo sconosciuto Scorpio Uno era in un ospedale sotto un nome che lei non conosceva. Lei si era fidata degli Scorpio. Oh, Dio, e se i loro capi la abbandonavano o si rivoltavano contro di lei?

Amaya tornò al telefono e compose i numeri che Van Nostrand le aveva lasciato. Non ci fu risposta. Ricordò le istruzioni che una volta le aveva dato il Padrone. Attese venti minuti, rifece i numeri. Ancora silenzio. Questa volta doveva pensare al peggio. Scorpio Due aveva tentato di uccidere Nicola ed era stato ucciso.

Perché?

Lo squillo del telefono svegliò bruscamente Hawthorne nella stanza che divideva con Poole allo Shenandoah Lodge. Erano le 4.36 di mattina.

«Sì?» borbottò.

«Il comandante Hawthorne?»

«Sì. Chi parla?»

«Tenente Allen, servizi informazione della Marina, sostituisco momentaneamente il capitano Stevens che si è preso qualche ora di riposo, e ne aveva ben bisogno!»

«Ebbene, tenente?»

«Ho ricevuto istruzioni della massima riservatezza, ma mi occorrerebbe avere una rapida analisi del suo punto di vista a proposito di un recente sviluppo che presumibilmente potrebbe indurmi a disturbare il capitano Stevens...»

«Per l'amor di Dio, parli più chiaro!»

«Lei conosce o ha conosciuto o ha avuto contatti o recenti notizie di un analista della CIA di nome Patrick Timothy O'Ryan?»

Tyrell esitò un attimo, poi rispose tranquillamente: «Mai sentito nominare. Ebbene?».

«Il suo corpo è stato rinvenuto da un pescatore di Chesapeake, impigliato in una delle sue reti, mi dicono, un'ora e mezza fa. Pensavo di informare lei prima di disturbare il capitano.»

«Da chi ha ricevuto il rapporto?»

«Dalla guardia costiera di Chesapeake, signore.»

«La polizia locale è informata?»

«Non ancora, signore.»

«Bene, tenente, tenga la cosa sotto silenzio finché non arrivo da lei. Dove si trova ora?»

«A River Bend Marina, circa tre chilometri a sud di Chesapeake Beach. Sto per recarmi là. Devo chiamare il capitano Stevens?»

«No, tenente, il capitano è sfinito. Vengo subito io.»

«Grazie, signore.»

Hawthorne balzò dal letto mentre Poole, già in piedi, accendeva la luce. «Ci siamo, Jackson» esclamò. «Finalmente una breccia.»

«Come fai a dirlo?»

«Ho affermato poco fa che non conoscevo un uomo, trovato morto, di nome O'Ryan, e infatti non lo conoscevo personalmente, ma so che era il miglior fottuto analista che l'Agenzia abbia mai avuto. Era passato anche da Amsterdam, sei o sette anni fa, per qualche incarico della CIA.»

«E allora?»

«Era il migliore e la Bajaratt si serve solo degli elementi migliori. Quando non le servono più li scarta, li fa uccidere per troncare ogni legame.»

«È orribile, comandante. Stai parlando di un elemento ad alto livello dei nostri servizi segreti.»

«Lo so, tenente... Svegliamo il maggiore.»

In un'elegante casa di un bel viale alberato, nella contea di Montgomery, Maryland, il senatore Paul Seebank sentì un basso ronzìo venire dal telefono accanto al suo letto. Era così sommesso che non poteva essere udito nemmeno dalla moglie, che dormiva accanto a lui. Il senatore aprì gli occhi, premette il bottone che interrompeva la suoneria, poi lentamente, in silenzio, lasciò il letto e scese nel suo studio al pianterreno. Premette di nuovo il pulsante, inserì il codice di accesso e udì queste parole, in una monotona cadenza britannica:

«C'è un problema. Le nostre linee non sono più in funzione. Tu riceverai tutte le chiamate. Assumi ogni potere».

Il senatore Paul Seebank, uno dei membri più eminenti dell'augusto consesso, premette i tasti dei numeri segreti che gli davano accesso al sistema computerizzato clandestino dei Provider. Il senatore era Scorpio Quattro e ora diventava a tutti gli effetti il primo degli Scorpio.

Seebank rimase immobile nella sua poltrona, pallido come un cadavere. Non ricordava di aver mai provato un simile senso di terrore.

24

Il cadavere rimasto impigliato nella rete del pescatore era rigido e gonfio per l'acqua ingerita, il volto tumefatto e irriconoscibile. Sul molo, sotto il raggio di un riflettore, erano stati accumulati i suoi effetti personali, che gli agenti della guardia costiera gli avevano tolto di tasca.

«Questo è tutto ciò che abbiamo trovato, comandante» spiegò Allen, l'ufficiale dei servizi informazione della Marina. «Non abbiamo toccato niente e abbiamo usato le pinze per estrarre gli oggetti. Come vede, era un agente della CIA, con accesso ai massimi livelli di segretezza. Da un esame preliminare, il medico ritiene che la morte sia avvenuta perché il cranio di O'Ryan è stato sfondato da un oggetto contundente, o dal contatto con più oggetti. Aggiunge che forse l'autopsia potrà rivelare altri particolari, ma ne dubita.»

«Buon lavoro, tenente» approvò Hawthorne. Poole e Catherine Neilsen erano al suo fianco, sconvolti dall'orrendo spettacolo.

«Portate via il cadavere e procedete all'autopsia.»

«Posso fare una domanda?» chiese Poole.

«Sono stupito che tu sia stato zitto così a lungo» ribatté Tyrell. «Di' pure.»

«Be', io sono solo un ragazzo di campagna...»

«Piantala» intervenne Cathy nel suo tono pacato, distogliendo gli occhi da cadavere. «Fa' la domanda.»

«Bene, se il fiume scorre da nord a sud, ci sono delle dighe o chiuse con zone di acqua stagnante a nord di questo posto?»

«Che vorresti dire, Jackson?» chiese Cathy, ben sapendo che il tenente non faceva domande oziose.

«Da' un'occhiata, maggiore.»

«Preferirei di no, tenente.»

«Maggiore... tenente?» esclamò Allen. «Chi sono questi due, Hawthorne?»

«Lasci perdere» replicò Tyrell. «Dove vuoi andare a parare, Poole?»

«La testa dell'uomo è stata colpita in più di un punto. Osservate, non si tratta di un solo corpo contundente, ma di più colpi, in tutte le direzioni. Ci sono chiuse o sbarramenti qui intorno?»

«Frangiflutti artificiali, sì» rispose il pescatore. «Servono a creare laghetti dove i ricchi possano farsi una nuotata di fronte alle loro ville.»

«Dov'è il più vicino?»

«Penso quello a nord di Chesapeake Beach. C'è una spiaggia, molto frequentata dai giovani.»

«Andiamoci, Tye» concluse Poole.

Amaya Bajaratt controllava a stento l'impazienza. «Non può andare più veloce?» chiese all'autista della limousine procuratale dall'albergo.

«Se lo faccio, madame, rischio di essere fermato dalla polizia e perderemmo più tempo.»

«Vada più in fretta che può.»

«Farò del mio meglio, madame.»

Amaya si adagiò alla spalliera del sedile, sospirando. Era sconvolta. Non poteva perdere Nicola, era la chiave del suo piano. Aveva progettato tutto con estrema cura, ogni gesto, ogni mossa. E mancavano ormai pochi giorni alla meta. *Muerte para toda autoridad!*

Doveva essere dolce, convincente. Una volta che il ragazzo di Portici le avesse dato la possibilità di entrare alla Casa Bianca, nell'ufficio del presidente, non avrebbe più avuto bisogno del barone. Certamente non poteva permettere che restasse vivo più di qualche minuto, dopo che la notizia dell'assassinio del presidente si fosse diffusa in tutto il mondo.

Ma per ora doveva fingersi angosciata per il pericolo che Nicola aveva corso, giurare vendetta, fare l'amore con lui... Oh, Dio, qualsiasi cosa! Il ragazzo doveva ridiventare una docile marionetta nelle sue mani. L'appuntamento all'Ufficio Ovale era vicinissimo.

E quella corsa in macchina pareva non finire mai!

«Siamo a Chasepeake Beach, madame, la trattoria è là a sinistra» annunciò l'autista. «Devo accompagnarla dentro?»

«Entri lei, per favore» rispose Amaya. «Io aspetto qui fuori il mio amico. Forse avrò bisogno di una coperta: ce n'è una?»

«Dietro di lei, madame. Ci sono due coperte da viaggio.»

«Grazie. Ora mi lasci sola.»

«Sì, capitano Stevens» assentiva in tono sommesso il tenente Allen al telefono, sull'auto dei servizi informazione. «Il comandante è stato molto esplicito, signore. Mi ha ordinato di non disturbarla.»

«Non è un comandante e non può dare ordini!» gridò Stevens al telefono accanto al letto. «Dove diavolo è adesso?»

«Hanno detto qualcosa a proposito di una chiusa a Chesapeake Beach...»

«La stessa località dove abita O'Ryan?»

«Così credo, signore.»

«La famiglia O'Ryan è stata avvertita?»

«Assolutamente no, signore. Il comandante...»

«Non è comandante!»

«Come vuole. Ci ha dato istruzioni di tenere tutto sotto silenzio. E questo si accorda con la nostra normale procedura in casi di questo genere. Almeno temporaneamente, diciamo.»

«Naturale» sospirò Stevens, rassegnato. «Penserò io a informare la direzione dei servizi. Lei vada a cercare quel figlio di puttana e lo costringa a telefonarmi immediatamente!»

«Mi scusi, signore, ma se Hawthorne non è un ufficiale dei servizi, che cos'è?»

«Un superstite, Mr. Allen. Una vecchia canaglia fuori uso che tutti vorremmo dimenticare.»

«E allora perché è qui, capitano? Perché lavora con noi?»

Silenzio. Poi finalmente Stevens rispose con voce sommessa: «Perché era il migliore fra noi, tenente. Ora lo abbiamo capito. Vada e lo trovi!».

Mentre l'autista era nella trattoria, Nicola, a torso nudo, sanguinante, si affacciò al finestrino della macchina. Amaya aprì la portiera e lo tirò sul sedile posteriore gettandogli una coperta sulle spalle.

«Ora basta» proruppe il ragazzo. «Questo è troppo. Mi hanno quasi ammazzato!»

«Tu non capisci, Nicola. Era un altro agente segreto, un nostro nemico. Contrario a me e alla tua fede!»

«E allora perché tanta segretezza? Perché tenere la bocca cucita su questi fatti orribili, in nome di Dio?»

«Perché è meglio così, caro. Tu hai tentato di denunciare un uomo corrotto a Napoli... e che cos'hai ottenuto? Che tutti in Italia ti vogliono morto e la tua famiglia ha dovuto abbandonarti, se non voleva essere sterminata. Capisci ora?»

«Capisco che tu mi stai usando, stai usando questa tua invenzione del barone per i tuoi fini personali!»

«Naturalmente! Ti ho scelto per le tue doti, per la tua intelligenza. Te l'ho detto, no?»

«Qualche volta. Quando non mi chiami stupido e rozzo scugnizzo.»

«Sono solo scatti d'ira... Credimi Nicola, fra qualche anno, quando io non ci sarò più e tu sarai un colto e ricco gentiluomo grazie al denaro che ho versato per te a Napoli, ti guarderai indietro e capirai. Sarai orgoglioso della parte che hai avuto in questa grande causa.»

«E allora, in nome di Maria Vergine Madre di Dio, dimmi di che si tratta!»

«A grandi linee non è molto diverso da quello che hai fatto quel giorno che volevano giustiziarti sul molo di Portici. Denunciare la corruzione, non solo in un porto dimenticato, ma in tutto il mondo.»

Nicola scosse la testa, tremando sotto la coperta. «Ancora parole, parole, e tante cose che non posso capire.»

«Capirai, caro, con il tempo... Ma tu stai male! Che cosa posso fare per te?»

«Qui c'è una trattoria, no? Forse un caffè, o un po' di vino. Sto morendo di freddo!»

Amaya uscì sotto la pioggia e si incamminò verso la trattoria. In quel momento due automobili abbandonarono la strada e si arrestarono stridendo nello spiazzo. Attraverso il vento e la pioggia le giunsero delle voci concitate.

«Comandante, devi fare come dico io! È un ordine!»

«Va' a farti fottere, stronzo!»

«Tye, per amor di Dio, ascoltalo!» gridava una voce di donna mentre il gruppetto si avviava verso la porta della trattoria.

«No! Hanno fatto abbastanza cazzate, adesso andrò giù duro, e strapperò agli O'Ryan e agli Ingersol tutto quello che posso con i sistemi che so io!»

Era *Hawthorne!* Amaya Bajaratt si precipitò nella trattoria e vide l'autista che stava mangiando una grossa fetta di torta in un séparé. «Fuori!» gli sibilò all'orecchio. «Subito!»

«Chi è?... Oh, diavolo, è lei, madame. Sì, certo.» L'autista gettò tre dollari sul tavolino e si alzò mentre sei persone entravano nel locale vociando.

«Si tenga basso!» intimò Amaya afferrando la spalla dell'autista e spingendolo in modo che restasse coperto dal divisorio del séparé. I sei nuovi arrivati andarono a occupare un tavolo grande, dall'altra parte della sala, continuando a discutere a voce più sommessa. Ma Amaya capì che il suo ex amante non si sarebbe lasciato dissuadere dai suoi propositi. L'ufficiale dei servizi segreti di Amsterdam aveva un istinto infallibile: il morto era una figura chiave nella vicenda della Piccola Sanguinaria. *Bravo, Tye,* pensava fra sé. *Non ho mai fatto l'amore con un uomo di scarso valore. Oh, perché non sei dalla mia parte? Ora ti devo uccidere, Tye. Non vorrei, non ho potuto farlo a St. Barts. Ma è necessario.*

«Ora!» ordinò all'autista. «Si alzi lentamente, esca e corra alla macchina. Non si preoccupi, c'è un giovane ferito sul sedile posteriore. È mio nipote, un bravo ragazzo che è stato aggredito da un rapinatore. Porti l'auto di fronte alla porta e suoni due volte il clacson quando è qui.»

«Madame, nessuno mi ha mai chiesto di fare cose del genere!»

«Glielo chiedo io ora, e lei si troverà mille dollari di più in tasca. *Vada!*»

L'autista, nervoso, ansioso, corse fin troppo in fretta alla porta e l'aprì con tale violenza che diversi clienti sollevarono la testa. Anche Hawthorne, che sedeva all'angolo del tavolo. Amaya non poté vedere lo sguardo interrogativo sul suo volto, ma qualcun altro lo notò. «Che c'è, Tye?» chiese Catherine Neilsen.

«Che ci fa qui un autista arrabbiato?»

«Hai sentito i pescatori sul molo. Hanno detto che qui vivono delle famiglie ricche, perché non dovrebbero avere degli autisti?»

«Forse.»

Amaya non udì questo breve scambio di parole, aveva orecchie solo per il segnale che l'avrebbe avvisata dell'arrivo della limousine davanti alla porta. Si sentirono due brevi colpi di clacson.

«Un autista?» ripeté Hawthorne come fra sé. «Quello di Van Nostrand!» gridò. «Andiamo!» E scostando a spintoni Poole e Cathy si alzò.

Nello stesso istante, Amaya balzava fuori dal séparé e si gettava a testa bassa verso la porta. Ora erano due le persone che correvano all'uscita.

«Scusi» fece Tyrell seccamente passando accanto alla donna e urtandole la spalla mentre la superava. Spalancò la porta e uscì sotto la pioggia. «Ehi, tu!» gridò all'autista invisibile nel buio, correndo verso l'automobile. Si fermò di colpo, si girò verso la trattoria e verso la donna che aveva appena urtato. Ma sì! Lo Shenandoah Lodge, la vecchia... quegli occhi! *Dominique! Bajaratt!*

Gli spari rimbombarono nella notte: i proiettili crivellarono la lamiera della grossa limousine e rimbalzarono sul selciato mentre Hawthorne si gettava a sinistra, sentendo all'improvviso una lama di dolore bruciante alla coscia. Era stato colpito! Si buttò a terra, rotolò al riparo di un camion parcheggiato mentre un'altra donna irrompeva dalla porta della trattoria chiamandolo a gran voce. Amaya Bajaratt sparò contro di lei tutti i proiettili rimasti, aprì la portiera e si tuffò nell'auto.

Catherine Neilsen crollò a terra mentre la limousine partiva a grande velocità e spariva nella strada buia.

Henry Stevens era così esausto che non riusciva a prendere sonno, dopo la telefonata che lo aveva bruscamente destato. Era inutile restare a girarsi e rigirarsi nel letto, con gli occhi aperti e mille pensieri che si incalzavano nella sua mente. Scese silenziosamente a pianterreno, gli dispiaceva disturbare la moglie che dormiva nell'altro letto gemello. Si sarebbe certo svegliata e avrebbe cercato di calmarlo, tranquilla e razionale come sempre. Anche se non voleva ammetterlo apertamente, in cuor suo sapeva che senza Phyllis non avrebbe fatto una carriera così brillante.

Era sempre stato un ottimo ufficiale e la Marina l'aveva ampiamente riconosciuto, pensava quella notte, seduto tutto solo in veranda. Se c'era un lavoro da fare, era sempre pronto; se c'era un problema da risolvere, non si smarriva nelle acque stagnanti dell'indecisione.

Eppure una volta, una sola volta, aveva sbagliato. Era stata una fatalità, ad Amsterdam, a proposito della moglie di Hawthorne.

«Hank?»

Stevens si girò di colpo. «Oh, mi dispiace, Phyll, ero qui che riflettevo, nient'altro.»

«Non hai dormito un attimo dopo quella telefonata. Vuoi parlarne con me, o sono esclusa da questa faccenda?»

«Riguarda il tuo vecchio amico Hawthorne.»

«È tornato in servizio? Mi stupirebbe, Hank. Non aveva alcuna simpatia per te.»

«Infatti.»

«Allora il capitolo è chiuso, no?»

«È chiuso.»

«Ma ora che cosa sta facendo Tyrell? O non puoi parlarne?» Non c'era risentimento nella voce di Phyllis. Era inteso che le mogli, o i mariti, degli agenti segreti erano vulnerabili e nessuno avrebbe potuto estorcere loro con la forza quello che non sapevano. «È parecchio tempo che lavori giorno e notte, così penso che si tratti di allarme rosso?»

«Posso dirti qualcosa, a grandi linee... C'è una terrorista che è venuta dalla Valle della Beqa'a e ha giurato di assassinare il presidente.»

«È una cosa impossibile, Hank» ribatté sua moglie. «O forse no... ci sono un sacco di cose che le donne possono fare e gli uomini no.»

«Quella donna le ha già fatte, si è lasciata alle spalle una scia di strane morti e di "fatali incidenti".»

«Non vorrei chiederti di precisarmi i particolari...»

«Non potrei.»

«E Tyrell? Come c'entra?»

«Per un certo tempo la donna ha operato nel Mar dei Caraibi, sulle isole...»

«Dove Hawthorne ha la sua impresa commerciale.»

«Esattamente.»

«Ma come avete fatto a convincerlo a tornare con voi? Non lo avrei mai creduto possibile.»

«Non noi, l'ha convinto il MI6. Noi ci limitiamo a provvedere alle spese, ma l'incarico gli è arrivato da Londra.»

«Buon vecchio Tye. Un elemento di prima classe, non si accontentava mai della mediocrità.» Phyllis incrociò le gambe sotto la lunga vestaglia di seta, studiando il viso dell'uomo che da ventisette anni era suo marito. «Hank,» soggiunse dolcemente, a bassa voce «c'è qualcosa che ti rode e io so che non devo intromettermi, ma devi pur parlare con qualcuno...»

«Grazie, Phyllis» mormorò Henry. All'improvviso si drizzò a sedere sul divano e si portò le mani al viso per coprire le lacrime che cominciavano a scorrergli. «Ho sbagliato ad Amsterdam! Ho sbagliato! Ho ucciso la moglie di Tyrell!»

Phyllis si affrettò ad abbracciare il marito. «Ti prego, Hank, i sovietici l'hanno uccisa, non tu! L'hai detto tu stesso, ho visto i rapporti!»

«Io li ho guidati da lei... e adesso Tyrell è qui, e poiché ho sbagliato... ho sbagliato ancora, potrebbe venire ucciso!»

«Basta, Hank!» esclamò Phyllis. «Sei sfinito dal lavoro, non è da te abbatterti così. Se è questo che ti angustia, parla con Tyrell.»

«Si scaglierà contro di me. Tu non sai che cos'ha in cuore, molti suoi amici sono stati uccisi.»

In quel momento risuonò un ronzìo insolito. Phyllis si alzò e si diresse a una piccola nicchia che conteneva tre telefoni: uno nero, uno rosso, uno blu. Alzò il ricevitore di quello rosso, dove si era accesa la spia luminosa. «Qui casa Stevens.»

«Mi passi il capitano Stevens, prego.»

«Posso chiedere chi lo desidera? Il capitano non dorme da quasi settantadue ore e ha veramente bisogno di sonno.»

«Bene, ormai credo che non importi» disse la voce giovanile al telefono. «Sono il tenente Allen. Devo informare il capitano che il comandante, l'ex comandante, Hawthorne è stato ferito in una sparatoria, davanti a una trattoria di Chesapeake Beach, Maryland. Per quanto possiamo capire, la ferita non dovrebbe essere mortale, ma finché non arrivano l'ambulanza e un medico non possiamo esserne sicuri. Il maggiore dell'Air Force...»

«Henry!»

25

Hawthorne e Poole erano seduti uno di fronte all'altro nel corridoio davanti alla sala operatoria. Tyrell aveva accanto a sé un paio di grucce; il tenente era piegato in avanti, il viso fra le mani. Nessuno dei due parlava. La ferita di Hawthorne aveva richiesto l'estrazione del proiettile e sette punti. Subito dopo aveva voluto essere trasportato davanti alla sala operatoria dove il maggiore Catherine Neilsen lottava contro la morte.

«Se muore,» sibilò Poole a voce bassa e fremente «se muore passerò il resto della mia vita a dare la caccia ai bastardi che l'hanno uccisa.»

«Capisco, Jackson» mormorò Tyrell lanciando un'occhiata all'angosciato tenente.

«Forse non del tutto, comandante. Uno potresti essere tu.»

«Posso capire persino questo, per quanto mi sembri assolutamente fuori strada.»

«Fuori strada? Bastardo!» Poole fissò Tye con occhi colmi di furore. «Tu non sei senza colpa, Tyrell. Non avevi nemmeno detto a Cath e a me in che cosa consisteva tutta la fottuta faccenda, finché non ti ho costretto io su quella dannata isola dopo che Charlie era stato ucciso.»

«E che importanza poteva avere?»

«Come faccio a saperlo?» esclamò Poole. «So solo che non sei stato leale con noi.»

«Sono stato leale quanto ho potuto senza porre inutilmente a rischio le vostre vite con delle informazioni che non dovevate avere.»

«Cazzate di spioni!»

«Certo, poiché io una volta era appunto uno spione e ho visto uomini e donne uccisi perché sapevano magari anche solo frammenti di informazioni sufficienti a decretare la loro condanna a morte. Io sono da molti anni fuori dal gioco, ma quei morti mi ossessionano ancora.»

La porta della sala operatoria si aprì e ne uscì un medico in camice bianco. «Sono qui da più di tre ore» disse stancamente. «Chi di voi è Poole?»

«Sono io» rispose Jackson, con il fiato sospeso.

«Mi ha pregato di dirle di stare tranquillo... nient'altro.»

«Come sta?»

«Ne parliamo dopo.» Il chirurgo si rivolse a Tyrell. «Lei è Hawthorne?»

«Sì.»

«Vuole vederla.»

«Come sarebbe?» scattò Poole balzando in piedi. «Se Cathy vuol vedere qualcuno, devo essere io.»

«Ho detto alla signorina di scegliere, Mr. Poole, e non avrei neanche voluto che ricevesse visite, ma è una donna molto ostinata. Un solo visitatore, e due minuti al massimo.»

«Come sta, dottore?» Tyrell ripeté la domanda di Poole, ma con un'autorità che esigeva una risposta.

«Presumo che voi rappresentiate i familiari.»

«Presuma quel che vuole» replicò Hawthorne. «Noi siamo stati portati qui insieme, e lei certo si rende conto dell'interessamento del governo.»

«Certamente. Due ricoveri non registrati, niente rapporti alla polizia, ogni indagine messa a tacere da un muro di "non so"... e i due pazienti presentano ferite d'arma da fuoco. Tutto molto irregolare, ma io non posso discutere con le autorità.»

«Allora risponda alla mia domanda, la prego.»

«Le prossime ventiquattr'ore lo diranno.»

«Diranno cosa?» proruppe Poole. «Se morirà?»

«Senta, non posso prometterle che non morirà mai, ma credo che abbiamo scongiurato una morte precoce. Quello che non posso promettere è che guarisca completamente, se recupererà la piena mobilità.»

Poole si lasciò cadere di nuovo sulla panca, con la testa fra le mani. «Cath, oh, Cath...» singhiozzò.

«La spina dorsale?» chiese Tyrell freddamente.

«Lei ha esperienza di ferite di questo tipo?»

«Diciamo che ne ho già viste. Le terminazioni nervose dopo un trauma...»

Il chirurgo annuì. «Se rispondono, potrebbe cominciare una

normale convalescenza fra un paio di giorni. Se non reagiscono... cosa posso dire?»

«Lei ha detto abbastanza, dottore. Posso vederla, ora?»

«Certo... Lasci che l'aiuti, so che ha subìto anche lei un intervento.» Hawthorne si alzò in piedi, vacillando in cerca di un precario equilibrio, e si avviò alla porta. «Le grucce» fece il dottore, porgendogliele.

«Ne faccio a meno, dottore» replicò Tyrell. «Comunque, grazie.»

Fu accompagnato nella camera di Catherine da un'infermiera, che insisté gentilmente ma fermamente che la visita durasse solo pochi minuti. Hawthorne contemplò la paziente: i capelli biondi sfuggivano a ciocche dalla cuffia bianca, i fini lineamenti del pallido viso erano illuminati dalla luce smorzata della lampada sul comodino. Cathy sentì i suoi passi, aprì gli occhi e gli fece cenno con la mano di andare a sedersi accanto al letto. Tyrell si accostò zoppicando e si lasciò cadere su una sedia. Poi, pian piano, esitanti, le loro mani si avvicinarono e si strinsero.

«Mi hanno detto che stai bene» mormorò Cathy con voce debole, sorridendo appena.

«E così starai presto anche tu» ribatté Tye. «Tieni duro, maggiore.»

«Suvvia, Tye, dimmi qualcosa di meglio.»

«Cercherò... Jackson è un po' seccato perché non hai chiesto di lui.»

«Gli voglio molto bene, ma questo non è il momento... non sarei in grado di reggere la sua emotività.» Catherine parlava ansimando, con un certo sforzo. «Non è il genere di decisioni che noi ufficiali siamo addestrati a prendere? Credo che tu mi abbia detto qualcosa di simile quando Charlie è stato ucciso.»

«Può darsi, Cathy, ma non sono più quell'ufficiale. Quell'ufficiale è andato a pezzi ad Amsterdam, ricordi?»

«Ricordo, e ho collegato alcuni fatti recenti, Tye, e sono spaventata...»

«Tutti siamo spaventati» replicò Tyrell gentilmente.

«Sono spaventata per te... da quando tu e Jackson siete tornati da Old San Juan, dalla casa di Simon, tu sei cambiato. Non so come dirlo, ma c'è qualcosa di profondo, qualcosa di inquietante...»

«Ho perso due amici,» la interruppe Hawthorne nervosamente «come voi avete perso Charlie.»

«E poco dopo,» continuò Cathy, ignorando l'interruzione «hai ricevuto un messaggio telefonico, allo Shenandoah. Non avevo mai visto una faccia alterarsi tanto, sei diventato bianco come la cera, poi quasi blu, e quegli occhi, come infuocati... Ci hai detto soltanto che era qualcuno che aveva sbagliato numero. Più tardi ancora – so che non ti sei accorto che avevo sentito – hai dato a Henry Stevens un numero di telefono di Parigi.»

«È che...»

«Ti prego, ascolta. Stanotte ti sei precipitato come un pazzo fuori da quella trattoria, pareva che volessi uccidere l'autista... e poi ti sei voltato e hai gridato... no, Tye, hai urlato... e la donna ha aperto il fuoco.»

«Già» fece Tyrell, fissando intensamente Catherine.

«Bajaratt?»

«Sì.»

«Tu sai chi è? La conoscevi.»

«Sì.»

«È una donna che conoscevi molto bene, vero?»

«Credevo di conoscerla. Ma non era vero.»

«Mi dispiace molto, Tye... Non l'hai detto a nessuno, vero?»

«Non ha importanza... Il suo mondo è la Valle della Beqa'a. Io l'ho conosciuta in un altro mondo, che non ha nulla a che fare con la Valle della Beqa'a.»

«Nel mondo delle tue crociere, dove la tua barca naviga sul mare da isola a isola e i tramonti sono pieni di pace?»

«Sì.»

«Il numero di Parigi servirà a qualcosa?»

«Spero. Lo vorrei.»

Catherine fissò il viso pallido di Tye, gli occhi che celavano tanta rabbia e tanto dolore. «Oh, mio Dio, povero ragazzo infelice! Tye, ti capisco, capisco quello che provi... e non parleremo mai più di questa cosa.»

«Lo apprezzo, Cathy... Con tutto quello che hai passato, riesci a preoccuparti per me?»

«Certo» mormorò Cathy, con voce sempre più debole, ma sorridendo. «È meglio che preoccuparmi per me stessa, no?»

Tyrell si chinò su di lei, le prese il viso fra le mani. Le loro labbra si incontrarono.

L'infermiera si affacciò alla porta, tossendo discretamente. «Il tempo è scaduto» annunciò. «La più bella paziente di questo ospedale ha bisogno di riposo.»

«Scommetto che lo dice a tutte le pazienti!»

«Se lo faccio, sono tutte bugie. Ma non mento adesso.»

«Tye?»

«Sì?»

«Metti Jackson al lavoro, tienitelo vicino. Sa fare tutto quello che so fare io, e anche meglio.»

«Promesso, ma tu volevi dire un'altra cosa.»

«Lo aiuterà a non pensare a me.»

Phyllis Stevens sollevò in fretta il ricevitore. Erano quasi le dieci del mattino, ma solo alle cinque era riuscita a condurre a letto il suo esausto marito, tormentato dai sensi di colpa.

«Pronto, chi parla?» rispose con voce sommessa.

«L'FBI, Mrs. Stevens. Posso parlare con il capitano?»

«Preferirei di no. Non dormiva da quasi tre giorni e finalmente sta riposando. Non può lasciare a me il messaggio?»

«Solo in parte, signora.»

«Phyll, che c'è?» Henry Stevens balzò dal letto. «Ho sentito il telefono!»

«Il capitano è tutto suo, Mr. FBI» sospirò Phyllis porgendo il ricevitore al marito.

«Che succede?» chiese Stevens.

«Agente operativo Becker, FBI, signore, a proposito del caso Ingersol.»

«Qualche novità?»

«Difficile da spiegare, signore. Abbiamo rinvenuto un telefono in una nicchia d'acciaio nascosta nella parete. Abbiamo dovuto aprirla con la fiamma ossidrica...»

«È un telefono comune? E in tal caso, perché era nascosto?»

«Questa è la stranezza. I tecnici ci hanno lavorato stanotte e tutta la mattina e hanno trovato un'antenna parabolica sul tetto che è collegata al telefono nascosto: ma tutto quello che hanno potuto scoprire è che trasmette e riceve dallo Stato dell'Utah.»

«Utah? In che punto dell'Utah?»

«Ci potrebbero essere un paio di centinaia di frequenze laser che rispondono a un migliaio di antenne riceventi, signore, o forse anche di più.»

«Cosa diavolo sta dicendo!»

«È la nuova tecnologia, capitano.»

«Allora mettete al lavoro i vostri fottuti computer, che costano ai contribuenti un occhio della testa, e trovate qualcosa.»

«Ci stiamo lavorando, signore.»

«Sgobbate di più!» Stevens sbatté giù il ricevitore e si adagiò sui cuscini. «Quei bastardi hanno i loro satelliti privati! Ma è incredibile!»

«Non so di che cosa parli, Hank, ma se è quello che penso, ebbene, tutti noi vi abbiamo contribuito. È solo questione di soldi.»

«Il progresso!» mormorò Stevens. «Davvero un miracolo!»

«Dipende da chi lo gestisce, immagino. Tutti noi credevamo che saremmo riusciti a controllarlo... Evidentemente non è così.»

Verso la tarda mattinata non c'erano novità nelle condizioni di Catherine Neilsen: riposava, le funzioni vitali erano stabili. Hawthorne, nella camera da letto dello Shenandoah Lodge si esaminava la gamba sotto gli occhi attenti di Poole. «Fa male, vero?» chiese il tenente.

«Non tanto,» replicò Tyrell «ho dormito abbastanza bene, meglio di quanto mi aspettassi. L'importante è non pesare sul fianco sinistro.»

«Dovresti restare a riposo un paio di giorni, lasciar rimarginare la ferita.»

«Non abbiamo un paio di giorni. Prendi dell'altro cerotto e applicalo ben stretto.» Squillò il telefono. «Probabilmente è Stevens, Phyllis ha promesso di farmi chiamare appena si svegliava.»

«Vediamo» disse Jackson andando alla scrivania. «Pronto?... Sì, è qui. Un attimo.» Il tenente si rivolse a Hawthorne. «È un tale che dice di essere tuo fratello. Come voce ti somiglia, solo che è molto più gentile.»

«Ma no, è solo una posa che ha imparato quando faceva il professore! Avevo telefonato a St. Thomas dall'ospedale ieri notte.» Tyrell si avvicinò zoppicando al letto e prese il telefono dal comodino. «Ciao, Marc, immaginavo che saresti attraccato oggi.»

«Sono arrivato un'ora fa. Gentile da parte tua farmi sapere che sei ancora al mondo» replicò Marc Anthony Hawthorne in tono ironico.

«Piantala, fratello, ho avuto da fare. E niente domande.»

«Okay, ma devo riferirti un paio di messaggi.»

«Come? Non aspettavo messaggi...»

«Il primo viene da un tale B. Jones, che ha chiamato ieri lasciando un numero di Città del Messico. Vuole che tu gli ritelefoni entro le prossime quarantott'ore.»

«Dammi il numero.» Tyrell l'annotò su un menu dell'albergo. «Cosa dice l'altro?»

«Lo ha lasciato una donna di nome Dominique... dice che telefona da Monte Carlo. La chiamata è arrivata ieri notte, alle 23.26, per essere esatti.»

«Il *messaggio*!»

«Ti faccio sentire il nastro. Non è il genere di cose che un innocente fratellino minore dovrebbe recitare a voce alta davanti al fratello grande, sua guida spirituale!»

«Fammelo sentire e risparmiami il sarcasmo. E resta in linea.»

«Obbedisco, signore.»

«Tyrell, mio caro, mio amore, sono Dominique! Ti chiamo dall'Hermitage di Monte Carlo. So che è molto tardi, ma mio marito è al casinò e io ho notizie meravigliose. Ho detto a mio marito che sentivo il dovere di stare qualche giorno con lo zio, e sai cosa mi ha risposto? "Torna da tuo zio, se ha bisogno di te, e sono anche sicuro che vuoi rivedere il tuo amante!" Sono rimasta stupefatta, credimi. Non è una persona gentile e comprensiva? Comunque, sto andando a Nizza a prendere il primo aereo e domani sarò a Parigi, dove dovrò fare qualche commissione. Se vuoi dirmi qualcosa, chiamami a Parigi... Mi sembra di sentire le tue braccia che mi stringono, il mio corpo contro il tuo... Sarò alle isole fra un giorno o due e ti telefonerò subito... Mio caro, mio amore!»

Hawthorne trattenne a stento un grido di furore. Parole d'amore dette con tanta perfidia, appena un'ora dopo che quella donna aveva tentato di ucciderlo! E non da uno yacht nel Mediterraneo, ma da una trattoria del Maryland... La Piccola Sanguinaria giocava le sue carte false, convinta che lui ci sarebbe cascato. Ma le avrebbe risposto per le rime, chiamando la famosa Pauline a Parigi e avvertendo prima il Deuxième.

«Okay, Tye» fece la voce del fratello al telefono. «Ho riavvolto il nastro. Sei contento che non ho fatto commenti?»

«Nessuno te li aveva chiesti, Marc.»

«Okay, okay. Devi dirmi altro?»

«Sicuro, Marc. Immagino che il denaro sia arrivato e che tu stia cercando un paio di scafi di gran classe.»

«Effettivamente, Tye, dalla banca di Charlotte Amalie mi

hanno comunicato che è stata depositata una somma da capo-giro da Londra.»

«Bene, comincia a occuparti delle barche.»

«Senza di te?»

«Ho detto comincia a occupartene, non di comprarle. Se trovi qualcosa di promettente versa una caparra.»

«Ah, bene, una caparra. Quando pensi di tornare?»

«Fra non molto, in un modo o nell'altro.»

«Che significa "in un modo o nell'altro"?»

«Non posso dirtelo. Ti telefono fra un giorno o due.»

«Tye...?»

«Sì?»

«Per l'amor di Dio, sii prudente.»

«Ma certo, fratellino. Sai che disprezzo i temerari.»

Hawthorne riagganciò il telefono e fece una smorfia di dolore quando si appoggiò sulla gamba sinistra. «Dove sono gli appunti che erano nei miei calzoni?» chiese a Poole.

«Eccoli.» Il tenente andò alla scrivania e raccolse diverse pagine un po' spiegazzate.

Hawthorne fece scorrere rapidamente i foglietti e ne scelse uno, poi compose un numero al telefono, leggendolo dal foglio. «Il segretario Palisser, prego» chiese in tono ossequioso. «Sono Hawthorne.»

«Sì, signore» replicò una voce femminile. «Glielo passo subito.»

«Comandante?» fece la voce di Palisser, autorevole, non aggressiva, perfettamente intonata al suo carattere. «Che cos'ha saputo?»

«Un altro omicidio, e per un pelo non è toccato anche a me.»

«Oh, mio Dio, e come sta adesso?»

«Me la sono cavata con pochi punti. Ero proprio finito in trappola a occhi chiusi.»

«Cos'è successo?»

«Più tardi, signore, ora c'è qualcos'altro. Conosce un analista della CIA di nome O'Ryan?»

«Sì, credo di conoscerlo. Se ricordo bene lavora da anni all'Agenzia. La sua posizione non è in vista, ma è considerato una specie di genio nel suo campo.»

«O'Ryan è morto, vittima della Piccola Sanguinaria.»

«No!»

«Da quanto ho potuto capire, era il principale responsabile

della fuga di notizie che arrivavano alla Bajaratt e ai suoi complici.»

«Mi sembra una contraddizione» obiettò Palisser perplesso. «Se per loro aveva tanto valore, perché lo avrebbero ucciso?»

«Possiamo fare solo delle congetture. Forse aveva commesso un errore che avrebbe potuto metterci sulle tracce della donna, o più probabilmente aveva esaurito la sua funzione e doveva essere eliminato perché sapeva troppo.»

«Il che ci riporta alla sua tesi secondo la quale l'infiltrazione del gruppo della Beqa'a a Washington raggiunge personaggi importanti ai massimi livelli.»

«Che vengono manovrati, consapevolmente o meno» aggiunse Hawthorne. «Per esempio, l'aiuto da lei dato a Van Nostrand è stato un atto di compassione, non di complicità. Lei è stato raggirato.»

«È così difficile credere...»

«Inoltre, se la morte di Howard Davenport è collegata a questa dannata vicenda, e sono convinto che lo sia, neanche il più paranoico assertore della tesi del complotto avrebbe il coraggio di considerarlo un complice della Bajaratt. Né lei né Davenport potreste essere logicamente sospettati.»

«Buon Dio, certo no!»

«Ma O'Ryan sì.»

«E come?»

«La Bajaratt si trovava nelle vicinanze del luogo in cui è stato ucciso.»

«E lei come lo sa?»

«Gliel'ho già detto, quella carogna ha cercato di includermi nell'elenco delle sue vittime.»

«E lei l'ha vista?»

«Mettiamola così: io cercavo disperatamente di non farmi vedere mentre sparava... Senta, signor segretario, stiamo perdendo tempo. Ha procurato i documenti che le avevo chiesto?»

«Li avrò fra una mezz'ora, anche se ho ancora qualche dubbio...»

«Ma abbiamo un'altra scelta?»

«No, se il suo curriculum di servizio dice il vero. A proposito, abbiamo preso la sua fotografia dall'ultimo documento d'identità della Marina. Risale a sei anni fa, ma pare che lei non sia invecchiato gran che.»

«Ho un aspetto migliore perché faccio un lavoro più sano.»

«Bene, mandi il tenente a ritirare i documenti. Deve chiedere del sottosegretario agli Affari dei Caraibi e riceverà la busta con le sue credenziali: agente speciale, operazioni consolari. La busta sarà chiusa, sigillata e intestata "Servizio Geologico, Costa Nord: Montserrat".»

«Tanto per coprire le spalle del segretario di Stato.»

«Certamente, e anche le sue, comandante. A proposito, Hawthorne...»

«Sì, signore?»

«Come intende procedere?»

«Con la massima decisione.»

«Be', poiché ho preparato io le sue credenziali, sia un po' più preciso.»

«Confronto diretto. Affermerò che al Dipartimento di Stato è in atto una crisi di estrema delicatezza, in cui potrebbero essere implicati i due defunti. Il lutto delle famiglie dovrà essere sacrificato all'esigenza di arrivare subito agli interrogatori.»

«Susciterà risentimenti e proteste.»

«Quasi lo spero, perché anch'io ho dei risentimenti da parte mia... diciamo che ho forti motivazioni personali. Oltretutto, c'è una mia amica all'ospedale, che corre il rischio di non poter più camminare.» Tyrell riattaccò e si rivolse a Poole, che guardava pensieroso fuori della finestra. «Hai una missione, Jackson. Devi andare a trovare il sottosegretario agli Affari dei Caraibi, che deve consegnarti una grossa busta per me... Che cos'hai?»

«La situazione sta precipitando, Tye» rispose il tenente, allontanandosi dalla finestra. «Stiamo perdendo il conto dei morti. Sono troppi.»

«La Bajaratt elimina sistematicamente tutti gli anelli della catena che potrebbero portarci a lei.»

«Noi sappiamo da dove viene lei, ma sappiamo chi è dalla nostra parte? Sappiamo chi manovrava la faccenda?»

«Faremo come a San Juan» rispose Hawthorne. «Tu prenderai il posto di Cathy e dirigerai le operazioni: coordinerai i miei movimenti via via che ti arriveranno altre informazioni.»

«Con che cosa, e da chi?»

«Con l'alta tecnologia che a quanto pare ha sostituito gli uomini come me. Credo che certi congegni fossero già stati inventati ai miei tempi, ma non li usavamo molto, o forse i camici bianchi dei nostri laboratori pensavano che non fossimo capaci di imparare.»

«Di che congegni parli?»

«Anzitutto ce n'è uno chiamato trasponditore.»

«È un modulo tracciante su UHF o banda nove» spiegò in poche parole Poole. «Entro un raggio di distanze date può rivelare la tua posizione su una mappa a griglia.»

«Questo è quanto sapevo. Sarà inserito in una cintura, che è appunto contenuta nella busta. Poi c'è un congegno cercapersone che emette lievi scariche elettriche per annunciare che qualcuno vuole mettersi in contatto: due scariche ripetute due volte significano "appena possibile", tre ripetute più volte indicano urgenza. Funziona a fibre ottiche ed è inserito in un accendino di plastica, per eludere i metal detector.»

«Chi lo controlla?» chiese il tenente.

«Tu stesso. Io lo metterò a punto in questo senso.»

«Mettilo a punto in modo che io sappia identificare tramite un codice chi ti trasmette le informazioni dalla CIA o dal Dipartimento di Stato. Il codice deve essere limitato al personale indispensabile, impegnato in turni di quattro ore. Tutti devono essere sotto stretta sorveglianza, senza accesso ai telefoni.»

«Ehi, Poole, sei stato anche tu nei servizi d'informazione?»

«No, comandante, sono solo un operatore informatico di AWAC. Le false informazioni, intenzionalmente false, sono un incubo quotidiano per noi.»

«Chissà dove sarà Sal Mancini... Oh, scusa!»

«Di nulla. Se mai lo ritrovo, lo saprai dai giornali. È responsabile anche lui della morte di Charlie. Inoltre assicurati che le persone da cui ricevi informazioni siano proprio quelle segnate sulle griglie.»

«Quali griglie?»

«I tabulati a griglie che segnalano la tua posizione in relazione al trasponditore. Meglio che sia una sola squadra a occuparsi di tutto, a scanso di equivoci e perdite di tempo.»

«Non stiamo diventando un po' paranoici? Palisser mi ha detto chiaramente che solo gli elementi più esperti e fidati della CIA lavoreranno con noi.»

«In altre parole,» ribatté il tenente «qualcuno esperto e fidato come il defunto O'Ryan?»

«Ne parlerò con il segretario di Stato e cercheremo di chiarire la cosa...» annuì Hawthorne. «Bene, ora mettiamoci al lavoro.» Si alzò dal letto vacillando e additò la propria coscia. «Andiamo, Jackson, vedi di metterci qualche striscia di cerotto in più.»

«A proposito, come facciamo per i vestiti?» Poole prese il cerotto dalla scrivania e Hawthorne rimase a osservare il tenente che con mano esperta applicava strisce di cerotto sulla ferita. «Non puoi andare a trovare gli O'Ryan e gli Ingersol in maglietta e mutande.»

«Ho dato le mie misure alla segretaria di Palisser. Fra un'ora mi consegneranno tutto, abiti, camicie, cravatta, scarpe, un intero guardaroba d'alta classe. Un inviato del Dipartimento di Stato ha degli obblighi estetici.»

Squillò il telefono e Hawthorne si voltò di scatto e lo afferrò, trasalendo a una fitta di dolore. «Pronto?»

«Sono Henry. Come stai, Tye? Hai dormito?»

«Più di quanto mi aspettassi.»

«E ora come ti senti? La ferita?»

«Io sono nervoso, i punti tengono. Phyllis mi ha detto che finalmente anche tu sei crollato e dormivi come un ghiro. Sempre esagerato, non imparerai mai ad avere la giusta misura, Hank?»

«Grazie per la tua premura, e per quell'"Hank"!»

«Non c'è di che. Comunque guarda che non sei stato ancora depennato dalla mia lista personale e forse un giorno dovrai rendermi conto delle pagine mancanti nella faccenda di Amsterdam. Ma adesso stiamo lavorando insieme. A proposito, hai qualche cosa per me? Su quel numero di Parigi?»

«È un palazzo in Parc Monceau, che appartiene a una famiglia, o meglio a una dinastia, credo, di nome Couvier. Antica aristocrazia francese, un patrimonio colossale. Secondo il Deuxième, l'attuale proprietario è l'ultimo dei grandi viveur: è vicino agli ottant'anni, con una quinta moglie che fino all'anno scorso era un'entraineuse di Saint-Tropez.»

«Chiamate telefoniche internazionali?»

«Quattro, due dai Caraibi e due dal continente in questi ultimi dieci giorni. Sono state registrate. Ora le stanno esaminando per rintracciare mittenti e provenienza.»

«I Couvier si trovano a Parigi?»

«No, secondo la loro governante. Sono a Hong Kong.»

«Ed è la governante che riceve le telefonate?»

«Questo è ciò che ha accertato il Deuxième. Il nome della governante è Pauline. Ora è sotto stretta sorveglianza, tanto elettronica che fisica, diciamo. Appena salterà fuori qualcosa ce lo faranno sapere.»

«Più di così non si può pretendere.»

«Posso chiederti ora come diavolo facevi a conoscere l'esistenza di questi Couvier?»

«Spiacente, Henry, forse in seguito... C'è altro?»

«Sicuro. Abbiamo le prove che Ingersol era implicato fino al collo nell'affare Bajaratt.» Il capitano parlò del telefono nascosto nell'ufficio del defunto avvocato e dell'antenna sul tetto per le trasmissioni via satellite. «Evidentemente era in collegamento con lo yacht di Miami Beach e con l'isola di quel vecchio pazzo.»

«Pazzo è tutto il meccanismo, Henry. Io posso capire Van Nostrand, ma perché uomini come O'Ryan e Ingersol? Perché sarebbero entrati nell'organizzazione? Non ha senso.»

«Certamente un senso c'è» ribatté il capo dei servizi segreti della Marina. «Probabilmente sono casi simili a quello del vostro pilota di Portorico, quell'Albert Simon. Pensava che avessero in mano contro di lui qualcosa che gli sarebbe costato quarant'anni di galera. Lo stesso tipo di ricatto probabilmente è stato esercitato su O'Ryan e Ingersol. Fra l'altro, la CIA ci trasmetterà le informazioni che ha potuto raccogliere su entrambi.»

«A proposito di Simon, dove si trova ora? Che ne è stato di lui?»

«Sistemato come un re in una splendida suite al Watergate, con tutta la riconoscenza del Pentagono. Hanno tenuto una cerimonia privata all'Ufficio Ovale, niente meno... dove gli hanno consegnato un paio di medaglie e un assegno sostanzioso.»

«Pensavo che il presidente si mantenesse defilato in questi giorni...»

«Certo, ma era una cerimonia rigorosamente privata, senza foto e senza giornalisti, sbrigata in cinque minuti.»

«E come ha fatto Simon a spiegare questa sua... diciamo, prolungata assenza?»

«Molto abilmente, mi dicono. Il suo congedo, spedito nelle retrovie australiane, era andato smarrito. Lui ha dovuto vagabondare per tutti questi anni, come fuorilegge senza patria, da un Paese all'altro, vivendo di lavori occasionali come pilota. Be', nessuno al Pentagono ha voluto approfondire la fondatezza delle sue giustificazioni.»

«Ed ecco Simon rimesso a nuovo, candido come un agnellino» osservò Hawthorne. «Ma per gli altri due è diverso. Un grande avvocato, ricevuto alla Casa Bianca, uno stimatissimo analista della CIA. Ingersol e O'Ryan non erano della stessa pasta di Al Simon.»

«Sarà stata una pasta migliore, ma gli ingredienti non cambiano.» Si udì al telefono lo squillo di un campanello. «Aspetta, Tye, c'è qualcuno che suona alla porta e Phyllis è sotto la doccia.»

Silenzio.

Il capitano Henry Stevens non ritornò al telefono.

26

«Dobbiamo partire subito!» esclamò Amaya Bajaratt spalancando la porta della camera da letto e svegliando Nicola da un sonno profondo. «Alzati e fa' le valigie. Presto!»

«Sei proprio pazza...» borbottò il giovane sfregandosi gli occhi nella luce abbagliante del sole che entrava dalle finestre. «Ieri notte ho visto la morte in faccia ed è una fortuna se sono vivo. Lasciami dormire.»

«Alzati e fa' quel che ti dico. Ho ordinato una limousine. Sarà qui fra dieci minuti.»

«Perché? Sono così stanco, mi fanno male tutte le ossa.»

«Perché il nostro autista di stanotte potrebbe chiacchierare troppo, malgrado i mille dollari che gli ho dato e gli altri che gli ho promesso.»

«E dove andiamo?»

«Ho provveduto a tutto, non preoccuparti. E *sbrigati*! Io devo fare un'altra telefonata.» Amaya tornò in fretta nel salotto della suite e compose il numero che sapeva a memoria.

«Identificarsi» disse una voce sconosciuta all'altro capo della linea. «Precisare l'oggetto della chiamata.»

«Non sei l'uomo a cui ho parlato l'ultima volta» obiettò Amaya.

«Sono avvenuti dei cambiamenti.»

«Ce ne sono stati troppi» replicò la donna con fredda calma.

«Tutti necessari per il bene comune» tagliò corto l'uomo che rispondeva al telefono di Scorpio Uno.

«Come posso essere sicura... Di che cosa posso sentirmi sicura ormai? Questo caos non sarebbe successo in Europa, e se faceste parte della Beqa'a sareste tutti messi a morte.»

«Scorpio Due e Scorpio Tre non ci sono più, vero? Non sono stati giustiziati, Piccola Sanguinaria?»

«Non fare i tuoi sporchi giochetti con me, signore» replicò Amaya Bajaratt, fredda come il ghiaccio.

«E neanche tu con me, signora. Vuoi delle prove? Bene, eccole. Sono al corrente di tutti i passi che sono stati fatti per rintracciarti. Fra gli uomini coinvolti nell'operazione c'è il capitano H.R. Stevens, capo dei servizi di informazione della Marina. Lavora con un ex agente operativo, un certo comandante Hawthorne...»

«Hawthorne? Tu sai...»

«Esatto, e so anche che hanno seguito le tue tracce fino a una località detta Chesapeake Beach. Tutti i nostri vertici erano stati avvertiti. Tuttavia il capitano Stevens non rintraccerà più nessuno: è morto, e presto o tardi ne scopriranno il cadavere sotto una fitta siepe dietro il garage di casa sua. Lo leggerai sui giornali, se non sarà imposto il silenzio ufficiale.»

«Bene, sono soddisfatta» mormorò la Bajaratt.

«Davvero?» chiese Scorpio. «Da quel che so di te, non mi sembra nel tuo stile.»

«Ho le prove.»

«La mia parola?»

«No, un nome.»

«Stevens.»

«No.»

«*Hawthorne?*»

«Basta così, Scorpio Uno. Ora ho bisogno di armi. Il giorno si avvicina.»

«Se sono più piccole di un carro armato, le avrai.»

«Non si tratta di un'arma voluminosa, ma molto sofisticata. Potrei riceverne una spedita stanotte stessa da Beqa'a via Londra o Parigi, ma non mi fido dei nostri tecnici. In due o tre occasioni si sono verificati dei guasti. Non posso rischiare.»

«Neanche noi vogliamo rischiare. Come pensi di procedere?»

«Ho con me una fotocopia dettagliata...»

«Fammela avere» la interruppe Scorpio.

«Come?»

«Suppongo che non vorrai dirmi dove ti trovi.»

«Naturalmente no» ribatté Amaya. «Ne lascerò una copia alla reception di un albergo di mia scelta. Ti chiamerò subito dopo averla depositata.»

«A che nome?»

«Scegli tu.»

«Racklin.»

«Hai scelto in fretta.»

«Era un tenente, prigioniero di guerra. Morto in Vietnam.»

«Bene, Racklin può andare. Dove ti telefono? Sempre a questo numero?»

«Resterò qui un paio d'ore, poi devo tornare al mio ufficio per una riunione. A proposito, l'argomento della riunione sei tu, Piccola Sanguinaria.»

«Incantevole soprannome. Così grazioso. E così letale» replicò Amaya. «Ti telefonerò entro i prossimi trenta minuti.» Abbassò il ricevitore e chiamò: «Nicola!».

«*Henry!*» urlò Tyrell al telefono. «Dove diavolo sei?»

«Che succede?» chiese Poole.

«Non so proprio... Henry si distrae facilmente se capita qualcosa di nuovo. Forse ha ricevuto un rapporto dal suo ufficio e si è dimenticato che io ero al telefono. Lo richiamerò più tardi. Comunque non aveva niente di nuovo.» Hawthorne riattaccò. «Finisci di medicarmi e corri subito al Dipartimento di Stato. Non vedo l'ora di incontrare i parenti dei cari estinti.»

«Tu non puoi andare da nessuna parte finché non hai ricevuto documenti e vestiti. Posso rispettosamente suggerirti di restare a letto e riposare fino a quel momento, comandante? Io ho fatto un corso di medicina militare sul rapporto ferite-stress e sono convinto che...»

«Chiudi il becco, Jackson, e mettimi sulla gamba questi dannati cerotti!»

Dopo aver telefonato a Scorpio per indicargli il nome dell'albergo, Amaya Bajaratt lasciò alla reception del Carillon la busta contenente le fotocopie. Sulla busta spiccava la scritta: *Mr. Racklin, da ritirarsi a mezzo corriere: con i sigilli intatti.*

«Povero me!» borbottava Nicola mentre caricavano i bagagli sulla limousine. «Dove ho la testa? Avevo promesso ad Angelina di telefonarle dal nuovo albergo, e sono già in ritardo.»

«Non c'è tempo per queste sciocchezze» replicò Amaya avviandosi verso la grande macchina bianca.

«Non puoi parlare così» protestò il giovane afferrandola per una spalla. «Devi avere un po' di rispetto per me... rispetto per lei!»

«Come osi assumere quel tono!»

«Ascoltami, Valeria, ho passato momenti terribili con te, ho ammazzato un uomo che voleva uccidermi... ma sei tu che mi hai trascinato in questo mondo di pazzi e sei tu che mi hai fatto conoscere la ragazza che amo. Non puoi opporti adesso. So che sono giovane, e ho anche avuto tante altre donne, ma con Angel è tutto diverso!»

«Bene, hai parlato chiaro... chiama pure la tua amica con il telefono della limousine, se proprio devi.»

Nicola afferrò il telefono.

Nella macchina l'anziano autista di colore si voltò verso di loro. «All'agenzia mi hanno detto che lei stessa mi avrebbe dato l'indirizzo.»

«Un momento, per favore.» Amaya si rivolse in italiano a Nicola. «Tieni la voce bassa mentre parlo con l'autista.»

«Allora aspetto che tu abbia finito, perché potrei urlare di gioia!»

«Se hai pazienza per un'altra mezz'ora, potrai urlare finché vorrai.»

«Oh?»

«Prima di arrivare al nuovo albergo devo fermarmi per una commissione, così resterai solo in auto per una ventina di minuti.»

«Bene, ne approfitterò. Dirò all'autista di alzare il divisorio.»

«E perché?» ribatté Amaya. «Certamente l'autista non parla italiano. Tu parli solo italiano con la tua attrice, vero?»

«Be', Angel sa che io parlo inglese...»

«Come? Hai ammesso di sapere l'inglese?»

«Al telefono parliamo sempre inglese. Che cosa c'è di male?»

«Tutti pensano che tu non conosca questa lingua!»

«Ti sbagli, Valeria. Quel giornalista di Palm Beach lo sapeva.»

«Ormai non importa. Quello è...»

«È cosa?»

«Lasciamo perdere.»

«Allora, signora, l'indirizzo?» la esortò l'autista sentendo che la conversazione in italiano si era interrotta.

«Ah sì, ecco.» Amaya aprì la borsetta, estrasse un foglietto su cui erano tracciati dei caratteri arabi che erano a loro volta parole e cifre in codice. Decodificandoli a memoria lesse il nome di una strada e un numero di Silver Spring, nel Maryland. «Sa dov'è?» chiese.

«Lo troverò, signora» replicò l'autista. «Non è un problema.»

«Alzi il divisorio, per favore.»

«Subito, signora.»

«E allora,» riprese Amaya, rivolgendosi in tono aspro e sgradevole a Nicola «questa tua Angel parla di te con altri?»

«Non lo so, Valeria.»

«Le attrici sono esibizioniste, cercano sempre il modo di farsi pubblicità.»

«Oh, Angelina non è così!»

«Hai visto quelle foto sui giornali, tutti quei pettegolezzi...»

«Sono tutte chiacchiere indegne...»

«E chi credi che le metta in giro? È lei che organizza tutto, quel che vuole da te è un po' di pubblicità.»

«No, non ti credo.»

«Sei solo uno stupido scugnizzo! Se Angel sapesse cosa sei davvero, credi che ti degnerebbe di uno sguardo?»

Nicola restò per qualche minuto in silenzio. Infine mormorò: «Hai ragione, Valeria. Io non sono niente, non sono nessuno. Sono andato troppo in là, illuso da tutte le attenzioni e dai vestiti eleganti che indosso per questo tuo gioco così misterioso».

«Hai la vita intera davanti a te, mio adorabile ragazzo. Considera tutto questo come un'esperienza che ti aiuterà a crescere, a diventare un uomo... Ora taci, devo pensare.»

«Pensare a cosa?»

«Alla donna che dovrò incontrare a Silver Spring.»

«Anch'io devo pensare» affermò il ragazzo di Portici.

Hawthorne indossò gli abiti nuovi con l'aiuto di Poole, che gli fece il nodo della cravatta, arretrò di due passi e sentenziò: «Sai, in abiti civili non sei affatto male».

«Mi sento rigido come uno stoccafisso» borbottò Tyrell, tendendo il collo stretto dal colletto della camicia.

«Quand'è stata l'ultima volta che hai portato una cravatta?»

«Quando ho tolto l'uniforme.» Squillò il telefono e Hawthorne si voltò faticosamente verso la scrivania.

«Sta' fermo, rispondo io» intervenne il tenente. «Sì?... Qui l'aiutante del comandante. Prego, attenda.» Si voltò verso Tyrell, coprendo il microfono con la mano. «L'ufficio del direttore della CIA. Vuol parlare con te.»

«Niente in contrario.» Tyrell prese il ricevitore dalla mano di Poole. «Parla Hawthorne.»

«Il capo vuole parlarle. Prego, resti in linea.»

«Buonasera, comandante.»

«Buonasera, direttore. Ritengo lei sappia che sono uscito dal giro.»

«So anche molto di più su di lei, giovanotto, con mio grande rincrescimento.»

«Che intende dire?»

«Ho parlato con il segretario Palisser. Come lui, ho partecipato a quell'oscura faccenda di Van Nostrand. Mio Dio, era un uomo così brillante!»

«Era in una posizione brillante, signore. Ed è anche morto.»

«Sapeva quali bottoni schiacciare. Era un attore consumato e io e i miei colleghi avevamo assoluta fiducia in lui.»

«Che cos'ha fatto lei per Van Nostrand?»

«Si tratta di denaro, comandante. Oltre ottocento milioni di dollari trasferiti su diversi conti in banche europee.»

«Chi riscuoterà il denaro, adesso?»

«Data l'entità della somma, immagino che si aprirà una vertenza internazionale. Anzitutto, quando sarà il momento, dovremo rendere pubblici i trasferimenti illegali. Io rassegnerò le dimissioni, naturalmente, dato che ogni mia speranza di carriera sarà distrutta.»

«Lei ha tratto un profitto personale da quei trasferimenti?»

«Gran Dio, no!»

«Perché allora tanto pessimismo?»

«Perché, malgrado le mie buone intenzioni, ciò che ho fatto era illegale. Ho usato i poteri del mio ufficio per favorire un privato cittadino, violando la legge.»

«Così lei è colpevole di aver mal giudicato, e non è il solo. Il fatto che sia disposto ad ammettere il suo errore mi sembra possa assolverla almeno in parte.»

«Per un uomo che porta sulle spalle un peso come il suo, Hawthorne, questa è un'affermazione importante. Ma può immaginare le pressioni che saranno esercitate sul presidente? Un uomo da lui messo a capo di un ufficio estremamente delicato e influente che organizza un trasferimento illegale di ottocento milioni di dollari? L'opposizione scatenerebbe un pandemonio gridando alla corruzione nei più alti livelli governativi, come nell'affare dell'Irangate.»

«Non ne parliamo, signore. Piuttosto, che "peso sulle spalle" porto io?»

«Be'... pensavo che lei capisse.»

«Amsterdam?»

«Sì. Perché è così sorpreso?»

«Che cosa sa lei di Amsterdam?» replicò Hawthorne aspramente.

«È una domanda difficile, comandante.»

«Risponda!»

«Posso solo dirle che il capitano Stevens non è colpevole della morte di sua moglie. Era colpevole il sistema, non l'individuo.»

«Questa è la scusa più banale che abbia mai sentito, dopo la classica "obbedivo agli ordini".»

«Ma è la verità, Hawthorne.»

«La verità di chi? La sua? Quella di Stevens? Quella del sistema? Nessuno è responsabile di niente, dunque?»

«Curare quel male era una delle illusioni che nutrivo quando ho assunto questo incarico. E tutto andava bene, finché non siete saltati fuori lei e la Bajaratt.»

«Non mi provochi, figlio di puttana!»

«Lei è sconvolto, comandante! Anch'io potrei dire la stessa cosa a lei. E aggiungo che non mi piace che agenti bene addestrati degli Stati Uniti, superbamente addestrati come lo è stato lei a spese dei contribuenti, si vendano per denaro a un governo straniero. Sono stato chiaro?»

«Quel che a lei piace o non piace non m'interessa. Lei e il suo sistema avete ucciso mia moglie e lo sa bene. Io non devo niente a voi bastardi!»

«E allora se ne vada fuori dalle balle! Ho una decina di agenti molto migliori di lei a cui affidare l'operazione e non sentirò per nulla la sua mancanza. Mi faccia un favore, se ne vada!»

«Neanche per sogno. Alcuni amici miei, ottimi amici, sono stati uccisi e i suoi superagenti si sono dimostrati incapaci come sempre. Io andrò giù duro, e le consiglio di tenermi d'occhio, perché la condurrò dritto dritto alla Bajaratt!»

«Credo che questo sia possibile, comandante, perché, come ho detto, lei è stato bene addestrato. Quanto a tenerla d'occhio, ci può giurare, finché resterà sintonizzato sulle frequenze controllate dai nostri sistemi computerizzati. E adesso passiamo agli affari. Come voi avete chiesto, attraverso Palisser, le unità di comunicazione saranno organizzate in assoluta sicurezza, senza accesso ai telefoni esterni. Francamente, ritengo che sia una misura eccessiva e il personale la prenderà molto male. Sono gli elementi migliori di cui disponiamo.»

«Lo era anche O'Ryan. Ha parlato di lui ai suoi agenti?»

«Capisco.» Il capo della CIA rimase per un attimo in silenzio. «Forse lo farò,» soggiunse «anche se non abbiamo prove concrete del suo tradimento.»

«E da quando siamo in tribunale, signor Servizi Segreti? Lui era sul posto, la donna era sul posto. Uno è sopravvissuto e l'altro no.»

«Certo, è difficile credere a una pura coincidenza. Forse dovrò spiegare che in questa operazione ci sono degli infiltrati... Ci penserò.»

«Non pensi troppo. Parli ai suoi agenti di O'Ryan. Come mai, con centomila chilometri di linea costiera, O'Ryan si trovava a un paio di centinaia di metri dalla Bajaratt quando l'hanno fatto fuori?»

«Non è una prova conclusiva, Mr. Hawthorne.»

«Non ce n'erano neanche per mia moglie, signore! Ma lei sa, e lo so io, che cosa l'ha uccisa!»

«Ci sono un sacco di cose che vorrei cambiare qui, e non posso farlo da un momento all'altro con un'azione di forza. Ma ora torniamo al nostro caso. Comunque, lei e io, al momento, stiamo lavorando dalla stessa parte.»

«No, signore, io lavoro dalla *mia* parte, non dalla sua. Ripeto, non devo nulla a voialtri bastardi, siete voi ad avere con me un debito che non potrete mai saldare.» Con il sangue alla testa per la furia, Hawthorne sbatté il ricevitore aprendo una crepa nell'apparecchio.

Raymond Gillette, direttore della CIA, si chinò sulla scrivania massaggiandosi con le dita la fronte che gli doleva. Stranamente, gli tornavano lontani ricordi della guerra nel Vietnam, vite sacrificate per la disorganizzazione o la trascuratezza degli alti comandi. Possibile che dovesse ripetersi? Con Hawthorne? Possibile che ci fosse un altro O'Ryan ai vertici della CIA?

Tutto era possibile, concluse Raymond Gillette. Avrebbe parlato personalmente con ogni uomo e ogni donna nell'unità di collegamento, li avrebbe fissati negli occhi usando l'esperienza di una vita intera per scoprire un'incrinatura, una pecca. Avrebbe passato al microscopio ognuno di quelli che tenevano nelle loro mani la vita di Hawthorne. Aprì la porta dell'ufficio e chiamò la segretaria. «Helen, voglio convocare l'unità dell'operazione Piccola Sanguinaria. Avverta tutti gli agenti perché si trovino nel reparto operazioni, stanza 5, fra venti minuti.»

«Subito, signore» rispose la segretaria, una donna di mezza età, con i capelli grigi. «Ma prima ho promesso a Mrs. Gillette che le avrei fatto prendere la sua pillola delle due.» Trasse una compressa da una scatoletta di plastica, versò dell'acqua da un thermos in un bicchiere di carta e porse il tutto all'impaziente direttore della CIA. «Come mi ha raccomandato sua moglie, l'acqua del thermos è desalificata.»

«Mrs. Gillette è una bella scocciatura, Helen?» brontolò con un sorriso il capo della CIA, mettendosi la pillola in bocca e mandandola giù con un sorso d'acqua.

«Vuole solo mantenerla in buona salute, signore. Insiste anche che lei si sieda tranquillo per un paio di minuti, mentre la medicina fa effetto. La prego, si sieda.»

«Voi due siete in combutta, Helen, e io non lo sopporto» protestò sorridendo Gillette, e si sedette in una comoda poltrona di fronte alla scrivania della segretaria. «Come odio tutti questi dannati intrugli!»

All'improvviso, senza alcun sintomo di malessere, Raymond Gillette balzò in piedi, emise un rantolo soffocato portandosi le mani alla faccia e cadde in avanti sul pavimento, con la bocca aperta e gli occhi sbarrati. Era morto.

La segretaria andò a chiudere a chiave la porta dell'ufficio e tornò vicino al cadavere. Lo trascinò davanti al divano, sotto la finestra che si apriva verso nord; quindi, raggiunta la scrivania, lentamente, respirando a fondo, sollevò il ricevitore della linea protetta. Schiacciò il pulsante che la metteva in comunicazione con l'ufficiale preposto all'unità impegnata nell'operazione Piccola Sanguinaria.

«Sì?» rispose una voce maschile all'altro capo della linea.

«Qui Helen, dall'ufficio del capo. Mi ha ordinato di telefonarle per dirle di procedere al controllo delle attrezzature dell'unità appena il comandante Hawthorne segnala di essere pronto.»

«Lo sappiamo, ci siamo messi d'accordo quindici minuti fa.»

«Probabilmente non voleva lasciarvi in attesa, perché sarà impegnato in riunione per tutto il pomeriggio.»

«Nessun problema. Ci metteremo in azione appena riceveremo il segnale.»

«Grazie» concluse Scorpio Diciassette deponendo il ricevitore.

27

A metà del pomeriggio Andrew Jackson Poole era seduto alla sua scrivania, nella suite dello Shenandoah Lodge, di fronte agli apparecchi forniti dalla CIA. Aveva ricevuto i due componenti richiesti: una linea diretta con Hawthorne non intercettabile, che scavalcava le linee di comunicazione della CIA, con uno schermo su cui una X gialla indicava eventuali interferenze; e un secondo schermo in miniatura il cui segnale di ritorno dava conferma dell'entrata in azione del trasponditore di Hawthorne. Gli agenti di Langley erano indignati, vedendo messa in discussione la loro lealtà, ma come Tye aveva fin troppo chiaramente spiegato al direttore della CIA, non si poteva escludere la possibilità che ci fosse fra loro un altro O'Ryan.

«Mi ricevi, Tye?» chiese Poole azionando l'interruttore sul piccolo quadrante della linea isolata che lo collegava con la frequenza di Hawthorne.

«Ti ricevo benissimo» rispose Tye dall'automobile. «Siamo soli?»

«Completamente. Leggo le scansioni con estrema facilità. Siamo soli, nessun ficcanaso.»

«Notizie dall'ospedale?»

«Niente, in nessun senso: dicono solo che le condizioni di Cath sono "stazionarie", che può significare qualunque cosa.»

«Accontentiamoci. La mia presenza è segnalata sulle griglie?»

«Sì. Langley ti ha localizzato a sudest sulla Route 270, vicino a un incrocio con la 301. La ragazza al videoschermo dice che conosce il posto. C'è un luna park di terz'ordine alla tua sinistra, con una ruota panoramica e un tiro a segno dove non si vincono mai i primi premi.»

«Ci sono passato vicino poco fa. Bene, gli apparecchi funzionano.»

Il telefono sul quadro comandi ronzò. «Resta in linea, Tye, Langley comunica un'emergenza. Torno subito.»

Dall'auto con le targhe del Dipartimento di Stato Hawthorne teneva d'occhio la strada e il traffico serale, ma la sua mente era altrove. Che cosa poteva essere successo al quartier generale della CIA, per provocare un'emergenza? Distava ormai poco più di tre quarti d'ora di macchina da Chesapeake Beach e dalla casa di villeggiatura degli O'Ryan. E da lì, da quella casa, sarebbero emerse le novità, sempre che ce ne fossero state. Tyrell tastò l'accendino nella tasca della camicia, il piccolo congegno che emetteva impulsi elettrici quando si trovava fuori della macchina e qualcuno lo chiamava. Poole lo aveva collaudato, funzionava, ma il segnale era debole, troppo debole. Forse a Langley avevano scoperto il perché del difetto? Era una possibile spiegazione per una chiamata urgente.

«Mio Dio, è terribile!» esclamò la voce concitata di Jackson tornando in linea. «Ma non cambia niente, noi andiamo avanti!»

«In nome di Dio, che cosa c'è di terribile?»

«Gillette, il direttore della CIA, è stato trovato morto nel suo ufficio. Il cuore. Era in cura per una disfunzione cardiaca.»

«Chi l'ha detto?» chiese Tyrell.

«Il suo medico. Aveva già detto ai dottori della CIA che il rischio era quotidiano, ma non se l'aspettava così presto.»

«Ascolta bene, tenente. Esigo un'autopsia *immediata* del cadavere di Gillette. Concentrare l'attenzione su sostanze eventualmente presenti nella trachea, nei bronchi e nello stomaco. Entro due ore. Falla fare subito!»

«Ma che cosa ti salta in mente...?» balbettò Poole. «Hai sentito cos'ha dichiarato il suo medico.»

«E io ti ripeto quel che mi ha detto Gillette appena tre ore fa. È difficile credere alle coincidenze. E la morte del capo della CIA, che ha la responsabilità dell'operazione, è proprio una dannata *coincidenza*. Ordina che cerchino eventuali tracce di *digitale*. È un alcaloide come la scopolamina e altrettanto efficace. Non occorre una malattia cardiaca vera e propria per provocare un'aritmia e, in presenza di una disfunzione anche lieve, una modesta dose può portare alla morte. Inoltre non lascia tracce...»

«Come sai tutte queste cose?»

«Perché le *so*! Svelto, ora, e non richiamarmi finché non hai le analisi di un laboratorio esterno. Appena hai il rapporto fammi cinque segnali con la tua trasmittente. Altrimenti non risponderò!»

«Tye, tu non capisci. Gillette è stato rinvenuto circa due ore e mezza fa. Il cadavere è stato portato al pronto soccorso del Walter Reed Hospital...»

«Un ospedale gestito dal governo!» esplose Hawthorne. «Siamo fregati.»

«Non dire sciocchezze» lo interruppe Poole. «So azionare questi congegni. Non c'è nessuno che possa intercettare questa comunicazione.»

«Potrei snocciolarti una casistica infinita di doppi giochi organizzati da Washington, Jackson. Ti dico che un'intercettazione sarebbe possibile.»

«Okay, ammettiamo che tu abbia ragione e che a Langley ci sia qualche altro losco individuo come il defunto O'Ryan, che finge di appoggiarti e ti pugnala alle spalle. Chiudiamo bottega e tagliamo ogni comunicazione.»

«Ora mi tolgo la cintura con il trasponditore inserito nella fibbia e la getto dal finestrino» affermò Tyrell deciso.

«Posso suggerirti, comandante, di tornare a quel luna park e lasciare la cintura vicino alla Casa degli Spettri? O magari alla ruota panoramica?»

«Poole, forse sei davvero un genio! Torno subito al luna park. Non vedo l'ora di sentire che una squadra di superagenti della CIA ha dato l'assalto al Tunnel dell'Amore.»

«O magari, con un po' di fortuna, è rimasta bloccata in cima alla ruota panoramica.»

Un vialetto lastricato conduceva al portico, sorretto da colonne classiche. La casa era una replica delle grandiose residenze che sorgevano nelle piantagioni di cotone prima della guerra civile. Amaya Bajaratt salì fino alle imponenti porte di legno intagliato i cui bassorilievi rappresentavano i viaggi di Maometto quando i Profeti della Montagna gli dettarono i precetti del Corano. «Sciocchezze» mormorò fra sé. Non esistevano né montagne sacre né Maometto e i profeti erano solo ignoranti pastori di capre. Non c'era neanche un Cristo, ma solo un sobillatore ebreo manovrato dagli Esseni, semianalfabeti presuntuosi che non erano capaci di coltivare la terra! Non esisteva un Dio, ma solo la voce interiore del singolo individuo cosciente, l'imperativo che spingeva l'essere umano a combattere per la giustizia − in nome degli oppressi. Amaya sputò sul pavimento di pietra levigata, poi si ricompose, alzò una mano con un gesto signorile e suonò il campanello.

Qualche attimo dopo la porta fu aperta da un arabo in un lungo caffettano. «Lei è attesa, madame. Ed è in ritardo.»

«Se fossi più in ritardo, mi negherebbe l'accesso?»

«È possibile...»

«Allora me ne vado immediatamente. Come osa...»

Dall'interno intervenne una voce di donna. «Per favore, fai entrare la signora, Ahmet Ashad, e metti via quell'arma, è estremamente scortese.»

«Non è in evidenza, signora» protestò il domestico.

«È ancora più scortese. Accompagna da me la nostra visitatrice.»

Tende e tappezzeria erano i soli elementi di arredamento occidentale in un ambiente dominato dall'atmosfera esotica evocata dai grandi cuscini che sostituivano sedie e poltrone, ciascuno abbinato a un minuscolo tavolino. E adagiata su una montagna di raso scarlatto c'era una donna dalla pelle scura, di straordinaria bellezza e di età indefinibile. Quando sorrideva i suoi occhi si illuminavano come opali, comunicando simpatia e calore sincero.

«Siediti, Amaya Aquirre» la invitò con una voce flautata, che si accordava con la seta dell'abito verde smeraldo. «Vedi, conosco il tuo nome e qualcos'altro ancora di te. Come puoi notare, ho adottato l'usanza araba di sedere a terra, in modo che nessuno degli interlocutori abbia una posizione simbolica di superiorità. È una tradizione più che lodevole. Noi ci poniamo anche con gli inferiori a uguale livello.»

«Vuoi dire che sono un'inferiore?»

«No, per niente, ma tu non sei araba.»

«Io ho combattuto per la vostra causa e per la vostra causa è morto mio marito.»

«In una spedizione folle, che non ha giovato né agli ebrei né agli arabi.»

«L'alta direzione della Beqa'a aveva acconsentito e dato la sua benedizione.»

«La Beqa'a aveva acconsentito perché tuo marito era un fanatico, un eroe popolare, e la sua morte, che era una conclusione prevista, avrebbe fatto di lui un simbolo, un grido di battaglia.»

«Che cosa diavolo stai dicendo? La mia vita, mio marito, noi saremmo *niente*?» Amaya si alzò di scatto e in quel momento comparve sulla soglia l'arabo. «Sono disposta a morire per la causa più grande della storia! Morte ai porci che sono al potere!»

«È proprio di questo che dobbiamo parlare, Amaya... Lasciaci pure, Ahmet, la signora non è armata... Che tu sia pronta a morire non è la cosa più importante. In tutto il mondo ci sono uomini e donne pronti a dare la loro vita per ciò in cui credono... No, io voglio qualcosa di più per te, per noi.»

«Che cosa vuoi da me?» chiese Amaya, tornando lentamente a sedersi sul cuscino.

«Finora hai agito brillantemente, anche se con validi aiuti alle spalle, ma perlopiù grazie alle tue doti straordinarie. In pochi giorni sei diventata una forza, un potere occulto, sei ambita da uomini che ripongono in te una fiducia illimitata. Nessuno di noi avrebbe potuto tessere la tela scaturita dalla tua inventiva sulla scorta di un'idea luminosa. Un giovane futuro barone, una famiglia di Ravello con molti milioni da investire, persino la giovane attrice... una messinscena affascinante, capace di suscitare emozioni autentiche. Meriti veramente la fama che ti circonda.»

«Io faccio quello che devo, e non mi importa ciò che pensano gli altri. Te lo ripeto, che cosa vuoi da me? L'Alto Consiglio della Beqa'a mi ha chiesto di mettermi in contatto con te prima del giorno cruciale, che potrebbe essere l'ultimo della mia vita. E il giorno si avvicina.»

«Tu sai che noi non abbiamo alcuna autorità su di te, l'autorità spetta solo all'Alto Consiglio.»

«Capisco. Tuttavia devo a te, a voi, il rispetto dovuto a un amico, a un alleato della nostra causa. Ti ascolto.»

«Amici sì, Amaya, ma alleati solo fino a un certo punto. Noi non facciamo parte degli Scorpio di Van Nostrand, quel gruppo di opportunisti clandestini che hanno come unico scopo quello di servire i Provider e come unico obiettivo la ricchezza e il potere. Io, noi, ne abbiamo a sufficienza, qui.»

«Chi siete voi? Sapete molte cose.»

«Sapere è il nostro compito.»

«Chi siete?»

«Siamo un gruppo che lavora al di sopra della guerra, al di sopra delle passioni. Noi disapproviamo i danni provocati dai terroristi che massacrano donne e bambini in Israele... sono azioni controproducenti.»

«Penso che questo colloquio sia durato abbastanza!» esclamò Amaya alzandosi. «Tu e i tuoi capi avete mai considerato il tormento di un popolo scacciato dalla sua terra? Siete mai stati nei campi profughi? Avete visto i bulldozer schiacciare sotto i loro cingoli le nostre case per un semplice sospetto? Avete dimenticato i bagni di sangue di Shatila e Sabra?»

«Sappiamo che il tuo appuntamento con il presidente è fissato per domani sera, intorno alle otto» disse senza scomporsi la donna.

«Domani? Alle otto?»

«In origine era stato programmato per le tre del pomeriggio. Ma considerando la natura particolare della visita della "contessa", che dovrebbe preludere a importanti investimenti stranieri, qualcuno ha suggerito alla Casa Bianca che forse un'ora più tarda, verso sera, sarebbe stata più opportuna. Sarà meno probabile che la stampa venga a sapere come il presidente usi un trattamento preferenziale per un'ambiziosa aristocratica straniera che vuole approfittare della difficile situazione economica americana.»

«E come hanno reagito?» chiese Amaya sorpresa e disorientata.

«Il capo dello staff presidenziale ha immediatamente approvato. A quell'ora anche tu avrai maggiori probabilità di uscirne viva: è il momento del cambio della guardia alla Casa Bianca e la sorveglianza è meno rigida. Sarai aiutata da tre uomini, uno in divisa da autista che ti guiderà per i corridoi sul retro fino a un'altra limousine. La nostra. Per identificarsi i tre uomini useranno un nome, "Ashqelon". Credo che sarai d'accordo.»

«Non capisco» mormorò Amaya. «Perché fate questo per me? Poco fa mi avevi fatto credere che disapprovavi...»

«Disapprovo le altre tue intenzioni» la interruppe la bella araba con asprezza. «Noi non abbiamo obiezioni per quel che riguarda l'assassinio del presidente americano. Lui è l'espressione di interessi elettorali, non di princìpi sociali e morali, e il popolo lo sente. Oh, ci saranno reazioni, indagini, ma finiranno nel nulla. Il vicepresidente è estremamente popolare. E anche se pensiamo che sia un'azione plateale, possiamo tollerare i delitti in Inghilterra e in Francia, se proprio insisti... i governi europei non trasformano in idoli i loro capi politici. Ma qui, in

America, potremmo approfittare di un vuoto di potere per accrescere la nostra influenza. Noi siamo un potere reale, abbiamo uomini e donne pronti a morire per tagliare la testa al serpente, e verremo riconosciuti per tali. Gli americani non sapranno mai da dove arriva la minaccia, ma ci penseranno due volte prima di continuare a baciare lo stivale israeliano.»

«Insomma che cosa vuoi, che cosa pretendi da me?»

«Non uccidere l'israeliano. Ferma i tuoi uomini a Gerusalemme e a Tel Aviv.»

«Ma come puoi chiederlo! È la nostra affermazione finale, la vendetta di Ashqelon.»

«E sarà la morte di migliaia dei nostri, Amaya! Israele agisce unilateralmente, isolatamente, se vuoi. Non si cura di ciò che avviene fuori dei suoi confini, a meno che non si senta minacciato. Così agirebbe qualsiasi Paese che fosse passato per l'Olocausto. Ma noi siamo obiettivi. Se tu assassinerai un capo ebraico, gli aerei d'Israele si alzeranno giorno e notte a bombardare i nostri villaggi e i nostri campi per settimane e settimane, finché non li avranno ridotti in cenere. Considera la storia recente: gli ebrei rilasciarono milleduecento prigionieri contro sei loro soldati. Per gli israeliani il capo equivale a diecimila soldati, perché è più di un uomo, il simbolo vivente della loro nazione.»

«Tu mi chiedi un prezzo terribile» mormorò Amaya a voce così bassa che si udì appena. «Un prezzo che non sono disposta a pagare. Aspetto da anni questo momento di splendore che giustificherà tutta la mia vita.»

«Figlia mia...» cominciò la donna.

«No, io non sono tua figlia, né figlia di nessuno. Come hai detto tu stessa, non hai alcuna autorità su di me.»

«Certo no, d'accordo. Sto solo cercando di ragionare con te, di proteggerti.»

«Ragionare? Mentre i miei sono braccati come animali sui monti, sgozzati, sterminati... decapitati? *Muerte para toda autoridad.* Ovunque devono *morire*!»

«Ti prego, mia cara» cominciò la donna, messa a disagio dal fanatismo che brillava negli occhi della sua interlocutrice. «Ti prego, io non sono tua nemica, Amaya.»

«Ora capisco» ribatté la Bajaratt. «Tu stai cercando di fermarmi. Hai un servo armato, pronto a uccidermi.»

«E attirare addosso ai miei la collera dei fanatici della Beqa'a? Tu sei la loro figlia adottiva, la moglie dell'eroe di

Ashqelon. Per quanto ne so, ti hanno fatto seguire fino alla mia casa.»

«Mai! Io agisco da sola, nessuno deve interferire.»

«Non ne sono così sicura e quindi non ti sarà fatto alcun male qui dentro. Ti ripeto, sono tua amica.»

«Eppure vuoi che rinunci al progetto di Gerusalemme. Ma come puoi?»

«Per le ragioni che ti ho esposto. Per evitare il massacro di forse un milione di palestinesi. Non ci sarà più una causa palestinese: avranno strappato al popolo la sua anima.»

«Non ci prenderanno mai la nostra anima!»

«Vane parole! L'anima non può combattere senza il corpo. Si deve sopravvivere per continuare a combattere.»

«E se rifiuto di aderire alla tua assurda richiesta?»

«Allora non arriverai mai alla Casa Bianca.»

«*Ridicolo!* Il mio accesso alla Casa Bianca è garantito. L'uomo che ha organizzato l'incontro è attirato dai milioni dei Ravello. E non è uno stupido.»

«Che cosa sai di quest'uomo, di questo senatore Nesbitt del Michigan che ti dovrebbe aprire tutte le porte?»

«Allora sai chi è!»

La donna si strinse nelle spalle. «Ti ho detto dell'appuntamento Amaya... Allora, che cosa sai di lui? È onesto?»

«Non lo so e non me ne curo. Mi hanno detto che era un avvocato, un giudice, se questo conta qualcosa.»

«Non importa molto, infatti, ci sono giudici e giudici. Hai mai pensato che potrebbe essere uno Scorpio? Che ti ha aiutato perché gli era stato ordinato di farlo?»

«No, non mi era mai venuto in mente.»

«Sappiamo che c'è uno Scorpio al Senato.»

«Ma me lo avrebbe detto» obiettò Amaya, sulla difensiva. «Perché non farlo? Van Nostrand mi ha svelato la sua identità e mi ha dato i numeri di telefono per mettermi in comunicazione con gli Scorpio.»

«Trasmissioni non rintracciabili via satellite. Sappiamo tutto.»

«Mi è difficile crederlo.»

«Ci abbiamo messo quasi tre anni, ma alla fine abbiamo trovato il nostro Scorpio e lo abbiamo comprato. In realtà, anche tu l'hai incontrato in Florida... la gentile padrona di casa di Palm Beach. Una bella tenuta, vero? Lei e il marito non potrebbero permettersela se qualcuno non venisse in loro aiuto. Lei è l'amministratrice che tiene l'Albo degli Scorpio. Molto utile. L'abbiamo rintracciata attraverso Van Nostrand ed è diventata nostra alleata.»

«E lei che mi ha presentato a Nesbitt... sono due Scorpio!»

«Lei sì, il senatore assolutamente no. È stata mia l'idea di farlo invitare a Palm Beach, ma lui non sospetta chi tu sia realmente. Conosce solo la contessa Cabrini con un fratello immensamente ricco a Ravello.»

«Allora confermi il mio giudizio. Puoi fermarmi solo uccidendomi. E sai bene quali sarebbero le conseguenze da parte della Beqa'a. Penso che il colloquio sia finito. Ho adempiuto ai miei obblighi verso l'Alto Consiglio, ascoltando le tue parole.»

«Ascoltami ancora un attimo, Amaya. Non ti costa niente e potrà essere costruttivo.» La donna si alzò lentamente, con la grazia di un felino, ma emanava un intenso senso di autorità. «Sapevamo che lavoravi con gli Scorpio, la nostra alleata di Palm Beach ne era stata informata attraverso l'ufficio immigrazione di Fort Lauderdale. E poiché eravamo a conoscenza della tua imminente visita alla Casa Bianca, dovevamo accertarci che tu venissi prima da noi.»

«Sapevate che sarei venuta» la interruppe Amaya. «Il nostro incontro era stato programmato diverse settimane fa nella Valle della Beqa'a. Avevo l'indicazione annotata e codificata in arabo, indirizzo, giorno e ora.»

«Ma io non ti conoscevo, e certamente capirai la mia preoccupazione. Se non fossi arrivata questa sera, una certa signora Balzini sarebbe stata prelevata al Carillon e condotta qui nelle prime ore del mattino.»

«Balzini?... Carillon? Conoscevi il nome che usavo e l'albergo dove alloggiavo?»

«Certo non attraverso gli Scorpio,» replicò la donna «perché neppure loro lo sapevano. La nostra amica di Palm Beach ci ha telefonato per dirci che aveva difficoltà a contattare i suoi superiori con i codici telefonici degli Scorpio. E aveva persino smesso di provare, per paura di esporsi.»

«Ci sono stati diversi problemi» osservò la Bajaratt senza aggiungere altro.

«Così pare... Tuttavia noi non avevamo bisogno degli Scorpio, come capirai fra poco.» La donna si avvicinò a un citofono dorato, inserito nella parete, e premette un pulsante. «Ora, Ahmet» ordinò. «Quello che vedrai» continuò rivolgendosi di nuovo ad Amaya «è un uomo con due personalità diverse, direi due identità diverse. Quella che già conosci è reale quanto quella che osserverai tra poco. L'una corrisponde a un pubblico funzionario onesto e retto, l'altra a un uomo che ha subìto terribili sventure. Terribili è dir poco. Insopportabili è la parola giusta.»

Stupefatta, Amaya vide scendere dall'ampio scalone un uomo che stentò a riconoscere, sorretto dall'alto arabo in caffettano e da una donna bionda e provocante, in un negligé leggero che rivelava curve sensuali. L'uomo era Nesbitt! Aveva il viso pallido come la morte, gli occhi opachi, l'espressione immobile, come in trance. Era scalzo e indossava un accappatoio di velluto blu.

«Gli hanno fatto un'iniezione» mormorò la bella palestinese. «Non ti riconoscerà.»

«È drogato?»

«Secondo la prescrizione di un ottimo medico. È un caso di doppia personalità.»

«Doppia personalità?»

«Esatto. Un caso Jekill-Hyde, ma senza aspetti criminali, solo con appetiti insaziabili. Subito dopo il suo matrimonio, circa quarant'anni fa, ebbe luogo un tragico evento: sua moglie subì da parte di uno psicopatico uno stupro che la rovinò fisicamente e psichicamente. In una parola, divenne frigida. L'atto sessuale la ripugnava, la sola idea le faceva venire le convulsioni. Nesbitt era però un marito affezionato e soprattutto un uomo molto religioso. Non cercò alcuno sfogo alla sua sessualità perfettamente naturale. Quando la moglie morì, tre anni fa, il colpo lo distrusse. O meglio, distrusse una parte di lui.»

«Come avete fatto a trovarlo?»

«Ci sono cento senatori e sapevamo che uno di essi era uno Scorpio. Li studiammo tutti, analizzammo ogni particolare della loro vita. Non trovammo lo Scorpio, ma scoprimmo un uomo profondamente disturbato, le cui frequenti e misteriose assenze venivano dissimulate dall'unica persona amica che aveva, la vecchia governante che lo serviva fedelmente da ventotto anni.»

Nesbitt e i suoi due guardiani giunsero ai piedi dello scalone ed entrarono in soggiorno. «Non vede nulla» mormorò Amaya.

«Fra un'ora tornerà a vedere, ma non ricorderà niente degli eventi di stanotte. Si renderà solo conto di essere soddisfatto, si sentirà in pace con se stesso.»

«Lo fa spesso?»

«Un paio di volte al mese, di solito la sera tardi. Come un sonnambulo, si cambia, indossa una giacca di pelle, talvolta una parrucca, sempre gli occhiali neri. Quando avviene, la fedele governante ci chiama e noi andiamo a prelevarlo.»

«La governante collabora con voi?»

«Non ha scelta... è ben pagata, come il suo autista-guardia del corpo.»

«E in questo modo voi lo controllate.»

«Siamo amici, di un genere speciale, siamo al suo fianco quando ha bisogno di noi. Ci sono momenti, come ora, in cui siamo noi che abbiamo bisogno di lui e del prestigio della sua alta carica.»

«Vedo» osservò Amaya freddamente.

«Naturalmente la cosa migliore sarebbe scoprire chi è lo Scorpio di più alto grado in Senato, per poterlo controllare. Ma è solo questione di tempo. Nel caos che seguirà alla tua azione ogni membro dell'augusto consesso sarà da noi nuovamente studiato e vagliato, e nelle sue reazioni potremo individuare quel punto debole che Van Nostrand sfruttava.»

«È così importante per voi?»

«È più che importante... è vitale. Ripeto, abbiamo grande simpatia e stretti legami con la Valle della Beqa'a, ma il nostro atteggiamento favorevole non include quella banda di mercenari che sono gli Scorpio. Quelli sono una creazione di Van Nostrand e del suo complice squilibrato nei Caraibi... gente reclutata e imbrigliata con il ricatto e il denaro, senza una causa e senza una fede, guidata solo dalla paura e dall'avidità. Devono essere distrutti o ridotti all'impotenza... o passare al nostro servizio.»

«Devo ricordarti» la interruppe Amaya «che gli Scorpio mi hanno appoggiato validamente servendo, attraverso me, la causa della Beqa'a.»

«L'hanno fatto solo per ordine del potente Van Nostrand! Con una semplice telefonata quell'uomo può tagliar loro i fondi, denunciarli per i loro delitti... Non penserai che qualcuno di quelli si preoccupi di noi o della nostra causa!»

«Ma Van Nostrand si è ritirato. È da qualche parte in Europa o forse è morto. Non è più Scorpio Uno.»

«Ecco perché la nostra informatrice di Palm Beach si è trovata in difficoltà con i codici telefonici» osservò la bella araba. «È una notizia sorprendente... Ne sei sicura?»

«Non so con certezza se lui sia morto o vivo, ma ho le prove che un altro è sopravvissuto, un ex ufficiale dei servizi segreti, un tale Hawthorne. Credevo che fosse finito in prigione, ma non è così. Invece Nils Van Nostrand non è più qui. Mi ha detto lui stesso che progettava di scomparire.»

«Questo è molto preoccupante. Finché Van Nostrand era a capo degli Scorpio, potevamo tenerlo d'occhio, avevamo i nostri uomini nella sua tenuta, fra il suo personale, informatori leali... E adesso, con chi sei in contatto? Me lo devi dire!»

«Non lo so...»

«Ti giochi la Casa Bianca, Amaya!»

«Ma è la verità. Hai detto di avere i numeri, telefona tu stessa!»

«Hai ragione.»

«Ti posso solo dire che lo Scorpio Uno con cui ho parlato l'ultima volta è un uomo di altissimo livello ed è in possesso di informazioni della massima segretezza. Era al corrente delle ultime mosse degli agenti governativi che mi stanno dando la caccia. Ha detto di appartenere a una cerchia ristretta.»

La bella palestinese aggrottò la fronte. «Potrebbe trattarsi del senatore che stiamo cercando. C'è una sola commissione in grado di entrare in possesso di notizie così segrete, i servizi di informazione del Senato. Ma certo, semplice! Dopo gli scandali del Watergate e dell'Irangate, tutti i servizi di Washington riferiscono i dettagli delle loro operazioni segrete ai servizi di informazione del Senato, per timore di essere accusati di illegalità davanti al Congresso... Vedi, mia cara Amaya, ci sei già stata *immensamente* utile!»

«È anche un killer, così mi ha detto. Ha affermato di avere ucciso un certo Stevens, capo dei servizi di informazione della Marina, perché era arrivato troppo vicino a scoprire le mie tracce. Per questo sono in debito con lui.»

«Tu non sei in debito con nessuno! Quell'uomo eseguiva degli ordini. E c'è una sola persona al Senato che potrebbe parlare con tanta arroganza... li abbiamo studiati tutti... Seebank, l'insopportabile, iracondo generale Seebank. Grazie, Amaya!»

«Se è davvero lui, dovrà darmi una prova del suo impegno verso di me. Come forse sai, in certe situazioni, quando è assolutamente indispensabile eliminare un ostacolo, magari la sede stessa del quartier generale nemico, si sceglie un uomo che giunga a destinazione sapendo che non tornerà indietro. Porta la morte nelle calzature.»

«Lo Stivale di Allah!» esclamò la palestinese. «Esplosivi inseriti nella suola e nel tacco, azionati battendo un colpo con la punta della scarpa contro un oggetto solido. Morte per chi la porta e per chiunque si trovi intorno.»

«Gli ho perfino fatto avere uno schema» aggiunse lentamente Amaya. «Se mi manda l'oggetto autentico, saprò che posso fidarmi di lui. Altrimenti taglierò ogni comunicazione. Se terrà fede all'impegno, me ne servirò... e voi avrete il vostro Scorpio.»

«Le tue risorse sono infinite, Amaya.»

«*Muerte para toda autoridad!* Ti bastino queste parole.»

28

Il senatore Paul Seebank percorreva lentamente la buia strada di campagna alla periferia di Rockville, Maryland, facendosi luce con una torcia tascabile che accendeva a intermittenza. Sui capelli grigi, tagliati corti, portava un largo berretto e nascondeva il viso dietro il bavero rialzato dell'impermeabile. In verità lo snello e robusto ex generale di brigata Seebank, ora divenuto senatore, era in preda al panico. Non riusciva a controllare il tremito delle mani né ad arrestare il tic, sempre più convulso, che gli contorceva l'angolo sinistro della bocca in brevi spasmi irregolari.

Ciò che l'aveva sconvolto era il fatto di essere diventato Scorpio Uno.

La follia era cominciata otto anni prima su quella stessa strada, che portava al vecchio fienile in rovina di una fattoria da tempo abbandonata. Una telefonata assolutamente inattesa sulla sua linea privata, che era privilegio di un senatore appena eletto, riservata ai membri della famiglia e a qualche amico intimo. Ma chi chiamava non era né un amico né un parente. Era uno sconosciuto che si era presentato come Nettuno.

«Abbiamo seguito con molto interesse la sua campagna elettorale, generale.»

«Chi diavolo è lei e come ha avuto questo numero?»

«Non ha importanza. C'è invece un argomento urgente da discutere. Suggerisco di incontrarci il più presto possibile.»

«E io le suggerisco di andare al diavolo.»

«La pregherei di riflettere sulla base, l'essenza stessa della sua campagna elettorale, senatore. Lei si è presentato come l'eroico prigioniero di guerra che aveva saputo tenere insieme i suoi uomini in condizioni intollerabili con la sua forza d'animo e il suo coraggio. Ma noi abbiamo degli amici ad Hanoi, senatore. Devo dirle di più?»

«Cosa diavolo...»

«C'è un vecchio fienile su una strada di campagna alla periferia di Rockville...»

Dannazione! Cosa sapevano quei bastardi?

Seebank aveva percorso quella strada otto anni prima, come stava facendo adesso in seguito alla telefonata di un altro sconosciuto. Ma otto anni prima, alla luce di una vecchia lanterna, davanti all'elegante figura di Nettuno aveva letto le deposizioni rese dai comandanti dei cinque campi di prigionia in cui lui e i suoi uomini erano stati internati.

«Il colonnello Seebank era sempre disposto a collaborare e spesso pranzava con noi...»

«Il colonnello ci riferiva i tentativi di evasione progettati dagli altri ufficiali...»

«Diverse volte abbiamo finto di sottoporlo a violenze e torture fisiche facendolo urlare, a portata d'orecchio dei suoi camerati...»

«Usavamo un acido blando per simulare dei lividi, di solito proprio quando era ubriaco, e lo rimandavamo alla sua baracca con i vestiti tutti strappati...»

«Certo collaborava con noi, ma noi non lo ammiravamo...»

In quelle carte c'era tutto. Il generale di brigata Paul Seebank non era un eroe. Era qualcosa di molto diverso.

E risultò prezioso ai Provider, tanto prezioso che gli fu assegnata un'alta posizione. Divenne Scorpio Quattro. Tutte le future elezioni gli furono garantite, perché nessun avversario poteva competere con l'entità dei fondi stanziati per la sua campagna elettorale. In cambio, come esperto militare, il senatore doveva solo assicurare contratti per rifornimenti militari alle imprese indicategli dai Provider.

Seebank arrivò in vista del vecchio fienile che si profilava sbilenco e sinistro contro il cielo illuminato dalla luna sulla sommità di una collina. Sei minuti dopo si affacciò tra le assi scomposte della porta sconquassata. «Eccomi. Tu dove sei?»

In risposta brillò per un attimo una seconda torcia tascabile. «Entra» lo invitò una voce dal buio. «È un piacere incontrare un mio vecchio ufficiale superiore, in un Esercito diverso, naturalmente... Spegni la torcia.»

Seebank ubbidì. «Siamo stati nell'Esercito insieme? Dovrei conoscerti?»

«Non abbiamo mai avuto rapporti personali, ma tu dovresti ricordare il numero di un reparto e un campo di concentramento.»

«Un campo di concentramento! Siamo stati prigionieri di guerra insieme!»

«Molto tempo fa, senatore. O dovrei dire "generale"?»

«Dimmi piuttosto perché mi hai chiamato e hai scelto questo posto.»

«Non è qui che sei stato reclutato? In questo stesso fienile?»

«Reclutato? Allora tu sei...»

«Naturalmente. Perché altrimenti saresti qui? Lascia che mi presenti, generale. Io sono Scorpio Cinque, l'ultimo degli Scorpio al vertice. Gli altri venti sono importanti ma non hanno la nostra autorità.»

«E allora?»

«Bene, secondo i codici telefonici, Scorpio Quattro è ora diventato a tutti gli effetti Scorpio Uno, vero?»

«Sì, naturalmente, credo di sì.» Il tic di Seebank si fece più convulso.

«E sai perché?»

«No.» Il senatore strinse con più forza le mani sulla torcia spenta, per fermare il tremito.

«Già, probabilmente non lo sai, tu non hai accesso alle informazioni segrete. Fortunatamente io sì e ho agito di conseguenza.»

«Tu parli per enigmi, soldato, e non mi piace.»

«Quel che ti piace non ha importanza. Scorpio Due e Scorpio Tre sono stati eliminati. Cominciavano ad aver paura, non erano in grado di sostenere la missione in atto e la Piccola Sanguinaria li ha fatti togliere di mezzo. Per me è stato meglio così.»

«Non capisco. Chi diavolo è la Piccola Sanguinaria?»

«Mi stupirei se tu lo sapessi! Tu lavori per i Provider in un altro settore, proficuo ma diverso. Non saresti in grado di operare nel nostro campo. Tu non hai fegato. Sei un impostore, Scorpio Quattro, e qualche anno fa ho avuto l'ordine di sorvegliarti... Ora sei diventato un peso.»

«Come osi!» gridò Seebank terrorizzato. «Sei un mio inferiore!»

«Spiacente, le cose sono cambiate. I codici telefonici sono già stati sostituiti. Se tu potessi metterti in comunicazione con tua moglie, lei ti direbbe che questa mattina alle otto, dodici minuti dopo che eri uscito per recarti al Senato, si è presentato a casa vostra un tecnico dei telefoni per eseguire una riparazione nel tuo studio... Vedi, generale, noi riporteremo questo nostro Paese alla sua antica grandezza. Siamo stati esautorati, il bilancio militare è stato disastrosamente decurtato, il nostro personale falcidiato, la nostra potenza militare è minata. Ci sono ventimila testate nucleari in Europa e in Asia puntate contro di noi e noi facciamo finta di non saperlo... Bene, tutto questo cambierà quando la Piccola Sanguinaria avrà portato a termine la sua missione. Saremo di nuovo al vertice, governeremo la nostra nazione come deve essere governata. Il Paese resterà paralizzato e naturalmente si rivolgerà a noi per ottenere guida e protezione.»

«Io non sono contro di voi, soldato» cercò di difendersi il senatore, tremante. «Condivido le vostre idee e tu lo sai.»

«Diavolo, generale, lo so, ma sono soltanto parole. Tu sei solo fumo e niente arrosto. Non possiamo tollerare la tua vigliaccheria. Non sei in grado di accettare quello che accadrà.»

«Che cosa?»

«L'assassinio del presidente.»

«Mio Dio, sei pazzo!» mormorò Paul Seebank. «Non posso credere a quello che dici! Ma chi sei?»

«Sì, credo che sia venuto il momento.» Da dietro il muro di mattoni emerse una figura con un braccio solo, con la manica destra ripiegata sulla spalla. «Mi riconosci, generale?»

Seebank sbarrò gli occhi davanti a una faccia che conosceva fin troppo bene. «Tu...!»

«Non ti ricorda qualcosa questo braccio monco? Certamente eri venuto a saperlo.»

«No... non ricordo... non so di che cosa stai parlando.»

«E invece lo sai bene, generale, anche se da allora non hai più visto la mia faccia... Ero un qualunque capitano, per quel che ti riguardava.»

«No... sono tutte invenzioni... non ti conoscevo nemmeno!»

«Non mi conoscevi di persona. Hai idea di come mi divertivo ad assistere alle tue interminabili arringhe al Senato? Ascoltando le scemenze che tiravi fuori come cosiddetto esperto militare, debitamente istruito dai nostri comuni benefattori attraverso Scorpio Uno? L'Esercito mi fornì un braccio artificiale, niente di veramente funzionale, poiché il Pentagono aveva riconosciuto che le mie capacità non richiedevano un braccio, ma la più ampia libertà di usare il cervello.»

«Giuro su Dio che ti conosco solo come sei *adesso*, non ti ho mai visto prima.»

«E allora lascia che aiuti un po' la tua temporanea amnesia. Ricordi le baracche del campo sud? Ricordi che eri venuto a sapere di un oscuro capitano che aveva progettato un'evasione? Un piano sicuro al cento per cento... Ma non funzionò perché un ufficiale americano aveva avvertito le autorità del campo. I vietcong fecero irruzione nella nostra baracca e uno di loro mi amputò il braccio destro con un colpo di spada. E in un inglese quasi perfetto il traduttore del campo aggiunse: "Ora prova a evadere!".»

«Io non ho niente a che fare con tutto questo... con te!»

«Piantala, generale, ho le prove. Quando fui reclutato Nettuno mi mostrò le deposizioni di Hanoi, compreso un paragrafo che tu non avevi mai visto. È lui che mi ha ordinato di sorvegliarti, e di alterare il tuo codice telefonico, se mai si fosse reso necessario.»

«Ma è acqua passata! Ora non ha più importanza.»

«Credi che non abbia importanza per me? Ho aspettato venticinque anni per ripagarti.»

Due colpi d'arma da fuoco risonarono nella notte silenziosa, alla luce della luna che accarezzava il fienile abbandonato alla periferia di Rockville, nel Maryland.

E il capo degli stati maggiori riuniti uscì nella notte, riattraversò il prato dirigendosi verso la sua Buick. Se tutto andava come previsto, la Piccola Sanguinaria era vicinissima all'obiettivo.

Perplesso e frustrato, Hawthorne guidava l'auto del Dipartimento di Stato verso McLean, Virginia, cercando di capire l'enigma della famiglia O'Ryan. O erano i più stupidi esseri della terra, oppure O'Ryan li aveva istruiti tutti al punto da farne dei perfetti attori. Era arrivato alla villa sulla spiaggia poco dopo le cinque e mezza e alle sette aveva cominciato a pensare che Patrick Timothy O'Ryan fosse l'irlandese con la bocca più cucita che avesse mai incontrato. Dal fascicolo personale che aveva ricevuto poco prima di lasciare lo Shenandoah Lodge, gli erano subito balzate agli occhi le strane omissioni sul passato dell'analista. Quell'improvvisa fortuna finanziaria della famiglia... troppo facile spiegarla con l'eredità di uno zio allevatore di cavalli in Irlanda. La CIA si era accontentata dei documenti ufficiali e non aveva approfondito le ricerche. Tanto per cominciare, Patrick O'Ryan aveva dei fratelli maggiori nel Dipartimento di polizia di New York. Dov'erano ora e perché erano stati dimenticati da un ricco parente che, secondo Mrs. O'Ryan, non aveva mai conosciuto i nipoti?

«Lo zio Finead era un santo!» aveva esclamato Maria Santoni O'Ryan fra le lacrime. «Che cosa volete da me? Proprio nell'ora del mio cordoglio deve venire a farmi domande del genere?»

Non mi convinci proprio, Mrs. O'Ryan, aveva pensato Tyrell. *Ma non riesco a strapparti delle risposte.* Non c'era riuscito neanche con i cinque figli, che avevano reagito con proteste di sdegno innocente. Qualcosa puzzava, ma Hawthorne non arrivava a localizzare la fonte del marcio.

Erano quasi le nove e mezza quando imboccò la grande strada privata di McLean, che portava alla grande residenza coloniale degli Ingersol. L'ampio viale d'accesso e il vasto prato adiacente erano pieni di limousine scure e macchine di lusso.

Fu accolto sulla porta dal figlio di David Ingersol, un giovane di bell'aspetto, cortese, con gli occhi pieni di sincero dolore.

«Forse è meglio che chiami il socio di mio padre» disse il giovane quando Tyrell gli mostrò le sue credenziali. «Io non potrei esserle di nessun aiuto.»

L'avvocato Edward White, dello studio legale Ingersol e White, era un individuo tarchiato, di statura media, con un'incipiente calvizie e penetranti occhi neri. «Me ne occupo io, Todd» affermò dopo aver dato una veloce occhiata ai documenti di Hawthorne. «Tu resta alla porta, questo signore e io andremo in fondo al corridoio.» Si fermarono in un piccolo atrio e White riprese: «Dire che sono sorpreso del suo arrivo qui questa sera sarebbe poco. Un'indagine del Dipartimento di Stato, quando il nostro povero caro non è stato ancora sepolto? Com'è possibile?».

«Sarà una cosa breve, avvocato. La rapidità è d'importanza vitale per noi.»

«In nome di Dio, perché?»

«Perché David Ingersol può essere stato a capo di una gigantesca operazione di riciclaggio di denaro sporco che coinvolge tanto il vecchio cartello dei narcotrafficanti di Medellin quanto i nuovi narcotrafficanti di Cali. Si tratta di operazioni organizzate da Portorico.»

«Assurdo! Noi abbiamo clienti a Portorico, perlopiù clienti di David, ma non c'è mai stata un'ombra di illegalità nei casi da lui trattati. Io ero il suo socio, dovrei saperlo!»

«Forse lei sa troppo poco. Se le dicessi che attraverso il Dipartimento di Stato abbiamo appreso che David Ingersol possedeva conti correnti in banche di Zurigo e Berna, con somme di oltre otto cifre? In dollari americani? Queste somme non provenivano dalla vostra professione. Anche lei è ricco, ma non a quel punto.»

«Lei è un bugiardo e un pazzo... Andiamo nello studio di David, qui non possiamo parlare.» I due uomini attraversarono un grande soggiorno affollato di visitatori e giunsero in un piccolo studio molto elegante, con poltrone di pelle e pannelli di legno alle pareti.

«Io non le credo neppure per un istante» dichiarò ancora White chiudendo la porta.

«Non la sto arrestando, avvocato, ma sto solo facendole qualche domanda nel quadro di un'inchiesta. Se dubita di me, può telefonare al Dipartimento di Stato, sono sicuro che conosce gli uomini giusti a cui rivolgersi.»

«Canaglia! Non pensa alla famiglia di David?»

«Penso a numerosi conti aperti in banche straniere e a un cittadino americano che usava la sua considerevole influenza per favorire i trafficanti di droga.»

«Questo non è il linguaggio di un rappresentante del Dipartimento di Stato. Lei mi sembra un paranoico Superman da fumetti e credo proprio che farò quella telefonata, come mi ha suggerito...»

«Non scomodarti, Edward.» Una terza voce si era levata nella stanza, facendo trasalire i due uomini. La poltrona di cuoio dall'alto schienale che stava dietro la scrivania girò su se stessa rivelando un vecchio signore, alto e snello e di così perfetta eleganza che Tyrell rimase un attimo senza fiato credendo di avere davanti a sé Nils Van Nostrand.

«Sono Richard Ingersol, Mr. Hawthorne, giudice della Corte Suprema. Ritengo che si debba parlare... noi due soli, Edward, e non in questa stanza. Non in questa casa.»

«Non capisco, signore» balbettò attonito il socio di Ingersol.

«Non potresti capire, infatti. Ti prego, tieni mia nuora e mio nipote occupati a ricevere gli ospiti. Mr. Hawthorne e io usciremo dalla porta della cucina.»

«Ma, giudice...»

«Mio figlio è morto, Edward, e non credo gli importi ormai di quello che la cronaca mondana del *Washington Post* scriverà sugli illustri personaggi intervenuti al suo funerale.» L'anziano signore si alzò faticosamente dalla poltrona. «Venga con me, Hawthorne, qui non c'è nessuno che possa darle delle risposte. E poi è una bella notte che merita una passeggiata.»

L'avvocato White, frustrato, tenne aperta la porta e Tyrell seguì il vecchio Ingersol attraverso l'atrio nel prato che si estendeva dietro la casa, con una grande piscina illuminata circondata da aiuole in fiore. L'ex giudice della Corte Suprema si fermò sul bordo della piscina. «Perché è venuto qui, Mr. Hawthorne, e che cosa vuole realmente sapere?»

«Lei ha sentito quel che ho detto al socio di suo figlio.»

«Riciclaggio di denaro sporco? Narcotrafficanti?... No, signore, David non aveva né la capacità né l'audacia di intraprendere simili attività. Tuttavia le sue allusioni ai conti in Svizzera non sono senza fondamento.»

«Forse allora dovrei chiederle che cosa sa lei, giudice Ingersol.»

«È una macabra storia, con momenti di trionfo e di angoscia e una buona dose di dramma... Ma senza la maestà della tragedia greca.»

«Parole eloquenti, ma non mi spiegano niente.»

«Lei mi ha guardato in modo strano, là nello studio» proseguì il giudice, senza tener conto dell'osservazione di Tyrell. «Era solo la sorpresa di vedermi, o c'è qualche altro motivo?»

«Lei mi ricordava qualcuno.»

«L'ho pensato anch'io e la sua reazione me l'ha confermato. Nils Van Nostrand, Mr. Nettuno, se preferisce... Le analogie nel nostro aspetto l'hanno colpita subito, anche se in fondo si limitano all'età, alla statura e soprattutto agli abiti. Lei dunque conosce Van Nostrand e non si sarebbe mai aspettato di trovarlo qui. Questo mi ha fatto capire molte cose.»

«Tanto più mi sorprende che lei ammetta di conoscere Nettuno.»

«Fa parte della storia» continuò Ingersol mentre passavano sotto un pergolato e sbucavano in un angolo isolato del giardino, lontano dalla casa e dalla folla. «Una volta che tutto fu combinato, Nils venne diverse volte sulla Costa del Sol. Io non sapevo chi era, naturalmente, ma diventammo amici. Sembrava proprio uno di noi, anziani gaudenti con molto denaro da spendere. Lo mandai persino dal mio sarto personale a Londra.»

«Quando ha saputo che era Nettuno?»

«Cinque anni fa. Avevo cominciato a sospettare che ci fosse qualcosa di poco chiaro in lui, nel suo passato, in quelle sue brevi comparse e partenze improvvise. Una notte, sulla veranda del club nautico, davanti al Mediterraneo illuminato dalla luna, Van Nostrand uscì a dirmi inaspettatamente: "Lei trova qualche cosa di strano in me, vero, giudice?". Risposi che ritenevo fosse un omosessuale ma non ci vedevo niente di strano. E allora, con il più diabolico sorriso che avessi mai visto, aggiunse: "Io sono l'uomo che l'ha rovinata, l'uomo che ha in pugno il destino di suo figlio. Sono Nettuno".»

«Cristo! Così, di punto in bianco?»

«Ne fui sconvolto. Gli chiesi perché aveva voluto dirmelo, dopo tanto tempo. Quale crudele e perversa soddisfazione poteva mai trarne? Io ero un vecchio di ottantun anni, mia moglie era morta ed ero rimasto solo e a domandarmi ogni notte se sarei stato vivo la mattina dopo. "Perché, Nils?" gli chiesi. "Perché l'ha fatto e perché me lo dice ora?"»

«E Nils le diede una risposta?»

«Sì, mi diede una risposta. Per questo tornai a casa... Mio figlio non è stato ucciso da un vagabondo drogato. È stato assassinato dagli uomini che avevano rovinato me e avevano in pugno il suo destino, per usare le parole di Van Nostrand. E non posso tollerare l'idea di portare questo segreto nella tomba.»

«Ma quale fu la risposta di Nostrand?» insisté Tyrell.

«Con quello stesso perfido sorriso mi disse... e ricordo a memoria le sue parole che si sono impresse a fuoco nella mia mente: "Per dimostrare che avevamo il potere di farlo. Con il tempo noi arriveremo ai vertici del governo degli Stati Uniti – noi, Marte e Nettuno. Volevo che lei lo sapesse, e si rendesse conto che non può far niente". Così si prese la brutale soddisfazione di gettarmelo in faccia, in faccia a un vecchio impotente. Ma quando hanno ucciso mio figlio ho capito che era venuto il momento di uscire dal mio lussuoso inferno e trovare qualcuno a cui raccontare la verità. Non sapevo da dove cominciare, perché ci sono cose che devono rimanere segrete. Ho un nipote da proteggere, un bravo ragazzo, probabilmente migliore di suo padre e di suo nonno. Ma tutto il resto deve essere detto. Poi ho sentito lei, Mr. Hawthorne, là nello studio. C'è qualcosa in lei che ispira fiducia.» Ingersol fissò gli occhi in quelli di Hawthorne. «Sono pronto a darle certe informazioni, a patto che la mia identità non sia rivelata. Voglio restare anonimo.»

«Non è possibile. Ho bisogno di prove.»

«Dopo il funerale, tornerò sulla Costa del Sol. E appena Van Nostrand mi comparirà davanti, l'ultimo atto della mia vita sarà di estrarre un piccolo revolver, sparargli alla testa e costituirmi alla polizia spagnola.»

«Van Nostrand non le comparirà più davanti. È morto.»

Il vecchio sgranò gli occhi, sorpreso. «Non è stata data notizia della sua morte...»

«Lei è uno dei pochi privilegiati che lo sanno. È stata messa a tacere.»

«E perché?»

«Per confondere il nemico. Mettiamola così.»

«Il nemico? Allora lei sa che esiste un'organizzazione.»

«Lo sappiamo.»

«Uomini reclutati come mio figlio. Estorsione, ricatto, distruzione garantita se il candidato rifiuta, alti compensi se collabora.»

«Tranne per quei pochi che abbiamo scoperto, o crediamo di aver scoperto, tutti morti, ignoriamo chi siano e dove si trovino. Lei può aiutarci?»

«Si fanno chiamare Scorpio e sono venticinque. I primi cinque sono superiori agli altri in quanto trasmettono gli ordini dati da, diciamo, il consiglio dei capi.»

«Quale consiglio dei capi?»

«Sono conosciuti come i Provider.»

«E chi sono?»

«Lei è disposto ad accettare le mie condizioni?»

«Come può chiedermi di tenere la bocca chiusa! Non ha idea della gravità del caso.»

«Non voglio compromettere mio nipote. Todd ha tutta la vita davanti a sé. Mi rifiuto di rovinare il suo avvenire.»

«Si rende conto che potrei mentirle?»

«Non credo che lo farebbe, se mi dà la sua parola. È un rischio che voglio correre. Ho la sua parola?»

Tyrell camminò nervosamente su e giù per qualche minuto, alzò gli occhi alla pallida falce di luna, poi si voltò e fissò lo sguardo negli occhi tristi ma fermi del vecchio. «Lei mi chiede di riferire informazioni basate su una fonte sconosciuta? È insensato.»

«Non credo. Ci sono stati altri casi.»

«E lei mi può fornire informazioni concrete?»

«Posso fornirle delle tracce che ritengo di importanza cruciale. Sarà suo compito scoprire il resto.»

«Allora ha la mia parola» concluse finalmente Hawthorne. «E non mento.»

«Van Nostrand aveva una piccola villa, molto lussuosa, adatta a uomini che non amano ospitare altri se non le loro amanti occasionali. Dopo che mi disse quel che aveva fatto, posi la villa sotto il "microscopio", come dite voi dei servizi segreti. Corruppi il suo domestico, il personale dell'ufficio postale del luogo e persino le centraliniste dei nostri club. Sapevo bene che non potevo ucciderlo senza dover affrontare conseguenze che non mi sentivo di addossarmi, ma se mi fosse stato possibile scoprire i segreti di quel bastardo, forse l'avrei costretto a mollare la presa che aveva su me e mio figlio.»

«Con le sue stesse tecniche?» chiese Tyrell. «Ricatto? Minacce di denunciarlo?»

«Precisamente... Incluso quello che mi raccontava mio figlio. Dovevamo essere estremamente cauti... niente lettere, niente telefonate. David viaggiava molto e, per ironia della sorte, spesso faceva rapporto alla CIA in merito a vicende su cui gli chiedevano di indagare...»

«Me l'avevano detto» confermò Hawthorne. «Quando per la prima volta feci il suo nome, il capo dei servizi segreti della Marina mi disse che ero un idiota... suo figlio era così pulito che rendeva persino dei servigi alla CIA, quando gli veniva richiesto.»

«Ironia della sorte» ripeté il vecchio giudice. «Continuammo dunque a incontrarci segretamente, mio figlio e io, badando a che nessuno ci vedesse insieme. David mi diede i codici telefonici... A proposito, sono trasmissioni via satellite...»

«Lo sappiamo.»

«David incontrava Van Nostrand in diverse occasioni mondane, com'era inevitabile nell'alta società di Washington, ma raramente si rivolgevano la parola in pubblico. Poi, un giorno, in seguito a un'emergenza che richiedeva un intervento immediato – un urgente revisione analitica alla CIA – Van Nostrand impose a mio figlio di portare l'informazione rettificata a Scorpio Due.»

«Scorpio Due?... O'Ryan?»

«Esatto. Vede, David era Scorpio Tre.»

«Uno dei cinque al vertice?»

«Molto a malincuore, le assicuro. Quanto al motivo, non fa parte delle informazioni che sono disposto a darle.»

«E chi sono gli altri due? Gli altri dei cinque al vertice, voglio dire.»

«Mio figlio non l'ha mai saputo di preciso, ma riteneva che uno fosse un senatore, poiché una volta Van Nostrand gli aveva detto che la commissione informazioni del Senato era un'eccellente fonte di notizie. Quanto al quinto uomo, David mi disse che O'Ryan lo aveva rintracciato, ma gli aveva riferito solo che Scorpio Cinque era un ufficiale di alto grado, al vertice del Pentagono.»

«Diamine, un centro nevralgico della vita del Paese.»

«Sicuro, e questo confermava le informazioni da me raccolte sulla Costa del Sol. Van Nostrand faceva decine di telefonate a Washington, molte proprio al Pentagono.»

«E ha scoperto qualcos'altro, oltre alle telefonate?»

«Sì, scoprii che vi arrivava della corrispondenza da un'agenzia immobiliare di Losanna. Van Nostrand aveva una proprietà, sotto un altro nome, un nome spagnolo. Lui stesso era registrato come custode.»

«Niente di interessante, qui. C'è altro?»

«Sì.» Ingersol fece un pallido sorriso. «Una lista di venti nomi e indirizzi, che diciotto mesi fa si trovava nella cassetta di sicurezza di Van Nostrand alla Gemeinschaft Bank di Zurigo. Pagai diecimila dollari per far neutralizzare gli allarmi e aprire la cassetta, ricorrendo a una simpatica canaglia che ora si trova in carcere a Estepona. Venti nomi, Mr. Hawthorne. *Venti!*»

«Cristo! Tutti gli Scorpio!» mormorò Tyrell. «Suo figlio lo sapeva?»

«Io sono un giurista esperto, Mr. Hawthorne, so quando è il caso di rivelare prove segrete e quando no, soprattutto quando quelle prove potrebbero recare grave danno a chi ne fosse a conoscenza.»

«Che cosa significa?»

«Per dirla brutalmente, David non era né adatto né preparato alla posizione in cui era venuto a trovarsi. Era un buon avvocato, non un duro, capace di trattare gli affari loschi. Faceva la sua parte, come Scorpio Tre, ma era solo una controfigura. Era costantemente spaventato, soggetto a momenti di depressione, di panico. Se gli avessi consegnato la lista, forse l'avrebbe usata in un tentativo disperato di districarsi da quella dannata rete, in una delle sue crisi di angoscia.»

«E allora?»

«Buon Dio, usi il cervello, giovanotto! Van Nostrand, amico intimo di presidenti e di alti funzionari di Washington! O'Ryan, analista d'alto livello, in grado di accedere ai segreti più gelosamente custoditi, e una lista di nomi ignoti, consegnata da un uomo colto dal panico che non poteva dimostrare niente?»

«E i codici delle trasmissioni via satellite?»

«Sarebbero state immediatamente interrotte da qualsiasi Scorpio in grado di lanciare l'allarme... Gli Scorpio hanno dato concreta dimostrazione della loro efficienza.»

«Perché è stato ucciso suo figlio?»

«Si era lasciato prendere dal panico. A che proposito, non so proprio. Come le ho detto, non comunicavamo mai per iscritto, né per telefono. Era convinto che la sua casa e il suo ufficio fossero controllati da microspie installate dai Provider.»

«E lo erano?»

«La casa no. Quanto all'ufficio, non saprei. È grande, con molti locali e un complicato sistema telefonico. Se gli Scorpio lo avessero messo sotto controllo, avrebbero potuto destare sospetti.»

«E lei è sicuro per quel che riguarda la casa?»

«La facevo controllare ogni mese dai miei uomini, ma David non era ancora convinto. Mi diceva: "Non sai quel che possono fare!"... Io però insistevo che la casa era pulita.»

«Chi sono i Provider?»

«Non sono sicuro, posso darle solo qualche indicazione. C'erano persone che arrivavano su un aereo privato a trovare Van Nostrand. Seminai qualche bustarella all'aeroporto di Marbella e fra gli agenti della dogana. Oh sì, Mr. Hawthorne, ho i nomi e i luoghi di partenza di tutti quelli che andavano a trovarlo, e fra loro doveva esserci certamente qualcuno dei Provider, ma con mio grande rincrescimento non scoprii nulla di preciso. Sui documenti ci sono spesso nomi e indirizzi falsi... C'era però una coppia, un uomo e una donna, lui da Milano, lei dal Bahrein, che si facevano vedere più frequentemente degli altri. Entrambi anziani, tarchiati, pesanti... secondo me, appartenevano ai Provider, forse erano i capi, o almeno i loro portavoce.»

«Milano, lo scalo settentrionale di Palermo, della mafia» mormorò Tyrell. «Il Bahrein, fonte di immense ricchezze a cui spesso attingeva la gente della Valle della Beqa'a. Può identificarli e dirmi chi sono?»

«Ssst!» Ingersol alzò di colpo la mano. «Sta arrivando qualcuno.»

Hawthorne fece per girarsi, ma era troppo tardi. Si udì un lieve ronzìo nell'aria, una pistola con il silenziatore. Il proiettile disintegrò la fronte del vecchio. Tyrell si gettò a destra tuffandosi in un cespuglio di rose e la sua mano corse alla cintura alla vana ricerca di un'arma. Una sagoma nera si gettò su di lui come un gigantesco uccello, un pesante oggetto di metallo lo colpì al cranio. Poi tutto fu buio.

29

Hawthorne sentì dapprima fitte acute di dolore, poi si rese conto dei rivoli di sangue che gli scorrevano sulla faccia. Lottando per respirare cercò di sollevare la testa e si trovò i capelli impigliati in un intreccio di rami e la carne lacerata dalle spine. Era prigioniero di un fitto roseto, come se qualcuno lo avesse spinto là dentro a furia di calci. Qualcuno che aveva ucciso Richard Ingersol, padre di Scorpio Tre.

Lentamente, barcollando, cercò di alzarsi e all'improvviso si accorse di avere una pistola in mano. Ma era troppo grossa e pesante per essere la sua. Era una .38 Magnum con silenziatore, la stessa arma usata per uccidere il vecchio Ingersol. *Vogliono incastrarmi*, pensò Hawthorne e solo in quel momento si accorse di minuscole pulsazioni nella tasca della giacca – *uno, due, tre... uno, due, tre...* Poole stava cercando di contattarlo con il segnale di emergenza. Da quanto tempo?

Si alzò in piedi e cercò di orientarsi. Non c'era nessuno intorno, oltre al cadavere del vecchio, con il cranio spappolato coperto di sangue. Guidato dall'antico istinto che gli diceva quel che c'era da fare, trascinò il corpo in fondo al giardino e lo nascose sotto l'alta siepe di cinta. Frugò nelle tasche del vecchio, non trovò nulla tranne un portafogli con del denaro e carte di credito. Lo lasciò lì e prese solo il fazzoletto pulito dal taschino di Ingersol. La luce della piscina... *acqua!*

Corse lungo il pergolato, scrutò cautamente oltre l'angolo, mentre si infilava la Magnum nella cintura. Dietro le grandi finestre del soggiorno si vedevano muovere ombre silenziose. Immerse il fazzoletto nell'acqua e lo usò per pulirsi il viso e le mani. Se fosse riuscito a passare attraverso l'affollata cucina senza farsi notare poteva in pochi passi raggiungere l'atrio e l'ufficio di Ingersol figlio. Era indispensabile. Doveva parlare con Jackson, doveva sapere il motivo dell'emergenza e riferirgli l'accaduto. Afferrò un asciugamano che pendeva dalla spalliera di una sedia a sdraio e si avviò. Di colpo capì che cosa lo aveva risvegliato dallo stato d'incoscienza. Era stato il debole ma incessante pulsare dell'accendino di plastica che portava in tasca, a contatto del torace. Senza quell'interferenza elettronica lo avrebbero rinvenuto a poca distanza dal cadavere di Richard Ingersol e la polizia lo avrebbe arrestato per omicidio. Così sarebbero stati eliminati due uomini, forse gli unici, tranne la terrorista Bajaratt, che fossero informati dell'associazione clandestina degli Scorpio.

Tenendosi l'asciugamano sulla faccia Tyrell risalì di corsa il vialetto fino alla porta della cucina. S'infilò fra gli inservienti, come un visitatore sopraffatto dal dolore, od ottenebrato dall'alcol. Se qualcuno osservò la sua dolente figura, si voltò dall'altra parte, continuando il proprio lavoro. Tyrell si affrettò verso lo studio, si chiuse la porta alle spalle, tirò le tende alle finestre. La ferita alla testa si era riaperta, ma fortunatamente la sutura alla coscia aveva tenuto. Poole con i suoi cerotti supplementari aveva fatto un buon lavoro. Annesso allo studio c'era un bagno, con la porta aperta. Appena possibile, si sarebbe occupato di quel taglio alla testa, ma prima doveva chiamare il tenente.

«Dove sei stato?» chiese la voce ansiosa di Poole. «È quasi un'ora che cerco di chiamarti»

«Ti spiegherò dopo, Jackson, prima le notizie. Come sta Cathy?»

«L'ospedale dice che non ci sono cambiamenti.»

«E allora, cos'è l'emergenza?»

«Preferirei non dirtelo, Tye, ma devi saperlo... Henry Stevens è stato ucciso, una larga ferita da coltello al petto. La polizia ha rinvenuto il corpo dietro il suo garage.» Il tenente fece una pausa. «La moglie di Stevens ha assillato il segretario Palisser finché lui le ha dato questo numero. La signora ha un messaggio per te e ho giurato di trasmettertelo. "Prima Ingrid, ora Henry. Quanto ancora deve durare, Tye? Tirati fuori, per l'amor di Dio!" Che significa, comandante?»

«Mrs. Stevens collega due fatti che invece non hanno alcun legame.» Tyrell non poteva ancora permettersi di pensare al dolore di Phyllis Stevens. Non in quel momento. «La polizia ha scoperto qualcosa sull'assassinio di Henry?» chiese.

«Solo che si tratta di una ferita molto insolita. La faccenda è stata tenuta sotto silenzio, hanno dato ordine di cucirsi la bocca con tutti.»

«Cosa dicono della ferita?»

«Provocata da una lama larga e spessa, piuttosto strana, ammettono.»

«Chi te l'ha detto?»

«Il segretario Palisser. Dopo la scomparsa del direttore della CIA, Gillette, per un attacco di cuore o che altro fosse, Palisser si è insediato al posto suo, in quanto tu lavori per il Dipartimento di Stato.»

«E tu conferisci direttamente con lui?»

«Sì, mi ha dato i suoi numeri privati, di casa e del suo ufficio.»

«Ascoltami bene, Jackson, e prendi nota.» Hawthorne raccontò al tenente tutto ciò che era avvenuto alla casa degli Ingersol, in particolare il colloquio con Richard Ingersol e la morte violenta del giudice nel suo giardino.

«E tu sei ferito? In modo grave?»

«Me la caverò con un altro paio di punti e un diabolico mal di testa. Ora chiama Palisser e riferisci ogni cosa. Voglio che mi procuri accesso immediato agli schedari della CIA e soprattutto ai fascicoli di ogni senatore della commissione informazioni del Senato e di tutti gli ufficiali superiori del Pentagono che abbiano potere decisionale.»

«Sto scrivendo più svelto che posso» ansimò Poole. «Gesù, che imbroglio!»

«Hai scritto tutto?»

«Contaci, comandante. Quel che hai detto sarà riferito. A proposito, tuo fratello Marc ha chiamato ancora. Era su tutte le furie.»

«È sempre su tutte le furie. Che cosa voleva?»

«Quei due piloti della tenuta di Van Nostrand, i fratelli Jones. Hai dodici ore per chiamarli o ti denunceranno.»

«E che mi denuncino! Getteranno nel panico l'intera rete degli Scorpio e uno di loro è proprio qui, in questa casa. Chiunque sia, mi ha visto andare in giardino con il vecchio Ingersol, padre di Scorpio Tre. Ora Scorpio Tre ha fatto la fine di O'Ryan e Van Nostrand. Ne restano due, dei cinque al vertice. Il casino è appena cominciato.»

«Tye, medicati la ferita, trova del cerotto... e ruba un cappello...»

«Sarà fatto, dottore... Ora devo muovermi. Di' a Palisser che sto andando a Langley. Ci sarò fra venti minuti, così ha il tempo di annunciare il mio arrivo e disporre che il computer sputi fuori quelle schede della CIA in una delle loro stanze segrete senza finestre. Digli di muovere il culo e che sono io che glielo ordino.»

«Ti piace strapazzare le autorità, vero?»

«In certe circostanze, è uno dei pochi piaceri che mi restano.»

Nel laboratorio di medicina legale al Walter Reed Hospital i due medici che esaminavano il cadavere del capitano Henry Stevens si guardarono stupefatti. Su un carrello ai piedi del tavolo operatorio era disposto in bell'ordine un assortimento di lame, circa trentacinque, dal comune coltello corto per sbucciare, alle lunghe lame da macelleria.

«Mio Dio, era una baionetta!» mormorò uno dei due.

«Il messaggio di uno psicopatico» assentì l'altro.

Amaya Bajaratt avanzò tra la folla fino alle porte elettroniche ed entrò nel terminal della El Al. Girò a destra, verso una parete coperta di armadietti. Estrasse dalla borsa una chiave che le era stata consegnata a Marsiglia e cominciò a studiare i numeri degli sportelli. Trovò il 116, lo aprì e infilò la mano a tastare la base superiore del vano, dove era fissata una busta con un pezzo di nastro adesivo. La strappò e tirò fuori uno scontrino di ritiro pacchi, che ripose rapidamente nella borsetta.

Tornò indietro e si recò al deposito bagagli della El Al, dove presentò lo scontrino al banco. «Credo che uno dei vostri piloti abbia lasciato un pacchetto per me» disse sorridendo soavemente. «Più s'invecchia, più si ha bisogno dei profumi di Parigi, vero?»

L'impiegata prese lo scontrino. Passarono diversi minuti e l'ansia di Amaya crebbe. Ci voleva troppo tempo! Mentre gettava intorno sguardi sospettosi come un animale che fiuta la trappola, l'impiegata tornò.

«Mi dispiace, ma il suo amico pilota deve aver fatto confusione con i Paesi» spiegò la ragazza porgendo ad Amaya un pacchetto accuratamente incartato e sigillato con nastro adesivo. «Questo non arriva da Parigi, viene direttamente da Tel Aviv.»

«La ringrazio.» Amaya prese l'involucro e lo scosse. Era molto leggero. «Quel briccone di pilota sarà andato a casa, prima, e avrà dato metà del contenuto a un'altra donna!»

«Gli uomini!» sospirò l'impiegata. «Chi può fidarsi di loro, specialmente se sono piloti?»

Amaya Bajaratt si avviò all'uscita, stringendo il pacchetto. Era soddisfatta; la procedura aveva funzionato. Se l'esplosivo al plastico era passato attraverso i controlli della sicurezza israeliana, avrebbe eluso qualunque controllo inventato dalla Casa Bianca. E mancavano meno di ventiquattr'ore! *Ashqelon!*

Una volta fuori, si guardò attorno alla ricerca della limousine: non c'era. Evidentemente stava facendo un giro intorno all'area dov'era proibito il parcheggio, un piccolo contrattempo di nessun conto. L'importante era che il pacchetto fosse arrivato. Nessuno sapeva che dalla parte inferiore del sacchetto del detonatore sporgeva un centimetro di filo metallico nero, che quando veniva tirato attivava le minuscole batterie al litio, dando origine a una bomba equivalente a diverse tonnellate di dinamite. E per azionarla bastava puntare le lancette di un orologino da polso sulle dodici e premere la corona tre volte. Amaya era esaltata come la ragazzina di dieci anni che aveva conficcato un coltello da caccia nel corpo del soldato spagnolo che stava furiosamente infrangendo la sua verginità. *Muerte para toda autoridad!*

«Ma questa è la bella ragazza del kibbutz Bar-Shoen!» La voce allegra arrivò come un fulmine a sconvolgere i pensieri di Amaya. Alzò gli occhi a guardare uno sconosciuto, che non era affatto uno sconosciuto! Era l'agente del Mossad, una volta con i capelli neri, ora biondo ossigenato, con cui era andata a letto tanti anni prima e che aveva intravisto alla reception dell'hotel Carillon. «Però non credo proprio che il tuo nome sia Rachela» continuò lui. «Penso che cominci con la lettera B, come Bajaratt. Sapevamo che avevi dei complici a Gerusalemme e a Tel Aviv, quindi dove potevi ricevere messaggi e pacchetti meglio che qui, l'unico posto in cui nessuno pensava che ti saresti fatta vedere? Era solo un'intuizione, ma si sa che noi abbiamo un gran fiuto.»

«Oh, quanto tempo, amore mio!» gridò Amaya, gettando le braccia al collo dell'agente del Mossad. «Stringimi, baciami, amore, tesoro!» continuò fra i sorrisi di simpatia dei maschi presenti. «Vieni con me, al bar! Dobbiamo parlare!»

Prese per un braccio il confuso e disorientato israeliano, lo trascinò di nuovo all'interno e quando fu davanti agli affollati sportelli della biglietteria si mise a urlare in modo isterico e con autentico terrore: «È lui! È Ahmet Soud, degli Hezbollah! Guardate i suoi capelli, sono ossigenati, ma è lui! Ha assassinato i miei bambini e mi ha violentato durante la guerra! Chiamate la polizia! Fermatelo!».

Tutti gli ebrei maschi che erano in coda agli sportelli si precipitarono sull'agente del Mossad, mentre Amaya si precipitava alla porta.

«Via subito di qui!» gridò fermando la limousine che sopraggiungeva lentamente e balzando sul sedile posteriore, accanto allo stupefatto Nicola.

«Dove, signora?» chiese l'autista.

«Al più vicino albergo, il più decoroso possibile »

«Ce ne sono diversi, qui vicino all'aeroporto.»

«Allora ci porti al migliore.»

«Ora basta!» proruppe Nicola fissandola e continuando in italiano: «Sono due ore che cerco di parlarti e non vuoi starmi a sentire. Devi ascoltarmi adesso».

«Ho troppi pensieri, ora, non ho tempo...»

«Trova il tempo, o io faccio fermare la macchina e scendo.»

«Tu... come osi?»

«Non si tratta di osare. Dico all'autista di fermarsi, e se non lo fa lo costringo.»

«Sei un insolente... E va bene, ti ascolto.»

«Ti ho detto che ho parlato con Angelina...»

«Lo so, c'è uno sciopero degli attori in California e lei torna a casa domani.»

«Prima va a Washington e dobbiamo incontrarci alle due del pomeriggio all'aeroporto.»

«Neanche a parlarne. Ho degli impegni per domani.»

«E allora sbrigali senza di me, *zia* Valeria!»

«Tu devi fare quello che ti ordino, senza discutere.»

«Non sono il tuo servo. Mi dici che lavori per una grande causa e molti uomini muoiono perché ti sono di ostacolo... anche se non vedo come una domestica e un autista possano essere ostacoli così gravi...»

«Mi avrebbero tradita, mi avrebbero uccisa!»

«Così hai sostenuto, ma non mi hai spiegato niente... No, magari non riceverò una lira a Napoli, ma tu non mi darai più ordini. Sono forte e non sono stupido. Troverò un lavoro... Forse il padre di Angelina mi aiuterà, quando gli dirò tutta la verità.»

«Ti butterà fuori da casa sua!»

«Mi farò accompagnare da un prete, dopo che mi sarò confessato. Capirà che sono sincero e pentito dei miei peccati. Però non parlerò dell'uomo che ha tentato di uccidermi. Non voglio essere punito per ciò che sono stato costretto a fare.»

«E parlerai di me?»

«Dirò che non sei una contessa, ma una donna piena di soldi a cui piacciono certi giochetti...»

«Nicola, ascolta, abbi pazienza. Solo un giorno e sarai ricco e libero!»

«Che cosa stai dicendo...?»

«Domani, solo domani sera. Per poche ore! Ti chiedo solo questo, e poi me ne andrò.»

«Davvero?»

«Sì, mio adorabile ragazzo, e tutto il denaro che ho depositato per te a Napoli sarà tuo e una grande famiglia a Ravello ti accoglierà come un figlio. È il sogno di migliaia di scugnizzi. Non gettare tutto a mare!»

«Domani sera?»

«Sì, sì, solo un paio d'ore del tuo tempo... E certo potrai vederti con Angel domani pomeriggio. Io stessa ti accompagnerò all'aeroporto. D'accordo?»

«Basta con le bugie e gli imbrogli, signora Cabrini. Ricordati che sono uno scugnizzo e capisco le cose al volo.»

Hawthorne posò il ricevitore del telefono nello studio di Ingersol e si guardò attorno. C'era un piccolo bagno privato; vi entrò, aprì l'armadietto dei medicinali, trovò garza e cerotti. Guardandosi allo specchio riavvicinò i margini della ferita, li coprì con qualche strato di garza e vi applicò lentamente delle strisce di cerotto. Tornato nello studio, vide un berretto a scacchi e se lo sistemò in testa. Sperava che la garza e il berretto avrebbero assorbito il sangue, finché non fosse arrivato a Langley.

Tornò nell'atrio e a un tratto si domandò come portar via il libro delle firme, posto così bellamente in vista, dove i visitatori erano ansiosi di segnare il loro nome. Il registro della portineria di Van Nostrand era stato abbastanza utile, e qualcuno in quella casa era uno Scorpio, come dimostrava la morte del vecchio e la grossa pistola che poco prima si era infilato nella cintura. Ma le sue speranze svanirono quando arrivò alla porta d'ingresso.

«Se ne va, signore?» gli chiese il giovane Todd Ingersol raggiungendolo nell'atrio.

«Temo proprio di sì. Ero qui per una missione ufficiale, è il mio lavoro. Ma la sua famiglia ha tutta la mia comprensione.»

«La mia famiglia e io ne abbiamo abbastanza. Qui sembra di essere a uno stupido ricevimento dell'alta società. Voglio andare a cercare mio nonno.»

«Ah sì?»

«Anche lui è stanco di questa folla. Dopo qualche frase di condoglianze, ognuno parla soprattutto di sé. Guardi per esempio quel tipo grande e grosso, il generale Meyers, come si mette in mostra. Mio padre lo detestava, fingeva solo di sopportarlo.»

«Mi dispiace, ma Washington è così.» All'improvviso entrò di corsa un uomo tarchiato con un comune abito blu. Si avvicinò al generale e gli parlò all'orecchio, con modi bruschi, come se gli desse un ordine.

«Chi è?» chiese Tyrell.

«L'aiutante di Maximum Mike Meyers. È mezz'ora che cerca di convincerlo ad andarsene. Dov'è mio nonno? Mr. White mi ha detto che stava parlando con lei.»

«Infatti.» Hawthorne studiò brevemente il viso del giovane. «Ascolti, Todd... il suo nome è Todd, vero?»

«Sì, signore.»

«Le sembrerà strano che io le dica questo ora, ma suo nonno ha un profondo affetto per lei. Da quel poco che ho potuto conoscerlo, sono convinto che sia un uomo eccezionale.»

«Lo sappiamo tutti...»

«Se lo ricordi, Todd... e voglio che lei sappia che lascio questa casa con le mani pulite.»

«La sua faccia, signore! Guardi la sua faccia!»

Tyrell sentì un rivolo di sangue scendergli sulla guancia. Si voltò e corse fuori.

Hawthorne era già a metà strada verso Langley quando affondò il pedale del freno e sterzò bruscamente portando la macchina del Dipartimento di Stato sul bordo della strada. Meyers! Maximum Mike Meyers, generale in capo degli stati maggiori riuniti. «Un ufficiale di alto grado, al vertice del Pentagono» aveva detto O'Ryan. Era possibile? Il nome dapprima non gli aveva fatto venire in mente nulla, Tyrell non era molto pratico della gerarchia militare. Ma il soprannome Maximum Mike lo aveva messo sull'avviso. Era il più alto vertice del Pentagono!

Premette subito il pulsante che lo metteva in comunicazione con Poole. «Eccomi» rispose immediatamente la voce del tenente. «Notizie di Cathy?»

«Ha mosso la gamba sinistra e si suppone che sia un segno positivo, ma non decisivo. E tu?»

«Cancella Langley, chiama Palisser e digli che vado direttamente a casa sua. C'è un altro ciclone in vista.»

30

«No, vada avanti» ordinò Amaya all'autista che aveva accostato all'entrata di un albergo nei pressi dell'aeroporto. «Preferisco un hotel più lontano.»

«Sono quasi tutti uguali, signora» obiettò l'autista.

«Ne trovi un altro, per favore.» Amaya teneva d'occhio il finestrino per vedere se qualche auto li seguiva. Si sentiva pulsare le tempie e aveva la fronte bagnata di sudore freddo mentre stringeva il pacchetto posato sulle sue ginocchia. Il Mossad l'aveva trovata, a dispetto di tutte le precauzioni! Gerusalemme ora era entrata nel gioco, mandandole incontro l'unico uomo che poteva identificarla, un ex amante che conosceva il suo corpo, la sua andatura, i piccoli gesti che si imprimono indelebilmente nella memoria di un agente segreto.

Ma come aveva fatto il Mossad a rintracciarla? Che legame poteva avere con il gruppo di Washington impegnato nella caccia alla Piccola Sanguinaria?... Chissà se l'ultimo capo degli Scorpio lo sapeva? Aveva ammesso non solo di conoscere, ma di approvare la sua missione. Valeva la pena tentare.

«Autista,» lo chiamò «ci porti in un parcheggio, per cortesia.»

«Come, signora?»

«Dovrei togliere alcune cose dalle mie valigie. Cerchi un parcheggio dove ci sia anche un telefono pubblico.»

Un parcheggio era un'area chiusa, rifletteva Amaya, era facile identificare le macchine che entravano e uscivano. Si sarebbe accorta subito se qualcuno li seguiva. Tastò nella borsetta l'acciaio della sua automatica. Sapeva che era carica.

L'unico automezzo che arrivò dopo pochi minuti era una jeep riverniciata in colori vivaci, con un carico di giovani allegri e chiassosi. L'uscita si trovava dall'altra parte, a diverse centinaia di metri. Non c'era nessun custode. Era un posto sicuro. E c'era una cabina telefonica.

«Sono io» disse Amaya. «Posso parlare?»

«Mi trovo su una vettura del Pentagono, dammi dieci secondi per inserire lo scrambler e torno in linea.» Dopo otto secondi il generale in capo degli stati maggiori riuniti si faceva udire di nuovo. «Sei troppo ansiosa. Ho dato lo schema a uno specialista al mio servizio che sa tutto di quei congegni... ha lavorato in Medio Oriente. L'oggetto in questione ti sarà consegnato domattina, non più tardi delle sette.»

«Sei molto professionale, Scorpio Uno, ma non è per questo che ti ho chiamato. Posso parlare liberamente?»

«Nessuno ci intercetterà.»

«Bene, è entrato in scena il Mossad. Che cosa ne sapete voi?»

«Il Mossad? Qui?»

«Precisamente.»

«Che io sia dannato! Il Mossad non c'entra in questa faccenda, e se anche fosse lo saprei. Ho un paio di amici speciali laggiù, le persone giuste.»

«Non basta certo a mettermi il cuore in pace.»

«Io separo e distinguo. Il mio interesse prima di tutto, il resto viene dopo.»

«Compresa la mia causa?»

«Tu sei in cima alla lista delle mie priorità. Ci riporterai al posto che ci spetta, perciò non c'è nulla che non farei per te. Sento già l'odore della polvere, vedo le colonne in marcia. Noi torneremo al potere.»

«*Muerte para toda autoridad.*»

«Che cos'hai detto?»

«Non importa, è una questione personale.» Amaya Bajaratt riappese il telefono, accigliata. Quell'uomo si comportava da fanatico e lei aveva solo da guadagnarci, sempre che fosse sincero. Ma era autentico o era un agente doppio, alle dipendenze dello stesso gruppo al vertice che diceva di ripudiare? Lo avrebbe saputo la mattina dopo, al momento di smontare lo Stivale di Allah, verificandone la struttura e le componenti con la cautela e l'abilità che solo un'esperta attivista possedeva. Un tecnico poteva fabbricare un facsimile apparentemente identico, ma c'erano tre punti di contatto che era impossibile duplicare senza conseguenze letali. Amico o nemico che fosse, ormai non importava. A lui non aveva detto niente.

Inserì un'altra moneta e chiamò il portiere del Carillon. C'era un messaggio per lei, dall'ufficio del senatore Nesbitt. *L'appuntamento della contessa alla Casa Bianca è fissato per le otto di domani sera. Il senatore le telefonerà in mattinata.*

Amaya Bajaratt tornò alla limousine, controllando istintivamente quali nuovi veicoli si erano fermati nel parcheggio e scrutando il cielo buio per assicurarsi che non incrociassero elicotteri o aerei sospetti sulla zona.

«Ci porti al primo albergo» ordinò all'autista. «Andrà bene.»

Nella cucina del segretario di Stato, Hawthorne fronteggiava il padrone di casa, seccato e riluttante, davanti all'immancabile bricco di caffè. Il tono del colloquio era aspro.

«Lei mi sembra un somaro senza cervello, comandante! Ma non ha un po' di discernimento?»

«È lei il somaro se non mi ascolta, Palisser!»

«Le posso ricordare, giovanotto, che io sono il segretario di Stato?»

«In questo momento lei è solo il segretario dei miei stivali!»

«Non è per niente divertente...»

«Me l'ha già detto l'ultima volta, a proposito di Van Nostrand. Sbagliava allora e sbaglia adesso. Insomma, vuole usare il cervello e starmi a sentire?»

«Ho ascoltato quel che mi ha detto il suo aiutante... come diavolo si chiama... e mi gira ancora la testa.»

«Si chiama Poole, tenente dell'Air Force, e vale molto più di me e di lei. Tutto quello che le ha detto è vero. Io ero là e lei no.»

«Torniamo al punto, Hawthorne. Non pensa che, date le circostanze, il vecchio Ingersol potrebbe essere un po' fuori di testa? È vicino ai novanta, suo figlio è stato assassinato. Un vecchio sconvolto come lui è facile che abbia delle allucinazioni, che veda un esercito di demoni uscire dall'inferno per devastare la Terra. Buon Dio! Una rete di *Scorpio* che esegue i comandi di un ordine mistico, i cosiddetti Provider? Roba da fantascienza!»

«I Provider esistono. Vogliono assumere il controllo del governo e intendono farlo con l'assassinio del presidente e il caos che ne seguirà. Hanno i loro uomini al Senato e al Pentagono, come sappiamo, e forse anche alla Corte Suprema e alle Comunicazioni, pronti a trarre vantaggio dal vuoto di potere.»

«Che significa "come sappiamo"?»

«Gli Ingersol, padre e figlio, l'hanno scoperto deducendolo da quello che il figlio sapeva come Scorpio reclutato con il ricatto e da quello che Van Nostrand confidò al vecchio sulla Costa del Sol.»

«Van Nostrand?»

«Sicuro. Quel bastardo era al centro di tutta la trama. L'ha detto chiaro e tondo al giudice Ingersol, che lui e i suoi avrebbero governato a Washington e non c'era nulla che il vecchio e suo figlio potessero fare per impedirglielo.»

«Tutte sciocchezze!»

«Sicuramente lei e il nostro defunto segretario alla Difesa, Davenport, siete puliti, ma altrettanto sicuramente il generale in capo degli stati maggiori riuniti non lo è.»

«Lei è matto da legare!»

«Sono fin troppo sano, Palisser, e la prova è la ferita che ho alla testa.» Hawthorne si tolse il berretto che aveva rubato in casa Ingersol e mostrò la medicazione macchiata di sangue.»

«L'hanno colpita a casa degli Ingersol?»

«Circa due ore fa Maximum Mike Meyers, l'onnipotente generale in capo degli stati maggiori riuniti, si trovava in quella casa e uno degli Scorpio ci è stato descritto come "un alto ufficiale, al vertice del Pentagono". Ha bisogno di una carta stradale per andare dalla casa degli Ingersol al Pentagono, signor segretario di Stato?»

«Faremo venire qui il vecchio e lo interrogheremo» replicò accigliato Palisser.

«Mi scusi se ho usato una vecchia tecnica.» Hawthorne abbassò la voce e si appoggiò stancamente al tavolo. «Una tecnica che usavo ad Amsterdam, quando sospettavo di qualche agente... Non può far venire qui il giudice Ingersol, perché è morto. Un proiettile di 357 Magnum gli ha spappolato la testa. E io avrei dovuto fare da capro espiatorio.»

Palisser balzò in piedi respingendo violentemente la sedia, che scricchiolò sul pavimento di pietra. «Ma cosa mi sta dicendo...!»

«La verità, signore.»

«Ma sarebbe su tutti i giornali! Me lo avrebbero detto!»

«Non il Pentagono. E credo che nessuno degli Ingersol si sia ancora spinto fino al giardino dietro la piscina. Probabilmente non lo troveranno fino a domani mattina. Non è ora di tuffi in piscina.»

«Ma chi gli ha sparato, e perché?» chiese Palisser pallido e sgomento.

«Posso solo fare delle congetture. Ho visto l'aiutante di Meyers, molto agitato, precipitarsi da lui e costringendolo quasi ad andarsene... strano comportamento per un subordinato. Il nipote del vecchio Ingersol mi ha poi riferito che già da mezz'ora l'aiutante cercava di portar via il generale da quella casa. È appunto l'arco di tempo in cui Ingersol è stato ucciso e io sono rimasto privo di sensi.»

«Assurdo. Perché qualcuno aveva bisogno di uccidere un vecchio?»

«Perché gli Scorpio esistono. Ingersol stava per dirmi i nomi delle persone che andavano più frequentemente a far visita a Van Nostrand, sulla Costa del Sol. Pensava che fosse una traccia per smascherare l'organizzazione degli Scorpio. Avrebbe fatto qualsiasi cosa per spezzare la presa che avevano su suo figlio.»

«Intende dire che l'aiutante di Meyers ha sparato a Ingersol?»

«È l'unica ipotesi che abbia un senso.»

«Ma se lei l'ha visto, anche l'aiutante da parte sua deve averla riconosciuta. Come mai non ha reagito?»

«L'atrio era buio, io portavo questo cappello, c'era molta gente Inoltre mi è passato vicino come una furia per andarsene al più presto.»

«Chiacchiere incoerenti! Crede che basti per mettere in dubbio l'integrità e il patriottismo del generale in capo degli stati maggiori riuniti, un uomo che ha fatto quattro anni di prigionia nel Vietnam? E per trascinarlo in prigione?»

«È l'ultima cosa che vorrei! Le chiedo solo di farmi entrare nel cosiddetto "circolo interno" delle persone che giornalmente vengono informate di ogni passo dell'operazione Piccola Sanguinaria. Il generale ne fa parte, vero?»

«Naturalmente, lui è...»

«So chi è» lo interruppe Hawthorne. «Ma lui non sa che io so che è uno Scorpio.»

«E allora?»

«Ci faccia incontrare. Stanotte. Sono stato quasi ucciso in casa degli Ingersol.»

«Mio Dio, se lei ha ragione, è il generale che ha cercato di farla fuori!»

«Non lo so, e nemmeno lo sospetto. Poteva essere qualcun altro, ma poiché il generale si trovava in quella casa voglio parlare con lui per scoprire chi era il killer.» Hawthorne si girò di colpo e pronunciò con voce aspra e inquisitoria: «Dirò: "Ci pensi, generale! Pensi a ogni nome, ogni faccia che può ricordare! Qualcuno fra quella gente lavora per la Piccola Sanguinaria!"».

«Fiuterà la trappola.»

«No, se parlo nel modo giusto. A proposito, avrò bisogno di uno di quei piccoli aggeggi che si possono tenere in tasca per registrare ogni parola che dirà quel bastardo.»

«Non occorre dirle, Hawthorne, che se lei ha visto giusto e Meyers sospetta la presenza del registratore, potrebbe ucciderla.»

«Se ci prova, troverà pane per i suoi denti.»

Il generale Michael Meyers, a dorso nudo, fremeva d'impazienza mentre il suo aiutante gli toglieva il braccio artificiale che aveva riempito la manica destra della giacca. Rimossa la protesi, scosse il moncherino, preoccupato alla vista della pelle rossa e irritata.

«Prendo la pomata» si offrì l'aiutante, vedendo il suo superiore corrucciarsi.

«Prima portami un drink e prendi nota di chiamare i medici del Walter Reed in mattinata. Che rifacciano quel dannato aggeggio e lo rifacciano nel modo giusto, questa volta!»

«È quello che gli abbiamo detto anche l'anno scorso. Ti ho ripetuto cento volte che questi apparecchi graffiano la pelle se non sono ben stretti, ma tu non mi stai a sentire.»

«Sei un fottuto scocciatore.»

«Non mi insultare, perdio! Mi devi molto, per stanotte.»

«Ma ti ascolto!» Il generale uscì in una risata. «Tu però sei sempre stato un brontolone.»

«Lo so» ribatté il sergente maggiore versando due drink al bar. «È tanti anni che siamo insieme, Michael. Ed è stata una buona vita.»

«Sarà anche migliore. Stiamo per tornare al posto che ci spetta.»

«È a questo che doveva servire il fatto di stanotte?»

«Puoi star certo. Gli Ingersol, padre e figlio, erano dei codardi di merda. In combutta con quel bastardo di Hawthorne.»

«Hawthorne? Quel tizio che stava con il vecchio?»

«Ed White mi ha detto che erano andati insieme in giardino e voleva sapere se ero al corrente di un'indagine del Dipartimento di Stato sul suo socio. Era una cortina fumogena. Hawthorne è un altro paio di maniche. Un cliente peggio che scomodo.»

«E giustamente liquidato.» Squillò il telefono e il sergente maggiore sollevò il ricevitore. «Residenza del generale Meyers» annunciò. «Sì, signore... il generale è sotto la doccia, signor segretario, ma la richiamerà appena esce.» Prese una penna e annotò qualcosa su un bloc notes. Quindi si volse a Meyers con un'espressione sgomenta, deglutendo a fatica. «Il segretario di Stato. Devono aver trovato i corpi... Cristo, e tu eri là a cincischiarti e non ti decidevi a venir via.»

«Sei sicuro di non essere stato riconosciuto?»

«Macché! Sono troppo esperto, e lo sai. Quante volte ho sbrigato questo genere di faccende con gli sporchi spioni gialli a Hon Chow? Nove bastardi eliminati e neanche un'ombra di traccia che portasse a me.»

«Ti credo. Che cosa ha detto Palisser?»

«Che è successo qualcosa di terribile e loro – ha detto "loro"! – avevano bisogno del tuo aiuto... Io non voglio aver niente a che fare con questa storia, Max. Non voglio guidare la tua macchina, non voglio essere visto con te, stanotte!»

«Bene, chiama Everett dal telefono dell'auto, digli di mettersi un vestito nero e va' a prenderlo. Mentre tornate qui, informalo di quanto è avvenuto.»

«Vado.» Il sergente portò a Meyers il suo drink. «Non tardare a chiamare Palisser. È fuori di sé.»

«Tu pensa a sbrigarti, Johnny.» L'aiutante scosse la testa e uscì, borbottando delle volgarità.

Il generale si alzò lentamente, prese il drink, si diresse al bar. Sorseggiò piano il suo whisky canadese, pensando al segretario di Stato. Non aveva molta simpatia per lui, ma doveva riconoscere che era un uomo in gamba.

Diede un'occhiata all'orologio. Erano passati sette minuti da quando Johnny era partito. Alzò il telefono e compose i numeri che il suo aiutante aveva annotato sul taccuino.

«Qui Palisser» rispose la voce del segretario di Stato.

«Bruce, devi scusarmi» cominciò Meyers. «Il mio aiutante ha una pessima scrittura, non riuscivo a capire bene e ho chiamato tre numeri sbagliati prima di decifrare quello giusto. Naturalmente l'ho mandato fuori prima di telefonarti.»

«Stavo per richiamarti io, Michael. È successo qualcosa di

terribile e grottesco, che potrebbe essere collegato con la terrorista Bajaratt.»

«Di che cosa si tratta?»

«Tu eri in casa degli Ingersol stanotte, vero?»

«Sì, il mio ufficio ha deciso che dovevo fare atto di presenza. David era un amico del Pentagono. Spesso abbiamo chiesto la sua consulenza nelle vertenze con i fornitori dell'Esercito.»

«Tu sei sempre al corrente degli sviluppi dell'operazione Piccola Sanguinaria, vero?»

«Naturalmente.»

«Allora sai che la donna ha alle spalle un'organizzazione e può contare sull'aiuto di persone influenti.»

«È un dato di fatto.» Il generale sogghignò fra sé. «Altrimenti non avrebbe potuto sfuggirci per tanto tempo.»

«Oggi è stata accertata una nuova circostanza. Non è sufficientemente documentata, ma le vicende di stanotte ne sono una prova.»

«Prova di che?»

«Ingersol faceva parte del gruppo Bajaratt.»

«David!» esclamò Meyers con finto stupore. «È l'ultima cosa che mi sarei aspettato!»

«C'è di più. Lo era anche suo padre, l'ex giudice della Corte Suprema.»

«Incredibile! E chi l'ha detto?»

«Lo ha scoperto il comandante Hawthorne.»

«Chi?... Ah, quell'ex agente dei servizi informazione della Marina, reclutato dagli inglesi! Ora rammento.»

«È ancora vivo per miracolo. Si trovava anche lui in casa degli Ingersol.»

«Vivo...?» si lasciò scappare Meyers, sbalordito, ma si riprese rapidamente. «Che cos'è successo?»

«Era in giardino a parlare con il vecchio Ingersol, che gli riferiva diversi particolari scottanti sulla carriera propria e del figlio. Qualcuno, a quanto pare, li ha seguiti e ha sparato al vecchio, uccidendolo all'istante. Prima che Hawthorne potesse reagire, l'ha percosso e l'ha lasciato privo di sensi, mettendogli in mano l'arma del delitto.»

«Incredibile!» borbottò ancora il generale.

«Il delitto è stato nascosto. Una squadra della CIA ha rimosso il cadavere e lo ha portato via attraverso i boschi. Alla vedova Ingersol e a suo figlio è stato detto che il vecchio, stanco dell'assedio posto a casa sua dagli invitati, si era ritirato in un albergo.»

«Ci hanno creduto?»

«Il ragazzo sì. Ha detto che se l'avesse saputo avrebbe volentieri accompagnato il nonno. Poiché il fatto è collegato alla Piccola Sanguinaria, abbiamo deciso di passarlo sotto silenzio.»

«Sono d'accordo, ma, Cristo, io non ho sentito nessuno sparo, e lo riconoscerei lontano un chilometro!»

«Non potevi sentirlo. L'arma era munita di silenziatore. Ora è in mano nostra. Hawthorne ha ripreso conoscenza prima che il delitto fosse scoperto ed è riuscito ad allontanarsi... ora vuole parlare con te.»

Prima che il generale, momentaneamente confuso, potesse riaversi, Hawthorne era in linea.

«Generale Meyers?»

«Sì...?»

«Generale, io sono un suo sincero ammiratore.»

«Grazie.»

«Dobbiamo parlare, generale, e non al telefono. Dobbiamo riesaminare insieme tutto ciò che lei e io abbiamo visto stanotte, ogni persona con cui lei ha parlato, perché io non conosco nessuno. So solo che qualcuno, fra quelli che erano presenti, lavora per la Bajaratt.»

«Dove vuole che ci incontriamo?»

«Posso venire a casa sua.»

«L'aspetto, comandante.» Il generale Michael Meyers riagganciò e si guardò il moncherino di carne arrossata che sporgeva dalla sua spalla destra. Non era arrivato fin lì per lasciarsi fermare da un marinaio rinnegato.

31

Quartier generale del Mossad, Tel Aviv

Il colonnello dell'unità antiterrorismo assegnata all'operazione Bajaratt era seduto a capotavola in maniche di camicia. Alla sua destra sedeva una donna sulla quarantina, scura di pelle, con i capelli neri raccolti in una crocchia sulla nuca; alla sua sinistra un uomo dall'aspetto giovanile, vividi occhi azzurri, capelli biondicci con un principio di calvizie. Erano rispettivamente un maggiore e un capitano del Mossad, entrambi esperti di operazioni clandestine.

«Il nostro uomo, Yakov, è stato intrappolato dalla Bajaratt» esordì il colonnello. «L'aveva rintracciata al terminal della El Al, all'aeroporto Dulles, ma la donna ha ribaltato la situazione: ha scatenato il caos urlando che era un terrorista palestinese travestito, e così è riuscita a squagliarsela. Yakov ha rischiato di finire ammazzato dai viaggiatori inferociti...»

«Non avrebbe mai dovuto avvicinarla da solo» osservò la donna. «Era inevitabile che lei lo riconoscesse. L'aveva corteggiata al kibbutz Bar-Shoen.»

«Ma allora Yakov non sapeva che lei fosse la Bajaratt» obiettò il giovane capitano. «Lo scoprimmo più tardi, dopo Ashqelon, grazie ai nostri agenti infiltrati nella Valle della Beqa'a. Dapprima Yakov aveva semplicemente qualche sospetto, subodorava che la donna assunta nel kibbutz potesse nascondere qualcosa.»

«Aveva ragione!» borbottò il colonnello. «Perché Yakov allora l'aveva mollata?»

«Non l'ha mollata lui. Aveva cominciato a uscire con lei qualche volta, per vedere se riusciva a scoprire qualcosa. Ma un bel mattino la donna non si fece vedere al kibbutz per la colazione. Era semplicemente scomparsa.»

«Quindi Yakov ha commesso un grosso errore affrontandola da solo» ripeté la donna.

«Che cosa dovevamo fare, maggiore, mandare una squadra e ingaggiare uno scontro a fuoco in aeroporto? Abbiamo preferito lasciarlo operare da solo soprattutto perché poteva riconoscere la donna, malgrado la sua nota abilità nei travestimenti. Inoltre Yakov aveva cambiato aspetto: capelli ossigenati, sopracciglia ridisegnate. Non era una trasformazione perfetta, come si sarebbe potuto ottenere con la chirurgia estetica, ma pensavamo che potesse bastare.»

«Comunque,» concluse il colonnello «ci siamo lavorati il palestinese che avevamo arrestato, il cantastorie che aveva incantato quegli idioti dei nostri ufficiali.»

«Avevo sentito dire che gli uomini della Bajaratt avevano giurato di morire sotto tortura piuttosto che parlare. Bella tempra di arabo.»

«Un giudizio razzista del tutto arbitrario, maggiore» lo rimproverò il colonnello. «Probabilmente nessuna tortura avrebbe avuto effetto, ma noi non usiamo torture nel senso tradizionale... impieghiamo mezzi chimici.»

«E che cosa abbiamo appreso?»

«Gli abbiamo fatto riascoltare diverse telefonate della Bajaratt dagli Stati Uniti, controllando ogni nome, ogni frase. Solo due ore fa abbiamo scoperto una traccia.» Il colonnello estrasse di tasca un taccuino. «Ecco le parole precise: "... un senatore americano... manovra riuscita... di nome Nesbitt".»

«Chi?»

«È un senatore dello Stato del Michigan, un elemento chiave. Trasmettiamo subito la notizia a Washington, naturalmente, ma non per i soliti canali. Francamente, non mi fido dei mezzi di comunicazione. Troppe cose sono andate storte.»

«Che canale ha scelto allora, colonnello?» chiese la donna bruna.

«Voi due. Prenderete un aereo stanotte e arriverete in mattinata, ora di Washington. Andrete subito dal segretario di Stato Palisser, che vi accorderà udienza immediata.»

«Perché proprio lui?» obiettò il capitano in tono di protesta. «Pensavo che avrebbe scelto un ufficiale dei servizi segreti.»

«So chi è Palisser e mi fido di lui. Temo di non conoscere nessun altro di cui possa fidarmi. Sarà paranoia...»

«Be', lo è, signore» osservò il capitano.

«Comunque sia, mettiamoci al lavoro» concluse il colonnello.

Nella sua camera all'albergo dell'aeroporto Amaya Bajaratt, in piedi accanto alla finestra, osservava i primi raggi del sole che, filtrando tra la foschia mattutina, annunciavano il giorno più importante della sua vita. Il giorno del trionfo. Aveva eluso i servizi di sicurezza della nazione più potente del mondo. Sarebbe passata alla storia, perché stava per *cambiare la storia*. Era la suprema giustificazione di tutta la sua vita.

Muerte para toda autoridad.

«Valeria!» chiamò Nicola dal letto. «Che ora è?»

«È ancora presto. La tua Angel non è neppure salita a bordo del suo aereo in California.»

«Almeno è mattina!» esclamò il ragazzo sbadigliando. «Continuavo a svegliarmi, sperando di vedere il sole.»

«Chiama il servizio in camera e fatti portare una delle tue pantagrueliche colazioni. Quando avrai finito, uscirai per una commissione: andrai in taxi all'Hotel Carillon a ritirare il resto del nostro bagaglio, e un pacchetto che hanno lasciato per me alla reception.»

«Bene, mi servirà per passare il tempo... Devo ordinare qualcosa anche per te?»

«Solo un caffè, Nicola. Poi andrò a fare una passeggiata sotto questo sole luminoso, in questo giorno superbo.»

«Che parole poetiche, Valeria!»

Amaya Bajaratt si voltò a guardare il suo giovane amante. «La fine è vicina, Nicola. La fine di un viaggio lungo e difficile.»

«Ah, giusto, hai detto che dopo questa sera avrei potuto fare quello che volevo. Tornare a Napoli, avere a disposizione tutto quel denaro... ma prima vorrei passare un po' di tempo con Angelina.»

«Certo, farai quello che vorrai »

«Allora mi occorrono subito un bel po' di soldi. Se sono il futuro barone di Ravello, devo avere i mezzi per un tenore di vita adeguato.»

«Nicola, che cosa vuoi dire?»

Il giovane italiano gettò via le lenzuola e si alzò, completamente nudo, davanti alla sua benefattrice. «Ho guardato bene i conti degli alberghi e dei ristoranti, e ho notato come li paghi...

Fai una telefonata e il denaro ti arriva, solitamente di notte, in una grossa busta. Palm Beach, New York, Washington... sempre lo stesso sistema.»

«E come credevi che vivessimo?» fece la Bajaratt sorridendo dolcemente. «Con carte di credito?»

«E io come vivrò, dopo che te ne sarai andata? Voglio restare qui in America per un po'... Forse tu non hai pensato a questo.»

«Mi stai dicendo che vuoi del denaro?»

«Sicuro e subito, questa mattina.»

«Questa mattina?»

«Sì, in una di quelle belle buste gonfie, e la darò ad Angelina quando le andrò incontro all'aeroporto.»

«Ma sei pazzo?»

«Ho anche calcolato una certa somma, basandomi sulle fatture che ti portavo da pagare» continuò il giovane, senza badare alle ultime parole di Amaya. «La vita che facciamo qui è molto costosa... venticinquemila dollari americani basteranno. Naturalmente potrai dedurli dal denaro che hai versato per me a Napoli. Ti firmerò una ricevuta, se credi.»

«Sei un verme! Sei un bastardo! Come osi parlarmi in questo modo? Mi rifiuto di stare qui ad ascoltarti!»

«Allora io mi rifiuto di andare a prendere i bagagli e me ne vado. Non mi troverai qui ad aspettarti quando ritornerai dalla passeggiata... E questa sera, a quell'udienza così importante, te la sbrigherai da sola. Una gran dama come te non ha bisogno di un verme come me.»

«Nicola, ma tu incontrerai l'uomo più potente del mondo! Il presidente degli Stati Uniti!»

«Non me ne frega niente...»

«Non farai questo a *me*!» gridò esasperata la Bajaratt. «È tutto quello per cui ho lavorato, per cui ho vissuto! Tu non capisci!»

«Io capisco solo una busta di denaro che darò ad Angelina e che sicuramente lei non aprirà finché non l'avrò raggiunta a Brooklyn. In cuor mio so che mi aiuterà a far scomparire lo scugnizzo del passato.» Nicola si drizzò in tutta la sua statura, fissando Amaya con occhi fiammeggianti. «Avanti, Valeria, la busta, o me ne vado.»

«Bastardo!»

«Sei tu la mia maestra, bella signora... Va' al telefono e

chiama qualcuno dei tuoi compari. Fatti portare il denaro per mezzogiorno o me ne vado.»

Quartier generale del MI6, Londra

Era passata la mezzanotte quando l'ufficiale nero con i capelli crespi irruppe nella sala riunioni e prese posto alla tavola rotonda. Erano presenti altre tre persone. Accanto al capo del MI6, sir John Howell, c'era un uomo vestito di scuro, e di fronte a loro una figura in caffettano, un arabo.

«Abbiamo una traccia» annunciò il nuovo arrivato, in un aristocratico accento britannico. «Ci viene in origine dalla società autotrasporti che gestisce i nostri automezzi.»

«Che significa "in origine"?» chiese l'uomo vestito di scuro.

«Un capomeccanico di Downing Street ha notato diverse volte che i cofani di due vetture diplomatiche erano stati alzati, apparentemente per controllare i motori quando le macchine si trovavano fuori dai garage.»

«E allora?» chiese il capo. «Se c'è qualche problema ai motori, come si fa a scoprirlo se non alzando il cofano?»

«Si tratta di vetture diplomatiche, signore» intervenne l'ufficiale del Medio Oriente. «Qualsiasi problema di motori deve essere riferito alla società appaltatrice. Inoltre ogni veicolo è munito di un sigillo interno automatico sul meccanismo di apertura del cofano. Se viene spezzato prima dell'ispezione di routine, sul nastro appare un segno giallo. Per nessuna delle due auto in questione è stato fatto rapporto, ed entrambe erano guidate dallo stesso autista.»

«Stai dicendo che forse un encefalografo ha funzionato male?» chiese l'uomo vestito di scuro permettendosi un piccolo sorriso.

«O il nostro soggetto è estremamente abile e bene addestrato» replicò l'ufficiale di colore.

«Ovviamente tu hai il nome dell'autista, e anche qualcosa di più.»

«Molto di più, signore. Si fa passare per un egiziano naturalizzato, ex autista della casa di Anwar Sadat, ma i suoi documenti non significano niente. Sono falsi, anche se realizzati con maestria.»

«Ma come mai ha ottenuto la naturalizzazione?» chiese l'uomo vestito di scuro.

«Il golpe militare contro Sadat prevedeva l'uccisione di tutto il personale della sua casa. All'autista è stato concesso asilo politico.»

«Una mossa maledettamente abile» intervenne il capo del MI6. «Sadat era molto amico del Foreign Office. Va' avanti.»

«Si fa chiamare Barudi. L'ho pedinato per buona parte della sera: si è recato a Soho, nei locali più malfamati, dovrei aggiungere, e ha incontrato quattro persone diverse in quattro bar... e qui veramente devo render merito a chi di dovere.»

«Cioè?»

«Il corso d'addestramento alla nostra base del Sussex. È davvero eccellente, signore. Mi riferisco al prelevamento di articoli personali dei soggetti, quando occorrono informazioni difficili da ottenere.»

«Spiegati!»

«Credo che James si riferisca alla pratica del borseggio» spiegò l'uomo vestito di scuro. «Evidentemente ne fa una specie di arte.»

«Sono riuscito a sfilare i portafogli a due di quei gentiluomini. Me li sono portati nella toilette, ho fotografato il materiale e ho rimesso gli articoli al loro posto, uno, con mio grande rincrescimento, in una tasca diversa, ma non ho potuto fare altrimenti.»

«Ottimo» annuì il capo. «Che cos'hai trovato sugli strani amici del nostro autista?»

«I soliti oggetti, patenti di guida e carte di credito. Sembravano autentici e probabilmente lo erano, tranne per i nomi. Tuttavia in ciascun portafogli, ripiegati in modo da non essere più grandi di due francobolli, infilati bene in fondo, c'erano questi.» L'ufficiale del MI6 estrasse di tasca due piccoli rotoli di carta e li aprì sul tavolo. «Ho passato il mio duplicatore sulle colonne dei due fogli e questi sono i risultati.»

«Di che cosa si tratta?» chiese l'uomo vestito di scuro.

«Le linee scritte a macchina sono in arabo,» osservò l'agente del Medio Oriente «quelle scritte a mano sono la traduzione.»

«Arabo?» interruppe il capo. «Bajaratt!»

«Come vedete, sono un elenco di date, ore e luoghi...»

«Ottima traduzione» lo interruppe l'arabo. «Chi l'ha fatta?»

«Ho telefonato al capo del nostro settore arabo a Chelsea e sono andato da lui verso le nove. Non ci è voluto molto.»

«Che cosa significano?» insisté sir John. «Sono degli appuntamenti? Luoghi dove effettuare consegne clandestine?»

«Qui mi ero impantanato, signore. Per le prime tre ore sono passato da un locale all'altro... ce ne sono dodici in ogni lista. Ero completamente disorientato. Poi, arrivato al quinto posto, ho capito. Non sono luoghi di consegne, signore, sono telefoni pubblici.»

«È evidente che i nostri soggetti ricevono le telefonate, non le fanno» suggerì l'arabo.

«Come lo capisce?» chiese l'inglese alla sua sinistra. «Sarebbe semplice usare i numeri telefonici, servendosi magari di un codice con un'unità in più o in meno. Ma qui non ci sono numeri. Conosciamo l'ossessione della Bajaratt nel mantenere i segreti. Rifiuta di valersi di intermediari, quando può, e parla direttamente con i complici.»

«Sono convinto» osservò il capo. «Quando e dove sarà il prossimo contatto?» chiese scrutando il foglio che aveva sotto mano.

«A mezzogiorno, domani, Brompton Road, Knightsbridge, la cabina telefonica davanti ai grandi magazzini Harrods» rispose l'agente di colore. «Sarebbero le sette del mattino, ora di Washington.»

«E qui da noi l'ora dell'intervallo di colazione» osservò l'uomo vestito di scuro. «Sembra la strategia dell'IRA.»

«E quello successivo?» incalzò il capo del MI6.

«Venti minuti dopo, all'angolo fra Oxford Circus e Regent Street.»

«Ancora più folla, traffico intenso» osservò l'arabo.

«Non occorre che le dica quel che deve fare, James» affermò sir John Howell. «Un furgone delle telecomunicazioni a ogni postazione, linee aperte con Washington e con i nostri centri d'ascolto computerizzati in collegamento con le due cabine. Le chiamate devono essere intercettate all'istante.»

«Sì, signore. Mi sono già preso la libertà di mettere in stato d'allerta la nostra divisione comunicazioni, ma temo che dovrà parlare personalmente con gli operatori della centrale telefonica. Non accetterebbero ordini da me. Credo che ci voglia un ordine dell'alta corte di giustizia per attivare il sistema di intercettazione.»

«L'alta corte un cazzo!» esplose il capo del MI6, sbattendo la mano offesa sul tavolo. «Dio mi aiuti, ho mandato Geoffrey Cooke a morire. Avevamo le carte geografiche qui davanti e lui doveva sfogliare le pagine per me e mi diceva quel che io non sapevo... Quella bastarda! La voglio morta! Fatelo per me! Fatelo per Cooke!»

«Ci mettiamo subito all'opera, signore.» James si alzò per uscire.

«Aspetta!» Il capo del MI6 tacque un attimo riflettendo intensamente. «Ho detto linee aperte con Washington... no! La Bajaratt ha le sue talpe laggiù. Limitiamoci a una linea sola. Chi ha preso il posto di Gillette alla CIA?»

«Il suo primo assistente, per ora. Un ufficiale scelto e molto in gamba» rispose James.

«Bene, gli parlerò sulla linea sicura, con lo scrambler. E l'altro ufficiale, il collaboratore di Hawthorne? Come si chiama?»

«Stevens, signore. Capitano Henry Stevens, servizi informazione della Marina.»

«Tutto quello che abbiamo detto resta fra noi, intesi? Top secret finché non decidiamo che cosa fare.»

Erano passate dieci ore e mezzo dalla riunione di mezzanotte. I furgoni erano sul posto a Knightsbridge e Oxford Circus. All'aeroporto Dulles erano quasi le sette del mattino.

32

Amaya Bajaratt uscì dall'albergo e voltò l'angolo, sorve-
gliando l'ingresso. Diede un'occhiata all'orologio tempestato di
diamanti: le 6.32. Era rimasta in camera a osservare Nicola che
si vestiva e divorava una colazione che avrebbe sfamato un
branco di lupi, insistendo perché si sbrigasse, ma non troppo
aspramente per non allarmarlo.

Guardò il ragazzo mentre usciva: elegante nella costosa
giacca blu sui calzoni di flanella grigi. Una splendida creatura,
giovane, bello, vibrante. Una sua creazione. Era giusto che fosse
immolato sull'altare di una causa di portata universale.

Tornò tranquillamente in albergo. Aveva cinque telefonate
da fare, due a Londra, una a Parigi, una a Gerusalemme. L'ultima a una banca dove erano depositate le illimitate riserve della
Valle della Beqa'a. Poteva usare il telefono dell'albergo, ormai
non importava. Entro un'ora sarebbe stata fuori di lì. Avrebbe
lasciato l'indirizzo di un altro albergo di Washington dove Nicola avrebbe portato i loro bagagli e ricevuto il denaro che aveva chiesto. Una somma insignificante, che non avrebbe mai speso.

Knightsbridge, Londra

In Brompton Road, di fronte all'entrata dei grandi magazzini Harrods, tre uomini aspettavano in un furgone, contrassegna-
to dalla semplice scritta *The Scotch House*. Il furgone conteneva
un'elaborata attrezzatura elettronica e aveva sui fianchi tre finestrini con speciali vetri fumé, che consentivano di vedere dall'interno all'esterno ma erano assolutamente opachi nell'altro senso. Al finestrino che guardava sul marciapiede sedeva l'ufficiale
di colore del MI6, James. I suoi occhi scrutavano tutta la zona

intorno alla cabina telefonica mentre i suoi due compagni con le cuffie in testa controllavano i monitor e le ondeggianti linee verdi delle griglie acustiche.

«Eccolo!» annunciò James eccitato.

«Quale?» Un tecnico in maniche di camicia alzò gli occhi al finestrino.

«Il tizio vestito di grigio con un giornale sotto il braccio.»

«Non assomiglia ai due di Soho che avevi descritto» commentò il terzo, un uomo snello con gli occhiali. «Sembra piuttosto un commesso o un impiegato di banca.»

«Sarà, ma adesso si sta avviando verso la cabina e tiene d'occhio l'orologio... Guarda, guarda, ha visto una donna che voleva entrare per prima!»

«Che placcaggio!» sogghignò l'uomo in maniche di camicia. «Deve essere un giocatore di rugby, da come ha intercettato la ragazza.»

«Guarda un po' quella com'è furiosa!» osservò il collega più magro. «Lo sbranerebbe.»

«Ma ha troppa fretta per star lì a fare una scenata. Eccola che s'incammina verso l'altra cabina all'angolo.»

«*Novanta secondi all'inserimento in linea*» annunciò una voce dall'altoparlante.

«Controlla di nuovo la linea con Washington» ordinò l'ufficiale del MI6.

«Washington Special Force, ci sei?»

«Pronto e in attesa, Londra.»

«Confermi che la nostra frequenza è libera da intercettazioni?»

«Fino all'ultima sillaba. Neppure un satellite potrebbe captarci. Ma vorremmo trasmettere subito ogni notizia alla polizia della zona, per un più tempestivo intervento degli agenti. La chiameremo Priorità Rossa, senza altri particolari se non la descrizione dei soggetti.»

«Nessun problema, Washington. Fate pure.»

«Grazie, Londra.»

«Tutti i canali attivati» annunciò l'ufficiale di colore del MI6. «Trasmissione iniziata.»

Silenzio.

Passarono ottantasette secondi. Non si udiva che il sommesso respiro dei tre agenti. Poi una voce di donna eruppe dagli altoparlanti fra le scariche elettrostatiche.

«*Ashqelon*, sono io!»

«Sembri molto tesa, amata figlia di Allah, o di qualche altra divinità che non conosciamo» rispose una voce perplessa, a dieci metri dal furgone.

«Sarà stasera!»

«Così presto? Ebbene, siamo pronti. Hai lavorato con rapidità sorprendente.»

«E ti stupisce?»

«Quando si tratta di te, nulla mi stupisce. C'è qualche dettaglio che dobbiamo sapere?»

«Nessuno. Resta attaccato alla radio. Quando senti la notizia, preparati ad agire. Ovunque saranno immediatamente convocati i governi, ci sarà il caos in tutte le capitali. Devo dirti altro?»

«Credo di no. Buio e disordine sono luce per chi brama uccidere. Il caos è il nostro elemento.»

«Sei stato sempre uno degli uomini più saggi...»

«*Aspetta!*» L'uomo nella cabina voltò di colpo gli occhi al furgone.

«Cristo!» imprecò James del MI6, che scrutava con il binocolo la strada. «Sta guardando verso di noi!»

«Esci subito da dove ti trovi!» gridò la voce a pochi metri dal furgone. «I finestrini opachi! Vattene subito, ti stanno localizzando!» L'uomo nella cabina abbandonò il telefono, si precipitò fuori e aprendosi la via a spintoni scomparve tra la folla.

«Dannazione, l'abbiamo perso!» gridò James.

«Washington, Washington, qui Londra» stava chiamando il tecnico. «Abbiamo un problema.»

«Sappiamo tutto, Londra» rispose la voce americana dall'altro capo della linea. «Abbiamo sentito ciò che avete sentito voi.»

«E allora?»

«Abbiamo una segnalazione, è appena arrivata. Un albergo dell'aeroporto Dulles.»

«Ottimo, collega. Vi state muovendo?»

«Non è così facile, ma ci muoviamo.»

«Spiegatevi, prego» chiese l'agente del MI6.

«Tanto per cominciare,» riprese l'americano «l'albergo ha duecentosettantacinque camere, il che significa duecentosettantacinque telefoni che non passano dal centralino per parlare con Londra o qualsiasi altra parte del mondo.»

«Vuoi scherzare!» ruggì James. «Bloccate tutto!»

«Siate realisti, Londra. Quello è un albergo, non Langley.

Comunque i servizi di sicurezza del Dulles sono già in moto e saranno sul posto appena possibile.»

«Come "appena possibile"? Dovrebbero già essere là!»

«Dolente di farvi notare che il Dulles copre un'area di quattromila ettari e i nostri effettivi sono stati anche ridotti, come tutti i servizi di sicurezza nei luoghi pubblici.»

«Non posso crederci! Questa è l'emergenza delle emergenze!»

Il direttore dell'albergo dell'aeroporto Dulles fece un salto sulla poltrona, con il telefono ancora in mano. Stava facendo una ramanzina all'incaricato del servizio biancheria quando la comunicazione era stata bruscamente interrotta dalla polizia con ordini brevi e secchi. Doveva bloccare subito tutti i computer e gli ascensori, avvertire i clienti che c'era un guasto all'impianto elettrico, o tirar fuori un'altra scusa qualunque, e rimandare il più possibile tutte le partenze. Il direttore, agitatissimo, chiamò la segretaria e si accinse a obbedire.

La prima di tre autopattuglie stava già arrivando a sirene spiegate. «Cosa diavolo dobbiamo cercare?» chiese l'autista. «Non sento un cazzo di niente!»

«Una donna fra i trenta e i quaranta accompagnata da un giovanotto straniero che non parla inglese» replicò il collega, chinando la testa per decifrare la voce dall'altoparlante, in mezzo al fragore delle sirene e dei clacson.

«Tutto qui?»

«È tutto quel che sappiamo.»

«Se stanno scappando, si separeranno, perdio!»

«Quindi cerchiamo un giovanotto e anche una donna impaurita... Un momento!» gridò l'agente al microfono. «Ripeti, per favore, voglio esser sicuro... Dieci-Quattro.» Depose il microfono. «Un'altra notizia» disse l'autista. «I soggetti sono armati e sono considerati estremamente pericolosi. Noi andiamo all'entrata principale, i nostri colleghi coprono il resto, finestre e scale antincendio. E se ci capita di vederne uno, niente esitazioni, spariamo.»

Nell'ufficio del direttore ad interim della CIA squillò il telefono bianco, la linea protetta dell'unità Piccola Sanguinaria. Il capo della squadra operativa insisteva per parlare subito con il direttore. Il che, secondo la segretaria privata, era impossibile: il direttore si trovava in riunione con i capi della sicurezza di tre governi stranieri, e la riunione era stata convocata dal presidente stesso per dimostrare la volontà di collaborazione dei servizi segreti americani con gli alleati. Impossibile interromperla.

«Riferite l'informazione a me e io gliela trasmetterò.»

«Bada di farlo subito, è della massima urgenza.»

«Diavolo, sono qui da diciotto anni, giovanotto.»

«Bene, allora. La segnalazione dice che la terrorista colpirà questa sera. Comunicare stato di allarme alla Casa Bianca.»

«Bene, per coprirci le spalle, manda qui un fax, immediatamente!»

«Già fatto. Top secret, nessuna copia tranne nel computer.»

La copia dell'informazione trasmessa dall'unità Piccola Sanguinaria usciva in quel momento dalla stampante della segretaria.

Scorpio Diciassette accese un fiammifero e bruciò il foglio in un cestino dei rifiuti.

Amaya Bajaratt chiuse le due valigie, infilando sotto il letto tutto ciò che era rimasto in giro. Quindi corse nel bagno, si strofinò rapidamente un asciugamano bagnato sulla faccia per togliere ogni traccia di trucco, poi si spalmò sulle guance e la fronte una crema scura. Indossò il cappello con la veletta nera, afferrò la borsetta e le valigie e uscì nel corridoio.

In una nicchia in fondo, illuminata da una lampada al neon, erano installati i distributori di ghiaccio e bevande. Amaya nascose i bagagli in un angolo, dietro le macchine: qualcuno le avrebbe rubate nel giro di un'ora. Si aggiustò l'abito e la veletta e scese le scale.

Quattro piani sotto, la hall era in pieno caos. Alle casse si allungavano le code dei clienti e i bagagli in partenza erano ammassati davanti alle porte. Amaya comprese all'istante: era stato dato l'ordine di rimandare le partenze, creare confusione, addurre a pretesto un guasto ai computer.

Una folla di clienti esasperati gridava e imprecava, protestando per i ritardi, nell'ansia di perdere l'aereo.

Perfetto! pensò Amaya. Curvò la schiena e uscì zoppicando, una fragile vecchietta bisognosa di aiuto. L'una dopo l'altra arrivavano le auto della polizia fra gli urli delle sirene e il balenìo dei lampeggianti. La folla si acquietò di colpo e le voci si abbassarono in un brusìo impaurito.

Amaya si trascinò zoppicando verso uno degli ultimi taxi posteggiati davanti all'albergo. «Per favore, mi porti alla più vicina cabina telefonica» chiese al tassista, passandogli un biglietto da venti dollari. «Devo fare una telefonata, poi le dirò dove condurmi.»

«Ai suoi ordini, signora» rispose il tassista, infilandosi i venti dollari nel taschino.

Meno di due minuti dopo il taxi di fermava davanti a una cabina telefonica. Amaya scese, compose a memoria il numero dell'Hotel Carillon e chiese del portiere. «Qui la signora Balzini» annunciò. «È arrivato mio nipote?»

«Non ancora, signora» rispose la voce untuosa. «Ma circa un'ora fa abbiamo ricevuto un pacchetto per lei.»

«Lo so. Quando vede mio nipote, gli dica di fermarsi lì. Lo raggiungo fra poco.»

Amaya tornò al taxi, assillata da mille pensieri. Come mai Londra aveva rinvenuto la tabella delle chiamate telefoniche? Chi aveva tradito, o, peggio ancora, chi era stato scoperto e costretto a parlare?

No, era inutile tormentarsi con interrogativi senza risposta. *Stasera!* Il segnale sarebbe corso per il mondo come un mostruoso prodigio, orrendo messaggio di morte. Nient'altro importava, solo sopravvivere fino a sera.

Erano quasi le tre del mattino quando Hawthorne lasciò l'appartamento del generale Meyers ad Arlington, in Virginia. Mentre guidava, il suo piede automaticamente schiacciava l'acceleratore. Non vedeva l'ora di arrivare allo Shenandoah Lodge. La sua audace iniziativa aveva avuto successo: aveva in tasca il nastro registrato di quasi un'ora e mezza di conversazione con il generale in capo degli stati maggiori riuniti, l'ultimo Scorpio del gruppo al vertice.

Al suo arrivo Meyers l'aveva squadrato con un misto di scontroso rispetto e diffidenza. Tyrell conosceva il tipo. Ne aveva visti molti ad Amsterdam, strateghi boriosi avidi solo di adulazione. E aveva fatto appello alla vanità del generale, blandendo la sua sconfinata ambizione. L'altro aveva risposto senza sospetto alle domande dell'ossequioso ammiratore.

Allo Shenandoah Lodge Poole lo aspettava davanti ai suoi congegni elettronici.

«Notizie di Cathy?» chiese subito Tyrell.

«Nessuna in queste ultime ore e ho telefonato parecchie volte.»

«Hai detto che muoveva una gamba. È un sintomo positivo, no?»

«Così avevano sostenuto in principio, ora non si pronunciano più, ma promettono di darci notizie appena possono. Piuttosto, a Langley è successo un pasticcio.»

«Che pasticcio?»

«Qualcuno ha raccolto la tua cintura con il trasponditore e sta facendo impazzire i tecnici. Continuano a chiedermi se noi due siamo in contatto e perché ti sei fermato nel Delaware e poi sei andato nel New Jersey.»

«E tu che cos'hai risposto?»

«Che avevi intenzione di recarti in Georgia.»

«Bene, se richiamano di' loro la verità: che sono arrivato e abbiamo del lavoro da fare.»

«Il nastro?» chiese Poole ansioso.

«Procura qualche foglio per prendere appunti.» Hawthorne collocò il registratore sul tavolo e si sedette sul letto, appoggiandosi con cautela ai cuscini.

«Come va la testa?» gli chiese Poole.

«La domestica di Palisser ci ha messo un po' di garza e del cerotto. Ora accendiamo questo dannato aggeggio.» I due uomini ascoltarono in silenzio la registrazione, che durò quasi un'ora e mezza.

«Buon lavoro, comandante» si complimentò Poole. «Per un paio di minuti ho creduto anch'io che tu fossi un ammiratore sincero di quell'Attila Flagello di Dio.»

Avevano preso entrambi degli appunti. Ora decisero di riascoltare il nastro, per chiarire certi particolari.

(Hawthorne) *C'era qualcuno stanotte, a casa degli Ingersol, che non si aspettava di vedere, che forse l'ha sorpresa?*

(Meyers) *Difficile rispondere, Mr. Hawthorne. Intanto c'era un mucchio di gente e la luce era scarsa... c'erano solo le candele sul buffet. Ma io evito di mangiare fra i pasti e non ci sono nemmeno andato. Un soldato a volte deve strisciare sul ventre, ma come fa se il ventre è troppo pieno?*

(Hawthorne) *Capisco, signore. Ma non c'è qualcuno che le è rimasto in mente, se ci ripensa? Dicono che lei abbia una memoria prodigiosa. Le sue manovre tattiche in Vietnam, mi hanno riferito, si basavano su foto aeree che nessun altro ricordava.*

(Meyers) *È vero, è vero, ma allora avevo i miei aiutanti, devo riconoscere anche i loro meriti... Sicuro, a pensarci c'erano diversi membri del Senato la cui presenza mi ha sorpreso. Gente politicamente di sinistra, e come tutti sanno David Ingersol era un amico del Pentagono.*

(Hawthorne) *Potrebbe essere più specifico, generale?*

(Meyers) *Ma sì, per esempio il senatore dello Iowa, quello che si lamenta sempre perché sacrifichiamo l'agricoltura a favore delle spese militari. E anche due o tre altri, sempre di sinistra, di cui ora non ricordo i nomi. Ma potrei guardare nei registri del Congresso e quando li trovo le telefono.*

(Hawthorne) *Sarebbe un grande aiuto, signore. Forse quelle persone tentano di sviare i sospetti facendo atto di presenza in quella casa. Abbiamo sentito dire che ci sono dissensi fra i complici della terrorista Bajaratt.*

(Meyers, interrompendolo) *Ci sono... che cosa?*

(Hawthorne) *E si stanno aggravando. Nel giro di qualche giorno, forse di ore, avremo dei nomi.*

(Meyers) *Sembra incredibile, comandante... Spero che lei abbia ragione.*

«Bene, questo è il primo punto» osservò Poole spegnendo il registratore. «Cosa c'è di strano? Non l'ho scelto io, l'hai scelto tu, Tye.»

«Perché io ero là e guardavo la scena da un angolo dell'atrio e ho visto Meyers che si rimpinzava al buffet. E non c'erano problemi di luce, le candele erano molto luminose. Quanto alle persone che ha visto, non me ne importa molto, volevo solo verificare se mi nominava qualcuno.»

«E mettergli una pulce nell'orecchio con quell'allusione a dissensi nei ranghi della Bajaratt?»

«Una piccola provocazione, tenente. Andiamo avanti.»

(Hawthorne) *David Ingersol, che si è rivelato un traditore in combutta con la banda della Bajaratt, non le ha mai dato cattivi consigli nelle sue vertenze con gli appaltatori?*

(Meyers) *Cristo, io infatti dovetti contestare molte delle sue decisioni legali. Non sono un avvocato, ma c'era qualcosa che puzzava.*

(Hawthorne) *E gli ha espresso le sue obiezioni?*
(Meyers) *Ma certamente! A voce, se non per scritto. Diavolo, quello giocava a golf con il presidente!*

«Dichiarazione senza valore» commentò Poole. «Nessuno può contestare cose dette "a voce".»
«D'accordo. Andiamo avanti.»
«Questo è un punto che abbiamo segnalato entrambi.»

(Meyers) *Cosa pensa che sia realmente avvenuto in casa Ingersol, comandante?*
(Hawthorne) *So che cosa è capitato a me, generale. Vede il cerotto che ho in testa!*
(Meyers) *Terribile, davvero terribile! Ho visto anche di peggio, ma quella era la guerra, non una veglia funebre!*
(Hawthorne) *Lei è stato un ufficiale di straordinario valore in battaglia, generale.*
(Meyers) *Non solo io, ragazzo, i miei soldati...*
(Hawthorne) *La sua modestia è eccezionale per un uomo del suo merito... Comunque, qualcuno ha sparato a Richard Ingersol e mi ha aggredito in quel giardino, e dobbiamo scoprire chi è stato.*
(Meyers) *Ho sentito che lei ha avuto altri incidenti del genere nelle isole. E che sono stati uccisi due agenti segreti, un inglese e un francese, mentre lei è riuscito a cavarsela.*

«Ferma, Jackson» fece Tyrell piegandosi in avanti, mentre Poole spegneva il registratore. «Volevo esser sicuro di aver sentito bene. Questo è un altro punto cruciale. Londra e Parigi non hanno mai comunicato che Cooke e Ardisonne facevano parte del MI6 o del Deuxième. Meyers deve aver avuto l'informazione dalla rete degli Scorpio. Washington non ne ha mai fatto menzione nei rapporti sull'operazione Bajaratt. Noi non parliamo mai degli agenti dei servizi segreti alleati, e loro non parlano di noi.»
«Un altro chiodo nella bara di Meyers» osservò Poole. «Ora, risentiamo un altro punto.»

(Hawthorne) *Mi dica, generale... e questa è una domanda personale che non ha niente a che vedere con i fatti di stanotte... come può accettare questa riduzione fino all'osso delle spese militari? Glielo chiedo come suo devoto ammiratore.*

(Meyers) *Non è possibile! Non deve avvenire! Ci sono missili balistici intercontinentali puntati contro le nostre coste da tutti gli angoli del globo! Dobbiamo armare e riarmare! Tornare alla potenza di prima!*
(Hawthorne) *Sono d'accordo, naturalmente, ma come ottenerlo? I politici di entrambi i partiti pretendono tagli delle spese militari promettendo al Paese un "dividendo di pace".*
(Meyers, abbassando la voce) *Come ottenerlo? Lasci che le dica, comandante, e che resti fra noi, naturalmente...*
(Hawthorne) *Sulla mia parola di ufficiale della Marina, resterà fra lei e me, generale.*
(Meyers, con voce appena udibile) *Dobbiamo prima destabilizzare, Hawthorne, mettere in allarme la nazione, farle conoscere che ci sono nemici ovunque! E allora riprenderemo il posto che ci è dovuto come difensori della patria.*
(Hawthorne) *Che tipo di allarme, generale? Contro chi?*
(Meyers) *Contro l'inevitabile in una società lacerata e devastata dagli indesiderabili e dai malcontenti. Dobbiamo essere forti e riempire il vuoto politico con il nostro potere di capi.*

«Sembrerebbe una battuta di spirito,» commentò Poole spegnendo il registratore «se questo tizio avesse il senso dell'umorismo. Invece è solo un grottesco figlio di puttana.»

«È uno psicopatico» aggiunse Tyrell. «Il tipo perfetto di Scorpio per i Provider. Non solo ha cospicui conti in banca, anche se probabilmente non gli importa molto del denaro, ma crede davvero che i suoi sogni di potenza siano realizzabili. E la cosa più spaventosa è che potrebbe succedere in un minuto, con un proiettile o una granata da parte di qualcuno che non riusciamo a trovare, qualcuno che ha dedicato tutta la vita a questo unico atto mortale. Dov'è... dov'è quella donna?»

33

Alle otto del mattino la signora Balzini e il nipote tornavano all'Hotel Carillon, cerimoniosamente accolti dal portiere. Amaya telefonò alla banca che serviva la Valle della Beqa'a nelle isole Cayman, usando il suo codice d'accesso, ed ebbe l'assicurazione che entro un'ora sarebbe stata consegnata all'albergo, senza altre formalità, la somma di cinquantamila dollari. Il denaro arrivò infatti in una grossa busta.

«Posso prenderla?» chiese Nicola quando l'impiegato della banca si fu allontanato.

«Tu avrai quello che ti darò io. I venticinquemila dollari che hai chiesto, e il resto è per me... perché mi guardi così?»

«Che sarà di te? Dove andrai, cosa farai?»

«Avrai tutte le risposte stasera, ragazzo mio, amore mio.»

«Se mi ami tanto, perché non mi spieghi nulla? Dici che stasera te ne andrai, mi lascerai... resterò solo...»

«Tu hai la tua Angelina.» Amaya prese la grossa busta dalla scrivania, ne tolse ventiseimila dollari. Mille li consegnò a Nicola, venticinquemila li posò sul tavolo e nella busta ne lasciò ventiquattromila. La richiuse e la porse a Nicola. «Questo dovrebbe bastarti per le tue spese a New York. Soddisfatto?»

«Grazie. Darò tutto ad Angelina questo pomeriggio. Arriverà alle 14.25, cancello diciassette. Non vedo l'ora di...»

«E che dirai alla tua ragazza?»

«Tutto quello che mi verrà dal cuore.»

Il segretario di Stato Bruce Palisser era stato svegliato dalla Casa Bianca alle 5.46 del mattino, e alle 6.10 era già nella sua limousine, diretto all'Ufficio Ovale. Siria e Israele erano ai ferri corti. Rischiava di scoppiare un conflitto, forse anche nucleare, se gli sforzi combinati di Stati Uniti, Inghilterra, Francia e Germania non fossero riusciti a raffreddare gli ardori dei falchi dei due Paesi. Alle 6.35 la moglie di Palisser ricevette una telefonata dal comandante Hawthorne che chiedeva di parlare con urgenza al segretario di Stato.

«Pare che ci sia qualche altra urgenza» rispose la signora. «Mio marito si trova alla Casa Bianca.»

«Spiacente, signore. ma abbiamo ordine di non interrompere la riunione...»

«Supponete,» esclamò Tyrell, frustrato e bellicoso «che sia in viaggio un missile balistico puntato sulla Casa Bianca! Me lo passereste?»

«Lei dice che c'è un missile...»

«Ma no, nessun missile! Dico che devo parlare con il segretario di Stato per una questione di estrema urgenza.»

«E allora chiami il Dipartimento di Stato.»

«Non posso... il segretario ha specificato che dovevo parlare solo con lui!»

«Aspetti un attimo... lei, come si chiama?»

«*Hawthorne!*»

«Gesù, mi scusi... il suo nome è aggiunto in fondo alla lista nel computer! È scritto così in piccolo... Che messaggio devo riferire?»

«Che mi telefoni immediatamente. Lui sa dove.»

«Lo avverto subito.» Ci fu un clic e il telefono tacque.

Hawthorne si rivolse a Poole. «C'è una riunione di emergenza alla Casa Bianca. L'idiota al centralino ha dovuto leggere un'aggiunta scritta in piccolo sul tabulato perché io possa avvertire Palisser che un generale pazzo, magari seduto accanto a lui, sta progettando di assassinare il presidente!»

«E che cosa facciamo?»

«Aspettiamo. È la parte peggiore.»

La coppia uscì dalla dogana all'aeroporto internazionale Dulles. I due agenti del Mossad dovevano riferire il nome della persona che era la figura chiave nell'operazione Bajaratt, il senatore Nesbitt, complice involontario di un assassinio.

Avevano dichiarato alla dogana di essere ingegneri israeliani inviati dal loro governo a raccogliere fondi per un progetto di irrigazione nel deserto del Negev. Entrambi indossavano austeri abiti scuri e portavano ciascuno una valigetta e una borsa di tela.

«Ora telefono al suo numero privato, al Dipartimento di Stato» disse la donna. «È quello che ci ha dato il colonnello Abrams.»

«Fa' presto» replicò il collega. «E ricorda che, se non c'è risposta dopo il quinto squillo, devi riattaccare.»

«D'accordo.» Dopo cinque squilli la donna riappese. «Nessuna risposta.»

«Allora telefoniamo a casa sua. Dobbiamo evitare i centralini.» La donna compose il numero. Le rispose una voce femminile.

«Il segretario di Stato, per favore, è urgente.»

«Se è urgente chiamate la Casa Bianca» replicò la voce, irritata. «Il segretario è là.»

La donna, perplessa, riferì al collega. «Che facciamo?»

«Chiamiamo la Casa Bianca e lasciamo un messaggio. Abrams ha detto che ogni ora era di importanza cruciale.»

«Ma non possiamo identificarci!»

«Diremo che i cugini del suo amico colonnello David sono arrivati e lo richiameranno ogni dieci minuti sulla sua linea privata, o a casa sua o al suo ufficio. Lascerà pur detto a una segretaria o a un domestico dove possiamo rintracciarlo. È indispensabile fargli sapere il nome di Nesbitt... Cerchiamo un'auto che abbia un telefono.»

L'ufficiale alla dogana attese qualche minuto, per essere sicuro che la coppia non tornasse indietro. Quindi sollevò il ricevitore, digitò tre numeri e fu immediatamente in comunicazione con il capo dei servizi di sicurezza dell'ufficio immigrazione.

«I due israeliani» annunciò. «Un uomo e una donna, età e descrizione abbastanza rispondenti.»

«Professione?»

«Ingegneri. Figura sui loro documenti.»

«Scopo della visita?»

«Raccolta di fondi per un progetto di irrigazione del deserto del Negev. La donna è vestita di nero, l'uomo di grigio scuro, portano valigette e borse da viaggio.»

«Li seguiremo sul monitor. Grazie.»

Il capo dei servizi di sicurezza dell'ufficio immigrazione, un uomo obeso di mezza età, si alzò dalla sua scrivania e passò nella stanza esterna dove cinque persone erano sedute davanti ai terminali.

«Cercate una coppia, una donna vestita di nero e un uomo in grigio scuro.»

«Eccoli» annunciò un'impiegata trenta secondi dopo. «Stanno parlando al telefono.»

«Vediamoli da vicino» ordinò il capo. Una zoomata ingrandì i loro volti. «Cristo!» esclamò il capo. «Non somigliano per niente alle foto.»

«Cosa cercavi, Stosh?» chiese uno degli uomini.

«Una coppia di bellimbusti che forse contrabbandano diamanti. Be', lasciate perdere.» Fece un ampio sorriso ai suoi impiegati e si diresse alla porta. «Andrò a prendermi un caffè.»

Nel corridoio svoltò a sinistra e uscì su una balconata da cui si dominava gran parte del terminal. Estrasse dalla tasca una piccola ricetrasmittente e parlò a voce sommessa, scrutando la folla.

«Sorcio? Qui Fringuello, mi senti?»

«Sorcio in ascolto. Che c'è?»

«Obiettivi confermati.»

«Gli agenti del Mossad? Dove?»

«Si dirigono verso il parcheggio dei taxi. Lui è vestito di grigio scuro, lei di nero. *Sbrigati!*»

«Li vedo» sussurrò una terza voce nella ricetrasmittente. «Sono a dieci o dodici metri da me. Gesù, come corrono! Si vede che hanno fretta.»

«Anche noi abbiamo fretta» replicò il capo dei servizi di sicurezza dell'immigrazione, che figurava nell'elenco come Scorpio Quattordici.

I due agenti del Mossad erano seduti sul sedile posteriore della limousine. L'uomo compose un numero al telefono dell'auto. «Questo è il centralino della Casa Bianca. Non fanno domande, ricevono solo messaggi.»

«Casa Bianca» annunciò una stanca voce femminile all'altro capo della linea.

«Scusi, signorina, ho appena parlato con la moglie del segretario di Stato. Mi ha detto che suo marito si trova dal presidente. Vorrei lasciare un messaggio per Mr. Palisser.»

«Che messaggio?»

«Riferisca che i cugini del suo vecchio amico colonnello David sono in città e telefoneranno ogni dieci minuti a casa sua e al suo ufficio. Lasci detto dove possiamo raggiungerlo.»

«D'accordo, il segretario avrà il vostro messaggio al termine della riunione.»

L'agente del Mossad depose il ricevitore e si adagiò contro lo schienale del sedile. «Continueremo a chiamare il suo ufficio e la sua residenza. Dobbiamo assolutamente segnalargli il nome di Nesbitt, fosse pure per telefono.» All'improvviso guardò fuori del finestrino. Una seconda limousine li stava affiancando. I finestrini posteriori erano aperti e dai rettangoli bui spuntarono canne di mitragliatori.

«Giù!» gridò l'ufficiale gettandosi sulla collega. Esplose una raffica di colpi e i proiettili squarciarono vetri e lamiere crivellando i due passeggeri. Una granata fu scagliata attraverso il finestrino in frantumi. La limousine sterzò bruscamente ruotando su se stessa verso il bordo della strada e si schiantò contro il muro di protezione esplodendo in una vampata.

I messaggeri di Tel Aviv erano liquidati.

34

L'autostrada che conduceva all'aeroporto Dulles era nel caos. Trentasette veicoli si erano accartocciati uno sull'altro e le fiamme dell'esplosione si diffondevano rapidamente. In pochi minuti gli urli delle sirene e il rombo degli elicotteri riempirono l'aria, seguiti dalle lunghe note stridenti delle ambulanze in arrivo.

Non fu solo la morte degli agenti del Mossad. Altre venti-due persone innocenti, che desideravano solo raggiungere la fa-miglia dopo un lungo viaggio, persero la vita. Un'infamia nata da una cospirazione ancor più infame, che aveva le sue radici in quel giorno lontano in cui una bambina era stata costretta ad assistere all'assassinio dei suoi genitori sulle montagne dei Pire-nei. Sangue e morte sull'autostrada, in quella luminosa mattina d'estate.

Ore 11.35

Amaya Bajaratt stava per perdere la calma, se non la ragio-ne. Non riusciva a parlare con il senatore Nesbitt. Le aveva ri-sposto al telefono dapprima un portiere, poi un impiegato, poi ancora una segretaria e infine l'aiutante personale del senatore.

«Sono la contessa Cabrini» ripeté Amaya, risoluta. «So che il senatore vuole parlare con me.»

«Purtroppo è fuori ufficio, contessa. Potrebbe essere al cam-po di golf o in visita a un amico...»

«Ma il senatore ha un maggiordomo e un autista. Certa-mente sanno dove si trova.»

«Il maggiordomo sa solo che il senatore è uscito con la macchina e il telefono della macchina continua a ripetere che il padrone ha lasciato il veicolo.»

«È incredibile. Ho bisogno di parlare con il senatore.»

«Sono sicuro che il senatore sarebbe lieto di parlare con lei, contessa. Se vuol sapere del suo appuntamento alla Casa Bianca, posso assicurarle che è fissato. Ho qui la nota sotto gli occhi. Verranno a prenderla all'Hotel Carillon questa sera alle sette e un quarto. Forse è un po' presto, ma potrebbe esserci un po' di traffico.»

«Mi ha tranquillizzata. La ringrazio.»

Ore 12.17

Hawthorne rispose al telefono della sua camera allo Shenandoah Lodge. «Pronto?»

«Sono Palisser. Sono stupito che non mi abbia chiamato.»

«Come no! Le ho lasciato una mezza dozzina di messaggi!»

«Davvero? È strano... avevo dato ordine di passarmi subito ogni sua chiamata.»

«Lo so, gli operatori del centralino me l'hanno detto e mi hanno anche assicurato che le avrebbero subito mandato un messaggio.»

«Non ho ricevuto niente. D'altra parte, la giornata è stata un inferno. Una crisi di politica estera, che abbiamo superato con un po' di fortuna e qualche minaccia... Com'è andata con il generale Meyers? Se devo essere sincero, durante la riunione si è comportato come un idiota.»

«È qualcosa di molto peggio. È uno Scorpio. Ho registrato il colloquio. Il generale aveva informazioni che potevano venirgli solo dalla rete degli Scorpio. Mi creda, non c'è dubbio. Bisogna arrestarlo, isolarlo, interrogarlo con il supporto di droghe.»

«C'è anche un'altra cosa. Un mio amico in Israele, un colonnello del Mossad, è convinto che noi qui facciamo acqua da tutte le parti e mi ha mandato due dei suoi uomini con informazioni di cruciale importanza. Aspettiamo il loro arrivo, poi ci muoveremo.»

«Ottima cosa. Uniamo le nostre forze e cancelliamo quella dannata puttana dalla faccia della Terra!»

«Che Dio l'ascolti, comandante, speriamo.»

Mentre Hawthorne posava il ricevitore la televisione trasmetteva le immagini del maxitamponamento all'aeroporto

Dulles, riprese dall'elicottero. Veicoli in fiamme, improvvise esplosioni, corpi carbonizzati sul selciato. Una tragedia inaudita.

L'obeso capo dei servizi di sicurezza dell'ufficio immigrazione sentì i brevi segnali pulsanti del cercapersone che nascondeva in tasca, lasciò la stanza e si diresse rapidamente al telefono pubblico più vicino.

«Numero Quattordici» annunciò dopo aver trasmesso i codici di identificazione.

«Qui Numero Uno» rispose una voce imperiosa. «Ben fatto, Quattordici. È su tutti i notiziari.»

«Spero che fosse la coppia giusta» replicò Scorpio Quattordici. «Ho immaginato che la raccolta di fondi per il deserto del Negev fosse la chiave.»

«Esatto. L'ho avuta dalla mia fonte in Israele. Buon vecchio bastardo, se potesse far saltare tutto il governo con una scacciacani, non ci penserebbe due volte. Gli darò subito la notizia. Anche lui la pensa come me. Ormai abbiamo la situazione in pugno.»

«Non me lo dire, Numero Uno, non voglio saperlo.»

«Sarai accontentato!»

A dodicimila chilometri di distanza, nella via Ben Yehuda di Gerusalemme, un uomo basso e tarchiato sui settant'anni, con il volto rugoso come cuoio vecchio, si chinò sulla sua scrivania, intento a studiare un fascicolo. Il telefono privato squillò. «Sì?» fece il vecchio israeliano.

«*Shalom*, Mustang» salutò la voce all'altro capo.

«Dannazione, Stallone, perché hai tardato tanto?»

«La linea è sicura?»

«Piantala con le domande stupide. *Parla!*»

«La limousine della coppia. Crivellata di colpi. Esplosa.»

«Documenti? Istruzioni, carta d'identità...»

«Niente è sopravvissuto all'esplosione. Se pure fosse rimasto qualche frammento, il laboratorio della polizia impiegherebbe mesi per metterli insieme. E sarebbe troppo tardi.»

«Ah! Hai qualche altra cosa da dirmi?»

«La persona che lavora per noi all'Agenzia riferisce che sarà per stanotte. Londra ha intercettato la comunicazione.»

«Mio Dio, allora la Casa Bianca verrà avvertita!»

«No, la persona in questione ha neutralizzato il canale di informazione interno. Nessuna notizia può più passare. Per quel che riguarda Washington, l'operazione del MI6 non è mai esistita. Questa notte è una notte come tutte le altre.»

«Bravo, Stallone! È quel che volevamo, no?»

«Grazie a te, Mustang.»

«Il terrore si diffonderà per il mondo come un immenso incendio – possa Dio nella Sua saggezza concederlo – e noi, i *soldati*, torneremo al potere.»

«È quel che dicevo anch'io poco fa. Ma non sarebbe stato possibile senza la tua telefonata, amico mio.»

«*Amico?*» proruppe l'israeliano. «No, non siamo amici, generale. Tu sei il più accanito antisemita che io conosca. Ma ora abbiamo bisogno l'uno dell'altro, tu per le tue ragioni, io per le mie. Tu vuoi riprendere il potere nel tuo Paese, io voglio che Israele conservi la sua forza. E non può farlo senza l'appoggio dell'America. Quando l'opera sarà compiuta e gli arabi della Beqa'a risulteranno colpevoli della strage, il tuo governo e il tuo Congresso ci apriranno i loro forzieri... perché i nostri nemici avranno così orrendamente colpito anche voi.»

«Io la penso come te, Mustang. Non saprai mai quanto ti sia grato di questa telefonata.»

«E cosa farai tu... questa notte?»

«Mi terrò pronto. Nei pressi della Casa Bianca, forse anche all'interno. Dovrò prendere in pugno immediatamente la situazione.»

«La Casa Bianca?»

«Certo, è lì che avverrà... Questa è l'ultima volta che ci parliamo, credo.»

«Lo penso anch'io. Buona giornata, Stallone.»

«*Shalom*, Mustang» salutò Meyers, generale in capo degli stati maggiori riuniti, posando il ricevitore.

35

Ore 14.38

Angel Capell uscì dal cancello diciassette degli arrivi internazionali circondata da una folla di ammiratori e giornalisti che le gridavano le loro domande. Individuò subito Nicola e la zia. Un funzionario delle linee aeree li condusse in una saletta privata.

«Mi dispiace tanto, Paolo! Tutto questo chiasso deve darti fastidio.»

«Tutti ti amano! Come potrebbero darmi fastidio?»

«Io ne ho fin sopra i capelli. Non vedo l'ora che il serial sia finito e il mondo per un po' si dimentichi di me.»

«Non potrà mai dimenticarti.»

Amaya li interruppe e consegnò ad Angel la busta sigillata. «Il barone vuole che Paolo legga le sue istruzioni soltanto domani.»

«Perché?»

«Non lo so, Angelina. Mio fratello ha le sue idee e io non le discuto. In questi giorni sono molto impegnata e Dante Paolo mi dice che domani mattina vuole andare a New York a trovare la tua famiglia.»

«Che bellezza! Ho preso per i miei una casetta sul lago, nel Connecticut. Possiamo andare tutti là per il weekend. E tu, mio nobile amico, vedrai un'attrice che sa anche cucinare!»

Il funzionario delle linee aeree che li aveva accompagnati nella saletta si affacciò alla porta. «Miss Capell, abbiamo parlato con il suo studio. La facciamo partire per New York con un jet privato, sarà più semplice e nessuno la disturberà.»

«Oh, non mi disturba essere disturbata! Quello è il mio pubblico, signore.»

«Ma è un pubblico indisciplinato, che continua ad alzarsi e

ad andare avanti e indietro durante il volo. È una questione di sicurezza, Miss Capell.»

«Oh, capisco. Non posso che darle ragione.»

«Grazie. Se non ha niente in contrario vorremmo partire subito. Il cancello diciassette è assediato.»

«E il mio bagaglio? Sono solo due valigie ma ne ho bisogno.»

«Sono già a bordo.»

«Okay, ci vediamo domani, Paolo. Hai il nostro indirizzo e numero di telefono, vero?»

«L'ho impresso nella mente e nel cuore, oltre che scritto sul mio taccuino.»

«Oh, benissimo. Ehi, giovanotto, puoi baciarmi ormai. Qui non ci sono fotografi... e non c'è neppure mio padre.»

Si abbracciarono, si baciarono dolcemente e la giovane stella uscì con il funzionario delle linee aeree portandosi ventiquattromila dollari nella borsetta.

Ore 15.42

«L'avete preso?» chiese Hawthorne al telefono. «Sono passate tre ore, e neanche una parola da lei! È una vergogna!»

«Anch'io sono senza notizie dai due israeliani che mi devono portare informazioni essenziali, comandante» ribatté il segretario di Stato Palisser, dominando a stento la collera.

«Mi dica di Meyers!»

«È sotto stretta sorveglianza, il presidente non vuole autorizzare altre misure di sicurezza finché non ci sono prove più concrete. Evidentemente teme di essere bruciato alle elezioni se il suo governo arresta un eroe del prestigio di Meyers. Ci ha suggerito di rivolgerci al Senato e di passargli la patata bollente.»

«È con l'acqua alla gola, vero?»

«Direi che tentenna...»

«Bene, dov'è Meyers?»

«Di solito è nel suo ufficio a lavorare.»

«Il suo telefono è sotto controllo?»

«Se ne accorgerebbe immediatamente. Non c'è neanche da pensarci.»

«Notizie dalla CIA?»

«Nessuna. Evidentemente Londra ha fatto fiasco, altrimenti il MI6 e la nostra unità ci avrebbero subito informato. E ora che facciamo, Hawthorne? O meglio, che cosa conta di fare lei?»

«Qualcosa che non faccio volentieri, ma che è indispensabile. Andrò a parlare con Phyllis Stevens.»

«Pensa che potrebbe sapere qualcosa?»

«Forse no, ma mi ha mandato un messaggio e devo rispondere personalmente. Era una buona amica. Inoltre da quella parte non abbiamo ancora svolto ricerche.»

«La polizia ha tenuto il caso sotto silenzio, ma non ha alcuna traccia...»

«I nostri avversari non lasciano tracce» lo interruppe Tyrell. «O almeno non della specie che la polizia potrebbe scoprire. Quanto è accaduto a Henry Stevens è certamente in rapporto con me.»

«Ne è sicuro?»

«Non proprio. Ma è molto probabile.»

«Perché?»

«Perché Hank ha commesso un errore. Malgrado la sua reticenza professionale, ogni tanto parlava troppo. Lo fece anni fa anche ad Amsterdam.»

«Si spieghi meglio.»

«Perché no? Il direttore della CIA, Gillette, sapeva che c'era della ruggine fra noi, me lo disse lui stesso. Peggio ancora, ne conosceva la ragione. Pessima mossa, da parte di Henry.»

«Non capisco. Se ben ricordo, lei non ha mai fatto un segreto della sua ostilità per il capitano Stevens. Tutti sapevano che Stevens non era riuscito a reclutarla. L'hanno fatto gli inglesi.»

«Ostilità sì, ma io non ero mai entrato in particolari, né con lei né con altri. Ho semplicemente precisato che non era il mio superiore.»

«Non stia a spaccare un capello in quattro!»

«Devo farlo in questa situazione... Perché Henry avrebbe parlato a estranei del nostro conflitto personale? Avrebbe suscitato sospetti sulla sua stessa condotta... E a chi potrebbe averne parlato? A qualcuno che avrebbe visto immediatamente il vantaggio di toglierlo di mezzo, colpendo il mio controllo poiché non riusciva a raggiungere me.»

«Scusi, ma non vedo la connessione» protestò il segretario di Stato. «Che controllo?»

«Stevens era il mio collegamento con l'unità operativa, finché non ho trovato lei, Mr. Palisser.»

«Continuo a non capire...»

«Neanch'io capisco» tagliò corto Tyrell. «Forse Phyllis potrà aiutarci. Lei ha il numero della casa di Stevens, se capita qualcosa?»

«Lo faccio cercare subito dalla mia segretaria.»

«Ci sentiamo fra poco.»

Ore 16.29

Il vapore era così denso che la figura seduta in un angolo della stanza del bagno turco era a malapena visibile. Il sibilo cessò e una seconda persona entrò con un grande asciugamano che gettò sul corpo inondato di sudore del senatore Nesbitt.

«Ho avuto un altro attacco, vero, Eugene?» chiese il senatore al suo autista-guardia del corpo, mentre si alzava barcollando con gli occhi opachi e il volto disfatto.

«Sì, signore. Margaret ha visto i primi sintomi, subito dopo colazione.»

«Mio Dio, è già pomeriggio?» lo interruppe il senatore spaventato. «E mi avete portato a... nel Maryland?»

«Non abbiamo potuto, non c'era tempo. Abbiamo chiamato il medico. Le ha praticato un'iniezione e ci ha detto che cosa fare.»

«Come, non c'era tempo? Perché?»

«Lei ha un appuntamento alla Casa Bianca, senatore. Dobbiamo andare a prendere la contessa e suo nipote alle sette e un quarto.»

«Oh, Gesù! Sono in uno stato pietoso!»

«Dopo una bella doccia, starà benissimo, signore. Maggie le farà un massaggio e un'iniezione. Poi riposerà un'oretta prima di vestirsi.»

L'assistente condusse l'anziano senatore sotto la doccia, regolandola lentamente dal caldo al tiepido al freddo.

«Aaah!» gridò Nesbitt sotto gli spruzzi gelati. «Basta, Eugene!»

«Pazienza, signore, ancora qualche momento.»

«Ma sono ghiacciato!»

«Chiudo fra quindici secondi, come ha detto il dottore.»

«Non ce la faccio più!»

«Quattro, tre, due, uno... è fatta, signore.» L'assistente gli gettò di nuovo un ampio asciugamano sulle spalle e lo aiutò a tenersi in piedi. «E allora, senatore? Bentornato nel mondo dei vivi.»

«Dicono che non ci sia nessuna cura, Eugene» borbottò Nesbitt uscendo dalla doccia, sostenuto dall'assistente. «O il disturbo scompare con il tempo e le terapie, o dovrò prendere alte dosi di farmaci per contenerlo. E i farmaci danneggiano il cervello.»

«Non le succederà alcun male finché saremo accanto a lei, signore.»

«Sì, capisco, Eugene, e le sono profondamente grato. Tu e Margaret sarete ben ricompensati quando non ci sarò più. Mio Dio, ragazzo, io sono due persone! E non so mai quando una delle due prende il sopravvento! È un inferno!»

«Lo sappiamo, signore, e lo sanno i suoi amici del Maryland. Avremo cura di lei.»

«Ti rendi conto, Eugene, che non so neppure da dove sono spuntati questi miei amici del Maryland?»

«Ma sì, signore, il loro medico è venuto a visitarla quando ha avuto quel piccolo attacco durante la proiezione del film a luci rosse, a Bethesda. Lei non ha fatto niente di male, solo che un paio di persone hanno creduto di riconoscerla.»

«Non me ne ricordo affatto.»

«È quel che ha pensato il medico... Bene, ora tutto è passato, vero, signore? Lei è pronto per l'udienza di questa sera. Con il presidente, senatore! Pensi come crescerà il suo prestigio presso gli elettori, con questa ricca contessa e il suo ancor più ricco nipote!»

«Sicuro, sicuro, Eugene. Chiama Margaret per il massaggio e poi mi farò un sonnellino.»

Ore 17.07

La segretaria del direttore ad interim della CIA rispose alla terza chiamata da Londra, affermando che il capo aveva ricevuto i precedenti messaggi dalla squadra operativa Piccola Sanguinaria ed era impegnato in riunioni di emergenza; in quel momento si trovava alla Casa Bianca con il presidente e avrebbe richiamato il direttore del MI6 appena possibile. La donna era stata categorica: non c'era alternativa. Liquidati i due agenti del Mossad all'aeroporto Dulles, l'ultimo controllo era lei. I messaggi da Londra non potevano andare oltre. Lanciò un'occhiata all'orologio sulla scrivania: il suo turno di servizio finiva tra cinque minuti.

Scorpio Diciassette raccolse le carte sparse sulla scrivania, si alzò e bussò alla porta del suo capo. «Avanti» la invitò il direttore.

«Ecco le note che ha chiesto e i messaggi che sono arrivati mentre era al telefono. Mio Dio, c'erano cento persone che chiedevano di lei!»

«Tantissima gente sa del mio nuovo incarico e vuole farsi ricordare. Naturalmente tutto finirà quando il presidente avrà decretato la nomina definitiva a questa carica.»

«Credevo che lei sapesse...»

«Che cosa?»

«Circola voce che il presidente abbia molta simpatia per lei, apprezzi le sue doti e la vedrebbe volentieri a capo dell'Agenzia, invece di qualche dilettante appoggiato dai politici.»

«Anch'io l'ho sentito dire, ma non ci scommetterei. Il presidente ha molti debiti con il mondo politico e un semplice vicedirettore non basterebbe.»

«Bene, se non c'è altro, posso andare a casa?»

«Nessun messaggio dalla squadra operativa Piccola Sanguinaria? Dovevo esserne informato immediatamente.»

«Il messaggio è in quel mucchio. Lei era al telefono con il vicepresidente.»

«Dannazione, doveva interrompermi!»

«Non c'era ragione, signore. Non conosco tutti i dettagli dell'operazione, ma ho pensato che l'espressione "Niente da Londra" significasse quel che significa di solito: un buco nell'acqua.»

«Maledizione,» esplose il direttore provvisorio «se fossi riuscito a risolvere questo caso, avrei avuto una possibilità... Dov'è il tizio a capo dell'operazione?»

«Lui e gli altri sono stati qui dalle tre di stamattina, per oltre quindici ore, dopo aver dormito poco o niente. Ha detto che chiudeva bottega sperando di aver più fortuna domani.»

«Bene, vuol dire che gli parlerò domani.»

«Se vuole, posso restare.»

«E perché? Per confortarmi mentre mi lecco le ferite e mi preparo a dire addio a questo bell'ufficio? Vada a casa, Helen.»

«Buonanotte, signor direttore.»

«È un buon augurio.»

La segretaria entrò nel parcheggio del più vicino supermercato, scese dall'auto e si diresse a una cabina telefonica. Fece un numero che da tanto tempo sapeva a memoria, aggiunse le altre cinque cifre del codice d'accesso e dopo un attimo ebbe la risposta. «Utah, presumo.»

«Qui Numero Diciassette... Com'è destino per ognuno di noi, è venuto il mio tempo. Non posso tornare in ufficio domani mattina.»

«Lo immaginavo. Ti farò uscire dal Paese stanotte. Porta con te il meno possibile.»

«Non ho quasi niente: tutto ciò di cui ho bisogno è già in Europa, da parecchi anni.»

«Dove?»

«Questo non lo dirò nemmeno a te.»

«Ben fatto. Quando vuoi partire?»

«Appena possibile. Andrò in taxi a casa mia, a prendere solo il passaporto e qualche gioiello. Tutto il resto rimane là. Sarò pronta fra quindici o venti minuti.»

«Prendi un taxi per Andrews e recati ai servizi di sicurezza. Avrai il tuo posto sulla prima navetta diplomatico-militare per Parigi.»

«Grazie. Quando parte?»

«Fra un'ora e mezza. Ti auguro una vita felice, Diciassette.»

«Spero bene. Me la sono meritata.»

36

Hawthorne lasciò Poole allo Shenandoah Lodge, accanto al telefono, soprattutto ad attendere notizie di Catherine, e si recò a casa di Henry Stevens. Nel viale d'accesso era ferma una vettura grigia del Dipartimento della Marina. Un giovane ufficiale armato e in divisa ricevette Tyrell e gli additò il soggiorno, dove una donna vestita di nero era ferma davanti alla finestra.

In un primo momento Phyllis e Tyrell si guardarono in silenzio, impacciati, com'era comprensibile fra due persone che un evento luttuoso aveva diviso per lunghi anni e ora si ritrovavano in circostanze dolorose, dalle quali riaffiorava inevitabilmente il ricordo della tragedia di Amsterdam. Poi Hawthorne si fece avanti e lei gli si gettò fra le braccia, scoppiando in lacrime. «È tutto così orribile! Orribile!» gemeva.

«Lo so, Phyllis, lo so.»

«Tu certo mi capisci.»

Si tennero stretti per un lungo momento, senza parole, schiacciati dalla tragedia di due morti che avevano distrutto le loro vite. Poi lentamente Hawthorne si staccò dalla moglie di Henry Stevens.

«Cosa posso offrirti, Tye? Tè, caffè, un drink?»

«Niente, grazie. Sarà per un'altra volta.»

«Allora siediti, Tye. Sono sicura che non sei venuto solo per una visita di cortesia.»

«Quanto sai di questa vicenda, Phyllis?»

«Sono la moglie di un ufficiale dei servizi segreti. Ho collegato alcuni fatti... Mio Dio, erano quasi quattro giorni che Henry non dormiva! Era anche preoccupato per te, Tye...»

«Allora sai che stavamo dando la caccia a qualcuno.»

«Certo, e so che lei è estremamente pericolosa.»

«*Lei*? Allora sai che è una donna?»

«Me l'ha detto Hank. Una terrorista della Valle della Beqa'a. Se non fosse stato così stanco, forse non se la sarebbe lasciata sfuggire.»

«Phyllis,» soggiunse Hawthorne, guardandola negli occhi «devo farti qualche domanda sui giorni precedenti la morte di Hank. So che non è il momento, ma non c'è un altro modo...»

«Capisco. Ho vissuto molti anni nel nostro ambiente.»

«Sei sola in casa?»

«No, c'è qui mia sorella che è venuta dal Connecticut per starmi vicina. Ora è uscita.»

«Ma tu e Hank vivevate qui soli?»

«Oh, sì, con il solito contorno... automobili della Marina che incrociavano ventiquattr'ore su ventiquattro, limousine che venivano a prenderlo e a riportarlo, una squadra di marinai una volta la settimana per fare le pulizie di casa, e noi rimborsavamo le spese al Dipartimento, Henry era un vero pignolo a questo proposito. E poi un sistema d'allarme che avrebbe impressionato gli scienziati atomici. Insomma un perfetto servizio di sicurezza, se è questo che vuoi sapere.»

«Scusa, ma evidentemente non era così perfetto. Qualcuno è entrato e ha ucciso Henry mentre era al telefono con me.»

«Infatti abbiamo trovato la cornetta del telefono della cucina che penzolava dal muro. D'altra parte, hai ragione, ci sono i garzoni dei fornitori, gli operai che vengono per qualche riparazione... non possiamo eliminarli tutti. A questa stregua non potremmo neanche ordinare una pizza. Hank di solito faceva venire un'autopattuglia, quando aspettavamo ospiti, ma con il passare del tempo spesso se ne dimenticava. Qui gli sembrava fuori posto, non è come ad Amsterdam. La considerava una forma di paranoia.»

«Insomma, un operaio in tuta con una borsa di attrezzi, o un impiegato con una cartella portadocumenti, o un militare in divisa non sarebbero stati fermati» osservò Tyrell.

«Probabilmente no. Ma la polizia ha svolto le indagini del caso. Tranne il ragazzo che porta i giornali, nessuno si era avvicinato alla casa.»

«Le autopattuglie erano parcheggiate fuori in permanenza?»

«Non proprio, non come l'auto che c'è ora. Incrociavano qui intorno. Hank insisteva su questo punto, tanto per ragioni pratiche quanto per i rapporti con i nostri vicini.»

«Incrociavano?»

«Intorno a tutto l'isolato: è un giro che richiede meno di un minuto e dieci secondi.»

«E c'erano buone ragioni» annuì Hawthorne. «Un'autopattuglia stazionata qui davanti in permanenza sarebbe stata un bersaglio.»

«E i nostri vicini non avrebbero gradito macchine estranee parcheggiate per lungo tempo davanti alla casa.»

«Insomma, chiunque avesse accesso al servizio di sicurezza potrebbe essere l'assassino di Henry. Un minuto e dieci secondi è un tempo sufficiente.»

«Pensi a qualcuno della Marina?»

«O dell'Esercito, di grado abbastanza elevato da ottenere l'accesso.»

«Scusa, sii più chiaro» insisté Phyllis.

«Non posso, non ora.»

«Ma era mio marito!»

«Bene, ti dirò quello che ti avrebbe detto lui. Ci sono cose di cui non posso parlare.»

Phyllis lo guardò con tristezza e pose una mano sulla sua, stringendogliela piano. «Continua con le tue domande.»

«Bene, quando e a chi ha fatto il mio nome?»

«Ti ha nominato due o tre volte, ordinando che ti fosse dato tutto l'appoggio possibile e minacciando di impiccare chi non lo faceva.»

«Con chi, Phyllis?»

«Diavolo, non so. Qualcuno che era impegnato nella vostra operazione. Hank gli disse che voleva un rapporto completo e non tollerava errori.»

«Il che significa che il rapporto finiva nelle mani dell'intera cricca della Piccola Sanguinaria.»

«Che cosa stai dicendo?»

«Lasciamo stare... Piuttosto, pensa se c'è qualche altro particolare, anche trascurabile e apparentemente insignificante, che non mi hai detto.»

«Be', ci sarebbero le telefonate da Londra.»

«*Londra?*»

«Sono cominciate verso le sette o le otto questa mattina. Ha risposto mia sorella. Io mi rifiutavo di andare al telefono.»

«Perché?»

«Oh, basta, non ne potevo più!» sbottò Phyllis. «Henry ha perso la vita in questa sporca faccenda e io non volevo più sentire chiamate da Londra o Parigi o Istanbul o dal Kurdistan. Per l'amor di Dio, è morto! Che ci lascino in pace!»

«Phyllis, loro non sanno che è morto.»

«E allora? Ho detto a mia sorella di rispondere che chiamassero il Dipartimento della Marina. Che se la vedano quei bastardi, io non ci sto più.»

«Dov'è il telefono?»

«Henry non lo voleva in soggiorno. È in veranda. Sono tre apparecchi, di colori diversi.»

Hawthorne balzò in piedi e corse nella veranda chiusa da ampie vetrate. Su un tavolino in un angolo c'erano tre telefoni: uno beige, uno rosso e uno blu scuro. Prese quello rosso e premette lo zero. «Qui il comandante Hawthorne, aiutante del capitano Stevens» disse al centralino. «Passatemi l'ufficiale superiore del servizio informazioni della Marina.»

«Subito, signore.»

«Capitano Ogilvie, linea rossa» disse la voce dal quartier generale del servizio informazioni. «Il suo nome è Hawthorne? Lo registro.»

«Le devo fare una domanda, capitano.»

«Su questa linea, rispondo a qualsiasi domanda.»

«Ci sono stati messaggi da Londra per l'ufficio del capitano Stevens?»

«Nessuno che io sappia, signore.»

«Non mi basta il suo "che io sappia". Ho bisogno di una conferma.»

«Attenda un attimo.» Silenzio per circa dieci secondi, poi il capitano Ogilvie annunciò: «Nulla da Londra, comandante. Nessun messaggio».

«Grazie, capitano.» Hawthorne tornò in soggiorno. «Niente da Londra per Henry al suo ufficio.»

«Strano. Hanno chiamato una mezza dozzina di volte.»

«Sai a quale apparecchio arrivavano le telefonate?»

«Non lo so, ha risposto sempre mia sorella. Mi ha detto che ogni volta era lo stesso uomo, un inglese, tono molto ufficiale e molto agitato. E ogni volta gli ha detto di chiamare il Dipartimento della Marina.»

«Ma non l'ha fatto... continuava a telefonare qui. Perché? Che altro ti ha detto tua sorella?»

«Non molto, io veramente non l'ascoltavo nemmeno.»

«Dov'è ora?»

«Al supermercato. Sarà qui fra poco.»

Ci fu un breve colpo di clacson all'esterno. «Eccola!»

Dopo che fu entrata in casa, le presentazioni furono rapide e concise. «Mi dica, Mrs. Talbot...» cominciò Hawthorne.

«Mi chiamo Joan. Phyllis mi ha parlato molto di te. Buon Dio, che cos'è successo?»

«Spero che me lo possa dire tu... Le telefonate da Londra. Da parte di chi erano?»

«Erano odiose! Non mi sono mai sentita così a disagio in tutta la mia vita!» esclamò Joan Talbot. «Quell'uomo orribile continuava a chiedere di Henry, a dire che era urgente... e io dovevo ripetere che avremmo cercato di raggiungerlo... e lui insisteva che agli uffici della Marina gli rispondevano che non era reperibile... non era reperibile, mio Dio, e invece era morto. E la Marina non vuole ammetterlo e io non lo posso dire!»

«Ci sono delle buone ragioni, Joan...»

«Per imporre a mia sorella questo inferno? Vuoi sapere perché non vuole più avvicinarsi al telefono? I giorni scorsi continuavano ad arrivare chiamate per Henry e lei era costretta a rispondere: "Mio marito è sotto la doccia"... "È andato a giocare a golf"... "È a una riunione"... come se si aspettasse di vederlo entrare dalla porta e domandare cosa ci fosse per cena. Siete dei mostri!»

«Basta, Joan» l'ammonì Phyllis. «Tye deve fare il suo lavoro, per quanto sgradevole sia. Ora rispondi alle sue domande. Chi era che telefonava?»

«Oh, non mi ha detto il suo nome, solo un M-qualcosa e poi Special-qualcosa.»

«MI6?» chiese Hawthorne. «Special Branch?»

«Sì, mi pare.»

«Cristo, ma *perché*?» borbottò Hawthorne fra sé. «E a quale telefono chiamava?»

«Quello blu, sempre quello blu.»

«Ah, ecco, la linea diretta e a prova di intercettazioni. Tenuta continuamente sotto sorveglianza.»

«Comincio a capire» aggiunse Phyllis. «Quando Hank voleva parlare con un collega dei servizi stranieri in Europa o nel Medio Oriente, usava sempre quello.»

«Così farò io, ma non ho il numero. Ora chiamo Palisser e me lo faccio dare.»

«Vuoi dire il numero di Londra?» chiese Joan Talbot. «È sul blocco accanto al telefono.»

«Te l'ha dato l'inglese?»

«Solo dopo aver ripetuto due volte che sarebbe stato cambiato al mattino.»

Hawthorne tornò rapidamente nella veranda, trovò il numero e chiamò Londra. Mentre lo componeva sentiva un dolore sordo al torace, come un presentimento, un allarme nato dall'istinto. Henry aveva chiesto rapporti completi sulle sue mosse, dopo Chesapeake Beach. E quei rapporti erano inevitabilmente arrivati a ogni membro impegnato nell'operazione Piccola Sanguinaria, compreso uno Scorpio chiamato Maximum Mike Meyers. Ecco il legame fra lui e la morte di Stevens. Ma che i messaggi del MI6 da Londra non fossero arrivati ai servizi segreti della Marina era un fatto inaspettato, che lo teneva sulle spine.

«Sì?» rispose la voce da Londra.

«Qui Stevens» mentì Hawthorne, sperando che l'uomo di Londra gli credesse.

«In nome di Dio, capitano, che cosa sta succedendo lì? Sono dieci ore che tento di parlare con lei.»

«È stata una giornata difficile...»

«Credo bene! A proposito, il mio nome è John Howell – c'è un "sir" davanti, in caso che lo cerchi al computer, ma può benissimo tralasciarlo.»

«MI6, Special Branch?»

«Bene, spero che lei prenda tutte le precauzioni, come facciamo noi qui e come fa Parigi. Non abbiamo sentito Gerusalemme, ma quelle vecchie volpi sono sempre un passo davanti a noi.»

«Allora, John, poiché sono stato impegnato in riunioni di emergenza tutto il giorno, mi metta subito al corrente delle novità.»

«Ma vuole scherzare!» esclamò Howell. «Lei non è il controllo del comandante Hawthorne, lì da voi?»

«Sì, naturalmente» fece Tyrell, cercando disperatamente di trovare un filo di logica in quell'illogico garbuglio. «A proposito, grazie per averlo reclutato...»

«Lo ha reclutato Geoffrey Cooke, pace all'anima sua, non io.»

«Sì, lo so, ma come le ho detto, ho ricevuto il suo messaggio solo ora. Non c'era nulla al mio ufficio.»

«Dannazione, capitano, cosa diavolo sta succedendo? Il vostro nuovo direttore della CIA non l'ha informata? La sua segretaria, un'antipatica spocchiosa, oserei dire, mi ha detto che il direttore era al corrente di tutto. Come mai non l'ha contattata?»

«C'è un grosso problema in Medio Oriente, fra Siria e Israele» tentò di spiegare Hawthorne.

«Sciocchezze!» lo interruppe il capo del MI6. «In confronto al problema che abbiamo noi, tutto il resto è insignificante.»

«Un momento, Howell...» Tyrell impallidì. «Lei si riferisce all'operazione coordinata di intercettazione telefonica che è in corso fra voi e l'Agenzia?»

«Ma come! Vuol dirmi che non lo sa?»

«Che cosa, John?» lo incalzò Hawthorne con il fiato sospeso.

«È per *stasera*! La Bajaratt afferma che colpirà stasera! Ora di Washington.»

«Oh, mio Dio!» mormorò Tyrell, bianco come un cencio, esalando lentamente il fiato. «E lei dice che l'unità operativa ha passato il messaggio al direttore della CIA?»

«Naturalmente.»

«È proprio sicuro?»

«Ho parlato io stesso con la segretaria. Mi ha detto che il direttore della CIA era impegnato in diverse riunioni. In particolare l'ultima volta era con il presidente e alla Casa Bianca.»

«E perché mai?»

«È il vostro Paese, non il mio. Se si trattasse del nostro primo ministro, sarebbe sotto la protezione di Scotland Yard, e non terrebbe riunioni a Downing Street.»

«Lei sostiene che il direttore della CIA era in possesso di questa notizia e quindi, poiché era in riunione, aveva passato il messaggio a chi di dovere?»

«Andiamo, amico mio, il direttore è nuovo e ovviamente è stato preso dal panico, non sia troppo severo con lui.»

«Qui qualcosa non quadra.»

«Che cosa?»

«Credo che non abbia mai ricevuto quella notizia.»

«Non capisco!»

«Scusi, ora non ho tempo per spiegarle. La richiamo.» Tyrell posò immediatamente il ricevitore del telefono blu, prese quello rosso e premette lo zero. «Qui il comandante Hawthorne...»

«Sì, comandante, ci siamo sentiti prima» rispose l'operatore. «È riuscito a parlare con l'ufficiale di guardia dei servizi informazioni?»

«Sì, grazie. Ora ho bisogno di contattare il segretario di Stato Palisser, preferibilmente su questa linea.»

«Lo cerco subito, signore.»

«Bene, resto in linea. È un'emergenza.» Mentre aspettava, Tyrell cercava di formulare le parole per comunicare l'incredibile notizia al segretario di Stato. L'operazione di intercettazione telefonica coordinata fra Londra e Washington non era stata un fiasco. Aveva funzionato. La terrorista Bajaratt era stata intercettata, le sue parole registrate. Avrebbe colpito *stasera*! La cosa pazzesca era che nessuno lo sapeva... o meglio, non era così, pensò Hawthorne. Qualcuno sapeva e aveva soffocato l'informazione. Dove diavolo era Palisser?

«Comandante?»

«Eccomi. Dov'è il segretario di Stato?»

«Abbiamo qualche difficoltà a rintracciarlo. Appena possibile, la facciamo richiamare.»

«No, resto in linea.»

«Bene, signore.»

Il telefono tacque. Hawthorne gettò un'occhiata all'orologio: quasi le sei e mezza. Il dolore sordo al torace si faceva più intenso. Stava calando la sera. Dannazione, Palisser, dove sei?

«Comandante...»

«Sì?»

«Non so come dirglielo, ma ci è semplicemente impossibile rintracciare il segretario di Stato.»

«Vorrà scherzare!» sbottò Tyrell, ripetendo inconsciamente l'esclamazione di sir Howell davanti all'incompetenza dei servizi segreti americani.

«Abbiamo parlato con Mrs. Palisser a St. Michaels nel Maryland. Il marito l'ha avvertita che contava di passare dall'ambasciata israeliana e poi tornare a casa entro un'ora.»

«Che altro?»

«Il primo attaché dell'ambasciatore israeliano – l'ambasciatore si trova attualmente a Gerusalemme – ha confermato che Palisser è rimasto all'ambasciata una ventina di minuti per discutere di "affari del Dipartimento di Stato" e poi se n'è andato.»

«Che affari?»

«Non potevamo chiederglielo, signore.»

«Da quando il segretario di Stato americano si scomoda a recarsi personalmente all'ambasciata israeliana?»

«Non saprei risponderle, signore.»

«Forse io sì. Mi metta in comunicazione con l'attaché israeliano e gli dica che è una chiamata d'emergenza. Se non è in ufficio, lo faccia cercare.»

«Sì, signore.»

Trenta secondi dopo una voce baritonale annunciava: «Asher Ardis, ambasciata di Israele. Mi dicono che è una chiamata d'emergenza da parte di un ufficiale dei servizi di informazione della Marina. Esatto?».

«Sono Hawthorne, collaboratore del segretario di Stato Bruce Palisser.»

«Un'ottima persona. In che cosa posso servirla?»

«Lei è al corrente di un'operazione chiamata Piccola Sanguinaria? Questa è la linea rossa, può parlare.»

«Non ne so nulla, Mr. Hawthorne. Devo ritenere che riguardi il mio governo?»

«Sicuro, Mr. Ardis. E il Mossad.»

«Ah, quella sacrosanta, mistica entità! Lei non ha idea degli errori che commettono... già che siamo su una linea rossa!»

«Questo non mi riguarda. Ne commettiamo abbastanza anche noi. Ora ho bisogno di sapere se Palisser ha parlato con voi a proposito di due agenti mandati dal Mossad negli Stati Uniti per consegnargli un pacco.»

«Un pacco può significare molte cose, signore. Un foglietto di carta, lo schema di un progetto, una cassetta della nostra bella frutta, no?»

«Non ho tempo per domande oziose, Mr. Ardis!»

«Neanch'io, ma sono curioso. Abbiamo esteso la nostra cortesia fino a mettere a disposizione del vostro segretario di Stato una stanza privata perché potesse telefonare su una linea sicura al colonnello Abrams, che naturalmente è del Mossad. Lei ammetterà che era una richiesta assai insolita, e una concessione altrettanto insolita da parte nostra.»

«Non saprei, non sono un diplomatico.»

«Il Mossad spesso opera al di fuori dei canali normali, fatto piuttosto irritante, ma ci tengono a conservare l'immagine della piovra clandestina che stende ovunque i suoi tentacoli segreti...»

«Lei non è precisamente un fanatico del Mossad, vero? Comunque non voglio ficcare il naso nelle vostre rivalità interdipartimentali, mi interessa solo la visita del segretario di Stato Palisser alla vostra ambasciata. Ha potuto parlare con il colonnello Abrams? Che cosa gli ha detto? Poiché sono sulla linea rossa, può ben capire che ho diritto a informazioni riservate! Stiamo lavorando insieme, perdio! Allora?»

«Lei è piuttosto suscettibile, Mr. Hawthorne.»

«Sono stanco delle sue chiacchiere!»

«Ben detto. Lo sdegno di un uomo intelligente rivela la verità.»

«Mi risparmi le parabole talmudiche! Cos'è successo quando Palisser ha contattato Abrams?»

«A dire la verità, non l'ha contattato. Il colonnello del Mossad non era in sede, ma al suo ritorno troverà un messaggio che gli dirà di richiamare il vostro segretario di Stato. Abbiamo sei numeri di telefono, metà protetti, metà no. Questo risponde alla sua domanda?»

Tyrell rabbioso sbatté giù il telefono e tornò in soggiorno. Phyllis gli andò incontro.

«Un certo tenente Poole ti ha chiamato sulla linea normale...»

«Cathy? Aveva notizie di un certo maggiore Neilsen?»

«No, parlava di un certo generale Michael Meyers, capo degli stati maggiori riuniti. Il generale ti ha telefonato. Vuole incontrarti subito. Dice che è urgente.»

«Urgente! Ci puoi scommettere! Sta facendo le grandi pulizie!»

Ore 18.47

La limousine con la targa del Dipartimento di Stato correva sulla Route 50 diretta a sud, verso il villaggio di St. Michaels. Sul sedile posteriore Palisser schiacciava con crescente irritazione i tasti del telefono cellulare.

«Nicholas,» gridò all'autista «cosa diavolo ha questo telefono? Non riesco a farlo funzionare!»

«Non so, signore» rispose l'autista, mandato dal servizio segreto. «Anch'io ho delle noie con la radio.»

«Un momento! Tu non sei Nicholas!»

«Ho dovuto sostituirlo, signore.»

«Come? C'era lui al volante quando siamo arrivati all'ambasciata di Israele.»

«Forse problemi di famiglia. Io sono stato chiamato a sostituirlo.»

«È estremamente irregolare. Il mio ufficio avrebbe dovuto avvertirmi.»

«Il suo ufficio non sapeva dove trovarla, signore.»

«Hanno il numero di telefono dell'auto!»

«Il telefono non funziona, signore.»

«Accidenti! Se il mio ufficio non sapeva dov'ero, tu come l'hai saputo?»

«Abbiamo i nostri canali, signore.»

«Rispondimi!»

«Io sono solo obbligato a dare nome, grado e numero di matricola. Così si fa con il nemico.»

«Cosa diavolo stai dicendo?»

«La notte scorsa lei ha calunniato il generale, ha spinto la Casa Bianca a metterlo sotto sorveglianza. Un'infamia, contro un uomo eccellente come il generale Meyers!»

«Il tuo nome, soldato.»

«Johnny basterà, signore.» L'autista sterzò a sinistra e si immise in una strada di campagna che pareva abbandonata. Accelerò e dopo un breve percorso a balzi e scossoni si fermò in una piccola radura. Al centro troneggiava un elicottero Cobra. «Può scendere ora, signore.»

Palisser, aprì la portiera e uscì sul prato. Era costernato. A tre metri da lui c'era il generale in capo degli stati maggiori riuniti, in uniforme, con la manica vuota rimboccata sulla spalla.

«Tu eri un ottimo soldato durante la seconda guerra mondiale, Bruce. Ma hai dimenticato le istruzioni sulle incursioni al fronte» sogghignò il generale. «Quando si avanza in territorio nemico, assicurarsi della fedeltà della truppa. Non ti sei accorto di un elemento infido, alla Casa Bianca. Se avesse interrotto la riunione dei servizi di sicurezza per portarti un messaggio, sarebbe stato ucciso.»

«Buon Dio, Hawthorne aveva ragione» replicò Palisser con voce calma. «Non solo lasci assassinare il presidente, ma stai aiutando attivamente il killer.»

«È solo un uomo, Bruce, un politicante debole e fuorviato. Sotto il suo governo la potenza militare degli Stati Uniti viene decimata. La situazione cambierà stasera, il mondo cambierà stasera.»

«*Stasera?*»

«Entro meno di un'ora.»

«Di che cosa parli?»

«Certo, non puoi saperlo. I messaggeri del Mossad non sono mai arrivati da te.»

«Abrams!» mormorò Palisser. «Il colonnello Abrams!»

«Uomo pericoloso. Con la sua moralità contorta non è in grado di discernere i veri vantaggi. A proposito, giustamente non si fidava di nessuno, per questo ha inviato due dei suoi per comunicarti un nome. Un piccolo oscuro senatore che renderà tutto possibile, fra un'ora.»

«Tu sei pazzo! Come fai a saperlo?»

«Lo so da qualcuno che certamente tu non hai mai notato. Un insignificante assistente del consiglio di sicurezza, lo stesso che stamattina ha intercettato i messaggi inviati per te da quel bastardo di Hawthorne. La nostra talpa è un servitore eccellente e il presidente lo ha in grande simpatia. Era un mio ex aiutante, gli ho fatto avere io quel posto.» Il generale diede un'occhiata all'orologio, alla scarsa luce del sole al tramonto. «Fra circa un'ora il presidente, per fare un piacere al nostro piccolo e innocuo senatore, concederà una breve udienza privata e fuori programma... indovina a chi? Vedo che lo immagini. Sicuro, proprio alla Piccola Sanguinaria... e poi, *puf!* L'esplosione si sentirà in tutto il mondo.»

«Pazzo figlio di puttana» proruppe Palisser precipitandosi su di lui a mani protese.

Con il braccio sinistro il generale estrasse dalla cintola una baionetta e mentre il segretario di Stato lo afferrava alla gola gli affondò la pesante lama nel petto con un gesto fulmineo.

«Sgombera di qui il cadavere,» ordinò all'assistente «e fa' affondare la limousine sulla costa di Taylor Island.»

«Subito, generale.»

«Dov'è l'autista?»

«Dove nessuno lo troverà per un po'.»

«Bene. Questo episodio resterà come breve momento oscuro nello scorrere della storia. Fra un'ora non avrà più importanza. Io filo alla Casa Bianca. Sarò nella saletta del primo piano.»

«Diavolo, così va fatto. Qualcuno deve prendere le redini della situazione.»

In una buia viuzza di Gerusalemme, sotto la pioggia, giaceva una figura inanimata, con gli abiti inzuppati, coperta di sangue che si mescolava con l'acqua e defluiva sui ciottoli del selciato. Il colonnello Daniel Abrams, capo dell'operazione Bajaratt, aveva sei proiettili in corpo, sparati da una pistola con il silenziatore. E un vecchio ebreo tarchiato si allontanava per la Sharafat, con la coscienza tranquilla per aver fatto la cosa giusta.

37

Amaya Bajaratt diede un'ultima occhiata al suo abbigliamento preparandosi per il momento più importante della sua vita. Mentre si studiava nello specchio vedeva con gli occhi della mente la figuretta lontana di una bambina di dieci anni che la guardava con ammirazione.

Ce l'abbiamo fatta, bambina del mio lontano passato. Nessuno ci può fermare. Cambieremo la storia. L'orrore che ci è stato inflitto sarà vendicato. Muerte para toda autoridad! Quel gesto, lo compiremo insieme, tu e io, perché siamo una cosa sola, e siamo invincibili!

L'immagine svanì e Amaya si aggiustò le ciocche d'argento nei capelli, ritoccò il trucco leggero con le borse sotto gli occhi, che davano l'idea di una donna assai più anziana. Un abito di seta blu, leggermente imbottito in vita per simulare l'appesantimento dell'età matura, al petto una collana di perle preziose: era il ritratto di una ricca aristocratica italiana, avvezza ai ritrovi eleganti di Via Condotti. E come raffinato accessorio, una borsetta da sera di seta blu con una delicata cerniera di perle. Nessuno poteva dubitare che quelle due perle non fossero autentiche.

Al polso la nobile contessa portava un orologio tempestato di brillanti, che pareva a prima vista il più prezioso dei Piaget. Ma non lo era: era un falso superbamente eseguito e conteneva un meccanismo semplice e potente in grado di inviare un impulso elettronico a cinquanta metri di distanza. Bastava premere con forza tre volte la piccola corona d'oro. Il ricevitore di quell'impulso era fissato nella borsetta di seta blu. Un minuscolo modulo circolare attaccato a una sottile lamina di esplosivo al plastico che, appena azionato, innescava una seconda lamina fissata sulla faccia opposta della borsetta. Il potenziale distruttivo equivaleva a quello di ottocento grammi di nitroglicerina, pari alla potenza di una bomba di cento chili. *Muerte para toda autoridad!* Morte per i leader che ordinavano la morte, per commissione o per omissione.

«Valeria!» gridò Nicola dalla camera da letto.

Amaya trasalì e corse sulla porta della stanza. «Che cosa c'è?»

«Questi maledetti gemelli non entrano nell'asola del polsino! Quello sinistro sì, ma non quello destro!»

«È naturale, Nicola, per tutti è difficile manovrare con la mano sinistra» lo confortò Amaya. «Hai sempre fatto fatica ad allacciare il polsino destro, ricordi?»

«Non ricordo niente. Posso solo pensare a domani.»

«E non a stasera? Il presidente, Nicola!»

«Non me ne importa niente. Il mio cuore è a New York. Hai sentito Angel all'aeroporto? Ha detto che avremmo passato un intero fine settimana insieme, su un lago, con la sua famiglia.»

Amaya lo aiutò ad allacciare il polsino e fece un passo indietro, per ammirare la sua creazione. «Sei splendido, mio adorabile scugnizzo dei moli di Portici...»

«Ma sempre uno scugnizzo per te! Non smetti mai di ricordarmelo! Ti fa tanto piacere?»

«Da ora in poi potrai diventare tutto ciò che Dio vuole.»

«Dio! Ma tu non credi in Dio! Tu hai fede solo in una causa che io non posso capire. E mi dispiace per te, piango per te, perché fai tante cose sbagliate in nome di questa grande causa!»

«Non piangere per me, Nicola. Io accetto il mio destino.»

«*Destino?* Che parola grave, Valeria.»

«Be', lasciamo stare. Mettiti la giacca con i bottoni d'oro.» Amaya continuava ad ammirarlo come fosse un'opera d'arte. «Sei splendido!»

«Basta, mi metti in imbarazzo!»

«Voglio solo che tu sappia perché sei stato prescelto.»

«Per quale scopo?»

«Un'altra domanda a cui non ho intenzione di rispondere.»

«Penso proprio che tu sia pazza! Ora posso telefonare ad Angelina, a Brooklyn? Ormai deve essere arrivata.»

«Fa' come credi. Parla pure con la tua amata, ma guarda che avrai poco tempo. Fra venti minuti il senatore verrà a prenderci.»

«Vorrei parlarle da solo.»

«Naturalmente.» Amaya uscì dalla camera da letto e chiuse la porta.

Ore 19.09

Hawthorne stava per esplodere. Ogni contatto che cercava di raggiungere nei servizi d'informazione di Washington era "già uscito" o "non rintracciabile" o infine "non voleva parlare con un tizio che non conosceva". Il termine Piccola Sanguinaria non significava nulla per nessuno. Il segreto era stato così strettamente mantenuto, la cerchia delle persone impegnate nell'operazione era così limitata che nessuno era in grado di trasmettere il suo messaggio, perché nessuno era autorizzato a farlo.

Il centralino della Casa Bianca era il paradosso della situazione. «Noi riceviamo telefonate di questo genere una decina di volte al giorno, caro signor Mistero! Se lei ha delle prove, si rivolga ai servizi segreti o al Pentagono.»

La risposta dei servizi segreti era stata molto succinta e formale. «Prendiamo nota della sua chiamata e le assicuriamo, signore, che il presidente è perfettamente protetto. Ora abbiamo da fare, comandante. Buongiorno.»

Non poteva rivolgersi al Pentagono perché il generale Meyers sarebbe stato avvertito. Il capo degli Scorpio avrebbe tagliato ogni comunicazione.

Bruce Palisser era introvabile, come anche il suo contatto in Israele, il colonnello Daniel Abrams. Che cosa diavolo stava succedendo?

Il telefono squillò nella veranda e Phyllis, che era più vicina, corse a sollevare il ricevitore. «Tye!» gridò. «È Israele! Telefono rosso!»

Hawthorne fu in un balzo accanto a lei e le strappò quasi di mano il ricevitore. «Io sono il vostro contatto! Chi parla?»

«Mettiamo le cose in chiaro» fece la voce da Gerusalemme. «Chi parla?»

«Comandante Tyrell Hawthorne, attaché del segretario di Stato Palisser e assistente del capitano Henry Stevens, dei servizi informazione della Marina. Che avete trovato, Gerusalemme?»

«Qualcosa che non avremmo voluto, ma di cui dobbiamo

mettervi al corrente. Il colonnello Abrams è stato ucciso. La polizia ha rinvenuto il corpo qualche minuto fa.»

«Ne sono veramente desolato, ma Abrams aveva mandato due agenti del Mossad a parlare con Palisser.»

«Lo so, comandante, ho preparato io i documenti. Io sono – io ero – l'aiutante personale del colonnello Abrams. Il vostro segretario di Stato aveva lasciato sei numeri di telefono al colonnello perché lo chiamasse appena tornava. Fra essi c'era una linea rossa per lei, sul telefono del capitano Stevens.»

«Lei può dirmi qualcosa, dunque?»

«Certo, e spero che le sia di aiuto. La chiave è un certo senatore Nesbitt, dello Stato del Michigan. Questa era l'informazione che i nostri agenti dovevano portare a Mr. Palisser.»

«Un senatore del Michigan! Che diavolo significa?»

«Non lo so, comandante, ma questo era il messaggio. Così importante che non poteva essere affidato neppure ai canali diplomatici.»

«Grazie, Gerusalemme.»

«Ai suoi ordini, comandante, e quando avrà notizie dei nostri agenti, le saremo grati se ci farà sapere qualcosa al più presto.»

«D'accordo.» Hawthorne riappese il telefono, completamente disorientato.

Ore 19.32

Qualcosa era andato storto. La limousine di Nesbitt era in ritardo. Venti minuti di ritardo! Non era il modo di comportarsi di un senatore che, grazie a una breve apparizione alla Casa Bianca, poteva ottenere investimenti di centinaia di milioni nel suo Stato e garantirsi così la rielezione... Alle 19.15 in punto, aveva detto. Oh Dio, forse era in preda a uno dei suoi attacchi? E girava in abiti bizzarri e parrucca per i quartieri malfamati della città? Proprio in questo momento, il più glorioso momento di una vita che era cominciata nell'inferno dei Pirenei?

«Nicola, mio caro,» fece con voce tranquilla che celava il suo turbamento interiore «resta ad aspettare l'auto del senatore. Vado a telefonare.»

«Certo» assentì il giovane, fermo sotto la pensilina.

Da un telefono pubblico nella hall dell'albergo, Amaya chiamò il numero di Silver Spring.

«Sono io. C'è un'emergenza.»

«Puoi parlare, Amaya, la linea è sicura» disse la voce della bella palestinese.

«La limousine di Nesbitt è in ritardo. La cosa è strana. Lui è normale?»

«Ha avuto un attacco nel pomeriggio, ma il medico l'ha visto...»

«Non può essere!» interruppe Amaya con voce strozzata. «Allora andrò da sola! Il mio appuntamento è fissato.»

«Temo di no. Il programma della giornata non lo riporta. Non potrai mai oltrepassare i controlli senza il senatore.»

«Ma *devo*! Gli Scorpio si sono rivoltati contro di me! Cercano di fermarmi! Hanno preso Nesbitt!»

«È possibile, mia cara, perché a loro giova lo status quo che tu minacci. Ma non precipitiamo le cose. Resta al telefono, chiamo l'auto del senatore su un'altra linea.»

Amaya rimase all'apparecchio, con il corpo rigido, impietrita dall'ansia. All'improvviso percepì la presenza di una persona alle sue spalle. Si voltò e si trovò a fissare l'elegante signora di Palm Beach, con i capelli azzurrini e la bocca piena di denti. Teneva nella sinistra una borsetta verde semiaperta e nella destra una piccola automatica. «Fine del viaggio» le sibilò all'orecchio la Scorpio.

«Cosa credi di guadagnarci, se non mille coltelli nella gola?» replicò Amaya Bajaratt con voce gelida.

«Che cos'abbiamo da perdere, se tu mandi a farsi fottere tutto quello che abbiamo guadagnato?»

«Cielo, che linguaggio in una dama dell'alta società!»

«Questo è quanto, Miss Beqa'a.»

«Ma tu sei in errore» insisté Amaya, sforzandosi di mantenere la calma. «La Valle della Beqa'a è dalla vostra parte, da sempre. Il nostro Padrone l'ha dimostrato...»

«Lui è morto» la interruppe la dama. «L'isola è saltata in aria. Ora abbiamo anche perso i contatti con i cinque al vertice. E tutto questo è opera tua!»

«Parliamone, ma non qui» propose la Bajaratt riappendendo il telefono. «Certo non puoi spararmi qui nella hall... sarebbe controproducente. Vieni, c'è un'entrata laterale riservata ai fornitori, possiamo parlare là. Ti assicuro che la tua pistola è convincente. Non sono armata.» Mentre attraversavano la hall dirette verso la porta laterale continuò: «Dimmi, te lo chiedo solo per curiosità, come hai fatto a trovarmi?».

«Saprai certamente che sono ben conosciuta nell'alta società di Washington.» La donna camminava alla destra di Amaya e con l'arma nascosta nella borsetta le pungolava di tanto in tanto il fianco.

«Niente mi sorprende quando si tratta di te.»

«Sono una Scorpio...»

«Allora, come mi hai trovata?»

«Sapevo che tu e il ragazzo eravate scomparsi e ovviamente usavate nomi falsi, ma non potevate cambiare aspetto. Ho mandato la mia segretaria con la vostra descrizione a controllare in tutti gli alberghi eleganti, con il pretesto che il mio povero marito aveva dimenticato i vostri nomi e indirizzi, cosa che gli capita ogni tanto. Il resto è stato semplice... signora Balzini.»

«Veramente ingegnoso» esclamò Amaya, aprendo una porta che dava su un'area buia piena di rumori e gas di scarico, con una piattaforma oltre la quale scorreva il traffico incessante. «Non mi sorprende che tu sia stata scelta per essere una Scorpio.»

«E tale rimarrò!» la interruppe la dama di Palm Beach con fervore. «Tutti rimarremo tali! Sappiamo che cosa intendi fare, ma non te lo permetteremo.»

«Fare che cosa, in nome del cielo?»

«Non mentire con me, Miss Beqa'a. Una dei vostri è, cioè era, la segretaria personale del capo della CIA a Langley. Ora Helen è in Europa. Partita, dimenticata. Ma mi ha telefonato e mi ha raccontato ciò che è accaduto. Era stravolta, spaventata a morte, ma il nuovo Scorpio Uno le aveva imposto di eseguire gli ordini, se voleva continuare a vivere... Bene, noi abbiamo una posizione da difendere. Nessuno la deve minacciare.» Tacque un attimo, sopraffatta dal frastuono della strada. «E credi che stasera il mio vecchio amico Nesbitt ti verrà a prendere?... Sono io che te l'ho presentato, ricordi? Bene, temo che la sua limousine avrà un incidente, mi dispiace. E adesso anche tu avrai un incidente, una pallottola in testa durante una delle solite rapine notturne della capitale. E quale posto migliore di questa urlante caverna, in questo buio dove non si vede niente?» L'aristocratica Scorpio si guardò intorno e cominciò a tirare fuori l'automatica dalla borsetta.

«Non lo farei, se fossi in te» ringhiò la Bajaratt, notando la comparsa di un enorme camion della nettezza urbana che rallentava sulla soglia per poter entrare.

«Ma non sei in me.»

«La mia vita non ha importanza,» riprese Amaya «ma so che tu hai cara la tua, fino al punto di tradire gli Scorpio.»

«Che cosa stai dicendo...?»

«Silver Spring, Maryland. Ieri mi sono recata alla reggia della piccola principessa araba. Tu sei sul suo libro paga. Hai venduto gli Scorpio per un pugno di denaro. Solo per denaro, come se non fossi già pagata abbastanza!»

«Assurdo!»

«Vallo a spiegare a Scorpio Uno. Tu non puoi raggiungerlo, ma io sì. E l'ho fatto. Se questa notte non entro alla Casa Bianca, domani sulla sua scrivania ci sarà una lunga nota con la denuncia del tuo tradimento... Dimentichi che sono la Bajaratt. Non smetto mai di cercare e di guardarmi intorno. Quando scopro un punto debole, faccio del mio meglio per volgerlo a mio favore.» Amaya si spostò lentamente a destra mentre la dama di Palm Beach restava immobile con gli occhi sbarrati e la bocca aperta sui denti sporgenti. «Ora dimmi, hai veramente deciso di uccidermi?»

La risposta non venne mai. La Bajaratt fece un passo indietro fingendo di inciampare e si gettò in avanti urtando con la spalla la Scorpio di fronte a lei. La donna fu scagliata sulla strada davanti al pesante camion che correva verso la piattaforma. Ci fu un orrendo stridore di freni, ma nulla poté evitare la tragedia. La raffinata dama di Palm Beach finì schiacciata sotto le ruote anteriori.

«Vado a chiamare un'ambulanza!» gridò Amaya correndo verso la porta laterale dell'albergo. Ma appena fu dentro rallentò il passo e si diresse, controllando perfettamente i suoi gesti, al più vicino telefono pubblico. Inserì una moneta e compose il numero.

«Sì?» rispose la bella araba di Silver Spring.

«Mi hanno trovato» disse con voce fredda la Bajaratt. «L'auto di Nesbitt ha avuto un incidente.»

«Lo sappiamo. Ho già mandato una limousine. Sarà da lui in pochi minuti.»

«Gli Scorpio! Si sono messi contro di me!»

«C'era da aspettarselo. Ne avevamo parlato.»

«Quella puttana di Palm Beach! Era una Scorpio!»

«Logico. Ha relazioni influenti in città. È strettamente legata alla rete di informazioni degli Scorpio.»

«Se ne è vantata infatti, ma non si vanterà più di niente: è morta sotto le ruote di un camion della spazzatura.»

«Grazie per averci risparmiato il disturbo. Gli Scorpio crolleranno e noi saliremo... Ora, per ricambiarti il favore, arriverà la limousine e ti condurrà alla Casa Bianca, dove tutto è stato predisposto. Alle otto due agenti dell'FBI scenderanno dall'atrio del secondo piano. Saranno accompagnati da un autista in divisa, anche lui autorizzato, che sarà armato in caso sorgano disordini. I tre si dirigeranno al corridoio dell'Ufficio Ovale, dove ti aspetteranno. Come ti ho detto, la parola d'ordine è "Ashqelon". Seguili senza esitare.»

«Agenti dell'FBI...?»

«Noi ci infiltriamo sempre in profondità, Amaya Aquirre. È tutto ciò che devi sapere. Ora, passa all'azione, figlia di Allah.»

«Non sono figlia di Allah, né di nessuno» ribatté la Bajaratt. «Sono solo me stessa.»

«Va' dunque, e adempi la tua missione.»

La contessa e Dante Paolo, barone di Ravello, salirono a bordo della limousine e presero posto accanto al senatore del Michigan, nello spazioso sedile posteriore. «Sono davvero spiacente del ritardo,» si scusò Nesbitt «ma abbiamo avuto un incidente. La nostra macchina si è sfasciata e l'autista dell'altra vettura è scappato. Tuttavia il mio ufficio è così efficiente che mi ha mandato un'altra auto. Il presidente è ansioso di incontrarla, contessa. Mi ha detto personalmente che crede di aver conosciuto il barone e suo padre – vostro padre – quando sbarcò ad Anzio durante la seconda guerra mondiale... allora era un giovane tenente. Molti dei grandi proprietari terrieri, ha aggiunto, hanno dato il loro appoggio agli alleati.»

«Possibilissimo» replicò la contessa con entusiasmo. «La famiglia Ravello è stata fin dall'inizio contro il fascismo. Mentre fingeva lealtà per l'infame dittatore, collaborava con i partigiani e ha salvato la vita a molti piloti paracadutisti.»

«Allora avrete qualcosa in comune di cui parlare.»

«Mi perdoni, senatore, ma allora io non ero ancora nata...»

«Certo, naturalmente.»

«Mio fratello è parecchio più anziano di me.»

«Non volevo dire che lei fosse presente, contessa.»

«Niente di importante» sorrise Amaya, dando un'occhiata a Nicola.

La limousine si immise nel traffico cittadino, alla luce del tramonto. In quindici minuti circa avrebbero raggiunto la Casa Bianca.

Ore 19.33

L'operatore della linea rossa aveva dato ad Hawthorne il numero della residenza del senatore Nesbitt. Gli rispose una donna che o non sapeva nulla o non voleva dire ciò che sapeva. «Sono solo la governante, signore. Il senatore non mi dice dove va. Io devo solo preparare i pasti quando vuole mangiare.»

«Dannazione!» ruggì Hawthorne sbattendo giù il telefono beige.

«Hai provato al suo ufficio?» chiese Phyllis entrando in veranda.

«Certo. Ho trovato una segreteria telefonica che sputa cortesi banalità per i suoi elettori... "Il senatore si premurerà di mettersi in contatto con lei se lascia il suo nome, indirizzo e numero di telefono. Il senatore è sempre a disposizione di tutti quelli... eccetera eccetera."»

«E qualcuno del suo staff?» insisté la vedova di Stevens. «Quando Hank aveva bisogno di un'informazione, se non poteva rintracciare il capo di un servizio, spesso cercava di ottenerla da un suo assistente.»

«Peggio ancora. Non conosco nessuno dello staff di Nesbitt.»

«Ma Hank forse sì.» Si avvicinò a un elegante mobiletto di legno scuro, alto circa settantacinque centimetri e largo sessanta, riccamente intagliato. «È uno schedario» spiegò passando le dita lungo il lato destro. «Mio Dio, l'ha chiuso! E io non ho la combinazione.»

«Che cosa stai dicendo, Phyllis?»

«È un mobiletto cinese ad apertura segreta, l'abbiamo comprato anni fa a Hong Kong. Se la molla qui sul lato non scatta, si devono premere diverse figurine intagliate, una dopo l'altra, in una certa sequenza.»

«E che cosa contiene?»

«Henry teneva liste aggiornate delle personalità di Washington e dei membri dei loro staff, nel caso in cui dovesse mettersi

462

in contatto con loro per qualche emergenza. Compresi i senatori e i membri del Congresso. Era così...»

«Lo so... così preciso» la interruppe Hawthorne. «Come facciamo ad aprirlo?»

«Dobbiamo sfondarlo.» Phyllis Stevens prese una pesante lampada da tavolo. «A te, Tye.»

Hawthorne colpì con violenza l'elegante mobiletto con la base della lampada. Solo al settimo colpo il legno cedette e Phyllis si chinò a frugare nell'interno.

«Eccola!» esclamò tirando fuori una grossa rubrica. «*Congresso e Senato*. Qui c'è tutto!»

La prima persona che Hawthorne poté raggiungere senza incappare in una segreteria telefonica fu un impiegato di medio livello, il cui nome cominciava con A.

«Ho sentito dire che questa sera dovrebbe recarsi alla Casa Bianca, comandante, ma non so altro. È poco tempo che sono qui, ma ho una laurea in scienze politiche e...»

«Grazie» lo interruppe Tyrell troncando la comunicazione. «Phyllis, cerca qualcuno di più importante...»

Alla seconda chiamata trovarono la segretaria personale di Nesbitt. Alle sue parole Tyrell si sentì gelare, il dolore al torace gli tolse quasi il respiro.

«Sicuro, comandante, il senatore questa sera ha un'udienza privata con il presidente. Accompagna la contessa Cabrini e il nipote, il figlio di un ricchissimo barone italiano che conta di fare grandi investimenti...»

«Una contessa con il nipote?» la interruppe Tyrell. «Una donna e un giovanotto?»

«Sì, signore. Non dovrei dirlo, ma è un colpo di fortuna per il senatore. Tutti questi milioni che affluiranno nel nostro Stato...»

«Per che ora è l'udienza?»

«Intorno alle otto, credo. Gli orari della Casa Bianca sono sempre piuttosto flessibili per gli appuntamenti privati, non ufficiali, di questo genere.»

«Il presidente la riceverà nel suo appartamento?»

«Oh, no, signore, la first lady non ha voluto, specialmente ora che ha con sé i nipotini. L'incontro avrà luogo nell'Ufficio Ovale...»

Hawthorne riappese il telefono, pallido come un morto. «La Bajaratt sta andando alla Casa Bianca!» mormorò con voce strozzata. «Con il ragazzo! Cristo, scavalcando ogni barriera di sicurezza...? L'autopattuglia là fuori, Phyllis... posso servirmene?»

«Hanno l'ordine di non allontanarsi da questa casa.»

«Non importa, conosco la strada. E ho una macchina del Dipartimento di Stato dotata di sirena.»

«Hai intenzione di andarci da solo?»

«Non ho scelta. Palisser è irraggiungibile, la CIA è tagliata fuori, o peggio in collusione, il Pentagono è contro di noi, i servizi segreti non mi ascoltano e la polizia mi prenderebbe per matto.»

«E io, che cosa posso fare?»

«Chiama tutti quelli che conosci, chiunque debba un favore a Henry, ogni agente segreto con cui lavorava... che mi aprano le porte della Casa Bianca!»

«Ne ho in mente diversi... per esempio un ammiraglio che una volta Hank ha tirato fuori da un pasticcio... e gioca a poker con il capo dei servizi di sicurezza della Casa Bianca.»

«Telefonagli subito, Phyllis!»

Ore 19.51

La limousine del senatore si fermò davanti al cancello sud della Casa Bianca. La guardia controllò il suo nome su una lista e si irrigidì nel saluto militare. L'autista rimise in moto e, come già combinato, si diresse a destra, verso l'entrata principale, invece che a sinistra, cioè verso l'ala occidentale dove si trovava l'Ufficio Ovale. Quando si fermò davanti alla breve scalinata, Nesbitt aiutò la contessa a scendere, scambiò poche parole con le sentinelle e introdusse i suoi ospiti.

«Le presento il mio collega del Michigan,» cominciò «l'altro senatore del nostro Stato.» Strette di mano, nomi scambiati in fretta mentre un fotografo spuntava da un angolo, con il suo apparecchio pronto. «Come le ho detto, contessa, il mio collega è del partito del presidente. Si è molto adoperato per combinare questa udienza.»

«Sì, ricordo» replicò Amaya. «Lei desiderava una fotografia assieme al collega e a Dante Paolo.»

«E anche a lei, contessa, se lo desidera.»

«No, signore, io no. È mio nipote il vostro anello di collegamento con la famiglia Ravello.»

Quattro foto erano state scattate quando un'altra figura in abito nero avanzò a passi rapidi nel corridoio. «Vogliate scusare!» esclamò. «Le istruzioni erano imprecise. Dovevate passare per l'entrata dell'Ala Ovest!»

«Imprecise un corno!» borbottò il secondo senatore del Michigan al collega. «Puoi immaginare il gran capo dello staff presidenziale che ci concede di scattare delle foto con il ragazzo?»

«Ssst!» sibilò Nesbitt. «Fa' finta di accettare l'errore, John.»

«Sicuro... naturalmente!»

«Venite» intervenne l'ultimo arrivato. «Vi accompagno all'Ala Ovest.»

Quarantacinque secondi dopo il gruppetto arrivava all'Ufficio Ovale e veniva presentato al capo dello staff presidenziale, un uomo snello, pallido, perpetuamente accigliato, come se si aspettasse in ogni momento un'aggressione da un angolo buio. Tuttavia si rivolse a loro con modi cordiali e la voce gentile e stanca di un uomo sovraccarico di lavoro.

«È un piacere conoscervi» disse stringendo la mano ad Amaya Bajaratt e a Nicola. «Il presidente sta arrivando, ma spero che lei capisca, contessa, l'udienza sarà necessariamente breve.»

«Non chiediamo di più, signore. Solo una fotografia per mio fratello, il barone di Ravello.»

«Bene, il presidente le avrà già fatto sapere che il poco tempo concessole è dovuto a urgenti affari di Stato. Ma la verità è che tutta la famiglia del presidente, compresi undici nipoti, è qui in visita alla Casa Bianca e la first lady è carica di impegni.»

«Che brava madre e nonna! Noi italiani siamo famosi per le famiglie numerose, e l'allegro caos che ne risulta.»

«Molto gentile da parte sua. Venga, si accomodi.»

«Che splendida stanza! Pensare che qui ha sede il potere di tutto l'universo!»

«L'universo... non saprei, contessa, ma certo una gran parte del mondo... Senatori, volete accomodarvi?»

«No, grazie, Fred» rispose il senatore più giovane. «Abbiamo un po' di fretta, vero?»

«E il giovanotto...? Signor barone...?»

«Mio nipote è troppo nervoso per stare seduto, signore.»

«Ah, bene» fece Nicola in italiano, come se avesse solo vagamente compreso le parole della zia.

All'improvviso, dal corridoio antistante l'Ufficio Ovale giunse una voce tonante e comparve un'alta figura, parzialmente nascosta dai due senatori. «Gesù, se un altro bambino viene a darmi una gomitata nello stomaco o mi spalma le guance di marmellata, giuro che vado in TV per fare pubblicità al controllo delle nascite!»

Il presidente Donald Bartlett strinse brevemente la mano ai senatori ed entrò nell'Ufficio Ovale. Era un uomo alto quasi uno e ottanta, vicino alla settantina, con lisci capelli grigi e i lineamenti fini di un anziano attore ancora degno del brillante passato. In sostanza, un abile statista, capace di fronteggiare con l'energia necessaria e una certa dose di umorismo le situazioni più scabrose.

«La contessa Cabrini e il nipote, barone di Ravello... il barone!» presentò il capo dello staff presidenziale.

«Mio Dio, sono così spiacente!» esclamò Bartlett sinceramente. «Credevo di essere in anticipo... *Scusi, contessa, perdonare, prego!*» aggiunse in un italiano stentato.

«Lei parla italiano, signor presidente?» chiese Amaya, alzandosi sorpresa dalla sua poltrona.

«Non troppo bene» rispose il presidente stringendole la mano. «*Sieda, per piacere.* Ho imparato un po' la lingua durante la guerra, ero tenente di complemento in Italia. Devo dire che spesso siamo stati appoggiati dalle vostre grandi famiglie. Il popolo non amava molto Mussolini!»

«Il *Duce*, quel porco!»

«Ne ho sentito parlare fin troppo, contessa. Prima degli sbarchi, i nostri aerei di notte lanciavano con il paracadute casse di rifornimenti nel caso in cui qualcosa andasse storto e le nostre truppe restassero tagliate fuori mentre marciavano verso nord. Li chiamavamo punti di distribuzione. Ho detto infatti al nostro senatore che mi pare di aver incontrato suo fratello a Ravello.»

«Forse era nostro padre, signor presidente. Un uomo d'onore che non tollerava i fascisti.»

«Lei ha ragione, mi scusi di nuovo. Sto invecchiando così in fretta che i decenni diventano anni. Certamente era suo padre! Lei doveva essere solo una bambina, probabilmente non era ancora nata!»

«Sotto certi aspetti sono ancora una bambina, signore, una bambina che ricorda molte cose.»

«Che cosa vuol dire?»

«Non ha importanza. Posso presentarle mio nipote, futuro barone di Ravello?» Amaya si alzò di nuovo e Bartlett si voltò a stringere la mano a Nicola, che aspettava con aria dignitosa e reverente insieme. «Mio fratello, che conta di fare sostanziosi investimenti nell'industria americana, chiede solo una foto di suo figlio accanto a lei, presidente.»

«Nessun problema, contessa. Tuttavia, devo dirle che questo giovanotto sarà magari un futuro barone, ma secondo me potrebbe diventare un ottimo ricevitore per i Redskins di Washington... Ehi, ragazzi, forse dovrei salire su uno sgabello. Accanto a questo pezzo di figliolo sembrerò un nano!»

«So il mio mestiere, signor presidente» replicò il fotografo della Casa Bianca. «Suggerisco che sediate entrambi alla scrivania. Stringendovi la mano, naturalmente.»

Mentre il fotografo e il capo dello staff sistemavano le sedie, Amaya Bajaratt fece scivolare la borsetta da sera ornata di perle sotto i cuscini della sedia e mentre scattavano i lampi dei flash la spinse ancora più in fondo, finché non fu più visibile.

«Magnifico, signore! Mio fratello sarà così felice e così grato!»

«Io sarò grato se le Industrie Ravello vedranno l'opportunità di fare investimenti in questo Paese.»

«Può esserne certo. Perché non discutere i dettagli con i suoi due senatori? Io ho chiarito la posizione di mio fratello, e non resterà deluso, signor presidente.»

«Faremo così, contessa» annuì il presidente sorridendo. Si alzò con Nicola e le porse la mano. «Andiamo a prendere una bibita fresca e a goderci qualche minuto di pace, lontano dal caos di lassù.»

«Lei è un bel burlone!» replicò Amaya ridendo e accettando la mano del presidente. «Ma io so quanto ama la sua famiglia.»

«È vero. Porti i miei saluti a suo fratello.»

«Oh, povera me!» esclamò di colpo la contessa guardando il suo orologio tempestato di diamanti. Erano passate da poco le otto. «Devo chiamarlo sulla nostra linea speciale fra meno di mezz'ora!»

«La mia macchina vi riporterà all'albergo» propose Nesbitt.

«L'accompagno fino al portico, contessa» aggiunse la guardia di scorta. «Ho già fatto chiamare la limousine del senatore.»

«Presto, Dante Paolo, dobbiamo sbrigarci. Se passa l'ora fissata, non potremo usare il telefono.»

«Telefoni speciali, ore speciali, frequenze speciali, e anche satelliti speciali» osservò il presidente. «Non potrò mai abituarmi a questo armamentario elettronico.»

«Voi avete battuto i fascisti, *tenente* Bartlett! Avete vinto in termini umani. È il trionfo maggiore.»

«Sa, contessa, ho sentito molti giudizi pronunciati su di me, buoni e cattivi, è una cosa normale vista la carica che rivesto. Ma questo è uno dei più lusinghieri che abbia mai udito.»

«Ci rifletta, signor presidente, su questa Terra noi tutti dobbiamo vincere in termini umani. Non c'è nient'altro... Presto, caro, dobbiamo affrettarci.»

Ore 20.02

Hawthorne guidò la macchina del Dipartimento di Stato attraverso il cancello sud della Casa Bianca. Il suo ingresso era stato autorizzato dalla massima autorità della linea rossa. Nessuno gli chiese di identificarsi. L'auto fu intercettata dal radar nel momento in cui entrò nel viale d'accesso. Phyllis Stevens aveva fatto un buon lavoro.

Tyrell svoltò verso l'Ala Ovest e si fermò bruscamente davanti alla breve scalinata. Al portone erano in attesa un capitano e quattro guardie dei servizi di sicurezza. «L'Ufficio Ovale!» gridò salendo di corsa i gradini.

«Spero che le sue credenziali siano in ordine, comandante» ribatté l'ufficiale, con la mano sulla fondina aperta. «Me lo hanno assicurato, ma a me non è mai capitato niente di simile. E sono io che ci rimetto la testa, se lei è un pazzo!»

«I pazzi non passano da questa porta, capitano. Mi lasci entrare!»

«Un attimo. Perché l'Ufficio Ovale?»

«Devo interrompere un'udienza. Da dove si passa?»

«Lei non passa!» urlò l'ufficiale facendo un passo indietro ed estraendo la Colt .45 dalla fondina. A un suo cenno le quattro guardie fecero altrettanto.

«Ma cosa accidenti fate?» gridò Hawthorne furioso davanti alle cinque pistole puntate contro di lui. «Avete ricevuto degli ordini!»

«Non valgono, dal momento che lei ha detto una sfacciata menzogna, impostore!»

«Ma che cosa diavolo sta dicendo?»

«Non è in corso nessuna udienza. Abbiamo ricevuto quella

chiamata quindici minuti fa e abbiamo controllato. Ho controllato io stesso.»

«Quale chiamata?»

«La stessa che ha autorizzato il suo ingresso con il codice d'emergenza. Sa Dio come se l'è procurato, ma lei di qui non passa.»

«Cristo, ma cosa crede di fare?»

«"Rintracciate Zeus" diceva la chiamata. "Allontanatelo dall'udienza e portatelo al sicuro..."»

«Fin qui tutto esatto...»

«Sbagliato. Non c'è nessuna udienza. Abbiamo interrogato il capo dello staff. Ci ha detto di controllare meglio i nostri registri: il presidente non ha nessuna udienza questa sera. E se volevamo prenderlo e portarlo via, dovevamo salire al suo appartamento privato e convincere la first lady, perché c'era tutta la famiglia riunita, compreso un branco di nipotini.»

«Ma che diavolo di...»

«Adesso mi stia a sentire! Faccia subito marcia indietro!»

«Fuori dai piedi, idiota!» ruggì Tyrell. «Non so che scherzi abbiano combinato qui, ma so qual è la posta in gioco. Ora entro e corro più svelto che posso, capitano, e lei apra il fuoco, se vuole. Ma l'unico mio scopo è impedire che uccidano il *presidente*!»

«Che cosa?» L'ufficiale sbalordito s'immobilizzò come colpito da un fulmine.

«Quel che le ha detto la chiamata, capitano. Vado a portarlo via da quell'udienza.»

«Ma non c'è nessuna udienza! Il capo dello staff presidenziale ha detto...»

«Forse non vuole che lei lo sappia, forse l'udienza è privata e non registrata... Vada lei a scoprirlo e mi lasci passare!»

Hawthorne si lanciò di corsa nel lungo e ampio atrio. L'ufficiale guardò i suoi uomini e annuì. Nell'attimo successivo i cinque marines galoppavano al fianco di Tyrell.

«Cosa dobbiamo cercare?» chiese il capitano ansando.

«Una donna e un ragazzo...»

«Che aspetto hanno?»

«Non importa, li riconosceremo... L'Ufficio Ovale è ancora lontano?»

«Giri l'angolo, la porta grande a sinistra» rispose il capitano indicando con un gesto della mano un incrocio a forma di T, a cinque o sei metri di distanza.

Tyrell alzò la mano per indicare agli altri di fermarsi e avanzare lentamente. All'improvviso si udì un vociare, una cacofonia di «*Adios*», «*Arrivederci*», «*Salve*». Tre uomini comparvero dal corridoio opposto, due in abito scuro, il terzo in divisa da autista con il berretto a visiera.

«*Ashqelon!*» gridò l'autista a qualcuno dall'altra parte.

«E chi diavolo siete voi?» chiese il capitano sorpreso.

«FBI, assegnati dal Dipartimento di Stato ai servizi di sicurezza» ribatté l'uomo a sinistra dell'autista, girando freneticamente gli occhi dalle guardie alle figure che s'intravedevano alla porta dell'Ufficio Ovale. «Dobbiamo scortare la contessa al suo albergo. Non vi hanno avvertito?»

«Nessuno ci ha avvertito. Quando si tratta dell'Ufficio Ovale, riceviamo ordini solo dai nostri servizi di sicurezza, che ci avvisano con un anticipo minimo di un'ora. È il regolamento.»

«Quello mente!» borbottò Hawthorne, estraendo l'automatica dalla cintura. «Hanno usato la parola Ashqelon... *Bajaratt!*» urlò all'improvviso, girandosi e sparando al soffitto. Dal corridoio partì una raffica di proiettili e il capitano, colpito per primo, cadde con il petto squarciato. I marines si addossarono con un balzo alle pareti. Gli uomini di Ashqelon indietreggiarono sparando istericamente e urlando per chiamare qualcuno. Uno dei marines girò intorno all'angolo e sparò cinque raffiche abbattendo uno degli intrusi, uno dei quali continuò a sparare rannicchiato a terra. In quell'istante una donna irruppe nell'atrio urlando:

«Uccidetelo! Uccidete il ragazzo! Non deve vivere!».

«Valeria... Valeria!» gridava una voce giovanile oltre l'angolo del corridoio. «Cosa stai dicendo? Aaah...»

Una seconda guardia si gettò avanti sparando due colpi e fece esplodere la testa dell'autista che cadde addosso alla Bajaratt. Hawthorne si chinò a scrutare il capitano ferito. Si muoveva e aveva gli occhi aperti, la ferita non era mortale. Afferrò la seconda guardia. «Fate uscire il presidente!» gridò. «Fate uscire tutti di qui!»

Amaya Bajaratt, con la testa coperta dalla veletta, spinse via da sé il corpo dell'autista, afferrò il suo fucile e corse giù per il corridoio mentre i marines si precipitavano nell'Ufficio Ovale. Hawthorne, con l'arma puntata, s'inginocchiò e girò su se stesso cercando la donna che una volta aveva creduto di amare. Un serpente con il dente avvelenato! Si stava avvicinando all'estremità del corridoio. Tyrell balzò avanti con tale violenza che gli si riaprì la ferita alla coscia e un rivolo di sangue gli gocciolò lungo la gamba.

Era a metà del corridoio quando dall'Ufficio Ovale si udì il rombo di un'esplosione. Inorridito, Hawthorne girò su se stesso, stordito dal fumo e dai frammenti che riempivano l'aria. Ma provò un sollievo immediato alla vista di un gruppo di persone che gesticolavano animatamente in un prato, al di là di una porta aperta. I marines avevano fatto un buon lavoro. Il presidente, il capo dello staff presidenziale, due senatori e una quinta persona erano in preda al panico, ma erano fuori della Casa Bianca, fuori pericolo.

Ma dov'era la Bajaratt? Scomparsa!

Tyrell partì di corsa e giunse a una sala circolare dove si aprivano tre corridoi, dietro un ampio scalone. Quale aveva scelto la Bajaratt? All'improvviso in tutto l'edificio si alzò il suono lacerante di sirene e segnali d'allarme. Urli, richiami, comandi isterici eruppero da ogni angolo. E nel caos una figura alta e imponente scendeva dallo scalone, una figura con un solo braccio, il volto duro e gli occhi cupi e ardenti.

«Ci siamo, generale!» gridò Tyrell. «Tutto questo è opera sua, vero?»

«*Tu!*» ruggì il generale Meyers mentre una folla di soldati e civili irrompeva dai corridoi e attraversava la sala correndo verso l'Ufficio Ovale. «Ma sei arrivato troppo tardi!» fissava l'arma in pugno a Hawthorne che cominciava a salire zoppicando lo scalone. «Ho affrontato mille armi da fuoco e nessuna mi ha fatto paura.»

«Non si preoccupi di questa, generale. Potrei sparare, ma la voglio vivo! Voglio che tutti la vedano strisciare nella sconfitta. Perché non sono arrivato troppo tardi. Lei ha *perso*!»

Senza preavviso, in un solo fluido movimento Meyers sguainò la baionetta e gli vibrò una sciabolata al petto. Tyrell balzò indietro e fece fuoco, mentre un rivolo di sangue gli scendeva per la camicia. E il generale Maximum Mike Meyers cadde in avanti e rotolò giù per la scala con la testa ridotta a un ammasso di carni lacere e sanguinanti.

La Bajaratt! Dov'era?

Uno sparo, un grido, dal corridoio a destra. Aveva ucciso ancora!

Stringendosi la camicia al petto per fermare il sangue, Hawthorne zoppicò verso l'angolo da dove era venuto lo sparo. Era un breve corridoio con salette d'attesa per gli ospiti invitati alle cerimonie ufficiali. Non si vedevano cadaveri, ma c'erano delle tracce di sangue, come se un corpo fosse stato trascinato verso la seconda porta a destra. Un killer montando una trappola aveva commesso un errore che solo un secondo killer poteva riconoscere. In tale situazione non si dovevano seguire le tracce di sangue, ma si doveva andare nella direzione opposta. Tyrell avanzò cautamente tenendosi appoggiato alla parete di sinistra. Arrivò alla prima porta e raccogliendo tutte le forze che gli restavano diede un gran colpo con la spalla, abbassando nello stesso tempo la maniglia. La stanza era vuota. Tyrell intravide la propria immagine riflessa in diversi specchi e tornò rapidamente nel corridoio, avanzando verso la seconda porta a sinistra. Doveva essere il rifugio della terrorista. Lo sapeva, lo sentiva.

Ancora una volta si scagliò contro la porta, mandandola a sbattere contro la parete interna. Nessuno! Poi, in un lampo di genio, girò su se stesso e si gettò a destra... perché la Bajaratt, conoscendo il suo inseguitore, aveva ribaltato la trappola. Si precipitò uscendo dalla stanza di fronte attraverso la porta aperta, con gli abiti a brandelli, la faccia stravolta da una furia demoniaca. Fece fuoco due volte. Il primo proiettile ferì di striscio la tempia di Tyrell, il secondo andò a frantumare uno specchio. Al terzo tentativo... un *clic*. La pistola che Amaya aveva tolto al collega caduto era scarica.

«Spara!» urlò la Bajaratt. «Uccidimi!»

Nella mente sconvolta di Tyrell si scontrarono in quell'attimo, come lampi accecanti, pensieri e ricordi di un altro tempo, di un'altra vita. «Chi dovrei uccidere?» chiese debolmente, con un profondo sospiro. «Dominique o la terrorista che chiamano Bajaratt?»

«Che importa! Nessuno di noi può continuare a vivere, non lo capisci?»

«Una parte di me vivrà, forse un'altra è morta.»

«Tu sei un debole! Sei stato sempre debole e pieno di nauseanti piagnistei. Sei un miserabile! Avanti, fallo! Non ne hai il coraggio?»

«Il coraggio non c'entra. Non ci vuole coraggio per uccidere un cane rabbioso. Ma forse ci vuole più coraggio per catturarlo e sezionarlo. E scoprire quali altri cani rabbiosi viaggiano nel branco.»

«*Mai!*» urlò la Bajaratt facendo scattare con un rapido tocco la molla del bracciale d'oro che portava al polso e gettandosi contro Hawthorne. Tyrell, ostacolato dalla coscia ferita, non poté resistere alla violenza dell'attacco e cadde riverso. Con uno sforzo cercò di bloccarle il polso che gli avvicinava sempre più il bracciale alla gola e a un tratto vide il forellino aperto su una delle punte d'oro. Ne gocciava un liquido, destinato a lui. Fece fuoco. In pieno petto.

Amaya Bajaratt rantolò e si accasciò, tremando negli spasmi dell'agonia. *Muerte para toda...* La testa le ricadde di lato sulla spalla. E il suo viso parve farsi più giovane, i solchi dell'odio si spianarono, il viso di una bambina di dieci anni finalmente in pace.

Epilogo

The International Herald Tribune
Edizione di Parigi – (pag. 3)

ESTEPONA, Spagna, 31 agosto – È giunta ieri notizia che la polizia, accompagnata dall'ambasciatore americano, ha messo sotto sequestro la villa appartenente all'ex giudice della Corte Suprema degli Stati Uniti, Richard A. Ingersol, che fu vittima di un attacco di cuore mentre assisteva ai funerali di suo figlio in Virginia. Il giudice Ingersol era un membro illustre dell'alta società di Playa Cervantes, sulla Costa del Sol. La presenza dell'ambasciatore americano si è resa necessaria perché gli eredi di Ingersol hanno disposto che le sue carte personali siano rispedite in patria, comprese quelle contenenti informazioni e consulenze riservate richieste da funzionari del governo degli Stati Uniti.

The Washington Post
(Prima pagina, colonna a destra in basso)

Il generale Meyers rinvenuto cadavere
Si pensa a un suicidio

WASHINGTON, D.C., 5 settembre – Il cadavere del gen. Michael Meyers, generale in capo degli stati maggiori congiunti, è stato rinvenuto nelle prime ore del mattino fra i cespugli, a diverse centinaia di metri dal Memorial del Vietnam. La sua morte è stata attribuita a una profonda ferita da arma da fuoco nel collo, per un colpo sparato a bruciapelo. L'arma è stata rinvenuta nella mano del generale. Il motivo del suicidio si può rilevare dalle parole stesse di Meyers, in un discorso tenuto il maggio scorso davanti al Congresso di Forever America. «Se verrà un tempo in cui le mie infermità mi impediscano di adempiere ai miei obblighi nel pieno delle mie capacità, io mi toglierò in silenzio la vita piuttosto che divenire un peso per il Paese che amo. Se potessi esprimere un desiderio, vorrei che ciò avvenisse in mezzo alle truppe che così fedelmente hanno servito me e la nostra nazione.» Il generale, che fu per lungo tempo prigioniero di guerra, aveva ricevuto diverse ferite durante le operazioni nel Vietnam.

Un portavoce ufficiale ci ha comunicato che le bandiere del Pentagono resteranno a mezz'asta per una settimana e che oggi a mezzogiorno si osserverà un minuto di silenzio e preghiera.

The New York Times
(pag. 2)

Un'epurazione in corso?

WASHINGTON, D.C., 7 settembre – Fonti vicine alla CIA, ai servizi d'informazione della Marina e al servizio immigrazione comunicano che è in corso un'ampia revisione delle posizioni di numerosi funzionari e di personale dipendente nei tre Dipartimenti. Nessuno si pronuncia sui motivi che hanno provocato questa operazione, ma è stata confermata l'esecuzione di numerosi arresti.

The Los Angeles Times
(pag. 47)

CITTÀ DEL MESSICO – Due piloti americani, Ezekiel e Benjamin Jones, si sono presentati agli uffici della rivista americana *La Ciudad* affermando di possedere informazioni sulla "scomparsa" di Nils Van Nostrand, finanziere internazionale multimilionario e consulente degli ultimi tre governi degli Stati Uniti, come pure di diverse commissioni del Congresso. Un confidente di Mr. Van Nostrand ha affermato di non aver mai sentito parlare dei due fratelli e di ritenere assai strana la storia della "scomparsa", dal momento che Van Nostrand si trova attualmente in crociera per una vacanza di tre mesi che rimandava da anni. Il servizio voli charter di Nashville, Tennessee, da cui i due piloti pretendevano di essere stati assunti, ha smentito decisamente il fatto. Questa mattina è giunta notizia che due uomini rispondenti alla descrizione dei fratelli Jones avevano rubato un jet Rockwell e sotto falso nome erano partiti con rotta verso sud, presumibilmente verso l'America Latina.

«Ora sapete la verità» disse Nicola, rivolgendosi all'intera famiglia Capelli e agitandosi nervosamente sulla sedia, nell'ampio soggiorno sopra il negozio di salumeria, a Brooklyn. Aveva il torace fasciato e un braccio al collo. «Io sono solo un ragazzo di Portici, anche se mi hanno detto che una nobile famiglia di Ravello mi accoglierebbe come un figlio, avendo perduto un figlio pressappoco della mia età... ma non posso farlo, ho mentito per troppo tempo a me stesso e agli altri.»

«Be', non essere così duro con te stesso, Paolo... Nicola» lo interruppe Angel Capell, seduta dall'altra parte della stanza – accorgimento voluto dal suo prudente padre. «Il mio avvocato ha parlato con i funzionari del governo...»

«Ma pensa, papà!» interloquì ridendo il fratellino dell'attrice. «Angelina ha un avvocato!»

«Tu non ti immischiare» replicò il padre. «Forse, se studierai e lavorerai sodo, potrai diventare l'avvocato di tua sorella... Allora, che cos'ha detto l'avvocato, Angelina?»

«È un affare di Stato, papà, e hanno messo tutto a tacere. Nicola ha passato questi ultimi quattro giorni in isolamento, interrogato da decine di funzionari, e ha detto tutto quello che sapeva. C'era chi voleva sbatterlo in prigione per chissà quanti anni, ma le nostre leggi richiedono un processo e chiunque sia accusato di un crimine ha diritto a un avvocato che lo difenda. E, francamente, papà, gli ho procurato i migliori legali che si possano trovare.» Angel Capell, nata Angelina Capelli, arrossì leggermente sorridendo a Nicola. «Certo ci sarà un gran chiasso sui giornali e molto imbarazzo per diversi personaggi in tutto il Paese, nel governo e fuori, che hanno aiutato quella terrorista a scopo di lucro.»

«Davvero?» tuonò Capelli padre. «Sembra incredibile!»

«Vedi, papà, il capitano e i suoi marines, nelle loro deposizioni, hanno affermato di aver sentito quella donna che ordinava di uccidere Nicola... *ucciderlo*, capisci?»

«Madre santa!» mormorò la signora Capelli. «È un così bravo ragazzo. Avrà i suoi difetti, ma non è certo un delinquente.»

«Certo che no, mamma. Viene dalla strada, come tanti dei nostri giovani che vanno in giro in bande e commettono delle sciocchezze. Ma lui vuole cambiare vita.»

«Allora non andrà in prigione?» chiese il fratello minore.

«No» rispose Angel. «Purché giuri di non parlare mai del fatto, sono pronti ad ammettere che è stato solo uno strumento nelle mani di quella terribile donna. L'avvocato ha preparato le carte e Nicola le firmerà nel pomeriggio.»

«Scusa» intervenne il padre. «Il tuo amico qui, il barone... Paolo... Nicola, insomma, parlava di una grossa somma di denaro depositata a Napoli, oltre alla busta piena di tanti dollari che io dovrei lavorare sei mesi per guadagnare.»

«È la verità» confermò Angel. «Il mio avvocato ha telefonato alla banca a Napoli. Le istruzioni sono chiare. Se Nicola Montavi da Portici, munito di documento di identità, si presenterà a riscuotere la somma, gli sarà versata. In caso di morte la somma tornerà al depositante. E se nessuno dei due la reclamasse entro il termine di sei mesi, dovrebbe essere trasferita a un conto numerato a Zurigo.»

«Ma certo, signor Capelli» aggiunse Nicola. «Io non sapevo nulla delle ragioni per cui ero stato reclutato. Per me era tutta una scusa per far denaro.»

«E questo denaro sarebbe sempre a tua disposizione?»

«Forse non era nelle intenzioni di quella donna» ammise Nicola con un lampo di collera negli occhi. «Come ha detto Angelina, aveva ordinato di uccidermi.»

«Ma adesso il denaro c'è!» esclamò Angel. «Il mio avvocato ci ha spiegato che basta andare a Napoli, alla banca, e potremo riscuoterlo.»

«Potremo...? Andrete voi due insieme?»

«Lui è così poco pratico, papà... potrebbe sbagliare aereo.»

«E di quanto denaro si tratterebbe?»

«Un milione di dollari americani.»

«Prenderai il tuo avvocato con te, Angelina» decise Angelo Capelli, facendosi vento con un menu. «Devi avere qualcuno che ti protegga. E non deve essere come quel tuo dannato agente, che ti ha cambiato nome.»

Cara Cath,

Sono stato felice di vederti ieri, e ancor più di sentire che starai benissimo dopo un po' di esercizio. Avevi un aspetto splendido, comunque, ma del resto sei sempre splendida ai miei occhi. Ti scrivo questa lettera per non darti la possibilità di assumere con me quell'aria di ufficiale superiore, o parlarmi come se fossi il tuo fratellino scemo che si perde sempre nei grandi magazzini. Sono contento che mi abbiano dato la licenza, anche se non ne usufruirò. Ti avevo parlato di mio padre, ma forse non ti ho detto che non è più tanto giovane, Cathy. La mia sorellina e io siamo venuti al mondo quando i miei genitori erano già sulla quarantina. E papà diceva che era per questo che Sis e io eravamo tanto intelligenti, perché il suo cervello e quello di mamma erano già perfettamente sviluppati. Motivo che non quadra certo con gli studi biologici sull'ereditarietà. Ma, insomma, adesso non ho una buona ragione per tornare a casa, visto che i miei non ci saranno per un bel pezzo. Sono in viaggio per l'Europa come due sposini novelli, e dopo aver girato tutta l'Europa andranno in qualche altro Paese... l'ultima volta li ho sentiti parlare di una città, Adelaide, in Australia, dove c'è un famoso casinò. Mamma ama molto il gioco e a papà piace bersi un drink in compagnia di gente nuova, e ora ha un sacco di tempo a disposizione. Pensavo di andare a trovare la mia sorellina: io e lei siamo sempre andati d'accordo. Ma lei ora è molto legata a un tizio che si è messo in proprio e vuole portarla via dalla ditta dove lavora, mi pare che le offra una specie di vicepresidenza. E quando le ho telefonato mi ha detto: «Non metterti in testa di venire qui adesso, fratellone, perché lui offrirebbe quel posto a te!». Credo che lei ci faccia un pensierino, Cath. La mia sorellina è in gamba, un cervello creativo, ma sono io che le ho insegnato quasi tutto quello che sa. Diavolo, io sarei un elemento prezioso, nel settore privato! Okay, okay, magari esagero un tantino, ma so quando devo farmi da parte.

Che cosa farò? Tornerò all'unica casa che ora mi resta, alla base, e spero proprio che non ti dispiaccia... voglio dire, non ti dispiaccia che me ne sono andato senza dirti addio personalmente. E adesso, posso aggiungere qualcosa che riguarda te, maggiore? Credo che ora tu debba pensare un po' a te stessa, se mi permetti. Io ti conosco, Cath, ti osservo da quasi cinque anni, è inutile dirti che ti amo sinceramente, talvolta con qualche pensiero un po' profano, lo ammetto, ma so quando devo fermarmi. Tu hai anche sette od otto anni più di me e non posso approfittare... Scherzavo, maggiore! Quel che voglio dire è che hai davanti delle scelte in cui io non sono compreso... e una è rappresentata da un tizio che io rispetto sinceramente, un vero uomo che fra l'altro non va in giro a esibirsi per dimostrarlo. Lo è, punto e basta. L'ho capito quando Charlie è stato ucciso e io ero così distrutto. Ma tu sai quello che è successo, lui ha parlato anche con te, se ben ricordo. In momenti come quelli si capisce il carattere di un uomo, no? Insomma, Tye per me è, come si suol dire: "un ufficiale e un gentiluomo". Lo è, anche se forse non mi rivolgerebbe più la parola se glielo sbattessi in faccia.

Lo so, ho sempre sostenuto che eri nata per comandare l'Air Force, e ne saresti anche capace, ma l'ho detto prima che Tye mi riferisse certi tuoi discorsi a proposito di quello che avresti fatto, se avessi potuto andare all'università. E forse potrai farlo ora, come ha suggerito il comandante. Spero proprio che ci pensi, e allora forse sarò io che comanderò l'Air Force.

Dall'ospedale mi dicono che hai ricevuto l'uniforme. Francamente, stavi benissimo con la gonna.

Ti voglio bene, Cath, e te ne vorrò sempre. Pensa a quel che ti ho scritto. A proposito, sarei un ottimo zio per i tuoi bambini. Quante famiglie hanno un vero genio per aiutare i marmocchi a fare i compiti? Sto scherzando... o no?

Jackson

Nell'uniforme azzurra dell'Air Force il maggiore Catherine Neilsen sedeva a un tavolo del ristorante all'aperto dell'ospedale, sulla terrazza affacciata sul Potomac. Era da sola, sulla sedia a rotelle. Aveva davanti un bicchiere di caffè freddo. Sul tavolo in un secchiello pieno di ghiaccio si raffreddava una bottiglia di vino bianco. Il sole al tramonto sfiorava l'orizzonte in una gloria di luce arancione, gettando lunghe ombre sulle acque tranquille del fiume.

Un movimento alla porta del ristorante le fece voltare la testa. L'alta figura di Tyrell Hawthorne si avvicinava zoppicando fra i tavolini verso la balaustrata. Con un rapido gesto Cathy infilò la lettera di Poole nella borsetta.

«Salve» salutò Tyrell sedendosi accanto a lei. «Quell'uniforme sembra molto più morbida, su di te.»

«Ero stanca dei vestiti dell'ospedale e poiché non potevo andare a far compere, Jackson me l'ha fatta spedire dalla base... Ti ho ordinato una bottiglia di Chardonnet, spero che vada bene. Non servono liquori, qui.»

«Andrà fin troppo bene, il mio stomaco potrebbe rivoltarsi.»

«A proposito di stomaco...»

«Pare che i nuovi punti tengano bene, grazie, ma sono ancora tutto incerottato. Il capitano dei marines sta meglio. Il proiettile gli ha attraversato il fianco, una ferita fastidiosa ma senza complicazioni.»

«Com'è andata la riunione?»

«Una gabbia di matti... non sanno neanche loro da dove è venuto il colpo, o come sono stati scavalcati tutti i sistemi di sicurezza.»

«Andiamo, Tye, devi ammetterlo. Una strategia molto ingegnosa.»

«Ingegnoso! È perché noi avevamo dei buchi così grossi che ci sarebbe passato un camion! Cristo, il ragazzo era su tutti i giornali, la finta contessa stava sullo sfondo, ma c'era! Dove diavolo erano i cervelloni del controspionaggio che manovrano tutti quei meravigliosi computer e fanno i controlli, i doppi controlli, i tripli controlli...?»

«Tu sei entrato tardi nell'operazione e ai computer non c'era Poole!»

«Vorrei crederlo... Certo, Poole è in gamba e tu, poi! Comunque, Howell – sir John Howell – del MI6 era al microfono nella sala situazioni della Casa Bianca. Londra ha catturato quattro dei complici della Bajaratt. Gli altri, se ce ne sono, pensano che siano fuggiti in aereo per tornare alla Valle della Beqa'a. Parigi poi è stata proprio in gamba. Il Deuxième ha trasmesso un segnale che la banda della Beqa'a doveva interpretare come il segnale convenuto. Alle due del mattino tutte le stazioni radiotelevisive hanno dato l'annuncio di una convocazione immediata della Camera dei Deputati. Solo una catastrofe mondiale, un'emergenza terribile, messa temporaneamente a tacere, poteva esserne la causa. Hanno acciuffato cinque terroristi mentre stavano scappando a gambe levate.»

«E Gerusalemme?»

«Quelli non parlano. Si limitano a dire che tutto è sotto controllo. Anche la morte di Van Nostrand viene per ora ignorata. Un giorno si annuncerà che durante il viaggio, o in mezzo all'oceano, ha avuto un attacco di cuore o un incidente improvviso e avrà il suo bell'elogio funebre... in absentia!»

«E la Casa Bianca?»

«Si attengono alla versione dei lavori di ristrutturazione nell'Ufficio Ovale. Affermano che dovrebbero durare un paio di settimane, così cancellano le visite. Se occorre, tireranno fuori qualche progetto abilmente preparato dal genio militare o da qualche altra impresa di costruzioni.»

«E funzionerà?»

«Chi vuoi che salti fuori a contraddirli? Il momento era opportuno, il presidente si trovava nel suo appartamento al piano superiore con tutta la sua famiglia e l'esplosione si è sentita più forte all'interno che all'esterno.»

«Ma ci sono stati dei morti, Tye!»

«I servizi segreti si muovono in fretta e sanno esattamente cosa fare.» Si avvicinò una cameriera che aprì la bottiglia di vino, scambiando con loro qualche frase cortese. «Grazie» disse Tyrell. «Ordineremo più tardi.»

«E allora, eccoci qui» esclamò Catherine, fissando Hawthorne che beveva il vino a sorsi lenti e osservando le rughe profonde incise sul suo viso dalla tensione e dalla stanchezza.

«Ecco qui» le fece eco Tyrell. «Non siamo alla fine, lo sai bene, siamo solo al principio. Tra poco cominceranno le fughe di notizie, circoleranno le voci. "Ci sono andati vicino, quella donna poteva far saltare tutto in aria!" Il grido di Ashqelon sarà forse sostituito con *Bajaratt*... Bajaratt, altrimenti detta Dominique – Dominique Montaigne.» La sua voce calò di tono fin quasi a spegnersi, mentre si riempiva il bicchiere. «In fondo, spero che da tutto ciò si possa imparare qualcosa» mormorò come fra sé.

«Che cosa?»

«Conoscere a fondo ogni dannato anello della catena di comando, ogni persona responsabile di un'operazione. Oppure lavorare allo scoperto. Rivelare tutto al pubblico.»

«Ma non si creerebbe confusione, persino panico isterico?»

«Non credo. Ci ho pensato molto. In guerra un'incursione aerea è annunciata con sirene e riflettori e dovunque i cittadini scendono con calma nei rifugi sapendo che truppe bene addestrate si impegnano a proteggerli, a proteggere il Paese. Le situazioni non sono molto diverse. E sarebbe un deterrente formidabile... Supponiamo che l'FBI, in collaborazione con la CIA, avesse tenuto una conferenza stampa trasmessa per televisione in tutti gli stati, segnalando che una donna e un giovane, entrati illegalmente nel Paese, erano terroristi della Valle della Beqa'a eccetera eccetera... credi che Dominique...» Hawthorne tacque un attimo, con un profondo sospiro e prese in mano il bicchiere, «*Bajaratt* l'avrebbe fatta franca a Palm Beach, o a New York? Ne dubito. Qualche reporter intraprendente avrebbe collegato i fatti, o almeno avanzato interrogativi su quella messinscena così abilmente costruita. Forse qualcuno di loro l'ha fatto, un giornalista del *Miami Herald* e un columnist dai capelli rossi, quel Reilly, che teneva una rubrica mondana...»

«Forse hai ragione quando parli di lavorare allo scoperto.»

«Ecco che cosa ho suggerito, questo pomeriggio... Gradirei un'altra bottiglia di vino.» Tyrell fece un cenno alla cameriera, indicando il secchiello con il ghiaccio.

«E hai detto...» cominciò Cathy con voce sommessa «hai detto anche chi era la Bajaratt?»

«No» rispose in fretta Hawthorne, alzando gli occhi tristi e stanchi a fissare Catherine. «Non c'era ragione di farlo... anzi più d'una. È morta, e con lei sono scomparsi i demoni che l'assillavano. La pista ha portato esclusivamente alla Valle della Beqa'a. Tutto il resto era una messinscena. Non ho voluto danneggiare persone che erano state solo strumentalizzate, come io stesso lo sono stato.»

«Non ti inquietare, ti prego, non ti sto accusando» disse Catherine mettendogli una mano sul braccio. «Penso che tu abbia preso la decisione giusta.»

«Scusami, non mi sto inquietando... Dio santo, non certo con te. Voglio solo tornare alle mie crociere e vedere la mia barca che taglia di nuovo le onde del mare.»

«È una buona vita, vero?»

«Un rifugio pieno di pace» sorrise mestamente Hawthorne.

«Capisco» mormorò Cathy come se leggesse i suoi pensieri

più profondi. «Credimi, capisco la tua angoscia per tutto quello che ti è capitato.»

«Non serve tornarci sopra... Pare che io abbia un vero talento per attirare donne che finiscono uccise. Ed esserne attirato... Ma non voglio parlare di me, sono stanco marcio di me. Parliamo di te.»

«Perché?»

«Lo sai. Perché mi interesso a te. Perché mi preoccupo per te.»

«Davvero, comandante Hawthorne? Perché tu sei stato ferito – profondamente ferito, lo ammetto – e qui c'è una persona che ti è affezionata e a cui ti puoi appoggiare, com'è avvenuto con Dominique?»

«Se lo pensi davvero, maggiore,» replicò Hawthorne seccamente, spostando indietro la sedia e accennando ad alzarsi «il colloquio è finito.»

«Siediti, sciocco!»

«Non capisco.»

«Hai appena detto le parole che volevo sentire.»

«Cosa diavolo ho detto?»

«Che io non sono Dominique o Bajaratt o qualunque sia il suo nome. E non sono il fantasma di Ingrid... Io sono io!»

«Non ho mai pensato diversamente...»

«Volevo sentirtelo dire.»

«Oh, Cristo!» sbottò Hawthorne tornando a sedersi. «Che altro vuoi che ti dica?»

«Dammi un consiglio, magari. Il presidente in persona ha ordinato all'Air Force di concedermi una licenza illimitata di convalescenza e i medici dicono che ci vorranno tre o quattro mesi.»

«Ho sentito che Poole ha rifiutato la licenza.»

«Non sapeva dove andare, Tye. L'Air Force e i computer sono tutta la sua vita. Questo vale per lui, non per me.»

Hawthorne si chinò sul tavolino, con gli occhi fissi in quelli di Cathy. «Mio Dio,» mormorò piano «forse vedo un'altra persona che sguscia fuori da quell'uniforme? Forse una ragazzina che voleva fare l'antropologa?»

«Non so. Le forze armate attualmente procedono a pensionamenti anticipati e il Paese non può sopportare l'entità delle attuali spese militari. Insomma, non so proprio.»

«Ma lo sai che i Caraibi sono stracolmi di misteri antropologici ancora irrisolti? Per esempio, le colonie perdute di indiani

Ciboney e Couri, le cui tracce portano dalle isole alle Guiane e fino all'Amazzonia. E gli Arawak primitivi, con le loro leggi di pace e civiltà, che erano in anticipo di un paio di secoli sul loro tempo. O la nazione guerriera dei Caribi, che una volta abitavano la maggior parte delle Piccole Antille e perfezionarono le tattiche di guerriglia al punto che i *conquistadores* spagnoli ebbero un gran daffare a salvare la pelle... e a non finire nei loro barbecue serali, dove gli uomini del re rappresentavano l'arrosto più pregiato! Von Clausewitz li avrebbe approvati, sia strategicamente sia psicologicamente! Fiorirono molto prima del commercio degli schiavi, intere popolazioni tenute insieme dal rullo dei tamburi e dalle canoe di guerra e dai giudici itineranti che amministravano la giustizia navigando da un'isola all'altra. Secoli di storia affascinante e così poco conosciuta.»

«Buon Dio, sei tu quello che dovrebbe studiarli! È proprio una passione.»

«Oh, no, io sono il tipo che si siede vicino al fuoco e ascolta raccontare le vecchie storie. Io non studio. La studiosa sei tu.»

«Dovrei tornare a scuola, all'università.»

«Ce ne sono di ottime, dalla Martinica a Portorico, e so che vi insegnano alcuni degli antropologi più stimati. Un buon punto di partenza, Cathy.»

«Forse esageri un po'... ma vorresti forse dire...»

«Sicuro, maggiore, voglio dire "Vieni con me". Non siamo più bambini. Con il tempo vedremo se funziona. Facciamo una prova. Non abbiamo poi tanti impegni, quindi che cosa sono pochi mesi? Tu, cosa contavi di fare? Tornare alla fattoria?»

«Forse per qualche giorno. Dopodiché papà mi avrebbe spedito a pulire le stalle. E per quanto ci pensi non ho proprio altri impegni.»

«Allora perché non provare, Cath? Tu sei libera, puoi sempre andartene, semmai.»

«Mi piace quando mi chiami Cath...»

«Il tenente Poole aveva visto giusto.»

«Infatti. Dammi il tuo numero di telefono.»

«Oh, solo questo?»

«No, non solo questo, comandante. Io sarò là, tesoro.»

«Grazie, maggiore.»

Sorrisero e il sorriso si aprì in un'allegra risata mentre ognuno cercava la mano dell'altro.

Finito di stampare nel mese di aprile 1993
presso il Nuovo Istituto Italiano d'Arti Grafiche
Bergamo
Printed in Italy